HEYNE
BÜCHER

Das Buch
Peter Riley ist ein schwieriger und unbeliebter Schüler. Der einzige, der an ihn glaubt, ist sein Lehrer Mr. Beardsley, der ihm beim Schulabschluss den entscheidenden Rat gibt, sein komödiantisches Talent zu nutzen. Daraufhin nimmt Peter an einem Schauspielwettbewerb teil und gewinnt den ersten Preis. Dies ist die entscheidende Wende in seinem Leben: Die erste Hauptrolle, die er übernimmt, wird ein voller Erfolg, und er verliebt sich in die weitaus ältere Schauspielerin Nyrene. Diese Liebe beruht zwar auf Gegenseitigkeit, doch der Altersunterschied trennt die beiden, und nach einer einzigen Liebesnacht gehen sie sich aus dem Weg. Erst als Peter erfährt, dass Nyrene von ihm schwanger ist, finden die beiden zueinander und heiraten. Doch selbst jetzt ist ihr Glück nicht perfekt und es scheint, als ob Peter und seine Familie nie Ruhe und Harmonie finden …

Der Autor
Catherine Cookson wurde 1906 in ärmlichen Verhältnissen als uneheliches Kind geboren. Seit sie mit 16 Jahren Kurzgeschichten zu schreiben begann, hat sie rund 80 Romane verfasst und gehört zu den erfolgreichsten Schriftstellerinnen der Welt. 1993 wurde ihr der Titel »Dame of the British Empire« verliehen. Im Wilhelm Heyne Verlag sind die meisten ihrer Romane erschienen.

CATHERINE COOKSON

BÜHNE DES LEBENS

Roman

Aus dem Englischen
von Helmut Gerstberger

WILHELM HEYNE VERLAG
MÜNCHEN

HEYNE ALLGEMEINE REIHE
Nr. 01/13299

Die Originalausgabe
RILEY
erschien 1998 bei Bantam Press

Umwelthinweis:
Dieses Buch wurde auf
chlor- und säurefreiem Papier gedruckt.

Deutsche Erstausgabe 05/2001

Printed in Germany 2001
Umschlagillustration: Brian Sweet/Arena/Agentur Schlück
Umschlaggestaltung: Nele Schütz Design, München
Satz: (3533) IBV Satz- und Datentechnik GmbH, Berlin
Druck und Bindung: Ebner Ulm

ISBN 3-453-18654-0

http://www.heyne.de

Prolog

1

Miss Louise Barrington verschloss die letzte Schublade ihres Schreibtischs, strich das fleckenlose Blatt Löschpapier auf der großen Schreibunterlage glatt, rückte die Briefablage gerade, schob den Bleistiftbehälter quer in die obere Ecke des Schreibtischs und lehnte sich dann mit einem langen, leisen Seufzen im ledernen Drehstuhl zurück.

Im Januar hatte sie diesen Raum als neue Aushilfslehrerin für Physik und Chemie an der Giles Mentor School zum ersten Mal betreten. Sie war an der Schule die einzige Lehrerin in den naturwissenschaftlichen Fächern und unterrichtete die Mädchen, während Mr. Beardsley, der Oberlehrer der Fakultät, den Chemie- und Physikunterricht für die Jungen gab; beide waren sie dem Direktor unterstellt. Bevor Louise Barrington einige Zeit in der Industrie beschäftigt gewesen war, hatte sie an einer Mädchenschule Chemieunterricht gegeben. Was ihr sehr geholfen hatte, diese Anstellung hier zu bekommen, wenn auch nicht ohne den einen oder anderen Kommentar seitens der fest angestellten Lehrerschaft. Doch was solche Anstellungen als Aushilfslehrerin anbelangte, hätte sie es nicht besser treffen können. Dennoch spielte sie mit dem Gedanken, sich zu verändern, da sie sich immer wieder sagte, dass alles besser wäre, als sich mit solchen Kindern herumzuplagen, wie sie ihr in diese Schule begegneten. Bevor man die Schule in eine Gesamtschule umgewandelt hatte, war sie eine höhere Schule für Knaben gewesen, und die Kinder, die sie jetzt besuchten, kamen zum größten Teil aus den ärmeren Vierteln der Stadt. Doch andererseits wusste sie sehr wohl, dass ihre Ansichten nicht frei von Vorurteilen waren.

Jetzt lag eine seltsame Stille über dem Raum, über dem gesamten Gebäude, denn heute hatten die Sommerferien begonnen, und alle waren längst ausgeschwärmt. »Schöne Ferien für Sie«, hatte ihr der eine oder andere Kollege gewünscht, und manche hatten hinzugefügt »unten im Süden«, als sei der Süden so fern wie Hongkong.

Nun – sie hatte sich jetzt von allen verabschiedet, außer von Mr. Beardsley. Oh, ja ... Mr.Beardsley.

Sie drehte sich zum offenen Fenster um, denn sie konnte die unverkennbare Stimme eben dieses Mannes vom Hof heraufschallen hören.

Sie stand auf, trat neben das Fenster und sah von ihrer Warte im ersten Stock auf das Eisengeländer hinab, das entlang der Stufen zum Heizungskeller verlief. Dort sah sie Mr. Beardsley und den Riley-Jungen stehen. In der stillen Nachmittagsluft drang jedes Wort ihres Gesprächs zu ihr empor.

»Dann waren Sie also beim Direktor?«

»Ja, Mr. Beardsley.«

»Nun, ich hoffe, Sie haben sich seinen Rat zu Herzen genommen.«

»Nein, Mr.Beardsley. Wie Sie immer so schön sagen: Es dringt nie weit genug bei einem Ohr hinein, um beim anderen wieder rauszukommen.«

»Vorsicht, Riley! Hüten Sie Ihre Zunge! Sie sind noch nicht aus dem Tor. Wissen Sie was, Riley? Ich wollte Ihnen das schon immer sagen: Ich habe mich nie daran gewöhnen können, dass Sie kein Katholik sind. Mit einem Namen wie Riley und einem Dad und einer Ma, die so irisch sind wie Ihre ..., und trotzdem sind Sie kein Katholik. Oh, wenn Sie es nur gewesen wären, dann hätten Sie in die St. Joseph's Schule gehen können. Aber andererseits, Riley, warum sollte ich den Nonnen so etwas wünschen? Die haben mir nichts Böses getan, und wenn Sie an ihrer Schule gewesen wären, dann hätten Sie im Handumdrehen dafür gesorgt, dass sie reihenweise für immer ihre Tracht von sich werfen. Na, na! Nicht so, wie Sie denken, Riley. Und lassen Sie das Grinsen! Sie hätten allesamt ihrer Berufung entsagt, nur um Sie nicht mehr sehen zu müssen. Davon einmal abgesehen, hab ich mir sagen lassen, dass sie ein strenges Regiment führen. Wie auch immer, Riley – hier trennen sich unsere Wege. Und wissen Sie was, ich wünsche mir, dass Sie mir nie wieder unter die Augen kommen – weder in diesem noch im nächsten Leben. Allerdings scheint Ihre Mutter eine vernünftige und um Ihr Wohl besorgte Frau zu sein; zumindest hatte ich diesen Eindruck an dem Tag, an dem ich Ihnen die Hosen strammgezogen und den Hintern versohlt habe.«

Miss Louise Barrington zuckte betroffen zusammen.

»Danach haben Sie mir keine Streiche mehr gespielt, hab ich Recht? Aber Sie sind nach Hause gerannt und haben Ihrem Dad was vorgeflennt, und er kam angestürmt mit seinen ganzen Einssechzig und brüllte, dass er mir verdammt noch mal die Fresse polieren werde. Ihre Mutter folgte ihm dicht auf den Fersen, und nachdem sie ihn mit ihrer scharfen Zunge zum Schweigen gebracht hatte, dankte sie mir … ja, sie dankte mir dafür, dass ich Sie übers Knie gelegt habe, und sagte, ich solle Ihnen, wann immer ich es für angebracht halte, die Hosen strammziehen und den Hintern versohlen bis Sie nicht mehr sitzen können.«

»Meine Ma hat sie nicht alle; sie is' immer gleich auf der Palme, und das fast ständig.«

»Aber sie sorgt für Sie und ihren Dad, oder nicht? Und für die anderen drei Plagen, die sie großzuziehen versucht. Ich weiß nicht, warum sie das tut. Wenn ich an ihrer Stelle wäre, würde ich euch allesamt windelweich prügeln.«

»Na ja, manchmal rutscht ihr die Hand aus, und sie versucht es. Aber Sie wissen nichts über sie, nicht wirklich. Aber Sie, Sie sind ein merkwürdiger Mensch, Mr Beardsley.«

»Merkwürdig? Finden Sie?«

»Ja. Mein Dad sagt, Sie könnten selber 'n Ire sein und 'n Katholik.«

»Oh … Wie schade, dass ich weder das eine noch das andere bin. Was hätte ich nicht alles tun können, wenn ich Ire und Katholik wäre, während ich mich jetzt nur abmühe und versuche, aus Ihnen und Ihresgleichen zivilisierte Menschen zu machen, die nicht Jungs verprügeln, die halb so groß sind wie sie selber.«

»Das tu ich nicht. Ich verprügle keinen, der halb so groß ist wie ich.«

»Aber Sie haben es getan, als Sie an diese Schule gekommen sind.«

»Ich hab 'ne Menge getan, als ich hierher gekommen bin, Mr. Beardsley, was ich zuvor nicht getan hatte. Das hab ich alles hier gelernt.«

Es entstand eine so lange Pause, dass Miss Louise Barrington sich näher an den Vorhang schob. Ja – sie waren noch immer da,starrten sich jetzt aber nur stumm an.

»Ah! Endlich mal eine offene Antwort. Das kam aus dem Teil in Ihrem Dickschädel, von dem mir klar ist, dass er existiert, und wenn Sie ein wenig schlauer gewesen wären, hätten Sie in all den Jahren daraus Nutzen gezogen, denn ich weiß und Sie wissen es auch, dass Sie kein Dummkopf sind, Riley. Ihr hauptsächliches Bestreben in Ihrem Leben scheint es zu sein, die Leute zum Lachen zu bringen – nicht auf Ihre Kosten, sondern auf die der anderen. Ich werde Ihnen jetzt etwas sagen. Sie haben das Talent, witzig zu sein und haben sogar Sinn für Humor, aber diese Gabe ist bei Ihnen fehlgeleitet. Sie sind ein Witzbold und ein Possenreißer, und Sie wissen, dass der Einzige, der dabei seinen Spaß hat, der ist, der die Witze macht. Der, auf dessen Kosten sie gehen, kann nur grinsen und es ertragen; er muss vielleicht sogar lachen oder schmunzeln, weil ein Witzbold ein Publikum braucht und auch immer ein Publikum für ihn da sein wird. Wenn Sie meinen Rat hören wollen, Riley – Sie könnten es im komödiantischen Fach weit bringen. Versuchen Sie, Ihren Sinn für Humor auf sich selbst zu richten. Versuchen Sie, sich selbst zur Zielscheibe des Spotts zu machen. Wenn Sie eine Begebenheit beschreiben, die Ihnen möglicherweise passiert ist, versuchen Sie, den Witz darin zu sehen, dass es Ihnen passiert, nicht einem anderen. Das wird die Leute zum Lachen bringen. Denken Sie an die Komiker, die es bis ganz nach oben geschafft haben. Sie sind nie diejenigen, die sich selbst auf die Schulter klopfen; wenn sie die Bühne betreten, wirken sie immer verloren und hilflos, sie appellieren an unser Mitleid, weil sie naiv oder etwas beschränkt sind, oder ihnen passieren Dinge, die den Zuschauern niemals passieren würden. Man kann beim Missgeschick anderer Vergnügen empfinden, vor allem, wenn es jemand es witzig rüberbringt.«

Miss Louise Barrington sah jetzt nicht mehr auf den Hof hinunter, sie stand mit dem Rücken zum Vorhang, den Kopf lauschend zur Seite gelegt. Er hatte den Jungen ganz richtig eingeschätzt; Riley war in der Tat ein Witzbold und Spaßvogel, der seine Scherze oft auf Kosten anderer trieb, und es gab Kinder, die vor ihm Angst hatten. Sie hob den Kopf etwas, als sie Mr. Beardsley sagen hörte:

»Denken Sie darüber nach, Riley: Ein Komiker auf der Bühne zu sein wäre doch ein angenehmeres Leben, als wegen Autodiebstahl oder dem Klauen von Stereoanlagen aus Autos erwischt zu werden und irgendwann im Knast zu landen, oder nicht? Wie Sie sich aus dieser letzten Auto-Geschichte herausgewunden haben, weiß Gott allein, und Er wird Sie nicht verpfeifen. So wie Ihr Dad Sie nie verpfeifen würde oder seine Kumpane oder die anderen Stammkunden aus dem Bull and Spear; nicht mal Ihre Mutter würde diesmal so was tun. Aber Sie waren es trotzdem, Sie haben es getan, und die Polizei weiß, dass Sie's getan haben: Sie sind dort gesehen worden, und es gab Zeugen, aber der Wagen ging in Flammen auf, und sie konnten es Ihnen nicht beweisen.«

»Nein, Mr. Beardsley, weil sie meine Fingerabdrücke nicht gefunden haben.«

»Oh, wie es mich in den Fingern juckt, Sie an den Ohren zu ziehen, Riley. Jedes Mal, wenn ich dieses Grinsen in Ihrem Gesicht sehe, verspüre ich ein furchtbares Jucken in den Fingerspitzen: und jetzt schreien sie förmlich danach, Kontakt mit Ihren Ohren herzustellen. Wie auch immer – wie ich schon sagte, werden wir uns nicht wiedersehen. Und ich hoffe, Sie nehmen sich zumindest vor, dass wir uns nicht wieder begegnen, ja?«

»Ich werd mein Bestes tun, Mr. Beardsley, und entschuldigen Sie, wenn ich das jetzt nicht aus eigener Überzeugung sage. Was ich sagen soll, hat mir meine Ma befohlen zu sagen, und das ist ... danke. Aber so wie ich es sehe, sage ich auch noch danke dafür, dass Sie mich an den Ohren gezogen und mein Gesicht ins nasse Gras gedrückt haben, weil Sie dachten, Sie hätten ein Foul gesehen, dass Sie mich nachsitzen ließen und mich fast eine halbe Stunde ohne ein Wort angestarrt und mich damit fast die Wände hochgejagt haben, und zu guter Letzt auch dafür, dass Sie mich so oft in den Hintern getreten haben. Ich frage mich, wofür ich mich bedanken soll? Aber wie auch immer ... Sie hat gesagt, ich soll danke sagen.«

In dem darauf folgenden Schweigen schob Miss Louise Barrington ihr Gesicht wieder hinter dem Vorhang hervor und sah zu ihrem Erstaunen, wie die beiden Gestalten einander die Hände schüttelten. Dann rannte der junge Mann von dem Lehrer weg, wobei er Luftsprünge vollführte und mit den Armen fuchtelte. Sie sah ihm nach, bis er durch das Eisentor verschwunden war, ehe sie wieder zu ihrem Stuhl zurückkehrte und sich setzte.

Wirklich und wahrhaftig! Ihr Kollege war ein merkwürdiger Mann. Bislang hatte es zwischen ihnen, außer im Büro des Direktor oder bei diesem oder jenem Elternabend, sehr wenig Kontakt gegeben. Bei solchen Gelegenheiten war er ein völlig anderer Mensch, dessen Benehmen und Sprache die eines Gentleman waren. Es schien, als stamme er aus guter Familie. Doch von all dem war in seinem Umgang mit den Schülern nichts zu bemerken, denn allein schon sein Gebrüll jagte einigen von ihnen Angst ein. Doch was für eine merkwürdige Unterhaltung hatte er mit diesem Jungen gehabt! Manchmal hatte es geklungen, als sei er ebenso mit allen Wassern gewaschen wie der jugendliche Missetäter.

Wie mich immer ... Sie würde durch ihr Laboratorium gehen und sich vergewissern, dass alles in Ordnung war, bevor sie nach Hause ging und das Feld der Putzkolonne und dem Pedell überließ. Im Übrigen konnte sie nur hoffen, wenn sie aus den Ferien zurückkam die halbe Schule verwüstet oder völlig niedergebrannt vorzufinden – etwas, das immer wieder vorkam.

Nachdem sie das Fenster geschlossen hatte, nahm sie einen leichten Staubmantel vom Haken an der Tür, ehe sie sie öffnete und dem Mann in die Arme rannte, um den sich ihre Gedanken gedreht hatten.

»Oh ... Oh, ich wollte gerade klopfen«, sagte er.

Brauchen Sie etwas Mr. Beardsley?«

»Nein, ich wollte Ihnen nur schöne Ferien wünschen.«

»Oh – vielen Dank.« Sie lächelte jetzt und fügte hinzu: »Ich bin froh, dass Sie nicht 'unten im Süden' gesagt haben.«

»Oh. Das haben Sie heute sicherlich einige Male zu hören bekommen, nicht?«

»Einige Male, ja.«

»Der Hadrianswall existiert nun mal offenbar nach wie vor – vor allem auch in den Köpfen der Leute.«

Als sie den Korridor entlang gingen, sagte sie: »Ist das nicht angenehm ... die Stille?«

»Sie mögen das?« Er warf ihr einen Blick von der Seite zu.

»Ja. Sie nicht?«

»Nein. Ich habe Angst vor einer Stille wie dieser. In einer Schule mag ich Lärm und Geschrei.« Sie fing jetzt seinen Blick auf, und angesichts des Ausdrucks in seinen Augen erwartete sie, dass er gleich sagen würde:

Wenn Sie Stille suchen, haben Sie den falschen Job, doch stattdessen sagte er: »Bei dem Elterntreffen neulich abends bin ich hinter Ihnen gesessen. Sie haben sich mit Florrie ... mit Miss Quail unterhalten und erwähnt, dass Sie sich für ein sehr amüsantes Buch interessieren, das von einem Mann handelt, der jedes Wochenende mit dem Fahrrad aufs Land fährt, wo er, ich glaube, seine Freundin besucht, aber Sie sagten, Sie hätten den Namen des Autors vergessen und er wolle Ihnen einfach nicht einfallen. Und Miss Quail, die in ihrem langen Leben von Horace bis zum Hotspur so ziemlich alles gelesen hat, konnte es auch nicht sagen. Nun, äh, ich dachte mir, es könnte vielleicht Cooper sein.«

»Oh.« Sie wandte sich ihm zu, ein Strahlen auf dem Gesicht. »Ja, von ihm ist es. Von Cooper, richtig, und er hat auch eine Fortsetzung geschrieben. Ich kann mich nicht mehr erinnern, worum es in den beiden Romanen ging, ich weiß nur noch, dass ich mich köstlich amüsierte, als ich sie damals gelesen habe. Aber das ist Jahre her, und mit dem Alter hat sich möglicherweise auch mein Geschmack verändert.«

Er nickte bekräftigend und meinte: Oh, ja – ihr ungeheuer fortgeschrittenes Alter könnte Ihren Geschmack durchaus verändert haben.«

Wie galant. Dies war seine charmante Seite, vor der sie Miss Elder und Miss Turner gewarnt hatten, als sie beobachtet hatten, wie sie ein paar Worte mit ihm über ihren Unterrichtsplan wechselte. Die beiden hatten ihr kichernd erzählt, dass er immun sei gegen alle weiblichen Reize, und sogar zugegeben, dass sie das selbst ausprobiert hätten, allerdings ohne Erfolg. Sie hatte sich nie nach seiner Vergangenheit erkundigt, da es sie schlichtweg nicht interessierte, doch man hatte ihr zu verstehen gegeben, dass er verheiratet gewesen und nach kurzer Zeit wieder geschieden worden sei.

»Wollen Sie mitkommen und es holen?«

»Was?«

»Ich sagte, wollen Sie mitkommen und das Buch holen – es ist in meinem Zimmer.«

»Oh. Ja, danke.«

Sie wurde in einen Raum komplimentiert, der nicht viel größer als ein Wandschrank war, voller Bücher, die aus den Regalen quollen und in der Ecke auf dem Boden gestapelt waren. Sie sah sich noch erstaunt um, als er sagte: »Ich sehe, dass Sie noch nie hier drin waren; dies ist mein kleines Kabäuschen, mein *sanctum sanctorum*. Es war mal eine Abstellkammer, und ich habe sie vor ein paar Jahren für mich konfisziert. Setzen Sie sich doch für 'ne Minute.« Er zog einen Stuhl unter einem kleinen, verschrammten Schultisch hervor, und sie ließ sich vorsichtig darauf nieder: Wenn sie den Kopf nur ein wenig drehte, war sie in Augenhöhe mit einer Reihe von Büchern, die allesamt mathematischen Inhalts waren.

Sie wandte, ihm das Gesicht zu und sagte: »Weshalb so viele Mathematikbücher?«

»Oh, mathematische Physik ist mein Steckenpferd. Ich war

mir lange unschlüssig, für welche Fachrichtung ich mich entscheiden sollte.«

Dann überraschte er sie mit der Frage: »Wie alt sind Sie? Siebenunddreißig, nicht wahr?«

Sie holte kurz Luft, bevor sie antwortete: »Fünfunddreißig.«

»Fünfunddreißig. Das macht die Kluft zwischen uns noch größer: Ich bin achtundvierzig. Übrigens hasse ich es, alleine zu trinken. Ich habe eine ganze Reihe hemmungsloser Laster, das weiß ich, aber dieses halte ich einigermaßen in Schach: Ich trinke nur in Gesellschaft. Täte ich das nicht, wäre ich inzwischen längst Alkoholiker.«

Er hatte mit angezogenen Knien auf der oberen Stufe einer Bibliotheksleiter gesessen. Jetzt stieg er herunter, hob die Platte des kleinen Schulpults an, nahm eine Flasche, ein Glas und eine Tasse samt Untertasse heraus und stellte sie auf den flachen oberen Rand des Pults. Dann ließ er die Tischplatte wieder sinken, hielt ihr die Flasche vors Gesicht und sagte: »Illegal und auf dem Schulgelände strikt verboten. Aber zweimal im Jahr breche ich das Verbot: bei Beginn der Sommerferien und Weihnachten. Möchten Sie einen Port?« Dann goss er, ohne ihre Antwort abzuwarten, das Glas voll und reichte es ihr.

Sie zögerte einen Augenblick, ehe sie es nahm. Sie konnte die warnend erhobene Stimme ihrer Mutter, näselnd und schrill wie eine dünne Violinensaite, hören: »Wenn du in Gesellschaft bist, Louise, trinke niemals Port; er ist das übliche Frauengetränk – Port. Ich kann es nicht mehr ertragen, mir Mrs. Saunders Geschnatter darüber anzuhören, was sie in der letzten Nacht getrieben hat und wann oder bei welcher Gelegenheit sie ihren Port mit Zitrone genommen hat. Bitte nie um ein Glas Port, Louise. Er ist alles andere als ein Frauengetränk. Port trinken Gentlemen nach dem Dinner.« Nun – ihre Mutter hatte sicherlich ganz genau gewusst, was Gentlemen nach dem Dinner tranken. Wenn nicht sie, wer dann? Denn schließlich hatte ihr lieber Papa, um den Ansprüchen seiner Frau gerecht zu werden, mit einer solchen Hingabe den Gentleman spielt, dass er Bankrott ging, bevor sie selbst zehn Jahre alt gewesen war.

»Wissen Sie, was der beste Muntermacher ist, wenn Sie niedergeschlagen sind, den Blues haben oder nach der nächsten Brücke suchen, die hoch genug ist, sich hinunterzustürzen?«

»Nein.«

»Brandy und Port gemischt. Ja, Brandy und Port gemischt. Natürlich nur in moderaten Mengen und gewöhnlich nicht vor dem Schlafengehen. Als Medizin sozusagen.«

Sie lächelte zustimmend: »Natürlich ... als Medizin.«

Er hatte ein tiefes, wie Donnergrollen klingendes Lachen; und jetzt streckte er ihr seine Tasse entgegen, und als sie ihr Glas dagegen klirren ließ, sagte er: »Auf erholsame Ferien.«

Sie hatte dem nichts hinzuzufügen, neigte nur den Kopf und nippte an ihrem Port. Er hatte einen angenehmen Geschmack, fast wie Likör. Wie seltsam! Sie war fünfunddreißig und hatte noch nie zuvor Port probiert.

»Wohin gehen Sie? Nach Hause?« fragte er.

»Nicht im eigentlichen Sinn. Ich habe kein Zuhause mehr, zumindest nicht das, was man gewöhnlich darunter versteht. Meine Eltern sind gestorben, und ich habe nur eine einzige Schwester. Ich schlage bei ihr, ihrem Mann und den drei Kindern meine Zelte auf, wenn ich das Bedürfnis nach einem Zuhause empfinde, und meistens verbringen wir die Ferien gemeinsam, aber wir haben uns noch nicht entschieden, wohin wir dieses Jahr fahren.« Sie nahm noch einen Schluck von dem Port und fragte dann: »Fahren Sie nach Hause?«

»Nein. In meinem Leben gibt es kein Zentrum oder festen Punkt mehr ... Wo wohnt denn Ihre Schwester?«

»In Rye.«

»Oh, Rye. Das kenne ich gut. Vor ein paar Jahren habe ich dort zwei oder dreimal die Ferien verbracht, hab mir im Hafen ein Boot gechartert und schöne Segeltörns unternommen. Nettes kleines Städtchen, Rye. Und sehr interessant. Und es ist nicht weit nach Winchelsea und Hastings. Ich verstehe nicht, warum Sie die Ferien irgendwo anders verbringen wollen; Rye ist doch ein hübscher Ort.«

»Ich verstehe das auch nicht ganz, aber sie wollen mal was anderes sehen – und die Kinder ebenfalls.«

Er stand jetzt dicht vor ihr und beugte sich, die Flasche in der Hand, über sie. »Lassen Sie mich Ihr Glas nachfüllen.«

Sie zog das Glas zurück und sagte: »Oh, nein. Nein, danke.«

»Kommen Sie ... Wenn Sie nicht mehr stehen können, helfe ich Ihnen aus dem Wagen und bringe Sie bis zur Tür Ihrer Wohnung.«

»Also wirklich! Aber ... aber ich bin es nicht gewohnt, Port zu trinken.« Sie fügte nicht hinzu »oder sonst irgendwelchen Alkohol«.

»Was sind Sie dann gewöhnt?« Er goss jetzt seine Tasse bis zum Rand voll, dann setzte er sich wieder auf die Leiter und fragte noch einmal: »Was sind Sie dann gewöhnt?«

»Nun, eh ... Vielleicht ein Glas Sherry hin und wieder.«

»Nur hin und wieder?«

»Ja«, entgegnete sie mit Bestimmtheit. »Nur hin und wieder, Mr Beardsley.«

»Okay, Miss Barrington.« Er imitierte ihren Tonfall, dann lachte er auf und fuhr fort: »Wissen Sie, ich frage mich oft, warum ich kein heimlicher Trinker bin, wie mein Vater einer war. Er war vieles, nicht nur ein heimlicher Trinker unter anderem war er ein überzeugter und engagierter Hochkirchler.«

»Wirklich?« Sie lächelte ob seiner Freimütigkeit. Sie fühlte sich entspannt und von einer angenehmen Wärme erfüllt. Aber schließlich war es ein warmer Tag.

»Wollen Sie damit sagen, es überrascht Sie, dass er ein Hochkirchler und latenter Alkoholiker war?«

Dies war eine dieser provokativ rhetorischen Fragen, derer sich manche Leute bedienen, um einen tiefer ins Gespräch zu verstricken, doch im Augenblick fühlte sie sich nicht in der Verfassung, ihm darauf eine Antwort zu geben – weder so noch so, deshalb erwiderte sie nur: »Ich meinte das eher allgemein.«

»Oh.« Er lachte erneut – und zwar über sie; dann nahm er einen tiefen Schluck aus der Tasse und wischte sich die Schweißperlen von der Stirn, ehe er den Faden wieder aufnahm: »Sie müssen wissen«, sagte er, »mein Vater war ein Mann, der nicht müde wurde zu predigen, man müsse in allen Dingen Mäßigung üben. Wenn Leute so etwas ständig von sich geben, können Sie Ihr Leben drauf verwetten, dass es sich dabei in neun von zehn Fällen um Tarnung handelt. Das war es auch in seinem Fall. Von wegen Mäßigung! Wir waren alles in allem vierzehn Kinder: drei wurden tot geboren, und vier starben, bevor sie zwanzig waren. Es blieben also noch sieben: meine drei älteren Brüder, zwei ältere Schwestern, ich, und dann« – er warf mit einer kurzen, ruckartige Bewegung den Kopf zur Seite, ehe er den Satz beendete – »Gwendoline. Mäßigung in allen Dingen! Wenn es nach ihm gegangen wäre, wären wir zwanzig gewesen, aber Mutter hat ihn sitzen lassen und ist gestorben. Oh, ja – er hat ihr einen pompösen Abschied bereitet , und hat höchstpersönlich von der Kanzel herab die Predigt gehalten.«

»Sie mochten Ihren Vater nicht?«

»Nein. Ich mochte meinen Vater nicht, Miss Barrington, und daraus mache ich auch kein Hehl. Trotzdem« – er drehte den Kopf zur Seite und ließ den Blick über das von Büchern überquellende Regal schweifen – »geschieht es nicht oft, dass ich ihn in seiner selbstgerechten Ruhe störe, und ganz bestimmt nie, wenn ich meinen Muntermacher intus habe« – er hob die Tasse in ihre Richtung – »nein, dafür ist gewöhnlich ein konkreter Anlass nötig, wie vor einigen Minuten, als ich eine letzte Auseinandersetzung mit meinem Erzfeind Riley hatte. Oh, Sie wissen sicher über Riley Bescheid, jeder tut das. Ich nehme an, das Gespräch hat mir wieder deutlicher vor Augen geführt, wie ungerecht das Leben ist. Nehmen Sie Riley; er ist ein Tunichtgut, ein ziemliches Früchtchen, und stammt aus einer armen Familie. Sein Vater ist arbeitsunfähig, weil er einen schlimmen Rücken hat, obwohl seine Frau ihm das nicht abnimmt; sie sagt, er wäre arbeitsscheu. Außer dem Jungen haben sie noch drei Kinder, alles Mädchen. Und trotzdem hätte ich als Junge jederzeit den Platz mit ihm getauscht, trotz arbeitsscheuem Vater und allem, weil wir in unserem protzigen Haus droben in den Bergen unter der Fuchtel unseres

Vaters im Vergleich zu ihnen ein Leben in der Hölle führten. Und zwar so sehr, dass ich nicht der Einzige unter uns war, der fand, dass diejenigen von uns, die früh gestorben waren, Glück gehabt hatten, weil wir alle wussten, dass er heimlich trank und sich geradezu fanatisch dem Bibelspruch widmete, seid fruchtbar und mehret euch und füllet die Erde und macht sie euch untertan … Was er auch tat, indem er meine Mutter jedes Jahr schwängerte und sie sich auf diese Weise untertan machte. Unterdrückung ist das Wort. Oh, schauen Sie nicht so betroffen, meine Liebe. Es tut mir schrecklich Leid, ich langweile Sie zu Tode.«

»Oh, nein. Nein, bitte … Sie langweilen mich nicht zu Tode. Es ist nur sehr merkwürdig …« Sie sah jetzt auf ihr fast leeres Glas hinab, und ihre Stimme war nur ein Murmeln, als sie sagte: »Die Gefühle, die Sie ihrem Vater gegenüber haben, empfinde ich gegenüber meiner Mutter.«

»Nein! Wirklich?«

»Ja, wirklich. Meine Schwester und ich erstickten in bigottem Mittelklasse-Snobismus. Aber erzählen Sie doch weiter. Bitte, erzählen Sie weiter, Mr. Beardsley.« Sie hob den Kopf und lächelte ihm zu. »Erzählen Sie mir mehr über ihre Familie.«

»Oh, da gibt es nicht viel zu erzählen, außer dass wir alle so schnell wie nur irgend möglich fortgingen, nachdem Mutter gestorben war. Einer meiner Brüder verschwand nach Hongkong. Er kommt alleine sehr gut zurecht. Die beiden anderen sind nach Australien ausgewandert und haben es sogar noch besser getroffen: Sie besitzen eine Ranch und reiten Pferde zu. Und was die Mädchen betrifft, so könnte man sagen, dass die eine sich sehr gut verheiratet hat, die andere weniger. Die eine hat in die Upperclass eingeheiratet, die andere hat einen Mann geehelicht, der seine Hose mit einem Gürtel festzurrt.«

Als er polternd loslachte, dachte sie, jetzt gehe es wieder mit ihm durch, doch es machte ihr nichts aus. Nein, es störte sie nicht im Geringsten. Sie hatte ihn nie in diesem Licht gesehen. Er war wirklich ganz anders.

»Aber ich wette, dass Lucy glücklicher ist als May«, sagte

er, als er sich wieder beruhigt hatte. »Er ist ein wirklich guter Kerl, Robbie.« Er schürzte nachdenklich die Lippen, ehe er weiterredete. »Wissen Sie, dass Sie eine seltsame Wirkung auf mich haben, Miss Barrington? Normalerweise kann ich vier Gläser trinken, bevor ich warm werde. Und hier sitze ich und erzähle Ihnen von meiner Familie. Das ist merkwürdig, denn normalerweise rede ich nie über sie, außer mit einem Familienmitglied. Und ich war bereits an dem Punkt angelangt, wo ich Ihnen über Gwendoline erzählt hätte. Das ist eine wirklich sehr ungewöhnliche Geschichte, die einigermaßen aus dem Rahmen fällt.«

»Wieso? Was ist mit ihr? Ist sie krank?«

»Nein. O nein – weit gefehlt.«

Sie wartete, dass er weitererzählte, doch als er stumm blieb, fragte sie leise: »Ist sie verheiratet?«

»Verheiratet? O nein – nun, ich sage nein, denn im behördlichen Sinn ist Gwendoline nicht verheiratet, aber in gewisser Weise war Gwendoline schon viele, sehr viele Male verheiratet. Sie schauen verwirrt drein? Nun, das ist auch kein Wunder, und Sie würden gerne fragen, womit sie ihren Lebensunterhalt verdient, hab ich recht?«

»Also ich ...«, begann sie, unterbrach sich und fügte mit einem Lachen hinzu: »Ja, bitte.«

Seine Antwort kam ohne Zögern. »Nun, um es klar und deutlich auszudrücken: Sie ist eine Hure.«

Das einfältige Lächeln auf ihrem Gesicht verschwand, und ihr Körper versteifte sich etwas. Er hatte soeben gesagt, dass seine Schwester eine Hure sei. Und das ganz offen und ohne Umschweife.

»Jetzt sind Sie schockiert.«

»Oh, nein. Nein, ich bin nicht schockiert, nur ... überrascht. Das ja, aber nicht schockiert – nein.«

»Ich bin froh. Ich bin froh, dass ...« Seine Stimme klang jetzt nüchtern, und auch sein Gesicht wirkte ernüchtert, als er sich auf der Leiter etwas zur Seite drehte, auf dem Regal ein paar Bücher wegschob und, den Kopf in die Hand gestützt, den Ellenbogen auf das Bett lehnte und dann, als würde er zu sich selbst sprechen, fortfuhr: »Oh, ja, sie war ein wunderschönes Mädchen. Gwendoline war wirklich sehr schön – nicht nur äußerlich, sondern auch in ihrer Seele; und sie hatte Charme eine Menge davon. Ihr größtes Verlangen im Leben war es, zu geben – allerdings nicht nur einem ... nun, eh – einem Mann. Nein. Sie muss von Anfang an gewusst haben, dass es für sie fatal wäre zu heiraten und dass sie sich nicht nach Männern umzusehen brauchte. Sie waren hinter ihr her – wie die Bienen hinter dem Nektar. Und das gefiel unserem lieben Papa natürlich überhaupt nicht. Sie war sein jüngstes Kind, und er wollte sie für sich haben. Sie wusste das, und, was glauben Sie, hat sie getan? Sie ist von zu Hause fortgegangen, sobald sie mit der Schule fertig war. Sie hatte alles vorbereitet, und da sie nun mal Gwendoline war, ging sie nicht alleine fort. Als er hörte, mit wem sie durchgebrannt war, und drohte, er werde den Mann fertig machen, was hat sie da getan? Sie kam nach Hause zurück! Und dort saßen wir alle vier,und die alte Eliza, die seit ihrer Kindheit bei unserer Familie gewesen war, beim Essen beisammen, als plötzlich Gwendoline in der Tür zum Esszimmer stand. Eliza hatte gerade das Dinner serviert, und uns allen blieb vor Staunen der Mund offen stehen. Wir Jungs wollten aufspringen, aber mein Vater brüllte ›Sitzenbleiben!‹, und einen Moment lang blieben wir reglos, wo wir waren, und starrten dieses wunderschön gekleidete Wesen an, das zu uns sagte: ›Hallo, ihr Rasselbande!‹ Dann wandte sie sich Vater zu und zischte: ›Wenn du es wagst, einen Finger gegen John oder sein Geschäft zu heben, stelle ich dich vor der versammelten Gemeinde bloß, von der Kanzel herab – von derselben Kanzel, von der du dein salbungsvolles Geschwafel herunterlaberst. Und was, glaubst du, werde ich ihnen erzählen, wenn ich dort oben stehe? Ich werde ihnen erzählen, dass ich auf den Strich gehe oder es bald tun werde, weil ich bestimmt nicht lange mit John zusammen bin. John ist nicht der erste, bei weitem nicht, Papa!‹, sagte sie. ›Oh, nein; ich habe es vor deiner Nase getrieben, weil ich nun mal so bin: Ich möchte geben, nicht nehmen und raffen und Angst verbreiten und ein falsches Leben leben wie du. Und ich werd' die versammelte

Gemeinde fragen, was sie glauben, dass ihren Diakon zu seinen regelmäßigen Besuchen nach York gezogen hat? Ganz sicher nicht das vierteljährige Treffen mit seinen Anwaltskollegen. Außerdem werde ich die Gemeinde fragen, woher das Geld kam, mit dem Mary Addisons Familie der Umzug nach London schmackhaft gemacht wurde. Nun – wer weiß? Vielleicht hat sie inzwischen meinen Beruf ergriffen, oder ich ihren – wie herum auch immer. Nur du kannst diese Fragen beantworten, Papa.‹

Als er zum Kamin stürzte und den Schürhaken packte, hielten wir ihn fest, die beiden anderen Jungs und ich, und Eliza musste Gwendoline hinausschaffen. Wir reden oft über diesen Tag, sie und ich.« Er nickte ihr zu, doch sie blieb stumm. Sie konnte nicht glauben, was sie da hörte, und dass es Mr. Beardsley war, der es ihr erzählte. Es war, als würde er ein dunkles Geheimnis aus seinem tiefsten Inneren hervorzerren.

»Sagen Sie was.«

»Ich … ich weiß nicht, was ich sagen soll.«

»Na ja, fragen sie mich, warum ich ausgerechnet jetzt darüber rede, obwohl ich überhaupt nicht betütert bin; es braucht mehr als zwei große Port, dass ich einen sitzen habe. Ich frage Sie, denn wenn ich mich selbst fragen würde, ›Warum, zum Teufel, erzähle ich ihr das alles?‹ müsste ich die Antwort Stück für Stück suchen. Ich würde mir wahrscheinlich sagen: ›Vielleicht tu ich das, weil sie ein verschwiegener Mensch ist und – wie ich auch – im Moment ein wenig einsam.‹ Gwendoline hätte das im Nu und mit ein paar wenigen Worten klargelegt. Sie würde nicht um den heißen Brei herumschleichen wie ich. Sie würde mir den wahren Grund nennen können, warum ich eine alte Wunde aufreiße.«

Sie ertappte sich dabei, wie sie ihr Glas mit einem Schluck leer trank, und als sie sich vorbeugte und das Glas auf das Pult stellte, sagte er: »Ich biete ihnen jetzt nichts mehr an. Zwei Glas sind genug für jemanden, der noch nie Port getrunken hat – oh, ja.«

Sie ging nicht weiter darauf ein und ersparte sich die Floskel »Ich hätte auch kein drittes mehr akzeptiert«. Stattdessen sagte sie: »Ist Ihre Schwester ... ich meine, lebt Ihre Schwester noch?«

»Gesund und munter wie eh und je und gut situiert. Wir sehen uns, so oft wir können – und immer in den besten Hotels, das können Sie mir glauben, oder in ihrer Wohnung, obwohl es mir lieber ist, da nicht hinzugehen, weil ich nicht derjenige sein will, der Lord Soundso oder Sir Sonstwen im Treppenhaus erkennt – oh, ja.« Er nickte bekräftigend. »Sie sehen überrascht drein, aber Gwendoline hat sich nie mit weniger als dem Besten abgegeben. Sie nennen sie heutzutage Freunde oder Freundinnen, aber sie hat kein Problem, ihrem Part bei dem Handel dem richtigem Namen zu geben: Mätresse. Und wohlgemerkt: Sie ist sechsundvierzig.. Sie war zehn Jahre lang die Mätresse eines in der Öffentlichkeit sehr bekannten Mannes, und seit er vor drei Jahren gestorben ist, dringe ich nicht weiter in sie.«

Sie saßen sich jetzt schweigend gegenüber und betrachteten einander, und er wäre möglicherweise überrascht gewesen, wenn er ihre Gedanken hätte lesen können, denn sie fragte sich, ob sie selbst jemals geliebt hatte. Und die Antwort war nein. Obwohl sie einmal gedacht hatte, sie würde bald zu leben beginnen. Das war vor Jahren gewesen. Vor wie vielen? Acht, neun? Achteinhalb. Damals war sie sechsundzwanzig. Sie waren seit drei Jahren verlobt gewesen, und einen Monat vor ihrem Hochzeitstermin hatte er ihr offenbart, dass er sich Sorgen wegen ihrer Zukunft mache; er wisse nicht, ob er bereit sei, sich für immer zu binden. Und ... oh, nein! Was für ein sensibler Vorschlag: Er würde nicht mal im Traum daran denken, sie zu fragen, ob sie mit ihm zusammenleben wolle. Was würden ihre Freunde denken und seine Mutter und Father Ramshaw nicht zu vergessen, und, weißt du, die Ehe ist etwas, das in der Katholischen Kirche nicht auf die leichte Schulter genommen wird. Für seine Mutter sei Scheidung auch nie in Frage gekommen, und er teile ihre Ansicht.

Sie konnte ihn vor sich sehen und fragte sich, wie es ihr je möglich gewesen war, ihn zu lieben. Ja, sie wusste, dass seine Mutter nichts von Scheidung hielt, weshalb sein armer

Vater noch immer beträchtliche Unterhaltszahlungen an sie leisten musste und sich deshalb den Buckel krumm arbeitete, um seine neue Familie über Wasser zu halten. Und sie erinnerte sich jetzt auch wieder, dass sie sich gefragt hatte, weshalb sie nicht schon zuvor gesehen hatte, wie ähnlich er seiner Mutter war. Zwar war ihr aufgefallen, dass er über viele Dinge bigotte Ansichten hegte, doch sie hatte über diese Seite seines Charakters hinweggeschaut; niemand ist vollkommen. Und darum war, wenn Sie zurückblickte, die Tatsache, dass er ihr den Laufpass gegeben hatte, längst nicht so schmerzhaft wie es für sie gewesen wäre, hätte sie ihn mit wahrer Leidenschaft geliebt. Weshalb also hatte sie so reagiert? Er war sprachlos gewesen vor Verblüffung, vor fassungslosem Staunen, nachdem sie ihn zuerst rechts und links geohrfeigt, dann angeschrien und schließlich eine Vase auf seinem Kopf zertrümmert hatte. Als sie das Blut sah, das über seine Stirn herablief, war in ihrem Kopf nur noch Chaos und Verwirrung gewesen, und ihr Vater hatte sie in die Arme genommen und sie getröstet, als sei sie wieder ein kleines Kind, während ihre Mutter damit beschäftigt war, sich um ihren ramponierten Ex-Verlobten zu kümmern. Nach diesem unerfreulichen Erlebnis hatte sie einen, wie sie es nannten, kleineren psychischen Zusammenbruch erlebt, auf den eine Reihe von kurzzeitigen Anstellungen als Lehrerin gefolgt war, bis sie schließlich den Job in der Industrie gefunden hatte. Und nun saß sie in diesem winzigen Kabuff mit diesem Mann, der sich als ein ganz anderer Mensch entpuppte, als der reservierte Kollege, für den sie ihn in den Vergangenen Monaten gehalten hatte.

Er nahm ihre Hand und sagte: »Sind Sie in Ordnung? Ich bin ein solcher Idiot! Ich habe Sie mit meinem Gerede in Verlegenheit gebracht. Ich weiß nicht, was in mich gefahren ist! Es tut mir Leid.«

»Ich bitte Sie ... Es braucht Ihnen nicht Leid zu tun. Sie haben damit etwas für mich getan.«

»Ja?«

Sein Gesicht war jetzt dicht vor ihrem, und sie nickte und erwiderte: »Ja. Sie haben eine alte Wunde aufgerissen und sie sauber gekratzt ... Gütiger Gott! Jetzt benutze ich auch schon Ihre Metaphern!« Sie lächelte.

»Oh, meine Metaphern ... Die müssen die Leute zu Tode langweilen.«

»In meinem Fall haben sie sich als sehr konstruktiv erwiesen.«

»Ich will nicht behaupten, dass ich aus allen Wolken falle vor Überraschung, dass Sie eine alte Wunde quält, denn ich dachte mir, dass dem so ist, und wenn ich – wie Sie sagen – sie sauber gekratzt habe, freut mich das umso mehr. Dann ist unser kleiner Umtrunk nicht ganz nutzlos gewesen.«

Er zog die Leiter näher zu ihr heran, und während er sich wieder darauf niederließ, fragte er: »Wann fahren Sie?«

»Morgen irgendwann.«

»Ich auch.«

»Haben Sie ... haben Sie schon konkrete Pläne?«

»Nein, eigentlich nicht. Zumindest habe ich nichts gebucht. Gewöhnlich fahre ich viel in der Weltgeschichte herum, aber dieses Jahr, denke ich, werde ich mir einen Platz irgendwo in Südeuropa suchen und länger dort bleiben. Ich tue dann das, was mir Spaß macht, werde viel spazieren gehen und wandern und mir ein netteste kleines Hotel in der Nähe von einem hübschen Strand suchen, wo ich schwimmen kann und vielleicht sogar ein bisschen segeln und all das.«

Sie sahen einander direkt in die Augen, und er fragte: »Waren Sie schon einmal verliebt?«,und sie antwortete:

»Ja. Zumindest glaubte ich vier Jahre lang, dass ich es sei.«

»Waren Sie verheiratet?«

»Nein, aber kurz davor.«

»Und Sie haben es sich anders überlegt?«

»Nein. Er hat es sich anders überlegt.«

»Dieser blöde Schwachkopf.«

Nun war sie es, die zuerst lauthals und schallend loslachte, doch dann stimmte auch er mit ein, wenn auch fast ein wenig widerstrebend. Sie wischte sich die Augen trocken, als er sie mit leiser Stimme fragte: »Wie lange ist das her?«

»Oh ... sieben, acht Jahre. So in etwa.«

»Und Sie haben es die ganze Zeit, tief in Ihrem Innern vergraben, mit sich herumgeschleppt?«

Sie sah einen Moment lang nachdenklich zu Boden, dann entgegnete sie: »Ja, ich schätze, so könnte man sagen.«

»Ich weiß, wie das ist; ich habe es genauso gemacht.«

Vor Überraschung blieb ihr der Mund offen stehen, ehe sie sagte: »Ich kann mir gar nicht vorstellen, dass Sie jemand sind, der dasitzt und grübelt.«

»Nun, das nicht gerade.« Er grinste schief. »Gegrübelt hab ich nicht unbedingt – eher das Gegenteil: Wegen meiner Reaktion wäre ich um ein Haar hinter schwedische Gardinen gewandert.«

»Sie meinen, ins Gefängnis?«

»Richtig. Wir waren vier Jahre lang verheiratet. Man sagte von uns, wir seien jung und dumm. Aber ich habe mich in meinem ganzen Leben noch nie wirklich jung gefühlt,und dumm ebenfalls nicht. Ich hatte das abschreckende Beispiel meiner Eltern vor Augen und wusste wie ich es nicht machen wollte, also verfiel ich ins andere Extrem: Ich war zu rücksichtsvoll, zu nett, zu vertrauensselig, und außerdem war ich eines Tages drei Stunden früher aus London zurück, als von ihr erwartet, und da entdeckte ich die beiden. Ich war leise nach oben gegangen, weil ich ein besonderes Geschenk für sie hatte und dachte, sie hätte sieh ein wenig hingelegt. Sie war eine blasse und sehr zerbrechliche Frau, ein Rühr-mich-nicht-an-Typ, die verwöhnt und umsorgt werden musste und viel Schlaf brauchte. Aber das, was sie in diesem Augenblick trieben, brauchte – rundheraus gesagt – eine ganze Menge Energie.«

Als sie den Kopf senkte, sagte er: »Entschuldigen Sie ...«

Rasch hob sie den Kopf wieder. »Aber nein. Weshalb denn? Bitte, erzählen Sie weiter.«

»Und wissen Sie, was dann passierte? Mir blieb das Herz stehen. Wirklich – es hörte tatsächlich auf zu schlagen. Ich bin überzeugt, wenn es noch ein paar Sekunden langer stillgestanden hätte, wäre es zu einer Schädigung des Gehirns durch Sauerstoffentzug gekommen. Ganz sicher wäre es das. Anscheinend muss es bei mir aber trotzdem ausgehakt haben, zumindest kurzzeitig, denn was ich mit dem Kerl und ihr – ja, und ihr – gemacht habe, will ich gar nicht im Einzelnen erzählen. Geht ja auch niemanden was an. Er war übrigens nicht mein bester Freund oder etwas in der Art. Ich kannte ihn nicht einmal, ich hatte ihn noch nie zuvor gesehen. Wie sich herausstellte, war er irgendein Verflossener von ihr, einer ihrer ersten. Zuletzt packte ich sie beide bei den Haaren – sonst gab es nichts, wo ich sie hätte packen können –, schleifte sie die Treppe hinab und warf sie aus dem Haus.«

»Oh, nein. Das haben Sie nicht getan!« Sie schüttelte entsetzt den Kopf.

»Oh, ja. Das habe ich getan. Ich sagte Ihnen doch schon, mein Herz war stehen geblieben, und das muss sich wohl vorübergehend auf mein Gehirn ausgewirkt haben: Ich sah rot, und, jawohl, ich hab sie beide aus dem Haus geworfen. Zum Glück der beiden gab es einen kleinen Vorgarten mit einem Eisenzaun davor, und es war schon fast dunkel, aber es war alles andere als ein warmer Tag. Doch Mrs Bradley und Mrs Newbank, die beiden Nachbarinnen rechts und links von unserem Haus, wussten offenbar, was unter meiner Nase vor sich ging, denn sie hatten hinter ihren Rüschenvorhängen gelauert und genug gesehen, und da sie mitfühlende Menschen waren, brachten sie den beiden Decken und riefen den Krankenwagen.«

»Den Krankenwagen?«

»Ja, den Krankenwagen. Sein Kiefer war gebrochen, und er hatte ein paar Zähne verloren. Außerdem hatte er überall diverse Prellungen und kleinere Blessuren. Ich kann mich nicht mehr erinnern, ob sie von meinen Füßen oder von meinen Fäusten stammten. Was sie anging, die Arme, so konnte sie ein paar Tage nicht mehr aus den Augen sehen, und sie hatte ein gebrochenes Handgelenk. Die Sache wurde in den Zeitungen zu einer Sensationsgeschichte aufgeblasen. Sogar die überregionale Presse hat landesweit darüber berichtetet, zwar nur auf der dritten Seite, aber immerhin.«

»Und wie endete die Geschichte? Ich meine, weil Sie gesagt haben, dass Sie fast ins Gefängnis gekommen wären.«

»Oh ... Natürlich wurde die Polizei eingeschaltet, und ich wurde wegen schwerer Körperverletzung verurteilt, bekam aber eine Bewährungsstrafe. Dann verschwand der Fall aus der Presse. Ich glaube, da steckte seine Familie dahinter, vielmehr die seiner Frau ... Oh, ja. Denn wie sich herausstellte, war er verheiratet und hatte vier Kinder, und die Familie, die ziemlich gut betucht ist – sie haben irgendeinen Lebensmittelgroßhandel – wollte offenbar unterbinden, dass ihr Name im Zusammenhang mit diesem Skandal um ihren Schwiegersohn durch den Schmutz gezogen wurde. Später hat sich seine Frau von ihm scheiden lassen.«

»Haben Sie damals hier gelebt?«

»Nein. In York. Ich war zweiundzwanzig, als ich mit der Uni fertig war, und hab im Jahr darauf geheiratet. Mit siebenundzwanzig war ich frisch geschieden und wieder frei; inzwischen hatte ich auch mein Haus und meinen kleinen Buchladen verkauft.« Er nickte erneut. »Ja. Ich hatte einen Buchladen, in dem ich nichts außer Bücher verkauft habe; keine Zeitungen, Zigaretten, Süßigkeiten oder sonst irgendwas – nur Bücher. Buchhandlungen wie diese gibt es heute nicht mehr viele: diese kleinen, hübschen Läden in Seitenstraßen; es sei denn sie haben sich auf seltene Ausgaben oder antiquarische Bücher spezialisiert oder auf Technik und bestimmte Wissenschaftsgebiete. Das folgende Dreivierteljahr oder so habe ich im Ausland verbracht und habe mir all die Städte und Orte angesehen, die ich nur aus Büchern kannte. Dann kam ich zurück und fing hier« – er deutete mit dem Finger auf den Fußboden – »als Lehrer an. Das ist jetzt fast zwanzig Jahre her.«

Ihre Stimme war sanft und leise, als sie sagte: »Sie sollten längst Rektor sein; alle hier scheinen das zu denken.«

»Ja, einschließlich meiner Wenigkeit. Eigentlich sehe ich das genau so.«

»So viel ich mitbekommen habe, seit ich an der Schule bin, haben Sie einer ganzen Reihe von Jungs sehr geholfen, versetzt zu werden oder Perspektiven für die Zukunft zu finden.«

»Die, die sich für den Lehrstoff interessiert haben, hätten

es auch so geschafft; den Gescheiten zu helfen, ist leicht. Die schwierigen Fälle sind solche wie Riley, aber am Ende ist die Befriedigung umso größer, wenn sie es auf dem einen oder anderen Gebiet fertig bringen nach oben zu kommen, außer natürlich in der Kunst des Autoknackens.« Sie lächelten einander an, und er sagte: »Das Thema bewirkt jedes Mal, dass ich mich alt fühle. Schauen Sie sich mein Haar an: Es wird weiß.«

»Nein, das tut es nicht. Es ist nur etwas grau.«

»Tja, mit achtundvierzig sollte man sich damit abfinden, dass man ein bisschen angraut ... Sie wollen nur nett zu mir sein.«

»Ja, so könnte man das ausdrücken.«

Sie lachten erneut, und, sich zu ihr beugend, meinte er:

»Wissen Sie, worauf ich im Augenblick am meisten Lust hätte?«

Sie schüttelte den Kopf.

»Auf eine Tasse Tee.«

»Wirklich?« Auf ihrem Gesicht erschien ein strahlendes Lächeln. »Ich auch.«

»Nun, warum sitzen wir dann noch hier herum? Wir können entweder ins Lehrerzimmer gehen und uns einen machen – wenn wir Glück haben ist auch noch etwas Milch übrig –, oder wir gehen wie zivilisierte Menschen in ein Café. Was meinen Sie?«

»In einem Café könnten wir nicht reden.«

»Nein, das könnten wir nicht. Also kommen Sie.«

Als er ihre Hand ergriff und sie auf die Beine zog, widerstrebte ihr Körper ihm einen Augenblick lang, nicht, weil sie nicht mit ihm gehen wollte, sondern weil sie gern noch länger gelacht hätte ...

Sie setzten sich an einen kleinen Tisch vor dem offenen Fenster und nippten an ihrem Tee. Schweigend sah sie auf die Spielfelder im Schulhof hinab, als er sagte: »Wie lange ist es her, dass wir im Korridor zusammengestoßen sind, als Sie aus Ihrem Zimmer kamen?«

Sie sah auf ihre Uhr. »Ungefähr eine Stunde, oder etwas mehr.«

»Das kann nicht sein.«

Sie sah noch einmal auf die Uhr. »Doch, ja. Ich würde sagen, es war vor genau einer Stunde.«

»Ihre Uhr sagt das, der Stand der Zeiger sagt das, aber für Sie selbst – nach Ihrem eigenen Zeitempfinden, wie lange ist es da her, dass wir ineinander gerannt sind?«

Sie sah ihn mit großen Augen an, den Kopf leicht zur Seite geneigt, doch als sie nicht darauf antwortete, erklärte er: »Es kommt mir wie eine halbe Ewigkeit vor, weil ich in der Zeit, die Sie eine Stunde nennen, so mit Ihnen gesprochen habe, wie seit Jahren mit niemandem mehr, und das ist die reine Wahrheit. Sie sind die einzige in dieser Stadt oder sonst irgendwo, die weiß, womit Gwendoline ihren Lebensunterhalt verdient; Sie sind die einzige, die weiß, dass ich meinen Vater noch immer hasse – auch sein Tod vor drei Jahren hat meinen Hass nicht mindern können; Sie sind die einzige in dieser Schule, der ich die andere Seite von Grizzly Beardsley, wie mich die Schüler nennen, gezeigt habe. Und noch etwas, das Ihnen vielleicht gar nicht aufgefallen ist: Sie haben von sich aus über die Fassade gesprochen, die sie wie ein Schutzschild um sich aufgebaut haben, auf dem mit großen Buchstaben steht: Bis hierher und nicht weiter. Ich glaube, ich bin der einzige, der hinter diesen Schutzschild geschaut hat. Hab ich recht?«

Ein langer Augenblick verstrich, in dem nur ihre Blicke stumme Zwiesprache hielten, dann murmelte sie: »Ja – ja, Sie haben recht.«

»Also sagen Sie: Wie messen Sie die Zeit wirklich, die Sie als eine Stunde bezeichnet haben und in der ich Sie kennen lernen konnte und Sie mich, und ich Sie trotzdem noch immer nicht Louise genannt habe, oder Sie mich Fred?« Er beugte sich näher zu ihr, fast bis über ihre Hände, die, Tasse und Untertasse umschließend, vor ihr auf dem Tisch ruhten.

»Wissen Sie was? Wir werden nie mehr dieselben sein – Sie und ich, nach dieser nicht kalkulierbaren und messbaren Spanne von Zeit, die wir gemeinsam verbracht haben. Sind Sie soweit mit mir einverstanden?«

Sie nickte fast unmerklich und erwiderte leise: »Ja, das bin ich, Fred.«

Er holte tief Luft, zog dann seinen Stuhl näher an den Tisch, damit er seine Hände auf die ihren legen konnte, und fuhr fort: »Ich möchte Sie zwei Dinge fragen. Die zweite Frage hängt von Ihrer Antwort auf die erste ab. Und die ist ganz einfach: Wären Ihre Schwester und deren Familie sehr enttäuscht, wenn Sie nicht mit ihnen in den Urlaub kämen?«

Sie erwiderte seinen Blick und sah ihm fest in die Augen, während sie sich fragte: Würden sie sehr enttäuscht sein? Ja – in gewisser Weise schon. Ja, sie wären enttäuscht. Aber weshalb? Weil die beiden öfters ausgehen konnten, wenn Tante Louise im Haus war und auf die zwei Kleinen aufpasste, die neun und zehn waren. Mit den beiden Kleinen kam sie gut zurecht; es war die fünfzehnjährige Susan, mit der sie Schwierigkeiten hatte. So sehr sie sich auch bemühte, sie mochte ihre älteste Nichte nicht besonders. Obwohl sie es sich nie hatte anmerken lassen, zumindest hoffte sie das. Auch ihre Schwester hatte Probleme mit der Ältesten, und ihre Standardantwort auf Susans ständiges Gemaunze war: »Du kannst ausgehen, wenn Tante Louise mitkommt.« Aber welche Fünfzehnjährige geht schon gerne mit ihrer Tante, die so alt ist wie ihre Mutter, in die Disco? Und darum antwortete sie ihm: »Nein. Sie sehen es nur gern, wenn ich ihr Haus als mein Zuhause betrachte. Es ist nichts Besonderes, wenn ich auf Besuch bin, und außerdem«, sie fuhr ohne einen Hauch von Bitterkeit in der Stimme fort, »sind ledige Tanten bestens geeignet, wenn es darum geht, jemanden um den Finger zu wickeln: man kann sie um Dinge bitten, die man von seinen Freunden niemals verlangen würde.«

»Oh, Louise. Ihr Scharfblick ist bewundernswert. Ich glaube, Sie haben damit die zweite Frage auch schon beantwortet: ›Würde *ihnen* etwas fehlen, wenn Sie nicht zusammen mit Ihrer Familie Ferien machen würden?‹«

Als sie nicht sofort antwortete, zog er fragend die Augenbrauen in die Höhe, bis sie erwiderte: »Na ja, in meinem Fall hängt das davon ab, ob ich stattdessen etwas Besseres habe, womit ich meine Zeit ausfülle.«

Sie sah, wie er sich auf die Lippe biss, dann sagte er: »Ich möchte Ihnen etwas vorschlagen, das helfen könnte, die Zeit auszufüllen, Louise ... Obwohl ich Sie jetzt besser kenne als sonst irgendwer, und obgleich ich den Wunsch, Sie näher kennen zu lernen, schon von dem Augenblick an hatte, als ich Sie das erste Mal sah, war mir der Grund, warum ich das wollte, lange nicht klar. Ich habe nie gewagt, dies mir selbst gegenüber in Worte zu fassen, bis mich vorhin in Ihrer Gegenwart dieses seltsam komprimierte Zeitempfinden überkam, denn ich weiß genau, dass mir nichts so Bedeutendes in nur einer Stunde widerfahren kann. Nein, der Samen dazu wurde schon vor langer Zeit – nun, äh, im Januar dieses Jahres – gepflanzt und er fiel, das kann ich Ihnen versichern, auf sehr harten und steinigen Boden. Auf kargen Boden, auf Boden, der gegen das Gedeihen von Gefühlen immun war. Oh, ja. Alle Emotionen wurden von den langatmigen Tiraden, dieser Beardsley über alle möglichen Themen erstickt, und von dem Gerücht, dass er mit Frauen – ob in oder außerhalb der Schule – nicht viel anfangen kann. Er war immer höflich zu ihnen, manchmal sogar charmant, besonders bei Elternabenden, aber man hatte Kolleginnen vor seiner scharfen Zunge gewarnt. Sie wussten, wie weit sie gehen konnten, und machten es sich zur Aufgabe, andere Kolleginnen zu warnen – wie sie Sie gewarnt haben, nicht wahr, Louise?«

»Ja, das haben sie, *Fred.*« Sie hatte das Fred betont, und sie kicherten beide albern.

»Sie haben sich gefragt, Louise, warum die Kolleginnen sich überhaupt mit diesem grauhaarigen Kerl beschäftigen. Er ist sicherlich schon in den Vierzigern – wahrscheinlich schon Ende Vierzig, haben Sie sich sicherlich gedacht.«

»Nein, das habe ich nicht. Ich hab das nie gedacht. Ich dachte, Sie sind Ende Dreißig.«

»Dann waren Sie in der Tat sehr freundlich. Aber im Augenblick geht es um alles oder nichts. Na ja – vielleicht nicht um alles oder nichts, aber darum, ob wir noch einmal diesen

Zustand erreichen können, in dem die Zeit ihre Bedeutung verliert. Nur darum geht es. Morgen früh steige ich in mein Auto und fahre runter nach Dover. Ich nehme mitsamt Wagen die Fähre nach Frankreich und fahre dann quer durchs Land nach Süden, wobei ich die ganze Zeit darüber nachgrübeln werde, warum ich alleine bin … Aber diesesmal frage ich mich, frage ich Sie, ob ich auf dieser Reise eine Begleiterin haben werde. Es kann …«, er hob jetzt die Hand wie ein Verkehrspolizist, der den Verkehr stoppt, » … es kann vollkommen platonisch sein oder auch das völlige Gegenteil. Das entscheiden allein Sie. Und wenn Sie nicht möchten, dass irgendjemand davon erfährt, dann liegt das auch ganz bei Ihnen. Ich könnte Sie morgen früh abholen, und schon wären wir unterwegs. Falls nicht, dann bleibt alles beim alten: Beardsley fährt alleine in die Ferien, und Miss Barrington besucht ihre Schwester in Rye.«

Sie presste ihren Rücken fest gegen die Stuhllehne und starrte ihn aus großen Augen an. Er bot ihr für sechs Wochen seine Begleitung an. Sie würden in Hotels übernachten und an Stränden faulenzen. Sie würden Orte besuchen, von denen sie noch nicht einmal geträumt hatte, und ihre Beziehung konnte – wie er noch einmal betonte – platonisch sein oder auch nicht. *Platonisch oder auch nicht.* Sie würde klar sagen müssen … Was würde sie sagen müssen? Sie hatte sich in ihrem ganzen Leben noch nie so gefühlt. Sie fühlte sich großartig, von freudiger Erregung erfüllt, anders, so völlig anders, so frei. Vielleicht war das nicht das richtige Wort, denn das Gefühl der Ablehnung, das sie Jahre lang mit sich herumgeschleppt hatte, existierte jetzt nicht mehr. Jemand wollte und begehrte sie. Man sagte nicht zu ihr: »Ich habe vier Jahre mit dir gelebt und kann mir eine Ehe mit dir nicht vorstellen«.

Denn wenn man dir solche Dinge sagt, fühlst du dich wie ein Nichts und deine Gefühle erstarren wie im ewigen Frost und tauen nur in der Dunkelheit der Nacht auf, wenn deine Sehnsucht nach Liebe überwältigend wird.

Platonisch oder auch nicht.

Ihre Stimme war so sanft wie der Blick in ihren Augen, als

sie erwiderte: »Wieso bis morgen warten? Bis zehn Uhr oder so ist es doch hell.«

Sie beobachtete, wie sein Kopf für einen Augenblick auf seine Brust sank, und sie hörte ihn murmeln: »Oh, Louise, meine liebe, liebe Louise.« Dann erschreckte er sie, als er ihre Hand packte, sie auf die Füße, um den Tisch herum und in seine Arme zog. Obwohl er sie fest an sich presste, küsste er sie nicht, und seine Stimme war heiser vor Emotionen, als er sagte: »Das nennt man die Dinge überstürzen, und das ist mehr als nur platonisch, und Sie haben sich noch nicht mal entschieden.« Er ließ die Arme sinken, ergriff wieder ihre Hand und war im Begriff loszurennen, als sein Blick an der gebrauchten Teetasse und dem Glas auf dem Fensterbrett hängen blieb. »Oh, zum Teufel damit«, brummte er. »Ich spreche mit Robson, wenn ich aus dem Haus gehe,und erkläre es ihm.« Dann, als sie bereits aus dem Raum stürmten, fügte er hinzu. »Aber ich sollte besser nicht zu viel erklären, oder?«

»Wohin gehen wir?«,keuchte sie.

»In mein Zimmer zurück, um das Buch zu holen, wegen dem Sie mitgekommen sind, Miss Barrington, und den Rest von dem Port. Das dauert nur fünf Minuten.«

Und wenn es fünf Stunden gedauert hätte – es war ihr egal. Sie fühlte sich so lebendig. Sie lebte, sie rannte. Sie rannte Hand in Hand mit Mr. Fred Beardsley, und sie fuhren nach Frankreich und sie würden fünf oder sechs Wochen zusammen sein. Sie war wieder jung, und sie war verliebt. Ja, sie war verliebt! Oh, ja, das war sie, und in einen solchen Mann. Und er war in sie verliebt. Oh, ja, er war bis über beide Ohren in sie verliebt, und alles war innerhalb einer Stunde passiert. Sie versuchte, sich einzureden, dass das nicht geschehen sein konnte. Doch es war geschehen ... *Es war geschehen.* Wie er gesagt hatte: Was bedeutete schon Zeit?

»Ich sage dir, ich hab ihn aus dem Lehrerzimmer stürmen sehen, und er zerrte Miss Barrington hinter sich her; sie rannten den Korridor runter und verschwanden in seinem Kabuff.

Als ich mit dem Abwaschen der Tassen, die sie im Lehrerzimmer haben stehen lassen, fertig war und wieder auf den Gang rauskam, flitzten sie gerade durch den Haupteingang und liefen, noch immer Hand in Hand, rüber zum Parkplatz.«

Mrs. Robson sah aus ihrem Küchenfenster und sagte: »Ich bin hier am Fenster gestanden und hab die Backsachen abgewaschen. Daher habe ich sein Auto rausfahren sehen, aber ich hab nur ihn drin erkannt.«

»Von hier aus kannste ja auch gar nicht mehr sehen.«

»Kann es sein, dass du schon wieder getrunken hast?«

»Wie kommste jetzt auf so was, Frau? Ich sag dir, ich hab ihn mit ihr in sein Zimmer rennen sehen!«

»Ja, ja. Ich weiß, was du gesagt hast. Aber bei ihm, mit seinem Geschrei und Gebrülle und seiner Flucherei und noch dazu, dass ihm manchmal die Hand ausrutscht, is' es 'n Wunder, dass sich noch niemand von den Eltern beschwert hat. Und du sagst, er ist mit dieser steifen Etepetete-Zicke an der Hand aus dem Schulhaus gerannt? Erst gestern haben sie im Lehrerzimmer darüber geredet – ich hab's gehört, wie ich ihr Teegeschirr abgewaschen hab, dass sie nicht überrascht wären, wenn sie in den Ferien ihre Kündigung einreichen würde. Sie hat nicht viel mit den Kollegen zu tun und bleibt meistens für sich. Sie is' 'n bisschen hochnäsig, wenn du mich fragst.«

»Mir gegenüber war sie nie hochnäsig. Sie is' immer sehr höflich zu mir gewesen und sie kommt immer gut angezogen zum Unterricht, nicht so wie einige dieser anderen Flittchen, die überhaupt keine Lehrerinnen sein sollten, wennste mich fragst.«

»Setz dich jetzt und trink deinen Tee.«

»Du glaubst mir nicht, wie?«

»Das kann ich nicht. Wie denn auch? Wenn es tatsächlich er war, den du gesehen hast, dann kann sie es nicht gewesen sein, und wenn sie es war, die du gesehen hast, dann kann er es nicht gewesen sein. Beardsley und Miss Barrington! Ich bitte dich! Wo hast du nur deinen Verstand, Joss?«

Joss Robson ließ sich mit einem Seufzen am Tisch nieder, doch anstatt nach Messer und Gabel zu greifen und sich über den Schinken-Zunge-Salat herzumachen, starrte er nur gedankenverloren darauf hinunter. Es war schon so, wie sie sagte. Es war einfach unglaublich: Der alte Grizzly Beardsley und die junge Miss Barrington. Andererseits jedoch – ganz so alt war er auch wieder nicht, und sie war ja auch nicht mehr ganz so taufrisch. Schließlich hatte er beide beobachtet, oder? Oder etwa nicht?

Das Gebrüll, das ihr Ehemann ausstieß, ließ Mrs. Robson zusammenfahren, und beinahe hätte sie die beiden Tassen fallen lassen, die sie aus dem Geschirrregal nahm: »Willste mir jetzt einreden, dass ich Kuhfladen auf meinen Augen habe, Frau? Ich hab sie gesehen, basta!«

Jetzt wieder ganz ruhig, ging sie zum Tisch, drückte ihn auf seinen Stuhl zurück und meinte: »Wenn du sagst, du hast sie gesehen, dann hast du sie gesehen. Ich streite es ja gar nicht ab. Und jetzt trink deinen Tee.«

Sie würde ihn überreden müssen, dass er am Montag zum Arzt ging, um sich ein Beruhigungsmittel oder etwas in der Art verschreiben zu lassen. Er war in letzter Zeit mit den Nerven ziemlich am Ende, aber wer wäre das nicht, bei dieser Bande von Rabauken. Die Hälfte von ihnen waren kleine Teufel und Spitzbuben. Früher war er nie so nervös und aufbrausend gewesen. Und jetzt sah er schon Dinge, die nur in seiner Einbildung existierten. Oh, ja – er sah Dinge, die gar nicht möglich sein konnten.

2

Der Mann trug einen weißen Leinenanzug und ein blassblaues Seidenhemd mit grauer Seidenkrawatte. Die Frau an seiner Seite war in ein malvenfarbenes Kostüm gekleidet; darüber trug sie einen hellbraunen, geriffelten Seidenmantel mit dreiviertellangen Ärmeln. Ebenso wie der Mann hatte sie keinen Hut, doch während seine Haare grau waren, schimmerten ihre in einem kräftigen Kastanienrot und fielen, zu einer glatten Innenrolle frisiert, bis zum Ansatz ihres schlanken Nackens hinab. Sie schlenderten eine schmale, von Bäumen gesäumte Straße entlang, die auf die Champs-Elysées mündete.

Er blieb vor einem Blumenladen stehen und heftete ihr einen kleinen Strauß Veilchen ans Revers ihres Mantels. Sein Kopf ruckte zur Seite, als er jemanden auf der anderen Straßenseite laut seinen Namen rufen hörte. Sie drehten sich beide um und sahen zu der auf sie zulaufenden Gestalt hinüber; eigentlich waren es zwei Gestalten, doch die zweite rannte nicht. Zu der Frau gewandt, sagte der Mann: »Das ist unmöglich. Nicht hier. Nicht hier! Riley? Nein! Das ist doch nicht möglich.«

»Hallo, Mr. Beardsley. Heh! Ich wollte meinen Augen nicht trauen. Wir sind Ihnen schon die ganze Zeit auf der anderen Straßenseite gefolgt, und ich hab zu meinem Onkel Frank hier gesagt: ›Das ist Mr. Beardsley. Es gibt nur einen Mr. Beardsley auf der Welt.‹ Und mein Onkel hat gesagt: ›Es gibt Dutzende von Männern mit grauen Haaren‹, aber ich hab gesagt, ›nicht so wie seine‹. Nicht so wie Ihre, Mr. Beardsley. Und außerdem stimmte auch die Größe und alles.«

Sie waren ein paar Schritte von dem Blumenladen weggeschlendert, blieben jedoch erneut stehen, als Riley mit schrill erhobener Stimme ausrief: »Du kriegst die Motten! Sie sind das, Miss Barrington! Sieh an, sieh an. Ich hab Sie gar nicht erkannt.« Vor Freude strahlend, grinste er Mr, Beardsley an, dann kehrte sein Blick wieder zu Louise zurück, ehe er sich zu dem groß gewachsenen, dünnen Mann an seiner Seite wandte und erklärte: »Miss Barrington ist ebenfalls Lehrerin an der Schule.«

»Erfreut, Sie kennen zu lernen.« Der groß gewachsene, schlanke Mann streckte ihr die Hand entgegen, und Louise ergriff sie und schüttelte sie. Mit einem strahlenden Lächeln auf dem Gesicht sagte sie: »Freut mich ebenfalls, Sie kennen zu lernen.«

»Was um alles in der Welt machen Sie in Paris, Riley?« Es war der Lehrer in ihm, der dies sagte.

»Das ist eine lange Geschichte, Sir. Ich habe ein Wochenende in Paris gewonnen, aber meine Ma wollte mich nicht alleine fahren lassen. Ich wäre so und so nicht alleine gewesen: Sie hätten mir einen Führer oder was ähnliches mitgegeben, aber meine Mam bestand darauf, dass das entweder mein Onkel Frank übernimmt oder gar niemand. Er ist ein guter Kerl, mein Onkel Frank.« Als Riley seinem Onkel mit dem Ellbogen in die Rippen knuffte, knurrte der groß gewachsene Mann: »Vorsicht, Junge. Reiß dich am Riemen!«

»Sind Sie für eine kurze Stippvisite rübergekommen, Miss, übers Wochenende oder so, meine ich?«

Bevor sie Gelegenheit hatte zu antworten, bellte Beardsley: »Nein, sie ist nicht für eine kurze Stippvisite übers Wochenende oder so rübergekommen, und ...«

»Deine Stimme, Fred«, unterbrach ihn Louise.

»Oh, ja ...«, brummte er und nickte ihr zu, fügte dann jedoch hinzu: »Das ist Riley, mit dem ich hier rede, Louise! Riley. Du erinnerst dich doch an Riley.« Dann wandte er sich an den groß gewachsenen Mann und erklärte: »Er war der einzige meiner Schüler, den ich in meinem Leben nie wieder sehen wollte.«

»War es so schlimm?«

»Ja, es war so schlimm. Und da ist noch etwas, das ich klarstellen möchte« – er stupste mit ausgestrecktem Fingen gegen die Brust des Jungen – »die korrekte Anrede für sie ist Mrs. Beardsley, nicht Miss Barrington.«

Rileys Mund klappte weit auf, und es vergingen gut dreißig Sekunden, ehe er wieder die Sprache fand und griente: »Kein Scherz?«

Mr. Beardsley holte tief Luft, zog das Kinn ein, und als er antwortete, klang es wie ein Seufzen: »Kein Scherz, Riley. Kein Scherz.«

»Meine Glückwünsche, Miss ... Mrs. Beardsley.« Riley ergriff jetzt Louises Hand und schüttelte sie heftig, dann wandte er sich an den groß gewachsenen Mann an seiner Seite »Was sagst du dazu, Onkel? Wie findest du das? Mr. Beardsley hat geheiratet. Sieh an, sieh an! Wann denn, Mr. Beardsley?«

Fred und Louise tauschten Blicke, und es war Louise, die antwortete: »Heute vor fünf Wochen.«

Riley fiel es offensichtlich schwer, dies alles zu glauben, denn nach einer kurzen Pause fügte er hinzu: »Das muss gleich nach Ferienbeginn gewesen sein, kurz nachdem wir uns zum letzten Mal gesehen haben.«

»Genau, Riley. Kurz nachdem wir uns auf Nimmerwiedersehen gesagt haben.«

»Haben Sie in St. Bede's geheiratet? Ich wär' gern dabei gewesen.«

Diesmal war es Fred, der antwortete: »Nein, Riley. Wir haben nicht in St. Bede's geheiratet, sondern in Bayern, in einer kleinen Kapelle in den Vorbergen der Alpen.«

Es war nicht zu übersehen, dass Riley von dieser Neuigkeit im höchsten Maß erstaunt war. Mit großen Augen von ihm zu ihr und wieder zurück blickend, murmelte er: »Hey! Du lieber Gott, in Bayern!«

»Nein, Riley«, gab Fred mit einem ironischen Kopfschütteln zurück, »der liebe Gott war nicht dabei. Aber dafür eine ganze Menge Leute aus dem Dorf.«

Rileys Onkel lachte schallend auf, und Riley, der in sein Lachen einstimmte, sagte zu ihm: »Das ist Mr. Beardsley; der, von dem ich dir erzählt habe, dass er immer einen Spruch auf Lager hat, mit dem er dich jedes Mal wieder in den Sack steckt.« Er wandte sich wieder zu Fred um und fragte: »Wie sind Sie dorthin gekommen?« Nun ebenfalls grinsende antwortete Fred: »Wir sind nach Dover gelaufen, über den Kanal geschwommen und dann durch Nordfrankreich, Belgien und ganz Deutschland gestiefelt und haben schließlich mit qualmenden Socken und Blasen an den Füßen Bayern erreicht.«

Sie lachten jetzt alle, doch Riley spann den Gedanken weiter und hielt auch nicht damit hinterm Berg: »Das kann ich mir vorstellen, dass Sie da fußkrank gewesen wären und sicherlich einige Paar Stiefel durchgelaufen hätten, aber ... aber so etwas zu machen würde bestimmt eine ziemliche Zeit dauern, nicht wahr, Sir? Und Sie müssen das alles schon zuvor geplant haben, und niemand wusste etwas davon. Ich meine niemand an der Schule.«

»Nein. Wir haben es nicht geplant, Riley. Es war eine spontane Entscheidung, die Eingebung eines Augenblicks sozusagen, und zwar just an diesem denkwürdigen Tag, an dem ich Ihnen gesagt habe, dass ich Sie nie mehr wiedersehen möchte.

»War es nicht so, Liebes?«

Louise nickte und erwiderte: »Ja, Riley, so war es: Der Eingebung des Augenblicks folgend; wobei Sie, das kann ich ja verraten, derjenige waren, mit dem alles angefangen hat.«

»Was! Ich?«

»Ja, Riley, Sie.«

Fred drehte den Kopf und sah sie überrascht an. »Das hast du mir gegenüber nie erwähnt«, sagte er.

»Nein, das hab ich nicht. Aber erinnerst du dich an das Gespräch, das du mit diesem jungen Mann hattest?«

»Oh, ja, Miss«, platzte Riley dazwischen. »Ich erinnere mich noch genau: Das Gespräch bei meinem Abgang von der Schule. Es war so was wie 'ne Gardinenpredigt.«

»In gewisser Weise war es das, Riley. Aber mir hat es eine ganz andere Seite von Grizzly Beardsley gezeigt, die ich bis dahin nicht kannte.«

Rileys schallendes Lachen hallte so laut durch die Straße, dass sich die Leute nach ihnen umdrehten, was ihn nicht weiter anfocht, denn mit kaum geminderter Lautstärke prustete er ihnen ins Gesicht: »Klingt witzig, wenn Sie ihn so nennen! Aber Sie wollen damit sagen, dass es mit Ihnen beiden damals anfing?«

»Richtig, Riley. Aber ich möchte, dass Sie das für sich behalten – als ein kleines Geheimnis, das uns drei verbindet, denn ich habe das Gefühl, dass wir uns in Zukunft vielleicht öfters sehen.«

»Oh ... Nicht, wenn ich es verhindern kann«, schränkte ihr Mann mit heftigem Kopfschütteln ein, und Riley griente: »Er wird in dieser Sache nicht viel zu sagen haben, nicht wahr, Miss ... äh ... Madam? Weil Ehemänner das nie haben, wenn man auf das, was meine Mam sagt, was geben kann.«

»Womit haben Sie eigentlich eine so weite Reise gewonnen, Riley?«

»Mit Schauspielerei, Miss.«

»Schauspielerei?«

Freds Stimme übertönte die ihre, als er wie ein Echo die Frage wiederholte: »Schauspielerei?«

»Ja, Sir«, sagte Riley. »Sie waren doch derjenige, der mir am letzten Schultag gesagt hat, dass ich ein Talent habe; ich meine, als Komiker oder so. Sie hatten einen Wettbewerb ausgeschrieben – drei Wochen lang, am Theater in Fellburn. Für Schauspieltalente bis siebzehn. Puh! Ich wette, Sie haben noch nie so 'ne lange Schlange gesehen. Mein Dad meinte, ich hätte nicht den Hauch einer Chance, aber mein Onkel Frank sagte, nur Mut, Junge, und sei bei dem, was du vortragen willst, ganz natürlich. Und such dir jemanden aus, den du gut kennst. War's nicht so, Onkel?«

Onkel Frank nickte. »Ja, das hab ich gesagt. Sei ganz du selbst, hab ich ihm gesagt, aber such dir jemanden aus, den du sehr gut kennst und den du imitieren kannst.«

»Und das hab ich dann auch gemacht«, grinste Riley.

»Und wen haben Sie sich ausgesucht?«

»Sie, Sir. «

Einen Augenblick lang herrschte verblüfftes Schweigen, dann hallte Mr. Beardsleys entrüstetes »Sie haben was?« wie ein Bellen durch die Straße, und erneut sah sich seine Frau veranlasst, ihn zu bremsen: »Fred, wir sind auf der Straße. Die Leute schauen schon; sie denken wir streiten oder fangen eine Prügelei an.«

»Das werden wir auch gleich, meine Liebe, falls er sich erdreistet hat, einen Narren aus mir zu machen.«

»Oh, nein, Sir. Das habe ich nicht. Ich ... na ja, ich ... ich hab Sie nur imitiert.«

Erneutes Schweigen. Diesmal war es Louise, die, ihr Lachen nur mühsam unterdrückend, sagte: »Und wie haben Sie ihn imitiert, Riley?«

»Na ja ... äh ...« Riley warf einen besorgten Blick in Richtung seines ehemaligen Lehrers und Widersachers und lachte kurz auf. »Mr Beardsley, müssen Sie wissen, Miss, hat verschiedene Gesichter für die verschiedenen Dinge, die er sagt.«

Fred und Louise tauschten Blicke, er mit hochgezogenen Brauen, sie mit einer Hand auf dem Mund und lachenden Augen. »Wissen Sie, was ich meine?«,fuhr Riley fort. »Na ja, wenn er Ihnen zuhört und ihm nicht gefällt, was Sie sagen, dann werden seine Augen irgendwie schmal, zu Schlitzen wie bei 'nem Chinesen, und seine lange Oberlippe – Sie haben eine lange Oberlippe, Sir, das wissen Sie ja selbst ...« Riley holte tief Luft, ehe er weitersprach. »Na ja ... Sie schieben die Lippe nach unten über die Unterlippe, ungefähr so ...« – er demonstrierte, was er meinte – »und natürlich schiebt sich dadurch auch ihre Nase nach unten. Es sieht aus, als könnten Sie nicht glauben, was Sie hören. Wissen Sie, was ich meine, Sir?« Louise konnte ihr Lachen nicht mehr länger zurückhalten, und es schallte jetzt glockenhell über die Straße und veranlasste die Vorübergehenden, mit einem neugierigen Lächeln die Köpfe zu drehen. Fred lächelte nicht; er knurrte nur grimmig: »Erzählen Sie weiter.«

»Wenn Sie wollen.« Riley sah eine Weile auf seine Füße hinab, ehe er leise fortfuhr: »Ihre Ohren, Sir. Sie wissen schon, wenn die Schüler nuscheln und im Dialekt reden und kein – wie Sie es nennen – einfaches, verständliches Englisch sprechen, dann hören Sie gar nicht zu, sondern stecken einen Finger in Ihr Ohr und schütteln ihn, ohne ihn rauszunehmen, und dann nehmen Sie ihn raus, schlagen sich mit der flachen Hand aufs Ohr und sagen ...« – er verfiel in eine bemerkenswert gekonnte Imitation der Stimme seines Lehrers: »›Ojeoje! Du meine Güte! Ich kann kein Wort hören; keiner von uns hier in dem Raum kann ein Wort hören. Ojeoje! Wie schade. Wie schade. Wenn dieser Junge nur Englisch sprechen könnte, würde er vielleicht eines Tages einen Job kriegen und seinen Lebensunterhalt verdienen können.‹«

Louise hatte sich jetzt umgedreht und lehnte sich Halt suchend an ihren Mann, und auch er hielt den Kopf gesenkt und bemühte sich vergeblich zu verbergen, dass er am ganzen Leib vor Lachen bebte. Auch Rileys Onkel Frank wurde von einem vergnügten Glucksen geschüttelt.

»Und? Wie fanden sie mich?«

»Oh, Sir, die Leute haben Tränen gelacht. Und ich war einer der zehn, die sie aus allen Bewerbern ausgewählt haben, und dann einer von Dreien, die aus den zehn gewählt wurden.«

»Alles Komiker?«

»O nein. Nein, Sir. Ich war der einzige. Ich meine, zu Anfang waren es Dutzende, sogar einige Dutzend Witzbolde, so genannte, wie der Mann sagte, aber ... na ja, sie hatten alle Witze drauf, die so alt waren wie der Bart von Ihrem Großvater, oder solche, die die echten Komiker schon vor Jahren aussortiert haben, oder sie hatten nur Kalauer von der Sorte › ...blabla sagt er, und ich sage ...‹ auf Lager. Von denen krieg ich Zahnschmerzen. Wie auch immer – einer von uns Dreien war 'n Sänger,und der andere rezitierte Shakespeare. Ich dachte nicht, dass ich gegen die beiden eine Chance habe, weil sie wirklich gut waren, vor allem der Sänger. Er hatte 'ne tolle Stimme. Ich war mir sicher, dass er den Preis kriegt.«

»Aber er hat die Leute nicht zum Lachen gebracht?«

»Nein, Sir. Er hat die Leute nicht zum Lachen gebracht.«

»Aber als Sie mich parodiert haben, da lachten sie?«

Riley sah von seinem Onkel zu Louise und sagte: »Er zieht doch wirklich Gesichter, wenn er wütend wird, stimmt's nicht, Miss?«

»Nun, eh.«, um die Wahrheit zu sagen, Riley, habe ich diese Seite von ihm noch nicht kennen gelernt. Ich habe ihn bisher noch nicht wütend gemacht. Aber in Zukunft werde ich ganz sicher darauf achten. Möchten Sie tatsächlich zur Bühne gehen?«

»So wie's aussieht, Miss, isses das einzige, was ich kann. Er hier«, er nickte mit dem Kopf in Freds Richtung, »hat mir gesagt, dass ich zu nichts anderem gut bin. Aber es is' schon komisch, dass er das gesagt hat, weil das der erste und einzige Job ist, den man mir angeboten hat.«

»Man hat Ihnen einen Job auf der Bühne angeboten?«

»O nein. Nein, Sir. Aber wieso sind Sie so überrascht? Ich hab schließlich die Reise gewonnen, oder? Und mit bei der Reise dabei ist ein Job.«

»Was für ein Job?«

Riley straffte die Schultern und in einer Stimme, die der Freds nicht unähnlich war, sagte er: »Inspizient bei den Little Palace Players am Theater in Fellburn.«

»Sie? Inspizient am Theater?«

»Na ja«, schränkte Riley nun von sich aus ein, »Hilfsinspizient zumindest. Es ist nicht so großartig, wie es klingt, Sir, aber sie sagen, es ist ein Anfang. Obwohl mir der Anfang nicht so sehr gefallen hat, als ich mit dem Job anfing, wenn Sie verstehen, was ich meine.«

»Tee kochen, Kulissen schieben, zusammenkehren und Besorgungen machen für alle und jeden.«

»Dann wissen Sie also, wie das Ganze läuft, Miss.«

»Na ja, schon in etwa.« Louise erwiderte Freds fragenden Blick und nickte ihm zu, als sie erklärte: »Ich habe ein paar Jahre bei einem Laientheater gespielt. Aber sogar wir hatten einen Inspizienten und einen Hilfsinspizienten, und mehr als einmal mussten sie einspringen, wenn einer von den Schauspielern ausfiel. Manche von ihnen, das können Sie mir glauben, waren als Schauspieler viel besser als die meisten unserer Truppe, und ich bin mir sicher, dass es bei Ihnen genauso sein wird, Riley.« Sie nickte Riley aufmunternd zu.

»Da wäre ich etwas vorsichtiger, meine Liebe. Setz dem Jungen keine Flausen in den Kopf.« Fred wandte sich an Rileys Onkel und fragte mit leiser Stimme: »Sagen Sie mir die Wahrheit, wie macht er sich auf der Bühne?«

Onkel und Neffe tauschten Blicke und grinsten dann beide sparsam, bevor der Onkel sagte: »Er wird es eines Tages schaffen, da bin ich mir sicher. Natürlich nur – und das habe ich ihm klipp und klar auseinander gesetzt, und Sie, wie ich gehört habe, ebenfalls mehr als einmal –, wenn er ernsthaft bei der Sache ist und sich selber treu bleibt. Und wie Sie selbst auch sagen würden, es ist nichts Schlechtes, wenn man die Leute zum Lachen bringen kann.«

Fred warf einen Blick auf seine Uhr. »Wir wollten gerade etwas essen gehen. Was haben Sie beide vor?«

»Wir wollten uns noch umsehen, bevor wir uns für ein Restaurant entscheiden«, erwiderte Onkel Frank. Er streckte Louise die Hand entgegen. »Wissen Sie, Missis, ich wollte gar nicht mitkommen auf diese Reise, aber man hat mich mehr oder weniger dazu gezwungen. Jetzt bin ich allerdings froh, dass ich mich habe breitschlagen lassen, denn sonst hätte ich Sie nicht kennen gelernt und diesen guten Mann hier, über den ich schon so viel gehört habe, auch nicht.«

Nachdem sich Fred von Onkel Frank ebenfalls kräftig die Hand hatte schütteln lassen, tauschten sie noch einige Verabschiedungsfloskeln, dann wandten er und Louise sich lächelnd zum Gehen, um ihren Bummel die Straße hinab fortzusetzen, während Riley und sein Onkel wieder auf die andere Straßenseite hinübergingen.

»Ich ... ich fühle mich scheußlich, die beiden so alleine losziehen zu lassen. Sie werden Schwierigkeiten haben, was zu finden, wo man vernünftig essen kann, von Bars mal abgesehen ... Und ich glaube, der Onkel ist nicht der Mann, der sich in Bars wohlfühlt. Dazu ist er nicht der Typ. Vielleicht ein bisschen einfach gestrickt, aber ein gerader und aufrechter Mann.«

»Oh, wenn er sich nicht zurecht findet, Riley wird es bestimmt.«

»Ja. Und es könnte der falsche Weg sein, den er entdeckt.«

»Nun male den Teufel nicht an die Wand, Louise.«

»Wieso fragen wir sie nicht, ob sie mit uns kommen wollen?«

»Meinst du das wirklich?«

»Ja, natürlich.«

»Gut.« Fred lachte leise. »Ich hatte denselben Gedanken, aber ich wollte dich nicht damit überfahren; obwohl ich weiß, dass man ihn einfach gern haben muss ... Riley, meine ich. Er hat was, dieser Bursche, dem man sich nicht entziehen kann.«

»Worauf warten wir dann? Ruf sie zurück.«

Doch anstatt zu rufen, steckte Fred zwei Finger in den Mund und stieß einen schrillen Pfiff aus.

Als hätte er auf das Signal gewartet, wirbelte Riley herum und winkte, dann packte er seinen Onkel beim Arm und zerrte ihn wieder über die Straße.

»Ist irgendetwas?« fragte Onkel Frank.

Fred sah ihn an und schüttelte den Kopf. »Nein, alles in Ordnung«, erwiderte er. »Wir haben uns nur gefragt, ob Sie Lust haben, mit uns zu kommen und zusammen zu essen?«

Die beiden tauschten Blicke, dann sagte der Onkel: »Das ist sehr freundlich von Ihnen, Sir und Missis, aber schauen Sie uns an; wir sind nicht dafür angezogen. Ich hab zwar einen Anzug an, aber seine Hoheit hier nur 'nen Pullover.«

»Was is' mit meinem Pullover nicht in Ordnung? Es ist nichts draufgeschrieben.« Riley deutete mit dem Daumen auf seine Brust.

»Nein, aber es ist sicher nicht üblich, in so einem Aufzug in ein gutes Restaurant zu gehen.«

»Machen Sie sich deshalb keine Gedanken. Sie würden überrascht sein, in welchen Klamotten die Leute hier die besten Restaurants besuchen. Und in dem, in das wir gehen wollten, bin ich kein Unbekannter: Ich esse dort seit Jahren in jedem Sommer ein oder zwei Wochen lang täglich. Außerdem hat der Besitzer ein Faible für meine Frau. Wir kriegen dort sicherlich die besten Plätze, und er berät uns gern, in welcher Show es nicht so wichtig ist, die Sprache zu verstehen; im *Folies-Bergère,* nehme ich an.«

»Das *Folies-Bergère?* Olala, Sir!«

»Was heißt hier olala? Und sparen Sie sich das Sir, Riley! Gehen Sie mit meiner Frau voraus, ich möchte mit Ihrem Onkel ein paar Worte reden.«

Was dann geschah, hatte tief greifende Auswirkungen auf Rileys Leben, denn Mr. Beardsleys Frau schob ihren Arm unter den Rileys. Sie hakte sich richtiggehend unter, was Riley derart verblüffte, dass er für einen Augenblick aus dem Schritt kam, doch noch bedeutsamer war, dass er nicht wusste, was er sagen sollte, weil die Lady ihn behandelte wie einen Mann und nicht wie Riley, den Taugenichts und Galgenstrick. Es war, als habe sich sein Leben mit einem Schlag verändert und als sei er um Jahre älter geworden. Jetzt konnte er regelrecht fühlen, dass seine Zukunft vor ihm lag, und die Aussicht darauf versetzte ihn in Erregung: Er wusste genau, er hatte ein Ziel, auf das er zustrebte, wenn er – wie sein Onkel sagte – sich selber treu blieb und die Sache ernst nahm. Wie ernst, das sollte er in den folgenden Jahren noch herausfinden.

ERSTER TEIL

1

Das Little Palace Theatre lag in einer Seitenstraße, die vom Marktplatz in Fellburn abging. Es hatte ein schmuckloses Eingangsportal, und wäre nicht der Name in großen Leuchtschriftlettern in halber Höhe der Wand angebracht gewesen, hätte man die zwei großen grünen Türflügel unter dem Schriftzug für den Eingang eines Lagerhauses halten können.

Das äußere Foyer präsentierte sich gleichermaßen unscheinbar, abgesehen von einem mit Ornamenten verzierten Bogen, der in ein überraschend großes, mit roten Teppichen ausgelegtes Vestibül führte, an dessen rechter Wand sich der Kartenschalter befand, während zur Linken eine Flucht flacher Stufen zu den Rängen hinauf führte. Geradeaus befanden sich zwei mit Ornamenten überladene Türen, die sich ins Parkett öffneten.

Dass der Innenraum nahezu unverändert derselbe geblieben war wie vor mehr als siebzig Jahren, als man das Theater erbaut hatte, sagte sehr viel über die liebevolle Sorgfalt so wohl des früheren wie auch des derzeitigen Eigentümers aus, eines Mr. David Bernice. Neben seiner Eigenschaft als Besitzer fungierte er – ebenso wie sein Vorgänger – auch noch als sein eigener Direktor und Regisseur. Ein Arrangement wie dieses war notwendig, wenn überhaupt irgendein Gewinn erzielt werden sollte, denn das Little Palace Theatre bot, wie so viele andere ums Überleben kämpfende Theater, nur Platz für fünfhundert Zuschauer, die sich bei ausverkauftem Haus im Parkett, auf den Rängen und in den zwei Logen drängten. Und das funktionierte und rechnete sich nur, wenn der Eigentümer sich mit ganzem Herzen und ganzer Seele allen Bereichen des Unternehmens widmete.

David Bernice selbst war nie ein guter Schauspieler gewesen, doch er war stolz darauf, dass er wusste, wie man das Beste aus jedem, mit dem er beruflich zu tun hatte, herausholte. Er behandelte die Schauspieler des Little Palace Theatres als gehörten sie zu seiner Familie, und dies mindestens neun Monate im Jahr. Sie spielten alles, von Ibsen bis zu ländlichen Schwänken; nicht immer brillant – um die Wahrheit zu sagen äußerst selten brillant, doch immer zum Vergnügen des Publikums, obwohl hin und wieder, wenn das Nonagon in Höchstform war, ein Wunder geschah …

»Das Fenster war links vom Schreibtisch. Jetzt ist es rechts.«

»Macht das einen so großen Unterschied, Vera?«

»Ja, Mr. Bernice, das tut es. Das Licht fällt von der falschen Seite auf den Schreibtisch. Und außerdem ist es zu schwach.«

Ehe er etwas darauf erwidern konnte, erschreckte ihn Nyrene Forbes-Mason, das liebe und hoch geschätzte Nonagon, wie sie genannt wurde, diese Rätsel von einer Frau, als sie mit honigsüßer Stimme – so völlig anders als sonst – rief: »Natürlich macht das einen Unterschied, Mr. Bernice, denn wenn das Licht von rechts kommt, fällt es nicht auf ihr Haar!«

Unterdrücktes Kichern in der ersten Reihe, wo die übrigen Mitglieder des Ensembles saßen.

»Das ist eine Frechheit – das lasse ich nicht auf mir sitzen!«

»Vera! Ich bitte Sie, Vera …«

»Sie können mich bitten, so viel Sie wollen. Es reicht mir allmählich! Sie beleidigt mich … ja, sie beleidigt mich, und niemand sagt etwas. Ich gehe. Ich sage Ihnen, ich gehe auf der Stelle.«

Als darauf niemand etwas entgegnete, seufzte David Bernice von neuem tief auf und brüllte dann: »Riley!«

Als hätte er nur auf sein Stichwort gewartet, tauchte Riley aus den Kulissen auf und eilte zum Rand der Bühne. Er spähte zu seinem Boss hinunter und fragte: »Ja, Mr Bernice?«

»Warum haben Sie das Bühnenbild verändert?«

»Na ja … ich … Es ist so, Sir. Ich … äh …« Rileys Blick huschte zum Ende der Sitzreihe und blieb am Inspizienten hängen; er wartete, dass der es erklären würde. John Maybright erhob sich, trat, den Blick zur Hauptdarstellerin gehoben, an den Bühnenrand und erklärte: »Ich habe das verändert, Vera, weil das Fenster dort, wo es war, von so gut wie niemandem im Zuschauerraum gesehen werden konnte, nur von ein paar Seitenplätzen aus. Und was noch schlimmer war: die ganze Dekoration wirkte tot. Das hier soll schließlich eine Bürowand sein, und in einer Bürowand erwartet man, ein Fenster zu sehen. Außerdem, Vera, haben Sie über meinen Kopf hinweg angeordnet, wo das Fenster sein soll, und ich finde, dass wir in unserem Metier alle unsere eigenen Jobs am besten beherrschen. Glauben Sie mir, ich kenne meinen Job!«

»Ich mag nicht mehr! Das lasse ich mir nicht gefallen!«

In diesem Augenblick wurde das gesamte Ensemble Zeuge einer seltsamen Szene auf der Bühne, die nichts mit dem Stück an sich zu tun hatte. Miss Nyrene Forbes-Mason, die Schauspielerin, die nur auf der Bühne zum Leben erwachte, während sie sonst eisig wie ein Kühlschrank war und jeder noch so freundlich gemeinten Annäherung aus dem Weg ging, eilte aus der Kulisse herbei und umarmte die achtundzwanzigjährige Miss Vera Fielding, die gerade mal neun Monate bei der Truppe weilte. Sie war mit allerbesten Empfehlungen gekommen, denn ihr letztes Stück war in London sechs Monate lang gespielt worden. Und nun stand sie mit hängenden Armen da, der sanften Umarmung der hoch gewachsenen, imposanten Gestalt von Miss Mason ausgeliefert, die in einem Ton, wie ihn noch nie jemand von ihr gehört hatte, außer auf der Bühne, wenn eine Rolle es von ihr verlangte, zu ihr sagte: »Schauen Sie, meine Liebe, wir alle sind nervös. Es tut mir Leid, dass ich meinem derberen Ich erlaubt habe, so gemein zu sein. In Ihrem Alter hätte ich wahrscheinlich genauso reagiert, wenn das Fenster plötzlich woanders ist. Aber es ist ein gutes Stück, das beste seit Wochen, also lassen Sie uns damit weitermachen, ja? Sie werden von mir keine Sticheleien mehr zu hören bekommen, das versichere ich Ihnen.«

Sie nahm die Hände ihrer jüngeren Kollegin, drehte sich um, sah zu Mr Bernice hinab und sagte: »Sollen wir weitermachen?«

»Ja, in der Tat, Miss Mason. In der Tat.«

Riley, der während der ganzen Zeit direkt an den nicht eingeschalteten Rampenlichtern gestanden hatte, wendete den Blick nicht von der groß gewachsenen Schauspielerin, die jetzt die Schultern straffte, was ihren Rücken noch gerader wirken ließ, dann auf dem Absatz kehrt machte und hinter die Kulissen stöckelte, wo sie auf ihr Stichwort wartete. Während sie von der Bühne ging, lief auch er rasch zu seinem Platz neben Philipp Vernon zurück, der dem Hauptdarsteller James Culbert soufflierte, und wartete, vor Aufregung regelrecht zitternd, auf Miss Mansons erneuten Auftritt.

Und hier war sie schon: Sie segelte auf die Bühne und tönte in ihrer unnachahmlich hochmütigen Art über die Schulter hinweg: »Ich kenne den Weg, Johnson. Inzwischen sollte ich das wohl auch.« Es war eine tiefe maskuline Stimme. Sie trug einen einfachen grauen Mantel, und ihr Haar war an ihrem Hinterkopf zu einem großen Knoten zusammengerafft, doch er sah sie anders: Er sah sie in prachtvolle, kostbare Kleider gehüllt, einen großen, breitkrempigen Hut mit wippender Feder auf dem Kopf. Sie bewegte sich hinkend, auf einen Gehstock mit silbernem Knauf gestützt, und dennoch hielt sie ihren Körper kerzengerade. Sie blieb stehen und sah auf die junge Frau am Schreibtisch hinab, dann trat sie einen Schritt näher und drehte den Kopf in die eine, dann in die andere Richtung, als betrachte sie eine Statue. Mit ihrer tiefen, befehlsgewohnten und nach wie vor hochmütigen Stimme begehrte sie zu wissen: »Wer sind Sie?«

Die junge Frau hinter dem Schreibtisch erhob sich langsam und sagte: »Ich bin Patricia Stace und möchte Ihnen die gleiche Frage stellen.«

»Oh … Oh …« Der große Kopf ruckte zweimal zurück. »So? Wollen Sie das? Nun, ich bin Lady Forester, hier in diesem Haus als Minnie bekannt, so viel ich weiß. Wann haben Sie hier angefangen?«

»Vor zwei Wochen.«

»O … Und wer sind Sie? Und warum sitzen Sie hier in diesem Zimmer, am Schreibtisch ihrer Ladyschaft? Nun – er war es einmal, bevor sie sich entschied, uns zu … zu verlassen.«

»Ich bin Lord Fieldings Cousine.«

»Wie bitte? Von Ihnen hab ich noch nie etwas gehört.«

»Ich sollte mich vielleicht genauer ausdrücken: Richtiger gesagt, war meine Mutter Lord Fieldings Cousine: ich bin nur eine entfernte Verwandte.«

»Stopp!« unterbrach David Bernice die beiden. »Du solltest um den Schreibtisch herum kommen, wenn du das sagst, Vera, um deine Entrüstung besser zum Ausdruck zu bringen, und dann wendest du dich zur Tür, wo James und Phillip stehen.«

In diesem Stil ging es weiter, bis David Bernice schließlich rief: »Gut! Sehr gut! Machen wir 'ne Pause. Um halb zwei fangen wir wieder an.«

In die Leute unten im Parkett kam Bewegung, und hinter der Bühne hallten Schritte. Die meisten aus dem Ensemble gingen, nachdem sie in ihre Mäntel geschlüpft waren, sich in ihre Schals gepackt und ihre wollenen Hüte und Mützen aufgestülpt hatten, in das Pub auf der gegenüberliegenden Seite des Marktplatzes, um dort ihr übliches kleines Lunch und einen Drink zu sich zu nehmen.

Harry Morgan, der Elektriker und Hausmeister des Theaters, wohnte im Haus. Als Hausmeister stand ihm die Drei-Zimmer-Wohnung gleich neben dem Theater zu. Seine Frau arbeitete als Garderobiere und Näherin. Mr. Bernice selbst, der seit achtundvierzig Jahren in Fellburn lebte, besaß ein Haus am Stadtrand und fuhr mittags heim. Somit blieben nur Miss Mason und Riley, und was immer Riley in seiner Mittagspause vorhatte, es musste warten, bis er sich um die Bedürfnisse von Miss Mason gekümmert hatte.

Dieses feste Muster hatte sich vor etwa einem Jahr herausgebildet, als Billy Carstairs, das Faktotum des Theaters und Mädchen für alles, krank gewesen war. Als er wieder zur Arbeit erschien, hatte Miss Mason klargestellt, dass sie es vorzog, wenn Riley ihre Sandwiches holte.

Voller Begeisterung hatte Riley seiner Mutter berichtet:

»Es kam mir vor, als wär' ich von der Königin persönlich ausgezeichnet worden, weil sie niemanden an sich ran lässt, sobald sie von der Bühne runter ist. Kein Plausch mit den Kollegen. Sie scheint mit überhaupt niemanden zu reden, außer mit dem Boss; die beiden scheinen alte Freunde zu sein. Sie ist schon zwölf Jahre am Little Palace, weißt du. Und alles, was sie isst, is'n Sandwich mit Schinken oder Zunge. Einmal hab ich ihr angeboten, ihr Fisch und Chips zu bringen, aber sie hat mich angesehen, als hätte ich was Unanständiges gesagt.«

Jetzt, nachdem Riley an die Tür der bei weitem besten Garderobe geklopft hatte und gebeten worden war, einzutreten, wären die meisten Ensemblemitglieder sicherlich überrascht gewesen, hätten sie mit eigenen Augen die Veränderung gesehen, die sowohl mit der wahren Hauptdarstellerin der Truppe wie auch mit diesem Grünschnabel Riley vorgegangen war. Nyrene saß auf einer Art Feldbett oder Campingliege, die gegen die hintere Wand geschoben und mit einer bunten Indianerdecke versehen war.

Riley begrüßte sie mit einem »Brrr! Sie sollten was anziehen; es ist kalt hier drin. Ich wette, er hat wieder die Heizung abgedreht.«

»Nein, das hat er nicht; sie ist nach wie vor an.« Ihre Stimme klang dabei so normal, dass es beinahe unmöglich war, sie mit der Dame auf der Bühne oder der hinter der Bühne in Verbindung zu bringen.

Er zog einen Stuhl heran, drehte ihn um und ließ sich, die Ellbogen auf die Lehne gestützt, darauf nieder. Das Gesicht ihr zugewandt, sagte er: »Es ist so kalt draußen, dass einem das Gesicht einfriert. Möchten Sie nicht was Warmes im Bauch haben? Ich kann es langsam nicht mehr mit meinem Gewissen vereinbaren, immer nur Sandwiches für Sie zu holen. Jetzt gehen Sie nicht gleich wieder auf die Palme« – er drohte ihr schalkhaft mit dem Finger –, »wenn ich sowas wie Erbsenpastete erwähne, denn genau das werde ich mir holen, und ich kann im Handumdrehen damit zurück sein.

Kennen Sie Fuller's? Der Laden liegt direkt am Rathausplatz. Kommen Sie, Fleischpastete mit Erbsen, ja? Ich verstehe ja, wenn Sie Fisch und Chips nicht mögen; Fisch und Chips sind auch so gewöhnlich, aber Erbsenpastete gab es schon zu Shakespeares Zeiten. Was halten Sie davon?«

»Ich habe heute Geburtstag, Riley.«

Er schob den Stuhl ein Stück weg von ihr, während er sich zugleich weiter nach vorn über die Lehne beugte und rief: »Nein! Sie haben Geburtstag, und niemand weiß es?«

»Sie wissen es, Riley. Erst gestern Abend ist mir durch den Kopf gegangen, dass Sie mehr von mir wissen als irgendeiner in diesem Theater – als irgendjemand, der jemals in diesem Theater gearbeitet hat, einschließlich unseres lieben Direktors, Produzenten, Besitzers und Wohltäters.«

Sie sahen einander eine Weile an, und Riley schüttelte den Kopf, weil ihn eine Frage beschäftigte, er aber nicht wusste, wie er sie formulieren sollte, doch sie beantwortete sie für ihn: »Ich bin heute siebenunddreißig geworden, Riley.«

»Siebenunddreißig?« In seiner Stimme schwang Erstaunen, denn er hatte gedacht, dass sie einiges über vierzig sei, doch galant sagte er: »Ich habe Sie für viel jünger gehalten.«

»Riley!« In ihrer Stimme lag jetzt ein Hauch von Bühne. »Zerstören Sie nicht das Bild, das ich von Ihnen habe, Riley. Sie dachten, ich sei viel älter, stimmt's?«

»Na ja ... äh – es stimmt, ja. Aber ich sehe Sie ja nur auf der Bühne und ... und hier drinnen. Ich sehe Sie nicht, wenn Sie wirklich Sie selbst sind.«

Erneut betrachteten sie einander schweigend, bevor sie meinte: »Mehr ich selbst kann ich gar nicht sein, als ich es Ihnen hier zeige, Riley. Sie sollten sich geehrt fühlen.«

»Oh, das tu ich auch. Ganz ehrlich. Erst neulich habe ich zu meiner Mam gesagt, dass ich mich gefühlt habe, als hätt' ich von der Königin eine Auszeichnung gekriegt, als ich zum ersten Mal Ihre Sandwiches holen durfte.«

Das Lachen, mit dem sie dies quittierte, war fast mädchenhaft. »Das haben Sie nicht!«

»Doch, das hab ich. Ehrenwort, Miss. Und ...? Was sagen Sie zu Erbsenpastete? Wo doch heute Ihr Geburtstag ist. Nur das eine Mal.«

»Na schön, Riley, nur das eine Mal, und außerdem«, sie senkte ihre Stimme, als sie hinzufügte, »möchte ich heute, ebenfalls nur dies eine Mal, eine andere Medizin.«

»Was für eine, Miss?«

»Ich denke, ich nehme einen Brandy.«

»Okay, Miss – einen Brandy. Rühren Sie sich nicht von der Stelle.«

Als er sich von seinem Stuhl erhob, sagte sie: »Ich hab Sie nie gefragt, wie Sie es anstellen, dass Sie meine Medizin jeden Tag kriegen, ohne dass man Ihnen Fragen stellt. Ein junger Mann wie Sie« – sie sagte nicht ein Junge, sondern ein junger Mann wie Sie, – »der sich mittags schon einen Flachmann kauft.«

»Machen Sie sich deshalb keine Gedanken, Miss. Es gibt zwei Buden am Marktplatz, wo sie Bier ausschenken, und den Co-op, und ich wechsle immer.«

»Sie sind wirklich sehr lieb zu mir, Riley«, sagte sie mit einem leisen Seufzen in der Stimme.

»Oh, Miss!« protestierte er. »Andersrum wird ein Schuh draus: Sie haben mir so viel beigebracht, seit ich hierherkomme.«

»Ich habe Ihnen eine Menge beigebracht, Riley ... Ja, das habe ich.«

»Oh, ja – das haben Sie. Aber ich bin kein guter Schüler, oder?«

»Seien Sie nicht so bescheiden; Sie haben eine Menge gelernt – jeden Tag, und es ist denen, auf die es ankommt, nicht entgangen. Und ich muss Ihnen etwas sagen, aber Sie dürfen sich auf keinen Fall anmerken lassen, dass Sie irgendwas davon wissen. Es ist möglich, dass man Ihnen in nächster Zukunft eine Rolle anbietet, aber es ist eine sehr schwierige Rolle. Ich kenne die Rolle genau, und ich bin mir sicher, dass Sie sie spielen können.«

»Ich, Miss? Eine richtige Rolle? Nicht nur den Clown spielen oder einen Sketch als Komiker?«

»Nein, nicht nur den Clown spielen ... Es ist eine richtige Rolle, aber eine sehr schwierige. Sie werden sich in ein völlig anderes Leben einfühlen und einarbeiten müssen, ein schreckliches Leben ... Ich kann jetzt nicht näher darauf eingehen, und jetzt ist auch nicht der Zeitpunkt dafür. Ich erzähle es Ihnen später. Aber Sie sollten wissen, Riley, dass ich ... dass ich nie etwas tun würde, was Ihnen die Chance Ihres Lebens verderben könnte, denn ich kann mir vorstellen, dass Sie ganz andere Geschichten über mich gehört haben, Ich bin, wo ich heute bin, weil ich versprochen habe, im Theater niemals Alkohol anzurühren. Ich habe dieses Versprechen gebrochen, und wenn man herausfinden würde, dass dem so ist, müsste ich gehen, und Sie ebenfalls. Ich weiß genau, dass es dabei keinen Kompromiss gibt, denn ich hab mir schon zu viele Chancen verscherzt, und deshalb gibt es ab morgen keinen Flachmann mehr, Riley, und ich brauche auch kein Atemfrisch mehr.«

»Aber, Miss ... Ich ... ich kann nicht einsehen, was an so 'nem bisschen Alkohol schädlich sein soll.«

»Ich auch nicht, wenn man nur fähig wäre aufzuhören, einem der Verstand sagt, es ist genug. Aber in meinem Fall war es so, dass ich nicht auf das gehört habe, was mein Verstand gesagt hat, und ich habe es allein Mr. Bernices Mitgefühl und Großmut zu verdanken, dass ich nicht rausgeworfen wurde.«

Sie stand auf. Nun war nichts Hoheitsvolles und Erhabenes mehr an ihr, als sie ihn ansah und sagte: »Nein, Riley, ich hab's mir anders überlegt; heute ist nicht das letzte Mal, dass Sie mir meine Medizin bringen. Wenn ich damit aufhören will, dann gleich. Gehen Sie los und holen Sie die Erbsenpastete, und ich brühe uns eine Tasse Tee auf.« Sie nickte in Richtung des viereckigen Tee-Automaten auf dem Tisch neben dem Waschbecken. »Laufen Sie los und bringen Sie sie heiß. Dann erzähle ich Ihnen von der Rolle, aber das muss zwischen Ihnen und mir bleiben – zumindest vorläufig. Haben Sie verstanden?«

Er starrte sie lange an, ohne etwas zu sagen, dann murmelte er leise: »Sie sind eine tolle Frau. Eine wirklich tolle Frau.« Mit einem Lachen wirbelte er zur Tür herum und rief über die Schulter zurück: »Vorsicht, ihr Erbsenpasteten, ich komme euch holen!«

2

»Wohin gehst du so spät noch?«

»Ich schau mal bei Mr. Beardsley vorbei.«

»Du fällst den Leuten doch hoffentlich nicht lästig?«

»Ich falle ihnen nicht lästig, Mam.«

»Woher willst du das wissen? Sie sind nur viel zu höflich, es dir zu sagen.«

»Was? Beardsley zu höflich, mir zu sagen, wann ich gehen soll?«

»Trag jetzt die Nase nicht so hoch; vergiss nicht, wo du hingehörst.«

»Mein Gott, Mam! Ich hab gedacht, du freust dich zu hören, dass ich eine Rolle in einem Stück kriege.«

»Aber du hast gesagt, du weißt noch nicht, was für eine Rolle das ist.«

Er drehte sich von ihr weg, während er sich den Schal um den Hals schlang und wagte es nicht, ihr zu sagen, weiche Rolle er spielen sollte. Sie könnte aus der Haut fahren. Er wusste selbst nicht, ob er der Sache gewachsen sein würde. Aber Mr. Bernice schien es zu glauben, und Miss Mason war sich dessen ganz sicher – oh, ja, das war sie, obwohl er ihnen beiden gesagt hatte, dass er keine Bedenken habe, seine eigenen Sachen zu machen, wie zum Beispiel jemanden durch den Kakao ziehen, aber diese andere Geschichte – dieses Drama, wie sie es nannten, du heiliger Strohsack!«

»Sie sind vielleicht gar nicht zu Hause«, sagte seine Mutter hoffnungsvoll.

»Sie sind zu Hause, Mam. Ich hab dir doch gesagt, dass sie selten weggehen; sie wollen das Baby nicht allein lassen. Man könnte glauben, es ist das einzige, das je auf die Welt gekommen ist.« Er drehte sich jetzt zu ihr um und grinste, dann fuhr er fort: »Aber es ist schön, den beiden mit dem Kleinen zuzuschauen. Natürlich musste er ihn Jason nennen.«

»Wieso? Was meinst du damit?«

»Na ja, Jason war einer von diesen griechischen Göttern

und der Anführer einer Schar von Helden, die das Goldene Vlies gesucht haben. Man nannte sie Jason und die Argonauten.«

Götter und was für Argos auch immer ... Ihr Junge veränderte sich; nicht nur weil er die Schule hinter sich gebracht und seitdem mit Mr. Beardsley eine Art Freundschaft geschlossen hatte, sondern vor allem weil er ständig mit dieser Clique von Schauspielern und Schauspielerinnen zusammensteckte. Nach dem, was er erzählte, waren das sehr seltsame Leute.

Sie war nur zweimal im Little Palace gewesen, seit er dort arbeitete, und beim zweiten Mal hatte es ihr zunächst die Schamröte und dann die Zornesröte ins Gesicht getrieben, bei all dem, was sie den Leuten dort an den Kopf warfen. Es mochte ja sein, dass so was heutzutage gefragt war, aber von dem, was heutzutage gefragt war, hielt sie ohnehin nicht viel. Nein, wirklich nicht. Sie hatte das auch seinem Dad gesagt, und als er ihr geantwortet hatte: »Wach endlich auf, Frau!«, hatte sie ihm Bescheid gestoßen. Wach endlich auf! Das sagte er zu ihr! Ausgerechnet er, der sich mit seinem kaputten Rücken ins Bett verkroch, wenn er von einem Job die Nase voll hatte.

Wenn Riley die kleine Frau betrachtete, die seine Mutter war, konnte er vor sich selbst nicht behaupten, dass er sie je geliebt hatte. Sie war eine schwierige Frau, und es war für niemanden leicht, sie auch nur zu mögen; sie benahm sich herrisch und hart, sah alles nur durch ihre Brille und war oft boshaft und gehässig. Und dennoch empfand er etwas für sie. Manchmal tat sie ihm Leid, vor allem, wenn sie arbeiten gehen musste, weil sein Vater wegen seinem schlimmen Rücken krankgeschrieben war und zu Hause rumhing. Trotzdem – sie war nicht die einzige Frau, die arbeiten gehen musste, um die Familie über Wasser zu halten.

Abgesehen von all dem wusste er über die Frau in ihr Bescheid. Nicht, dass er es bei sich so formuliert hätte, aber er wusste, dass der wahre Grund, warum sie immer rumnörgelte, wenn er die Beardsleys besuchte, ihre Eifersucht war, weil sie fühlte, dass er Mrs. Beardsley gern hatte, die sie für eingebildet und hochnäsig hielt. Und außerdem war sie natürlich auf Miss Mason eifersüchtig. Er hatte irgendwann erwähnt, dass sie eine sehr schöne Frau sei, die auch in London große Erfolge gefeiert hätte, wäre damals nicht das Problem mit dem Alkohol gewesen und seine Mutter hatte sogleich gefragt: »Wie alt ist sie?«

Er erinnerte sich, dass er erst hatte überlegen müssen, bevor er eine Antwort fand: »Ich glaube, sie ist so um die Vierzig oder älter, aber das hängt davon ab, was sie gerade tut, denn manchmal sieht sie aus, als wär' sie noch keine Dreißig « Und dann hatte er den Fehler begangen, hinzuzufügen: »Sie ist eine wunderschöne Frau«, was seine Mutter hellhörig gemacht hatte, und gleich am nächsten Abend war sie ins Theater getrabt, um mit eigenen Augen zu begutachten, wie die Frau tatsächlich aussah.

Und nun trug er sich mit der Hoffnung, eine Rolle zu spielen, die ihr die Haare zu Berge stehen lassen würde. O wenn sie ihn doch gehen ließe; er musste mit Mr.Beardsley sprechen!

»Bind den Schal richtig fest!«

»Er ist fest Mam.«

Als sie den Schal noch enger um seinen Hals zurrte, ächzte er: »Nicht so fest, Mam. Lass mir noch Luft zum Atmen.«

»Nun geh schon und komm nicht so spät nach Hause. Hast du gehört? Komm nicht so spät! Elf Uhr, nicht später.«

»Oh, Mam!«

»Lass dieses ›Oh, Mam!‹ Und spiele mir gegenüber nicht den großen Maxe; so erwachsen bist du noch nicht.«

Draußen schnitt die kalte Luft in seine Lungen. Komm nicht so spät. Elf Uhr! Und dann: Du bist noch kein Mann. In ein paar Monaten wurde er achtzehn; und auch wenn sie es nicht wusste, er war schon seit langem ein Mann – der Aufruhr in seinen Lenden sagte es ihm.

Statt den Bus in das Neubauviertel zu nehmen, in dem seine Freunde jetzt wohnten, ging er zu Fuß, denn er brauchte die fünfundzwanzig Minuten, die es bis zu ihnen dauerte, um sich die Angelegenheit noch einmal in Ruhe durch den Kopf gehen zu lassen. Er konnte sich selbst in einer solchen Rolle nicht vorstellen, er konnte es einfach nicht; es widersprach seinem ganzen Wesen. Und doch waren Mr. Bernice und Miss Mason, vor allem Miss Mason, von seinen Fähigkeiten so überzeugt gewesen, und was noch erstaunlicher war, sogar James Culbert, der Hauptdarsteller, hatte sich einverstanden gezeigt.

Er dachte an das Gespräch an diesem Nachmittag in Mr. Bernices Büro. Zu viert hatten sie auf ihn eingeredet, und jeder der vier hatte ihn auf seine Weise davon zu überzeugen versucht, dass er es schaffen würde. Er sei doch ein Schauspieler, oder etwa nicht? Ja, er konnte ganz gut Leute nachahmen, aber er hatte noch nie eine richtige Rolle gespielt – nicht wirklich. Er hatte immer nur ein paar Worte oder einen Satz zu sagen gehabt – den Besuch Seiner Lordschaft ankündigen oder etwas in der Art. Beim ersten Mal war er vor Angst mehr tot als lebendig gewesen und hatte den Drang verspürt, sich ans Publikum zu wenden und etwas Witziges zu sagen.

Das wäre vermutlich ein großer Lacher geworden aber für ihn sicherlich der letzte, denn er wäre schneller auf der Straße gesessen, als er gebraucht hätte seinen Spruch zu Ende zu bringen.

Er klingelte, und als die Tür aufging, begrüßte ihn Mr. Fred Beardsleys Silhouette mit einem leisen »Psst! Kommen Sie rein«, dann streckte er den Arm aus und hob ihn praktisch über die Schwelle in die Diele. »Der Kleine ist gerade eingeschlafen«, flüsterte er. »Der Bursche hat schon einen richtigen Dickkopf – er denkt gar nicht dran, um sieben Uhr zu schlafen. Geben Sie mir Ihren Mantel ... Mein Gott, der ist ja fast steif gefroren!«

»Das wären Sie auch, Sir, wenn Sie sich bei dem Wetter draußen aufgehalten hätten. Und es wird noch kälter. Wenn es wenigstens schneien würde, dann wäre es nicht mehr ganz so kalt.«

Auf Zehenspitzen schlichen sie durch die ziemlich große

Diele, und als sie an der Treppe vorüberkamen, sahen sie beide nach oben und erblickten Louise Beardsley, die die Stufen herabkam. Auch sie begrüßte ihn im Flüsterton: »Hallo, Riley. Sie sehen durchfroren aus.«

»Mir ist auch richtig kalt, Ma'am.«

Für einen Außenstehenden mochte es vielleicht seltsam klingen, dass dieser aufgeweckte junge Bursche, der erst vor kurzem von einer Schule abgegangen war, an der die Schüler die meisten ihrer Lehrer mit Vornamen anredeten, nun eine ehemalige Lehrerin dieser Schule und seinen bevorzugten Feind-Lehrer mit Madam und Sir anredete. Er hatte es sich angewöhnt, weil ihm das sein Onkel nach dem gemeinsamen Abend in Paris ans Herz gelegt hatte.

»Hat er wieder seine Stimmbänder trainiert?«

»Ja, das hat er. Man könnte glauben, er hat genau mitbekommen, dass ich den ganzen Tag über weg war – jetzt, wo ich wieder unterrichte.«

»Natürlich kriegt er das mit, wenn du den halben Tag weg bist, Frau. Selbst ein Schwachkopf von einem Baby würde seine Mutter vermissen. Aber dieser Junge ist kein Schwachkopf. O nein, er weiß genau, er braucht nur zu schreien und du springst. Es wird Zeit, dass er lernt, dass es so nicht weitergeht.«

»Vor ein paar Tagen klang das aber noch ganz anders, Sir, nicht?«

»Wieso? Wie meinen Sie das?«

»Vor kurzem haben Sie noch gesagt, dass Babys von dem Augenblick an, an dem sie ihren ersten Atemzug tun, genau wissen, wie der Hase läuft, und dass man ihnen die Freiheit geben sollte,sich auszudrücken und mitzuteilen. War es nicht so, Ma'am? Die Freiheit sich auszudrücken. Ständig hat er davon gesprochen, oder etwa nicht?«

»Genau, Riley. Ständig hatte er es damit, bis er draufkam, dass sein wundervoller, genialer Sohn leider die Uhr noch nicht lesen kann. Das liegt daran – wie er meint –, dass die Uhren zurückgestellt wurden und dass es früher dunkel wird ...«

»Schweig, Frau! Und setze dich hin, denn genau das werd'

ich auch tun, und wenn er schreit, dann schreit er. Haben Sie das verstanden, Mrs.Beardsley? Er schreit, bis er müde ist, und wenn er müde ist, schläft er ein.«

Louise Beardsley sah zu ihrem Mann auf, und hinter dem belustigten Glitzern in ihren Augen glomm eine tiefe Liebe, die für Riley offensichtlich war. Es gefiel ihm jedes Mal, wie sie ihren Mann ansah. Es war ein wundervolles Gefühl, mit diesen beiden Menschen zusammen zu sein. Die ganze Atmosphäre war so völlig anders als zu Hause, so anders als im Theater; etwas, das über das, was man Liebe nannte, hinausging. Aber ihm brannte eine andere Sache auf den Nägeln, über die er reden musste.

»Was führt Sie heute Abend zu uns, Riley? Es ist ungewöhnlich, dass Sie uns am Freitag mit einem Besuch beehren.«

»Fred! Halt den Schnabel und hole uns was zu trinken.«

Riley wandte sich an die elegante Frau neben ihm auf der Couch und sagte leise: »Ich bin gekommen, weil ich Sie um Rat bitten möchte. Ich weiß nicht, was ich machen soll.«

Fred Beardsley unterbrach das Einschenken der Drinks und drehte sich zu dem jungen Mann um. Es war seltsam, aber er schien heute Abend anders als sonst. Vermutlich sah er schon seit einiger Zeit anders aus, aber er hatte nicht groß darüber nachgedacht. Er wirke jetzt auf jeden Fall nicht wie ein achtzehnjähriger Junge, sondern wie ein junger Mann Mitte Zwanzig.

»Stecken Sie in Schwierigkeiten?«

»Nein, Sir, ich stecke nicht in Schwierigkeiten – zumindest nicht in solchen Schwierigkeiten, wie Sie meinen. Ich hab nicht mal dran gedacht, ein Auto zu knacken, obwohl ich unterwegs an einem hübschen Jaguar vorbeigekommen bin. Das gibt mir keinen Kick mehr.«

»Oh, Riley!«

Er wandte sich wieder Louise zu, die lachte und sagte: »Sie haben doch nicht wirklich ein Auto gestohlen, oder?«

»Aber sicher Ma'am, das habe ich. Allerdings bin ich gegen 'ne Mauer gefahren und kam gerade noch rechtzeitig raus, bevor das Ding in die Luft flog.«

»Wirklich?«

»O du Ahnungslose, du weißt nichts über die Vergangenheit unseres Freundes hier.« Fred reichte seiner Frau ein Glas Sherry und Riley ebenfalls eines, dann setzte er sich mit seinem Port in einen Sessel und sagte: »Also – heraus damit! In welcher Patsche stecken Sie?«

»Ich stecke in keiner Patsche.«

»Wenn nicht, warum schauen Sie dann so deprimiert und bedrückt drein?«

»Haben Sie vielleicht zufällig ein Buch mit dem Titel *Das Goldene Herz* gelesen?«

Die Beardsleys sahen einander an und wiederholten beide unisono: *»Das Goldene Herz?«* Es war Louise, die antwortete: »Ja. Ja, das Buch war vor ein paar Jahren eine echte Sensation. Es wurde als Bühnenstück inszeniert und lief eine Weile in London. Was ist damit?« Ehe Riley antworten konnte, warf Fred dazwischen: »Erzählen Sie mir nicht, dass sie das hier in unserem Theater aufführen wollen.«

»Doch. Alle sind Feuer und Flamme.«

Riley beobachtete, wie seine beiden Freunde lange Blicke tauschten, dann war es erneut Louise, die leise sagte: »Und man will, dass Sie die Rolle des geistig behinderten Jungen spielen?«

»Ja. Sie wollen, dass ich den sechzehnjährigen Jungen spiele. Und ich bin mir nicht sicher, ob mir das gefällt. Am Ende unserer Straße wohnte ein Junge, der so war. Ich bin ihm immer aus dem Weg gegangen, und er mir.«

Er suchte Freds Blick. »Ich bin ein Witzbold und ein Possenreißer, wie Sie wissen, Sir – bestenfalls ein Komiker. Sie haben selbst gesagt, dass ich es als Imitator und Komiker weit bringen könnte, und ich weiß, dass ich das kann: die Leute zum Lachen bringen, aber ... aber ...«

»Aber was?«

Riley hielt Freds Blick fest und sagte leise: »Miss Mason ... Kennen Sie Miss Mason?«

»O ja, ich kenne Miss Mason sehr gut und schätze ihre Meinung. Was hat sie gesagt?«

Riley konzentrierte seinen Blick einen Augenblick lang auf den Teppich, ehe er antwortete: »Sie hat gesagt, es ist schwieriger, die Leute zum Weinen und – während sie weinen – zum Lachen zu bringen.«

Nachdenkliches Schweigen senkte sich über den Raum. Die Scheite in dem offenen Kamin knisterten. Irgendwo draußen wurde der Motor eines Wagens gestartet.

»Möchten Sie die Rolle spielen?«

»Ich ... ich könnte es nicht, Sir, oder? Ich meine, ausgerechnet ich? Ich kann den Possenreißer und Pausenclown geben. Sie müssten das doch am besten wissen, Sir, nicht? Und ich kriege ja auch meine Lacher mit meinen Einzeilern, und außerdem habe ich eine Menge gelernt, wenn ich die anderen beobachtet: Ich weiß jetzt, wann ich eine Pause machen muss, wann ich weiterreden muss, und wann ich zum Schluss kommen und mich verdrücken soll ... Und dass ich mich selber auf die Schippe nehmen sollte, wie Sie mir geraten haben, und niemand anderen, weil ich dann mehr Lacher kriege. Und die kriege ich auch. Tatsächlich. Sie haben sich die Bäuche gehalten vor Lachen, das ganze Ensemble, wenn ich in den Pausen den einen oder anderen Witz vom Stapel gelassen habe. Und deshalb ... ich meine ... Stellen Sie sich vor – ich in einer ernsten Rolle. So ernst, dass ich einen geistig Zurückgebliebenen spiele, einen Schwachsinnigen, und mich auch so benehmen muss. Sie haben mir das Buch gegeben, aber ich trau mich nicht, es mit nach Hause zu nehmen. Ich hab ein bisschen darin herumgelesen, bevor ich gegangen bin. He, Mann! Was der Junge alles macht!«

»Ja, was er alles macht.« Louise nickte ihm zu. »Ich habe das Stück zweimal gesehen. Der Schauspieler, der den Jungen gespielt hat, war hervorragend, weil er so viele Dinge machen musste: Er musste tanzen, er musste Bruchstücke und Fetzen von den Liedern singen, die ihm durch den Kopf gingen, und Gedichte deklamieren, die durch sein gequältes Gehirn geisterten. Sein Zustand bessert sich eine Zeit lang, und er lernt die Liebe kennen. Als ihn dann seine Eltern nach so vielen Jahren in dem Pflegeheim wieder nach Hause holen, beginnt das

Drama erst richtig, denn obwohl seine Mutter ihn bei sich haben will, ist sein Vater entsetzt und von der Situation überfordert, weil zur Familie noch ein älterer Bruder und eine jüngere Schwester gehören. Der Bruder reagiert wie der Vater, der ihn ablehnt, und hänselt ihn, aber die Schwester hat Mitleid mit ihm und liebt ihn vom ersten Tag an.« Louise verstummte und schwieg eine Weile, dann nickte sie ihrem Mann zu und sagte: »Es ist ein sehr ernstes Stück, und vielleicht ist es ein wenig riskant für das Little Palace, es auf den Spielplan zu setzen, findest du nicht auch?«

»Sie haben auch Ibsen gespielt«, erwiderte Fred.

»Das stimmt«, warf Riley dazwischen. »Sie haben Ibsen aufgeführt, aber Mr. Bernice hat zugegeben, dass Fellburn noch nicht reif dafür war und dass es ein Fehler gewesen ist. Und wenn Sie mich fragen, dann ist das neue Stück ein noch viel größerer Fehler.«

»Aber das ist was völlig anderes«, entgegnete Fred. »*Das Goldene Herz* ist ein modernes Stück, Riley, und die Tatsache, dass Ihre Kollegen am Theater glauben, Sie können die Rolle spielen, sollten Sie als Kompliment und als eine große Ehre ansehen. Man hat erkannt, dass Sie etwas haben, das nicht jeder hat. Gott allein weiß, was das ist.« Er schüttelte den Kopf. »Ich jedenfalls bin nie dahintergekommen.«

»Jetzt sei du doch mal still und lass mich zu Ende reden.« Louise machte eine ungeduldige Handbewegung in Richtung ihres Mannes. »Die eindrucksvollste Szene, finde ich, mit der alles steht oder fällt, ist die, wenn Bruder und Schwester zusammen im Bett liegen. Es ist ganz entscheidend, wie diese Szene gespielt wird. In der Aufführung, die ich gesehen habe, haben sie das wirklich sehr schön rübergebracht. Oder besser gesagt: ergreifend schön.«

»Auf mich hat die Szene ganz anders gewirkt«, meinte Riley. »Asche auf mein Haupt! Das einzige, was bei mir bei dieser Szene mehr stand, als fiel, waren die Haare in meinem Nacken.«

Die Beardsleys brachen in prustendes Gelächter aus: Fred krümmte sich nach vorn über seine Knie, Louise ließ den Kopf nach hinten auf Rückenlehne der Couch fallen, und Riley, der mit einer Hand seine Augen bedeckte, sagte: »'Tschuldigung, ist mir so rausgerutscht. Tut mir Leid, aber das geht mir zu weit; sie werden mich nicht dazu kriegen, das zu machen. Stellen Sie sich bloß vor, was meine Mam dazu sagen würde. Du lieber Himmel! Sie bekäme auf der Stelle weiße Haare.«

»Da ist doch nichts dabei, Riley. Das Ganze ist doch halb so wild. Es kommt nur darauf an, wie man es betrachtet«, sagte Fred.

»Die können mir zureden, so viel sie wollen. Die kriegen mich mit niemanden auf der Bühne in ein Bett und schon gar nicht mit einer Braut, die meine Schwester sein soll. Wie geht die Geschichte überhaupt weiter?«

»Die Eltern finden die beiden zusammen im Bett, und der Vater, der das Schlimmste denkt, zerrt seine Tochter an den Haaren heraus und schüttelt sie wie eine Ratte. Der Junge reißt sich aus der schützenden Umarmung der Mutter los und wirft sich auf den Vater. Sie stürzen beide zu Boden, wobei der Junge auf seinem Vater zu liegen kommt.« Louise schwieg eine Weile und murmelte dann: »Diese Szene war eine der aufwühlendsten in dem ganzen Stück, denn der Junge, der von einer geradezu übermenschlichen Kraft erfüllt scheint, packt seinen benommenen Vater bei den Schultern, hebt ihn mehrere Male hoch und schlägt ihn mit dem Kopf wieder und wieder auf den Boden. Ich höre noch immer das Aufstöhnen des Publikums, als sich der Junge langsam erhob und dieses süße, unschuldige Lächeln ganz allmählich wieder von seinem Gesicht Besitz ergriff, während sein Geist sich in die für andere unerreichbaren Regionen seines Bewusstseins zurückzog. Dann begann er, so wie früher mit mechanisch wirkenden Schritten und eines seiner Lieder summend über die Bühne zu tanzen, um sich dann direkt am Rand der Bühne, im Schein des Rampenlichts niederzukauern und mit diesem seltsamen Lächeln auf seinem Gesicht schweigend ins Publikum zu starren. Ich erinnere mich noch genau, dass einige Minuten vergingen, bis der Vorhang fiel, und weitere lange Sekunden, ehe der Applaus des Publikums einsetzte.«

Auch in dem Zimmer herrschte jetzt Stille, bis Riley herausplatzte: »Oh, Ma'am! Wie, glauben Sie, soll ich denn all das durchstehen und eine solche Spannung schaffen! Ich könnte das nie. Nie und nimmer.«

»Nein, das können Sie nicht.« Fred stand auf und goss sein Glas von neuem voll, bevor er hinzufügte: »Nicht mit der Einstellung zumindest, die Sie jetzt an den Tag legen. Aber mit ein wenig Anleitung von Ihrer Freundin Miss Mason und fleißigem Proben könnten Sie es schaffen. Das heißt, wenn Sie fest dazu entschlossen sind und keine weichen Knie kriegen. Sie sollten eine klare Entscheidung treffen, Riley: Entweder Sie nehmen sich ohne wenn und aber vor, dass Sie es machen, oder sie kommen zu dem Schluss, dass Sie nicht fähig sind, es zu versuchen, und dass das Ganze eine Nummer zu groß für Sie ist.«

Zu Louise gewandt, entgegnete Riley: »Ich weiß nicht, warum ich hierher komme und ihn um seinen Rat frage. Von wegen deprimiert und so ... Wenn ich's nicht schon war, als ich hergekommen bin, dann bin ich es ganz sicher, wenn ich gehe.« Er schüttelte bekümmert den Kopf, und mit einer Stimme, die der eines kleinen Jungen, der es mit der Angst zu tun bekommt, verdächtig ähnlich war, lamentierte er: »Aber ehrlich, allein schon die Vorstellung, eine Rolle wie die zu spielen, lässt mir das Herz in die Hose rutschen.«

3

»Das ist es! Nicht blinzeln – zumindest noch nicht«, sagte Miss Mason. »Halten Sie die Augen halb geschlossen, und jetzt öffnen Sie sie ganz langsam. Das ist es ... Und nun sollte auf dem Gesicht ein Lächeln erscheinen. Sie dürfen jetzt blinzeln; und führen Sie mit ihrem Kopf die Bewegung zu Ende, mit einem leichten Rucken, als wäre er von einer Feder gespannt. Ein bisschen nach hinten ..., ein bisschen nach vorn – nur ein ganz klein wenig ... Jetzt haben Sie's: Denken Sie an eine klapprige, ausgeleierte Marionette. Und jetzt schauen Sie über das Publikum hinweg. Lassen Sie Ihre Schultern und die Arme hängen. Das ist es. Ihr ganzer Körper sollte so locker sein wie der einer Stoffpuppe. So ist es besser, ja. Ich weiß, Sie haben das jetzt schon einige Male durchexerziert, aber vergessen Sie nicht, Sie müssen weiter an jeder einzelnen Szene arbeiten.

Und jetzt wieder zurück zum Anfang: Sie schlagen sich mit der Hand viermal kräftig auf die Brust. Ja, gut ... Und nun blinzeln Sie heftig und verdrehen die Augen; drehen Sie Ihren Kopf mit einem kleinen Ruck zur Seite, als wollten Sie etwas wegschieben, und dann verharren Sie reglos so. Auf Ihrem Gesicht erscheint ein Ausdruck des Erkennens, und Sie starren Ihre Mutter an und sagen, »O Mama ...«

»Ich komme mir jedes Mal blöd vor, wenn ich ...«

»Lassen Sie das, Riley! Schluss damit! Keine Unterbrechungen. Sie haben Ihre Mutter erkannt, und jetzt sehen Sie Ihren Vater an. Das Lächeln auf Ihrem Gesicht erstirbt ganz allmählich; alles an Ihnen signalisiert Defensive und Rückzug. Und im selben Augenblick sagt ihre Mutter: ›Daddy ist hier.‹ Ihr Gesicht wird leer und ausdruckslos, aber Sie nicken, als hätten Sie ihn erkannt. Dann laufen Sie zum Fenster, drehen sich mit vor Freude strahlendem Gesicht zu Ihrer Mutter um und sägen: ›Horch, Mama. Vögel singen. Horch.‹

Sie geht ebenfalls ans Fenster, doch das Publikum hört nur, wie ein Automotor anspringt, und das Geschrei spielender Kinder. Aber Sie legen lauschend den Kopf zur Seite und sagen: ›Schön. So schön ...‹ Und jetzt beginnen Sie nochmal von vorn.«

»Aaach, Miss! Ich kann es doch, Miss. Ja, ich kann es. Ich sollte es hinkriegen.«

»Sie können es im Kopf, Riley, aber Sie leben es nicht. Sie kennen den Text Wort für Wort, aber Sie leben ihn nicht. Ich sage Ihnen nochmal, Sie müssen jede einzelne Geste und jeden Blick in dieser Szene durchleben, vor allem wenn Sie in das Büro kommen, wo sie Ihre Mutter und Ihren Vater antreffen, denen man soeben eröffnet hat, dass das Heim geschlossen wird und dass Sie nicht in einer der von einer Heimmutter betreuten Wohngemeinschaften mit zwei oder drei anderen Patienten untergebracht werden können. Und das Publikum weiß nicht, ob Sie sich über die Alternativen im Klaren sind: entweder gehen Sie nach Hause, oder Sie werden in eine Heil- und Pflegeanstalt gesteckt. Ihren Eltern sind diese Alternativen auseinander gesetzt worden: Ihr Vater ist für die Anstalt, aber Ihre Mutter möchte, dass Sie wieder nach Hause kommen. Die nach wie vor fortdauernde Diskussion verwirrt Sie offenbar, aber Sie scheinen nicht allzu sehr beunruhigt, denn Sie fangen an zu tanzen – Ihre Balletteinlage ... Übrigens finde ich, dass Sie das wirklich ganz ausgezeichnet machen. Wie um alles in der Welt schaffen Sie es nur, so leichtfüßig auf Ihren Zehen zu balancieren?«

»Das verdanke ich unserer lieben Doris. Sie hat mir beigebracht, wie man sich *sur la pointe* bewegt.«

»Oh, ja – das kann ich mir vorstellen: Doris hat Ihnen beigebracht, wie man *sur la pointe* steht. Ihr gegenüber sollten Sie besser nicht von Zehen oder Zehenspitzen sprechen: das riecht ihr zu sehr nach Fußpilz.«

Sie lachten beide, und als Miss Mason sagte; »Lassen Sie uns doch eine Tasse Tee trinken«, ging Riley zu dem Tee-Automaten auf dem Tisch und schaltete den elektrischen Wasserkessel ein. Dann drehte er sich zu ihr um und sagte: »Wir haben nur noch vierzehn Tage; ich werde niemals ...«

»Seien Sie still! Sagen Sie nicht so was! Ich will von Ihnen nie wieder ›Ich werde niemals‹ oder ›Ich kann nicht‹ hören! Sie können! Und Sie werden! Wie ich gestern schon gesagt habe: Sie brauchen nur zu denken, dass ich Ihre Mutter bin. Ich bin die meiste Zeit zusammen mit Ihnen auf der Bühne; weswegen sollten Sie sich also Sorgen machen?«

»Natürlich nur wegen dem bisschen Tanzen, dem Singen, dem Rezitieren von Gedichten, und weil ich einen Idioten spielen soll.«

Als sie in ein Lachen ausbrach, bei dem ihr ganzer Körper bebte, musste auch er lachen. Dann sagte er: »Sie wissen nicht, wie ich mich fühle.«

»Seien Sie nicht albern! Mir zu sagen, ich wüsste nicht, wie Sie sich fühlen! Ich fühle mich jedes Mal so, wenn ich die Bühne betrete.«

»Nein, das tun Sie nicht.«

Sie sahen einander mit großen Augen an, und nach einer Weile murmelte er: »Nein, bestimmt nicht. Oder doch?«

»Ich fühle mich jedes Mal wieder so, und wenn Sie sich nicht so fühlten, würden Sie niemals die Herzen Ihres Publikums erreichen. Der größte Fehler, den man in diesem Metier machen kann, ist, sich seiner selbst zu sicher zu sein. Das hat viele begabte und vielversprechende Künstler scheitern lassen. Dieses Stück verlangt, dass Sie Ihren Körper und Ihren Verstand und Ihre Seele einbringen. Vergessen Sie Peter Riley; Sie sind ein geistig behinderter Junge, liebenswert, freundlich und witzig. Und vieles an der Rolle ist tatsächlich witzig, und manchmal kommt der Komödiant in Ihnen zum Vorschein – was durchaus ein Gewinn ist.«

»Oh, ich bin die ganze Zeit schon Larry Meredith. Manchmal fühle ich mich schon richtig plemplem und wenn ich draußen auf der Straße bin, würde ich am liebsten den Rinnstein entlang stapfen wie in kleiner Junge.«

»Ja, sie sind schon zur Hälfte er, aber nur zur Hälfte. Sie werden erst dann ganz er sein, wenn Sie am ersten Abend auf der Bühne stehen, wenn das Licht im Saal langsam erlischt und Sie auftreten und Ihren verrückten Tanz aufführen. Zunächst ist kein Ton zu hören, dann fangen Sie zu singen an, und dann – ganz plötzlich – ist die Bühne in völliges Dunkel getaucht.« Sie schwieg eine Weile und sagte schließlich, als würde sie zu sich selbst sprechen: »Sie müssen den Umbau innerhalb von dreißig Sekunden schaffen; es würde nicht wirken, wenn es länger dauert. Wie auch immer« – sie hob ihre Stimme wieder –, »die folgende Szene ist dann ein echter Test für Sie. Das hohe, schrille Lachen ist verhallt, und während die Lichter allmählich heller werden, sieht das Publikum Sie mit überkreuzten Beinen auf dem Fußboden sitzen. Ihre Hände liegen locker auf den Knien. Sie sind jetzt ein siebenjähriger Junge. Also: Runter auf den Boden!«

»Oh, Miss!« Riley kniete sich nieder und zog die Beine unter den Leib.

»Jetzt gehe ich vor ihnen auf und ab und flehe Ihren Vater an, Sie nicht fortzuschicken; ich versuche, ihn davon zu überzeugen, dass ich für Sie sorgen kann. Und er argumentiert, dass Sie immer älter und immer größer werden und so weiter und so fort, und droht, dass er geht, wenn Sie bleiben, dann würde ich schon sehen, wie ich alleine zurechtkomme.« Sie hielt inne und schaute auf ihn hinunter. »Sie drehen langsam den Kopf und starren ihn an, während er mich anschreit: ›Er wird nicht auf die Goldensche Privatschule für zurückgebliebene Kinder gehen! Er geht in die Klapsmühle, wo er schon die ganze Zeit sein müsste. Sieh ihn doch an mit seinem Gekaspere: Er ist nicht richtig im Kopf. Und glaube mir, es bricht mir das Herz!«‹

Sie hob den Zeigefinger und deutete auf Riley. »Hier muss das Timing ganz präzise sein. Wenn Ihr Vater Herz sagt, schlägt er sich viermal gegen die Brust und fügt dann hinzu: ›Entscheide dich – entweder die Goldensche Schule oder die Heil- und Pflegeanstalt.‹ Das ist Ihr Stichwort: Sie heben langsam die Hand und klopfen sich ebenfalls auf die Brust, ebenfalls viermal, und wiederholen ›Golden‹ und fügen dann hinzu ›Herz‹. Ein Lächeln erscheint auf Ihrem Gesicht, und Sie klopfen sich wieder und wieder auf die Brust und wiederholen dabei: ›Goldenes Herz‹, bis er geht. Wenn er an Ihnen vorbeieilt, packen Sie ihn am Hosenbein. Er schüttelt Sie ab, als seien Sie etwas, das ihm Ekel bereitet. Als die Tür zuschlägt, sehen Sie zu mir auf und sagen: ›Herz. Herz. Goldenes Herz‹, und ich nehme Sie in meine Arme und halte Sie ganz fest.«

»Ich mag es, wenn Sie mich in die Arme nehmen. Aber andererseits sind Sie gar nicht Sie selbst, wenn Sie auf der Bühne stehen. Du meine Güte! Ich hab noch nie jemanden gesehen, der wie Sie auf Kommando weinen kann. Die anderen haben mir schon erzählt, dass Sie das können und dass Sie vor Jahren eine ganz tolle Rolle in einem Stück hatten, in dem Sie einen hysterischen Anfall gespielt haben und in Tränen ausgebrochen sind, in echte Tränen, und dass das Stück zwei Wochen lang lief.«

Sie machte mit dem Kopf eine verlegene, ruckartige Bewegung zur Seite. »Vergessen Sie jetzt meine Flennerei und Stücke, für die der letzte Vorhang vor Jahren gefallen ist. Konzentrieren wir uns auf Sie, und hören Sie nicht auf die Bande dort unten, die Ihnen erzählt, wie wundervoll Sie sind und wie hervorragend Sie die Rolle ausfüllen. Ich sage Ihnen, Sie sind noch lange nicht am Ziel, noch nicht einmal zur Hälfte, und wir werden es erst dann wirklich wissen, wenn am ersten Abend das Licht der Scheinwerfer auf Sie fällt. Das ist der entscheidende Augenblick.«

»Oh, Miss – haben Sie doch ein Herz. Ich will mich nicht wirklich verrückt fühlen, ich will leben. Ich meine, ich will mein eigenes, ganz normales Leben führen. Und wissen Sie noch etwas? Ich bin überwältigt und ich fühle mich wirklich geehrt, weil Sie mich für, diese Rolle wollen und sie mir zutrauen – wirklich, das können Sie mir glauben. Aber das ist alles viel zu tiefschürend für mich. Es ist nicht mein Stil.«

»Hören Sie auf damit!«

Sie sagte die Worte in einem Ton, wie er ihn noch nie von ihr gehört hatte; in einem Ton, der das Grinsen aus seinem Gesicht wischte. Und als er sie ansah, dachte er: Warum tut sie das alles für mich? Warum ist sie so versessen darauf, dass ich woanders ein Engagement kriege? Von Mr. David abgesehen, bin ich ihr einziger Freund. Warum also tut sie das? Oh, manchmal wünsche ich, ich wäre nie hierher gekommen. Ja, das wünsche ich mir. Das wünsche ich mir. Oh, und wenn meine Mam das Stück sieht ... Zur Hölle mit meiner Mam! O Gott! Wie kann ich nur so was denken!

»Was ist denn?«

»Nichts. Nichts, Miss.«

»Sie haben eben an was gedacht, das Sie wütend macht.«

Er stieß ein kurzes Lachen hervor und griente: »Ja, das stimmt. Ich hab daran gedacht, was meine Mutter zu dem Stück sagen würde, und dann hab ich gedacht: ›Zur Hölle mit meiner Mam!‹«

Sie lachte. »Das ist eine gesunde Einstellung.«

»Nein, ist es nicht, Miss Mason. Wirklich nicht. Ich kann mit anderen Leuten rumfluchen und sie zur Hölle wünschen, aber nicht meine Mutter. Ich sage Ihnen, dieser Ort hier geht mir unter die Haut.«

»Gut. Sehr gut. Das ist das Beste, was ich seit Tagen von Ihnen gehört habe.«

Sein Gesicht war jetzt ernst, als er fragte: »Aber warum müssen wir immer und immer wieder die ersten Szenen spielen? Ich kenne inzwischen jede Bewegung und jede Geste, die ich machen muss, und jedes Wort, das Sie sagen. Wieso wiederholen Sie das immer wieder, Miss? Jeden Tag.«

»Nun, hinter den vielen Aspekten meiner ganz persönlichen Verrücktheit verbirgt sich Methode. Und das ist das Wort, auf das es ankommt: Methode.«

»In den Schauspielschulen wird großer Wert auf Methode gelegt, nicht wahr?«

»Ja. Aber, meine Methode zielt darauf ab, dass Sie, wenn Ihnen diese ersten zwei Szenen in Fleisch und Blut übergegangen sind, später im Stück nicht hängen bleiben, und wenn, dann werden Sie in der Lage sein, damit umzugehen. Wenn Sie jedoch am Anfang einen Hänger haben, darin ... nun, ich überlasse es Ihnen selbst, sich den Rest auszumalen.«

»Aber ich kenne doch jedes Wort, das ich zu sagen habe.«

»Ja, Sie sagen, und ich sage, Sie kennen jedes Wort und jede Geste; aber das ist, als ob man die Farbe hat, aber keine Leinwand. Und die Leinwand ist in diesem Fall das Gefühl; das Gefühl, dass Sie nicht nur Riley sind, der eine Rolle spielt, sondern dass Sie dieser Riley nicht mehr sind: Sie sind ein sechzehnjähriger Junge, der auf die Entwicklungsstufe eines Siebenjährigen ›zurückkehrt‹, und das müssen Sie in diesen ersten fünfzehn Minuten fürs Publikum rüberbringen. Das Teewasser ist fast schon verkocht; seien Sie so lieb, Riley, und gießen Sie den Tee auf? Aber, ehrlich gesagt, wäre mir im Augenblick der Inhalt von einem Flachmann lieber als Tee.«

»Soll ich Ihnen einen holen, Miss?«

»Nein, Riley. Trotzdem – vielen Dank. Ich möchte trocken

bleiben, zumindest bis wir die Premiere hinter uns haben und das Stück läuft – wie lange, wird sich herausstellen.«

4

Es war der Abend der letzten Aufführung des Dramas »Das Goldene Herz«. Vier Wochen lang war es gelaufen, länger als jemals zuvor ein Stück am Little Palace Theater. Der Vorhang fiel Punkt zehn Uhr, doch die stehenden Ovationen des Publikums hielten das Ensemble noch weitere zwanzig Minuten lang auf der Bühne, ehe sie alle in den Zuschauerraum hinabstiegen und sich unter die Leute mischten. David Bernice hatte Tränen in den Augen, während er ein ums andere Mal versicherte, dass sein Little Palace Theater noch nie Szenen wie diese erlebt habe.

Die erste Woche hatte ihnen begeisterte Rezensionen und überschwängliche Berichte in der lokalen Tageszeitung beschert, was an sich schon ungewöhnlich war. In der zweiten Woche waren Theaterliebhaber aus Newcastle, Sunderland, Gateshead und anderen umliegenden Städten nach Fellburn gekommen, um die Aufführung zu sehen. In der dritten Woche hatten sämtliche fünfzig Mitglieder des Palace Clubs, die seit Jahren ihr Scherflein dazu beitrugen, dass das Theater überleben konnte, bereitwillig ihre Sitze jenen Theaterenthusiasten überlassen, die stundenlang in der Schlange gestanden und keine Karten mehr bekommen hatten. Am Ende der dritten Woche war ein Späher aus Manchester aufgetaucht, der sich sowohl die Freitagabend-Vorstellung wie auch die Samstagsmatinee ansah. Danach führte er ein langes Gespräch mit Mr. Bernice, dem – völlig überraschend – ein Gespräch mit Riley folgte. Zumindest für Riley kam dies völlig überraschend, denn ihm wurde eine Rolle in einem Weihnachtsspiel für Manchester und anschließend eine Rolle in einem Stück in Aussicht gestellt, das Ende Februar auf Tournee gehen würde.

David Bernice hatte zurückhaltend reagiert: »Nun, wir werden sehen. Darüber muss in Ruhe gesprochen werden.« Das verwunderte Riley, denn Mr Bernice hatte bereits nach der ersten Woche zu ihm gesagt: »Seien Sie nicht überrascht, mein Junge, wenn Sie Angebote von anderen Häusern kriegen.«

In der vierten Woche kehrte der Späher in Begleitung eines Mannes zurück, der auf Riley wirkte wie der Inbegriff eines Gentleman: erstklassige Umgangsformen, eloquentes Auftreten, elegante Kleidung. Nachdem er das Stück gesehen hatte, erschien er in David Bernices Büro und bestätigte die Ansicht seines Agenten, dass dieser junge Mann begabt und durchaus befähigt sei, auch auf großen Bühnen zu bestehen, und dass er für eine tragende Rolle in dem neuen Stück genau die richtige Besetzung wäre. Nach längerer Diskussion musste Mr. Bernice ihm Recht geben, dass dies eine große Chance für den Jungen wäre, und er sagte Riley zu, auf die Erfüllung seines Einjahresvertrags zu verzichten. Zum Erstaunen aller Anwesenden war Riley von dem Angebot nicht unbedingt hellauf begeistert, sondern bat um eine Stunde oder so Bedenkzeit, um es sich in Ruhe zu überlegen.

Er nutzte diese Stunde oder so für einen eiligen Besuch bei Mr. Beardsley, und nachdem er mit der Neuigkeit herausgeplatzt war, sagte er: »Ich würde den Job annehmen, wenn nicht meine Mam wäre. Schauen Sie, was sie gemacht hat, als sie sich das Goldene Herz angesehen hat. Seitdem spricht sie kaum mehr ein Wort mit mir.«

»Was hat sie denn getan?«

»Na ja ... Es war während der Szene, in der ich auf dem Bett liege. Als sich Lily über mich beugte und mir übers Haar strich, hab ich im Parkett einen Tumult gehört und wusste sofort, dass sie das ist. Und da war sie auch schon: Sie stürmte wutentbrannt und nicht gerade leise aus dem Theater, und als ich nach Hause kam, war der Krach vorprogrammiert.

»›Du hörst sofort auf mit diesem perversen Schund‹, ging sie gleich auf mich los. ›Diese Leute gehören eingesperrt dafür, dass sie so etwas im Theater zeigen.‹ Und so weiter und so fort. Sie war überhaupt nicht mehr zu bremsen. Ich hab ihr zu erklären versucht, dass das die einzige Szene dieser Art im Ganzen Stück ist und dass so und so nichts passiert ist. Aber sie sagte, dass ich – obwohl alles nur angedeutet war – ebenso gut auch nackt hätte sein können. Und außerdem sei es eine Schande, dass ich einen Schwachsinnigen spiele und auch wie einer aussehe, und ich würde nie wieder derselbe sein. Und wissen Sie was? Ich glaube, sie hat damit vielleicht recht, denn dieser Larry, der behinderte Junge, ist mir wirklich unter die Haut gegangen.«

Bei diesen Worten hatte Fred Beardsley ihn bei den Schultern gepackt, ihn nicht gerade sanft geschüttelt und ihn dabei angefaucht: »Seien Sie kein Narr, Riley! Ihre Mutter ist eine engstirnige Frau, die fünfzig Jahre hinter der Zeit herhinkt. Gehen Sie zum Theater zurück und sagen Sie ›Vielen Dank, meine Herren, für das Angebot.‹ Und seien Sie dafür auch wirklich dankbar. Und es gibt noch etwas, wofür Sie wahrhaftig dankbar sein sollten, und das ist Miss Mason. Alleine und ohne die Proben mit ihr hätten Sie die Gefühle Larrys niemals so spielen können, wie Sie es getan haben. Das war mir von Anfang an klar. Diese Frau ist eine hervorragende Schauspielerin. Ich weiß wirklich nicht, warum sie hier in der Provinz bleibt. Sie müssen sich jetzt gegen Ihre Mutter behaupten, Riley. Sie ist nicht die Art Frau, die ihren einzigen Sohn so ohne weiteres von ihren Schürzenbändern los lässt, vor allem nicht bei dem Zustand, in dem Ihr Vater ist. Für sie sind jetzt Sie der Mann in der Familie, und sie wird Himmel und Hölle in Bewegung setzen, um zu verhindern, dass sich daran etwas ändert. Wo wird dieses Weihnachtsspiel aufgeführt? In Manchester?«

»Ja.«

»Nun, das ist ein guter Ort, seine Karriere zu beginnen. Der nächste Schritt kann schon London sein. Hier in Fellburn spielen Sie Woche für Woche vor demselben Publikum, aber in Manchester stehen Sie jeden Abend vor einer anderen Menge, und Sie werden feststellen, dass Sie immer wieder anders auf die Leute reagieren müssen. Von dem wechselnden Publikum und vor allem von der Tournee danach werden Sie mehr profitieren als von einer Schauspielschule, was ja durchaus eine ernsthafte Möglichkeit gewesen wäre. Louise und ich haben uns überlegt, ob wir Ihnen zureden und vielleicht ein wenig unter die Arme greifen sollten, eine solche Schule zu besuchen.«

Riley konnte nur stumm den Kopf schütteln angesichts der Liebenswürdigkeit dieser beiden Menschen.

Sein ehemaliger Lehrer und er wären wieder einmal derselben Meinung: Riley würde zunächst in dem Weihnachtsspiel auftreten und danach mit dem neuen Ensemble auf Tournee gehen.

Es war schon spät, als er an diesem Abend nach Hause kam. Susie und Florrie waren bereits im Bett, doch bevor seine Mutter oder sein Vater etwas sagen konnten, lief ihm die sechzehnjährige Betty entgegen und rief: »Hast du die Abendzeitung schon gesehen?«

»Nein. Lass mich erst mal reinkommen.«

»Sie schreiben, dass dir eine Rolle bei einem Weihnachtsspiel und anschließend eine Tournee angeboten wurden und du akzeptiert hast.«

Rileys besorgter Blick huschte zu seiner Mutter und dann zu seinem Vater, bevor er sagte: »Sie konnten das noch gar nicht wissen, als die Zeitung in Druck ging; ich habe gerade erst zugesagt.«

»Na ja, sie sagen, dass dir die Rollen angeboten wurden, und nur ein Narr würde eine solche Chance ablehnen. Und wie Dad gerade gesagt hat: Du bist kein Narr. Oh, ich bin so aufgeregt. Glaubst du, ich könnte auch zur Bühne, wenn ich …«

»Halt den Schnabel und mach, dass du ins Bett kommst.«

»Oh, Mam.«

»Schluss mit ›Oh, Mam‹. Du gehst jetzt ins Bett.«

»Weißt du was, Mam: Du kannst einen wirklich aus dem Haus treiben.«

Als ihre Mutter die Hand erhob, rief ihr Vater: »Ich würde das nicht tun, wenn ich du wäre!«

Betty sah Riley an, und als er fast unmerklich den Kopf schüttelte, machte sie auf dem Absatz kehrt und lief aus dem Zimmer.

Er sah zu, wie seine Mutter zum Kamin ging, den Schürhaken nahm und wütend in den glühenden Kohlen herumstocherte. Seine Stimme war ruhig, ja sogar besänftigend, als er sagte: »Irgendwann hätte ich ja so und so ausziehen müssen, Mam.«

Sie fuhr herum, den Schürhaken noch immer in der Hand, und schrie ihm ins Gesicht: »Ja, vielleicht, aber in eine anständige Wohnung mit einem anständigen Job und nicht, um mit dieser verdorbenen Bande durchs Land zu zigeunern.«

»Was für eine verdorbene Bande meinst du?« Seine Stimme war jetzt ebenso laut wie ihre. »Ich kenne die Leute nicht. Sie sind eine Truppe von Schauspielern wie die, mit denen ich jetzt arbeite, nehme ich an. Von welcher verdorbenen Bande sprichst du?«

»Sie sind alle und ohne Ausnahme eine verdorbene Bagage.«

»Oh ...« Rileys Stimme sank jetzt tief in seine Brust, als er antwortete: »Weißt du, Mam, ich war dumm, als ich noch in die Schule ging – doch, ja, dumm wie Schifferscheiße, aber seit ich bei dieser verdorbenen Bande bin, wie du sie nennst, hab ich eine Menge gelernt. Du kannst mir glauben, Mam, das sind sehr nette Leute, und ich hab mir viel von ihnen abgeschaut. Ich bin froh, dass ich sie kennen gelernt habe, und hoffe, dass ich noch viele von ihnen kennen lernen werde. Ich gehe mit ihnen auf Tournee, wer auch immer die anderen in dem Ensemble sind, und ich hoffe, dass ich die Leute, die uns sehen, zum Lachen bringen kann. Und noch etwas, Mam, das ich dir sagen möchte: Du hast vergessen, wie man lacht, und weil das so ist, hast du alle um dich herum traurig und unglücklich gemacht.«

Der Schürhaken in ihrer Hand sank herab, dann wandte sie sich wieder dem Kamin zu, legte der. Haken auf den Boden und drehte sich zu ihrem Mann um. »Da hast du's. Du hast Recht gehabt. Du hast mir immer gesagt, dass ich ihn verzogen und verdorben habe, weil ich ihn für den einzigen in unserer Familie hielt, der was taugt. Wie du siehst, hast du Recht gehabt, denn ich hätte mir nie träumen lassen, dass mir mein eigener Sohn sagen würde, dass ich alle unglücklich gemacht habe.«

Traurig beobachtete Riley, wie seine Eltern einander mit wütenden Blicken anstarrten, doch was immer er als Antwort und Rückzugsgefecht von seinem Vater erwartet hatte, er bekam es nicht zu hören. Stattdessen sagte sein Vater: »Du hast in zwei Punkten Recht: Es stimmt, ich habe gesagt, dass du ihn für den einzigen in der Familie hältst, der was taugt, und er hat soeben gesagt, dass du alle um dich herum unglücklich gemacht hast, weil es schon Jahre her ist, dass ich aus deinem Mund ein freundliches Wort gehört habe. Oh, ich habe auch meine Fehler, das weiß ich, aber es ist sicherlich untertrieben, wenn ich sage, dass du mir schon tausendmal wegen meinem Rücken aufs Brot gestrichen hast, ich würde meine Arbeit so sehr lieben, dass ich am liebsten mit ihr im Bett bleibe. Du brauchst nicht überrascht zu sein, wenn man dir sagt, dass du die Leute um dich herum traurig machst. Oh, ja, dein Sohn ist früher erwachsen geworden, als du es gewollt hast. Du wolltest, dass er immer der freche, vorwitzige Junge bleibt, damit du dich als die treu sorgende und beschützende Mutter sehen konntest, die in die Schule rennt und diesem Beardsley ins Gebet nimmst, wegen der Abreibung. Nicht, dass er sie nicht verdient hätte, aber es war nicht deine Sache, das zu tun, sondern meine ... Du hast mir nie die Chance dazu gelassen. Oh, nein, das hast du nicht.«

Als seine Mutter sich zu ihm umdrehte, sah Riley grenzenlose Verwunderung auf ihrem Gesicht, vielleicht auch eine Spur Bestürzung, doch sie wandte sich rasch wieder ihrem Mann zu und zeterte: »Das ist doch ... Ich kann es nicht glauben! Nicht nur einer, sondern alle beide! Wieso gehst du nicht gleich mit ihm?« Sie nickte in Rileys Richtung.

»Ich würde mein Augenlicht dafür geben, wenn ich die Chance hätte«, bellte Rileys Vater zurück. »Mein Rücken wäre dann sicher bald besser.«

»Herr im Himmel! Ein Abend der Wahrheit. Na schön ... Wenn das die Wahrheit ist ...« Mona Riley kehrte ihnen beiden den Rücken und ging mit langsamen Schritten auf die hintere Tür zu, dort blieb sie stehen, ihre Hand einen Moment lang auf der Türklinke verharrend, als wolle sie etwas sagen, doch sie überlegte es sich anders und ging aus dem Zimmer, ohne die Tür hinter sich zuzuschlagen.

Riley sah seinen Vater an. Er hatte ihn nie zuvor in diesem Licht gesehen, und sein Vater hatte seinen Sohn nie zuvor in diesem Licht gesehen. Er sagte: »Du tust das Richtige, Junge. Geh von hier weg, solange es möglich ist; denn wenn du noch eine Weile länger bleibst, kommst du nie von hier fort. Und ich sage dir noch was: Frauen wie deine Mutter sind schlimmer als der Teufel, schlimmer als der leibhaftige Teufel. Oh, ja, das kannst du mir glauben.«

Eine Weile blickten sie einander stumm an, dann fragte Mr. Riley: »Wann gehst du?«

Einen Moment lang war Riley so verwirrt, dass er keinen klaren Gedanken fassen konnte. Das hier war sein Vater, und er redete mit ihm wie mit einem Menschen, und zum ersten Mal in seinem Leben sah er seinen Vater als das, was er war: ein frustrierter Mann. Frustriert von wem? Von seiner Frau. Die Welt hatte sich in ein heilloses Durcheinander verwandelt, seit er in diesem Stück aufgetreten war.

Dann zuckten sie beide erschreckt zusammen, als die Tür wieder aufgerissen wurde und seine Mutter im Türrahmen stand. Sie kam nicht ins Zimmer, sondern blieb unter der Tür stehen und schrie ihn an: »Geh doch mit dieser Hurenbagage auf Tournee und spielt eure unanständigen Stücke!«

Riley rannte fast zu ihr. Nur eine Armlänge vor ihr blieb er stehen und schrie zurück: »Es war kein unanständiges Stück, es war ein hervorragendes Drama! Alle sagen das. Nur du sagst, dass es unanständig ist.«

»Ist es vielleicht nicht unanständig, wenn du mit deiner Schwester auf einem Bett liegst und ihr dabei seid ...«

»Wir waren bei gar nichts. Ich war ein zurückgebliebener Junge, Mam. Ich war ein Kind und gar nicht zu dem fähig, was du im Kopf hast. Und sie hat mich nur getröstet, auf die einzige Weise, die sie kannte. Du hast genau dasselbe im Kopf gehabt wie der Vater in dem Stück.«

»Mein Herz ist rein. Rein! Hast du gehört? Und ich habe mich immer bemüht, dass deines auch so bleibt, auch wenn ich manchmal die Hand gebraucht habe, es dir einzubläuen. Aber lasse mich dir noch eines sagen: Die Hälfte der Leute, mit denen du zusammen sein wirst, sind Jahre lang ohne Arbeit, und du brauchst gar nicht hierher zurückgekrochen zu kommen und zu glauben, du fändest hier ein Dach über dem Kopf, wenn du gerade kein Engagement hast, wie ihr es nennt, und könntest hier auf der faulen Haut liegen. Du kannst ja eine aus dieser Bagage von Huren fragen, ob sie dich in ihr Bett kriechen lässt, denn in dieses Haus hier kommst du mir nicht mehr. Ich habe drei minderjährige Mädchen zu erziehen,und ich möchte nicht, dass sie von dir verdorben werden.«

Sie kehrte ihnen erneut den Rücken zu, und diesmal krachte die Tür hinter ihr ins Schloss.

Wieder sahen Vater und Sohn einander stumm an, und als Riley mit betroffen bebender Stimme fragte: »Was ist nur in sie gefahren, Dad?«, erwiderte Alex Riley: »Du, mein Junge. Das mit dir geht ihr an die Nieren. Sie hat dich verloren; und du hast ihr gesagt, dass sie Unrecht hat, und das kann sie auf den Tod nicht ertragen. Hätte sie ihre Karten richtig gespielt, hätte sie dich immer haben können. Aber sie kann das nicht so sehen – denn sie ist deine Mutter, und sie ist ein borniertes, engstirniges Miststück. Ist sie immer gewesen. Ich kann dir nur raten, pack deine Sachen zusammen und geh zu deinen Freunden, denn wenn du hier bleibst, wird sie dir in den nächsten Tagen die Hölle heiß machen und das so lange, bis du es nicht mehr aushältst. Ich kenne ihre Finessen! Morgen ist sie wahrscheinlich ganz die gramgebeugte Mutter, die dir die Ohren vollheult, und am Ende gibst du alles auf, nur damit sie dich in Ruhe lässt. Geh und pack deine Sachen. Sie kriegt jetzt nicht mit, was du tust. Du findest ein Taxi am Stand vorne am Bing's Corner. Da ist immer eines.

Und ich weiß, dass Mr. Beardsley für dich ein Zimmer freimachen wird, denn er ist ein guter Kerl. Das hab ich immer gewusst.«

»Oh, Dad.« Es klang fast wie das Schluchzen eines Kindes. Da stand er nun und hatte eine Mutter verloren und – nach so vielen Jahren – einen Vater gefunden. Er konnte es nicht glauben. Er hatte das höchst unerquickliche Gefühl, gleich heulen zu müssen. O mein Gott! Nein, er durfte jetzt nicht heulen! Das würde ihm noch den Rest geben.

Hastig wandte er sich von seinem Vater ab und lief in sein Zimmer, einen kleinen Raum, der vom Korridor abging. Eine Viertelstunde später kam er mit einem Koffer und zwei Plastiktüten in Händen, einen Mantel über die Schulter geworfen, wieder heraus.

In nüchternen Ton sagte sein Vater: »Schlüpf in den Mantel, und drüber ziehst du den Regenmantel an. Du brauchst ihn ja nicht zuzuknöpfen.«

So folgsam wie ein kleiner Jungei tat er, wie geheißen, und als er sah, dass sein Vater seinen eigenen Mantel vom Haken an der Tür nahm und sich seine Mütze auf den Kopf stülpte, sagte er: »O nein, Dad. Es ist lausekalt draußen.«

»Es ist nicht das erste Mal, dass ich bei so'ner Lausekälte aus dem Haus gehe, oder? Nimm du den Koffer; ich nehme die Tüten. Ich geh ein Stück mit dir.«

Sein Vater öffnete vorsichtig die Haustür, und als Riley bereits im Begriff war, auf die Straße hinauszutreten, drehte er sich noch einmal um und sah ins Wohnzimmer zurück. Er konnte es nicht glauben. Es wollte einfach nicht in seinen Kopf. Es war, als sei er noch immer geistig umnachtet oder ganz verrückt geworden, denn sein Gehirn weigerte sich, zu akzeptieren, dass seine Mutter die Frau geworden war, die er soeben erlebt hatte; eine Frau, die bereit gewesen war, ihn knallhart rauszuwerfen.

Die Tür fiel zu. Sein Vater sagte: »Es hat keinen Sinn, zurückzuschauen, Junge. Das Leben liegt vor dir, und es bietet dir eine große Chance. Mach das Beste daraus.«

Sie fanden ein Taxi, und als sein Vater die Tür von außen

zuschlug, rief er durchs Fenster: »Melde dich ab und zu mal, Junge, okay? Lass mich wissen, wie es dir geht. Wenn du Mr. Beardsley 'ne Nachricht gibst, werd' ich sie sicher kriegen.«

Er konnte seinem Vater, der irgendwie anders aussah, nur zunicken. Es war nicht nur das Licht der Straßenlaterne oder der Widerschein der Taxischeinwerfer, die die Linien im Gesicht seines Vaters weicher machten, sondern etwas anderes: Ein liebevoller, beinahe zärtlicher Ausdruck, der ihn jünger wirken ließ. Er sah jetzt gar nicht mehr so klein und eingefallen aus.

Als das Taxi anfuhr, rief Riley dem Fahrer zu: »Warten Sie bitte noch einen Augenblick!« Er sprang aus dem Taxi, griff in die Tasche seines Mantels und zog einen Umschlag heraus, den er seinem Vater in die Hand drückte. »Gib ihr die Hälfte«, sagte er, »und behalte den Rest für dich. Ich ... ich hab einen Bonus gekriegt.«

Sein Vater sagte nichts darauf, nicht einmal Dankeschön. Sprachlos vor Staunen hielt er den Umschlag in der Hand und sah zu, wie sein Sohn wieder in das Taxi sprang. »Behalte die Hälfte für dich. Ich hab einen Bonus bekommen!«, rief er noch einmal, bevor er die Tür zuschlug.

Alex Riley starrte auf den Umschlag in seiner Hand hinab. Er bedeutete ihm eine ganze Menge: Der Junge hatte ihm damit etwas von seiner Selbstachtung zurückgegeben.

5

Es war der letzte gemeinsame Abend. Das Publikum hatte sich widerstrebend zerstreut, und das gesamte Ensemble war damit beschäftigt, im Foyer zwei lange Tapeziertische aufzustellen, Leintücher darüber zu breiten und alle nur erdenklichen Arten von selbst gemachten Pasteten und Kuchen darauf zu türmen. Doch noch weit mehr ins Auge stachen die beeindruckenden Batterien von Flaschen, die an den Stirnseiten der Tische aufgereiht standen. Jedes Ensemblemitglied hatte ein paar Freunde und ein oder zwei Flaschen mitgebracht. Doch nicht nur die Schauspieler und deren Freunde waren anwesend, auch Leute, die nichts mit dem Theater zu tun hatten, waren gekommen, wie Fred und Louise und der Herausgeber der örtlichen Zeitung oder der Besitzer und der Barmann des Globe, die die Mehrzahl des Ensembles sechs Tage in der Woche mit einem warmen Mittagessen versorgt hatten. Alles zusammen drängten sich mehr als vierzig Personen im Foyer und warteten darauf, an den Tischen Platz zu nehmen.

Nachdem Riley erzählt hatte, was zwischen seiner Mutter, seinem Vater und ihm vorgefallen war, hatte Fred mit seiner Verwunderung nicht hinterm Berg gehalten und gesagt, dass er immer geglaubt habe, seine Mutter sei eine kluge Frau, doch Louise war weit weniger überrascht gewesen. Früher hatte sie die Mutter dieses jungen Burschen, der so witzig und so treffsicher mit seinem schnodderigen Spott sein konnte, ebenfalls kennen lernen wollen, doch nachdem sie dann ihre Bekanntschaft gemacht hatte, musste sie feststellen, dass sie von der Frau sehr enttäuscht war. Louise begriff sofort, dass Mrs. Riley keine Probleme damit hatte, wenn ihr Sohn Männer wie Fred zu Freunden hatte, doch sie konnte es nicht ertragen, wenn er für eine andere Frau Sympathie oder gar freundschaftliche Zuneigung erkennen ließ.

Doch beide – Fred und Louise – freuten sich für ihn, dass er zu seinem Vater gefunden hatte – wenn auch spät, wie Riley selbst gesagt hatte.

Fred war der Meinung gewesen, Riley solle seinen Vater zu seinem letzten Abend im Theater einladen, doch Alex Riley hatte abgelehnt, weil er meinte, dass dies seine Mutter noch mehr verletzen würde.

Die meisten der Anwesenden hatten sich jetzt um das Piano geschart und sangen so ziemlich alles von »The Blaydon Races« bis »Keep Your Feet Still Geordie Hinny«, und dazwischen »The Old Bull and Bush« oder »Won't You Come Home Bill Bailey« sowie den einen oder anderen Song aus Musicals der Zwanziger Jahre oder früher.

Und so nahm das vergnügliche Beisammensein seinen Gang mit Gesprächen und Gesang, bis David Bernice sich am Ende des langen Tisches erhob, um die Aufmerksamkeit aller anwesenden Freunde und Gäste bat und mit erhobenem Glas rief: »Füllen Sie Ihre Gläser, Ladys and Gentlemen, ich möchte einen Toast ausbringen!« Als man seiner Aufforderung Folge geleistet hatte, fuhr er fort: »Zunächst trinken wir auf ein überaus erfolgreiches Stück, das in bemerkenswerter Weise von allen Beteiligten in Szene gesetzt wurde: auf ›Das Goldene Herz‹.«

Alle erhoben ihre Gläser und riefen: »Auf ›Das Goldene Herz‹!«

»Und nun, Ladys and Gentlemen, möchte ich, dass Sie Ihr Glas auf eine ganz besondere Person erheben, auf jemanden, der als junger, rotznäsiger Bursche zu uns gekommen ist. Das ist natürlich metaphorisch gemeint!« rief er in das aufbrandende Gelächter. »Meine Kollegen wissen, was ich damit sagen will: Er war noch grün, noch sehr grün. Er wollte, glaube ich, einen Job als Regisseur, aber ich konnte ihm damals nur den eines Hilfsinspizienten anbieten. Wir alle wissen, wie wichtig der Hilfsinspizient am Theater ist, denn wo blieben wir ohne Tee? Wo blieben wir ohne unsere Sandwiches? Wo blieben wir ohne einen, der auch einmal einen Besen in die Hand nimmt? Wo blieben wir und wo bliebe die Kunst ohne ein Paar starke Arme, die mit anpacken, wenn schwere Kulissen geschoben werden müssen; ohne einen jungen Mann, der wacklige Leitern erklimmt und auf Schwindel erregenden, kaum handbreiten Stegen balanciert, wenn eine Glühbirne ausgetauscht werden muss?«

Jetzt lachte die ganze Gesellschaft, und Nyrene Mason, die neben Riley stand, legte einen Arm um seine Schultern und drückte ihn an sich, doch er sah sie nicht an, sondern stand mit gesenktem Kopf neben ihr.

Dann hob David Bernice erneut das Glas und sagte: »Auf Larry, den Jungen, der in einer anderen Welt lebte, in einer Welt der goldenen Gefühle und Gedanken, der Musik und des Tanzes, der so hervorragend gespielt und auf der Bühne zum Leben erweckt wurde, dass die Menschen dieser Stadt in unser Theater strömten und viele andere von weither ebenso, die noch nie zuvor hier gewesen waren; und nicht nur das, die schauspielerische Leistung Rileys, des Darstellers dieses Jungen, hat ihn nicht bloß die erste Stufe der Erfolgsleiter erklimmen lassen, sondern schon eher die dritte oder vierte. Wir alle wissen um die Angebote, die ihm gemacht wurden, und jeder von uns – und ich weiß, ich spreche im Namen des gesamten Ensembles, wenn ich es noch einmal sage – jeder einzelne von uns freut sich mit ihm, denn er ist uns allen ans Herz gewachsen, wenn auch niemandem so sehr wie unserer lieben und verehrten Nyrene Mason. Sie war es – und das würde er Ihnen jederzeit selber sagen –, die ihm jeden Schritt auf seinem schwierigen Weg beigebracht hat: Sie war seine Mentorin. Doch nun genug der Worte. Ich hebe mein Glas auf Sie, lieber Riley: Auf Ihren Erfolg in allem, was Sie tun.«

Riley schaffte es einfach nicht, den Kopf zu heben. Seine Kehle war wie zugeschnürt, und sein Kopf schwirrte, nicht nur von dem, was gesagt worden war, sondern auch von den drei Sherries und dem Port, die er bereits getrunken hatte. Er war so lange Larry gewesen, dass er nun keine eigenen Worte fand. Waren es wirklich nur vier Wochen gewesen? Oder vier Monate? Schon eher vier Jahre. Er nahm seine Hand von Miss Masons Arm, die ihn unter gehakt hatte, und schob sich ein paar Schritte von Fred und Louise weg, und in dem kleinen Stück freien Raum, das er sich auf diese Weise verschafft hatte, wurde sein Körper plötzlich schlaff. Dann bewegte sich sein Kopf mit dem seltsamen ruckenden Nicken, wie er es während des letzten Monats allabendlich zwei Stunden lang getan hatte. Seine Arme hoben sich wie kraftlos gespreizte Schwingen, und auf seinem Gesicht erschien ein Ausdruck sanfter Traurigkeit. Alle im Foyer starrten ihn mit ergriffener Bewunderung an. Es war eine Sache, einen Schauspieler auf der Bühne zu sehen, aber etwas ganz anderes, zu beobachten, wie sich dieser Junge hier vor ihren Augen in ein schwachsinniges Kind verwandelte. Dann begann Riley mit sanfter, leiser Stimme zu singen:

Ich möchte Mummy
mit Maiblumen krönen;
Daddy sagt, ich hab ein goldenes Herz,
aber er lächelt nie.
Traurig ...
Nicht lieb. Nicht lieb
wie die Vögel und Bienen und Glühwürmchen
und alle Vögel.
Ich habe Nester in meinem Herzen,
sie spinnen goldene Fäden,
die mein goldenes Herz halten.
Gott ist lieb.
Und so groß.

Als er verstummte, fielen seine Hände an den Seiten herab, sein Kopf sank auf die Brust, und so stand er eine Weile in gebannten Stille, die alle Anwesenden gefangen hielt.

Erst als begeisterter Beifall aufbrandete, hob er den Kopf und sagte: »Damit wollte ich all denen danken, die mir geholfen haben, während des vergangenen Monats Larry zu sein. Immer wenn ich zu dieser Passage gekommen bin, habe ich gefühlt, dass ich Larry *bin* und von einem großen Gott geführt werde, und das verdanke ich meiner lieben Freundin.«

Er streckte die Hand aus und ergriff die Nyrenes. »Hätte sie mich nicht über Wochen hinweg täglich mit Proben traktiert, hätte ich es niemals geschafft. Es gab Zeiten, da habe ich sie gehasst.« Dies provozierte erneutes Gelächter und noch mehr Applaus, und dann beendete er seine kleine Dankesrede mit den Worten: »Ich danke Ihnen allen von tiefstem Herzen. Wo immer mich das Leben hinführen wird – ich werde das Little Palace Theatre oder seinen Besitzer niemals vergessen.« Er deutete mit ausgestreckter Hand auf David und fügte mit leiser, von aufrichtiger Dankbarkeit bewegter Stimme hinzu: »Ich danke Ihnen, Sir.«

Als der Applaus verstummt war und die Drinks wieder zu fließen begannen, gesellte sich Fred kurz zu Riley und sagte: »Hören Sie, mein Junge, Sie haben nur getrunken und nichts gegessen. Wenn Sie auf den Beinen bleiben wollen, sollten Sie was in den Bauch kriegen.«

Und so aß Riley eine Kleinigkeit, trank wenig und redete und lachte viel, und die, die in seiner Nähe standen, lachten mit ihm.

Als er einmal neben David Bernice stand, sagte dieser Gentleman zu ihm: »Um eines möchte ich Sie bitten, Riley: Lassen Sie den Kontakt mit unserem Nonagon nicht abreißen; ich weiß, sie empfindet große Zuneigung zu Ihnen.«

»Aber nein, Sir, bestimmt nicht. Wie könnte ich Miss Mason jemals vergessen?«

Oh, nein, er würde sie niemals vergessen, denn ohne sie würde er weder eine Rolle in einem Weihnachtsspiel bekommen haben noch demnächst auf Tournee gehen. Sie hatte ihm beigebracht, was er konnte, und allein mit ihrer Hilfe hatte er die ersten beiden entsetzlichen Abende überstanden. Nein, er würde sie niemals vergessen. Sie würde immer einen Platz in seinem Herzen haben.

»Übrigens, was ich schon immer fragen wollte, Sir: Warum nennt man Sie eigentlich Nonagon? Ist das ein Spitzname?«

»Nun, dazu muss ich zuerst erklären, was ein Nonagon ist. Ein Nonagon ist ein Neuneck oder, ein Körper mit neun Seiten; in ihrem Fall bezieht sich das auf das neunte Achtel, das zu viel war. Wie Ihnen vielleicht zu Ohren gekommen ist, fing sie nach einer großen Enttäuschung in ihrem Leben zu trinken an. Ich vermute, Sie haben verschiedene Versionen dieser Geschichte gehört. Wie Sie selbst nur zu gut wissen, haben Sie Ihr Scherflein dazu beigetragen, dass ihr der Vorrat nicht ausgegangen ist. Aber wir wollen das nicht weiter vertiefen, nicht heute Abend zumindest; ich will Ihnen nur so viel sagen, dass ich es war, der ihr diesen Namen gegeben hat, als sie zum ersten Mal das ominöse Achtel Wein zu viel intus hatte, und heute ist das zwischen uns ein freundschaftlich gemeinter Kosename. Und ich sage Ihnen noch etwas: Sie hatte etwa zur selben Zeit wie Sie ebenfalls ein Angebot, nicht in Manchester, sondern viel näher bei London, und sie hat es abgelehnt.«

»Abgelehnt? Warum?«

»Fragen Sie mich nicht, warum, denn ich kann Ihnen keinen Grund dafür nennen. Ich kann nur vermuten, dass sie mich und dieses kleine Theater nicht im Stich lassen will. Schauspielerinnen kommen und gehen in dem Alter, in dem sie ihr Metier erlernen, und sie beherrscht ihr Metier wirklich hervorragend und will dennoch bleiben. Und was vielleicht noch mehr zählt, ist der Umstand, dass sie ihr Zuhause nicht verlassen will, ein kleines Häuschen, das sie von ihren Eltern geerbt hat. Es ist nur klein, aber es ist ein schöner Ort, vor allem im Sommer. Es hat einen wunderschönen Garten nach hinten hinaus und einen hübschen Vorgarten und liegt in einem begehrten Wohnviertel der Stadt. Wenn man in unserem Metier ein Auskommen finden will, muss man viel reisen, und viele Schauspielerinnen würden die Nasen rümpfen bei den Gagen, die ich anbieten kann – und das auch immer nur für ein paar Wochen. Vielleicht haben Sie das nicht gewusst, junger Mann, weil Ihre wahrhaft stattliche Gage ein Fixum war, während ihre, je nach Anzahl der verkauften Karten, schwankt. Und es kommt selten vor, dass wir ausverkauft sind, und selbst dann sind die Gagen alles andere als üppig. Der letzte Monat war, wie Sie sicherlich wissen, eine Ausnahme; und der Grund, warum ich Ihnen das alles erzähle, junger Mann, ist der, dass dies Ihr letzter Abend am Little Palace ist und dass ich mehr getrunken habe, als ich es gewohnt bin. Wir alle haben mehr getrunken als sonst, und es ist nur gut, dass morgen Sonntag ist, weil wir alle einen dicken Kopf haben werden. Aah …« Er nickte zur anderen Seite des Foyers hinüber. »Die Leute brechen allmählich auf. Kommen Sie und sagen Sie auf Wiedersehen.«

Während der nächsten halben Stunde nahm Riley von seinen Kollegen und Kolleginnen Abschied, was in einigen Fällen sehr tränenreich ausfiel; noch nie in seinem ganzen Leben war er so oft umarmt und geküsst worden. Jetzt waren, abgesehen vom Hausmeister Billy Carstairs und seiner Frau, die ebenfalls im Begriff waren zu gehen, nur noch David Bernice, Fred und Louise, Nyrene und er selbst anwesend.

Fred und Louise waren bereits zum Gehen angezogen, als sie Riley zur Seite zogen. »Wir finden, Sie sollten noch bleiben und sie nach Hause begleiten«, sagte Fred mit einem Nicken in Richtung Nyrene, die in einem der Plüschsessel entlang der Wand des Foyers saß, und fügte, ohne eine Antwort abzuwarten, hinzu: »Ich gebe Ihnen einen Schlüssel, damit Sie ins Haus können.« Er nahm einen Schlüssel von dem Bund, den er aus seiner Tasche gezogen hatte. Als er ihn Riley reichte, sagte Louise: »Und kommen Sie nicht laut singend heim.«

»Als würde ich so was tun, Madam«, entgegnete Riley. »Wie spät ist es denn jetzt?«

»Viertel vor eins«, sagte Fred, »und unsere Babysitterin hat sicher schon ihre Eltern angerufen, die bereits vor unserer Tür stehen werden, um uns zu sagen, was sie von uns halten.«

Sie verabschiedeten sich von Nyrene, während Riley auf die Toilette ging.

Als er ins Foyer zurückkam, hatte Nyrene sich erhoben, und David Bernice knöpfte gerade den obersten Knopf ihres Mantels zu. Er stülpte die Pelzkapuze über ihr hochgestecktes kastanienbraunes Haar und beugte sich dann zu ihr hinab, um sie auf beide Wangen zu küssen. »Und morgen bleiben Sie den ganzen Tag im Bett«, sagte er. »Haben Sie gehört?«

Nyrene blieb ihm eine Antwort schuldig und sah mit einem strahlenden, ein wenig einfältig wirkenden Lächeln in sein Gesicht empor; als sie schwankte, winkte er Riley herbei, um ihren Arm zu nehmen. »Draußen wartet ein Taxi«, sagte er.

»Wo sind Ihre Schlüssel?«, fragte Riley vor Nyrenes Haustür.

»Was denken Sie denn, wo sie sind?« erwiderte sie mit einem leisen Lachen und reichte ihm ihre Handtasche.

Er musste eine ganze Weile in ihrer Tasche herumkramen, bis seine Finger den Metallring ihres Schlüsselbunds fanden.

Als er einen der Schlüssel ins Schloss zu stecken versuchte, nahm sie ihm den Schlüsselbund aus der Hand und lachte: »Geben Sie schon her, Sie Schafskopf.«

Es war das erste Mal, dass er in ihrem Haus war, und er

war überrascht von der Größe der Diele und vor allem ihrer Einrichtung. Die Möbel hatten eine verblüffende Ähnlichkeit mit denen im Haus der Beardsleys.

Sie steuerte mit leicht schwankendem Gang auf die Tür links von ihnen zu, und er folgte ihr mit ebenfalls nicht ganz sicheren Schritten. Als das Licht in dem Zimmer anging, war er erneut überrascht. Ein Kristallleuchter erhellte den Raum mit gleißendem Licht, und Riley musste blinzeln. Er blieb zögernd stehen, um sich umzusehen, doch Nyrene zog ihn zu der Couch, die im rechten Winkel vor einem elektrischen Kamin stand.

»Machen Sie ihn an!« sagte sie und deutete auf den Kamin. »Mir ist ... mir ist kalt.«

Binnen weniger Minuten glühten künstlichen Scheite im Kamin,und der Ventilator blies warme Luft in den Raum. Sie sank in eine Ecke der Couch und fragte: »Einen Drink?«

»Oh, nein! Sie haben mehr getrunken, als Sie sollten; und ich ebenfalls.«

»Kaffee? Wie wär's mit 'nem Kaffee?«

»Oh, Kaffee. Das ist was anderes. Wo?«

»Aah.« Mit einem Seufzen schob sie sich zum Rand der Couch, und er sprang hastig auf, um ihr beim Aufstehen zu helfen. Sie hakte sich unter und führte ihn zurück in die Diele und von dort in die Küche.

Als das Licht aufflammte, schüttelte er erstaunt den Kopf.

Dies hier war ein sehr altes Haus, aber die Küche war ultramodern. Eine wunderschöne Küche.

Sie stakste mit unsicheren Schritten zu der Anrichte an der gegenüberliegenden Wand, zog eine bereits mit Wasser und Kaffee gefüllte Kaffeemaschine zu sich heran und schalte sie ein. Dann drehte sie sich mit lachendem Gesicht zu ihm um und sagte: »Kaffee ist in vier Minuten fertig. Tassen!« Sie deutete auf eine Glasvitrine an der Wand, und als er die Tür des Schränkchens öffnete und bereits im Begriff war, zwei Tassen aus einer ganzen Phalanx ineinander gestapelter Porzellanschalen herauszunehmen, rief sie mit einem Lachen: »Nein! Nicht die Teetassen. Zwei Kaffeetassen, ja?«

Er streckte sich zum oberen Fach und holte zwei der großhenkligen Kaffeetassen heraus, die er auf das Tablett stellte, auf dem sie bereits die Zuckerschale platziert hatte.

Fünf Minuten später saßen sie wieder im Wohnzimmer und tranken den dampfenden Kaffee.

Sie hatte ihre Tasse bereits halb ausgetrunken, als sie seufzte: »Aah, das tut gut! Ist doch viel besser! Und es lässt immer noch Platz für einen anständigen Drink.«

»Oh, nein, Miss! Keine Drinks mehr heute Abend. Hugh, ich habe gesprochen!«

Sie lehnten sich in die weichen Kissen der Couch zurück, wandte ihm ihr Gesicht zu und sagte: »Riley«, und er antwortete: »Ja, Miss?«

»Nennen Sie mich nicht immer Miss.«

»Oh ... Wie soll ich Sie denn nennen?« Sogleich kam ihm Nonagon in den Sinn, doch er verwarf diesen Namen sofort wieder. »Ich heiße Ny ... rene!« erklärte sie, wobei sie die letzte Silbe in die Länge dehnte. »Warum werden Sie eigentlich von allen mit Riley angeredet und nicht mit Ihrem Vornamen?«

»Fragen Sie mich nicht, Nyrene.« Er lachte auf. »Ich glaube, das war ... Mr. Beardsley. Er nannte mich immer Riley. Und mein Dad sagt auch Riley zu mir. Wissen Sie was? Ich hab endlich einen Vater gefunden. Heute hab ich einen Vater gefunden. Nein, nicht heute, sondern gestern. Es ist ja schon ein neuer Tag. Schauen Sie!« Er deutete auf eine Pendeluhr auf dem Kaminsims. »Es ist schon halb zwei.«

»Wissen Sie, Riley, Ihre Mutter ist eine dumme Frau ..., eine engstirnige, dumme ... Frau.«

»Nein. Nennen Sie sie nicht dumm; engstirnig, ja. Oh, ja – engstirnig ist sie. Da haben Sie recht – engstirnig schon, ja.«

»Meine Mutter ist gestorben, als ich zwanzig war. Wussten Sie, dass ich in diesem Haus hier geboren bin? Ja, ich bin in diesem Haus auf die Welt gekommen – oben im ersten Stock. Aber sie ist gestorben ... Sie ist gestorben, als ich zwanzig war. Ich war in London damals ... Haben Sie das gewusst, Riley?« Sie brachte ihr Gesicht nah an das seine. »In London. L-o-n-d-o-n. London. Drei Jahre in einer Schauspielschule, und ich hatte eine Rolle in diesem Stück. Es war ein großer Erfolg. Ich spielte nicht die Hauptrolle. Nein, nein – bestimmt nicht, aber ich wurde in der Presse erwähnt. O ja. Ja, das wurde ich. Und dann ist meine Mutter gestorben, und mein Vater war hilflos ohne sie. Sie müssen verstehen, Riley, manche Ehepaare lieben sich ein Leben lang, und wenn der eine stirbt, stirbt der andere auch irgendwie, obwohl er noch immer am Leben is … ist. ›Vergessen Sie nicht, ihre T' zu sprechen, Miss,‹ Das hat mein Lehrer immer zu mir gesagt.« Ihre Stimme wurde undeutlich. »›Vergessen Sie nicht, Ihre T's zu sprechen.‹ Wie auch immer …«, murmelte sie und fuhr dann, als würde sie mit sich selbst reden, fort: »Ich hab London aufgegeben und bin nach Hause zurückgekommen, um mich um ihn zu kümmern. Ich habe ihn geliebt. Und es gab hier das Little Palace und Mr.David Bernice, und er hat mir eine kleine Rolle gegeben. Und dann gab er mir größere Rollen, und nachdem einige Hauptdarstellerinnen gekommen und wieder gegangen waren, wurde ich die Hauptdarstellerin am Palace. Und die männlichen Hauptdarsteller kamen und gingen, bis einer kam und blieb. Er war anders.«

Sie streckte die Beine, hob die Arme über den Kopf und gähnte. »Anders«, wiederholte sie noch einmal, und es klang beinahe wie ein Schrei.

»Er war kein guter Schauspieler, nein. Und ich will mich auch nicht mit fremden Federn schmücken, Riley, aber ich habe diesen Mann achtzehn Monate lang mitgezogen. Er sah aus wie um die Dreißig – ja, wie um die Dreißig, ein bisschen älter vielleicht. Ein gut aussehender Mann, ein sehr gut aussehender Mann, was er leider selber nur zu genau wusste. Aber er war eher vierzig als dreißig. Sein Problem war, dass er sich ständig selbst spielte. Er spielte jedes Mal sich selbst, weil er sich so toll fand. Und er war mir dankbar – oh, ja … Zumindest hat er das gesagt.« Sie wandte ihr Gesicht jetzt Riley zu und fragte ihn: »Hat zu Ihnen schon mal jemand gesagt; ›Ich liebe dich. Ich bete dich an. Du bist der wunderbarste Mensch auf der ganzen Welt für mich?‹«

Mit einem Lachen erwiderte er: »Noch nicht. Noch nicht, Miss ... eh ... Nyrene.«

»Das werden sie aber tun. Oh, ja, das werden sie. Und Sie werden ihnen glauben!« Wieder schrie sie die letzten Worte hinaus. »Oh, ja, Sie werden ihnen glauben, weil ich das auch getan habe. Und Sie werden von Heirat sprechen, und Sie kommen in dieses Haus ... nein, nicht Sie – er hat es getan. Und er wurde verwöhnt und umsorgt und vergöttert. Ja, du dummes Weibsbild, weil du kein Mädchen mehr warst, hab ich recht?«

Sie setzte sich jetzt auf und schüttelte den Kopf, als stünde jemand vor ihr: »Nein, du warst kein Mädchen mehr damals. Du warst siebenundzwanzig – ja, siebenundzwanzig. Und dann bist du eines Morgens aufgewacht.«

Sie wandte sich jetzt wieder Riley zu, der nach wie vor in den Kissen lehnte und sie entgeistert anstarrte, drohte ihm mit dem Finger und sagte: »Ein Brief in dem Kasten dort.« Sie deutete in Richtung der Tür. »Ja, ein Brief, in dem er mir dankt ... Für unsere Freundschaft! So hat er es genannt: Freundschaft! Ja ... genau so. Aber wohin ging er? Australien? So weit wie möglich weg von mir ... Australien. Auf Tournee mit irgendeiner Theatertruppe, so wie Sie auch. Er schrieb, dass er bereits auf dem Schiff sein würde, wenn ich den Brief lese. Auf dem Schiff!« Sie spuckte die letzten Worte geradezu hervor.

Sie müssen wissen, es war in der freien Woche, die wir hin und wieder am Palace haben, und er war angeblich nach Hause zu seiner Familie gefahren, um alles vorzubereiten ... warten Sie, Riley ... damit ich nachkomme und seine Eltern in Cornwall kennen lerne.«

Sie ließ sich wieder in die Kissen zurücksinken; ihre Stimme war jetzt kaum mehr ein Flüstern und klang wieder so, als würde sie mit sich selbst reden: »Ja, dieses späte Mädchen wäre beinahe verrückt geworden ... Und ich auch, Riley – ich wäre beinahe verrückt geworden, weil niemand weiß, was ich für diesen Mann getan habe. Ich labe ihn durch sämtliche Aufführungen mitgeschleppt, weil er sich seinen Text nicht merken konnte.

Wenn ich nur daran denke, wie viele Stunden ich hier in diesem Raum damit verbracht habe, mit ihm seinen Text einzupauken, und wie oft er dann auf der Bühne trotzdem stecken blieb oder sonst wie alles vermasselte, und ich aus dem Stegreif meinen eigenen Text ändern musste, damit er nicht das Gesicht verlor … Unzählige Male! Es war nur sein Gesicht, seine hübsche Larve, der er zu verdanken hatte, dass er beim Theater war, dass er überhaupt einen Job bekam. Und seine Stimme. Oh, ja – seine Stimme. Er schulte sie; er liebte es, seine Stimme zu hören.« In ihren Worten lag Bitterkeit, doch sie verschwand, als sie fortfuhr: »Ich hätte ihm alles verzeihen können, außer das, was diese Erfahrung aus mir gemacht hat: eine Trinkerin. Ja, ich wurde eine Trinkerin. Wäre David nicht der Mann gewesen, der er auch heute noch ist, er hätte mich hochkantig gefeuert. Aber nein, er hielt an mir fest, bis es dem Rest des Ensembles gegenüber nicht mehr zu vertreten war; dann schickte er mich für drei Monate fort. Für drei lange Monate.«

Sie verstummte; dann sagte sie, den Blick auf Riley gerichtet: »Ich wurde nicht geheilt, aber ich bekam meine Sucht einigermaßen unter Kontrolle. Doch dann, als ich zurückkam, war ich wieder allein, und alleine zu trinken, Riley, ist der schnellste Weg in die Hölle. Schon bald gab es Tage, an denen ich es ohne Alkohol einfach nicht schaffte. Ich ging zum Lunch weg und genehmigte mir ein oder zwei Drinks. Aber David sah, wohin das führen musste, und er stellte mich vor die Wahl, entweder aufzuhören – zumindest im Theater – oder zu gehen. Er hat es nicht so unverblümt ausgedrückt, aber ich habe ihn verstanden, und so ließ ich mir zum Lunch meine Sandwiches bringen. Dann tauchten Sie auf, Riley. Sie waren ein Geschenk des Himmels in mehr als einer Weise; in gewisser Weise haben Sie mir das Leben gerettet. Nicht nur weil Sie mir meine Drinks brachten, sondern auch weil Sie etwas an sich hatten … Ich weiß nicht, was es ist. Oh, doch – ich weiß es, ich weiß es ...« Sie richtete sich hastig aus den Kissen auf und sagte: »Hören Sie, ich denke, wir sollten jetzt besser schlafen gehen ... Noch einen Schlummertrunk, und dann gehen wir schlafen.«

»Miss. Sie sind diejenige, die ins Bett muss.«

»Aber ich brauche meinen Schlummertrunk; ich ... ich kann sonst nicht einschlafen. Bleiben Sie sitzen.« Sie stieß ihn auf die Couch zurück, als er Anstalten machte aufzustehen. Dann erhob sie sich und segelte aus dem Zimmer, den Rücken so gerade wie immer, doch mit unübersehbar taumelnden Schritten. Er blieb allein auf der Couch sitzen, starrte in die glühenden Scheite,und erneut war ihm zum Weinen zumute, nur diesmal um sie und um ihr vergeudetes Leben, denn würde sie den Platz einnehmen, der ihr zustand, stünde sie in London oder Amerika noch immer ganz oben auf der Erfolgsleiter. Sie war wunderschön und sie hatte etwas, das er nicht mit Worten zu benennen vermochte. Und so wie sie dieses undankbare Schwein mitgeschleppt hatte, hatte sie viele andere durch Aufführungen geschleppt – in jüngster Zeit ihn. Oh, ja: Ohne sie hätte er diese Rolle nie und nimmer spielen können und hätte niemals die Chance für einen neuen Anfang in seinem Leben bekommen. Aber für alles musste man eben bezahlen, und in seinem Fall war der Preis die Beziehung zu seiner Mutter gewesen; ein sehr hoher Preis, der auch durch das neu gewonnene Verhältnis zu seinem Vater nicht aufgewogen wurde.

Als sie wieder ins Zimmer kam, ein Tablett auf beiden Händen balancierend, sprang er auf und nahm es ihr ab. Auf dem Tablett standen zwei Flaschen und zwei Gläser, und während er es ihr aus der Hand nahm, sagte er streng: »O nein! Nichts mehr heute Abend. Bitte, seien Sie vernünftig.«

»Ich trinke jeden Abend meinen Schlummertrunk. Eines habe ich mit unserem lieben Beardsley gemeinsam: Wir wissen beide, dass Brandy und Port gemischt nicht nur ein guter Muntermacher, sondern auch der ideale Schlummertrunk sind. Außerdem ist es die beste Medizin gegen den Kater am Morgen danach.«

»Für mich nicht, danke.«

»Nun, wenn Sie nicht wollen, brauchen Sie nicht zu trinken, Riley, aber ich kann nicht anders; ich kann sonst nicht schlafen. Ich weiß, ich habe schon ziemlich einen sitzen. Das weiß ich. Aber ich kann sonst trotzdem nicht schlafen.«

Er sah zu, wie sie in jedes Glas ein Fingerbreit Brandy und ebenso viel Port goss und dann die Gläser schwenkte. Als sie ihm seines reichte, sagte sie: »Kommen Sie, versuchen Sie's. Ich wette, so was Gutes haben Sie noch nie getrunken.«

Er kostete davon, und sie hatte recht – er hatte noch nie etwas Vergleichbares getrunken. Auch er hatte einiges gebechert heute Abend – verschiedene Drinks; oh, ja, das hatte er, aber das hier war anders.

Sie saßen jetzt wieder auf der Couch und grinsten einander an, während sie an ihren Gläsern nippten. Dann ließ sie sich zurücksinken und entspannte sich; zumindest schien es so. Nachdem Riley sein Glas geleert hatte, murmelte er: »Ich muss aufpassen, sonst schlafe ich hier noch ein.«

Sie wandte sich ihm zu und sagte: »Sie können hier schlafen. Oben gibt es ein schönes warmes Schlafzimmer. Ich lasse immer die Heizung an, damit es überall richtig warm ist. Sie können hier schlafen.«

»Das geht nicht; sie warten, dass ich nach Hause komme.«

»Was? Um die Zeit?« Sie zeigte mit dem Finger auf die Uhr. »Es ist zwei Uhr nachts. Die Beardsleys schlafen längst. Sie werden sie wecken müssen. Oder haben Sie einen Schlüssel?«

»Ja, hab ich.«

»Na,dann werden sie's auch verstehen.«

Ja, vermutlich würden sie es verstehen, aber er musste trotzdem nach Hause. Er musste nach Hause, er musste ... Was war nur los mit ihm?

Sie stellte ihr Glas auf den Tisch und sagte: »Machen Sie den Kamin aus und helfen Sie mir die Treppe hoch.«

Er knipste den Kamin aus, hakte sie mit einem Arm unter und verließ zusammen mit ihr das Zimmer.

Nebeneinander stiegen sie die Treppe hinauf , und als sie den Absatz im ersten Stock erreichten, deutete sie auf eine

Tür und sagte: »Das Bad.« Sie schob ihn zur Badezimmertür, und während sie die gegenüberliegende Tür öffnete, hauchte sie über die Schulter: »Warten Sie auf mich. Warten Sie auf mich, ja?«

Er ging ins Bad. Es war modern eingerichtet. Alles wirkte so sauber und hell. Vielleicht, dachte er, war das so, weil er einen sitzen hatte. Er hatte sich noch nie so gefühlt. Es war ein Gefühl, als sei nichts mehr sonderlich wichtig. Am liebsten hätte er lauthals zu singen angefangen, so fühlte er sich, doch Fred hatte gesagt: »Kommen Sie nicht laut singend nach Hause.« Warum sollte er jetzt noch durch die halbe Stadt laufen? Er wusch sich die Hände und warf sich ein paar Hände voll Wasser ins Gesicht, und während er vor dem langen Wandspiegel stand und sich mit dem Handtuch trocknete, hätte er sich fast nicht wiedererkannt. Er hatte sich verändert. Das war der Alkohol. So war das mit dem Alkohol – er ließ einen älter aussehen, als man war. Er war noch nicht einmal neunzehn, aber heute sah er um Jahre älter aus. Großer Gott, nein! Seine Nase berührte fast den Spiegel, so gebannt betrachtete er sich. Er sah aus wie ein Mann. Kein Wunder, schließlich fühlte er sich schon lange wie ein Mann. Allerdings nicht so wie jetzt.

Das Geräusch einer aufgehenden Tür veranlasste ihn, vom Spiegel zurückzutreten. Er fuhr sich mit den Fingern durchs Haar, bevor er in den Gang hinaus trat, doch machte er die Tür hinter sich nicht zu, weil ihn der Anblick, der sich ihm bot, wie angewurzelt stehen bleiben ließ. Vor ihm stand eine Frau. Sie sah wie ein Mädchen aus, aber sie war keines; sie war eine Frau. Sie war groß und schlank. Ihr volles Haar floss über ihre Schultern herab. Sie trug ein Nachthemd, ein hauchdünnes Etwas, und darüber eine Art Morgenrock, der nicht weniger durchsichtig war. Sie wandte sich jetzt von ihm ab und strebte auf eine Tür zu. »Kommen Sie und schauen Sie es sich an«, sagte sie. »Das ist mein bestes Gästezimmer.« Sie zog ihn in das Zimmer. »Schauen Sie – alles da, was Sie brauchen. Das Bett ist immer frisch bezogen, falls meine Cousine und ihr Mann auf einen Besuch aus Schottland runter kommen. Ein nettes Paar. Leider sehe ich sie viel zu selten.«

Sie stand jetzt direkt vor ihm, und er konnte seine Augen nicht von ihr lassen. Sie war nicht mehr Miss Mason, und sie war nicht seine Mutter auf der Bühne; sie war Nyrene, eine junge, wunderschöne Frau. Hatte sie ihm nicht erzählt, sie sei siebenunddreißig, fast achtunddreißig? Das war nicht möglich! Sie musste sich versprochen haben. Sie sah aus, als wäre sie noch nicht mal dreißig. Sie sah wunderschön aus, so wunderschön. Sie war so schön wie Miss Mason, aber vor ihm stand ein zartes Mädchen, keine Frau. Aber sie war kein Mädchen – sie war eine Frau, eine wunderschöne Frau. Er machte die Augen zu und blinzelte, und in diesem Moment legte sie ihre Hand auf seine Wange und sagte:

»Sie können ja kaum mehr stehen, so müde sind sie.«

Aufseufzend murmelte sie leise: »O Riley! Ich kann den Gedanken, dass Sie gehen, nicht ertragen. Noch ein einziger Tag, der Montag, und am Dienstag sind Sie schon weg und für immer verschwunden aus meinem Leben. Ich kann den Gedanken, dass ich Sie für immer verliere, nicht ertragen.«

»O Miss ... Miss – Nyrene, weinen Sie nicht. Oh, du lieber Himmel! Bitte weinen Sie nicht.« Er hielt sie jetzt in seinen Armen, ihr Kopf lag an seiner Schulter; sie zitterte am ganzen Leib, und er hielt sie fest. Ihr Körper war schlank und warm, und er sah sich nach etwas um, worauf er sich setzen konnte. Doch es gab nur das Bett und den Stuhl vor dem Frisiertisch. Er setzte sie auf die Bettkante und kramte in seinen Taschen nach einem Taschentuch. Als er keines fand, begann er, die Tränen mit den Fingern von ihren Wangen zu wischen und murmelte dabei leise: »Oh, mein Gott! Du lieber Himmel! Bitte nicht weinen. Wir bleiben in Verbindung. Ich komme wieder. Doch, ja – ich komme zurück. Ich muss doch, weil ich nicht ...«

Er schüttelte den Kopf, und sie wisperte: »Mach dir keine Sorgen, Riley. Es tut mir Leid, Riley. O Gott, es tut mir Leid. Aber du bist mir so ans Herz gewachsen und ... und ...« Erneut sank sie in seine Arme, und diesmal suchte sein Mund ihre Lippen, und eng aneinander geschmiegt schwankten sie nun beide gemeinsam ...

Viel später konnte er sich nicht mehr erinnern, wann er seine Kleider ausgezogen hatte oder wie und wann sie beide zusammen ins Bett gesunken waren. Er wusste nur, dass er sie festhielt und dass sie wunderschön war und dass er sie liebte und es ihr auch sagte.

»Nicht so sehr, wie ich dich liebe«, murmelte sie. »Sie werden alle sagen, dass es falsch ist; sie werden sagen, dass das nicht gut gehen kann: eine Siebenunddreißigjährige und ein Achtzehnjähriger! Siebzehn Jahre Altersunterschied oder mehr; das ist sehr viel ... Aber meine Liebe ist stark, Riley. Ich wollte es dir nie sagen. Nie! Niemals! Ich wollte, dass du in mir eine Freundin siehst, eine Schwester, von mir aus auch eine Mutter. Ich könnte durchaus deine Mutter sein, stimmt's nicht? Es ist Furcht erregend, wenn man darüber nachdenkt, aber meine Liebe für dich ist nicht Furcht erregend, Riley.«

Wann hatte er begonnen, sie zu lieben? Er wusste es nicht. Er wusste nur, dass er sie jetzt liebte und dass er sich wie ein Mann fühlte. Selbst wenn er über hundert Jahre alt werden sollte, würde er sich niemals so sehr als Mann fühlen, wie in diesen Augenblick, in dem er sie liebte, und dieser Augenblick dauerte fort und fort.

Und nachdem er sie geliebt hatte und sie ihn, wobei sie ihn in Welten der Leidenschaft führte, die selbst die kühnsten Träume und gewagtesten Vorstellungen seiner pubertären Sehnsüchte verblassen ließen, sanken sie ermattet zurück.

Wer von ihnen beiden zuerst einschlief, wusste keiner von ihnen zu sagen ...

Er kam langsam zu sich, als eine Stimme etwas ganz Normales in sein Ohr rief. Doch er fühlte sich alles andere als normal. Er fühlte sich ... anders – wundervoll, so unsagbar wundervoll! Träge streckte er seine Glieder; lange, kräftige Glieder. Die Glieder eines Mannes. Er konnte Nyrene noch immer fühlen, wenn er sich konzentrierte, ihren Duft riechen. Nicht den Geruch von Brandy oder Port oder Wein, sondern den Duft ihres Körpers. Doch Duft war nicht das richtige Wort, ebenso wenig Geruch oder Wohlgeruch oder Parfüm. Es war etwas Unfassbares, etwas, das nicht mit Worten auszudrücken war, und trotzdem war es wirklich und gegenwärtig, und er wusste, er würde diesen Schwindel erregenden Duft immer riechen wollen. Er konnte jetzt nicht mehr fort. Nein! Nie mehr! Mr. Bernice würde ihn wieder in seine Truppe aufnehmen müssen, und er würde es mit offenen Armen tun. Schließlich hatte er noch nichts bei dem anderen Ensemble unterschrieben. Das würde erst Dienstag über die Bühne gehen. Nein, er konnte sie jetzt nie mehr verlassen.

»Trinkst du jetzt diese Tasse Tee oder willst du den ganzen Tag verschlafen?«

Er zog die Bettdecke von seinem Gesicht und setzte sich auf, nackt bis zur Hüfte. Doch dann gewann ein Anflug von jugendlicher Schüchternheit wieder die Oberhand, und er zog die Decke um seine Brust und sah Nyrene an.

Sie hielt ihm eine Tasse Tee hin. Und sie sah anders aus. Sie war nicht mehr nackt; sie hatte sich angezogen und trug ein graues Wollkleid mit einem hellroten Wildledergürtel um die Taille. Es sah aus wie eine sehr schmale Taille. Es war eine sehr schmale Taille; er wusste alles über ihre Taille. Er lächelte sie zaghaft an, bis sie sagte: »Fred hat angerufen. Ich hab ihm gesagt, du schläfst noch. Er ruft um zwölf noch mal an.«

Irgendwas in ihrer Stimme klang merkwürdig. »Nyrene«, sagte er leise, und sie entgegnete darauf rasch: »Pass auf, du verschüttest den Tee. Trink ihn aus. Hast du keinen dicken Kopf? Ich dachte immer, ich bin die einzige, die am nächsten Morgen keinen Kater hat. Anscheinend hab ich gestern doch ziemlich einen in der Krone gehabt. Wann sind wir eingeschlafen?«

Er setzte sich auf, die Bettdecke um sich gezogen, und seine Augen wurden schmal, als er sagte: »So gegen ... gegen eins, glaube ich; ich kann mich nicht mehr erinnern. Wie spät ist es jetzt?«

»Zwanzig vor elf.«

»*Was!*«

»Na ja, du warst ebenfalls ziemlich betütert, und du bist es nicht gewöhnt. Du musstest deinen Rausch ausschlafen. Wie auch immer, nimm ein Bad; es gibt genug Wasser. Ich hab kein großes Frühstück gemacht; ich dachte, du wirst heute Morgen eh nicht viel essen können. Nur Toast und etwas Obst. Trink jetzt deinen Tee, solange er noch heiß ist.«

Mit einem Mal war die Frau, die vor ihm stand, nicht mehr Nyrene, sondern Miss Mason. Was war los mit ihm? Hatte er nur geträumt? War das alles nur ein Traum?

Nachdem die Tür hinter ihr ins Schloss gefallen war, stellte er die Tasse auf den Nachttisch und starrte zum Fußende des Bettes. Er hatte *nicht* geträumt; es *war* geschehen:

Sie *hatte* dort gestanden – er drehte den Kopf und deutete zur Mitte des Raums –, in diesem durchsichtigen Nachthemd und dem hauchdünnen Morgenmantel, und sie hatte geweint, und er hatte sie in seinen Armen gehalten. Er erinnerte sich genau. Er war zwar ziemlich betrunken gewesen, aber er konnte sich genau erinnern. Doch woran er sich noch deutlicher erinnerte, war ... Sein Kopf sank auf seine Brust, und für ein paar Sekunden senkte sich eine vollkommene Stille über ihn. Es war, als sei sein Kopf mit einem Schlag vollkommen leer, als habe sich ein goldener Schleier über seinen Verstand und sein Herz gelegt wie bei Larry. O Gott! Erschreckt setzte er sich wieder auf. Hatte das Bewusstsein des Jungen wieder von ihm Besitz ergriffen, und er hatte sich alles nur eingebildet? Denn die Frau, die soeben das Zimmer verlassen hatte, war nicht die, die letzte Nacht bei ihm gelegen hatte. Diese Frau war Nyrene gewesen, die wunderschöne Frau, die mit ihm über ihre Liebe gesprochen und ihn geliebt hatte. Oh, ja, das hatte sie; und er hatte sie geliebt. Na wenn schon – wenn solche Gedanken bedeuteten, dass er verrückt war, dann wollte er verrückt sein.

Auf seiner Stirn erschienen angestrengte Falten, als versuche er, sich an weitere Einzelheiten der Nacht zu erinnern, und jetzt fiel ihm auch wieder ein, dass ihn irgendwann Larrys Selbstgespräch über die Vögel beschäftigt hatte – eine traurige Szene. Falls der Alkohol dies bewirkt hatte, konnte es dann auch sein, dass die vielen Drinks sein Gehirn umgestülpt und damit ermöglicht hatten, dass er zu erleben glaubte, was eine heimliche Sehnsucht gewesen sein musste?

Doch er wusste jetzt, dass alles, woran er sich erinnerte – es nun Wirklichkeit, Halluzination, Traum oder Einbildung gewesen war – auf dasselbe hinauslief: Er liebte sie. Ja, ja, ja. Ja, er liebte sie. Er hatte sie schon immer geliebt, schon bevor sie gestern Nacht in seinen Armen gelegen war. Er hatte es auch da schon gewusst.

Hastig warf er die Bettdecke zurück und stieg, nackt wie er war, aus dem Bett. »Ich hab nicht geträumt«, murmelte er. »Das kann gar nicht sein. Entweder erinnert sie sich nicht mehr daran, oder sie will sich nicht mehr erinnern.« Aber letzte Nacht wollte sie sich schon erinnern. Er konnte jetzt, als stünde sie vor ihm, wieder ihr Schluchzen hören, mit dem sie ihm ihre Liebe gestanden hatte, und wie diese Liebe gewachsen war, und dass der Altersunterschied nichts ausmachte.

Er ließ sich wieder aufs Bett sinken. Der Altersunterschied. Er war noch nicht einmal neunzehn, und sie war fast zwanzig Jahre älter. Mehr als doppelt so alt. Wie konnten sie sich lieben? Ja – wie konnten sie sich lieben? Sie war beinahe so alt wie seine Mutter. Und seine Mutter war vierzig. Es war ganz ausgeschlossen, dass es wirklich passiert war. Und wenn es nicht geschehen sein konnte, dann musste der Alkohol gewesen sein, der ihm diese Erfahrung ermöglicht hatte, und er sollte dankbar dafür sein.

Er stieg in seine Hose, raffte den Rest seiner Kleider zusammen und huschte dann über den Gang ins Bad. Dort ließ er sich, wie befohlen, ein Bad ein und stieg in die Wanne. Sie hatten zu Hause auch ein Bad, aber es war das Bad einer städtischen Wohnung und ein Loch im Vergleich zu diesem hier. Er hatte keine Ahnung gehabt, dass sie so lebte. Alles in allem war dies hier ein viel besseres Haus – besser eingerichtet und besser ausgestattet als sogar das neue Haus von Fred und Louise. Er konnte jetzt gut verstehen, warum sie nicht von hier fort wollte. Sicher war das der Grund, warum sie das Angebot für ein Engagement nicht angenommen hatte.

Er lag bis zum Hals in dem warmen, von einer dicken Schaumschicht bedeckten Wasser, als er sich mit einem Ruck aufsetzte. Nein – es war ganz bestimmt keine Halluzination gewesen: Er erinnerte sich wieder an das Gespräch mit Mr. Bernice und an das viele Händeschütteln im Anschluss; sogar an das bedrückende Gefühl von Verlust konnte er sich erinnern, das ihn überkommen hatte, dis er sich vom Ensemble verabschiedete. Und nun fiel ihm auch wieder ein, wie überrascht er gewesen war, als er die Diele von Nyrenes Haus betreten hatte. Doch an das, was dann gewesen war – bis zu dem Augenblick, als er sie im Schlafzimmer in den Armen gehalten hatte –, konnte er sich nur mehr verschwommen entsinnen.

Wenn er sich nicht täuschte, hatten sie Kaffee gemacht. Er glaubte sich zu erinnern, dass sie nebeneinander die Treppe hinaufgestiegen waren; vor seinem geistigen Auge sah er sie im Korridor stehen, und dann saß sie auf dem Bett, und er hatte die Arme um sie gelegt. Das war kein Traum und auch keine Halluzination. Seine Hände klatschten auf das Wasser und ließen Schaumflocken auffliegen, und er drehte den Kopf als erwarte er, dass jeden Augenblick seine Mutter hereingestürmt käme und ihn anherrschte: »Hör auf an dir rumzuspielen, Junge!« Aber er war kein Junge mehr, und die Erfahrung, die ihn in dieser Nacht zuteil geworden war, hatte ihn viel weiter gebracht, als er sich jemals erträumt hätte. Ja, das hatte sie. Aber Nyrene tat so, als sei dies alles gar nicht geschehen; schon allein ihr Aussehen, ihre Distanziertheit, ihre Arte sich zu geben leugnete alles. Sie war wieder Miss Mason vom Theater, und ihre Haltung hatte signalisiert, dass sie sich nicht mehr an die ganze Geschichte erinnern wollte. Sie leugnete die Erfahrung, die er durchlebt hatte, die sie ihn hatte erleben lassen.

Er trocknete sich ab, zog seine Unterwäsche und seine Hose an und spülte dann, wie er es gewohnt war, die Badewanne aus. Er verließ das Bad so sauber, wie er es vorgefunden hatte. Das war die Handschrift seiner Mutter. O Gott! Seine Mutter! Wenn sie davon Wind bekäme! Aber wie sollte sie? Es sei denn, er selber erzählte zu viel. Wenn sie schon Szenen aus dem Stück als schmutzig empfunden hatte, was, um Himmels willen, würde sie dann dazu sagen? Zu einer Frau, die fast so alt wie sie selbst war?

Wieder zurück im Schlafzimmer, zog er sich fertig an und räumte dann alles alles auf. Nachdem er das erledigt hatte und nur noch das Bett glattstrich und zudeckte, wusste er ganz sicher, dass er sich das, was letzte Nacht geschehen war, nicht eingebildet hatte.

Als er in die Küche trat, drehte sich Nyrene, die vor dem Toaster stand, um und fragte mit einem Lächeln: »Haben wir gestern Abend Brandy mit Port getrunken?«

Er schwieg eine Weile, als müsse er überlegen, dann sagte er: »Ich kann mich nicht mehr erinnern.« Wenn sie unbedingt ein Spiel spielen wollte, dann musste er es nach ihren Regeln spielen. Und selbst wenn es kein Spiel war, musste er sich trotzdem an ihre Regeln halten.

»Wir müssen wohl, denn du scheinst keinen besonders schlimmen Brummschädel zu haben.«

»Wann bist du denn aufgestanden?«

»Oh ...« – sie wandte sich ab und warf einen Blick auf die Uhr – »so gegen halb neun. Als Fred vorhin anrieft sagte er, dass er einen mächtigen Brummschädel habe und Louise eben falls, und dass die Babysitterin, als sie heimkamen, fest geschlafen habe. Auch ihre Eltern hätten nichts von sich hören lassen. ›So viel zur elterlichen Fürsorge‹, meinte Fred. Er musste sie also nach Hause fahren ... Eine oder zwei Scheiben Toast?«

»Oh, ich trinke nur eine Tasse Tee.«

»Du wirst nicht nur eine Tasse Tee trinken, du wirst auch was dazu essen. Und zuallererst isst du diese Grapefruit hier.«

Er aß eine halbe Grapefruit und dann eine Scheibe Toast. Als er an seiner zweiten Tasse Tee nippte, setzte sie sich ihm gegenüber an den Tisch, die Ellbogen vor sich auf den Tisch gestützt, das Gesicht in ihre Hände geschmiegt, und sagte: »Oh, Riley. Ich werde dich vermissen.«

Es war eine Bemerkung, wie sie jemand einem Freund gegenüber hätte machen können, der für längere Zeit wegging. Wenn er noch einen Beweis gebraucht hatte, dass sie sich an nichts mehr von dem erinnerte, was in der Nacht geschehen war, dann war es dies: »Oh, Riley. Ich werde dich vermissen.« Mehr nicht. Er hätte jeder aus dem Ensemble sein können, der sich verabschiedete.

Er war zutiefst verletzt. Und dieses Gefühl wuchs, nagte sich zwischen seinen Rippen nach oben und verdichtete sich unterhalb seiner Kehle zu einem engen Band, das ihm die Luft abschnürte. Es tat so weh, dass er seine Hand darauf legte und vorsichtig rieb.

»Was hast du?« fragte sie. »Hast du da Schmerzen?«

»Ein bisschen ... Es spürt sich an wie Magendrücken. Ich glaube, ich habe zu viel getrunken. Kann man von Alkohol Magendrücken kriegen?«

»Von Alkohol kann man alle möglichen Symptome kriegen.«

Jetzt schob sie die Hand über, den Tisch und ergriff seine, und mit einer Stimme, die nicht die von Miss Mason war, sagte sie: »Wirst du mich auch vermissen, Riley?«

Er konnte es nicht ertragen. Mit beiden Händen packte er ihre Hand so fest, dass sie zusammenzuckte, und stieß hervor: »Oh, Liebste, es tut mir so Leid, es tut mir so Leid!«

Sein Hals war so trocken, dass er nicht weitersprechen konnte, und als er den Kopf auf die Brust sinken ließ, sagte sie: »Ich weiß ja, Riley, dass du dich mir gegenüber verpflichtet fühlst und glaubst, mir was zu schulden, aber das brauchst du nicht. Du hast so viel Talent, dass es früher oder später zum Vorschein gekommen wäre; du hättest es irgendwann selber entdeckt, ohne die Hilfe von jemand anderem.«

»Du ... du weißt nicht, wie ich mich fühle. Ich ...«

Er schüttelte jetzt langsam den Kopf, und sein Blick klammerte sich an ihrem fest, als sie entgegnete: »Doch, Riley, ich weiß, wie du dich fühlst. Aber du bist so jung. Ist dir das klar? Du bist noch so jung.«

»Ich bin nicht jung.« Seine Stimme klang jetzt so tief und

männlich wie die irgendeines Mannes, als er fortfuhr: »Im Kopf hab ich mich noch nie jung gefühlte ich hab nur immer falschen Gebrauch davon gemacht; wie Mr. Beardsley ... wie Fred mir ständig unter die Nase gerieben hat. Aber seit ich am Palace bin, fühle ich mich wie ein Mann. Und ich weiß eines ganz sicher: Nur ein Mann konnte die Rolle in ›Goldenes Herz‹ spielen, und nur ein Mann war in der Lage, mit dir mitzuhalten und neben dir zu bestehen. Ich weiß, ich hab noch viel zu lernen, und ich lerne ständig dazu, aber ich lerne es als Mann und nicht als Junge oder als junger Spund, der noch nicht trocken hinter den Ohren ist.« Er stand vom Tisch auf, weil der Schmerz in seiner Brust sich in blinden Zorn verwandelt hatte, und er schrie sie beinahe an: »Ich lass' mir nicht mehr gefallen, dass mich in Zukunft irgendwer als Kind oder unreifen Jungen behandelt, hast du gehört?« Und damit stürmte er aus der Küche und ließ sie, mit großen Augen zur Tür starrend, ihre geballten Fäuste gegen die Lippen gepresst, allein am Tisch zurück.

Leise stöhnte sie: »Oh, mein Liebster. Mein Liebster.«

Erst als sie seine Schritte die Treppe herunterkommen hörte, ging sie in die Diele hinaus und sah, dass er sich angezogen hatte, um zu gehen. Sie lief zu ihm und flehte, »Oh, Riley! Bitte geh nicht so.«

»Ist schon okay. Ist schon okay. Ich schaue vor Dienstag noch mal vorbei. Jetzt verschwinde ich wohl besser nach Hause zu Fred.«

Sie packte ihn bei den Schultern und sah ihm in die Augen. In ihrer Stimme lag ein leises, gequältes Flehen, als sie sagte: »Bitte ... bitte! Ich bitte dich, geh nicht so von mir fort. Dies ist das letzte Mal, dass ich dich für mich habe. Bleib doch noch wenigsten, bis Fred kommt und dich abholt. Bitte! Tu's für mich. Lass uns noch ein wenig zusammensitzen und reden. Bitte, Riley. Bitte.«

Er war hin- und hergerissen und blieb zögernd stehen. Er ließ zu, dass sie ihm den Mantel und den Schal auszog, dann warf er seinen Hut auf den Stuhl, und gemeinsam gingen sie ins Wohnzimmer.

Das Kaminfeuer glühte bereits rot. Und dort war die Couch, auf der sie gestern Abend gesessen hatten, und nun setzten sie sich wieder darauf. Sie nahm seine Hand und flehte: »Lass mir eine Erinnerung, von der ich zehren kann. Bitte, Riley!« Sie hielt seine Hand auf ihrem Schoß fest, und als sich seiner Brust ein tiefes Seufzen entrang, blieb sie fast eine Minute lang stumm. Dann sagte sie: »Du lässt von dir hören, ja? Wenn du auf Tournee bist, hast du nicht viel Zeit zum Schreiben. Aber wo immer du bist, schick mir hin und wieder eine Karte, dann weiß ich, dass du mich nicht vergessen hast.«

Als sie spürte, wie er am ganzen Körper erschauderte und Anstalten machte, sich ihr zu entziehen, fuhr sie fort: Du wirst nicht sagen können, wie lange die Tournee dauert und wo ihr spielen werdet, aber lass es mich wissen, sobald du es erfährst. Tust du das, ja?«

Er nickte langsam, wie ein Kind es getan hätte, und hörte ihr zu, wie er seiner Mutter hätte zuhören können, wäre sie nicht eine so engstirnige und verbohrte Frau gewesen. Der Mann in ihm machte sich davon, und er war wieder der Junge, der er nicht mehr sein wollte, der Junge, dessen einzige Sehnsucht in diesem Augenblick war, die Arme um diese Frau zu schlingen und sich in ihr zu vergraben.

6

Seine erste Woche in Manchester verging mit Proben für das Weihnachtsspiel. Als drei Wochen später der letzte Vorhang für das Stück fiel, fingen die Proben für die Tournee an und dauerten bis Ende Februar. Die Vorbereitungen für das Weihnachtsspiel und die Aufführungen selber machten ihm großen Spaß, was ihm half, den Schmerz wegen Nyrene zu lindern, doch das neue Stück fand er weniger fesselnd. Er las es zweimal vom Anfang bis zum Ende, und die Passagen mit seiner Rolle sicherlich einige Dutzend Male. Es gab keine Miss Mason, die ihn diesmal hätte führen können. Seine Rolle war nicht sehr groß, doch sie war wichtig. In der einen Hälfte des Stücks spielte er einen Trinker, in der anderen den jüngsten Sohn einer angesehenen Familie, der zu Hause wohnte, was ihn daran hindern sollte, hinter Mädchen herzusteigen. Er war ein Schmarotzer, und die Tatsache, dass er Geld brauchte, war der springende Punkt, um den es bei dem Stück ging. Es handelte von Familienintrigen, Scheidung und einem Todesfall, der untersucht werden sollte. Außerdem gab es jede Menge Zank und Streitereien, und einer der Höhepunkte war eine Irische Ceilidh-Party, die die Dienstboten feierten, während die Familie aus dem Haus war,und an der auch er, als der jüngste Sohn, teilnahm. Dies war die Szene, in der er singen und tanzen musste.

Er wusste, er war im Stande, all diese Szenen zu spielen, doch es gab einen Haken, der auch der Grund war, warum er das Skript wieder und wieder lesen musste. Es war seine Stimme und sein nordenglischer Akzent. Er sprach nicht so, wie man es von einem Geordie aus der Upperclass erwartete, doch arbeitete er sich leidlich in den Dialekt ein, obgleich Tonfall und Lautbildung manchmal eine echte Herausforderung für seine Zunge darstellten. Deshalb arbeitete er vierzehn Tage lang täglich zwei Stunden mit einer Sprechtrainerin, und danach brachte er seinen Text mit einem hochtrabenden Upperclass-Genäsel, wie er es nannte. Die einzige Szene, in der er sich gehen lassen konnte, war die Ceilidh-Party, bei der er die Schrullen und die Sprechweisen der Dienerschaft und der Familie imitierte. Schon bald hatte er herausgefunden, dass das Ensemble sehr verschieden von dem am Palace Theatre war. Es existierte noch nicht dieses Gemeinschaftsgefühl, die rückhaltlose Zusammenarbeit und auch nicht die Wärme untereinander, doch das würde sich schon noch entwickeln, wenn sie erst mal unterwegs waren.

Er hatte drei Tage frei, bevor er zu diesem Abenteuer aufbrach, das ihn sicherlich um die Erfahrung reicher machen würde, dass eine richtige Tournee alles andere als ein Zuckerschlecken war. Also rief er Fred an und fragte, ob er für ein paar Nächte bei ihnen wohnen könnte, und Fred hatte unwirsch zurückgebellt: »Was soll die Frage? Sie haben doch den Haustürschlüssel mitgenommen, oder?«

Riley kam um drei Uhr nachmittags an, während eines heftigen Schneesturms. Wegen des Wetters hatte man die Schule geschlossen, und Fred war zu Hause. Er empfing Riley mit offenen Armen. Während er ihm aus dem schweren, grauen und mit Schaffell gefütterten Mantel half, sagte er: »Sieh an, sieh an. Es geht allmählich aufwärts.«

»Den hab ich in einem Secondhand-Laden gekauft. In Manchester wissen sie, woher der Wind weht. Vier Pfund, inklusive Futter.«

»Nicht möglich!«

»Doch. Wahrscheinlich ist er geklaut, aber das ist mir egal.«

»Hallo, mein Lieber.« Louise kam, die Arme ihm entgegengestreckt, aus dem Wohnzimmer, und nachdem er sie auf beide Wangen geküsst hatte, sagte er: »Ein französischer Brauch – ist gerade total schick in Manchester.«

»In Manchester vielleicht. In Frankreich war das schon schick, als Napoleon noch ein junger Spund war.«

»Was für ein Sauwetter! In Manchester oder sonst irgendwo schneit es nicht.«

»Wenn dem so ist, dann verbreitet der Wetterbericht Lügen. Aber kommen Sie doch in die Küche und trinken Sie zuerst mal eine Tasse Tee. Sind Sie hungrig? Ich habe einen Fleischpudding im Herd …, eine Fleischpastete, wie Sie es nennen.«

»Fein. Ich liebe Fleischpasteten mit viel Soße.«

»Setzen Sie sich.« Fred drückte ihn auf einen Stuhl, doch bevor er sich darauf niederlassen konnte, packte er ihn bei den Schultern, hielt ihn auf Armlänge von sich entfernt und musterte ihn von Kopf bis Fuß. »Tragen Sie hohe Absätze oder Plateausohlen?« rief er.

»Nicht, als ich heute Morgen aus dem Haus bin.«

»Sieht so aus, als hätten Sie ein ganzes Stück zugelegt, seit wir uns zum letzten Mal gesehen haben.«

»Das kommt von meinem männlichen Auftreten, und außerdem – was sagen Sie zu meinem Upperclass-Akzent? Ich musste lernen, wie man korrekt artikuliert, seit ich von hier fort bin. Meiner Sprechtrainerin hab ich erklärt, dass meine entsetzliche Aussprache meinem Lehrer zu verdanken wäre, der breitesten Dialekt gesprochen habe.«

»Das ist ja wohl die Höhe! Ich habe nie in meinem Leben irgendeinen Dialekt gesprochen!«

»Hört auf, ihr zwei! Sei wenigstens du vernünftig«, befahl Louise mit einem Schmunzeln und versetzte ihrem Mann einen freundschaftlichen Knuff, dann wandte sie sich wieder Riley zu. »Kommen Sie, erzählen Sie, was es Neues gibt …«

Er erzählte ihnen von dem Weihnachtsspiel, dem neuen Ensemble und den großen Namen, die in dem Stück auf der Bühne standen, und fügte dann hinzu: »Ich finde es schon irgendwie seltsam, dass diese großen Stars, nachdem sie es geschafft haben, unbedingt in Weihnachtsspielen auftreten wollen. Sie kämpfen richtiggehend um die Rollen. Herr im Himmel! Wenn ich dort wäre, wo einige von denen sind, könnten mir ihre Weihnachtsspiele gestohlen bleiben.«

»Warten Sie, bis es soweit ist, dann werden Sie es vielleicht auch anders sehen. Erzählen Sie weiter; was ist mit diesem neuen Stück? Finden Sie es gut?«

»Oh, ja – es ist ein ganz gutes Stück, aber es ist nicht das ›Goldene Herz‹. Irgendwie tut es mir fast Leid, dass ich darin mitgespielt habe, weil ich jetzt feststelle, dass ich nach Fehlern und kleinen Patzern in der Arbeit anderer Leute Ausschau halte.«

»Das ist doch in Ordnung, solange Sie es für sich behalten.«

Schon die ganze Zeit, die er mit seinen alten Freunden plauderte, hatte ihn eine Frage beschäftigt, und jetzt konnte er sich nicht länger zurückhalten: »Wie geht es Nyrene?«, erkundigte er sich mit gleichmütig klingender Stimme.

»Oh! Unserer Nyrene geht es gut; sie macht den Eindruck, als wäre es ihr nie besser gegangen, aber nachdem Sie fort waren, wussten wir ein paar Tage lang nicht, ob sie sich zu Hause eingeschlossen hatte oder weggefahren war. Das Palace war, wie Sie ja wissen, eine Woche lang geschlossen, aber sie war nirgendwo aufzuspüren. Ich hatte den Verdacht, dass sie wieder zu trinken angefangen hatte, aber später haben wir dann erfahren, dass das nicht stimmte.« Fred warf Louise einen Blick zu, und sie war es, die Riley zunickte und mit einem übertriebenen Flüstern sagte: »Sie hat einen Freund. Das hat sie mir gestern anvertraut. Wie Sie vielleicht wissen, hat sie eine verheiratete Cousine in Schottland. Obwohl die beiden sie öfters besuchen kommen, habe ich sie nie kennen gelernt; Fred allerdings schon.«

Fred nickte. »Ja«, brummte er. »Ein nettes Paar – sehr nett. Anscheinend ist Nyrenes Freund ein alter Bekannter der beiden. Er ist Vertreter für Plastikwaren oder was in der Art. Und die zwei Tage, als ich dachte, sie hätte wieder zu trinken angefangen, hat sie offenbar mit ihm verbracht.« Ein breites Grinsen erschien auf seinem Gesicht, als er Riley zunickte, doch dann verschwand das Grinsen wieder, und mit ernster Stimme fuhr er fort: »Es freut mich wirklich für sie. Sie hat so lange alleine gelebt. Ich weiß nicht, wie sie das ausgehalten hat, denn schließlich ist sie eine sehr attraktive Frau. Wahrscheinlich trauert sie noch immer diesem Scheißkerl nach.«

Ihm wurde ganz schlecht. Ein flaues Gefühl im Magen, ein Gefühl so ähnlich wie an dem Morgen, an dem er aufgewacht war und festgestellt hatte, dass sich die wundervolle, liebende Frau wieder in Miss Mason verwandelt hatte.

Während der vergangenen Wochen hatte er auf jede nur erdenkliche Weise versucht, sie aus seinem Kopf zu kriegen. Die Tage waren erträglich gewesen, weil es so viel zu tun gab, so viel zu lernen, so vieles, über das er nachdenken musste, so viele Menschen um ihn herum, aber von dem Augenblick an, an dem er abends in sein Bett in Mrs. Wears Pension fiel und sich nach Schlaf sehnte, begann die Qual.

Es war geschehen.

Es war nicht geschehen, sagte ihr Gesichtsausdruck, als sie vor dem Bett stand und ihm eine Tasse Tee reichte.

Aber es war doch geschehen.

Falls es tatsächlich geschehen war, dann mit einer Frau, die betrunken gewesen war und sich vergessen hatte; ein Gedanke, der das flaue Gefühl in seinem Magen noch verstärkte und das Bild von ihr in einem Licht erscheinen ließ, in dem er sie nicht sehen wollte – und jetzt erzählten sie ihm, dass sie einen Freund hatte.

»Was ist denn?« Fred musterte ihn besorgt, und er antwortete: »Was soll denn sein? Nichts ist.«

»Sie sind schockiert von der Vorstellung, dass sie einen Freund hat.«

»Schockiert?« Es kam wie ein Schrei über seine Lippen. »Heutzutage? Wo, glauben Sie, war ich während der letzten Wochen? Schockiert, Mann? Sie haben keine Ahnung.«

»Wie sind eigentlich die Mädchen in der Truppe?«, warf Louise hastig dazwischen, und er antwortete darauf ohne rechte Begeisterung: »Zwei von ihnen sind sehr hübsch und nett, eine andere ist schon ziemlich alt, was sie unter dickem Make-up zu verbergen versucht, und eine von ihnen ist mit dem Hauptdarsteller verheiratet.«

»Na ja, wenn es noch zwei hübsche Kolleginnen gibt, die frei sind ...«

»Oh, sie sind nicht frei, Fred ...« Er hatte noch immer Schwierigkeiten, diesen Mann mit seinem Vornamen anzureden, nachdem er so lange gewohnt war, ihn Mr. Beardsley oder Sir zu nennen, doch er fuhr fort: »Sie haben beide eine Liaison mit anderen Typen aus dem Ensemble. Vielleicht sollte ich ein bisschen aufgeschlossener sein und es Bettgeschichten nennen. Aber es ist schon seltsam mit den Mädchen: Irgendwie scheinen sie alle auf sehr viel ältere Männer zu stehen. Das ist schwer zu verstehen, nicht?«

»Nun, wenn ich mir ihn hier ansehe, ja«, sagte Louise und zupfte ihren Mann zärtlich an den Ohren. »Aber er ist klug und verständnisvoll«, fügte sie mit einem Lächeln hinzu.

»Trotzdem versteh ich's nicht ... Sie müssen verdammt einsam gewesen sein damals, dass Sie ihn genommen haben«, griente er und lachte glucksend auf. Sie lachte ebenfalls und sagte: »Das war ich auch – sehr einsam. Und er war das beste im Angebot, und da hab ich zugegriffen.«

Als Louise mit den Fingern durch Fred Haar fuhr, meinte er: »Mein lieber Riley, ein Mann wird erst in einem gewissen

Alter richtig attraktiv – eben erst dann, wenn er weiß, worum es im Leben geht.«

»Oh, nein!« ächzte Riley, und Louise erklärte lachend: »Kein Grund zur Sorge, Riley. Das einzige, was Männer in seinem Alter ganz sicher wissen, ist« – sie tätschelte ihrem Mann erneut den Kopf –, dass das Alter jetzt ein Thema für sie ist. Wie auch immer – wir sind heute Abend bei Nyrene zum Essen eingeladen, um den Gentleman, von dem die Rede war, kennen zu lernen – das heißt, falls er es bei dem schrecklichen Wetter von Frankreich hierher schafft. Ich rufe Nyrene an und sage ihr, dass Sie hier sind. Sicher würde sie Sie gern wiedersehen.«

Abrupt stand er vom Tisch auf und murmelte: »Ein Bad würde mir jetzt gut tun, Louise. Dann schau ich mal bei dem kleinen Krümel vorbei. Ist er oben in seinem Zimmer?«

»Ja, aber Sie sollten vielleicht besser zuerst ins Kinderzimmer und dann erst ins Bad gehen. Seine Lordschaft ist in der Malphase; passen Sie also auf Ihren Anzug auf. Ich würde die Jacke vorher ausziehen.«

Als Riley gegangen war, sahen Fred und Louise einander an, und Fred sagte; »Nun, was denkst du?«,worauf sie erwiderte;; »Ich weiß nicht. Ich weiß es wirklich nicht; außer dass er sich verändert hat.«

»Das finde ich auch. Als er von hier weggegangen ist, konnte ich noch immer den Jungen in ihm sehen – jetzt nicht mehr.«

»Glaubst du, er macht sich Sorgen wegen seiner Mutter und darüber, was sie davon hält, dass er hier ist und nicht zu Hause?«

»Ich weiß es nicht, Schatz. Ich weiß es einfach nicht. Es könnte sein. Aber mir ist aufgefallen, wie sich sein Gesichtsausdruck verändert hat, als ich den Freund erwähnt habe.«

»Nun – in gewisser Weise kann ich seine Reaktion verstehen, denn Nyrene hat ihn in den letzen beiden Jahren sehr unter ihre Fittiche genommen. Er hätte ihr Sohn sein können, obwohl sie sich ihm gegenüber nie wie eine Mutter benommen hat, schon eher wie eine ...« Sie sahen einander erwartungsvoll an, und als keinem das passende Wort einfallen wollte, sagte Fred: »Ja, genau – wie eine was? Sie war in dem Stück seine Mutter – na schön, aber außerhalb des Theaters? Nein. Trotz ihrer Trinkerei wirkte sie schon immer jünger , als sie tatsächlich ist, und diese letzten paar Tage ... Nun, ich bin ihr letzte Woche zweimal begegnet, und sie sah strahlend aus.«

»Dazu kann ich nur sagen«, bemerkte Louise mit einem Lachen, »wenn dieser Mann sie zum Strahlen bringt, dann möge sein Licht lange auf sie scheinen.«

»Kein besonders geglücktes Wortspiel, meine Liebe.«

»Ja, weiß ich. Aber wie auch immer, wir werden ihn heute Abend kennen lernen, und wir werden ein besonderes Auge darauf haben, wie unser Freund« – sie warf einen Blick zur Decke empor – »auf ihn reagiert; das gibt uns vielleicht einen kleinen Hinweis, wie die Dinge stehen.«

»Ich hoffe nur, dieser kleine Hinweis bestätigt nicht das, was du im Kopf hast.«

»Wieso denn nicht?«

»Sei nicht albern. Wenn zwei Leute dreißig und fünfzig sind, macht der Altersunterschied nicht so viel aus, aber Riley ist neunzehn und Nyrene muss fast vierzig sein.«

»Na und? Er ist ein sehr reifer Neunzehnjähriger. Er war auch mit sechzehn, als ich ihn zum ersten Mal gesehen habe, schon ein Frühentwickler. Es sind schon ungewöhnlichere Dinge geschehen.«

»Sicherlich, ja ... Aber ich kann für ihn nur hoffen, dass nicht ausgerechnet ihm so etwas passiert ist.«

Sie saßen im Wohnzimmer. Das elektrische Kaminfeuer glühte rot. Der Kronleuchter brannte nicht, doch das goldene Licht der beiden Stehlampen und der sechs Wandleuchten tauchte den Raum in ein angenehmes, behagliches Licht, das wohltuend mit den warmen Farben des Teppichs, der Vorhänge und der Bezüge der Polstergarnitur harmonierte.

Louise und Fred hatten auf der Couch Platz genommen, und Riley saß in einem Sessel neben dem Kamin.

Das Zimmer sah anders aus, als er es in Erinnerung hatte. Das ganze Haus sah anders aus. Doch als er das erste Mal hier gewesen war, hatte er alles im strahlenden Licht der Liebe und benebelt vom Wein wahrgenommen.

Die Tür ging auf, und er beobachtete, wie sie ins Zimmer kam und dabei ihre weiße Schürze abnahm, unter der sie das blaue Wollkleid anhatte. Auch heute trug sie den roten Wildledergürtel, der ihre Taille schnürte. Ihr Haar war nicht wie gewöhnlich im Nacken zu einem Knoten gebändigt, sondern offen und nur mit einem blauen Band zusammengerafft, was sie von hinten wie einen Teenager aussehen ließ. Vorn vorne jedoch sah sie ganz und gar nicht wie ein Teenager aus, sondern wie eine reife, sehr, sehr schöne Frau. Ihre Haut war makellos; ihre Augen strahlten. Ihm war bisher noch gar nicht aufgefallen, dass sie grau waren. Er hatte immer geglaubt, sie seien grün. Doch nein – sie waren ganz eindeutig grau. Und ihr Mund war groß und lachte. Hatte dieser Mund ihn wirklich geküsst, nicht nur seine Lippen geküsst, sondern seinen Körper überall? O Gott im Himmel!

»Ich fürchte, tiefer auf der kulinarischen Stufenleiter kann man gar nicht sinken, als seine Freunde einzuladen und ihnen Fleischpudding aufzutischen«, sagte Nyrene.

»Glaube das nicht«, entgegnete Fred von der Ecke der Couch, in der er lümmelte. »Wenn man den Zeitungen glauben kann, haben die Schönen und Reichen die Nase voll von Huhn, Wild und Truthahn und verlangen immer häufiger Steak und Nierenpastete nach Großmutters Art«, lachte er. »Aber nicht jeder weiß, wie man einen richtigen Fleischpudding zubereitet. Ich mag es, wenn er ein bisschen geliert und die Kruste durch den Dampf nicht ganz so rösch ist.«

»Du kriegst ein großes Stück mit gelierter Kruste, Fred. Von welchem Teil möchtest du gerne, Riley?« Sie stand jetzt neben seinem Sessel und sah auf ihn hinab.

»Oh.« Er blickte ohne ein Lächeln zu ihr auf. »Egal was; Hauptsache, es macht satt.«

»Schön, Riley, ich kann dir versprechen, dass du satt wirst. Ich hab nämlich zwei prächtige Exemplare im Ofen.«

»Komm und setz dich ein wenig, meine Liebe.« Louise klopfte neben sich auf die Couch. »Du hast dir noch keine Minute Ruhe gegönnt, seit wir hier sind. Es ist noch nicht sieben« – sie nickte in Richtung der Uhr –, »und du hast gesagt, er kommt erst um sieben.«

»Wann hat er das gesagt?«, erkundigte sich Fred, und Nyrene erwiderte: »Gestern Morgen.«

»Gestern Morgen?«, wiederholte er. »Seit gestern Morgen hat sich das Wetter drastisch geändert; es spielt vollkommen verrückt, und es wäre ein Wunder, wenn sein Flugzeug überhaupt starten kann, und ein noch größeres Wunder, wenn es planmäßig landen würde.«

In diesem Augenblick schrillte die Türklingel. Nyrene wollte sich gerade auf die Couch sinken lassen, doch jetzt richtete sie sich rasch wieder auf, sah überrascht von einem zum anderen und murmelte, aus dem Zimmer eilend: »Er … hätte doch ohne zu klingeln reinkommen können.«

Fred und Louise saßen mit dem Gesicht zur Tür, doch Riley saß halb abgewandt, und obwohl er sich vornahm, es nicht zu tun, drehte er den Kopf und sah sie direkt an, als sie mit einem riesigen Strauß Blumen in Händen wieder ins Zimmer kam.

»Seine Blumen sind da, aber nicht er«, sagte sie. »Ich hab den letzten Strauß erst heute weggeworfen.« Riley glaubte, in ihrer Stimme so etwas wie Befangenheit zu hören. »Entschuldigt mich einen Moment; ich stelle sie nur rasch ins Wasser.«

Als sie aus dem Zimmer eilte, tauschten die anderen drei Blicke, und Fred sagte: »Der Bursche weiß, was sich gehört. Und er geht ganz schön ran – zumindest was Blumen angeht. Zu meiner Zeit war es eine einzige rote Rose.«

»Aber das liegt viele, viele Jahre zurück, mein Lieber.«

»Halte deine Zunge im Zaum, Weib!«, schnaubte Fred.

Riley sah den beiden zu, wie sie sich neckten und knufften, und selbst ein Blinder hätte mitgekriegt, dass dies für sie so etwas wie ein Liebesspiel war.

Um halb acht sagte Nyrene mit einem Blick auf die Uhr: »Ich gebe ihm noch eine Viertelstunde. Wenn er bis dahin nicht hier ist, essen wir, sonst weichen die Puddings durch.«

Die folgenden fünfzehn Minuten vergingen hauptsächlich mit Fragen und Antworten zwischen Fred und Riley, wobei Fred derjenige war, der die Fragen stellte, und just in dem Augenblick, als sich Nyrene erhob und sagte: »Ich denke, wir haben genug gewartet: ich kann ihm was aufwärmen oder ein paar Sandwiches oder was machen. Lasst uns anfangen«, klingelte das Telefon. Es schien, als habe sie das Klingeln nicht gehört, denn sie machte keine Anstalten, abzunehmen.

»Das Telefon, Nyrene«, sagte Louise.

»Das Telefon? Ja, richtig. Was ist nur los mit mir?«

Sie rannte aus dem Zimmer in die Diele, und die drei standen dort, wo sie sich erhoben hatten, und hörten, wie sie sagte: »Hallo, Liebster.« Dann folgte ein längeres Schweigen, während dem sie alle drei ihre Blicke auf die offene Tür richteten. Dann war wieder Nyrenes Stimme zu hören: »Oh, das ist schade. Aber es ist nun mal nicht zu ändern. Bis morgen dann; das heißt, falls es überhaupt möglich ist. Ja, Liebster ... Oh, ja, so ist es. Ja ... Oh, mach dir bitte keine Gedanken ... und versuche es morgen lieber nicht, wenn die Straßen glatt sind. Ja, verstehe. Natürlich tu ich das ... Oh ... Fleischpudding. Ja, mein Schatz. Ja, in Ordnung. Gute Nacht.«

Sie kam zurück ins Wohnzimmer; ihr Gesicht war ernst, und mit enttäuscht klingender Stimme erklärte sie: »Er hängt in Manchester fest. Er ist gerade erst gelandet. Sie mussten ewig Warteschleifen fliegen, bevor sie landen konnten. Schon beim Start hatten sie eine Stunde Verspätung. Tut mir Leid.«

»Es gibt nichts, das dir Leid tun müsste. Es gibt sicherlich noch andere Gelegenheiten, ihn kennen zu lernen. Was mir im Augenblick mehr Sorgen bereitet, ist, dass der Pudding immer matschiger und matschiger wird.«

»Oh, du!« Louise gab Fred einen Schubs, und er fiel auf die Couch zurück, wo er sitzen blieb und mit einem Kopfschütteln sagte: »Und ich hatte nur einen Port. Das ist alles, was ich getrunken habe – ein mickriges Glas Port.«

»Komm, hoch mit dir! Komm schon. Du bist wie der Mann in den Filmen, der sich immer in den schrecklichen Hulk verwandelt hat.«

»Oh, das gefällt mir!« Fred stemmte sich von der Couch hoch, und zu Riley gewandt fragte er: »Erinnern Sie sich an ihn?«

»Oh, ja. Sicher. In seine Augen trat immer so ein seltsamer Ausdruck, bevor er sich in den anderen verwandelte. In Ihren ist nämlich manchmal auch so ein merkwürdiges Funkeln.« Über Rileys anzüglich flapsige Bemerkung lachend, schlenderten sie hinüber ins Esszimmer.

Es wurde weder Vorspeise noch Suppe aufgetragen, und sie machten sich ohne Umschweife über den Fleischpudding her, zu dem es Kartoffelpüree, Rosenkohl und glasierte Karotten gab. Es war ein köstliches Mahl, das von allen Seiten gebührendes Lob und reichlichen Zuspruch erfuhr.

Doch der Nachtisch war noch erlesener: gelierte Früchte in einem Ring aus Blätterteig mit frischer Sahne und kandierten Anglikawurzeln obendrauf. Auch die Nachspeise fand die ungeteilte Anerkennung aller, und als Fred sagte: »Ich muss schon sagen, Nyrene, du wirst eines Tages noch eine hervorragende Ehefrau abgeben«, erwiderte Nyrene ebenso leichthin: »Das hoffe ich doch.« Niemand ging weiter auf Freds Bemerkung ein, die man auch als taktlos interpretieren konnte, doch Fred verfluchte sich im Stillen ob seiner Gedankenlosigkeit, und Riley dachte: Sie möchte verheiratet sein; man kann es in ihrem Gesicht sehen. Sie glüht. Ja, das ist das richtige Wort – sie glüht …

Es war zehn, als sie gingen. Fred schob mit den Füßen den Schnee auf dem Gehsteig beiseite und bahnte einen Weg zur Wagentür. Die Nacht war kalt und klar. Über allem lag eine tiefe Stille, und als Fred, der wieder ein paar Schritte auf dem Gartenweg zurückging und dann wartete, Louise zurief; »Nun komm schon!«, hallte seine Stimme wie die eines Nachtwächters durch die Straße.

Riley blieb allein mit Nyrene an der Haustür zurück. Ihr Gesicht, das bis jetzt so strahlend ausgesehen hatte, wirkte nun beinahe traurig, und als sie eine Hand hob und gegen seine Wange schmiegte, wollte er sie packen und an sich ziehen, um sich dann vermutlich zu fragen, welches Spiel sie nun spielte.

Ihr Kerl hatte sie versetzt, und sie war enttäuscht, doch sie hatte den ganzen Abend die perfekte Gastgeberin imitiert. Aber jetzt? Was hatte sie jetzt vor?

»Oh, Riley! Riley! Es war schön, dich wiederzusehen. Vergiss mich nicht. Und denke bitte nicht schlecht von mir.«

Er wollte gerade sagen, *warum sollte ich schlecht von dir denken?*, als Freds Stimme erneut durch die Nacht dröhnte: »Kommt schon, ihr beiden! Lass Nyrene ins Haus zurück. Sie friert sich in dieser Kälte zu Tode.«

Sie schob ihn jetzt sanft von sich weg, doch er konnte die Augen nicht von ihrer Silhouette wenden, bis er spürte, wie Fred ihn nicht unbedingt sanft am Arm packte und knurrte:

»Was ist los mit Ihnen? Louise ist kalt. Kommen Sie schon. Kommen Sie!«

Er kroch auf den Rücksitz und sah durch das Seitenfenster des Wagens zurück. Sie stand noch immer unter der Tür ...

»Vergiss mich nicht«, hatte sie gesagt. »Denke nicht schlecht von mir.« Dieser Ausdruck in ihrem Gesicht. So anders, so völlig anders als der, den sie den ganzen Abend zur Schau getragen hatte – zumindest wenn sie ihn angesehen hatte. Aber nein – bis zu diesem Augenblick gerade hatte sie ihm den ganzen Abend über nicht ein einziges Mal in die Augen geblickt.

»Vergiss mich nicht.« Warum hatte sie das gesagt? Warum musste sie so was sagen, obwohl sie sich diesen anderen Kerl angelacht hatte? Blumen, Anrufe aus dem Ausland, und den ganzen Abend war sie herumgesprungen wie ein Teenager. Doch die Frau, die er geliebt hatte, war kein Teenager gewesen. Sie war eine Frau gewesen, und einmal, während sie sich geliebt hatten, hatte sie ihn mit demselben Ausdruck angesehen wie eben vor ein paar Minuten unter der Haustür.

Hör auf damit! Vergiss es! Du wirst noch verrückt, Mann. Okay, okay. Vielleicht hast du nicht geträumt. Vielleicht ist alles tatsächlich geschehen. Und wenn es geschehen ist, wie du vor dir selbst schon zugegeben hast, dann mit einer betrunkenen Frau, die jede gottverdammte Minute davon vergessen hat.

Oder nicht?

Halt endlich die Klappe! Um Himmels willen, Mann, halt endlich die Klappe!«

7

Als sie Nyrene auf dem Bürgersteig die Straße entlang gehen sah, lenkte Louise den Wagen an den Bordstein, drehte das Fenster herab und rief: »Wohin des Wegs um diese Tageszeit?«

»Oh, hallo, Louise.« Nyrene beugte sich zu dem ihr zugewandten Gesicht hinab und sagte, mit einem Lächeln: »Ich schwänze die Proben zum neuen Stück; ich fühle mich ziemlich wacklig auf den Beinen.«

»Und trotzdem wolltest du nach Hause laufen?«

»Nein, nein. Ich wollte zum Taxistand da vorne.«

»Dann steig ein: ich verlange nur die Hälfte.«

»Vielen Dank, das ist nett. Willst du nicht auf eine Tasse Tee mit reinkommen?«

»Ja, gern. Ich war einkaufen. Unser Kleiner wächst beinahe jede Woche aus sämtlichen Hosen, seinem Schlafsack und allem, was Babys so brauchen.«

»Deshalb nennt Fred ihn seinen strammen Wonneproppen, und das ist er wohl auch.«

»Ich hab zwei davon zu Hause.«

Fünf Minuten später saßen sie in Nyrenes Küche, und Louise sagte: »Ich kümmere mich um den Tee. Setz dich, du siehst ganz grün im Gesicht aus. Hast du vielleicht was Schlechtes gegessen?«

»Möglich. Ich esse zur Zeit sowieso viel zu viel.«

»Vielleicht tust du das wirklich.« Louise fasste Nyrene einen Augenblick lang genauer ins Auge, dann meinte sie: »Ich hatte schon neulich den Eindruck, dass du etwas Gewicht zugelegt hast. Ich hab das auch zu Fred gesagt, aber er meinte, nicht du. Du seist seit Jahren so schlank wie eine Tanne.«

Nyrene sagte einen Moment lang nichts darauf. Ihr Kopf sank auf die Brust, dann murmelte sie, den Blick auf die Tischplatte geheftet: »Es ist nichts ungewöhnliches, dass schwangere Frauen zunehmen.«

Die Tasse und die Untertasse in Louises Hand klirrten. »Was hast du gesagt?«

»Du hast schon richtig gehört – schwangere Frauen ...«

»Du bist schwanger, Nyrene?«,fragte sie mit leiser, ehrfürchtig gesenkter Stimme.

Und Nyrene antwortete in derselben Manier, ihre Stimme kaum mehr als ein Flüstern: »Ja, Louise, ich bin schwanger.«

»Das ist doch wunderbar!« Es war, als erwache Louise soeben aus einem Traum oder Dämmerschlaf?, Ihre Augen leuchteten, sie befeuchtete sich die Lippen, dann sagte sie: »Wie lange bist du schon drüber?«

»Oh ... Nyrene schien überlegen zu müssen, dann erwiderte sie:

»Na ja, etwas mehr als zwei Monate.«

»Zwei Monate!«

»Ja, Louise – zwei Monate, und versuche jetzt nicht nachzurechnen. Ich weiß, ich bin in der fraglichen Zeit für ein Wochenende nach Schottland hochgefahren, als Charles auch da war.«

»Du nennst ihn Charles? Das ist das erste Mal, dass du seinen Namen erwähnst.«

»So heißt er nun mal. Und seitdem war ich immer wieder bei ihm in Schottland.«

»Weiß er es?«

»Nein, noch nicht.«

»Wird er sich freuen?«

»Dessen bin ich mir nicht so sicher, Louise. Ich mache mir schon Gedanken.«

»Oh, Nyrene.«

»Sag nicht in diesem Ton ›Oh, Nyrene‹, Louise, denn das ist alles nicht so wichtig.«

»Wie meinst du das? Ist es dir egal, ob er sich was aus dem Kind macht oder nicht?«

»Nein, das nicht. Aber es ist nicht so wichtig. Was viel wichtiger ist …« – sie verstummte, und ein Lächeln flog über ihr blasses Gesicht, ehe sie fortfuhr – »ist das Wunder, ein Kind zu bekommen, etwas, das in dir heranwächst, etwas, das ganz dir gehört, etwas, das man umsorgen und lieben kann. Und weißt du was? Es ist mir ganz egal, was es sein wird – ob Junge oder Mädchen, ob Zwillinge oder was auch immer. Ich werde ein Baby haben; einen kleinen Mensch, der ein Teil von mir ist.«

»Oh, Nyrene.« In Louises Augen schimmerten jetzt Tränen, und dann auch auf ihren Wangen, als sie aufstand, um den Tisch herum ging und Nyrene umarmte. Und als Nyrene ebenfalls aufstand, hielten sie einander fest, und Louise, deren Tränen jetzt in Strömen über ihre Wangen liefen, murmelte: »Ich weiß, was du meinst. Oh, ja – ich weiß genau, was du meinst. Nachdem ich sitzen gelassen wurde … – du weißt sicherlich darüber? Ich nehme an, seine Lordschaft hat es dir erzählt. Wie auch immer – ich bin ziemlich ausgeflippt damals; ich musste eine Weile weggehen, um alles wieder auf die Reihe zu kriegen. Es ist merkwürdig, aber genau das war der Gedanke, der mir durch den Kopf spukte, als es mir damals dreckig ging: Ich werde nie ein Kind haben. Ich werde nie ein Kind haben. Immer wieder musste ich das denken, und als ich dann mit Jason schwanger war und ihn in mir gefühlt habe« – sie tätschelte ihren Bauch – »war es, als … als hätte Gott mich gesegnet.«

»Ja, genauso fühle ich mich auch, Louise. Du sagst es: als hätte Gott einen gesegnet. Es ist das Schönste, was mir jemals in meinem Leben geschehen ist, und wenn er das Kind will, dann umso besser, aber falls er es nicht will … nun, dann ist es noch immer meines.«

»Oh, meine liebe Nyrene. Liebe Nyrene.« Wieder umarmten sie einander, und diesmal strömten die Tränen auch über Nyrenes Gesicht. Als dann Nyrene den Kopf hob und mit einem Schniefen sagte: »Am besten lässt es sich heulen, wenn man glücklich ist«, mussten sie beide lachen, und Nyrene meinte: »Das hat einmal ein alter Schauspieler zu mir gesagt, weil ich selten außerhalb des Theaters heule, obwohl ich auf der Bühne auf Kommando weinen kann. Diesem Umstand hatte ich damals auch das Angebot zu verdanken, nach London zu gehen.«

»Das du abgelehnt hast. Ich weiß alles darüber. Ich frage mich, was Fred sagen wird.«

»Ich denke, er wird sich für mich freuen.«

»Oh, ja. Er wird sich bestimmt für dich freuen. Ganz bestimmt. Er mag dich sehr gern. Ich hab ihm mal gesagt, wenn er einigermaßen bei Verstand gewesen wäre, hätte er dir vor Jahren den Hof machen müssen.«

»Das hast du nicht!«

»Oh, doch, das habe ich. Ich liebe ihn wirklich sehr, aber manchmal, wenn er seinen Rappel bekommt und sich was in den Kopf setzt, kann er einem ganz schön auf die Nerven gehen, unser Mr. Beardsley. Gibt's noch Tee?«

Später, vor der Tür, wandte sich Louise noch einmal zu Nyrene um und fragte: »Aber was wird mit dem Palace und Mr. David?«

»Ich hab es ihm gesagt.«

»Du hast es ihm gesagt?«

»Ja.«

»Wie hat er reagiert?«

»Er hat sich für mich gefreut und sagte, ich kann so lange frei nehmen, wie ich will, und dass es im Palace immer einen Platz geben wird, wo ich unterkommen kann. Er ist ein guter Mensch, unser Mr. David – war es schon immer, zumindest mir gegenüber ist er es immer gewesen.«

»Ich frage mich, was Riley dazu sagen wird. Wir haben heute Morgen einen Karte von ihm bekommen.«

Eine Pause entstand, bevor Nyrene sagte: »Ich auch, aus Eastbourne. Sie haben bereits in Wimbledon, Bournemouth und in Worthing gespielt. Was als Nächstes auf dem Terminplan steht, weiß ich nicht.«

»Ich glaube zunächst Reading, dann Oxford, Birmingham, Coventry und so weiter. Fred hat sich alles aufgeschrieben. Er mag Riley sehr, sehr gern, und er bildet sich ein, dass er es war, der ihm den Anstoß für seine Karriere am Theater gegeben hat.«

»Ich glaube schon, dass er das hat. Hat Fred in letzter Zeit einen Brief von ihm bekommen?«

»Ja, vor vierzehn Tagen ungefähr.«

»Oh. Hat er gesagt, wann er wieder herkommt?«

»Vielleicht Ende nächsten Monat oder Anfang Mai, wenn die Tournee in Newcastle zu Ende ist, nachdem sie noch in Snunderland gespielt haben. Ich glaube, sie sind auch schon für eine Tournee durch Schottland und vielleicht auch Irland gebucht. Es ist kein kontroverses oder gar polemisches Stück und hat vielleicht auch dort Erfolg. Und weiß du was, Nyrene? Sein Vater kommt ab und zu bei uns vorbei und sieht nach, ob ein Brief für ihn da ist, was meistens auch der Fall ist. Ich bin mir sicher, in den Briefen ist Geld. Aber ich glaube nicht, dass er nur deshalb kommt; er scheint sich wirklich um ihn zu sorgen. Fred hat ihn einmal gefragt, ob seine Frau die Sache mit Riley inzwischen weniger verbissen sieht, und er meinte, ganz im Gegenteil: Sie ist nach wie vor unversöhnlich wie ein Fels. Anscheinend konzentriert sich ihr strenges Regiment jetzt vor allem auf ihre Tochter Betty. Wenn Riley sich mit Drogen eingelassen oder ein paar Mädchen geschwängert hätte, könnte man das ja noch verstehen, aber im Vergleich mit den meisten jungen Burschen heutzutage ist er so sauber wie frisch gefallener Schnee, wie Fred immer sagt. Hat er dir nicht geschrieben? Ich meine abgesehen von den Karten?«

Mit einem leisen Auflachen entgegnete Nyrene: »Nein, nur die Karten. Und immer mit derselben Botschaft: Er hofft, dass es mir gut geht. Obwohl er manchmal auch ein bisschen mehr aus sich herausgeht und zum Beispiel schreibt, dass er sich früher auf die Wochenenden gefreut habe, aber jetzt bedeute der Sonntag Szenenwechsel und eine lange Zugfahrt zu einer anderen Insel inmitten der Wüste. Auf der Karte, die ich heute bekommen habe, erzählt er, dass er ein Buch über Hauswirtinnen in Seebädern schreiben will, vor allem über solche, die an Leute vom Theater vermieten.«

Louise lachte auf. »Auf der, die Fred heute gekriegt hat,

schreibt er: ›Warum haben Sie mir keine Bildung beigebracht, Beardsley, als Sie noch die Chance dazu hatten, anstatt mich in die grausame Welt hinauszustoßen, in der die Menschen korrektes Englisch sprechen?‹ Er ist noch immer der Komödiant, der er schon immer war. Du meine Güte, ich muss los, und ich brenne schon darauf, ihm die Neuigkeit zu erzählen.« Doch Nyrene griff hastig nach Louises Arm und sagte: Oh, nein. Bitte nicht. Sag es ihm nicht. Mit wär es lieber, wenn du's ihm nicht sagen würdest.«

»Fred? Ich soll es Fred nicht erzählen?«

»Doch, Fred schon. Ich dachte, du meinst Riley.«

»Nein. Das überlasse ich lieber dir, meine Liebe.«

Nyrene nickte. »Ja, überlasse das besser mir.«

Nachdem die Tür hinter Louise ins Schloss gefallen war, lehnte sich Nyrene mit dem Rücken dagegen, sog tief die Luft in ihre Lungen und ließ sie langsam wieder entweichen, ehe sie die Hände auf ihren Bauch legte und leise murmelte: Überlass das besser mir« .

8

Gegen vier Uhr Nachmittags an einem Tag Mitte Mai klingelte Riley an ihrer Tür. Um diese Tageszeit, so hoffte er, würde sie zu Hause sein. Die Luft war schwer und süß von den Düften des Mais, die vor allem einem mächtigen Weißdornbusch im angrenzenden Garten entströmten, dessen von Blüten bedeckte Zweige in verschwenderischer Pracht über den Zaun flossen.

Als sich nichts rührte, legte er den Finger erneut auf die Klingel, doch diesmal stand sie, noch bevor seine Hand wieder herabgesunken war, vor ihm – diese fremde Frau. Sie hatte offenbar gerade die Schürze abgenommen: Sie trug ein unförmiges blaues Baumwollkleid und keine Strümpfe; ihre nackten Zehen lugten aus offenen Sandalen hervor. Ihr Mund stand offen, dann flüsterte sie seinen Namen: »Riley.«

Er sagte nicht *Hallo, Nyrene* oder *Willst du mich nicht reinbitten?* Er stand nur reglos da und starrte sie an. Als er sie das letzte Mal gesehen hatte, war sie schlank wie eine Tanne gewesen; jetzt wirkte ihr Gesicht beinahe plump. Sie war überall dick.

Sein Blick blieb an ihrem Bauch hängen, der anscheinend der Grund war, warum das Kleid so unförmig an ihr herabhing, und der Anblick ließ ihn unwillkürlich aufstöhnen: »Oh, nein. Nein.« Dann: »O Gott, nein!« Und dann noch einmal: »Nein. Nein.« Durch seinen Kopf hallte ein Aufschrei, der Gottlob nicht den Weg über seine Lippen fand: *Du lieber Gott, nicht das! Und in ihrem Alter!* Wie alt war sie jetzt? Achtunddreißig oder sogar neununddreißig? Sie bekamen heutzutage mit fünfundvierzig und sogar noch später Kinder. Aber ... aber sie?

»Willst du nicht reinkommen?«

»Oh, doch. Ja.« Er drehte sich um und sah den blühenden Busch an, dann sagte er: »Riecht gut, der Mai.«

Sie nickte. »Ja, ein herrlicher Duft. Bisher ist es noch keinem gelungen, ihn im Labor nachzuahmen. Seit wann bist du hier?«

»Seit ungefähr 'ner Stunde. Es war niemand zu Hause« – er machte eine Kopfbewegung in die Richtung, in der das Haus der Beardsleys lag – »außer der Putzfrau, der ich erst meinen Ausweis zeigen musste, damit sie mich reinließ.«

Es war seltsam. Er sprach anders: deutlicher akzentuiert und weniger vom Dialekt gefärbt. »Der ich erst meinen Ausweis zeigen musste«, hatte er gesagt und nicht »der wo ich erst meinen Ausweis hab zeigen müssen. Er sah auch anders aus: so viel älter. Oh, ja – um vieles älter. Und er sah so elegant aus. Er war so hübsch ... Ein junger Mann.

»Das Haus sieht noch genauso aus.« Er spazierte jetzt ins Wohnzimmer. »Es hat sich nicht verändert, aber ...« – er unterbrach sich abrupt und wandte sich ihr zu – »aber du hast dich verändert, stimmt's?«

»Ja, Riley, so ist es. Sogar ein Blinder würde das bemerken. Bist du schockiert?«

»Ich weiß nicht. Um die Wahrheit zu sagen: Ich weiß nicht, wie ich mich fühle. Ich kann es mir einfach nicht vorstellen, du mit einem …« – es war ihm unmöglich, »Kind« zu sagen oder »Baby«; er musste sich zwingen zu sagen: » … mit Nachwuchs«, um den Satz zu Ende zu bringen.

»Das konnte ich am Anfang auch nicht, aber … aber jetzt kann ich es.«

»Du willst es also haben?«

»Ob ich es haben will? Oh, Riley! Natürlich will ich es haben. So sehr, wie ich noch nie irgendetwas in meinem Leben gewollt habe.«

Wieder überkam ihn dieses Gefühl der Übelkeit. Er verspürte den Wunsch, ihr ins Gesicht zu schleudern: *Warum, warum, warum?* Aber musste er das erst fragen? Dieser Albtraum geisterte noch immer durch seinen Kopf. In diesem Augenblick hätte er sie am liebsten bei den Schultern gepackt und sie angeherrscht: *Sag mir, erinnerst du dich jetzt? Bitte sag mir, dass du dich an irgendetwas von dieser Nacht erinnerst, an irgendeine Kleinigkeit!* Denn – so hätte er hinzugefügt – *diese Nacht hat mein Leben von Grund auf verändert! Ich sollte mein Leben genießen, wie es nur ein junger Mann in meinem Alter genießen kann, aber was tue ich stattdessen? Ich zeige den Bräuten die kalte Schulter!* Da ist dieses Mädchen in der Truppe, die sich beinahe überschlägt, um mit mir ins Bett zu gehen. Aber sie denkt jetzt, ich bin schwul; sie hat es mir um ein Haar ins Gesicht gesagt. Und auch verheiratete Frauen – na ja, solche, die einen Freund haben. Man sollte meinen, sie wären mit einem zufrieden, aber nein … Und ich kann nicht darauf eingehen! Ich kann mich nicht gehen lassen. Hast du das gehört? Ich kann nicht loslassen. Und alles wegen diesem verfluchten Albtraum. War es überhaupt ein Albtraum? Du bist die einzige, die es weiß!

Doch stattdessen hörte er sich fragen: »Will er es auch?«

Sie wandte sich ab und sagte: »Nicht wirklich.«

»Was?«

»Ich stehe direkt vor dir, Riley, also hör auf zu schreien. Eine Menge Männer wollen sich die Verantwortung für ein

Kind nicht aufbürden lassen, aber er ist wenigstens einverstanden, dass ich es bekomme. Er wollte nicht, dass ich es wegmachen lasse. Wie auch immer – ich hätte so etwas ohnehin nicht getan, niemals. Niemals! Möchtest du eine Tasse Tee?«

Eine längere Pause entstand, bevor er murmelte: »Ja ... Eine Tasse Tee wäre jetzt gut.«

»Warum stehst du dann hier im Wohnzimmer herum? Komm mit in die Küche. Und schau nicht so verwundert drein, Riley; so etwas passiert nun mal. Hast du denn am Theater noch nichts dazugelernt?«

»Nein, zumindest nichts, was gut für mich wäre.«

»Tja«, sagte sie und lachte, während sie durch die Diele gingen, »man sieht es dir aber nicht an. Du siehst ganz so aus wie ein erfolgreicher Schauspieler. David hat mir erzählt, dass er eine sehr positive Rückmeldung aus Manchester bekommen hat, wie gut du dich machst.«

»Oh, wirklich? Anscheinend hörst du Dinge, von denen ich nichts mitkriege, und was immer es ist, ich hoffe nur, dass sie den anderen im Ensemble nicht zu Ohren kommen, denn die sind sowieso sehr empfindlich, was ihre Position angeht, und wenn dieser Jungspund aus dem Nordosten meint, er müsste sich bei allen einschleimen, dann sollte er sich verdammt nochmal vorsehen.«

»Sind sie wirklich so?«

»Na ja, vielleicht hab ich ein bisschen übertrieben, aber der Kampf ums Prestige auf und hinter der Bühne dürfte dir doch nicht neu sein. Oder? Du hast ihn doch sicherlich selbst zur Genüge erlebt.«

»Soweit ich es mitbekommen habe, spielst du doch nicht die Hauptrolle in dem Stück, nicht einmal eine größere Nebenrolle.«

»Nein, das nicht; aber das schwarze Schaf der Familie ist ein wichtiges Rädchen im gesamten Gefüge des Stücks. Zumindest hat mir das mein Boss in Manchester so eingeschärft, und dass ich alles, was ich bin, in diese Rolle einbringen soll, so wie ich es bei Larry getan habe. Und genau das tue ich.«

»Das erklärt einiges: Alles, was du bist ... Gefällt es dir, auf Tournee zu sein?«

»Ja und nein. Es gefällt mir, wenn ich ein neues Publikum und ein volles Haus sehe; weniger gefällt mir allerdings, dass Samstagabend die letzte Vorstellung ist und wir dann am Sonntag mit dem Zug irgendwohin fahren, um am Montagmorgen woanders wieder von vorn anzufangen. Und außerdem kann ich mich nicht daran gewöhnen, alle paar Tage in ein anderes Zimmer zu ziehen. Obwohl ich sagen muss, dass einige wirklich nicht schlecht waren; die meisten aber sind alles andere als angenehm. Wenn man keinen Platz mehr in einer Pension kriegt, die an tingelnde Schauspieler und ähnliches gewöhnt ist, muss man in normalen Pensionen oder Hotels absteigen, und sobald die spitzkriegen, dass du vom Theater bist, glauben sie, du machst die dicke Kohle, und verlangen entsprechend gesalzene Preise.«

Sie saßen jetzt einander gegenüber am Küchentisch, jeder eine Tasse Tee vor sich, und alles, wozu Riley im Stande schien, war, sie stumm anzustarren. Es gab so vieles, das er ihr sagen wollte, so viele Fragen, die ihm durch den Kopf gingen. Eine dieser Fragen lautete: Wann würde das Kind zur Welt kommen? Er arbeitete darauf hin, indem er sich erkundigte: »Wie lange willst du noch arbeiten?«

»Oh, ich bin erst ...« – sie machte eine kurze Pause – » ...im fünften Monat: ich glaube, ich kann noch mindestens zwei Monate weitermachen. In den nächsten zwei Stücken spiele ich einmal eine Großmutter und einmal eine schwangere ... Dame. Das passt bestens. Danach werde ich meinen Abschied nehmen, denke ich.«

»Und warum heiratest du nicht?«

»Weil ich es nicht will.«

»Aber das Kind wird unehelich sein.«

»Ja, das wird es, wie Tausende andere auch. Aber das ist heutzutage kein Grund mehr für einen Skandal.«

»Nein, aber das Kind – egal, ob es ein Mädchen oder ein Junge ist – wird irgendwann wissen, dass es keinen rechtmäßigen Vater hat. Und egal, wie sehr du es schönredest, es wird trotzdem spüren – genau wie alle anderen, die in einer solchen Situation aufwachsen – dass ihm etwas fehlt, dass es ein unehelicher Bastard ist.«

Sie schienen im selben Augenblick vom Tisch aufzuspringen, und was immer er als Entschuldigung stammeln wollte, wurde von ihrer Stimme abgeschnitten, die durch ihre zusammengepressten Zähne zu kommen schien, als sie zischte: »Ich hab mir von dir schon eine Menge gefallen lassen, aber jetzt ist es genug! Hast du verstanden, Riley? Jetzt ist es genug, denn was immer mein Kind sein wird«, schrie sie ihm ins Gesicht, »es hat nichts mit dir zu tun, und es geht dich nichts an! Hast du verstanden? Überhaupt nichts. Und jetzt geh bitte!«

Er zitterte am ganzen Körper. Es war, als hätte sie ihm ins Gesicht geschlagen, und dennoch flehte er innerlich: *Es tut mir Leid. Es tut mir so Leid. Ich wollte das nicht sagen. Niemals. Nie.*

Doch als er dann sprach, war seine Stimme nur mehr ein Krächzen: »Nyrene, bitte glaube mir ... Bitte, glaube mir. Ich wollte das nicht sagen. Ich weiß nicht, was über mich gekommen ist.« Er ließ den Kopf hängen und machte die Augen zu, doch in ihrer Stimme war kein sanfter oder gar verzeihender Unterton, als sie erwiderte: »Es war in deinem Kopf, denn sonst hättest du es nicht gesagt. Jetzt geh. Bitte geh. Und ich will dich nie wieder sehen.«

Sein Kopf ruckte hoch, und er flehte: »Sag nicht so was. Was ich auch getan habe, so sehr ich dir auch wehgetan habe, sag bitte nicht so was. Versteh doch bitte, ich ...« Er verstummte und wandte sich vom Tisch ab, wobei er den Stuhl so heftig nach hinten stieß, dass er umfiel. Nachdem er ihn wieder aufgestellt hatte, krallten sich seine Finger um die Lehne, und er beugte sich darüber und bettelte fast wimmernd: »Sag bitte nicht, dass du mich nie wieder sehen willst. Bitte, Nyrene. Bitte! Weil ich nicht leben kann, ohne dich zu sehen. Irgendwie muss ich dich sehen. Ich kann nicht anders.«

Ein tiefes Seufzen entrang sich ihrer Brust, das fast wie ein Weinen klang, doch mit beherrschter und leiser Stimme erwiderte sie: »Dann lass mich wenigstens jetzt allein.«

»Ich hab drei Tage frei. Darf ich wiederkommen?«

»Ich weiß es nicht. Ich … ich muss arbeiten.«

»Oh, Nyrene!« Als er jetzt um den Tisch herum und auf sie zuging, wich sie vor ihm zurück und sagte: »Nein, Riley, tu das nicht. Fass mich nicht an, bitte. Nicht jetzt. Es tut mir Leid, aber ich muss dich bitten, zu gehen. Ich möchte alleine sein.«

Mit hängenden Armen stand er vor ihr, sein Blick verzweifelt und ratlos, dann drehte er sich um und ging aus der Küche und aus dem Haus.

»Sie haben *was* gesagt?«

»Ich hab es nicht so gemeint.«

»Sie müssen es aber so gemeint haben, Sie verdammter Narr! Der Gedanke war in Ihrem Kopf.«

»Wie kann er in meinem Kopf gewesen sein? Ich wusste doch nicht mal, dass sie schwanger ist, bis ich sie vor ungefähr fünfzehn Minuten gesehen habe. Nein, das war nicht in meinem Kopf.«

»Auf jeden Fall dürfte es Ihnen schwer fallen, sie davon zu überzeugen, dass dem nicht so war. Wie auch immer, wie in Tausenden anderen ähnlichen Fällen heutzutage ist sie mit ihm so gut wie verheiratet. Sie war letztes Wochenende wieder droben in Schottland. Oh, Riley, Sie hätten das nicht sagen dürfen.«

Sein Kopf ruckte zu ihr herum, und mit schluchzender Stimme er: »Ich weiß, Louise. Ich weiß es doch, aber trotzdem ist es die Wahrheit, oder nicht? Kinder, die unehelich geboren werden, sind nun mal benachteiligt, neue Geburtsurkunde hin oder her, und ein anderes Wort für ein uneheliches Kind ist Bastard. Für unsere nächste Tournee hat unser Direktor ein kontroverses Stück ins Auge gefasst, in dem es unter anderem auch um uneheliche Geburt geht. Das Ensemble ist größtenteils dagegen; das Thema ist zu heikel. Wenn ich es mir richtig überlege, war das wahrscheinlich in meinem Kopf, als ich das Wort gesagt habe. Wie auch immer …« Er sah vom einen zum anderen und fragte dann: »Wieso kann er sie nicht heiraten? Ist er schon verheiratet?«

»Nein, so viel ich weiß, ist er das nicht.«

Rileys Blick huschte zu Fred. Haben Sie ihn kennen gelernt?«

»Nein, das habe ich nicht.«

»Und Sie?« Er wandte sich wieder Louise zu, die antwortete: »Ich habe ihn auch noch nie gesehen, aber ich habe am Telefon mit ihm gesprochen.«

»Wie heißt er?«

»Charles Kingston.«

»Ist er ein Schotte?«

»Ja, zumindest klang er wie ein Schotte, als ich mit ihm gesprochen habe. Ich hab das Telefon abgenommen, als Nyrene im ersten Stock oben war. Er sagte: ›Nyrene?‹ Er klang irritiert, und ich sagte, ›nein, ich bin ihre Freundin Louise‹. Und ich habe ihn gefragt, ob ich mit Charles spreche, und er hat gelacht und antwortete: ›Ja gewiss.‹ Und dann hat Nyrene mir den Hörer aus der Hand genommen, und sie haben beide gelacht. Ich glaube, weil er gleich bemerkt hat, dass nicht sie dran war. Wie auch immer, lassen wir das Thema für eine Weile; das Essen ist fertig, und Mrs. Roberts wartet darauf, dass sie das Geschirr spülen und gehen kann. Nun kommt schon, ihr beiden.«

Als sie bereits beim Nachtisch angelangt waren, fragte Fred mit einem Blick über den Tische: »Wie geht es Ihrem Vater?«

»Wieso? Wie meinen Sie das?«

»Waren Sie nicht bei ihm im Krankenhaus?«

»Ich habe keine Ahnung, wovon Sie reden. Er ist im Krankenhaus? Was ist passiert, dass er ins Krankenhaus musste?«

»Nun, so viel ich weiß ist es sein Rücken; nach dem, was er mir erzählt hat, steht jetzt fest, dass er die ganzen Jahre über nicht simuliert hat. Ich glaube, sie haben es bei ihm mit Vereisung versucht, was nicht sehr angenehm war, und irgend etwas mit seinem Rücken oder seiner Wirbelsäule gemacht. Er war sich selber nicht so recht darüber im Klaren.

Auf jeden Fall war er seit drei Wochen wieder aus dem Krankenhaus draußen, hatte aber furchtbare Schmerzen, und deshalb musste er wieder zurück und wurde operiert. Das war vor ungefähr einer Woche. Sie haben seit damals nicht mehr zu Hause vorbei geschaut.«

»Nein. Nein, hab ich nicht. Ich wollte nicht wieder rausgeworfen werden, und ich wollte meinem Dad eine Nachricht zukommen lassen, wo wir uns treffen können.«

»Wieso hat er Ihnen denn niemals geschrieben?«

»Das hätte keinen Sinn gehabt. Ich bin jede Woche woanders und so was wie eine feste Adresse gibt es nicht.«

»Nun ja, Sie hätten ihnen wie uns auch sagen können, dass sie an das Theater in Manchester schreiben können, von wo der Brief dann an die nächste Station der Tournee weitergeleitet worden wäre.«

Riley senkte den Blick. »Dad ist kein großer Briefeschreiber.«

»Schön und gut, aber Sie haben auch eine Schwester.«

»Ja. Ja, Betty hätte es mir geschrieben. Aber ich hab einfach nicht an so was gedacht. Wie spät ist es?« Er warf einen Blick auf seine Armbanduhr.

»Es ist zu spät jetzt; die Besuchszeit ist von sieben bis halb neun. Das schaffen Sie nicht mehr, aber morgen ist ja auch noch ein Tag. Sie haben gesagt, Sie treffen sich mit der Truppe erst wieder am Sonntag in Leeds, so war es doch, oder?«

»Ja, ja – in Leeds.« Er nickte gedankenabwesend, dann sah er Louise an. »Es ist schon ein verdammt merkwürdiges Gefühl, wenn man Angst hat, nach Hause zu gehen und seiner Mutter zu begegnen? Es ist feige.«

»Nein, das würde ich nicht unbedingt sagen.« Fred wiegte skeptisch den Kopf. »Ich denke dabei an einige der Mütter, mit denen ich zu tun hatte. Wenn ich die Wahl hätte, mit einer von ihnen zu streiten oder nachts allein durch den Dschungel zu robben, würde ich jederzeit letzteres vorziehen.«

Als sie dann vom Esszimmer in die Diele gingen, legte Fred seinen Arm um Rileys Schultern. »Ist nicht Ihr Tag heute, wie, mein Freund? Und es hat keinen Sinn, Ihnen jetzt zu sagen, dass Sie sich keine Sorgen machen sollen und alles vorbeigehen wird. Aber das braucht Zeit, und was zählt, ist das Hier und Jetzt, die Hölle des Augenblicks.«

»Fange jetzt bloß nicht wieder zu zitieren und zu predigen an, Mr. Beardsley!, »ächzte Louise. »Bring lieber das Tablett mit den Drinks ins Wohnzimmer. Und Sie, Riley, könnten etwas für mich tun, wenn Sie so lieb sein wollen.«

»Für Sie tu ich alles, Louise – alles in der Welt.« Er strahlte sie an.

»Dann gehen Sie in die Küche und unterhalten sich ein wenig mit Mrs. Roberts. Für sie sind Sie ein Held unserer Stadt. Sie sind Schauspieler und waren in der Zeitung. Haben Sie einen Stift einstecken?«

»Ja, hab ich.«

»Dann schreiben Sie für sie Ihr Autogramm auf irgendwas – auf eine Serviette oder sonst was. Und jetzt machen Sie schon. Es ist sicherlich nicht das erste Mal, dass Sie so was tun müssen, oder?«

Er sah sie einen Augenblick lang unverwandt an, dann sagte er: »Wissen Sie, Louise, die meisten Frauen sind verrückt. Das sind sie. Sie sind verrückt und sollten eingesperrt werden.«

»Da muss ich Ihnen Recht geben, Riley – doch, wirklich.

Und mir würde es nichts ausmachen, wenn man mich einsperren sollte, solange ich einen Mann bei mir habe. Und wenn Sie ein paar Worte mit Mrs. Roberts gewechselt haben, dann könnten Sie auch mal nach oben gehen und zu meinem Sohn hallo sagen. Er ist sicher noch wach und wartet auf Sie. Es wundert mich, dass er noch nicht angefangen zu schreien hat.«

»Okay, mach ich.« Er gab ihr einen sanften Schubs und trabte dann hinüber in die Küche.

Als Fred mit dem Tablett ins Wohnzimmer kam, sagte Louise zu ihm: »Ich hoffe, du hast ihm einen kräftigen Drink gemacht, Fred, denn er ist sehr, sehr deprimiert. Nyrene muss ziemlich gestresst gewesen sein, wenn sie ihn rausgeworfen hat. Du lieber Himmel! Irgendwas geht da vor sich, das mir Sorgen macht.«

»Was meinst du damit? Wo geht was vor sich?«

»Na, bei dieser Geschichte.«

»Von welcher Geschichte redest du?«

»Von der Geschichte zwischen Nyrene und ihm.« Louise nickte in Richtung der Tür.

Er legte eine Hand auf ihre Schulter. »Du bist nicht die einzige, Mrs. Beardsley, die sich Gedanken in diese Richtung macht, und wir müssen darüber reden, und zwar bald. Wenn ich zwei und zwei zusammenzähle, weiß ich nicht, ob ich überhaupt wissen möchte, wie die Vier aussieht, die dabei rauskommt – oder die Fünf, falls wir diesen Charles dazurechnen.«

Er stand an der Tür des Krankenzimmers. Es war ein kleines Zimmer mit nur je drei Betten auf beiden Seiten. Die Patienten links von der Tür hatten alle Besuch; die drei auf der rechten Seite waren allein. Der Mann in der Mitte lag auf den Ellbogen gestützt und unterhielt sich mit dem Mann, der im Bett links von ihm lag, und sie lachten beide. Der dritte Mann lag ebenfalls in seinem Bett ausgestreckt und hatte das Gesicht dem Fenster zugedreht, durch das er die obersten Äste eines Baums sehen konnte, die im Wind schwankten.

Als Riley an das Fußende des Bettes trat, wandte sich der Kopf ihm zu, und er sah, wie das Gesicht seines Vaters aufleuchtete. »Peter!« rief er. Es war irgendwie seltsam, seinen Taufnamen zu hören; er hörte ihn sonst so gut wie nie. Sogar als er nach Manchester gegangen war, hatte man ihn dem Ensemble und den anderen Mitarbeitern als Peter Riley, allgemein nur Riley genannt, vorgestellt.«

»Hallo, Dad. Wie geht es dir?«

»Gut, mein Junge. Setz dich doch. Du meine Güte! Du bist so groß geworden,beinahe hätte ich dich nicht erkannt.«

Riley zog einen Stuhl näher ans Bett und sah in das Gesicht auf dem flachen Kissen. Es sah anders aus, ein wenig schmaler, aber lebhafter, fast strahlend.

»Wann bist du gekommen?«

»Gestern, aber ich hab nicht gewusst, dass du hier bist.«

Sie sahen einander lächelnd an, dann fragte Riley mit leiser Stimme: »Wann ist denn das alles passiert?«

»Das mit dem Krankenhaus fing an, kurz nachdem du fortgegangen warst, mein Junge; aber wann es wirklich angefangen hat, kann ich beim besten Willen nicht mehr sagen. Wenn ich zurückdenke, kommt es mir vor, dass ich schon immer Rückenschmerzen hatte. Und du weißt es ja selber, Peter ...« – sein Kopf rollte auf dem Kissen zur Seite – » ...niemand hat es mir abgenommen, alle dachten, dass ich krankfeiere. Ich nehme an, das hätten sie auch alle weiter geglaubt, wenn nicht diese kleine Ärztin gewesen wäre. Herr im Himmel, wenn ich dran denke ...« Er lachte glucksend. »Die, die sonst immer jede Woche die Schmerztabletten verschrieben hat, war an dem Tag nicht da. Und diese neue hatte ich noch nie gesehen. In der Praxis gibt es fünf Ärzte, musst du wissen. Wie auch immer – das erste, das sie sagte, war: ›Ziehen Sie sich aus und legen Sie sich auf die Couch.‹ Einfach so: genau so hat sie's gesagt: ›Ziehen Sie sich aus und legen Sie sich auf die Couch‹. Und genau das hab ich getan. Sie fing an meinen Rücken abzutasten. Dann musste ich aufstehen und splitternackt auf und ab gehen. Ich kam mir vor wie ein Idiot. Dann sagte sie: ›Sie gehen morgen zum Röntgen.‹ Aus dem Handgelenk. Normalerweise muss man Wochen, Monate warten.

Nun, sie machten Röntgenaufnahmen von mir, und drei Tage später lag ich hier drin – auf dem Bauch mit vereistem Rücken oder so ähnlich. Ich kann dir sagen, das war alles andere als angenehm, aber es war mir egal, weil endlich was gemacht wurde. Und weiß du ...« – er senkte seine Stimme, in der jetzt eine merkwürdige Traurigkeit lag, als er fortfuhr – » ... ich hab noch nie so nette und hilfsbereite Menschen kennen gelernt. Sie sind alle so wunderbar. Das sind sie, ja. Aber die Behandlung schien nicht zu helfen. Die Schmerzen wurden ... nun, ein bisschen zu stark, und vor drei Wochen haben sie mich wieder in die Klinik eingewiesen. Sie haben eine Menge Untersuchungen vorgenommen, und vor zehn Tagen wurde ich dann operiert. Was sie genau gemacht haben, kann ich dir nicht sagen, aber eines weiß ich: Ich hab mich in meinem Leben noch nie besser gefühlt seitdem. Aber ich muss tun, was sie sagen, und das heißt ruhig liegen. Gestern haben sie mich aufstehen lassen. Es war komisch, wieder auf meinen eigenen Füßen zu stehen. Ich hab mich gefühlt, als wär ich größer geworden – und weißt du was, Peter?«

Als er nicht weiterredete, sagte Riley: »Nein, Dad; erzähl's mir.« Noch nie hatte er seinen Vater so viel reden hören.

Und Alex Riley fuhr fort: »Alle sind plötzlich ganz anders zu mir. Deine Mam hat immer nur geglaubt, dass ich all die Jahre krankgefeiert habe, das weißt du ja selber. Es gab Tage, da konnte ich kaum aus dem Bett kriechen, aber sie hat immer nur gesagt, dass ich arbeitsscheu und von Geburt an faul bin. Aber es war was anderes, das ich von Geburt an hatte«, er nickte bekräftigend, »nämlich eine kaputte Wirbelsäule; schon von Geburt an. Sie hat Nerven eingequetscht.

Und außerdem hab ich Arthritis. Aber trotzdem finde ich, dass das hier das beste ist, das mir passieren konnte; das mit dem Krankenhaus, meine ich, und dass jetzt bewiesen wurde, dass meine Wirbelsäule deformiert ist.«

Stumm blickte Riley in das Gesicht seines Vaters. Solange er zurückdenken konnte, war sein Dad immer nur herabgesetzt und als nichtsnutziges, arbeitsscheues Individuum hingestellt worden.

Er streckte eine Hand aus und ergriff die schmale Hand, die darauf zu warten schien, und die Augen seines Vaters schimmerten feucht, als er sagte: »Und ich habe auch noch Betty. Sie ist ein gutes Mädchen, unsere Betty, und sie hat Courage. Sie lässt sich nichts gefallen und sagt, was sie denkt; sie lässt sich von deiner Mam nicht tyrannisieren. Eines Abends hat sie die Karten angeschleppt, die du ihr über Mr. Beardsley von überall her geschickt hast, und den beiden Kleinen gezeigt.«

»Ich wette, das gab Krach.«

»Erst als die Kleinen im Bett waren, aber dann hat Mam sich Betty vorgeknöpft und ihr gesagt, wenn sie das nochmal macht, kann sie ihre Sachen packen.«

Als sein Vater leise auflachte, fragte Riley; »Und was ist dann passiert?«

»Das, womit sie nicht gerechnet hat. Betty sagte garnichts drauf; sie ging nach oben, packte eine Tasche, kam in Hut und

Mantel wieder runter und erklärte: »Dann geh ich jetzt, Mam. Das spart uns 'ne Menge Zeit.«

Sie lachten beide, als eine Schwester ans Bett kam und eine Vase mit einem großen Blumenstrauß auf den Tisch stellte. Alex Riley blickte zu ihr auf und fragte: »Sind die für mich? Von wem sind die?« Die Schwester nickte in Richtung von Riley. »Er ist doch Ihr Sohn, nicht? Er war zu verlegen, sie Ihnen selber zu geben, und hat sie mir in die Hand gedrückt, bevor er sich reintraute, und gemurmelt: ›Die sind für Mr. Riley.‹«

Riley, der jetzt mit rotem Gesicht neben dem Bett stand, brummte: »Das war Mrs. Beardsleys Idee. Sie meinte, Männer, die im Krankenhaus liegen, kriegen nie Blumen.«

»Da hat sie recht. Es ist wirklich so.« Die Schwester nickte ihm zu. Dann sah sie ihm direkt ins Gesicht und fragte: »Sind Sie nicht dieser Schauspieler?«

»Ich bin zwar beim Theater, ob ich aber ein richtiger Schauspieler bin, weiß ich nicht«, antwortete er lächelnd.

»In den Zeitungen stand das aber ganz anders. Ich weiß, das ist schon einige Zeit her, aber die Zeitungen waren damals voll von Ihnen. Ich hab Sie in dem Stück gesehen. Es war Ihr letztes hier, nicht?« Sie nickte und wartete, dass er etwas sagte, doch als er sie nur angrinste, wandte sie sich dem Mann im Bett zu und fuhr fort: »Ich fand das Stück unglaublich toll, wirklich. Es gibt bestimmt nichts Schwierigeres auf der Welt, als einen Schwachsinnigen zu spielen, wenn man selber nicht so ist, meine ich natürlich.«

Riley konnte das Lachen jetzt nicht mehr unterdrücken, und die Schwester stimmte ein. Dann sagte sie: »Wem schlagen Sie nach? Ich meine, von wem haben Sie das Talent?«

Riley sah auf seinen Vater hinab. »Wahrscheinlich von ihm. Er ist genauso stur und behämmert wie ich.«

Die Schwester kicherte heftig und schlug die Hand vor den Mund, dann beugte sie sich über das Bett und tätschelte Alex' Wange. Zu Riley emporblickend, sagte sie: »Er ist ein ganz Braver und der beste Patient, den wir haben.«

»Nur zu, Schwester, nehmen Sie kein Blatt vor den Mund«, griente Alex.

Riley sah in das strahlende Gesicht seines Vaters hinab, der mit der Hand eine Geste machte, als wollte er der Schwester einen Klaps auf den Arm geben. Noch nie hatte er diesen Mann so glücklich gesehen. In all den Jahren hatte er ihn immer nur als einen traurigen kleinen Mann wahrgenommen, der kaum etwas sagte und nie lachte. Und trotzdem erinnerte er sich daran, dass er mit ihm lange Spaziergänge im Grünen gemacht hatte. An den Sonntagen, und immer hatte es eine Überraschung aus Dads Taschen gegeben – eine Tafel Schokolade, einen Mars-Riegel oder sonst irgendeine Kleinigkeit. Doch die Spaziergänge hatten aufgehört, nachdem er in die Gesamtschule gekommen war.

»Sind Sie verheiratet?« unterbrach die Schwester seine Erinnerungen.

»Ich? Verheiratet? Nein, nein.«

»Oh, dann besteht ja noch Hoffnung; ich bin erst achtunddreißig. Na ja, früher oder später würden Sie die Wahrheit so oder so erfahren: dreiundvierzig. Aber nach dem Dienst und mit ein bisschen Kriegsbemalung sehe ich aus wie ein Teenager.« Das Lachen war mit einem Mal wie aus ihrem Gesicht gewischt, und sie wandte sich hastig dem Patienten zu. »Kann ich noch was für Sie tun, Mr. Riley?« Ihre Stimme sank beinahe zu einem Flüstern, als sie hinzufügte: »Die Stationsschwester ist gerade gekommen. Die Arbeit ruft.«

Als sie an Riley vorüberging, blieb ihr Gesicht ausdruckslos, doch sie zwinkerte ihm zu.

Riley setzte sich wieder aufs Bett und sagte: »Die ist vielleicht 'ne Nummer.«

»Das ist sie; und eine gute Schwester dazu. Sie ist wirklich hübsch. Sie ist nicht dreiundvierzig, sondern vierundvierzig, ist Witwe und hat ganz allein drei Kinder großgezogen. Wir albern manchmal ein bisschen rum. Sie hatte Nachtdienst, als ich das erste Mal hier war, und wenn es mir richtig schlecht ging, setzte sie sich manchmal an mein Bett und wischte mir den Schweiß vom Gesicht. Weißt du was, Peter? Zum ersten Mal in meinem Leben hab ich mit einer Frau reden können, ich meine, richtig reden – über das Leben und solche Dinge.

Und ich bin nur ein Jahr älter als sie – fünfundvierzig. Ich muss zugeben, wegen ihr hab ich schon oft dran denken müssen, dass es mehr Fische im Meer gibt, als je ins Netz gegangen sind. Es ist schon komisch, wie viele Frauen auf kleine Männer stehen. Weißt du, irgendwann hat man es satt, wenn ständig an einem herumgenörgelt wird und wenn man behandelt wird, als wäre man der letzte Dreck. Jahrelang hab ich nur immer gehört, dass ich zu nichts mehr nutze bin.« Er schob seine Hand über die Bettdecke und ergriff die Rileys. »Kannst du morgen wieder kommen:«

»Ja, sicher. Ich fahr erst am Sonntag zurück.«

Einige Zeit später, als Riley im Begriff war zu gehen, fragte er: »Kann ich dir irgendwas mitbringen, Dad? Mr. Beardsley sagt, du darfst hier drin nicht rauchen.«

»Nein – ist verboten. Aber es ist schon komisch: Ich hab seit der Operation keine Zigarette mehr angerührt, und ich werd auch nicht wieder damit anfangen. Aber ich sag dir, was ich gern hätte: diese Schokolade-Walnuss-Pralinen – weißt du, welche ich meine.«

»Oh ... ja, ich weiß, welche du meinst, Dad. Ich bring dir morgen eine Schachtel mit. Noch irgendwas?«

»Nein, sonst nichts, Junge. Ich wollte dir nur noch eines sagen: Ich bin verdammt stolz auf dich, und ich bin froh, dass wir miteinander reden können, du und ich. Weißt du, was ich meine? Und ich dank dir auch für die Scheine, die du in deine Briefe gesteckt hast; sie waren ein Geschenk des Himmels.«

»Ist schon in Ordnung, Dad.« Riley beugte sich über seinen Vater, und erneut drückten sie einander die Hände.

Er lächelte, als er durch die Pforten des Krankenhauses ging.

Es war kurz nach sieben Uhr abends. Er hatte das fragwürdige Vergnügen gehabt, Jason zu baden, und, wie Louise bemerkte, hatte dies schließlich damit geendet, dass man nicht sagen konnte, wer von ihnen beiden der nassere war.

Dann war ihm das Privileg zuteil geworden, dem jungen Mann eine Gutenachtgeschichte vorlesen zu dürfen, bei der er ständig von der Frage »Warum?« unterbrochen wurde: Warum ist Jack, der Riesenkiller, so groß, und warum ist der Däumling so klein?«

»Weil es verschiedene Geschichten sind.«

»Warum?«

Einige Zeit später, im Wohnzimmer, sah Riley, noch immer ein wenig zerzaust, Fred an und brummte: »Man braucht sich wirklich nicht zu fragen, wem dieser Racker« – er machte eine Kopfbewegung zu Decke – »ähnelt. Er redet in einem fort.«

Als Fred zu einer seiner üblichen markigen Antworten ansetzte, klingelte das Telefon, und er stupste Riley mit dem Finger gegen die Brust und sagte: »Ich werde auf diese Bemerkung noch ausführlicher eingehen, wenn ich zurückkomme.«

Louise lächelte. »Ich hab ihm auch schon gesagt, Riley, dass man in der Entbindungsstation auch ohne Namensschild hätte feststellen können, welches sein Baby ist.«

Sie wandten sich beide zur Tür um, als Fred wieder ins Wohnzimmer zurückkam. »Das war Nyrenes Cousine Ivy, Mrs. Wakefield. Sie versucht seit dem Nachmittag, Nyrene zu erreichen. Charles scheint es gar nicht gut zu gehen, so wie sie klingt. Er hat einen Herzinfarkt gehabt.«

»Wo kann sie bloß sein?« Louise sah vom einen zum anderen. »Ich weiß, sie arbeitet diese Woche nicht, aber dass sie den ganzen Tag nicht zu Hause ist …«

»Vielleicht will sie ja nur das Telefon nicht abnehmen.«

»Weshalb sollte sie so etwas tun:«

»Sei nicht so einfältig, Frau! Nach dem, was gestern zwischen ihm hier« – er schob das Kinn in Richtung Riley – »und ihr vorgefallen ist, fühlt sie sich vielleicht nicht so gut.«

»Sei lieber du nicht so einfältig. Sie ist kein dummes Mädchen mehr. Sie war möglicherweise in dem Augenblick wütend, aber darüber ist sie sicherlich schon weg; wir alle müssen mit Dingen wie diesen fertig werden, Mr. Beardsley.«

»Du lieber Himmel!« Er schüttelte ironisch den Kopf. »Was sollen wir machen?«

»Ich werd zu ihr rüberlaufen und nachsehen, ob sie tatsächlich zu Hause ist.«

»Sie?«

»Ja, ich!« Riley schrie es fast hinaus. »Und wenn sie da ist, werd ich mich bei ihr entschuldigen, so gut ich's kann.«

»Wenn sie erfährt, was passiert ist, wird sie keine Zeit haben, Ihnen zuzuhören. Wie auch immer, ich komme mit«, erklärte Fred. grinsend wandte er sich seiner Frau zu. »Und auf deine Bemerkung werde ich noch näher eingehen, wenn ich zurück bin.«

Riley fiel auf, dass der Gartenweg jetzt mit Blüten übersät war, weil in der Nacht ein stürmischer Wind aufgekommen war. Der Frühlingsduft war geradezu betörend und machte ihn schwindlig, während er zusah, wie Fred die Klingel drückte. Es war ein Geruch, den er nie vergessen würde, der Duft des Mai; er würde ihn Zeit seines Lebens mit einer schwangeren Frau in Verbindung bringen.

Nachdem Fred ein drittes Mal geklingelt hatte, drehte er sich zu Riley um und sagte: »Wir sollten vielleicht nach hinten gehen und durch die Fenster schauen. Hier vorn sind die Vorhänge zu.« Er deutete auf das Fenster neben der Tür.

Sie hatten gerade das Gartentor erreicht, als ein Taxi am Bordstein hielt. Zu ihrer Überraschung stieg Nyrene aus, bepackt mit zwei großen malvenfarbenen Einkaufstaschen, auf die in großen schwarzen Lettern der Name des Geschäfts gedruckt war. Sie sahen zu, wie sie die Taschen auf den Gehsteig stellte, den Taxifahrer bezahlte, ihm einen guten Abend wünschte und sich dann zu ihnen umwandte. Sie beide ins Auge fassend, sagte sie: »Ist das ein Besuch oder eine Abordnung?«

»Wir haben uns Sorgen gemacht. Niemand konnte dich erreichen. Deine Cousine hat bei uns angerufen.«

Fred nahm ihr die beiden Taschen ab,und sie sagte: »Weshalb? Aus welchem Grund? Wegen Charles?«

»Ja. Das hat sie gesagt – Charles. Komm, gehen wir zuerst rein.« Er schob sie durch die Gartentür, und als sie in der Diele waren, drehte sie sich zu ihm um und fragte mit angespannter Stimme: »Was hat sie gesagt?«

»Ihm geht es nicht besonders. Er hatte einen Herzinfarkt. Ich ... ich glaube, sie will, dass du sofort kommst.«

»O Gott. Wann ist das passiert?«

»Ich ... ich weiß nicht. Irgendwann im Laufe des Tages anscheinend. Sie hat den ganzen Nachmittag versucht, dich zu erreichen.«

Nyrene presste die Hand gegen die Stirn und biss sich auf die Unterlippe. Wieder sah sie von einem zum anderen und flüsterte dann wie zu sich selbst: »O Gott, oh Gott«. Sie wandte sich von ihnen ab und lief zur Treppe. Auf der unteren Stufe drehte sie sich um, sah Fred an und sagte: »Um neun rum geht ein Zug nach Aberdeen, glaube ich. Könntest du bitte am Bahnhof anrufen, Fred, und rausfinden, wann genau? Ich packe schnell ein paar Sachen zusammen.«

»Hetze nicht. Wenn er nicht vor neun geht, hast du noch jede Menge Zeit.«

Nyrene schenkte seinen Worten wenig Beachtung und rannte, zwei Stufen auf einmal nehmend, die Treppe hinauf.

»Fragen Sie sie, ob sie eine Tasse Tee mag.«

»Was?«

Riley brachte seinen Kopf näher an Freds Ohr und wiederholte: »Fragen Sie sie, ob sie eine Tasse Tee mag. Wenn ich sie frage, gibt sie mir wahrscheinlich gar keine Antwort.«

Fred gab Riley einen Klaps gegen die Brust, dann ging er zum Fuß der Treppe und rief: »Nyrene! Hörst du mich? Möchtest du 'ne Tasse Tee:«

Nach ein paar Augenblicken antwortete ihre Stimme: »Ja. Ja bitte, Fred. Ich könnte einen Tee vertragen.«

Riley ging in die Küche und machte sich daran, Wasser aufzustellen. Die Kanne Tee stand dampfend auf dem Tisch, als Nyrene in die Küche kam. Sie trug einen anderen Mantel und andere Schuhe. Fred kam ebenfalls in die Küche und sagte: »Um acht Uhr fünfundvierzig geht ein Intercity nach Aberdeen. Du hast also fast noch eine Stunde Zeit, und es sind nur zehn Minuten Fahrt zum Bahnhof. Setz dich hin und trinke in Ruhe deinen Tee. Möchtest du irgendwas zu essen?«

»Nein. Nein, ich habe eben in der Stadt gegessen.« Mit einem müden Lächeln fügte sie hinzu: »Einkaufen ist anstrengender als auf der Bühne stehen; ich freue mich schon auf die Zugfahrt.«

»Ist es noch weit, wenn du in Aberdeen bist?«

»Noch ungefähr acht Meilen auf der Straße nach Banchory. Ich nehme mir ein Taxi.«

»Hat er schon mal einen Herzinfarkt gehabt?«

Sie nippte an ihrem Tee und antwortete nicht gleich, doch dann sagte sie: »Nicht, dass ich wüsste.«

»Wusstest du, dass er in Schottland ist?«

Wieder dauerte es eine Weile, bis sie sagte: »Oh, ja. Ja, ich wusste, dass er dort ist. Oh ...« Unvermittelt sprang sie vom Tisch auf und fuhr sich mit der Hand durchs Haare. »Ich muss David anrufen ... Wie spät ist es?« Sie sah auf ihre Uhr. »Oh ... Er ist jetzt sicherlich mittendrin.«

»Ich kann im Theater vorbeischauen und ihm Bescheid sagen«, erbot sich Fred.

»Würdest du das tun, Fred?«

»Ja, klar.«

»Danke. Würdest du ihm sagen, dass ich ihn morgen von dort anrufe? Sage ihm, dass ich nicht weiß, wie lange ich bleiben muss.«

»Hast du nächste Woche Vorstellung?«

Die Frage kam von Fred, und sie antwortete: »Ja, aber nur in einer sehr kleinen Rolle. Sie können sie leicht mit jemand anderem besetzen. In der darauf folgenden Woche dürfte das schon schwieriger sein, weil ich mich da selbst spiele – eine schwangere Frau.«

Riley wandte sich von ihr ab, dem Ofen zu, und goss heißes Wasser in die Teekanne. Er fragte sich, warum sein Magen jedes Mal, wenn sie ihren Zustand erwähnte, reagierte, als hätte er einen Tritt versetzt bekommen. Er hörte sie jetzt rufen; »Oh, ich muss noch die Polizei informieren. Das tu ich immer, wenn ich für ein paar Tage weg bin. Sie wollen, dass man das tut.«

»Setz dich wieder hin und überlass das mir. Ich rufe gleich an«, sagte Fred.

Riley wartete, bis Fred aus der Küche war, ehe er sich vom Ofen abwandte und mit zwei raschen Schritten zum Tisch trat, den Blick auf Nyrene geheftet, die, einen Ellbogen auf die Tischplatte und den Kopf in die Hand gestützt, auf der anderen Seite des Tischs saß. »Ich ... ich ...«, stammelte er hastig, »ich muss es dir sagen, Nyrene. Es tut mir schrecklich, ganz schrecklich Leid, dass ich dir wehgetan habe. Das ist das letzte in der Welt, das ich wollte. Das weißt du doch. Bitte, vergib mir. Ich werde solange keinen Frieden finden, bis du sagst, dass du mir verziehen hast.«

Ihre Hand sank von ihrem Gesicht, sie streckte sie ihm entgegen, und während er sie mit beiden Händen umklammerte, sagte sie: »Gräme dich nicht, Riley, wir alle sagen Dinge, die wir nicht sagen sollten, und wir alle fahren manchmal wegen nichts und wieder nichts aus der Haut. Mir tut es auch Leid, und ich habe es schon vergessen.«

»Oh, Nyrene. Nyrene.«

»Ist ja gut ... Du vergisst deine Rolle«, sie schenkte ihm ein strahlendes Lächeln, »der aufstrebende junge Schauspieler und seine Lehrerin.«

Er schüttelte heftig den Kopf, als könne er eine solche Umschreibung ihrer Beziehung nicht akzeptieren, dann jedoch fragte er mit beherrschter Stimme: »Darf ich dir schreiben? Mich von Zeit zu Zeit melden?«

»Ja, wenn du möchtest. Aber ... nun, du kennst die Umstände.«

»Ja, ich kenne die Umstände«, erwiderte er. »Ich kenne sie ganz genau.«

Als er Freds Stimme draußen in der Diele hörte: »Vielen Dank. Dankeschön«, ließ er rasch ihre Hand los.

Fred Fred kam in die Küche zurück und sagte lachend: »Am Telefon sind sie immer so verdammt freundlich; warum können sie das nicht auch sein, wenn sie dich wegen zu schnellem Fahren rauswinken oder dir 'nen Parkzettel verpassen?«

Nyrene blickte zu ihm auf. »Vielleicht weil es aus dem Wald herausschallt, wie man hineinruft, Fred?«, schlug sie vor.

»Ich bitte dich, Nyrene, hab ein Herz! Eine spitze Zunge hab ich auch zu Hause. Außerdem wird es langsam Zeit. Hast du alles zugemacht? Die Türen und Fenster, meine ich.«

»Ja. Und ich ziehe auch immer die Vorhänge vor.«

»Ich weiß nicht, ob das eine gute Idee ist.«

Der Zug stand bereits im Bahnhof; es dauerte einige Zeit, durch die Wägen zu gehen und für Nyrene einen bequemen Fensterplatz zu finden. Nachdem dies getan war, blieben noch einige Minuten für ein paar Worte Smalltalk, doch sie waren alle froh, als schließlich auf dem Bahnsteig die Pfeife des Schaffners ertönte. Als sich der Zug in Bewegung setzte, lief Riley neben dem Waggon her, und Freds Augenbrauen wölbten sich missbilligend, als er sah, wie Riley die Hand ans Fenster hob, als wollte er Nyrene berühren.

Langsam ging Riley zu Fred zurück, und als er ihn erreichte, sagte keiner von ihnen etwas, doch sie tauschten einen langen Blick.

Später am Abend kam Fred im Schlafzimmer wieder auf das seltsame Benehmen Rileys am Bahnhof zurück: »Weshalb«, so überlegte er laut, zu Louise gewandt, »ist Riley neben dem Zug hergelaufen und hat sich so seltsam verhalten?« Riley war kein Junge mehr. Er hatte immer gesagt, dass er das nie gewesen war, doch jetzt schien es, als sei er ein vollkommen erwachsener Mann und kein unreifer Jüngling, der für eine Lehrerin oder irgendeine andere ältere Frau entbrannt wäre. »Das ist der springende Punkt – oder?« verlangte er beinahe schroff von Louise zu wissen.

Sie setzte sich im Bett auf, ein Buch auf den Knien, und sah ihn, der bereits im Pyjama vor dem Bett stand, mit großen Augen an.

Als er seine Pantoffeln von den Füßen streifte, legte er sich nicht sogleich hin, sondern ließ sich auf die Bettkante sinken und lehnte sich, die Ellbogen auf die Oberschenkel gestützt, die Hände zwischen den Knien, nach vorn und brummte: »Jede Geste und jeder Blick von ihm waren Gesten und Blicke eines Verliebten. Und sie war sich dessen bewusst; da bin ich mir absolut sicher. Auch der Klang ihrer Stimme, als sie zu ihm ›Auf Wiedersehen, Riley‹ sagte, kurz bevor der Zug losfuhr, ließ eine tiefere Beziehung erahnen. Aber sie bekommt ein Kind von diesem anderen Mann. Und das ist auch so eine Sache: Keiner von uns hat ihn je zu Gesicht bekommen. Wir wissen nicht einmal, ob er überhaupt existiert.«

»Sei nicht albern, Liebster. Ich hab dir gesagt, dass er sehr wohl existiert, schließlich hab ich mit ihm gesprochen.«

»Hm, ja. Hast ja recht.« Er drehte sich zu ihr um, seufzte tief und ließ sich ins Bett sinken.

Als er näher zu ihr rückte, legte sie einen Arm um seine Schultern und sagte:

»Was soll schon zwischen ihnen sein? Sie ist fast zwanzig Jahre älter als er.«

»Ich bin auch älter als du.«

»Das hatten wir doch schon zur Genüge, oder nicht? Bei einem Mann ist das auch was anderes.«

Wieder seufzte er tief, bevor er brummte: »Ich wünschte, ich wüsste, was zwischen den beiden vor sich geht; ich hasse Geheimnisse, und ich spüre, wenn ich eines vor mir habe. Irgendwas ist merkwürdig, ist faul. Ich kann es förmlich riechen: Ein fauler Fisch.«

»Liebes, bitte! Schon allein bei dem *Wort* Fisch wird mir übel. Du weißt doch, ich kann nicht anders.«

»Oh, tut mir Leid, Liebes. Das wollte ich nicht.« Er zog sie in seine Arme und murmelte ihr ins Ohr: »Ich muss nicht alle Tassen beisammen haben. Wieso mache ich mir Sorgen um irgendetwas oder irgendjemandem außer um dich, denn in meinem Leben bist nur du und das Kind wichtig – sonst niemand.«

Als er sich an sie schmiegte, dachte sie: *Nur du und das Kind – und alle Kinder in der Schule und Riley natürlich.* Er war so besorgt um Riley und darum, dass sich für ihn alles zum Besten entwickelte, dass ihn Rileys Beziehung mit Nyrene ernsthaft irritierte. Sie konnte es verstehen und in gewisser Weise war sie sogar noch mehr irritiert als er, denn sie hatte ihre eigenen Vorstellungen, was zwischen Riley und Nyrene vor sich ging. Vorstellungen, die zu akzeptieren ihr Verstand sich weigerte. Wie auch immer – es würde sich gewiss alles zum Besten wenden, dachte sie, so wie auch ihr eigenes Leben sich zum Besten gewendet hatte.

Am Sonntag um Viertel vor vier klingelte das Telefon. Ivys Mann Ken war am Apparat. Er sagte, er sei zutiefst bestürzt, ihnen mitteilen zu müssen, dass Charles für immer von ihnen gegangen sei. Genauso drückte er es aus: Charles sei für immer von ihnen gegangen. Er sei um zehn Uhr am Morgen gestorben. Nyrene habe die ganze Nacht an seinem Bett gesessen und sei bei ihm gewesen, als er starb. Er erzählte, wie sehr die beiden einander geliebt hätten, und darüber hinaus sei Charles seit vielen Jahren sein und Ivys bester Freund gewesen. Er jagte, dass Nyrene vor Erschöpfung eingeschlafen sei und dass er sie sie jetzt nicht wecken wollten, doch sie habe angedeutet, dass sie – Louise und Fred – sicherlich gerne wissen würden, was geschehen war. Sie werde sie morgen anrufen, aber sie wollte natürlich zur Beerdingung bleiben.

Dann sagte er etwas, das für sie ganz natürlich klang: Offenbar hatte Charles bis zum Schluss am meisten bedauert, dass er das Baby nicht mehr sehen könne. Doch dann hatte Ken das Gespräch einem Ende zugesteuert und – einigermaßen irritierend – hinzugefügt, dass sie nun wenigstens nie mehr zu arbeiten brauche. Charles habe immer gesagt, dass das Haus ohnehin ihr gehöre und nun auch alles, was Charles gehört hatte, denn er sei nie verheiratet gewesen.

Fred hatte sich bemüht, Louise und Riley das Gespräch Wort für Wort so wiederzugeben, wie es stattgefunden hatte.

Lange Zeit saßen allem schweigend da, bis Louise sagte: »Ich ... ich glaube, sie muss ihn schon lange gekannt haben, aber sie haben erst vor kurzem wieder zueinander gefunden.«

»Hat sie je erwähnt, wie alt er war?«

Louise schüttelte den Kopf. »Nein, nicht konkret«, sagte sie. »Aber ich hatte immer den Eindruck, dass er ein ganzes Stück älter war als sie, so um die Fünfzig vielleicht oder drüber, und außerdem hatte ich stets das Gefühl, dass sie ihn schon lange kannte, dass er so was wie ein Freund der Familie war. Aber ich dachte immer, er sei verheiratet gewesen und seine Frau sei gestorben, – und dass das der Grund wäre, warum sie zusammengefunden hatten.«

Riley hatte bis jetzt schweigend dagesessen, und Fred wandte sich nun an ihn: »Nun, Riley, was ist Ihre Meinung. Was halten Sie davon?«

Hätte Riley ihnen gesagt, was er in diesem Augenblick wirklich dachte, wären sie zutiefst schockiert gewesen, denn seine Antwort hätte gelautet: *Ich bin froh, dass der Kerl tot ist.* Und was noch schlimmer war: Er hatte überhaupt kein schlechtes Gewissen, so etwas zu denken. Stattdessen senkte er den Kopf und murmelte: »Ich weiß nicht, was ich denken soll.« Gerade noch rechtzeitig konnte er sich bremsen hinzuzufügen: *Sie bekommt ein Kind, aber sie ist wieder frei.*

Er wandte sich von ihnen ab, ging zum Kamin und sah auf das künstliche Kaminfeuer hinab.

»Ihr Zug geht um sechs, haben Sie gesagt, nicht wahr?« fragte Fred.

Er drehte sich um. »Ja, fünf nach.«

»Dann sollten wir jetzt einen Bissen essen.«

»Oh, ich hab mittags eine Menge gegessen. Ich bekomme jetzt so und so nichts runter, ganz bestimmt nicht.«

»Keine Sorge, viel kriegen Sie eh nicht«, meinte Louise und richtete den Blick auf ihn. »'Ne Tasse Tee und ein belegtes Brötchen; mehr gibt es nicht.«

»Das ist okay für mich, Madam. Ist okay.« Und als Riley sie anstrahlte, warf sie kokett den Kopf zurück, wirbelte wie ein schmollendes junges Mädchen auf dem Absatz herum und warf schnippisch über die Schulter zurück: »Ich bin es leid, wie eine Sklavin für undankbare Mannsbilder zu schuften, die es ohnehin nicht zu schätzen wissen.«

»Undankbare Mannsbilder! Höre ich recht?« Mit gespielter Entrüstung hob Fred zu einer seiner langatmigen Tiraden über das Zusammenleben von Mann und Frau an, womit Riley im Augenblick absolut nichts anfangen konnte, denn er wusste sehr wohl, wie sehr sie sich zurückhalten mussten, ihn nicht mit der Frage zu konfrontieren, die ihnen auf den Nägeln brannte: *Was geht zwischen euch beiden vor?* Und er fragte sich, wie sie reagieren würden, wenn er ihnen sagte: *Ich kann seit Monaten nichts anderes mehr denken, als dass ich mit einer Frau geschlafen und sie eine Nacht lang leidenschaftlich geliebt habe und sie mich. Doch als ich an einem herrlichen, wundervollen Morgen aufwachte, musste ich feststellen, dass sie sich anscheinend an nichts mehr erinnerte oder erinnern wollte. Sie war die ganze Zeit betrunken gewesen oder hatte zumindest so getan.* Was würden sie darüber denken? Über eines war er sich im Klaren: Das mit der wundervollen, leidenschaftlichen Liebesnacht, die er mit Nyrene erlebt hatte, würden sie ihm nicht abnehmen, denn was konnte er schon von solchen Dingen wissen? In ihren Augen war er noch immer ein Junge. Sie würden es seiner blühenden Fantasie zuschreiben. Aber was war mit Nyrenes Fantasien? Denn etwa zur selben Zeit, als sie mit ihm zusammen gewesen war, musste sie auch mit diesem Charles eine Verbindung aufrechterhalten haben.

Er lehnte Freds Angebot, ihn zum Bahnhof zu fahren, mit der Ausrede ab, dass er seinen Vater noch für ein paar Minuten besuchen wolle. Er war bereits am Vormittag bei ihm gewesen, und obwohl keine Besuchszeit mehr war, würden die Schwestern ihm gegenüber sicherlich Milde walten lassen und ihn nicht zurückweisere. Ein Schauspieler zu sein, hatte er festgestellt, brachte eine Menge Prestige mit sich.

Er hatte gehofft, sobald er aus dem Haus sein würde und ein wenig Abstand von seinen besorgten Freunden hätte, würde er seine Gedanken ordnen und vielleicht den Brief entwerfen können, den er Nyrene zu schicken beabsichtigte. Keinen Kondolenzbrief – o nein. Er dachte nicht daran, ihr etwas vorzuheucheln.

Er war mit seinem Vorhaben noch nicht weit gekommen, doch die Angelegenheit wurde im Krankenhaus erneut angesprochen.

Er hatte zu seinem Vater gesagt: »Ich hab nur fünf Minuten, Dad, dann muss ich los, um den Zug noch zu kriegen.

Ich wollte dir nur das noch vorbeibringen ...« Dann hatte er ihm einen Umschlag in die Hand gedrückt und hinzugefügt: »Behalte es für dich, Dad, hast du gehört?«

Worauf sein Vater antwortete: »Danke, mein Junge. Vielen Dank. Genau das werd ich tun«, um dann hinzuzufügen: »Es ist selten, dass ich was geschenkt kriege, meist sind es nur Beschimpfungen, die ich zu hören bekomme. Deine Mutter war heute Nachmittag hier; sie ist wirklich anders, seit ich hier drin bin, aber natürlich hat sie sich wieder in Rage geredet und fing wieder von deinen Schauspieler-Freunden an. Vielmehr von deiner Freundin. Miss Mason heißt sie, oder? Sie sagte, sie hätte gehört, dass sie schwanger ist. Ich hab ihr gesagt, sie soll den Schnabel halten, weil sie denkt, dass du bei ihr wohnst und nicht bei Mr. Beardsley, wenn du hier bist. Ist sie denn schwanger?«

»Ja, Dad. Sie ist schwanger.«

»Wird sie heiraten?«

»Ich glaube, sie wollte, aber er ist heute Morgen gestorben.«

»Ach du meine Güte!« Sein Vater ruckte in seinem Bett hoch und biss sich auf die Unterlippe.

»Sei vorsichtig, Dad«, sagte Riley. »Sei vorsichtig.«

»Es ist wegen dem, was du gesagt hast – vielmehr, wie du es gesagt hast. Einfach so: ›Er ist heute Morgen gestorben.‹ Die arme Frau. Die arme Frau. Aber wenigstens hat sie gute Freunde, und du bist einer von ihnen.«

»Ja, Dad – ich bin einer von ihnen.«

Sie blickten einander freundlich an, dann sagte Riley: »Ich muss los. Gib auf dich acht, Dad. Ich hab in dem Brief eine Adresse aufgeschrieben. Es ist 'ne Adresse in Manchester; Betty kann mir dahin schreiben, wenn du mich brauchst.«

Sein Vater sagte nichts darauf, sondern schob nur eine Lippe über die andere und hob eine Hand zum Abschied ...

Wird sie heiraten? Nein, er ist heute Morgen gestorben. Wird sie heiraten? Nein, er ist heute Morgen gestorben. Die Räder des Zugs nahmen den Rhythmus auf, und die Worte wurden beinahe zu einem Lied.

Er würde sich zusammenreißen müssen. Was für einen Unterschied machte es, dass sie jetzt frei war? Sie war an jenem Samstagmorgen vor Weihnachten auch frei gewesen, als sie wieder zu Miss Mason geworden war und ihm eine Tasse Tee ans Bett gebracht hatte.

Er wünschte, wieder zurück im Palace Theatre zu sein. Wie er diese Zugfahrten hasste.

Er hasste es, von einer Stadt zur anderen zu hetzen.

Er hasste die vielen fremden Gesichter, die ihn Abend für Abend angafften.

Er hasste, was zwischen anderen Paaren geschah, und woran auch er teilhaben könnte, wenn er nicht so ein verdammter Idiot wäre.

Er holte tief Luft und ließ sie seufzend wieder entweichen. Dann öffnete er die Augen und starrte durch das Fenster in die vorbeihuschende Dunkelheit hinaus, die auf das Nirgendwo zuraste – genau wie er.

Als ihn eine furchtbare Sehnsucht überkam, wieder zurück in der Schule zu sein und Beardsleys Stimme zu hören, die ihm die Leviten las, sagte er zu sich: *»Komm, Mann lass dich nicht so hängen. Was immer du möchtest und was immer geschieht, du musst diese Tournee zu Ende bringen.*

Es war beinahe, als würde Beardsley ihm ins Gewissen reden, und deshalb schloss er die Augen wieder und gab vor – wie die anderen drei Passagiere im Abteil auch – zu schlafen.

9

Am ersten Wochenende im September sah Riley Nyrene wieder, doch als sie an diesem Tag die Tür öffnete und sein Blick auf sie fiel, fand er nicht die Worte, seine Gefühle ihr gegenüber auszudrücken. Seine Gedanken waren weitaus weniger taktvoll: Sie sah aus wie eine Frau, die ihren Bauch vor sich hertrug, denn der war inzwischen von einer enormen Größe. Irgendwann hatte er einmal gehört, wie jemand über eine schwangere Frau sagte, sie sei schweren Leibes. Nun, im Augenblick sah Miss Mason in der Tat aus wie eine Frau schweren Leibes.

Er bemerkte, dass sie überrascht war, ihn zu sehen, und nicht übermäßig erfreut, denn sie stand reglos da und schaute ihn mit unbewegter Miene an, als sie sagte: »Du bist also zurück.«

Er zwang sich zu einem Lächeln und erwiderte: »Ich glaube schon, ja.«

»Oh! Komm rein.« Sie machte eine ungeduldige Bewegung mit dem Kopf, drehte sich um und ging ins Haus zurück, wobei sie es ihn überließ die Tür zuzumachen. Er folgte ihr ins Wohnzimmer, wo er sah, dass sie offenbar auf der Couch gelegen hatte, denn eine Decke lag davor auf dem Fußboden. Den Blick auf die Decke gerichtet, meinte er: »Oh, tut mir Leid, ich habe dich gestört. Hast du dich ausgeruht?«

»Es kommt mir zur Zeit vor, als müsste ich mich ständig ausruhen, Riley. Setz dich. Ich brauche eine Minute, bis ich zu mir komme; ich war ein wenig eingenickt.«

Er zog einen Sessel an die Couch, doch nicht zu nah, und als er ihr zusah, wie sie die Decke vom Boden angelte und über ihre Füße zog, registrierte er, dass ihre Beine so geschwollen waren, dass er sie nicht wiedererkannte. Dann hob er, den Hügel ihres Bauchs ignorierend, den Blick und betrachte ihr Gesicht. Es war ebenfalls aufgeschwemmt und sah so bleich und mitgenommen aus, dass er nicht anders konnte als zu fragen: »Wie lange dauert es denn noch?«

»Noch vier Wochen.« Sie klang unsicher. »Vielleicht fünf.« Er sah, wie sie die Augen schloss.

Noch fünf Wochen mit diesem Riesenbauch, und sie würde sicher platzen.

»Gehst du oft zum Arzt oder in die Klinik?«,fragte er.

Wieder entstand eine Pause, ehe sie antwortete: »Nein, ich gehe nicht in die Klinik; zum Arzt allerdings schon. Es ist ein sehr guter Gynäkologe. Er heißt Fox und macht seinem Namen alle Ehre – mit einem struppigen Backenbart und einem Spitzbart am Kinn.« Sie machte die Augen auf, und er sah, dass in ihnen jetzt ein Lächeln lag, als sie fortfuhr: »Er ist Fred sehr ähnlich. Geflügelte Worte, flapsige Sprüche, Plattitüden und Poesie, alles wie Kraut und Rüben durcheinander gemischt, um ein sehr empfindsames und gutherziges Naturell zu verbergen. Kommst du gerade von unseren Freunden?«

»Ja. Ich bin seit Ende letzter Woche zurück; wir hatten am Samstag in Sunderland die letzte Vorstellung.«

»Oh, dann ist die Tournee zu Ende?« Sie klang interessiert und zog sich an der Kopflehne der Couch ein Stück höher.

»Ja, vorläufig; aber sie wird demnächst fortgesetzt. Das dauert allerdings sicherlich noch ein paar Wochen, denke ich. In Manchester weiß im Augenblick keiner, wie es weiter geht, weil aus Schottland nicht genügend Buchungen vorliegen. Aber es gibt einige in Irland und ein paar aus Städten in England, in denen wir noch nicht waren; das Problem ist nur, wie sie in den Tourneeplan passen. Du kennst das ja: die einen wollen das Stück in dieser Woche, die anderen ebenfalls, und ein drittes Theater erklärt, wenn sie uns nicht in der und der Woche kriegen, brauchen wir gar nicht zu kommen. Wie auch immer – es ist mir auch ziemlich egal, weil ich nicht weiß, ob ich überhaupt bei der Truppe bleibe.«

»Wieso denn nicht?« Sie schob ihren Leib zu ihm herum.

»Na ja, ich habe ein Angebot oder – richtiger gesagt – das Versprechen eines Angebots. Ein heißer Tipp, dass ich Chancen auf eine Rolle in 'nem Stück habe, das im Dezember anläuft. Ich müsste Ende nächster Woche allerdings nach London zum Vorsprechen, wie die anderen auch, aber, wie gesagt, ich hab einen Wink gekriegt, dass ich gute Chancen hätte. Trotzdem – ich weiß nicht ... Wenn nichts draus wird und ich hab noch nicht für die kommende Tournee unterschrieben, kann es passieren, dass ich mir, wie zwei Drittel in unserer Branche, einen schönen Urlaub gönnen muss. Wie auch immer, ich muss mir das alles noch durch den Kopf gehen lassen.«

»Ja.« Sie nickte. »Das ist allein deine Entscheidung.«

Sie lag da und sah ihn an, und er erwiderte eine Weile ihren Blick, bevor er sagte: »Hast du meine Briefe bekommen?«

»Ja, Riley, ich hab deine Briefe bekommen.«

»Aber du hast nicht einen von ihnen beantwortet.«

Sie wälzte sich wieder auf den Rücken und seufzte tief. »Nein, ich hab dir nicht geantwortet, weil ... nun, weil ich eigentlich nichts zu sagen hatte. Es wurde alles gesagt.«

Wieder entstand Schweigen, ehe Riley sagte: »Ich hab von Fred gehört, dass er das Kind gut versorgt hinterlassen hat.«

Ihr Kopf ruckte zu ihm herum, und sie erwiderte: »Ja, das könnte man so sagen, aber eigentlich bin ich es, die er gut versorgt hinterlassen hat. So viel ich weiß, war das schon immer seine Absicht, schon lang, bevor das mit dem Kind ein Thema war.«

»Du kanntest ihn also schon länger?«

Sie nickte und sagte leise: »Oh, ja, man könnte sagen, dass ich ihn schon länger kannte.«

Er blickte sich um. Das Zimmer war sauber und alles so blitzblank, wie er es in Erinnerung hatte. Da er sich nicht vorstellen konnte, dass sie in ihrem Zustand dies alles besorgte, fragte er: »Hast du eine Frau, die kommt und sich um die Wohnung kümmert?«

»Ja, eine gewisse Mrs. Mary Atkins. Sie ist sehr gut, der mütterliche Typ. Sie verwöhnt mich richtig; jetzt ist sie gerade beim Einkaufen.«

»In welches Krankenhaus gehst du?«

»Ich gehe in kein Krankenhaus; ich bekomme das Baby hier.«

»Ist das klug, heutzutage?«

»Was heißt klug? Ich weiß nicht, was du meinst ... Wo haben denn Frauen für gewöhnlich ihre Kinder gekriegt? Doch wohl in ihrem eigenen Zuhause. Und sie hatten sie vom Augenblick der Geburt an immer bei sich, nicht wie heute, wo sie ihnen weggenommen und in einen Glaskasten gelegt werden. Wo hat eigentlich deine Mutter euch alle entbunden?«

»So viel ich mir zusammenreimen kann, im Krankenhaus – im städtischen ...«

»Jeder, wie er es für richtig hält. Wie geht es ihr?«

»Ich weiß nicht. Ich sehe sie nicht.«

»Du musst eine große Enttäuschung für sie sein; aber so viel ich gehört habe, bist du für deinen Vater zu einem Quell des Lichts geworden.«

»Du hast richtig gehört, aber ich würde es nicht so ausdrücken – ein Quell des Lichts ...«

»Fred sagt, er ist ein völlig anderer Mensch geworden.«

»Ja, das sehe ich auch so. Aber das kommt von den Operationen. Er hat jetzt keine Schmerzen mehr, zumindest die meiste Zeit.«

Er hörte jemanden durch die Diele gehen und drehte sich zur Tür um. Als die Frau ins Zimmer kam, huschte ihr Blick von Nyrene zu ihm und wieder zurück. »Ich bin wieder da«, sagte sie und dann: »Oh, Sie haben Besuch.« Sie kam näher und als sie Riley genauer ins Auge fasste, rief sie: »Sie sind Mr Riley, der Schauspieler! Oh, wie aufregend, Sie kennen zu lernen.«

Sie streckte ihm ihre Hand entgegen,und er ergriff sie und sagte: »Und Sie sind Mrs. Atkins.«

»Oh, Sie kennen meinen Namen?« Gleichzeitig drehte sie sich zu Nyrene um und betrachtete sie streng. »Sie sehen aus, als könnten Sie eine Tasse Tee vertragen!«, rief sie. »Wie fühlen Sie sich?«

»Gut. Gut fühle ich mich.«

»Nein, das tun Sie nicht. Erzählen Sie mir keine Lügen.« Mrs. Atkins wandte sich wieder zu Riley um. »Sie flunkert immer, wenn ich sie frage, wie es ihr geht. Sie muss sich schrecklich fühlen mit dem Riesenbauch, den sie mit sich herumschleppt.« Sie lachte. »Sie mögen sicherlich auch eine Tasse Tee, nehme ich an?«

»Ja, Mrs Atkins. Ich könnte auch eine Tasse Tee vertragen. Vielen Dank.«

Nachdem die Tür hinter Mrs. Atkins ins Schloss gefallen war, ließ Nyrene ein Seufzen hören. »Wer könnte traurig, einsam oder unglücklich sein, wenn er eine Mrs. Atkins um sich hat?« fragte sie. »Sie ist eine Perle. Sie kann alles, außer aufhören zu reden.« Lächelnd fügte sie hinzu: »Ich bin wirklich froh, dass ich sie habe. Sie ist Witwe und hat keine Familie mehr, für die sie sorgen könnte; ich glaube, sie hat mich adoptiert, damit sie etwas zu tun hat.«

Er saß da und sah sie stumm an, die Hände fest um seine übereinander geschlagenen Knie geschlungen, um seine Arme davon abzuhalten, sich nach ihr auszustrecken und sie trotz ihres Leibesumfangs an sich zu ziehen, um dann seine Lippen auf die ihren zu pressen – und nicht nur auf ihre Lippen. Er wollte die Erschöpftheit von ihrem Gesicht küssen, den Schweiß, der jetzt auf ihre Stirn trat. Letzteres veranlasste ihn zu fragen: »Was ist? Bist du in Ordnung?«

Sie sagte nichts darauf, sondern presste die Finger einer Hand auf ihren Mund, wie um zu verhindern, dass ihr etwas entschlüpfte, das sie nicht sagen wollte, oder – wie ihm jetzt klar wurde – dass sie laut aufschrie.

»Hast du Schmerzen?«

Er war aufgesprungen und beugte sich über sie. Sie sah ihm in die Augen und flüsterte: »Ruf Mrs. Atkins.«

Er rührte sich nicht von der Stelle. Mit belegter Stimme flüsterte er: »Ich glaube nicht, dass du Mrs. Atkins brauchst. Was du brauchst, ist der Arzt.«

»Hol Mrs. Atkins, bitte.«

Jetzt rannte er aus dem Zimmer und stürmte durch die Diele in die Küche. »Mrs. Atkins!«

Die Panik in seiner Stimme veranlasste sie, vom Waschbecken herumzufahren. »Ja? Ja, was ist?«

»Sie braucht Sie! Ich glaube, sie hat Schmerzen.«

»Schmerzen? Das überrascht mich nicht.« Sie zog ein Handtuch von dem Messinghalter über dem Herd, trocknete sich hastig die Hände und Arme und eilte hinaus, er dicht hinter ihr.

Doch als sie vor der Couch stand, klang ihre Stimme ganz normal: »Was ist, Ma'am? Was haben Sie denn jetzt vor?«

»Helfen Sie mir hoch, Mary.«

Mrs.Atkins sprang zum Fußende der Couch und half Nyrene, die geschwollenen Beine von den Polstern zu heben.

Zu Riley sagte sie. »Gehen Sie zum Kopfende, junger Mann, und stehen Sie nicht so rum.«

Nyrene machte keine Einwände, als er einen Arm um sie legte; sie lehnte sich schwer auf ihn, während die beiden mit kleinen Schritten aus dem Wohnzimmer und durch die Diele führten.

Er allein brachte sie die Treppe hinauf, da sie nicht breit genug war für drei Personen nebeneinander. Sie erreichten den ersten Stock, und Mrs Atkins eilte ihnen voraus ins Schlafzimmer, um das Bett aufzudecken und die Kissen zu schütteln.

Er musste sie zum Bett führen und half ihr, sich vorsichtig darauf niederzulassen, als etwas geschah, an das er sich später stets als den Beginn eines neuen Lebens, seines neuen Lebens, erinnern sollte, denn Nyrene sog erschreckt die Luft ein und ließ ein wimmerndes Stöhnen hören. Sie sackte zur Seite und lehnte sich schwer gegen ihn, während sich ihre Finger um die seinen krallten.

Mrs. Atkins war jetzt neben ihm und schnarrte mit einer Stimme, die keinen Aufschub duldete: »Rufen Sie Dr. Fox an! Sie finden seine Nummer im Buch. Dann rufen Sie ihre Freundin Mrs. Beardsley an – und dann Schwester Boston, obwohl Sie sie um die Zeit wahrscheinlich nicht erreichen, weil sie vormittags in der Freien Klinik Dienst hat. Der Doktor soll sofort kommen – ihre Freundin auch.«

Nyrene saß jetzt auf dem Bett; sie sah zu Riley empor und zischen schweren, von leisem Stöhnen begleiteten Atemzügen flüsterte sie: »Entschuldige … entschuldige bitte.«

»Rede keinen Unsinn, Nyrene.«

Dann murmelte sie: »Ruf den Arzt zuerst an. Er müsste jetzt um die Zeit im OP fertig sein.«

Mit einem letzten Blick auf sie rannte er aus dem Zimmer. Er brauchte die Nummer des Arztes oder die der Schwester und die von Mrs. Louise Beardsley nicht im Telefonbuch nachschlagen, denn sie standen in großen Lettern auf einem Notizblock neben dem Apparat.

Ja, der Doktor war zu sprechen; er war soeben aus dem OP gekommen … Eine Minute später hörte er eine Männerstimme: »Ja? Was gibt es denn?«

»Es ist wegen Miss Mason – sie hat starke Schmerzen.«

»Oh, ja – in Ordnung. Ich bin in ein paar Minuten da. Haben Sie sie ins Bett gebracht?«

»Ja.«

»Wer ist bei ihr? Ist die Schwester da?«

»Nein, nur Mrs. Atkins.«

»Rufen Sie sofort die Schwester an.« Ein Knacken im Hörer, und die Verbindung war unterbrochen. Einen Moment lang starrte er auf das seltsame Ding in seiner Hand hinab, dann legte er den Hörer auf, nahm ihn wieder ab und wählte die Nummer der Schwester.

»Nein«, sagte eine Stimme, die Schwester sei nicht zu Hause.

Sie würde erst gegen halb eins oder so zurückerwartet: also hinterließ er eine Nachricht, dass sie sofort zu Miss Mason kommen solle.

Als er schließlich Louise anrief und ihr die Situation erklärte, sagte sie: »Das darf doch nicht wahr sein; sie ist erst Mitte nächsten Monats soweit.«

»Ihr Bauch ist riesig«, entgegnete er. Ich kann mir nicht vorstellen, dass es noch so lange dauert. Ganz unmöglich. Ich verstehe nicht viel davon, aber ... würden Sie bitte her kommen, Louise?«

»Bin schon unterwegs, Riley.« Louises Stimme klang kurz angebunden und schroff, und als auf der anderen Seite der Hörer aufgeknallt wurde, stand er eine Weile mit hängendem Kopf da. Alle waren so abweisend und barsch zu ihm, als würden sie ihm nicht glauben. Es war wie an einem Morgen im Theater, wenn die Proben nicht klappten; alle schienen nervös und gereizt. Herr im Himmel! Und er war wieder einmal mitten drin, just an dem Ort, wo er um keinen Preis der Welt sein wollte: bei ihr, wenn sie ihr Baby bekam! Er würde gehen, wenn der Arzt auftauchte.

Er stand noch immer wie betäubt vor dem Telefon, als Mrs. Atkins wie ein junges Mädchen die Treppe herabgestürmt kam und rief: »Haben Sie alle erreicht?«

»Ja, aber die Schwester ist nicht zu Hause.«

»Das dachte ich mir, aber Hauptsache, der Arzt kommt –

und ihre Freundin. Los jetzt, machen Sie sich nützlich, ich habe so das Gefühl, dass dies der Tag ist – die Stunde, um genauer zu sein. Mitte nächsten Monats, hat sie gesagt? So ein Unsinn! Ich hab es die ganze Zeit schon gewusst: Das ist Unsinn! Man muss Wasser für Tee aufstellen, und der Doktor mag Kaffee. Sie kann zwischen den Wehen trinken, also machen Sie eine Kanne Tee. Die Sachen sind hier drüben.« Sie deutete auf einen Beistelltisch. »Die Tabletts liegen im Fach darunter. Ich denke, Sie werden alles finden.«

Sie rannte praktisch aus der Küche, doch unter der Tür blieb sie abrupt stehen, drehte sich mit einem breiten Lächeln auf dem Gesicht zu ihm um und sagte: »Komisch, wie sich die Dinge manchmal entwickeln, nicht? Sein Vater ist tot, ich meine, der von dem Kind, und wenn es auf die Welt kommt, sind Sie im Haus. Es ist immer gut, einen Mann im Haus zu haben, wenn ein Kind geboren wird. Das gibt den Dingen irgendwie ihre Richtigkeit.« Mit einem aufmunternden Nicken war sie aus der Tür und ließ ihn, die Kante des Tischs umklammernd, mit weichen Knien und dem untrüglichen Gefühl zurück, dass er für sie nicht mehr der Schauspieler war, den sie mit Ehrerbietung behandelt hatte.

Für sie war er jetzt nur mehr ein junger Mann, der sich zur richtigen Zeit zufällig im Haus aufhielt.

Er dachte an Larry und »Das Goldene Herz« zurück,und in diesem Augenblick wünschte er sich, er könnte wieder in Larry schlüpfen und alles vergessen, was im so genannten normalen Leben passierte.

Es war spät am Nachmittag. Der Arzt war gekommen und wieder gegangen und jetzt war er wieder da. Die Schwester war um ein Uhr ebenfalls erschienen. Mrs Atkins war die ganze Zeit hier gewesen, Louise ebenfalls, und auch er war noch immer hier.

Wie lange schon? Er war um elf Uhr gekommen, was bedeutete, dass er jetzt schon fünf Stunden im Haus war, obwohl es ihm eher wie fünf Tage oder fünf Jahre vorkam. Er hatte nicht einen Fuß vor die Tür gesetzt, obgleich er jedes

Mal, wenn er ihr Stöhnen oder ihre Schreie gehört hatte, am liebsten aus der Tür gestürzt und davongerannt wäre. Als ihr sein blasses Gesicht aufgefallen war, hatte Louise ihm zugelächelt und gesagt: »Das ist ganz normal. Ich habe geschrien, dass die Fenster klirrten. Fred hat es nicht mehr ausgehalten und ist spazieren gegangen.«

Als er daraufhin sagte: »Ich würde am liebsten auch ein bisschen rausgehen, Louise«, legte sie ihm die Hand auf den Kopf, sah ihm ins Gesicht und entgegnete: Nein, das möchten Sie nicht – nicht wirklich. Irgendwie sollte es wohl so sein, dass Sie hier sind.«

»Nein, nein!« protestierte er mit Vehemenz. »Ganz bestimmt nicht; es ist nicht gut, dass ich hier bin und sie in diesem ... Zustand ...

»Nun, Sie sehen es auf Ihre Weise, ich auf meine ... Ich denke, wir brauchen mehr Tee. Sie sollten in den Laden gehen, bevor sie schließen.«

»Glauben Sie, es besteht die Möglichkeit, dass sie stirbt?«

»Oh, nein! Seien Sie nicht albern, Riley. Benehmen Sie sich nicht wie ein Kind, sondern wie der Dreißigjährige, für den Sie sich halten. Ob sie sterben wird? Natürlich nicht.«

»Aber sie kann das doch nicht mehr viel länger aushalten, oder?«

»O doch, das kann sie, und sie wird es. Das kann noch bis Mitternacht oder bis morgen früh dauern.«

»Ich könnte das nicht aushalten. Ich könnte das nie und nimmer aushalten.«

»Oh, Sie armer Junge. Sie armer Junge.« Sie lachte jetzt über ihn.

»Lachen Sie nicht über mich, Louise. Ich kann Ihnen gar nicht sagen, wie ich mich fühle. Und noch etwas: Sie ist nicht die erste schwangere Frau, die ich sehe. Ich habe schließlich Schwestern, und obwohl ich nicht dabei war, als sie auf die Welt kamen, habe ich meine Mutter gesehen, bevor der Krankenwagen kam. Sie hat zwar auch Schmerzen gehabt, aber nicht so schlimm wie Nyrene.«

»Woher wollen Sie das wissen? Offenbar wurden Ihre

Schwestern alle im Krankenhaus geboren; wie wollen Sie da wissen, in welchem Zustand ihre Mutter kurz vor der Geburt war? Es ist sogar möglich, dass sie einen Kaiserschnitt hatte oder eine Zangengeburt ... O mein Gott!« Sie drückte ihn auf einen Stuhl und rief: »Oh, das tut mir Leid, Riley. Kommen Sie. Setzen Sie sich; ich hole Ihnen was zu trinken.«

Mehr denn je wurde ihr wieder klar, warum sie Nyrene nicht gesagt hatten, dass er in der Stadt war, und warum sie versucht hatten, ihn davon abzubringen, sie zu besuchen; wobei sie als Erklärung ins Feld geführt hatten, dass sie in ihrem fortgeschrittenen Zustand Besucher zu sehr anstrengen würden. Aber er hatte mit keinem Wort erwähnt, dass er vorhatte, heute zu ihr zu gehen.

In wenigen Minuten war sie mit einem Weinglas in der Hand zurück. »Trinken Sie das. Los, trinken Sie das aus.«

Er nippte an dem Brandy, dann kippte er ihn in einem Zug hink. Sein Kopf sank auf seine Brust, und er murmelte: »Großer Gott! Um ein Haar wäre ich ohnmächtig geworden.«

»Da wären Sie nicht der erste gewesen, dem das passiert – und nicht der letzte.«

Die Tür wurde aufgerissen; der Doktor stand auf der Schwelle und sagte: »Ich muss für eine Stunde oder so weg. Ich komme wieder. Es wird so und so noch eine Weile dauern; sie ist noch nicht so weit.«

Louise ging zu ihm hinüber.»Sie hätte ins Krankenhaus gehen soll, nicht?«

»Ja, natürlich hätte sie ins Krankenhaus gehen sollen! Aber wie die meisten Frauen glaubt sie, sie weiß es besser.«

Die beiden gingen jetzt in die Diele hinaus, und Louise fragte: »Aber es ist doch nicht wirklich gefährlich, Doktor, dass sie so früh dran ist und eine Frühgeburt hat?«

Es entstand eine lange Pause, ehe die Antwort des Arztes kam: »Alles, was ich dazu sagen kann, Mrs. Beardsley, ist: Unsinn, Frühgeburt!« Dann war er fort, und die Haustür schlug hinter ihm zu. Louise drehte sich um und sah Riley in der Küchentür stehen. »Was hat er damit gemeint – Unsinn, Frühgeburt?«, fragte Riley.

Sie blinzelte und befeuchtete sich die Lippen. »Ich weiß es nicht. Und ich möchte jetzt eine Tasse Tee für sie.« Sie stürmte an ihm vorbei in die Küche, und Rileys Blick huschte zur Treppe und über die Stufen nach oben.

Unsinn, Frühgeburt!

Um Viertel nach zwölf stand Riley zusammen mit Fred auf dem Treppenabsatz und hörte den ersten Schrei des Kindes. Sie starrten beide auf die Schlafzimmertür, hinter der verschiedene Geräusche zu hören waren. Fred grinste, als er sich Riley zuwandte, doch Riley lächelte nicht; er war unfähig, seine Gefühle in diesem Augenblick in Worte zu fassen, so chaotisch und wirr waren sie. Die einzige deutliche Empfindung, die er hatte, war Erleichterung, dass sie … es loshatte und jetzt wieder sie selbst sein würde. So stellte er sich das vor.

»Ich bin schon gespannt, was es ist.«

Er sah Fred an. »Wie Bitte?«

»Ich sagte, ich bin schon gespannt, was es ist. Sie hat alles für das Kinderzimmer«, er nickte zu der Tür am Ende des Korridors, »in Blau und in Rosa.«

Mit einem hellen, glücklichen Lachen von Mrs. Atkins ging die Schlafzimmertür auf, und sie kam mit einem Bündel auf dem Arm heraus, sah Riley an und sagte strahlend: »Schauen Sie, da ist es! Haben Sie jemals schon so was gesehen? Und sehen Sie nur, wie groß er ist!« Unversehens zog sie die Decke von dem Kind, und beide sahen sie auf den kleinen, festen Körper eines Jungen hinab.

»Und schauen Sie sich seine Haare an! Wir müssen morgen schon den Friseur kommen lassen. Haben Sie schon jemals so was Schönes gesehen? Oh, was für ein hübscher kleiner Knopf er ist!« Sie zog die Decke wieder hoch und wickelte sie mit gekonntem Griff um das Baby. Dann sah sie zu Riley auf und fragte: »Möchten Sie ihn mal halten? Sie sind wahrscheinlich dran gewöhnt, Babys zu halten, bei all ihren jüngeren Schwestern:«

Später konnte er sich nicht erinnern, die Arme ausgestreckt

zu haben – er war sicher, dass er es nicht getan hatte, doch er musste sie reflexartig aufgehalten haben, um zu verhindern, dass das Kind zu Boden fiel, und nun stand er da und betrachtete das runde, verschrumpelte Gesichtchen.

»Stehen Sie nicht so entgeistert da; bringen Sie ihn ins Kinderzimmer. Er muss gebadet werden, und dann ist er soweit, dass er was zum Nuckeln vertragen kann, das ist so sicher wie das Amen in der Kirche.«

Im Kinderzimmer fühlte er sich, nachdem er das Kind wieder Mrs. Atkins übergeben hatte, so müde, als hätte er etwas sehr Schweres getragen. Doch es war kein unangenehmes Gefühl gewesen.

Sie standen da und sahen Mrs. Atkins zu, wie sie das Kind mit einem Schwamm wusch. Nach einer Weile sah sie auf und sagte: »Anstatt dass Sie beide hier rumstehen und den Mund nicht zukriegen, könnten Sie für den Arzt und die Schwester was zu trinken machen, und ich glaube nicht, dass Kaffee und Tee ausreichen; sie sind beide mitgenommen und können eine Erfrischung gebrauchen. Es hat uns alle ziemlich mitgenommen – Nyrene am allermeisten. Ich glaube, sie wird jetzt vierundzwanzig Stunden durchschlafen.«

Als Fred auf die Tür zuging, sah er noch einmal zu Riley zurück, der noch immer am Wickeltisch stand und den Blick nicht von dem Kind nehmen konnte, Er schüttelte den Kopf. Während der letzten Wochen war er es müde geworden, zwei und zwei zusammenzuzählen und dann die Antwort wieder zu verwerfen. Vor ein paar Stunden hatte er mit Louise darüber gesprochen, und sie hatte nur die Stellungnahme des Arztes wiederholt: »Frühgeburt, Unsinn!«

»Es passt alles zusammen«, hatte Fred gesagt, und sie hatte geantwortet: »Ja, ich fürchte auch. Aber was werden die Folgen sein? Und wie passt Charles in das ganze?«

»Und es hat einen Charles gegeben, oder?«

»Doch, ja. Ohne Zweifel – ich habe mit ihm gesprochen. Das habe ich dir schon etliche Male gesagt, und er klang am Telefon wie ein sehr netter Mensch.«

»Und er ist gestorben.«

»Oh, ja, das ist er.«
»Ich gebe auf.«

Riley sah Nyrene erst am nächsten Tag wieder. Sie saß im Bett, das Kind an ihrer Seite, und sein erster Eindruck von ihr war, dass sie wunderschön und strahlend wirkte. Er hatte sie nie so glücklich gesehen, und sie begrüßte ihn, wie sie es schon lange nicht mehr getan hatte.

»Hallo, Riley!« sagte sie. »Sein Geplärre ist ohrenbetäubend, und wir haben schon kräftig geübt. Er hat Lungen wie ein Kohlenhändler. Ist er nicht wunderschön?« Sie schlug die Bettdecke von dem kleinen Körper, und hob ihn hoch. »Nimm ihn.«

Das letzte, das er jetzt wollte, war, das Kind wieder auf den Armen zu halten, denn er war noch nicht imstande gewesen, die Gefühle zu ergründen, die ihm beim ersten Mal überflutet hatten. Er nahm an, dass es zum Teil ein Groll gegen sie war, weil sie nicht mehr allein war und ihn nicht mehr brauchte oder sonst irgendjemanden. Alles, was er jetzt tun wollte, war, ihre Hand zu halten, ihr Gesicht zu berühren und ihr zu sagen, dass sie wunderschön aussah.

Nyrene ließ sich in die Kissen zurücksinken und betrachtete den groß gewachsenen jungen Mann, der ihr Kind hielt, und als sie leise sagte: Du musst unbedingt sein Pate werden, Riley«, hätte er beinahe erwidert, wenn alle denken, ich bin noch zu jung, Vater zu sein, wie kann ich da einen guten Paten abgeben, doch Pate – so überlegte er – konnte man vermutlich in jedem Alter werden.

»Wie fühlst du dich?«

»Wundervoll.«

»Du siehst auch so aus.«

In ihrer Antwort, die eigentlich eine Frage war, lag nichts Gekünsteltes, und auch die Unzugänglichkeit der letzten Monate schien wie weggewischt. »Findest du?« fragte sie.

»Oh, ja. Du siehst um Jahre jünger aus.« Er grinste sie jetzt an. »Zumindest um neun Monate.«

Der Ausdruck auf ihrem Gesicht änderte sich und ebenso

ihre Stimme, als sie entgegnete: »Es war eine Frühgeburt, fast fünf Wochen oder mehr zu früh.«

»Fünf Wochen oder mehr.« Er erstickte eine Frage, die durch seinen Kopf geisterte, eine lächerliche und dumme Frage, die sich immer dann in seinen Gedanken einnistete, wenn er diesem bestimmten Tagtraum nachhing – inzwischen vielleicht nicht mehr so oft, aber nach wie vor sehr häufig.

Riley hielt noch immer das Baby auf dem Arm, und als es leise zu wimmern begann, bewegte er seine Arme schaukelnd auf und ab, wie er es seinen Vater mit einer seiner kleinen Schwestern hatte tun sehen. Dann gab er ihr den Kleinen zurück, und während sie ihn wieder neben sich bettete, sagte er: »Es ist schade, dass sein Vater ihn nie sehen wird.«

Mit einem Ruck wandte sie ihm ihr ernstes Gesicht zu. »Ja, das ist sehr schade, aber so etwas passiert nun mal, und ich habe ja ihn.« Sie sah auf das Kind hinab, und ihre Finger strichen durch den Flaum seines Haars.

Schließlich hob sie den Blick wieder. »Du fährst also nächste Woche zum Vorspielen nach London?«

»Ja. Aber da ich einer von Hundert oder mehr bin, kann ich mir das Ergebnis schon jetzt ausrechnen: ›Vielen Dank. Rufen Sie nicht an, wir melden uns bei Ihnen.‹«

»Aber nach dem, was du erzählt hast, dachte ich, es ist so gut wie sicher.«

Mit einem Grinsen auf dem Gesicht entgegnete er: »Du solltest doch am besten wissen, was beim Theater ›so gut wie sicher‹ bedeutet: Nichts ist sicher, solange du deinen Namen nicht über die gepunktete Linie geschrieben hast – und nicht mal dann. Aber ich werde es ja sehen. Es ist nicht so schlimm, wenn ich die Rolle nicht kriege: dann gehe ich eben wieder auf Tournee. Allerdings ist das auch noch nicht sicher.«

»Du klingst, als schlügen zwei Herzen in deiner Brust, was das angeht.«

»Genauso ist es. Ja. Aber wenn ich die Tournee sausen lasse, was bleibt mir dann noch? Ich muss schließlich essen, was die ganze Angelegenheit um so schlimmer macht.«

»Was könntest du denn sonst tun?«

Er warf ihr einen Blick zu. Sie war wieder ganz Miss Marson, wenn sie schlechter Laune war, und er antwortete mit derselben Gekünsteltheit in der Stimme: »Na ja, ich könnte das tun, was viele andere machen: Kellner, Busfahrer, von der Arbeitslosenstütze leben, Kurse in der Erwachsenenbildung belegen wahrscheinlich. Es gibt eine Menge Möglichkeiten.«

»Oh, Riley!« Sie war noch immer Miss Mason. »Ich könnte dir eine kleben, wenn du so redest. Du bist für die Bühne geboren, und du weißt es, und das wird auch dein Leben sein. Also sieh zu, dass du das in deinen Dickschädel hineinbekommst, und enttäusche mich nicht. Ich habe mehr als zwei Jahre daran gearbeitet, dir das einzuhämmern.«

Er fühlte, wie sich seine Kinnmuskeln anspannten und beinahe hätte er im selben Tonfall erwidert: Ja, du hast es mir eingehämmert, aber es war alles nur Tarnung, damit du jemanden hattest, der dir deine Flachmänner besorgt. Aber sie war noch immer krank und erschöpft, und sie hatte das Kind und überhaupt – er hätte so etwas nie zu ihr sagen können. Und so murmelte er stattdessen: »Wie willst du ihn nennen?«

»Charles.«

»Warum Charles?«

»Weil sein Vater so hieß: Charles Geoffrey Kingston.«

Sie sahen einander stumm an, und als die Tür aufging und Mrs.Atkins sagte: »Sie haben Besuch, Miss Mason. Aus Schottland: Mr.und Mrs.Wakefield, und Mr. Beardsley ist bei Ihnen.«

»Oh, nein! Nein!«

»Was ist denn?« Er beugte sich über sie. Sie war bleich geworden und kaute auf ihrer Unterlippe, und als er sagte; »Die Wakefields? Mrs. Wakefield ist deine Cousine, oder?«, nickte sie und erwiderte: »Ja. Ja, sie ist mein Cousine.«

»Und du möchtest sie nicht sehen?«

»O doch, natürlich möchte ich sie sehen, aber ... Oh, Riley, würdest du etwas für mich tun?«

»Alles. Alles, meine Liebe.« Seine Stimme war sanft.

»Geh runter, schnapp dir Fred und geh mit ihm nach

Hause. Aber bevor ihr geht, schick die Wakefields herauf. Tust du das für mich und schaffst Fred gleich nach Hause?«

»Natürlich. Natürlich tue ich das für dich. « Er war irritiert und zeigte dies auch mit einem leicht konsternierten Kopfschütteln, doch er erwiderte: »Ja, klar. Ich mache das schon. Ich besuche dich also dann morgen?«

»Ja, Riley. Wir sehen uns morgen.«

Unten im Wohnzimmer sagte er zu dem älteren Ehepaar, das dort saß: »Guten Abend. Ich bin Peter Riley.«

»Oh, wie geht es Ihnen? Wir haben schon viel von Ihnen gehört, Mr. Riley.«

Ehe noch mehr Artigkeiten ausgetauscht werden konnten, wandte sich Riley an Fred. »Kann ich Sie bitte kurz sprechen, Fred?« Dann richtete er den Blick auf Louise und fügte hinzu: »Würden Sie bitte Nyrenes Freunde nach oben bringen?«, und zu den beiden Wakefields gewandt, murmelte er: »Sie erwartet Sie schon ungeduldig.«

»Also, was wollen Sie mit mir besprechen?«,verlangte Fred zu wissen, nachdem die anderen nach oben gegangen waren.

»Eigentlich nichts. Ich kann nur das eine sagen: Offenbar will sie uns beide aus irgendeinem Grund aus dem Weg haben, und sie hat mich gebeten, mit Ihnen auf der Stelle nach Hause zu gehen.«

»Und weshalb will sie das? Irgendeine Vermutung?«

»Keine Ahnung; ich fühle mich genauso vor den Kopf gestoßen wie Sie.«

»Nun, ich würde sagen, was ich nicht weiß, macht mich nicht heiß, und dabei sollten wir es für den Augenblick belassen, Mr. Riley. Ich für meinen Teil gehe nach Hause und ich schätze, es ist das Beste, wenn Sie mitkommen.«

»Ich hab wohl keine andere Wahl, oder?«

»O doch, das haben Sie, Mister. Sie haben die Wahl. Und dass wir nach Hause geschickt werden, ist vermutlich nur ein Ablenkungsmanöver.«

»Oh, bitte,fangen Sie jetzt nicht mit der alten Mr.Beardsley-Leier an, Fred. Mir blutet das Herz, und ich weiß nicht einmal, wieso.«

Fred lachte auf, legte den Arm um Rileys Schultern und schob ihn in Richtung der Tür.

10

Riley war soeben aus London vom Vorsprechen wegen der Rolle zurückgekommen, und weil die Dinge so gelaufen waren, wie sie gelaufen waren, wusste er ganz genau, was er tun würde, sobald er bei den Beardsleys war, denn seit einigen Tagen war die Atmosphäre dort ziemlich gespannt gewesen, wobei »gespannt« noch eine milde Umschreibung war. Sogar Fred hatte Probleme gehabt, seine gezwungene Fröhlichkeit noch länger zur Schau zu tragen.

Und dann war da Nyrene. Ihr Glück mit dem Kind schien überschattet von … war es Angst oder Besorgnis? Auf jeden Fall war es irgendeine Art von Kummer.

Bevor er vor zwei Tagen nach London gefahren war, hatte sie zu ihm gesagt: »Ich hoffe so sehr, dass du die Rolle kriegst. Und wenn man sie dir anbietet, dann lass dich von nichts abhalten, sie zu akzeptieren, selbst wenn sie dich nach Brasilien oder Hongkong schicken.« Worauf er erwidert hatte: »Soweit weg wie möglich, meinst du?«

Und sie hatte mit leiser Stimme geantwortet: »Oh, Riley, verdreh doch nicht alles.«

Nun, er hatte sich zu einem Entschluss durchgerungen; er wusste, was er tun würde.

Er betrat das Haus der Beardsleys durch die Küchentür, und die Begrüßung, mit der Mrs. Roberts ihn empfing, war aufrichtig gemeint: »Schön, dass Sie wieder zurück sind, Mr. Riley. Wie war's in London?«

»Ein einziges Tollhaus. Tausendmal schlimmer als Newcastle.«

»Oh, das kann ich mir vorstellen. Sie kommen gerade rechtzeitig für eine Tasse Tee; Mr Beardsley ist auch eben erst nach Hause gekommen.«

Als er die Küche verließ und in die Diele trat, sah er Louise die Treppe herunterkommen. Als sie ihn ebenfalls entdeckte, rief sie: »Oh, Sie sind also zurück?« Am Fuß der Treppe blieb sie stehen und rief: »Fred! Unser Untermieter ist wieder da.«

Riley sagte nichts darauf. Er zwang sich zu einem Lächeln jetzt waren wieder humorige Neckereien und Schnoddrigkeit angesagt.

»Hallo, Riley! Sie sind also wieder zurück.«

Riley sah den großen, ungefügen Mann lange an und dann im Tonfall eines aufmüpfigen Pennälers: »Wissen Sie, Mr. Beardsley, das ist das Dümmste, was man zu jemandem sagen kann: Sie sind also wieder zurück. Wer, glauben Sie, steht vor Ihnen, Mr. Beardsley?«

Fred hob die Hand und stieß ihn unsanft vorwärts. »Klugscheißer!« knurrte er. »Aber Sie sind noch nicht zu groß, sich von mir 'ne Ohrfeige einzuhandeln.«

Worauf Riley in normalem Plauderton entgegnete: »Und Sie sind nicht groß genug, das zu tun, Mr. Beardsley.«

Sie starrten einander an und lachten dann.

Mit fast besorgt klingender Stimme warf Louise rasch dazwischen: »Ich bringe den Tee ins Wohnzimmer.«

Nachdem sie sich auf ihren gewohnten Plätzen niedergelassen hatten, musterte Fred den jungen Mann und sagte dann in ruhigem Ton: »Sie haben sich zu einem Entschluss durchgerungen, hab ich recht?«

»Wie kommen Sie darauf? Aber Sie haben recht: Ich habe mich entschlossen.«

»Es wird Sie vielleicht überraschen, mein Junge, aber wir haben ebenfalls eine Entscheidung getroffen. In letzter Zeit war die Stimmung ein bisschen gereizt, nicht?«

Einen Augenblick lang verschlug die Offenheit dieser Feststellung Riley die Sprache, dann murmelte er: »Oh, Sie haben es also auch bemerkt.«

»Und für die nächste halbe Stunde wollen wir die Witzeleien und Spaßigkeiten mal beiseite lassen, Riley.«

Etwas im Tonfall und in der Miene seines Freundes veranlasste Riley, sich des Kommentars zu enthalten, der ihm auf den Lippen lag. Als Louise mit dem Tablett ins Zimmer kam, sprang er auf, nahm es ihr aus den Händen und stellte es auf den Beistelltisch. Während Louise den Tee eingoss, erzählte sie davon, was Jason an diesem Morgen im Kindergarten gemacht hatte.

Fred stellte seine Tasse unsanft auf den Tisch und knurrte, zu Riley gewandt, ungeduldig: »Kommen Sie! Sagen Sie schon, wie ist es gelaufen?«

»Ich hab die Rolle nicht gekriegt.«

Fred und Louise tauschten einen raschen Blick, dann fragte Fred: »Warum nicht? Ich dachte, die Rolle würde Ihnen auf einem silbernen Tablett serviert.«

Riley lachte gepresst und erwiderte: »In der Branche kann man den Kellnern eben nie trauen. Ich habe es wieder bis unter die letzten drei geschafft, und der beste von uns hat die Rolle bekommen. Er war auch der älteste von uns dreien, und sein Auftreten und die Ausstrahlung, die er hatte, kann nur von seiner größeren Erfahrung kommen, nehme ich an. Der andere war ungefähr in meinem Alter, knapp über zwanzig oder so.«

»Sie sind noch nicht mal zwanzig, Riley.«

»Aber nicht mehr weit davon entfernt. Und außerdem – was macht das schon für einen Unterschied?«

»So wie ich es sehe, in diesem Fall schon. Wahrscheinlich dachten sie, Sie wären zu jung.«

»Das glaube ich nicht. Ganz offensichtlich hatten sie noch nie von mir gehört.«

»Und was war mit dem Mann, diesem ... wie war nochmal sein Name? Der, der Ihnen empfohlen hat, zu dem Vorsprechen zu gehen?«

»Er war einer von vieren und eine einsame Stimme in der Wildnis. Ich wusste es von dem Augenblick an, in dem ich das Theater betreten habe. Er kam immer wieder auf meine Rolle in ›Das Goldene Herz‹ zurück, aber das war auch schon alles, was er über mich wusste. Es war zu wenig im Vergleich mit dem, was die anderen schon gespielt hatten, und was der Typ, der die Rolle bekommen hat, vorweisen konnte.

Wie auch immer – ich habe mich entschlossen, das Tournee-Angebot anzunehmen; auf der faulen Haut liegen, das mag ich nicht.«

Erneut tauschten Louise und Fred Blicke, und als sie ihrem Mann zunickte, sagte dieser: »Wir haben uns ebenfalls zu einem Entschluss durchgerungen – vielmehr waren Sie es, der diese Entscheidung für uns getroffen hat. Wir müssen Ihnen etwas sagen, Riley, und es hing alles davon ab, wie die Geschichte in London ausgehen würde: Wenn Sie die Rolle bekommen hätten, hätten wir es dabei bewenden lassen, denn wäre es Ihnen möglich gewesen, erst einmal in London Fuß zu fassen, wäre das sicherlich der erste Schritt zu größeren Aufgaben gewesen. Wir beide haben das so gesehen und deshalb wollten wir Sie nicht mit Dingen belasten, die für Ihre Karriere hinderlich sein könnten. Und wir waren nicht die einzigen, die so dachten, nein, beileibe nicht. Ich muss Sie etwas fragen, Riley.«

Bei diesen Worten erhob sich Louise hastig und murmelte; »Ich ... ich werde noch etwas heißes Wasser holen.«

Fred sah zu ihr empor, dann grinste er. »Na schön, Liebling. Wenn du meinst, du könntest ihm damit eine peinliche Situation ersparen, dann geh und hole heißes Wasser.«

»Oh, Fred!«

Während sie eilig das Zimmer verließ, fragte Riley mit einem mulmigen Gefühl im Magen: »Worum geht es denn? Was für eine peinliche Situation will sie mir ersparen?«

»Ich muss Sie etwas fragen, Riley. Können Sie sich noch an Ihre Abschiedsparty im Theater letztes Jahr erinnern – teilweise zumindest?«

Riley blieb ihm die Artwort darauf schuldig, doch er fühlte, wie er am ganzen Körper erstarrte, und Fred fügte hinzu: »Sie waren ziemlich angetrunken, und Nyrene ebenfalls. So viel habe ich mitbekommen, und deshalb frage ich Sie jetzt ganz direkt und ohne Umschweife: Haben Sie mit ihr geschlafen?«

Riley war starr vor Entsetzen; er fühlte, wie er von den Haarwurzeln bis hinab zu seinen Sohlen rot anlief. Fred hatte gesagt, sie wären beide betrunken gewesen, und dann hatte er gefragt, ob sie miteinander geschlafen hätten! Das klang irgendwie mies, sogar schmutzig.

»Ich frage Sie klipp und klar, und Sie müssten es eigentlich wissen: Haben Sie mit ihr geschlafen?«

Riley war aufgesprungen, und obgleich er seine Antwort hinausschreien wollte: Ja, ich habe mit ihr geschlafen, und ich kann es, nicht vergessen, obwohl sie es längst vergessen hat, sagte er nicht ein Wort.

»Setzen Sie sich. Setzen Sie sich, Mann. Ich habe meine Antwort bekommen. Glauben Sie mir, ich mache Ihnen keinen Vorwurf oder etwas in der Art, und Nyrene ebenfalls nicht. Und Louise auch nicht. Aber was Nyrene betrifft, so geht es ihr in erster Linie darum, dass Sie ihre Karriere fortsetzen können, ohne sich für etwas oder jemanden verantwortlich zu fühlen. Sie sind so jung im Vergleich zu …«

»Ich bin nicht so jung im Vergleich zu ihr, Fred. Ich habe Ihnen schon mal gesagt, dass ich mich in meinem Leben nie jung gefühlt habe. Und was meinen Sie damit, sie will nicht, dass ich mich verantwortlich fühle – für was?«

»Setzen Sie sich. Bitte setzen Sie sich.«

Er setzte sich, und sie starrten einander stumm an, während das Wort Verantwortung durch Rileys Kopf geisterte. Verantwortung wofür? Das konnte nicht sein! Und doch war es so. Er hatte gehofft und gehofft, aber da war dieser Charles. Ja, dieser Charles war noch immer da, und Riley sagte: »Wofür sollte ich Verantwortung übernehmen?«

»Nun, wenn Sie sich weigern, nachzurechnen, ich kann das nicht für Sie tun. Sie wissen am besten, wann Sie zusammen waren, und Sie wissen, wann das Kind geboren wurde.«

Erneut machte Riley Anstalten aufzuspringen, doch Fred stoppte ihn mit einer energischen Handbewegung.

»Aber es war eine Frühgeburt.«

»Von wegen Frühgeburt!«

»Was … was wollen Sie damit sagen? Was ist mit diesem Charles, ihrem Freund? Erzählen Sie mir nicht, er war nur eine Erfindung! Louise hat gesagt, sie habe am Telefon mit ihm gesprochen.«

»Nein, Riley. Er war keine Erfindung. Es war Charles, mit dem Louise gesprochen hat: Charles Kingston, mit vollem Namen. Und Nyrene hat ihn auch tatsächlich sehr geliebt, denn er war ihr Patenonkel.«

»Ihr was?« Die Worte kamen atemlos über seine Lippen, doch sie waren durchdringend wie ein Schrei.

»Ja.« Fred nickte bedächtig mit seinem grauen Schädel. »Ihr Patenonkel. Nyrenes Vater und Charles Kingston waren Kriegskameraden und sehr gute Freunde gewesen. Er blieb sein ganzes Leben lang Junggeselle, und er war ... nun, er war recht gut situiert und lebte in einem hübschen großen Haus außerhalb von Peterculter in der Nähe von Aberdeen. Das Haus war seit Generationen im Familienbesitz, und er war der einzige Erbe, der noch lebte. Nyrenes Cousine Ivy und ihr Mann Ken waren ebenfalls enge Freunde von ihm, und soweit ich weiß seine unmittelbaren Nachbarn. Sie wissen doch – wir haben die beiden neulich Abend kennen gelernt, aber leider nur flüchtig, weil Sie mich auf Nyrenes Anweisung hin von ihnen fern halten sollten, doch Nyrene hatte Louise vergessen. Und Louise hat später beim Kaffee die ganze Geschichte erfahren. Nicht, dass sie Louise die Geschichte brühwarm erzählt hätten, doch die beiden hatten, ganz im Gegensatz zu unserer lieben Nyrene, nichts zu verbergen und plauderten frei von der Leber weg über alte Zeiten. Auf diese Weise erfuhr Louise, dass Nyrene, wenn es ihr irgend möglich war, jeden Urlaub bei ihrem Patenonkel verbracht hat, und dass die Freundschaft mit ihm nach dem Tod ihrer Eltern noch enger wurde und sie jedes Wochenende bei ihm oben war, sogar als ... als sie an der Flasche hing. Er war es auch, der ihr geholfen hat, wieder auf die Beine zu kommen, nachdem dieser gut aussehende, schauspielernde Lump sie sitzen gelassen hatte. Sie haben sich sicherlich auch gefragt, wohin sie an den Wochenenden immer verschwunden ist, nicht? Wir ebenfalls, und die einzige Erklärung, die wir hatten, war, dass sie ihre Cousine besuchte. Wie auch immer – unsere liebe Nyrene besitzt nicht nur ihr eigenes Häuschen, in dem sie wohnt, ihr gehört jetzt auch noch ein viel größeres und weit wertvolleres, nach den Fotos zu urteilen, oben in Schottland, und sie hat genug Geld geerbt, den Rest ihres Lebens in beträchtlichem Wohlstand verbringen zu können, ohne je wieder einen Fuß auf die Bühne setzen zu müssen, falls sie dies nicht mehr will. Und er hat in seinem Testament auch Nyrenes Cousine nicht vergessen, was sie und ihr Mann sehr nett von ihm finden.«

»Wie alt war er?« Rileys Stimme klang benommen und dumpf.

»Über achtzig – ein- oder zweiundachtzig, glaube ich. Genau weiß ich es nicht.«

»Über achtzig!«

»Ja – über achtzig. Aber das ist jetzt nicht wichtig. Die Frage ist, was werden Sie nun tun? Nyrene hat uns zwar ins Vertrauen gezogen, aber mit dem Versprechen, dass wir Ihnen gegenüber kein Wort erwähnen. Alles sollte so bleiben, wie es ist, doch uns war von Anfang an klar, dass das kein bindendes Versprechen ist, weil wir beide der Ansicht sind, dass Sie ein Recht darauf haben, die Wahrheit zu erfahren. Doch das machten wir vom weiteren Verlauf Ihrer Karriere abhängig: ob Sie hier bleiben oder nach London gehen würden. Empfinden Sie eigentlich inzwischen etwas für das Kind?«

»Ehrlich gesagt, nein. Es war von Anfang an ein Schock für mich. Der einzige Mensch, an den ich denke, ist sie. Aber sie hat mich die ganze Zeit schmoren lassen und getan, als wäre nichts gewesen. Es war die Hölle für mich in den letzten Monaten. Die Leute reden davon, dass Gefühle einen verzehren und ausbrennen können; jetzt weiß ich, wie das ist.

Und Sie können mir glauben«, er nickte bekräftigend, ehe er fortfuhr, »dass das keine pubertäre Schwärmerei ist. Ich kenne sie, seit ich sechzehn war, und von Anfang, vom ersten Augenblick an, war sie der große Bühnen-Star, und ich war wie jeder Hilfsinspizient am Theater nur ein kleines Licht, ein besserer Botenjunge, der auch Tee machen durfte. Aber noch etwas ist mir in letzter Zeit bewusst geworden.« Er verstummte und sah auf seine Hände hinab, ehe er weitersprach: »Ich habe nie zuvor in meinem Leben erfahren, wie das ist, sich zu verlieben; ich war nie in die Mädchen verknallt, die ich kannte. Meine Rolle im Leben war anscheinend die, immer den Clown zu spielen, oder den große Maxe, oder sonst irgendwie im Mittelpunkt zu stehen , wie Sie ja am besten wissen.« Er nickte jetzt Fred zu. »Aber was ich für sie empfunden habe, von Anfang an, und was von Tag zu Tag immer stärker wurde, werde ich nie vergessen und wird immer ein Teil von mir sein, bis – jetzt rede ich schon wie mein Dad oder meine Mam – bis ans Ende meiner Tage. Genau so ist es. Darauf kann ich jeden Eid schwören.«

Fred lehnte sich in seinem Sessel zurück und sagte mit einem Seufzen: »Da würde ich an Ihrer Stelle etwas vorsichtiger sein, Riley. Sie haben sich verliebt und empfinden ihr gegenüber große und tiefe Gefühle, und ich kann das sehr gut verstehen. Sie ist eine verdammt attraktive Frau und sieht wesentlich jünger aus, als sie ist. Ich will bei Gott nicht sagen, dass ich Sie warnen möchte, aber die Zeit, die Jahre, die man zusammen ist, zerstören die Gefühle – sie verändern sie, trotz aller guten Vorsätze. Vielleicht ändern sich die Gefühle füreinander ja auch nicht wirklich, aber sie kühlen ab und wandeln sich in etwas anderes: Freundschaft, Zuneigung, Verständnis, Anteilnahme – eine Mischung aus allem, die am Ende, und ich spreche jetzt vom Alter, sehr viel befriedigender ist als die lichterloh brennenden und sich schnell verzehrenden Aspekte der Liebe. Aber wer bin ich, dass ich so vollmundig daherrede? Sie müssen Ihr Leben selber leben, bevor Sie soweit sind, das zu verstehen, aber sie wird Ihnen sicherlich dabei helfen ... Das heißt, falls sie es überhaupt mit Ihnen versuchen will.«

»Was meinen Sie damit – es mit mir versuchen?«

»Nun, Sie werden sie von einigen Dingen überzeugen müssen: Zuerst, dass Sie nicht nur sie lieben, sondern auch das Kind wollen, denn im Augenblick, das können Sie mir glauben, steht für Nyrene das Kind an allererster Stelle in ihrem Leben; vermutlich, weil es auch ein Teil von Ihnen ist, aber sicherlich vor allem, weil sie nie geglaubt hat, jemals selbst ein Kind zu bekommen. Möchten Sie Nyrene heiraten?«

»Ja, natürlich. Was denn sonst? Wovon sonst reden wir denn?«

Rileys Stimme war lauter geworden, und Fred hob jetzt ebenfalls die Stimme, als er erwiderte: »Ich weiß sehr wohl, wovon wir reden, mein Junge. Ich weiß das ganz genau, und deshalb sage ich Ihnen jetzt, dass Sie – falls Sie sie heiraten – unter heftigen Beschuss geraten werden, und das nicht nur von Seiten Ihrer Gift und Galle speienden Mutter, sondern auch durch die Öffentlichkeit im Allgemeinen. Dies hier ist eine kleine Stadt. Sie leben zwar nicht hier, aber Sie sind bekannt, seit Ihrem Erfolg im Palace Theatre. Wer im Scheinwerferlicht steht, hat kein Privatleben mehr. Alles, was Sie tun, kann man am nächsten Tag in den Zeitungen lesen.« Er hob den Zeigefinger und schrieb damit imaginäre Worte in die Luft: »Der junge Mann, der am Little Palace Theatre mit so großem Erfolg den schwachsinnigen Jungen in ›Das Goldene Herz‹ gespielt hat und der noch nicht einmal zwanzig ist«, er betonte das Wort, als sei es in fetten überdimensionalen Buchstaben geschrieben, »wird Miss Nyrene Mason heiraten, die inzwischen auf vierzig Lenze zurückblicken kann …«

»Sie ist noch nicht vierzig.«

Der Finger schrieb weiter den imaginären Text in die Luft: »Er bestreitet vehement ihr Alter, also breiten wir darüber den Mantel des Schweigens. Dessen ungeachtet ist Miss Mason seit mehr als fünfzehn Jahren einer der Stars am Little Palace Theatre und wurde vor kurzem von einem gesunden Sohn entbunden.«

Riley war erneut aufgesprungen, und Fred, der seine Hand wieder auf die Sessellehne sinken ließ, lehnte sich zurück. »Und das ist noch die freundlichere Version, mein Junge. Sie wird nur zur Folge haben, dass Ihre Mutter in Rage gerät und blind vor Wut bei Nyrene aufkreuzt, um diese alte Frau, die ihren Sohn verdirbt, in der Luft zu zerfetzen. Nyrene ist sich dessen bewusst, viel mehr als ich oder Sie, und das ist das Haupthindernis, das Sie überwinden müssen.«

»Mit Ihrer Hilfe?« In Rileys Stimme schwang Bitterkeit, und

Fred griff den Tonfall auf, als er erwiderte: »Ja, mit meiner Hilfe. Indem ich mit Ihnen darüber rede – und seit zehn Minuten mache ich nichts anderes, tue ich das, was man von einem guten Freund erwarten sollte. Sie werden nie einen besseren finden, lassen Sie sich das gesagt sein.«

Als die Tür aufging, wirbelte Riley herum und sah Louise ins Zimmer kommen. Sie hatte keine Kanne mit heißem Wasser in der Hand, sondern lief mit ausgestreckten Armen auf ihn zu, umarmte ihn und drückte ihn an sich und fühlte, wie sein ganzer Körper in sich zusammensackte. Er murmelte: »Oh, Louise ... Louise ... Was soll ich nur tun?«

Sie nahm ihre Hände von seinen Schultern, legte sie auf seine Wangen und gab ihm einen Kuss. Dann sagte sie: »Und jetzt kommen Sie und setzten Sie sich zwischen uns, und wir überlegen uns etwas. Obwohl ich mir denken kann, dass Fred Ihnen ohne einmal Luft zu holen gleich die ganze Breitseite vor den Kopf geknallt hat, hat er es nur zu Ihrem Besten getan.« Sie drückte ihn auf die Couch hinunter. »Er ist nicht der einzige, der Sie gern hat, das sollten Sie nicht vergessen. Und du, Mr. Beardsley, solltest nicht vergessen, dass ich *dich* nur wegen Riley genommen habe.«

»Sei still, Weib, bevor ich meine Pfeile dort versenke, wo's am meisten wehtut!« Fred zog sie sanft zwischen ihnen auf die Couch herab und sagte dann, wieder in ernsterem Ton, zu Riley: »Hören Sie mir einen Augenblick zu. Versetzen Sie sich in Nyrenes Lage: Sie wohnen allein in dem Haus, und sie haben das Kind; und Sie lieben einen Kerl, der halb so alt ist wie Sie. Sie wissen, dass er sein Leben noch vor sich hat, und Sie lieben ihn zu sehr, um ihn in irgendeiner Weise einzuengen oder seiner Karriere irgendwelche Steine in den Weg zu legen. Doch falls er zum Beispiel zu Ihnen käme und Ihnen sagte, dass ihm das Alter egal ist und dass ihn die Zukunft nicht schreckt, was würden Sie da tun?«

Ohne zu zögern, wandte sich Louise Riley zu und warf ein: »Ich würde ihm um den Hals fallen.«

Riley ergriff ihre Hand, und mit hängendem Kopf murmelte er: »Glauben Sie wirklich, dass auch sie das täte?«

»Warum lassen Sie es nicht einfach darauf ankommen? Und zwar ohne noch länger zu zögern. Gehen Sie schon. Machen Sie sich auf die Socken. Dann kommen Sie wieder hierher zurück und sagen mir, dass Sie Ihre Sachen abholen. Und Sie könnten zum Beispiel sagen; ›Ich hoffe, Sie verstehen, Louise‹, oder so was ähnliches. Nun gehen Sie schon!«

»Als sie ihn am Arm zog, um ihn zum Aufstehen zu bewegen, wandte er sich ihr zu und nahm sie in die Arme, doch über ihre Schulter blickte er auf seinen Mentor und Wohltäter, wie er es immer getan hatte, und fragte: »Darf ich?«

»Nur zu«, brummte Fred. »Nur zu. Wer bin ich, Sie davon abzuhalten?«

Riley beugte sich vor und küsste Louise auf den Mund, dann stemmte er sich hoch und hastete aus dem Zimmer.

»Was gibt es denn da zu heulen?« brummte Fred und zog Louise an sich. »Ich wusste, dass irgendwo in Riley ein Gentleman steckt, und das eben hat es bewiesen. Ein anderer Bursche in seinem Alter hätte dich einfach geküsst und damit basta, aber nicht unser Peter Riley.«

Mrs. Atkins begrüßte ihn ebenso freundlich wie zuvor Mrs.Roberts. »Sie sind also wieder zurück?«, fragte sie und fuhr, ohne eine Antwort abzuwarten, fort: »Die Miss ist oben. Seine Lordschaft hat wieder einmal einen Höllenspektakel veranstaltet. Ich hab ihr gesagt, sie soll sich keine Sorgen machen; das sind nur die Winde, und sie soll ihn nicht jede Minute hochnehmen, obwohl er Ruhe gibt, wenn man ihn rumträgt. Ich wette, Sie können eine Tasse Tee vertragen.«

»Nein, vielen Dank, Mrs. Atkins. Ich habe eben bei den Beardsleys welchen getrunken.« Zwei Stufen auf einmal nehmend, rannte er die Treppe nach oben.

Vor der Tür zum Kinderzimmer zögerte er, bevor er sie vorsichtig aufmachte. Nyrene war nicht im Zimmer, und er verharrte einen Augenblick unter der Tür, ehe er langsam zu dem Kinderbettchen hinüberging und auf seinen Sohn hinabsah.

Eine beklemmende Enge schnürte ihm die Kehle zu und

zwang ihn, den Mund weit aufzureißen, um nach Luft zu ringen, und erst als die Tränen aus seinen Augen quollen, konnte er den Mund wieder zumachen und in seinen Taschen nach einem Taschentuch kramen.

Das hier war sein Sohn. Seiner. Er hatte dieses Kind gezeugt; es war sein Sohn. Die Ungeheuerlichkeit des ganzen überwältigte ihn: Dieses Kind war in der raren und kostbaren Leidenschaft der ersten Liebe gezeugt worden, auch wenn es mit vom Alkohol benebelten Sinnen geschehen war. Der Alkohol hatte die Essenz dessen, was geschehen war, nicht vernebeln oder auslöschen können, und es war kein Tag vergangen, an dem er nicht darüber nachgedacht hatte. Er hätte es wissen müssen. Er hätte es sich denken können. Machte das jetzt noch einen Unterschied? Machte es überhaupt einen Unterschied?

Hinter ihm sog jemand scharf die Luft ein. Und dort stand sie, im Türrahmen, und sah ihn an. Sie lief nicht zu ihm; sie rührte sich nicht. Er war es, der zu ihr rannte, mit ein paar schnellen Schritten und auf Zehenspitzen. Er schnappte sich ihre Hand und zog sie in den Korridor und zum Schlafzimmer.

Drinnen blieb er mit dem Rücken zur Tür stehen und nahm sie in seine Arme.

Sie hatte noch keine Wort gesagt, nicht einmal als er geflüstert hatte: »Es ist mein Kind, nicht wahr? Ich hätte es von Anfang an wissen müssen. Oh, Nyrene. Nyrene.« Er küsste sie, wie er sie in jener ersten Nacht geküsst hatte und seitdem nicht mehr.

Als sie ihn schließlich von sich schob, murmelte sie schwer atmend: Louise und Fred haben es versprochen.«

»Ja, ich weiß. Und wenn ich die Rolle in London gekriegt hätte, hätten sie ihr Versprechen auch gehalten.«

»Du … du hast die Rolle nicht bekommen? Ich dachte, das wäre sicher.«

»So ist es nun mal in unserem Job.« Er hielt ihr Gesicht zwischen seinen Händen fest und presste seinen Mund auf ihre Lippen. Dann ließ er sie los und sagte: »Du solltest von allen am besten wissen, dass in dieser Branche nichts sicher ist, bis du auf die Bühne trittst und deinen ersten Satz sprichst.«

»O mein Lieber. Mein lieber Riley.«

»Ich bin nicht bloß dein lieber Riley; von heute an bin ich dein liebster Riley.«

»Okay. Okay, du bist mein liebster Riley. Ja, das bist du. O ja, das bist du. Aber sonst hat sich nichts wirklich geändert. Wir müssen vernünftig sein. Wir dürfen nicht vergessen, dass wir in der Öffentlichkeit stehen.«

»Die Öffentlichkeit kann mir gestohlen bleiben!« Seine Stimme war eine perfekte Wiedergabe des Ausdrucks auf seinem Gesicht. »Und ich meine, was ich sage: Zur Hölle mit der Öffentlichkeit ! O ja, ich weiß, was für ein Gerede es gibt. ›Er ist noch nicht mal zwanzig, und sie vierzig.‹ Ich habe das soeben drüben« – er machte eine Bewegung mit dem Kopf – »schon unter die Nase gerieben bekommen. Aber du bist noch keine vierzig; du siehst nicht mal wie dreißig aus, und ich sehe ganz sicher nicht wie jemand aus, der erst zwanzig wird. Beardsley hat mir nicht einmal das zugestanden! Er hat sich natürlich auf neunzehn versteift, obwohl ich nie neunzehn war – genauso wenig wie ich nie achtzehn oder siebzehn oder sechzehn war. Ich habe mich schon als Mann gefühlt, bevor ich aus der Schule gekommen und dem fragwürdigen Schutz meines Lehrers entronnen bin. Wenn mich überhaupt jemand zum Mann gemacht hat, dann war das Fred selber; also lass uns das Alter vergessen.«

»Wir könnten das vielleicht, Liebling. Ja, vielleicht ...«, ihre Stimme war jetzt nüchtern, »aber David nicht. Und auch nicht die anderen am Little Palace Theatre, und die Leute von Fellburn ebenfalls nicht. Und vergiss nicht deine Familie.«

»Zur Hölle mit meiner Familie! Und überhaupt: Was habe ich denn für eine Familie? Ich hab nicht mal ein Zuhause bei denen.«

»Das ist schon möglich, aber soweit ich das beurteilen kann, wird deine Mutter eine Menge dazu zu sagen haben.«

»Sie kann sagen, was sie will. Dad ist bestimmt für uns, und Betty auch. Und alles andere ist mir nicht wichtig.«

»Wir müssen miteinander reden, mein Lieber – ja, wirklich. Es steht so viel auf dem Spiel.«

»Für wen?«

»Für dich natürlich. O ja, es ist in Ordnung, es ist wunderbar, wenn du sagst, dass du mich lieben wirst, solange du lebst. Aber in zehn Jahren bist du noch nicht mal dreißig, und ich bin fünfzig. Machen wir uns nichts vor.«

»Und die Hitze der ersten sieben Jahre dazwischen hast du dabei glatt unter den Tisch fallen lassen, hab ich recht?«

Sie musste lachen.

»Ich möchte dich nur eines fragen, Nyrene, und bitte sei ehrlich zu mir: Liebst du mich? Ich meine, liebst du mich wirklich?«

»Oh, Riley! O mein liebster, liebster Riley! Selbst wenn ich fünfzig würde«, sie lächelte ihn jetzt an, »könnte ich dir nie sagen, wie sehr. Aber ... warte, warte ...« Er war im Begriff gewesen, sie wieder zu küssen. »Hör mir erst mal zu. Unabhängig davon, was ich für dich fühle, wird es diesen Altersunterschied zwischen uns immer geben. Wir leben nun mal in dieser Welt, und die Welt ist ein grausamer Ort. Natürlich kann man sagen, ›Es ist mir egal!‹, aber das ist es niemals wirklich. Es wäre mir auch völlig gleichgültig, wenn man mir vorwerfen würde, dass ich mir einen viel zu jungen Mann geangelt habe, um mir ein Baby machen zu lassen – denn genau das wird man sagen, aber die Tatsache, dass du eine vielversprechende Karriere vor dir hast und ich für dich dabei ein Klotz am Bein bin, wird auch in einigen Jahren nicht aus der Welt sein. Und das könnte ich nicht ertragen.«

»Setz dich hier hin.« Er zog sie neben sich auf das Bett. »Jetzt hör mir mal zu: Ich will dich heiraten. Nicht nur das – ich werde dich heiraten, und du wirst mich heiraten; früher oder später wirst du mich heiraten. Und bis du soweit bist, ziehe ich bei dir ein. Ich komme morgen mit Sack und Pack hier an. Fred und Louise wollen das auch so; sie möchten mich aus dem Haus haben. Nein, im Ernst: Sie möchten vor allem, dass wir glücklich sind, und ich kann ohne dich nicht glücklich sein, Nyrene, und du nicht ohne mich. Ich weiß das. Du bist eine sehr gute Schauspielerin, und du hast mich eine Zeit lang zum Narren gehalten, aber das wird dir nicht wieder gelingen. Ich kann dich noch immer mit einer Tasse Tee in der Hand neben meinem Bett stehen sehen, als ich an diesem Morgen aufwachte und mich wie der König der Welt fühlte, und da standst du, wieder ganz Miss Mason, und das so perfekt, dass ich dir glauben musste. Oh, was für ein Idiot ich war! Nein – hör mir zu. Ich habe mir alles genau überlegt. Ich spiele die Tournee zu Ende, und hat David genügend Zeit, sich an den Gedanken zu gewöhnen, dass Mr. und Mrs. Riley wieder gemeinsam auf der Bühne zu sehen sein werden.«

»Oh, nein! Nein, mein Liebster! Niemals! Ich könnte das nicht ertragen, nicht hier.«

»Nun, das ist die einzige Möglichkeit, die ich sehe, wie wir immer zusammen sein können. Und anders möchte ich nicht leben, als immer mit dir zusammen zu sein. Und außerdem möchte ich meinen Sohn besser kennen lernen. O ja, das möchte ich.«

»Ich muss dir etwas sagen.« Nyrene ergriff seine Hand und presste sie an ihre Brust. »Ich könnte mir nichts schöneres vorstellen, als wieder mit dir auf der Bühne zu stehen, aber seit Charles tot ist, habe ich mir den Gedanken, jemals wieder als Schauspielerin zu arbeiten komplett abgeschminkt. Ach, der liebe Charles!« Ein Lächeln erschien auf ihrem Gesicht. »Du hättest ihn gemocht. Da du inzwischen so viel herausbekommen hast, weißt du sicher auch, wer er war. Und sicher weißt du auch, dass er mir ziemlich viel Geld und ein hübsches Haus in der Nähe von Aberdeen hinterlassen hat. Es ist sehr schön dort und gar nicht so weit weg. Fred und Louise wissen noch nicht, dass ich dieses Haus hier schon zum Kauf ausgeschrieben habe und nach Schottland ziehe.«

»Das ist doch wunderbar! Ich hab nichts dagegen, mit dir in einem goldenen Käfig zu sitzen.«

Sie schüttelte ihn bei den Schultern und sagte: »Für mich ist es wie das Drehbuch für ein neues Leben, aber könntest du dich dort wohlfühlen?«

»Was du erzählst, klingt wundervoll, einfach wundervoll.

Und in Aberdeen gibt es sicher einige Theater ..., aber eigentlich habe ich gedacht, dass du dieses Haus hier so sehr liebst.«

»Das tue ich auch, aber ich kenne auch das Haus von Charles. Ich habe meine halbe Kindheit auf Little Grange verbracht. Es ist wunderschön dort, und das Schottische Hochland ist nicht weit.«

»Aber was würdest du den ganzen Tag anfangen, wenn ich arbeiten bin?«

»Ach du meine Güte ... All die Dinge, die mir Spaß machen. Ich würde das Haus so hübsch und sauber halten, wie Charles es immer getan hat oder die alte Sally Nolan in den letzten Jahren, bevor er starb. Und ich hätte das Privileg und das Vergnügen, meinen« – sie neigte den Kopf in seine Richtung – »unseren Sohn großzuziehen. Außerdem würde ich viel im Garten arbeiten. Er ist ein sehr großer Garten, fünf Morgen Land, alles in allem. Zwei davon sind bereits als Garten angelegt, der Rest besteht aus einem kleinen Wald und Wiesen, um die sich ein gewisser Hamish kümmert. Charles ist viel geritten, als er jung war, und deshalb gibt es einen Pferdestall und eine Koppel, wo die Pferde frei laufen können. Kannst du dir ein Leben dort vorstellen?«

»Es klingt zu schön, um wahr zu sein. Viel zu schön, Nyrene.«

»Es ist aber wahr. Und abgesehen von Ivy und Ken und den Bewohnern der anderen drei Häuser im Umkreis von einer Meile oder so, werden wir nur mit den Leuten zu tun haben, die wir uns zu Freunden wählen.« Sie seufzte glücklich.

»Und noch etwas, Peter«, fuhr sie fort. »Ich werde dich nicht mehr Riley nennen. Und hör mir zu: Ich werde nur unter einer Bedingung mit dir zusammen leben, nämlich dass du unter keinen Umständen deine Karriere aufgibst. Ich weiß, dass du dann von Zeit zu Zeit fort sein wirst, aber ich werde da sein und auf dich warten. Und in der Zwischenzeit, wenn du alleine bist, und ich meine, wirklich alleine, bedeutet das für dich: kein Fred, keine Louise, kein Dave – niemand, mit dem du über die alten Zeiten reden und fachsimpeln kannst. Würdest du ein solches Leben akzeptieren?«

Sie fixierte ihn jetzt mit ernstem Blick, und aus ihrem Gesicht war alle Sanftheit gewichen, als sie sagte: »Du denkst jetzt an meinen schwachen Punkt, hab ich recht? Dazu kann ich dir nur sagen, dass ich mir an dem Tag, als mir klar war, dass ich schwanger bin, geschworen habe, nichts zu tun, das dem Kind schaden könnte. Ich habe nie geraucht, das war also kein Problem. Aber ich habe getrunken, und das mehr, als gut für mich war, wie ich zugeben muss. Welchen Schaden ich damit meinem Körper zugefügt und möglicherweise dem Kind vererbt habe, kann ich nicht sagen, und es zu ändern, liegt nicht mehr in meiner Macht. Aber ich habe mir geschworen, dass ich es ganz aufgeben werde, und bisher ist mir das auch gelungen. Nicht einmal als Fred und Louise auf das Baby angestoßen haben, war ich bereit, einen Schluck zu nehmen. Ich sehe das ganze so: Wenn ich so lange Zeit trocken bleiben konnte, obwohl ich mich oft schrecklich allein und deprimiert und krank gefühlt habe, dann schaffe ich es jetzt erst recht – mit dem Kind und dir, auch wenn du manchmal vielleicht nicht da bist.« Sie beugte sich zu ihm, legte ihre Arme um seine Schultern und sah ihm in die Augen. »Ich werde jeden Abend deine Stimme am Telefon hören, und jeden Morgen bekomme ich einen Brief von dir. Oh, ja«, sie nickte bekräftigend und lächelte jetzt. »Ich verlange, dass ich jeden Morgen einen Brief bekomme. Du siehst, deine Zukunft ist bereits geplant, und meine auch. Wir müssen nur noch von hier fortgehen und unser neues Leben in Little Grange beginnen.«

»Nach der Hochzeit.«

»Ja, nach der Hochzeit.«

Er schlang seine Arme um ihre Taille und schmiegte den Kopf an ihre Brust. »Ich kann es nicht glauben«, murmelte er. »Nicht wirklich.«

Am folgenden Tag wurde Riley von Fred mitsamt seinem Gepäck vor Nyrenes Haus abgesetzt.

»Bleiben Sie Ihren Urlaub über hier, Mr Riley?«, begrüßte Mrs. Atkins ihn in der Diele.

Riley erwiderte: »Richtig, Mrs. A., genau das«, und er stellte die Koffer ab.

Als er wieder auf den Gehsteig hinaustrat, um den Rest seines Gepäcks zu holen, richtete er den Blick auf den Mann, der grinsend hinter dem Steuer seines Wagens saß, und sagte: »Danke, Fred. Ich schaue morgen bei Ihnen vorbei.« Und Fred, der über Rileys Schulter hinweg zu Nyrene am Gartentor hinüber sah, rief: »Hallo! Ich habe ein Taxiunternehmen eröffnet, Madam. Stets zu Diensten, falls Sie einen Wagen brauchen.«

»Vielen Dank, Mr. Beardsley; ich habe Ihre Nummer.«

Fred lachte auf und antwortete: »Ich muss los. Wenn die Schulglocke klingelt, bevor ich dort bin, verliere ich meinen Job. Bis bald, Nyrene.«

»Ja, Fred. Bis bald.«

Der Wagen fuhr davon, und sie war im Begriff, das Gartentor zu schließen, als sie innehielt und sagte: »Dieser Mann auf der anderen Straßenseite, das ist doch dein Vater, Peter, oder?«

Riley fuhr herum und rief: »Herr im Himmel, ja! Das ist mein Dad. Warte bitte einen Augenblick. Ich muss mit ihm reden.«

Doch sie hielt ihn am Arm fest, bevor er loslaufen konnte. »Warum bittest du ihn nicht herein?«

Sie tauschten einen langen, tiefen Blick, und er sagte: »Danke, Nyrene. Danke, das werde ich tun.«

Er ging über die Straße zu seinem Vater. »Hallo, Dad. Was machst du denn hier in dieser Gegend? Ist was passiert?«

»Nein, nein, Junge. Es ist nichts passiert. Ich komme nur gerade vom Krankenhaus und dachte, ich geh mal durch die Straße, und da ... nun, da hab ich dich gesehen.« Er lachte auf und fügte hinzu: »Nachdem ich dich gesehen hatte, konnte ich doch wohl schlecht einfach weitergehen, oder?«

»Komm doch auf einen Sprung mit rein, Dad.«

»Äh ... nein! Nein, Junge. Nein. Du ... du ziehst hier ein?«

»Das dort drüben ist der Rest von meinem Gepäck. Mr. Beardsley hat mich rausgeworfen.«

»Das kann ich nicht glauben.«

»Komm, Dad. Steh hier nicht auf der Straße rum. Komm mit rein.«

»Nein, Junge. Ich will nicht über Dinge reden, über die ich nichts weiß.«

»Du kannst reden, wie dir der Schnabel gewachsen ist, Dad. Und du kannst sagen, was du willst. Komm schon, Dad.« Riley nahm seinen Vater beim Arm, zog ihn über die Straße und in die Diele, wo Nyrene sie erwartete und seinem Dad die Hand entgegenstreckte. »Hallo, Mr.Riley! Ich freue mich, Sie endlich kennen zu lernen.« Sie machte eine Handbewegung in Richtung des Wohnzimmers. »Bitte, treten Sie näher.«

Riley war inzwischen aus seinem Mantel geschlüpft. Zu Mrs. Atkins gewandt, sagte er: »Lassen Sie die Sachen hier stehen. Ich bringe sie später nach oben.«

»Ja, ich weiß, dass Sie das tun. Ich hätte sie so und so nicht angefasst.«

»Erzählen Sie mir keine Märchen, Mrs A.!« Er verstummte und sagte dann: »Das ist mein Vater.«

»Ich bin nicht taub.« Sie betrachtete ihn mit einem Lächeln und fragte dann: »Was möchten Sie? Tee oder Kaffee?«

»Oh ... Tee, glaube ich.« Als Riley ins Wohnzimmer trat, sagte Nyrene gerade: »Legen Sie doch Ihren Mantel ab, Mr. Riley, sonst frieren Sie, wenn Sie wieder auf die Straße hinausgehen. Es ist zwar erst Oktober, aber es ist den ganzen Tag schon so richtig lausig kalt.«

Riley sah seinen Vater genauer an. Er hatte ihn noch nie zuvor in einem Mantel gesehen, nicht, soweit er sich erinnern konnte. Er musste den Mantel bei Oxfam gekauft haben, was bedeutete, dass er alleine dorthin gegangen war. Seine Mutter kaufte seit Jahren bei Oxfam, aber, soweit er wusste, hatte sie von dort noch nie irgendetwas für seinen Vater mitgebracht. Einiges an ihm war anders ... Sein Haar war kürzer geschnitten, und er war frisch rasiert. Er sah aus wie jemand, dem es gut geht. Er war nie der Typ von Mann gewesen, den man als gepflegte oder gar elegante Erscheinung bezeichnet hätte, doch vor ihm stand ein ganz anderer Mann als der, der er einmal gewesen war. Es schien, als habe sich sein Aussehen dem neuen Selbstwertgefühl, mit dem er aus dem Krankenhaus entlassen worden war, irgendwie angepasst.

»Möchten Sie eine Tasse Tee?«

»Ich habe gerade Mrs. Atkins gesagt, sie soll welchen machen, Liebes«, sagte Riley. Alex Riley sah von einem zum anderen. Er war irritiert von dem, was er dachte. Sie war eine wunderschöne Frau, gewiss, aber sie war einiges über dreißig, Mitte dreißig, würde er sagen, und Peter war noch nicht einmal zwanzig. Oh, er hatte gehört, dass solche Dinge vorkamen, aber nicht mit so großem Altersunterschied. Andererseits hatte sich sein Junge verändert, seit er ihn das letzte Mal gesehen hatte. Er war ein erwachsener Mann geworden. Vielleicht war es seine Größe, die ihn so wirken ließ; der Junge war gut einsdreiundachtzig. Alex Riley dachte daran, wie seltsam es war, dass er selbst gerade mal einsdreiundsechzig maß und einen Sohn wie diesen hatte, der sich auch in den besten Kreisen bewegen konnte, als gehöre er dazu. Es kam ihm vor, als sei es erst gestern gewesen, dass der Junge ein magerer Galgenstrick war, der ständig in Schwierigkeiten steckte. Er brauchte nur an diese Autogeschichte zu denken! Aber seit er diesen Wettbewerb gewonnen hatte und von Mr. und Mrs. Beardsley protegiert wurde, hatte er sich wirklich verändert, das war so sicher wie das Amen in der Kirche. Man brauchte ihn nur anzusehen, wie er sich in diesem prachtvollen Zimmer bewegte, als hätte er sein ganzes Leben nichts anderes getan, und es sah ganz so aus, als würde er sich daran gewöhnen können – für einige Zeit in der näheren Zukunft zumindest. Heiliger Strohsack! Wenn man alles bedachte, dann hatte der Junge wirklich Glück mit einer Frau wie dieser. Sie war wunderschön. Ja – wunderschön. Ihm war zu Ohren gekommen, dass sie, als sie noch am Theater gewesen war, Probleme mit dem Alkohol gehabt hatte.

Aber die Leute redeten viel, wenn der Tag lang war. Die Menschen waren schlecht, vor allem die Frauen. Er hatte mehr Erfahrung damit, als ihm lieb war. Na warte, wenn sie das hier zu Ohren bekam! Heilige Jungfrau! Er konnte nur hoffen, dass er dann nicht in ihrer Nähe war – oder noch besser, dass keiner in ihrer Nähe war.

»Dad, kommst du mal einen Augenblick mit mir nach oben?«

»Was? Nach oben? Hier meinst du?«

Riley lachte. Nyrene ebenfalls, und es war sie, die dem irritierten Alex Riley erklärte: »Er möchte Ihnen etwas zeigen, Mr. Riley. Er ist ein alter Angeber, aber das wissen Sie sicherlich am besten.«

Als sich der ältere Riley erhob, sagte Nyrene zu Peter: »Bleibt nicht so lange; Mrs Atkins wird gleich den Tee bringen.«

Als sie den Treppenabsatz erreicht hatten, blieb Alex Riley stehen und sah sich um. »Das ist ein wunderschönes Haus, findest du nicht auch?«

»Ja, Dad, es ist sehr schön. Aber wir ziehen bald aus.«

Alex Riley entging das »Wir« keinesfalls, doch er sagte nur: »Ja? Wohin? Ich meine, wohin gehst du?«

»Nach Schottland. Nyrene hat dort auch ein Haus.«

Sein Junge hatte soeben gesagt, dass er mit dieser Frau nach Schottland ginge, die dort noch ein Haus hatte. Nyrene nannte er sie.

»Das ist ein schöner Name, Nyrene«, meinte er.

Sie waren jetzt im Kinderzimmer und standen zu beiden Seiten des Kinderbettchens. Das Baby war wach und gurgelte zufrieden vor sich hin. Aus seinem Mundwinkel troff Speichel.

Während Riley mit einem weichen Tuch den Mund des Babys trocken wischte, sagte er leise und, wie es schien, zu niemandem im Besonderen: »Es ist meines.«

Alex Riley sah auf das Baby hinab, dann wieder hoch zu seinem Sohn. »Was war das, was du gerade gesagt hast, Junge?«

»Ich habe gesagt, Dad, das ist mein Kind.«

»Großer Gott! Ist das dein Ernst?«

»Ja, Dad. Das ist mein Ernst.«

»Hei, Junge! Wie ist es dazu ...« Alex Riley kniff vor Verlegenheit fest die Augen zu, denn er hatte soeben fragen wollen, wie es dazu gekommen war. Mit leiser Stimme gab ihm Peter die Antwort auf seine unausgesprochene Frage: »In der üblichen Weise, Dad. Und wir lieben uns. Wir haben uns von Anfang an geliebt; von dem Augenblick an, als ich sie das erste Mal gesehen habe, glaube ich. Ich weiß, es gibt einen großen Altersunterschied, aber sie ist in ihrem Wesen überhaupt nicht alt und sieht viel jünger aus, als sie ist. Und ich sehe älter aus, als ich bin; niemand würde denken, dass ich erst zwanzig werde.« Er lachte laut auf. »Wenn Mr. Beardsley hier wäre, würde er darauf bestehen, dass ich, wenn ich erst zwanzig werde, offenbar noch neunzehn bin. Der gute Mr. Beardsley beharrt nun mal auf kühlen Fakten, aber trotzdem werde ich bald zwanzig und fühlen tu' ich mich, als wäre ich dreißig.«

Alex Riley starrte auf das Baby hinab und murmelte: »Ich kann's nicht glauben. Jetzt bin ich Großvater!« Er blickte auf, und in seinen Augen schimmerte es verdächtig feucht. »Das ist ein starkes Stück. Herrgott! Das ist ... das ist wunderbar! Oh, mein Junge«, er streckte die Hand über das Bettchen, »ich muss dir eines sagen: Ich habe das bestimmt sehr selten gesagt, aber in letzter Zeit habe ich es oft gedacht. Ich bin stolz auf dich.«

Dann änderte sich plötzlich der Ausdruck seines Gesichts, und er flüsterte: »Du lieber Himmel, Junge! Du lieber Himmel! Was wird, wenn sie es erfährt?«

Er brauchte nicht zu erklären, wen er mit »sie« meinte, und Riley blieb ihm eine Antwort nicht schuldig: »Es hat nichts mit ihr zu tun. Sie kann sagen und tun, was sie will.«

»So ist es, Junge. Aber es wird drauf ankommen, wo sie sagen wird, was sie zu sagen hat. Sie wird hier angestürmt kommen wie das heilige Donnerwetter. Du weißt, sie wird zur reißenden Bestie, wenn es um dich geht. Ich könnte von ihr aus zur Hölle fahren, und es würde ihr nichts ausmachen, aber du ... oh, du warst immer ihr kluger Junge. Nun, aus dir ist wirklich ein kluger Junge geworden, aber nicht ihrer, nicht unter ihrer Fuchtel. Wenn es nach ihr gegangen wäre, würdest du noch in zehn Jahren bei ihr zu Hause wohnen, und sie hätte freie Hand, eines der Mädchen nach dem anderen unter ihre Knute zu zwingen. Niemand, der in die Nähe ihrer Kinder kommt, kann ihren Ansprüchen genügen. Manche Mütter sind so. Es gibt mehr als genug Scheidungen, an denen allein die Schwiegermütter schuld sind. Und das hat nichts mit der Gesellschaftsschicht zu tun, aus der man stammt, denn in feineren Kreisen haben sie dasselbe Problem, aber sie gehen anders damit um, als jemand wie deine Mutter das tut. Oh, ja. Sie liebt es, auf der Straße rumzukeifen, wo jeder mitkriegt, wie schwer sie's hat. Sie hat das mehr als einmal mit mir gemacht, bis ich nichts mehr sagte und ihr ihren Willen ließ, weil ich die Schande nicht ertragen konnte, von ihr vor aller Welt als Idiot hingestellt zu werden. Oft ist sie zum Wäscheaufhängen rausgegangen und hat sich laut über meine Faulheit und meine eingebildeten Krankheiten beklagt, so laut, dass es in sämtlichen Hinterhöfen links und rechts zu hören war. Wie auch immer ... Ich freue mich für dich, Junge, das kannst du mir glauben, und ich kenne noch jemanden, dem es genauso geht, und das ist Betty. Sie hat dich sehr vermisst, als du gegangen bist, weil du und Betty, ihr seid euch sehr ähnlich, und sie macht eine schlimme Zeit mit ihrer Mam durch. Du bist nicht da, auf den sie losgehen könnte, und so nimmt sie sich Betty als Sündenbock.«

Als sie schon im Begriff waren, sich von dem Kinderbettchen abzuwenden, um wieder nach unten zu gehen, beugte sich der ältere Mann noch einmal über das Baby, berührte mit dem Finger die kleine Faust und lachte auf das mit großen Augen um sich blickende Kind hinab. »Ich bin dein Großpapa«, sagte er. »Was hältst du davon, eh? Oh – nicht viel. Nicht viel.«

»Komm, Dad!« Riley zog seinen Vater zur Tür, doch auf dem Treppenabsatz blieb Alex Riley abrupt stehen und sah seinem Sohn direkt ins Gesicht. »Ich habe vor, deine Mam zu verlassen«, sagte er.

»Was?«

»Du hast schon richtig gehört. Ich möchte nur wissen, ob du mir das übelnehmen würdest.«

»Oh ... Nein, Dad. Nein, das würde ich nicht. Aber wie hat sich das ergeben? Ich meine, wo willst du hin? Und was willst du machen?«

»Oh, ich werde mein Leben in Ordnung bringen, so wie du es getan hast ... Ich hab eine ... eine andere Frau.«

Sein Dad hatte eine andere Frau! Tja, was sollte er dazu sagen? Solche Dinge passierten nun mal.

»Sie ist Witwe und hat drei Töchter, aber sie sind alle gut versorgt: zwei sind verheiratet,und die dritte geht auf die Universität. O ja, ich sage dir«, er schüttelte den Kopf, »sie ist keine gewöhnliche Frau. Erinnerst du dich an die nette Schwester im Krankenhaus, als du mich besucht hast? Die mit dir herumgealbert hat?«

»Ja. Natürlich, Dad. Ist sie das?«

»Ja, das ist sie. Sie ist fast zehn Zentimeter größer als ich, und was sie an mir findet, weiß Gott allein, aber irgendwas scheint sie an mir gefressen zu haben, sonst hätte sie es mir nicht gesteckt. Ich konnte es selber nicht glauben. Ich hab zwar manchmal in diese Richtung gedacht, aber das waren nur Tagträume, nicht mehr. Und da stand sie, sah mir ins Gesicht und machte mir klar, dass ich doch was wert bin. Sie hat ein schönes Haus und einen guten Job, und sie ist staatlich geprüft, ich meine, sie ist eine hochqualifizierte Krankenschwester.«

»Hat Mam eine Ahnung davon?«

»Nein, sie ahnt nichts. Obwohl sie sich wundert, warum ich in letzter Zeit mehr auf mein Aussehen achte. Als sie mich im Krankenhaus besucht hat und es mir ziemlich schlecht ging, dachte ich, dass sich vielleicht was ändert. Aber dem war nicht so; es war nur eine vorübergehende Phase: Sie wollte den Leuten zeigen, was für eine treusorgende Frau sie ist. Sobald ich wieder zu Hause war, ging alles wieder von vorne los. Das einzige, wozu ich taugte, war Staubsaugen und Abwaschen und so weiter. Trotzdem war ich der, der nie was arbeitet. Sie ging am Morgen aus dem Haus, machte ihren Job, und das war es auch schon. Den Rest des Tages hatte sie für sich, bis sie das Abendessen auf den Tisch stellte, das ich gekocht hatte. Aber nein, ich hab nie einen Handstreich getan, ich hab nie gearbeitet – das war ihr Lieblingslied. Und alle haben ihr geglaubt, außer vielleicht einer oder zwei der näheren Nachbarn, die mich immer anständig behandelt haben.«

»Du musst es wissen, Dad. Egal,welchen Weg dein Leben nimmt, ich werde immer für dich da sein, wenn du mich brauchst. Und für Betty. Sag ihr das.«

»Das werde ich, Junge. Das werde ich.«

Und dann geschah etwas sehr Merkwürdiges. Sein Vater streckte plötzlich die Arme aus und zog ihn an seine Brust, und als auch Riley seinen Dad umarmte, dachte er, dass die Welt, so wie sie im Augenblick war, ein wunderschöner Ort zu sein schien.

Seit seiner Operation zwang er sich, mit geradem Rücken zu gehen, und heute war sein Rücken straffer und gerader denn je und sein Gang federnd, beinahe leichtfüßig. Er kam gerade von Peter und Nyrene, die morgen heiraten würden. Sie wollten, dass er zum Standesamt kam, zusammen mit ihren Freunden Mr. und Mrs. Beardsley. Die Vorbereitungen waren in aller Verschwiegenheit getroffen worden; niemand sonst wusste es, außer Mrs. Atkins, die ohnehin über alles im Bilde war. Sie wollte mit ihnen für einen Monat nach Schottland gehen, um zu sehen, ob ihr das Leben dort zusagen würde. Hier hatte sie keine Verwandten oder nähere Beziehungen und nur eine kleine Wohnung, und sie hatten ihr angeboten, dass sie für immer bei ihnen bleiben könne.

Es schien, als würde alles auf einmal passieren, denn auch er war zu einem Entschluss hinsichtlich seines eigenen zukünftigen Lebens gekommen. Da er erst fünfundvierzig war, obgleich er wusste, dass er älter aussah, war er überzeugt, dass er noch eine Reihe von Jahren vor sich hatte, in denen es ihn möglich wäre, ein glückliches und zufriedenes Leben zu führen. Er zweifelte nicht daran, dass er mit Maggie glücklich werden konnte. Alles war vorbereitet. Er würde dabei sein, wenn Peter heiratete, dann würde er Mona sagen, dass er für immer ging. Gewissensbisse, weil er seine Kinder verließ, empfand er keine. Betty war alt genug, für sich selber zu sorgen. Und die anderen beiden waren inzwischen auch schon Teenager, und ihr Verhalten ihm gegenüber war das genaue Spiegelbild von dem ihrer Mutter. Sie würde das Thema ihrer Versorgung ganz sicher aufs Tapet bringen. Wenn man ihr zuhörte, dann hatte er schon seit Ewigkeiten nichts mehr zum Unterhalt der Familie beigetragen. Alles, was er nach Hause gebracht hatte, war sein Krankengeld gewesen, und das konnte sie haben, denn er hatte es ohnehin nie in die Hände bekommen – dafür hatte sie schon gesorgt.

Ein Gefühl freudiger Erregung erfüllte ihn und ließ ihn die Luft tiefer in die Lungen saugen; es war, als sei er soeben erst zum Leben erwacht, doch als er die hintere Gartentür aufstieß, hörte er ihre Stimme in der Küche, und ihn verließ der Mut. Sie hackte sicherlich wieder auf Betty herum, die ihren halben freien Tag hatte.

Als er die Küchentür aufstieß, drehten sich beide zu ihm um. Bettys Gesicht war weiß, und sie sah aus, als würde sie gleich in Tränen ausbrechen; das Gesicht seiner Frau war tiefrot, und ihm fiel sofort auf, dass sie im Begriff war, auszugehen: ihr Mantel und ihr Hut lagen auf der Couchlehne, und sie hatte einen Kamm in der Hand, denn bevor sie einen Hut aufsetzte, kämmte sie immer erst mit kräftigen Strichen ihr schwarzes, drahtiges Haar nach hinten aus dem Gesicht. Er hatte stets den heimlichen Verdacht gehegt, dass sie die letzte Frau in Fellburn war, die noch immer einen Hut trug – sogar wenn sie nur in den Supermarkt an der Ecke ging. Wie sie ihm einmal anvertraut hatte, war für sie ein Hut das äußere Zeichen von Anstand und Ehrbarkeit; nur Schlampen und Huren trugen Kopftücher. Bei dieser Gelegenheit hatte er gewagt, sie darauf hinzuweisen, dass sie sich dabei auf gefährlichem Terrain befand, denn unter welche Kategorie fiel für sie dann die Königin?

Der Ton ihrer Begrüßung war der übliche: »Wo warst du den ganzen Morgen?«

»Aus.«

»Komm mir nicht so. Und? Hast du den neuesten Tratsch über deinen Sohn gehört, während du unterwegs warst?«

Ihm war außerdem aufgefallen, dass Peter in letzter Zeit sein Sohn war, nicht ihrer. »Und das Früchtchen hier hat sich gerade verplappert, dass er nicht mehr bei den Beardsleys wohnt. Was glaubst du, wo er untergekrochen ist?«

»Du wirst es mir sicherlich sagen.«

»Ja, das werde ich: Er wohnt bei dieser Schauspielerschlampe, die gerade das Kind gekriegt hat – einen Bastard ohne Vater, wie nicht anders zu erwarten.«

»Hüte dein Schandmaul, Frau!« Seine Antwort bewirkte jedoch das genaue Gegenteil: Ihr Mund klappte vor Verblüffung auf und sie blinzelte irritiert, denn sie erkannte weder den Mann noch die Stimme. Er kam auf sie zu, anstatt wie sonst vor ihr zurückzuweichen. Er kam tatsächlich und wahrhaftig auf sie zu! Und was er als nächstes tat, verdutzte sie noch mehr, denn er stieß seinen Finger nicht gerade sanft gegen ihre vom Büstenhalter eingeschnürte Brust und zischte: »Benutze nie wieder diesen Ausdruck für das Kind oder für sonst jemanden!«

Sie hatte sich wieder einigermaßen gefangen und schlug nach seinem Arm. »Ich rede, wie ich es für richtig halte. Schließlich geht es um deinen Sohn.«

»O ja, richtig – er ist nicht mehr *dein* Sohn, wie? Wenn er plötzlich *mein* Sohn ist, warum überlässt du es dann nicht mir, über ihn zu urteilen? Was geht es dich an, was er macht?«

»Es geht mich was an, wenn er uns vor der ganzen Stadt bloßstellt und bei dieser ... dieser ...«

»Ich warne dich!«

»Du tust was?« Ihr Kopf ruckte vor, und als er ohne ersichtliche Regung wiederholte: »Ich warne dich! Halte deine Zunge im Zaum oder es könnte dir Leid tun«, konnte sie nicht mehr verhehlen, dass sie nun tatsächlich sprachlos vor Verblüffung war, denn sie fuhr zu Betty herum, die ebenfalls verdutzt dreinblickte, doch mit einem genüsslichen Grinsen auf dem Gesicht, und bellte sie an: »Hör auf zu grinsen, oder ich sorge eigenhändig dafür!«

»O nein, Mam, das tust du nicht. Nie wieder, Mam! Vielleicht solltest du ausnahmsweise Dad mal zuhören, dann könntest du noch was erfahren.«

»Und was ist das?« Sie sah von einem zum anderen. »Du steckst mit ihm unter einer Decke, wie? Von mir aus! Das ändert nichts daran, was ich denke und fühle. Ein unreifer Junge in den Klauen einer …«

Sie hielt inne und holte tief Luft, und er nutzte die Gelegenheit um einzuwerfen: »Das reicht. Überleg es dir, bevor du es sagst, und du wärst gut beraten, wenn du das auch in Zukunft tun würdest.«

»Ich weiß nicht, was über dich gekommen ist, aber ich sage dir eins, und das kannst du dir hinter die Ohren schreiben: Du verbietest mir nicht den Mund, wenn es um ihn geht oder sie und alle unsere Kinder. O nein, das tust du nicht. Er ist noch immer ein unreifer Junge.«

»Er ist fast zwanzig.«

»Er ist noch immer ein Kind, und er hat unseren guten Namen in den Schmutz gezogen.«

Er lachte jetzt laut auf. »Unseren Namen in den Schmutz gezogen? Wenn jemand unseren Namen in den Schmutz gezogen hat – ich meine hier in der Nachbarschaft –, dann du! Was den Rest der Stadt angeht – wer bist du schon? Du bist die Putzfrau von Mrs. Charlton. Aber hier im Viertel haben sie einige Namen für dich. Hast du das gewusst?«

»Kann sein, dass sie mir Namen geben, aber ich habe auch ein paar Namen für sie, weil die meisten Ausdrücke, die ich für dich habe, auch auf den Rest dieser primitiven, versoffenen, schmutzige Reden führenden und – jawohl, genau das – verhurten Bagage zutreffen.«

»Jaja, vielleicht hast du ja sogar recht, aber sie tun wenigstens eines, das du nie getan hast – sie leben. Sie genießen wenigstens ihr Leben, soweit das möglich ist, und es wäre ja auch gar nicht so schlimm, dass du an deinem Leben nie Freude gehabt hast, aber du hast es auch anderen unmöglich gemacht, ihres zu genießen. Ich denke da zum Beispiel an deine Mam und deinen Dad. Mir ist schon vor langem klar geworden, dass sie froh waren, dich aus dem Haus zu haben, auch wenn du dich – wie du es siehst, so tief herablassen musstest, mich zu heiraten. Jammerschade, dass du nicht den Küster von St. Bride gekriegt hast. Lang genug bist du ja hinter ihm hergerannt. Aber er war nicht blöd – nicht so blöd wie ich zumindest.«

Als ihre Augen hin und her huschten, wusste er, dass sie nach etwas Ausschau hielten, um das sie ihre Hände legen konnte. Ihre Zähne knirschten aufeinander, ihre Augen blitzten, und als sie zischte: »Dafür wirst du zahlen!«, konterte er: »Ja, vielleicht. Aber nicht durch dein Dazutun, meine liebe Frau! Das ist ein für allemal vorbei.«

Wieder huschte ihr Blick zu Betty, als könnte vielleicht ihre Tochter erklären, was über ihren Mann, diesen unscheinbaren, farblosen und gefügigen Schlappschwanz ohne Mumm, denn so sah sie ihn, gekommen war. Und dann fing er an, es ihr zu erzählen:

»Ich wollte mit der Neuigkeit eigentlich bis übermorgen warten«, begann er mit leiser Stimme. »Weil morgen ein ganz besonderer Tag ist. Mein Sohn – hast du gehört, was ich gesagt habe? – mein Sohn heiratet morgen, und ich bin zur Hochzeit eingeladen. Und dann, am Tag darauf, wollte ich dir noch etwas mitteilen, aber das kann ich dir auch jetzt gleich stecken: Ich verlasse dich. Ich habe eine andere Frau. Um die Scheidung kümmere ich mich später, und bis dahin werde ich mit dieser Frau zusammenleben,und zwar hier in dieser Stadt, in Fellburn.«

Er beobachtete, wie ihr Kinn herunterklappte, wodurch ihre Wangen nach oben zu rutschen schienen und ihre Augen sich halb schlossen. Dann glättete sich ihr Gesicht wieder, und sie griente: »Dass ich nicht lache! Glaubst du, du kannst mir damit Angst einjagen? Du und eine andere Frau! Und dann hat es Sterne vom Himmel geregnet.«

»Nein, es hat keine Sterne vom Himmel geregnet. Und trotzdem stimmt es, nicht wahr, Betty?«

Er wandte sich seiner Tochter zu, die ihre Mutter ansah und sagte: »Doch, Mam. Er hat eine andere Frau.«

Er registrierte, wie sie mit dem Hintern gegen den Ausguss sank, als brauche sie Halt oder versuche Zeit zu gewinnen, um zu Verdauen, was er gesagt hatte – wahrhaftig gesagt hatte, nämlich dass dieser kleine, miese Mistkerl eine andere Frau hatte und sie verlassen wollte. Das also war es, was anders an ihm gewesen war. Er hatte in letzter Zeit mehr auf sich Acht gegeben und darauf, wie er aussah, und sie hatte geglaubt, das sei wegen seines Aufenthalts im Krankenhaus gewesen und weil sie dort so ein Aufhebens um ihn gemacht hatten, wegen seinem schlimmen Rücken. Aber es war eine Frau, die dahinter steckte! Wer? Aber was machte das für einen Unterschied? Wer immer es war, es war eine Frau, und er wollte sie einfach so mir nichts, dir nichts verlassen, obwohl sie noch zwei Gören am Bein hatte, die sie großziehen musste. Und genau das schleuderte sie ihm als Nächstes entgegen: »Du kannst mich nicht verlassen! Das wagst du nicht – mich mit zwei Kindern sitzen zu lassen, die großgezogen werden müssen!«

»Die zwei Kinder, von denen du sprichst, brauchen nicht mehr großgezogen zu werden. Sie sind inzwischen Teenager. Und mit dem Großziehen habe ich so und so nie was zu tun gehabt – dafür hast du schon gesorgt. Wie auch immer, du kannst aus einem Stein kein Wasser pressen: Du kriegst mein Krankengeld, und damit hat sich's auch schon. Und dafür wirst du dich auf die Hinterbeine stellen müssen, das kann ich dir versprechen, denn ich muss auch leben, wo immer ich hingehe, und die Behörden wissen das auch. Du hast noch immer das Kindergeld, du hast deinen Job, und du wirst dir sicher nicht zu schade sein, alles aus dem Staat rauszuholen, was du von ihm kriegen kannst. Du kommst ganz sicher zurecht. Und noch was wollte ich dir sagen: Wenn du Betty« – er nickte mit dem Kopf in Bettys Richtung – »weiter das Leben zur Hölle machst, wie du's in letzter Zeit getan hast, dann nehme ich sie mit. Und sie wird bestimmt mitkommen, weil sie die Frau kennen gelernt hat und die beiden sich mögen.«

Er sah zu, wie sie ihre vor Entrüstung funkelnden Augen auf ihre Tochter richtete und murmelte: »Gott im Himmel ...

Ich kann nicht glauben, dass das alles geschieht. Ich kann es einfach nicht. Das habe ich nicht verdient!« Jetzt brach sogar ihre Stimme, doch er ging von neuem auf sie los und schrie beinahe: »Doch,das hast du! Du hast nie irgendwelche Rücksicht genommen! Solange wir verheiratet sind, hast du mich angekeift, tyrannisiert und niedergemacht. Und ich habe auch nicht vergessen, wie du mich einfach aus dem Bett gekippt hast und wie ich den ganzen Tag auf dem Boden gelegen bin und nicht aufstehen konnte, und wenn mein Bruder nicht vorbeigekommen wäre und mich zum Arzt gebracht hätte, läge ich heute noch dort. Trotzdem hast du mir nie geglaubt, o nein: nicht einmal als ich das Attest vom Gesundheitsamt vorwies. Das einzige, was du darauf zu sagen hattest, war: Du kannst laufen, wenn du es nur willst. Andere Männern tun so etwas. Wie auch immer – das ist alles. Was ich zu sagen habe, hab' ich dir gesagt.«

Einen Augenblick lang herrschte tiefe Stille in der Küche, bevor sie ihre Kräfte sammelte, sich kerzengerade auf richtete und ihn mit vor Wut funkelnden Augen anbellte: »Du hast vielleicht nichts mehr zu sagen, aber ich habe noch nicht einmal damit angefangen. Zuerst knöpfe ich mir die zwei vor, und was ich den beiden zu sagen habe, ist erst der Anfang von dem, was du zu hören kriegst, wenn ich wieder zurück bin.«

Sie fischte ihren Hut von der Couch, stülpte ihn sich auf den Kopf, ohne wie gewöhnlich vor den Spiegel neben dem Ausguss zu treten, rammte die Fäuste in die Ärmel ihres Mantels und starrte ihn, während sie die Knöpfe schloss, mit böse glitzernden Augen an. Doch als sie auf die Tür zueilte, war er vor ihr dort und lehnte sich, einen Arm quer über die Tür ausgestreckt, mit dem Rücken dagegen.

»Bevor ich dich zu ihnen gehen lasse, damit du mit deiner schmutzigen Fantasie und schmutzigen Ausdrucksweise Zwietracht zwischen ihnen säen kannst, komme ich jetzt auf der Stelle mit dir auf die Straße raus und schreie die ganze Nachbarschaft zusammen, die dann mit ansehen kann, wie ich dir 'ne Tracht Prügel verabreiche. Zum ersten Mal, seit wir verheiratet sind, werde ich dich verprügeln – etwas, das ich vielleicht schon früher hätte tun sollen. Also geh' jetzt zurück in die Küche und nimm deinen Sturmhelm ab.« Er griff nach ihrem Hut, doch mit einem wütenden Hieb schlug sie seine Hand zur Seite, was ihn aus dem Gleichgewicht brachte und zwei, drei Schritte von der Tür wegtaumeln ließ. Doch sie versuchte nicht, die Tür aufzumachen, sondern schob sich rückwärts von ihm fort.

Wieder in der Küche, fuhr zu ihm herum und zischte: »Du kannst mich jetzt aufhalten, aber mir werden sich noch genügend Gelegenheiten bieten.«

Er erwiderte ihren feindseligen Blick und wusste, dass sie damit Recht hatte. Sobald er ihr aus dem Weg wäre, würde sie zu Nyrenes Haus stürmen, an die Tür hämmern und diese wunderschöne Frau mit ihren Beschimpfungen und Beleidigungen bespucken. Und der Unflat, der aus ihrem Mund käme, war schmutzig genug, selbst der strahlendsten Liebe den Glanz zu nehmen. Denn selbst wenn Nyrene der Altersunterschied zwischen sich und ihrem zukünftigen Mann im Augenblick nicht sonderlich zu belasten schien, er würde es, sobald Mona ihr Schandmaul aufmachte. Man sagte so dahin »Sollen die Leute doch denken, was sie wollen«, aber er wusste, wirklich schlimm wurde es, wenn sie sagten, was sie dachten, denn das war der Augenblick, in dem das Messer zustieß.

Bis vor ein paar Wochen war ihm nie bewusst geworden, wie sehr er seinen Sohn, seinen einzigen Sohn liebte, denn bis dahin hatte sie stets einen Keil zwischen sie getrieben. Das hatte sie getan, seit sie zum ersten Mal bemerkt hatte, dass sie sich näher kamen, zusammen spazieren gingen oder sich gemeinsam ein Fußballspiel ansahen. Und was jetzt, nachdem sie ihn nicht mehr an ihre Schürzenbänder fesseln konnte, passieren würde, wagte er sich gar nicht auszumalen. Sie würde Peter zerstören – auf die einzige Weise, die sie kannte. Er wusste, sein Sohn hatte etwas sehr Seltenes und Wertvolles gefunden. Als er selber ein junger Bursche gewesen war, hatte er ebenfalls von einer solchen Liebe geträumt, doch das war ihm sehr schnell ausgetrieben worden, und er hatte begriffen, dass dies nur Träume in der Nacht waren und dass im wirklichen Leben kein Platz für solche Gefühle blieb. Und jetzt war sein Sohn von denselben Gefühlen überwältigt worden. Er konnte es an seinem Gesicht sehen; es strahlte geradezu. Er war schon immer ein hübscher Junge gewesen, aber jetzt lag ein Leuchten in seinem Gesicht, vor allem wenn er mit ihr zusammen war oder das Kind auf dem Arm hielt. Er durfte nicht zulassen, dass dieses Gefühl zerstört wurde, und nichts durfte geschehen, das einen Schatten darauf warf. Die Jahre würden ihren Tribut fordern, doch dies lag in den Händen der beiden. Er ... er musste mit seiner Frau einen Handel vereinbaren. Ja, genau das war es: Er würde mit ihr handeln. Er wandte sich von ihr ab und ging zu einem Stuhl, setzte sich und sagte: »Ich schließe mit dir einen Handel ab.«

»Du tust was?«

»Du hast schon richtig gehört. Setze dich einen Augenblick hin.«

»Ich werde mich weder hinsetzen noch mit dir einen Handel abschließen.«

»Na schön, dann nehmen die Dinge eben ihren Lauf. Wenn du weiter auf stur stellst, dann ziehe ich aus; wenn du dich aber zurückhältst und dich mit einigem abfindest, dann ...« Er sah zu Betty hinüber, die ihn mit großen Augen anstarrte, und fuhr dann, als würde er sich für das schämen, was er zu sagen im Begriff war, mit leisem Murmeln fort: » ...dann bleibe ich bei dir. Damit könntest du das Gesicht wahren. Ich weiß, was dir von allem am meisten zu schaffen machen wird: das Gerede der Nachbarn, dass dich dein von dir immer verächtlich gemachter Ehemann wegen einer anderen Frau verlassen hat. In diesem Viertel gibt es so was wie einen Maßstab, an dem sich jeder messen lassen muss. Da musst du durch und die Blicke und das Getuschel ertragen. Also nochmal mein Angebot: Ich bleibe, wenn du die beiden in Ruhe lässt. Was sagst du dazu?«

Er beobachtete, wie die Muskeln in ihrem Gesicht zuckten. Sie schob eine Lippe über die andere, dann machte sie den Mund auf und dann wieder zu, bevor sie sich von ihm abwandte und ans Fenster ging. Obwohl die Spanngardinen an der unteren Hälfte der Scheibe den Blick auf die Straße verwehrten, stand sie regungslos dort und starrte darauf, als könne sie durch sie hindurch in die Zukunft blicken. Sie wusste, dass alles, was er gesagt hatte, stimmte: Sie konnte den Hohn und die Verachtung der Nachbarn bereits spüren. Sie wusste genau, wie der Urteilsspruch lauten würde: Sie hat verdient, was sie bekommt, und er hätte sie schon vor Jahren sitzen lassen sollen. Nein! Das könnte sie nicht ertragen. Sie würden ihr das Leben zur Hölle machen.

Sie wandte sich vom Fenster ab und sah ihn an, und da sie war, wer sie war, blieb sie auch in der Niederlage sie selbst und keifte ihn an: »Glaube ja nicht, dass du mich dort hast, wo du mich haben willst. Noch lange nicht! Es gibt noch andere Gelegenheiten.« Nicht etwa, dass sie gesagt hätte, ich bin einverstanden mit deinem Vorschlag; ihre Antwort bestand einfach daraus, ihren Hut abzunehmen und den Mantel auszuziehen, zur Tür und dann hinaus in die Diele zu stapfen und Tür hinter sich zuzuwerfen. Sie hörten ihre Schritte die Treppe hinauf poltern.

Über ihnen krachte eine Tür ins Schloss. Betty streckte die Hand über den Tisch und griff nach dem Arm ihres Vaters. »Oh, Dad! Was willst du jetzt tun? Maggie wartet auf dich.«

»Ich weiß das, meine Kleine, aber sie wird es verstehen müssen, und du ebenso. Ich konnte doch nicht zulassen, dass deine Mutter den beiden wutschnaubend das Haus einrennt. Das würde die Beziehung kaputt machen, sogar noch nach der Heirat. Aber keine Sorge ...« Er stand auf und fuhr flüstern fort: Die beiden ziehen am Freitag nach Schottland. Sie haben das Haus hier an die Tochter der Nachbarn verkauft, und Nyrene hat mir eine Menge Sachen geschenkt.«

»Weißt du, Dad, ich kann's nicht ändern, aber irgendwie tut Mam mir Leid.« Sie warf den Kopf zurück und fügte hinzu: »Sie ist unglücklich. Ganz tief in ihrem Herzen ist sie unglücklich.«

»Wem sagst du das, Kind. Sie ist schon ihr ganzes Leben unglücklich.«

»Ich weiß, Dad. Ich weiß. Aber was wird, wenn sie das mit dem Kind erfährt?«

»Weiß der Himmel. Weiß der Himmel, mein Kind. Ich hebe mir das für später auf ... Ich meine, wenn die beiden weg sind und sie keine Ahnung hat, wo sie jetzt wohnen. Du weißt es doch auch nicht, oder? Ich bin der einzige, der es weiß, und Mr. und Mrs. Beardsley.«

»Aber du siehst Maggie doch nach wie vor, oder, Dad?«

»O ja, natürlich. Natürlich. Daran hat sich nichts geändert. Sie wird es sicher verstehen; ich weiß, dass sie das versteht. Sie weiß, dass es nur eine Frage der Zeit ist.«

Betty erhob sich jetzt ebenfalls und streckte sich. Auf ihrem Gesicht lag ein Lächeln, als sie sagte: »Ich fühle mich noch viel zu jung für eine Tante. Aber das bin ich jetzt, oder?«

Alex Riley nickte, nun ebenfalls grinsend, und schnaubte: »So ist es, mein Mädchen – du bist Tante geworden. Und ich Großvater. Und ich muss sagen, es ist ein wunderbares Gefühl, Großvater zu sein.«

11

Der Berg von Taschen und Koffern war im Gepäckwagen verstaut. Mrs. Atkins, die das Baby auf dem Arm trug, hatte ihren reservierten Platz im Wagen der Ersten Klasse eingenommen und sah jetzt zu Peter und Nyrene hinab, die sich auf dem Bahnsteig mit Mr.und Mrs. Beardsley und Mr. Riley unterhielten.

»Ich werde euch beide vermissen«, sagte Alex Riley zu Nyrene, »und den Kleinen. Ja, er wird mir sehr fehlen; es kommt mir vor, als würde ich ihn schon seit Jahren kennen.« Er lachte verlegen, und Louise warf dazwischen: »Da sind Sie nicht der einzige, Mr. Riley. Wir alle werden die drei vermissen.« Es fiel auf, dass Fred gar nichts sagte.

»Ihr wisst ja alle, dass ihr uns, so oft ihr wollt, besuchen könnt.« Mit einem wehmütigen Lächeln sah Nyrene von einem zum anderen.

Als die Türen zugeschlagen wurden, war es an der Zeit, einander die Hände zu schütteln, und die beiden Frauen küssten sich zum Abschied. Riley ergriff die Hand seines Vaters, doch er brachte kein Wort hervor. Sein Vater war der gefasstere von ihnen. »Ist schon in Ordnung, Sohn«, brummte er. »Es wird alles gut werden. Mach dir um uns keine Sorgen; kümmere dich nur um sie.« Er nickte mit einem Lächeln in Richtung Nyrene und fügte hinzu: »Denk nur ab und zu mal an mich, denn ich denke bestimmt an dich.« Er schob Riley zu Fred hin.

Fred war während des ganzen Abschiednehmens seltsam still gewesen. Sogar jetzt sagte er nichts. Stattdessen hob er die Arme und drückte Riley einen Moment lang an seine Brust, dann deutete er auf den Schaffner, der wartend an der offenen Waggontür stand.

Riley hatte noch etwas sagen wollen, doch er wandte sich hastig ab und sprang mit einem Satz hinein.

Die Tür schlug zu, und gleich danach setzte sich der Zug in Bewegung. Freds Blicke folgten und er hatte das Gefühl, dass er einen Sohn forttrug – oder zumindest einen engen Freund, der nicht zu ersetzen sein würde ...

Fünfundzwanzig Minuten später betrat Alex Riley sein Haus und fand dort Betty, die aufgeregt in der Küche auf und ab ging. Es war sehr ungewöhnlich, dass sie während ihrer Mittagspause nach Hause kam.

»Was ist denn, Betty? Ist was passiert?«

Statt einer Antworte stieß sie hervor: »Sind sie fort? Ich meine, haben sie den Zug gekriegt?«

»Ja, sie sind schon weit weg.«

Sie seufzte erleichtert. »Sie ist rüber zu Nyrenes Haus gegangen.«

»Was hat sie dazu gebracht?«

»Sie hat auf der Straße Mrs. Naylor getroffen. Du weißt schon, sie putzt im Theater. Sie hat Mam gratuliert, dass sie Großmutter geworden ist.«

»O Gott!«

»Ich wollte nur schnell zu Hause vorbeischauen, weil ich immer an Mam denken musste und wie Leid sie mir tut. Aber da stand sie, mit Hut und allem und einem irren Glitzern in den Augen, und war bereit für den Rachefeldzug. Sie beschimpfte Peter mit den schmutzigsten Ausdrücken, die ihr auf die Zunge kamen. Ich hab noch nie jemanden so reden hören. Sie brüllte, dass er erst achtzehn gewesen sein müsse, als diese alte Schlampe ihn in ihr Bett geschleppt habe. Und sie sagte, dass du sie nicht zum Schweigen bringen wirst, egal womit du ihr drohst. Und dann ist sie aus der Tür gestürmt, und weg war sie. Dad, ich glaube, Mam ist wahnsinnig.«

»Nein, sie ist nicht wahnsinnig. Sie ist nur fuchsteufelswild, aber sie weiß, was sie tut. Sie ist nicht wahnsinnig –nicht im Kopf, meine ich, sie ist nur wahnsinnig wütend und außer sich vor Besitzdenken, Eifersucht und Neid und allem. Leute wie sie können die meiste Zeit ganz normal sein. Sie weiß ganz genau, was sie tut. Aber schau doch nicht so erschreckt, mein Kind. Ich habe dir doch gesagt, wenn es für dich hier unerträglich wird, gehst du einfach, denn ich fühle mich jetzt nicht mehr an die Abmachung gebunden. Ich habe ihr gesagt, wenn sie nicht dort hingeht, bleibe ich. Sie ist hingegangen.«

Und damit drehte er sich um und eilte die Treppe hinauf.

Es war fast ein Uhr, als Mona Riley wieder in das Haus zurück gestürmt kam. Es gab kein anderes Wort, das ihre Rückkehr treffender beschrieben hätte, und als sie ihren Mann im Mantel und mit einem Koffer und einer Segeltuchtasche neben sich in der Küche stehen sah, sagte sie kein Wort. Er war es, der etwas sagte: »Tja, Mona ... Die Abmachung war, dass ich bleibe, wenn du nicht dort hingehst. Du bist hingegangen, also gehe ich.«

Sie sagte noch immer nichts, und ihr Schweigen war bedrohlicher als alle Worte, die sie ihm an den Kopf hätte werfen können. Dann war sie mit einem Satz bei dem walisischen Geschirrschrank und packte das Nudelholz, das Peter auf dem Jahrmarkt gewonnen hatte, als er vierzehn war. Als sie vom Küchenschrank herumfuhr und ihre Hand mit dem

Nudelholz hochschwang, wusste er, was sie tun wollte, doch er war nicht schnell genug, ihrem Schlag auszuweichen, und als das Nudelholz seine Stirn streifte, war es, als hätte ihn ein Hammer getroffen. Er taumelte rückwärts, und nur die Lehne des Küchenstuhls verhinderte, dass er zu Boden ging. Als er sein warmes Blut durch seine Finger sickern spürte, glaubte er, im nächsten Augenblick ohnmächtig zu werden. Ihre kreischende Stimme schien aus weiter Ferne zu kommen, und dann, als der Nebel vor seinen Augen sich langsam lichtete, sah er, dass Betty ihre Mutter gegen den Küchenschrank drückte. Über ihre Schulter hinweg schrie sie ihm zu: Geh raus, Dad! Geh schon!«

Langsam, als bewege er sich in einem Traum, griff er nach dem Koffer und der Tasche und rannte durch die Hintertür nach draußen und in den Schuppen im Garten, wo er sich mit einem Taschentuch das Blut aus dem Gesicht wischte, bevor er das Haus verließ, das so viele Jahre wie ein Gefängnis für ihn gewesen war.

Mit bangen Gefühlen beobachtete Betty ihre Mutter, die am Tisch saß. Sie hatte ihren Hut abgenommen und den Mantel ausgezogen, der zusammengeknüllt auf einem Stuhl neben ihr lag. Ihr Kopf ruhte auf ihren Unterarmen, und unter ihrem Haar sahen seitlich ihre geballten Fäuste hervor. Seit Minuten saß sie schon so, und sie rührte sich auch nicht, als Betty sagte: »Ich mache dir eine Tasse Tee, Mam.«

Betty goss eine Tasse Tee auf und brachte sie an den Tisch.

Nun doch ein wenig besorgt, blickte sie auf die reglose Gestalt hinab, denn ihre Mutter hatte sich keinen Zoll bewegt.

»Hier, Mam – eine Tasse Tee für dich.«

Als ihre Mutter langsam den Kopf hob, zur Seite drehte und sie ansah, fühlte Betty, wie Mitleid in ihr aufstieg, und sie empfand einen Augenblick lang den Wunsch, die Arme um ihre Mutter zu legen und ihr zu sagen, dass alles wieder gut werden würde. Doch sie wusste, dass für sie nichts je wieder gut sein konnte und würde, und der Wunsch verflüchtigte sich sogleich, als ihre Mutter den Mund aufmachte und zu sprechen begann. Die Worte klangen seltsam hohl, als kämen sie tief aus ihrem Inneren: »Ich werde es überleben. Ich werde alt, sehr alt werden, und ich werde es ihm heimzahlen. Du wirst es erleben. Es macht mich ganz krank, wenn ich daran denke, dass ich ihn geboren habe. Er ist schmutzig. Genauso ein Stück Dreck wie sie. Achtzehn Jahre alt und kriecht mit dieser versoffenen Schlampe ins Bett und macht ihr ein Kind. Großer Gott! Der Tag wird kommen, an dem ich ihn mir vorknöpfe. Er kriegt sein Fett, genau wie der andere, der sich gerade aus dem Staub gemacht hat. Und es wird eine Zeit geben, da tanze ich auf ihren Gräbern. Bei Gott, das werde ich. Ich schwöre es.«

Du lieber Gott! Betty hatte die Hand fest auf ihren Mund gepresst, wandte sich schnell um und ging zurück zum Ausguss. Sie hatte sich noch nie vor ihrer Mutter gefürchtet, doch jetzt hatte sie Angst vor ihr. Sie hatte gesagt, sie würde auf ihren Gräbern tanzen, und sie hatte jedes Wort so gemeint, wie sie es gesagt hatte. Nun – eines war auf jeden Fall sicher: Sie konnte ein solches Leben nicht ertragen. Sie würde so bald wie möglich ausziehen. O ja, sie würde von hier abhauen und zu ihrem Dad gehen.

ZWEITER TEIL

1

Sie stand innerhalb des Tores. Es war ein massives Tor und gut eineinhalb Meter hoch, doch sie hatte sich nicht dagegen gelehnt, obwohl sie schon seit mehr als einer Stunde dort stand. Ihre Haltung war noch immer aufrecht und erwartungsvoll gespannt, und ihr Blick über die idyllische Landschaft vor ihr in die Ferne gerichtet, doch ihre sorgenschweren Gedanken irrten durch die verflossenen Jahre zurück in die Vergangenheit. Jahre, die angefüllt waren von seelischer Qual, von Hass und Tragödie, doch stets lebenswert und erträglicher gemacht durch eine tiefe, verzehrende Liebe. Eine Liebe, die wegen der Angst, sie zu verlieren, immer schon Kummer und Schmerz gekannt hatte, und die schließlich zur Qual geworden war.

Nyrene Riley war inzwischen eine Frau, die auf die fünfzig zuging, und die auch so aussah, worüber sie sich durchaus im Klaren war. Doch an dem Tag, als sie hierher gekommen waren und Peter und sie genau hier an dieser Stelle gestanden und über dieselbe Idylle zum Fluss hinabgeblickt hatten, war es ihr vorgekommen, als wäre sie wieder ein junges Mädchen; ein Gefühl, das noch Wochen und Monate – ja sogar die ersten drei Jahre lang angehalten hatte. Sie hatte sich jung gefühlt, heiter und unbeschwert.

Als Peter dann gezwungen gewesen war, sie während seiner Tourneen alleine zu lassen, hatte sie ihre Tage damit ausgefüllt, sich um ihr geliebtes Kind zu kümmern und das Haus in Ordnung zu halten, wobei ihr Mrs. Atkins eine große Hilfe war, und ebenso ihr Gärtner und Mädchen für alles, Hamish McIntyre, der aus Peterculter stammte, das ein paar Meilen entfernt an der Straße nach Banchory lag.

Mit Ivy und Ken war sie einmal in der Woche nach Aberdeen oder nach Banchory gefahren, um die Einkäufe zu erledigen.

Vor allem Aberdeen war eine interessante Stadt, und hin und wieder hatten sie sich im Theater ein Stück angesehen. Und es hatte die Abende gegeben, wo Claire und Mick Brown, die nächsten Nachbarn von Ivy, vorbeigeschaut hatten, und manchmal auch Angus Clarke, ein amüsanter und unterhaltsamer Junggeselle mittleren Alters.

Dass alles anders wurde, hatte vielleicht schon nach dem dritten Geburtstag des Kindes begonnen, obwohl es ihre Liebe nicht beeinflusst hatte.

Damals hatte sie nicht an die Jahre gedacht, die noch kommen würden, doch nun zwangen ihr gepeinigter Körper und gequälter Geist sie, durch all diese Jahre wieder in die Vergangenheit zurückzukehren, als alles noch gut gewesen war.

2

Sie hatte ihn vom Bahnhof in Peterculter abgeholt und es fertig gebracht, ihm nicht mit ausgebreiteten Armen entgegenzulaufen, als sie ihn aus dem Eisenbahnwagen auf den Bahnsteig springen sah. Doch er lief ihr entgegen und an ihr vorbei und rief: »Ich habe eine Kiste im Gepäckwagen.«

Eine Minute später stand er zwischen seiner prall gefüllten Reisetasche, seinem Koffer, den er immer mit auf Reisen nahm, und einer hölzerne Kiste, und sie fragte: »Was in aller Welt ist das?«

»Das geht dich nichts an, Weib. Komm, lass mich dich umarmen.«

»Nein. Schau, dort ist die Frau aus dem ...«

»Zum Teufel mit der Frau aus dem ...«

Er küsste sie und sagte dann: »Meinst du, du kannst meine Reisetasche nehmen?«

Als sie die Tasche anhob, ächzte sie: »Was hast du da bloß drin? Pflastersteine?«

Er blieb ihr eine Antwort schuldig, nahm den Koffer auf und erklärte mit einem Nicken in Richtung der Kiste: »Ich muss jemanden suchen, der mir die hier nach draußen schafft. Steht der Wagen vor dem Bahnhof?«

»Ja, natürlich.«

Zehn Minuten später fuhren sie die Hauptstraße entlang, und er seufzte tief, beugte den Kopf in den Nacken, die Füße so weit von sich gestreckt, wie es ging, und rief mit einer hohen Falsettstimme: »Ist das Leben nicht wundervoll!«

Sie musste lachen und fragte: »Was ist passiert, das das Leben so wundervoll macht?«

»Sei nicht albern, Weib«, er imitierte jetzt die Stimme von Fred Beardsley, »Ich bin wieder zu Hause, oder etwa nicht? Und du bist nur Zentimeter von mir entfernt. Ist das nicht Erklärung genug?«

»Oh, Peter.«

Der Tonfall ihrer Stimme brachte ihn dazu, sich aufzurichten, Er beugte sich zu ihr und küsste sie auf den Nacken, womit er sie beide und ein entgegenkommendes Auto in eine gefährliche Situation brachte. »Sei nicht so ... sei nicht so närrisch. Du hast gesehen, was passieren kann. Ich wette, der Fahrer flucht jetzt auf Frauen am Steuer.«

»Das ist sein Problem.« Er lehnte sich wieder zurück und schaute aus dem Fenster. »Ich liebe diese Landschaft«, sagte er leise. »Mir vorzustellen, dass ich mich in den nächsten zehn Wochen oder mehr, wenn ich will, darin aufhalten kann, macht mich froh.«

»Wirklich?«

Der Wagen schlingerte erneut.

»Ja, Mrs. Riley, wirklich.«

»Und was ist mit dem Weihnachtsspiel?«

»Ich habe es abgelehnt.«

»Das hast du nicht! Du liebst Weihnachtsspiele.«

»Ja, ich weiß, aber andernfalls wäre mir keine Zeit geblieben, meiner Traumfrau nachzusteigen.«

»Oh, Peter, lasse das Süßholzraspeln.« Und als er sich erneut zu ihr beugte, rief sie: »Nein, höre auf damit. Ich fahre eh schon viel zu schnell, um nach Hause zu kommen. Keine Neckereien mehr, sonst landen wir noch im Graben.«

Als sie von der Hauptstraße auf einen schmalen, von Bäumen mit knorriggen Wurzeln gesäumten Fahrweg abbogen, setzte er sich wieder auf und zitierte falsch: »›Und steht das Haus jetzt über den Feldern über dem Dee, und gibt's um drei Uhr Tee?‹«

Nachdem sie ein dichtes Gehölz buschiger schottischer Kiefern zu ihrer Linken hinter sich gelassen hatten, erstreckte sich am rechten Wegrand eine hohe, immergrüne Hecke, die abrupt an einem breiten, von hölzernen Pfählen flankierten Tor endete, durch das Nyrene den Wagen langsam in eine mit Kies bestreute Auffahrt steuerte, wobei sie mit einem Lachen sagte: »Der arme Rupert Brooke. Das hat er nicht verdient.«

Die Auffahrt war breit, doch nur etwa dreißig Meter lang und öffnete sich zu einem großen, gepflasterten Hof, der auf einer Seite vom Haus begrenzt wurde. Gegenüber befand sich eine Reihe von Nebengebäuden, darunter drei Ställe, ein Raum für das Pferdegeschirr und ein Holzschuppen. Die Stirnseite des geschlossenen Hofs nahm ein großes Gebäude ein, das wie eine Scheune aussah und sich von den Nebengebäuden bis zu einem gemauerten Torbogen erstreckte, der die Verbindung zum Haus bildete und in den Gemüsegarten führte.

Die aus Stein und zum Teil aus Holz gebaute ehemalige Scheune wurde jetzt als Garage benutzt, und als der Wagen darauf zurollte, trat aus dem weit offen stehenden Tor ein groß gewachsener, hagerer Mann mit einer roten Wollmütze, deren Spitze ein großer roter Bommel zierte. Die Haut seines großflächigen, langen Gesichts war nur eine Nuance weniger rot als seine Mütze.

Noch während der Wagen ausrollte, riss er die Tür auf und sagte, den Blick auf Peter gerichtet: »Nun, Sie haben es wieder einmal geschafft, wie ich sehe.«

»Ja, Mac, ich hab es wieder mal geschafft, und es hat lange genug gedauert.«

»Ja, da haben Sie recht. Vier Wochen sind eine lange Zeit.«

Riley, der ausgestiegen war, streckte die Arme aus und rief: »Oh, diese Luft! Diese Luft! Alles in Ordnung hier, Mac?«

»Nun, Mr. Riley, Sir, haben Sie etwas anderes erwartet? Ihrer braven Frau geht es gut, aber das sehen Sie ja selbst; Ihr kleiner Hosenmatz ist aufgeweckt und munter wie eh und je – er ist im Augenblick drüben bei Tante Ivy, und was Mrs. Tommy Atkins angeht ... nun, Sie werden doch nicht im Ernst erwarten, dass sie sich je ändert?«

Während Riley seinen Koffer aus dem Kofferraum holte, erwiderte er mit einem Lachen: »Eines Tages werden Sie für Ihr ›Mrs. Tommy Atkins‹ noch Ihr Fett abkriegen – von ihr höchstpersönlich, wenn sie es zu Ohren bekommt.«

»Aber das wird sie nicht; da pass ich schon auf. Für mich ist sie Mrs. Atkins, wenn jemand dabei ist, so wie ich für sie Mr. McIntyre bin, aber wie Sie ja selber wissen, weil ich's schon mal erzählt habe, ist sie das ängstlichste Geschöpf, dem ich je auf Gottes Erdboden begegnet bin.«

»Und wessen Schuld ist das wohl?«, warf Nyrene mit einem Lachen ein. »Ständig erzählen Sie gruselige Geschichten von Kobolden und Elfen. Es ist ein Wunder, dass Charles sich nicht ebenfalls ängstigt – bei den Schauermärchen, die Sie ihm erzählen.«

»Dazu wollte ich Ihnen was Drolliges berichten ...« Doch als Mac die Holzkiste aus dem Kofferraum hob, lenkte ihn ihr Gewicht offenkundig so sehr ab, dass er vergaß, was er erzählen wollte, und stattdessen ächzte: »Du meine Güte! Herrgott, ist die schwer! Ist da Eisenschrott drin, oder was? Wo soll ich die hinstellen?«

»In die Ecke der Scheune. Und achten Sie drauf, dass der Kleine nicht dran kommt; es ist eine echte Modell-Eisenbahn mit allem Drum und Dran für den Weihnachtstisch.«

»Aah! Sieh an! Das ist aber schön. Das wird ihm gefallen.« Mac packte die Kiste fester und trug sie in die Scheune.«

Nachdem er aus der Scheune zurückgekehrt war, sagte er zu Riley: Geben Sie das Gepäck mir, dann kehrte er wieder zu seiner Geschichte zurück und wandte sich an Nyrene: »Was ich Sie vorhin fragen wollte: Haben Sie den Kleinen schon mal blass werden sehen bei meinen Geschichten? Er tanzt um mich rum, als wär' er selber 'n kleiner Kobold. Übrigens bin ich grade vom Haus gekommen«, er schob das Kinn in Richtung der Haustür, »hab das Feuer hochgepäppelt. Es brennt jetzt wieder schön. Was für eine Frau! Sie hat's unter ihrer Nase wieder ausgehen lassen. Aber wenigstens hat sie so viel Verstand, den Kaffeetisch vorm Kamin zu decken. Sieht richtig gemütlich aus. Ja, richtig gemütlich.«

Lachend sahen Nyrene und Riley ihm zu, wie er Koffer und Tasche zur Küchentür schleppte, dann legte Riley einen Arm um ihre Schultern und sie einen Arm um seine Taille, und nebeneinander gingen sie um die Ecke des Hauses zur Vordertür.

Wie immer, bevor er eintrat, machte Riley ein paar Schritte rückwärts und sah die Fassade des stattlichen Landhauses empor, die ihn von dem Augenblick an entzückt hatte, als sie ihn das erste Mal vor Augen gekommen war. Das Haus war aus Stein gebaut, doch das obere Stockwerk und den Giebel zierte eine Fachwerkkonstruktion aus handbehauenen Eichenbalken, die, ineinander vernutet, bis zu den überhängenden Dachkanten emporstrebten, welche die tiefgesetzten Fenster überschatteten.

Das Dach war ebenfalls etwas Besonderes; es war mit riesigen Steinplatten gedeckt, und auf seinem First prangten zwei dekorative Schornsteine, an jedem Ende des langen Hauses einer.

Sie traten über die Schwelle, und er zog sie an sich und flüsterte: »Weißt du was? Ich glaube,ich liebe dieses Haus mehr als ich dich liebe.«

»Ja, ich weiß. Deshalb hast du mich doch geheiratet.«

Als er sie fester an sich zog, seufzte sie, und als seine Lippen sich hart auf die ihren pressten, erwiderte sie seinen Kuss einen Augenblick, dann schob sie ihn weg und sagte: »Lass uns reingehen.«

Sie lief vor ihm davon, quer durch den lang gestreckten Raum und durch eine Tür in die Küche; er blieb stehen, wo er war, und zog Schal und Mantel aus. Wie schon draußen im Hof hatte er das Gefühl, als sei dies alles neu für ihn.

Der Raum – er glich kaum einer Diele oder Halle, denn er

war wie ein Wohnzimmer und in der einen Ecke wie ein Esszimmer möbliert – maß beinahe zwanzig Meter in der Länge und sieben Meter in der Breite und besaß, genau wie die angrenzende Küche, die früher einmal der Kuhstall gewesen war, eine gewölbte Decke. Die mächtigen Balken, die sie trugen, wurden von noch gewaltigeren Strebepfeilern aus Eichenholz gestützt. Zu seiner Linken führte eine flache Stufenflucht aus Eichenholz zu einer schmalen Galerie hinauf, von der eine Reihe Türen abging. Die Treppenkonstruktion ruhte auf vier Eichenpfeilern, was zusätzlichen Platz schuf.

Mit langsamen Schritten ging er durch den Raum hinüber zu dem Feuer aus mächtigen Scheiten, das in dem gedrungenen Eisenkorb brannte, der auf der Kaminplatte aus massivem Stein stand. Der Feuerkorb wurde von zwei großen, gusseisernen Feuerböcken flankiert, an denen je eine Reihe gleich langer Feuereisen- ein Schürhaken, eine Röstgabel und eine Feuerzange zum Wenden der glühenden Scheite – lehnte. Die Kaminecken zu beiden Seiten der Feuerböcke waren zu nah an den lodernden Flammen, als dass man es dort hätte aushalten können.

Auf dem gemauerten Kaminsims standen lediglich zwei bronzene Kerzenständer rechts und links, und dazwischen eine Reihe von Zinnkrügen. An der aus Feldsteinen gemauerten Wand hing auf jeder Seite des Kamins ein großes Gemälde. Auf dem einen war eine abendliche Landschaft dargestellt, in der ein hübsches, verträumt in die Ferne blickendes Bauernmädchen stand, das eine Garbe Korn auf dem Arm trug. Das andere Gemälde war in helleren kräftigeren Farben gehalten und zeigte das Porträt einer barbusigen französischen Hofdame, in feinste Spitze gehüllt, die so echt wirkte, dass man versucht war zu glauben, man könne sie von der Leinwand heben und darunterschauen. Über dieses Bild hatten Sachverständige lange diskutiert, da es sich möglicherweise um einen echten Boucher handelte. Falls dies tatsächlich zuträfe, wäre das Bild heute ein Vermögen wert.

Der ganze Raum war mit Steinplatten gefliest, die man jedoch nur hier und dort sah, denn drei in leuchtenden Farben gewebte chinesische Teppiche bedeckten nahezu den gesamten Boden. Vor dem Kamin lag ein langer weißer Wollteppich; davor stand eine tiefe Couch und rechts und links davon ein Paar dazu passende Sessel. Verschiedene antike Möbelstücke waren geschmackvoll und unaufdringlich im Raum verteilt.

Die Sitzgarnitur war mit einem pastellfarbenen Stoff bezogen, ein ins Blaue spielendes Violett, das zur Farbe der Vorhänge an den beiden hohen Fenstern rechts und links der Vordertür passte. Ein drittes Fenster befand sich an der Stirnwand des Raums, auf die er nun blickte, denn direkt davor stand der lange, auf Schragen ruhende Esstisch mit den hohen fellbespannten Stühlen.

An den Wänden in diesem Teil des Raums hingen keine Bilder, denn das Licht, das durch das Fenster fiel und sich auf den polierten Möbeln spiegelte, brachte die Farbtöne und Schattierungen der Gegenstände hinlänglich zur Geltung.

Rileys Miene war jetzt, während er den Raum betrachtete, ernst geworden. Als er dieses Haus zum ersten Mal betreten hatte, war er ebenso dagestanden wie jetzt, sprachlos vor Staunen angesichts seiner Einmaligkeit und Schönheit. Der Raum sah genauso aus wie damals; nichts war verändert worden, und Riley erinnerte sich an den ersten Gedanken, der ihm durch den Kopf geschwirrt war: *Oh, Gott, bin ich ein Glückspilz!* Die Worte waren beinahe wie ein Gebet gewesen, und in seinen Gedanken formulierte er sie manchmal noch immer auf diese Weise. Sie gehörte ihm – diese wundervolle Frau, und ihr gehörte dieses Haus. Und jetzt gehörte ihm dieses Haus ebenfalls, und er war Mr. Riley, Mr. Riley, Sir. Es war Hamish McIntyre gewesen, der ihn zum ersten Mal so genannt hatte, und dies ohne mit der Wimper zu zucken angesichts seiner jugendlichen Erscheinung. Er mochte Hamish; er war ein guter Kerl. Er besaß einen tiefverwurzelten Sinn für Humor und erweckte den Eindruck, als schere er sich weder um Gott noch um die Menschen, doch am Sonntagvormittag konnte man ihn in seiner Kirche – oder in der Kärch, wie er zu sagen pflegte – antreffen. Und wenn der Wanderpfarrer zufällig an einem besonderen Sonntag predigte und ein paar Witze zum Besten gab, was für einen Pfarrer ziemlich ungewöhnlich war, kam Hamish nach dem Gottesdienst zu ihm und erzählte sie ihm. An diesen Witzen war nichts Anzügliches oder gar Schmutziges, aber, wie Hamish immer zu sagen pflegte, nur wenige Frauen verstehen, was Männer zum Lachen bringt.

Ja, er mochte Hamish, und er liebte dieses Haus und er betete sie an. Je mehr er mit ihr zusammen war, umso ungestümer wuchs seine Liebe zu ihr, doch eine solche Liebe hatte auch eine hungrige, eine gierige Seite. Er vermisste sie so sehr, wenn er auf Tournee war. Immer wieder dachte er daran, die ganze Tourneegeschichte hinzuschmeißen, nach Hause zu eilen und ihr zu sagen: »Ich sehe mich nach etwas hier in der Gegend um, oder an irgendeinem Theater in Edinburgh, um wenigsten einen Tag in der Woche zu Hause zu sein.« Doch jedes Mal wenn das Gefühl, diesen Schritt tun zu müssen, auf seinem Höhepunkt angelangt war, redete er sich ins Gewissen, endlich damit aufzuhören, sich wie ein frisch verliebter Teenager zu benehmen. Er hatte eine Frau und ein Kind zu ernähren. Oh, ja – sie hatte jede Menge eigenes Geld, doch er würde nicht einen Penny davon anrühren. O nein. Dies war das einzige, worüber sie verschiedener Meinung gewesen waren: die Verwendung des Geldes, ihres Geldes. Sie konnte sich damit kaufen, was sie wollte, aber er würde für ihren Lebensunterhalt sorgen. Ein einziges Mal war sie wieder auf dieses Thema zurückgekommen und hatte ihn daran erinnert, dass selbst die besten Schauspieler Durststrecken oder Ruheperioden durchmachen mussten, und er hatte darauf geantwortet, dass er sich darüber im Klaren sei und dann eben Gelegenheitsarbeiten annehmen würde, um über die Runden zu kommen.

Dieser Standpunkt hatte ihm geistig und psychisch sehr geholfen, Jahr um Jahr auf seine Schultern zu laden. Er konnte sich jetzt als Mann betrachten. Aber hatte er sich nicht schon immer als Mann gefühlt?

»Was ist denn, Liebes?«

Er drehte sich um und blinzelte. »Was soll denn sein? Es ist nichts. Was sollte schon sein? Ich bin wieder zu Hause …, ich bin zu Hause …, zu Hause.« Wieder nahm er sie in die Arme, doch auch diesmal schob sie ihn sanft von sich und sagte: »Du siehst besorgt aus.«

»Besorgt? Weshalb sollte ich besorgt sein?«

Er gab sie jetzt frei, drehte sich um und ließ sich auf die Couch fallen, dann zog er sie auf seine Knie und flüsterte: »Nyrene … Nyrene. Was soll ich nur mit dir machen?«

»Dasselbe, was du immer mit mir machst – mir das sagen, was ich hören will: Lüge mich an, von dem Augenblick an, wo du in dieses Haus trittst, bis zur letzten Minute, bevor du gehst.«

Er starrte sie einen Moment lang verdutzt an, dann streckte er eine Hand aus und streichelte zärtlich ihre Wange. »Ich liebe dich und ich brauche dich«, murmelte er. »Oh, wie sehr ich dich brauche! Ich brauche dich so sehr, dass ich mir manchmal wünsche, mir ernsthaft wünsche, ich hätte dich nie gesehen. Ja, das tu ich. Es gibt Zeiten, da kann ich das ständige Gequatsche im Fernsehen oder im Radio über Liebe nicht mehr aushalten. Ich muss dann ausschalten, weil es mir den Nerv raubt. Ich schaue mir die Mädchen bei uns im Ensemble an, und ich sehe, dass sie nicht richtig gehen; sie halten sich nicht richtig und sie sprechen nicht richtig. Sie haben keinen Schimmer, dass man mit einer Pause mehr sagen kann als mit einem ganzen Satz; sie sind hölzern und blasiert.«

Auf ihrem Gesicht lag kein Lächeln, als sie erwiderte: »Das sind sie nur deshalb, weil sie jung sind, und ich gehe nur deshalb gerade und spreche korrekt und weiß meine Pausen einzusetzen, weil ich eine Frau mittleren Altes bin.«

Er lachte und küsste sie. »Und wie würde es dieser Frau mittleren Alters gefallen, jetzt gleich mit mir oben ins Bett zu gehen? Ich muss rausfinden, ob sie schon irgendwie zugenommen hat.

»Ganz sicher nicht. Aber ich möchte jetzt eine Tasse Tee, und Charles wird gleich kommen. Ich würde mich nicht wundern, wenn Ken ihn bringt. Lasse mich aufstehen.«

Frustration. Frustration. Als er sie losließ, sagte er zu ihr: »Heute Abend werd ich Kopfschmerzen haben.«

»Nur zu, Mr.Riley. Habe deine Kopfschmerzen. Das kommt mir gelegen.«

In der Küche stellte Nyrene den Kessel auf die Schnellkochplatte, dann hängte sie die Teebeutel in die Kanne und wartete. Es würde nur eine Minute dauern, bis das Wasser kochte. Jetzt war es drei Uhr. Noch fünf Stunden bis sie nach oben und ins Bett gehen konnten, und sie wusste nicht, ob ihr Körper das Warten so lange aushielt. Er hatte gesagt, dass er sie liebte. Mit welchen Worten konnte man die Gefühle benennen, die sie für ihn hatte? Von denen sie verzehrt wurde, wäre die treffendere Bezeichnung. Seine Abwesenheit war für sie eine Qual, doch sie durfte ihm gegenüber niemals zugeben, wie groß diese Qual war, denn obwohl sie ihn natürlich gerne bei sich gehabt hätte, wusste sie, dass die Bühne sein Leben war und dass er ohne sie verloren sein würde. Sie hatte geglaubt, dass sich ihre Gefühle über die Jahre abschwächen, ein festes Muster finden, vielleicht sogar mütterlich würden, aber nein – wenn überhaupt, dann waren sie noch leidenschaftlicher geworden und stärker, und nun fragte sie sich ständig, was geschehen würde, wenn jemand zwischen sie käme. Und das konnte immer geschehen. Diese hölzernen und blasierten Mädchen, von denen er gesprochen hatte, waren alle sehr attraktiv. Wenn sie auch sonst nicht viel hatten, sie waren jung, und dagegen stand das Alter immer auf verlorenem Posten.

Aber andererseits – was wäre, wenn er bei einem Zugunglück ums Leben käme oder bei einem Autounfall oder beim Überqueren der Straße? Nun, das könnte sie ertragen. Ja, das könnte sie ertragen – aber keine andere Frau an seiner Seite. Sie hoffte, dass es so kommen würde, das er nicht weiterlebte und sah, wie sie wirklich war, denn dann würde er aufhören sie zu lieben und nur noch nett und freundlich zu ihr sein. O Gott, was war nur los mit ihr? Er war hier bei ihr, und sie würde ihn Wochen für sich haben. Sie musste ihm erzählen, was Fred ihr am Telefon über das Schicksal des Little Palace Theatre berichtet hatte. Das war eine Lösung – das heißt, falls sich die Dinge so entwickelten wie augenblicklich geplant. Ja, das konnte die Lösung sein. Sei nicht albern! Was für einen Unterschied machte das schon? Der Lärm von Stimmen im Hof schreckte sie aus ihren düsteren Gedanken auf. Im nächsten Augenblick flog die Tür auf, und ein kleiner, auffallend blonder und sehr hübscher Junge stürmte in die Küche und rannte Nyrene beinahe um, als er sich in ihre Arme warf und rief: »Mama! Mama! Bruce ist mitgekommen. Bruce!«

»Vorsichtig. Nicht so stürmisch. Bruce ist mitgekommen?«

Nyrene richtete den Blick auf Mrs. Atkins, die ihren Mantel auszog, sich ihrer Wollmütze entledigte und dann sagte: »Mr. Wakefield wird morgen früh sicherlich rübergestiefelt kommen, um ihn zu holen und ...«, doch Hamish McIntyres schroffe Stimme schnitt ihr das Wort ab.

»Unsinn, Frau! Der Hund kennt den Weg besser als sein Herr, egal wann oder bei welchem Wetter. Morgen früh sitzt er sicher vor seiner Haustür. Mr.Wakefield hat nur gern einen Grund für einen Besuch.« Dann, nach einer Pause, fügte er hinzu: »Ich geh dann mal, Ma'am. Ich geh nach Hause. Eine gute Nacht brauche ich Ihnen ja nicht zu wünschen; Sie haben Ihren Mann wieder daheim und den kleinen Krümel da. Der Racker würde einen ganzen Trupp Pferde müde machen – das könnte er, und zwar leicht. Gute Nacht allerseits. Gute Nacht.«

Nyrene lächelte und sagte mit leiser Stimme: »Gute Nacht, Mac.« Und was immer sie noch sagen wollte, um sich dafür zu bedanken, dass er den kleiner Racker nach Hause gebracht hatte, wurde von der Stimme ihres Sohns abgeschnitten, der krähte: »Bis morgen, Mr. Mac. Das wird lustig.«

»Ja, du kleiner Racker, das wird lustig. Aber das behältst du für dich, ja? Sag niemandem was.«

Als die Tür hinter dem Schotten in Schloss gefallen war, nahm Nyrene, die nun auf der Couch saß, ihren Sohn auf dem Schoß, sein Gesicht in beide Hände und flüsterte ihm ins Ohr: »Was wird morgen lustig? Was habt ihr beiden denn morgen vor?«

Charles gackerte vergnügt, und Mrs. Atkins bemerkte

spitz: »Ich kann diesen Mann nicht verknusen, Ma'am. Wir könnten gut allein zurechtkommen, aber da muss dieser Kerl auftauchen, und ich sage Ihnen, er stand da wie ein röhrender Hirsch am Waldrand. Im Haus von meiner Großmutter hing ein Bild, auf dem ein riesiger Elch auf einem Hügel stand und über die Wälder blickte, und genauso kommt mir Mr. Mac vor: Denken Sie sich ein Geweih dazu und noch ein Paar Beine, und schon haben Sie einen Hirsch, einen brünftigen noch dazu. Was man so alles über diesen Mann hört!«

Nyrene unterdrückte ihr Lachen, machte jedoch ein nüchternes Gesicht. »Was hört man denn in letzter Zeit so?«

»Oh, er war hinter einer Witwe aus Peterculter oder aus der Gegend her, hat sich die Hacken abgelaufen wegen ihr.«

»Ach Mrs. A., das ist doch sicher alles nur Gerede. Mac hat doch gar nicht die Zeit für so was. Er ist fast den ganzen Tag hier, außer am Sonntag. Und oft war er sogar am Sonntag bei uns. Das ist alles nur Gerede.«

»Wo Rauch ist, ist auch Feuer, Ma'am. Wo ist eigentlich Mr. Peter?«

»Ich bin hier«, meldete sich eine Stimme vom anderen Ende des Raums, »aber niemand nimmt Notiz von mir. Nicht, wenn die Liebesaffären des großen Schotten das Thema sind.«

Der Junge sprang von Nyrenes Schoß, rannte quer durch das Zimmer und landete mit einem Satz in Rileys Armen, was diesen mit dem Rücken gegen die Kante der Stuhllehne krachen und aufächzen ließ: »Langsam! Langsam, du wildes Pferd!«

»Daddymann.«

Das Kind hielt sich jetzt an Rileys Nase fest und krähte erneut: »Daddymann Hause!«

»Ja, dein Daddy-Mann ist wieder zu Hause.«

Die Angewohnheit des Jungen, an Daddy die Erläuterung »Mann« anzuhängen, rührte daher, dass Riley von dem Kind, das ihn in den ersten zwei Jahren nur sporadisch gesehen hatte, jedes Mal als »Mann« identifiziert wurde, sobald der Kleine sprechen konnte. Es hatte einige Zeit gedauert und von Riley und Nyrene viel geduldiges Wiederholen verlangt, bis der Junge verstanden hatte, dass der Mann sein Daddy war. Obwohl er diese Tatsache akzeptierte, schien es, dass für ihn der Name seines Vaters nicht komplett war, wenn er nicht »Mann« dranhängte. Der Mann. Zuerst hatte er die beiden Wort getrennt gesprochen – »Daddy-Mann«, aber mit der Zeit verschmolzen die Worte zu einem. Und inzwischen war »Daddy« mehr als nur ein Anhängsel für »Mann«. Er hatte Hamish sagen hören, die Anrede »Daddy-Mann« sei nicht weit von den Diddy-Männer entfernt, den Co-Clowns und Prügelknaben der englischen Komiker, nur dass an Stelle des i ein a stehen würde.

Riley wurde von seinem Sohn, der mit seinen kleinen Schritten schon recht schnell unterwegs war, jetzt durch das Zimmer geschleppt.

Am anderen Ende des Raums ließ der Junge die Hand seines Vaters los, lief zu Mrs. Atkins, zupfte an ihrem Rock und rief: »Piiiano!«

»Er will auf dem Piano spielen«, erklärte Mrs. Atkins.

»Er will Piano spielen?«,staunte Riley. »Aber wir haben doch gar kein Piano.«

»Nein. Aber sein Onkel Ken hat eines, und er hat ihm gezeigt, wie man mit zwei Fingern ›Kannst du das Hemd von deinem Vater waschen?‹ spielt. Es hat ihm sehr gefallen. Wir haben ihn gar nicht mehr von dem Piano weggekriegt.«

»Wie heißt das?« Peter und Nyrene mussten nun beide lachen.

»Es ist ein Lied, das man mit zwei Fingern spielt. Es geht so:

›Kannst du das Hemd von deinem Vater waschen?
Kannst du es schön fein trocken wringen?
Kannst du das Hemd von deinem Vater waschen
und es an die Leine hängen‹«

Mit strahlenden Gesicht sang der Junge die letzte Strophe noch einmal: »Und es an die Leine hängen …«

Unvermittelt begann er dann wie ein Irrwisch um die Couch und um die Sessel herumzuflitzen, zu hopsen und zu springen, bis Riley ihn auffing und rief: »Und jetzt ist Schluss damit! Du weißt, was Mummy sagt: Drinnen gehen, draußen springen. Hier drin im Haus, musst du gehen; draußen kannst du springen. Kannst du das sagen? Drinnen gehen, draußen springen.«

Das Kind erwiderte nichts. Er stand nur da und sah in Rileys Gesicht empor, dann streckte es seinem Vater die Arme entgegen und sagte mit merkwürdig leiser Stimme, in der ein flehender Unterton mitschwang: Daddymann.«

Riley nahm ihn schnell auf den Arm, ging mit ihm zur Couch und übergab ihn den Armen seiner Mutter. Das Lachen auf dem Gesicht des Jungen war verschwunden und hatte einem Ausdruck Platz gemacht, den man als traurig hätte bezeichnen können, doch das seltsame dabei war, dass sein Körper mit einem Mal völlig ruhig und entspannt schien. Er war nicht schlaff, er war nur völlig ruhig. Dieser Zustand machte Riley große Sorgen, während Nyrene schon mehr daran gewöhnt war. Der Arzt hatte ihnen nicht sagen können, was genau mit dem Kind nicht in Ordnung war. Die einzige Erklärung, die er bieten konnte, war die, dass es eine Art Entspannung wäre, eine Reaktion, auf übermäßige Aktivität folgte.

Riley sah auf Nyrene hinab und fragte leise: »Wie oft kommt das vor?«

»Nicht mehr seit du zuletzt hier warst.«

»Wirklich? Dann glaubst du, es passiert nur, wenn er mich sieht?«

»Sei nicht albern. Im letzten Monat passierte es viermal, und einmal hat es Stunden gedauert, wie du weißt. Damals hab ich wieder den Arzt gerufen.« Sie tätschelte ihrem Sohn die Wange und sagte: »Komm, mein Schatz. Glaubst du, du kannst allein in dein Zimmer hochgehen? Du bist jetzt schon ein großer Junge.

»Mummy.« Die Stimme des Jungen klang klar und deutlich, und als er hinzufügte: »Ich bin müde«, lag nichts Kindliches mehr in ihr.

Und noch etwas Merkwürdiges bei diesen Zuständen verwirrte und beunruhigte sie. Wenn der Junge in diesem Zustand war, sprach er fließend ohne das geringste Zögern. In der Regel dauerten diese Erschöpfungsphasen nicht lange – vielleicht ein oder zwei Stunden, aber es kam auch vor, dass sie einen ganzen Tag lang anhielten.

Ihnen war aufgefallen, dass er während dieser länger andauernden Erschöpfungszuständen immer eine Hand zum Festhalten brauchte. Meist war dies Nyrenes Hand, und manchmal auch die von Mrs. Atkins, die es gar nicht gerne sah, wenn sich bei einer solchen Gelegenheit Hamish McIntyre um den Jungen kümmerte, weil es dem Kind, wie sie sagte, nicht gut tat, dem Geplapper über die besten Angelplätze am Fluss zuzuhören oder darüber, das junge Rehe schon kleine Kitze bekamen. Was sie jedoch am meisten beunruhigte, waren seine Erzählungen über Kobolde und Elfen und das Unwesen, das sie trieben; er brachte sie dazu, dass ihr die Haare zu Berge standen, und das allein mit seinem Gerede. Doch ihre Herrin war Feuer und Flamme für McIntyre, und deshalb hatte es keinen Sinn, was zu sagen.

»Ich trage ihn hoch.« Riley nahm den Jungen aus Nyrenes Armen, und sie folgte den beiden die Treppe hinauf.

Nachdem sie das Kind ausgezogen, in seinen Pyjama und dann unter die Decke gesteckt hatten, setzte sich Riley an das Bettchen, die kleine Hand in der seinen, und fragte mit leiser Stimme: »Soll ich dir eine Geschichte erzählen?«

Die Antwort war ebenso leise, aber klar und bestimmt: »Nein, Daddymann. Nein.«

Riley sah in die Augen hinab, die zu ihm aufblickten. In ihnen lag etwas, das er nicht zu benennen vermochte, und auch für den Ausdruck auf dem Gesicht fand er nicht das richtige Wort. Es war nicht engelhaft, nein. Die Wangen waren rund und pausbäckig und so blass wie Milch; der Mund glühte, einen scharfen Kontrast bildend, tiefrot wie zwei vom Tau feuchte Blütenblätter, und dazwischen schimmerten weiß die kleinen Zähne.

Falls sich Riley von dem kurzangebunden Nein seines

Sohns zurückgestoßen fühlte und vielleicht sogar ein wenig traurig war, dann verflog dies sogleich wieder, als das Kind sagte: »Daddymann?«

»Ja? Ja, mein Kleiner? Ja?«

»Geh nicht fort.«

Er sah wieder in die Augen des Kindes hinab, und was er jetzt darin erkannte, war eine flehentliche Bitte. Sein Sohn hatte gesagt; »Daddy, geh nicht fort«, und das nicht wie ein Kind, sondern im Ton eines Erwachsenen.

Er schluckte beklommen und erwiderte dann: »Ich gehe jetzt lange nicht fort. Ich bleibe Wochen und Wochen hier, und wir zwei werden großen Spaß miteinander haben. Und ich sag dir noch was.« Er beugte sich näher zu dem Gesichtchen und flüsterte: »Wir werden ein Piano besorgen, und du kannst lernen, wie man ganz alleine ›Kannst du das Hemd von deinem Vater waschen?‹ spielt. Was hältst du davon?«

Auf dem Gesicht des Jungen erschien kein verstehendes Lächeln, obwohl sich seine Mine erneut verändert hatte, und Riley, der sich langsam aufrichtete, wusste, der Junge war wieder in eine seiner Schweigephasen geglitten.

Ein paar Minuten später kam Nyrene mit einem Tablett ins Zimmer, auf dem ein weich gekochtes Ei in einem Eierbecher aus Porzellan stand und daneben auf einem Teller schmale, mit Butter bestrichene Streifen Brot lagen. Nachdem sie das Tablett auf dem Nachttisch abgestellt hatte, trat sie an Rileys Seite, und ohne zu ihr aufzusehen, sagte er leise: »Er wird das jetzt nicht essen: er ist eingeschlafen.« Doch als er seine Hand sanft den Fingern seines Sohnes entziehen wollte, bewegte der Junge sich unruhig und lag dann wieder still. Seine Augen waren geschlossen, und sein Atem ging gleichmäßig; sein ganzer Körper schien entspannt, und er erweckte den Eindruck eines tief schlafenden Kindes. Sie betrachteten ihn stumm, und während sie ihn ansahen, begriffen sie, dass dies kein natürlicher Schlaf war.

Erneut ging die Tür auf, und Mrs.Atkins kam herein und trat zu ihnen. »Gehen Sie ruhig runter«, sagte sie leise. »Der Tee steht auf dem Tisch. Ich bleibe bei ihm. Ihre Eier sind auch fertig. Die werden reichen bis zum Abendessen. Er sieht aus, als wär er auf der Stelle eingeschlafen; das überrascht mich überhaupt nicht, denn er hat seit dem Morgen, als wir aus dem Haus sind, wie ein Verrückter herumgetollt.«

Fünfzehn Minuten später saßen sie, nachdem sie ihren Tee getrunken hatten, nebeneinander auf der Couch. Nyrene griff nach der Hand Rileys, der ungewöhnlich still war, zog sie an ihre Brust und hielt sie ganz fest. »Mach dir keine Sorgen wegen ihm; ich habe mich schon daran gewöhnt. Es ist alles in Ordnung mit ihm. Es ist so, wie Mrs. A. sagt: Er verausgabt sich bis zu Erschöpfung. Er verbraucht so viel Energie, wenn er draußen ist und im Wald herumrennt, dass davon auch ein Erwachsener müde würde.« Dann fügte sie mit einem Seufzen hinzu: »Aber trotz all dem, ich denke, wir sollten mit ihm zu einem Spezialisten gehen. Was hältst du davon?«

Riley starrte sie einen Augenblick lang an, ehe er erwiderte: »Ja, Schatz. Ich bin derselben Meinung wie du.«

»Wollen wir damit bis nach den Feiertagen warten? Ich bezweifle, dass wir jetzt noch einen früheren Termin kriegen.«

Riley überlegte eine Weile, dann nickte er. »Ja, Liebes ja«, sagte er und dachte dabei: *Auf dem Grund ihres Herzens ist sie eigentlich dagegen,* würgte jedoch den nächsten Gedanken, *weil sie Angst vor der Diagnose hat,* wie er selber auch, gerade noch rechtzeitig ab, bevor er ihn klar formulierte.

Sie schwiegen eine Weile. Dann lehnte Nyrene sich zurück und sagte: »Ich muss dir alle Neuigkeiten erzählen. Erstens: Das Little Palace Theatre wird abgerissen.«

»Abgerissen? Du meinst, dem Erdboden gleich gemacht?«

»Ja. Der ganze Straßenzug wird abgerissen. Das war schon vor Jahren mal ein Thema. Sie wollen den Marktplatz vergrößern. Doch wie es scheint, hat das auch eine gute Seite.

Hast du schon mal von einer Familie gehört, die Pickman-Blyth heißt?«

»Ja, habe ich. Ihnen gehört das riesige Haus ganz oben auf dem Brampton Hill. Die Leute erzählten sich, dass ihnen früher der ganze Brampton Hill gehört hat und die halbe Stadt dazu.«

»Hast du gewusst, dass von der Familie nur noch eine Miss Pickman-Blyth übrig ist, und dass sie mit David befreundet ist?«

»Mit Mr. Bernice? David Bernice?«

»Ja, Mr. Bernice. David und sie sind Freunde, alte Freunde, so viel ich gehört habe. Und es sieht so aus, als hätten sich die beiden zusammengetan. So steht es in der Zeitung – Louise schickt uns ein Exemplar. So viel ich mitbekommen habe, stand das alte Rathaus zum Verkauf, und David wollte es kaufen, doch da erscheint sie auf dem Plan und unterbreitet ein Angebot für den ganzen Komplex, in dem zumeist Ämter und Büros untergebracht waren. Wie du sicher weißt, steht das alte Rathaus seit Jahren leer. Es wurde geschlossen, kurz nachdem ich damals ans Little Palace gekommen war, und die benachbarten Büros wurden eine Zeit lang von Hausbesetzern in Beschlag genommen. Dabei handelte es sich um die alten Büros der Stadtverwaltung und irgendwelcher Ämter. Nun, offenbar konnte David nichts dagegen tun, dass sie den ganzen Block kaufte, so hat Louise es erzählt. Aber er muss sie mit seinen Vorstellungen, wie es mit dem Rathaus selber weitergehen soll, überzeugt haben. Ich kenne zwar nicht die Einzelheiten, aber sie sind eine Art Partnerschaft eingegangen: Sie interessiert sich für Kunst, und er wird aus dem Rathaus ein wundervolles Theater machen. Das Gebäude hat ein sehr schönes Foyer und herrliche Decken und eine Galerie, wenn ich mich richtig erinnere. Die Büros werden zu einem Restaurant umgebaut, und dahinter, in der anderen Hälfte des Komplexes, entstehen Wohnungen. Louise hat erzählt, dass die Planung bereits abgeschlossen ist und nur noch ein paar Details geklärt werden müssen, bevor es losgehen kann. Stell dir vor, das Little Palace Theatre ersteht wieder zum Leben! Das Aschenputtel verwandelt sich in eine Prinzessin. David muss total aus dem Häuschen sein.«

»Du liebe Zeit! Ich kann es gar nicht glauben.« Riley schüttelte den Kopf und fügte dann hinzu: »Ich hoffe, es wird nach wie vor Little Palace heißen.«

»Wenn mich meine Erinnerung nicht täuscht, könnte es zwei bis dreimal so groß werden wie das alte Palace. Und dann noch mit einer Galerie!«

Sie richtete sich auf und sprudelte aufgeregt hervor: »Es wäre vielleicht den Versuch wert, dass du wieder für eine Weile nach Fellburn zurückgehst, findest du nicht?«

Als er nichts darauf sagte, wandte sie sich ihm zu. »Ich weiß, das kannst du nicht.«

»Ich könnte schon. Ich könnte schon, wenn ich keine Mutter hätte. Wie auch immer – eine so aufwendige Angelegenheit aus dem Boden zu stampfen, dauert Jahre.«

»Sie hoffen, dass in höchstens zweieinhalb Jahren alles fertig und in Betrieb ist.«

Nun setzte auch er sich auf und brummte: »In zweieinhalb Jahren kann eine Menge passieren. Vielleicht ist meine Mam bis dahin schon unter der Erde.«

»Oh, sag nicht so was. Sag nicht so was, Peter. Das passt nicht zu dir.«

»Vor einem Jahr hätte ich das vielleicht nicht gesagt, aber sie treibt wieder ihre alten Spiele und macht Dad das Leben zur Hölle. Sie schickt seiner Freundin widerliche Briefe, und neulich hat jemand einen brennenden, in Heizöl getränkten Lappen durch den Briefschlitz geworfen.«

»Das glaube ich nicht.«

»O doch. Aber sie konnten ihr nichts beweisen; niemand hat sie gesehen, und es hätte ebenso gut einer der Kerle gewesen sein können, die rumstanden und gafften. Aber, wie Betty ganz richtig gesagt hat, hatte keiner von denen irgendwas gegen Maggie und Dad. Wie auch immer, sie mussten die Feuerwehr rufen, und das ganze Haus war voller Rauch.

Und Betty lässt sie auch keine Ruhe. Jeden Abend steht Mam um sechs vor dem Friseursalon, weil sie verhindern will, dass Betty sich mit Harry Wilton trifft, der anscheinend in sie verknallt ist. Eines Abends ging sie auf ihn los und hat ihn beschimpft und so, aber er hat ihr mit gleicher Münze zurückgezahlt. Er hat ihr erklärt, dass er sich eine Wohnung sucht und dass Betty zu ihm zieht. Anscheinend hat Betty die darauf folgende Nacht bei Dad verbracht, denn am nächsten Morgen ist er bei Mam aufgetaucht und hat sie gewarnt, dass er beim nächsten Mal, wenn sie noch einmal die Hand gegen Betty hebt, zur Polizei geht. Und was sie wahrscheinlich noch mehr traf: Er sagte ihr, dass er die Scheidung eingereicht hat. Darauf hin fuhr sie zu ihrem Bruder Frank nach Harrogate. Er wohnt erst seit einem halben Jahr in dem neuen Haus, in dem er jetzt arbeitet, musst du wissen, und war offenbar nicht sonderlich erfreut, dass sie einfach so auftauchte. Sie hat ihm vorgeheult, dass sie außer ihm niemanden mehr habe, und wollte, dass er nach Fellburn kommt und mit Betty redet. Er hat Dad erzählt, dass er seiner Schwester gehörig den Kopf gewaschen hat. Dad berichtete zwar, dass er im Moment nichts mit ihr zu tun hat, aber kannst du dir vorstellen, dass ich wieder dahin zurückgehe? Außerdem würdest du doch nicht von hier weg wollen, oder?«

»Nein, ich möchte nie von hier fortgehen, obwohl es manchmal schon sehr einsam ist. Jeder Tag kommt mir vor wie ein Jahr, wenn du nicht da bist, und ich sehne mich nach etwas, womit ich meine Zeit ausfüllen könnte. Oh, ich weiß, ich habe das Kind, und es macht mir auch Spaß, im Garten zu arbeiten, dank der vielen Dinge, die ich von unserem guten Mac lerne. Und Mrs. Atkins ist ja auch da. Aber sie füllen mein Leben nicht aus« – sie wandte sich ihm wieder zu – »nicht einmal das Kind. Es gibt Augenblick, Peter, da sehne ich mich schrecklich danach, dich zu sehen und deine Stimme zu hören.«

Sie lag jetzt in seinen Armen, und er bedeckte ihr Gesicht mit leidenschaftlichen Küssen. Dann hielt er sie auf Armlänge von sich und sagte: »Mir geht es genauso, Liebling, ganz genauso. Wenn irgendwelche Frauen um mich herumschwänzeln, möchte ich sie am liebsten wegstoßen.«

Ihre Augen wurden groß, und sie flüsterte: »Sie schwänzeln um dich herum? Junge oder alte?«

»Du weißt doch, wie es ist – einige von den alten sind

schlimmer als die jungen. Und dann gibt es noch die verrückten jungen Gänschen, die warten, dass du am Abend aus dem Theater kommst. Tatsächlich! War ich jemals auch so jung?«

»Dass ich so jung war, ist schon einige Zeit her, aber bei dir liegt das noch gar nicht so lange zurück.«

»Hör auf damit. Ich war nie jung; das habe ich dir schon oft genug erklärt. Und noch etwas wollte ich dir sagen«, er strich ihr jetzt das Haar aus der Stirn, »du bist die beste und wundervollste Lehrerin, die es in diesem Beruf jemals gegeben hat. Du brauchst nur mich anzusehen. Was war ich, bevor du mich in die Welt des ›Goldenen Herzens‹ eingeführt und mir gezeigt hast, wie man Gefühle darstellt? Wie man mehr sein kann als nur ein Possenreißer? Ich war überzeugt, dass das meine Stärke ist und das einzige, worin ich gut bin. Es ist immer noch in mir gegenwärtig, das Gefühl, das dieses Stück begleitete. Du warst so was wie eine Mrs. Frankenstein, die mich geschaffen hat – ja, das warst du. Aber sieh dich an: Du lässt dein Talent verkommen. Erst neulich habe ich über die Scheune draußen nachgedacht, wie wenig wir sie nutzen und was wir in Zukunft mit ihr anfangen könnten. Und weißt du, was für eine Idee mir gerade gekommen ist, während wir uns unterhalten haben? Dass die Scheune deine Tage ausfüllen könnte, wenn du eine Schauspielschule eröffnen würdest.«

»Sei nicht albern. Erstens wohnen wir viel zu weit von der Stadt. Und außerdem, was viel schwerer wiegt, muss man eine entsprechende Ausbildung haben.«

»Du hast die nötige Ausbildung; du warst auf einer Schauspielschule in London.«

»Ich habe keine Diplome oder ...«

»Zum Teufel mit den Diplomen! Wozu brauchst du Diplome? Na schön ... engagiere jemanden, der das Diplom hat, und du führst den Laden. Es ist nur eine Idee, aber es ist eine gute Idee, glaube ich, und es würde auch mich beruhigen, wenn ich wüsste, dass du etwas in dieser Richtung unternimmst, etwas in deinem Beruf, denn du lässt dein Talent verkommen,und das deprimiert dich. O ja, das tust du.

Du brauchst gar nicht so den Kopf zu schütteln; du bist deprimiert, weil du dich nicht ausgefüllt fühlst. Grand Forbes probt mit uns ein neues Stück, und oft schaue ich ihn an und denke, *Du hast keine blasse Ahnung davon, Mann,* und weil ich durch deine Schule gegangen bin, bin ich eingebildet genug, zu glauben, dass ich es an seiner Stelle besser machen könnte.«

»Sicher. Natürlich könntest du das.« Sie lachte und fuhr ihm mit den Fingern durchs Haar. »Und dein Kopf ist jedes Mal, wenn ich dich sehe, noch ein Stück größer.«

Als er Anstalten machte, sie erneut in seine Arme zu ziehen, sagte sie: »Nein. Nein, ich geh mal schnell nach oben und sehe nach, wie es ihm geht. Du kannst währenddessen frischen Tee aufstellen. Es dauert nur eine Minute.«

Als sie vorsichtig die Tür zum Kinderzimmer aufmachte, hob Mrs. Atkins warnend einen Finger. Auf Zehenspitzen schlich Nyrene zu dem kleinen Bettchen und sah auf ihren Sohn hinab; er war in einen natürlichen Schlaf hinübergeglitten. »Sie können ihn jetzt allein lassen, Mrs. Atkins«, flüsterte sie. »Kommen Sie – er schläft tief und fest.«

Sie schwiegen, bis sie draußen auf dem Gang waren. Dort sagte Mrs. Atkins: »Er ist nur erschöpft und hat all seine Energie verbraucht. Sie hätten ihn drüben sehen sollen. Es ist ein Wunder, dass er nicht schon früher umgefallen ist.

Dieser Klotz von einem Mannsbild stiftet ihn zu allem möglichen Unsinn an. Ich hab es Ihnen bisher nur nicht gesagt, aber er hat das Kind auf einen Baum hochgeschleppt, und dort saßen sie auf einem Ast und ließen die Füße baumeln. Sie hätten leicht rückwärts runterfallen können. Ich hab ihm das auch klargemacht und zwar nicht sehr freundlich oder besonders leise, und wissen Sie, was er darauf geantwortet hat? Er sagte, wenn sie runterfallen würden, müsse er sich noch schnell nach was Weicherem umsehen, als ich es bin, auf das sie fallen könnten. Oh, dieser Mann geht mir auf die Nerven!« Während sie vor Nyrene die Treppe hinabging, warf sie über die Schulter zurück: »Und, abgesehen davon Ma'am: Manchmal könnte man glauben, dass das sein Haus ist, so benimmt er sich. Mir gegenüber hat er fallen lassen, dass ich verdammt froh sein könnte, die wunderschöne Wohnung über dem Stall zu haben, worauf ich ihn darauf hingewiesen habe, dass ich es war, die aus diesen drei schmutzigen alten Zimmern eine wunderschöne Wohnung gemacht hat. Und er meinte darauf, es sei eine Verschwendung, dass ich drin wohne; dort oben sollten eigentlich Stallknechte hausen, und in den Ställen sollten Pferde stehen – so wie früher. Oh, Ma'am. Wenn ich je einen Mann in dieser Welt nicht ausstehen konnte, dann ist es der.«

Nyrene bemühte sich, ihr Schmunzeln zu verbergen. »Das glaube ich Ihnen nicht, Mrs. A. Trotz all der Klagen mögen Sie ihn. Erinnern Sie sich nur, was sie letztes Jahr für ihn getan haben, als er diese Erkältung hatte: Sie ließen ihn nicht in seine zugige Hütte gehen, wie Sie seine Behausung nannten, bevor er nicht eine anständige Mahlzeit im Magen hatte; und dann gaben Sie ihm noch ein Paket mit Süßigkeiten in die Hand, für den Fall, dass er am nächsten Tag nicht in der Lage sein würde, zu kommen.

»Das würde ich auch für einen kranken Hund tun, Ma'am.«

»Kommen Sie, Sie können mich nicht hinters Licht führen, meine Liebe.« Nyrene schob die ältere Frau bei den Schultern zur Küchentür, bevor sie zu Riley ging, der mit geschlossenen Augen auf der Couch lag, und sich neben ihn setzte. »Schläfst du?« flüsterte sie.

»Nein.«

»Du hast also keinen Tee gemacht?«

»Nein. Sie ist wieder über Mac hergezogen?«

»Ja, ist sie. Sie mag ihn, weißt du.«

»Soweit würde ich nicht gehen, das anzunehmen.«

»Ich gehe sogar noch weiter: Ich behaupte, er mag sie auch.«

»Was? Mac mag Mrs. A. ? Nie und nimmer.«

»O doch, das tut er.«

»Frau, du weißt nichts über die menschliche Natur.«

»Nein, Sir – natürlich nicht. Ich bin ja auch nicht so weit herumgekommen wie du.«

Er hielt die Augen noch immer geschlossen, als er sagte:

»Was war das für eine gute Nachricht, die du mir über Louise und Fred erzählen wolltest?«

»Oh, das. Es ist mehr als eine gute Nachricht. Ich hab dir doch geschrieben, dass Louise mich gefragt hat, ob sie mit dem Jungen für einen Tag und eine Nacht kommen kann, und dass ich geantwortet habe, dass ich mich freuen würde, sie beide zu sehen. Fred machte wieder mal einen seiner Besuche in London, die normalerweise von Freitagabend bis Samstagabend dauern, aber diesmal bleibt er bis Sonntag. Er besucht in London seine Schwester Gwendoline. Sie ist außer ihm die einzige seiner großen Familie, die noch in England lebt; die anderen Geschwister sind in der ganzen Welt verstreut. Und er mag seine Schwester sehr gern. Ich war überrascht zu hören, dass Louise noch nie mit Gwendoline zusammengetroffen ist. Natürlich sagte ich ja und dass es mich freuen würde, wenn sie uns mit Jason besuchen kommt. Er ist nicht so lebhaft wie unser kleiner Springinsfeld. Wie auch immer – es war ein sehr interessantes und kurzweiliges Wochenende, und ich habe einige sehr merkwürdige Dinge über diese wunderbare Gwendoline erfahren. Louise hat mir erzählt, dass sie davon zum ersten Mal an dem Tag gehört hat, als du von der Schule gegangen bist. Nachdem Fred das Gespräch mit dir hatte, sind er und Louise noch zusammengesessen und haben sich lange unterhalten. Er hat von seiner Familie erzählt und sich Dinge von der Seele geredet, die er jahrelang mit sich herumgeschleppt haben muss. Wie es scheint, war und ist Gwendoline die einzige aus seiner Familie, die er mag ... Hörst du mir überhaupt zu?«

»Meine Augen sind offen. Ich sehe dich an, und ich höre dir zu.«

»Nun, die gute Gwendoline begann ihr eigenes Leben als Prostituierte, als Edelprostituierte natürlich.«

»Was?«

»Ich sagte, Freds heiß geliebte Gwendoline fing ihr Leben als Prostituierte an.«

»Du machst Scherze!«

»Das ist kein Scherz, und du hast das beste noch gar nicht gehört.«

Nyrene begann, ihm das, was Louise ihr über die Szene im Esszimmer mit Gwendoline und ihrem bigotten Vater erzählt hatte, in allen Details zu schildern. Nach diesem endgültigen Bruch war Gwendoline nach London gegangen und dort die Mätresse nicht nur eines, sondern einer ganzen Reihe von aufeinander folgenden sehr reichen und sehr einflussreichen Männern geworden. Der letzte aus dieser Reihe, mit dem sie mehrere Jahre als Mann und Frau zusammengelebt hatte, starb jedoch und hinterließ ihr ein wunderschönes Haus und ein kleines Vermögen. Nyrene holte tief Luft und fuhr fort: »Was Gwendoline ihrem lieben Bruder bei seinen vielen Besuchen allerdings nicht erzählt hat, ist, dass sie eine Tochter hat, die inzwischen zwanzig Jahre alt ist. Sie lebt im Augenblick bei ihrer Mutter in London und wollte Fred unbedingt kennen lernen. Louise hat mir anvertraut, dass sie Fred noch nie so erschüttert und gereizt erlebt hat; er hatte geglaubt, alles über seine geliebte Gwendoline zu wissen; schließlich war er ihr Vertrauter und Freund bei all ihren Eskapaden gewesen. Der Vater des Kindes ist ein amerikanischer Geschäftsmann, der mit seiner französischen Frau in Paris lebt. Gwendolines Liaison mit ihm in London war nur von kurzer Dauer, doch die Folgen nicht: Gwendoline bekam das Kind. Und das Erstaunliche dabei ist, als der Vater hörte, entschloss er sich, das Kind zu adoptieren. Seine Frau, die selber keine Kinder haben kann, war einverstanden; vielleicht liegt es daran, dass sie Französin ist, aber anscheinend konnte sie ihrem Mann seinen Seitensprung verzeihen. Wie auch immer – Gwendoline durfte ihre Tochter besuchen und auch paar Tage mit ihr verbringen, wann immer sie wollte. Und jetzt steht das Mädchen ganz alleine da. Ihr Vater ist vor ein paar Jahren gestorben, und letztes Jahr auch ihre Adoptivmutter. Gwendoline war der Ansicht, dass ihre Tochter, obwohl sie kein Kind mehr ist, ein Zuhause und eine führende Hand braucht. Und nach dem zu urteilen, was Louise über Freds Eindrücke von ihr erzählt hat, wird sie das auch benötigen. So wie es klingt, ist bei ihnen Feuer unterm Dach.«

»Großer Gott!« rief Riley. »Das klingt abenteuerlich. Kein Wunder, dass Fred von den Socken ist. Wie hat ihm denn die junge *Mademoiselle* gefallen?«

»Oh, das steht wieder auf einem anderen Blatt. Louise sagte, es bereite ihm große Schwierigkeiten, sie zu beschreiben. Anscheinend hat er noch nie jemanden wie sie kennen gelernt. Das Wort Schönheit allein reicht für sie offenbar nicht aus; sie scheint ganz besondere ganz außergewöhnliche Reize zu besitzen – nur Beine, Busen und Begehrlichkeit, so hat er es ausgedrückt.«

»Wie?« Riley lachte auf. »Nur Beine, Busen und was?«

»Du hast schon richtig gehört: Begehrlichkeit. Beine, Busen und Begehrlichkeit. Was er mit letzterem andeuten wollte, weiß ich nicht. Und Louise ebenfalls nicht. Anscheinend hat Mr. Fred, als sie ihre Vermutung laut aussprach, er könnte damit meinen, dass sie in demselben Gewerbe tätig wird wie ihre Mutter, sauer reagiert, und sie bekamen richtig Streit.«

»Du meine Güte! Ich kann mir gar nicht vorstellen, dass Fred auch nur ein harsches Wort an Louise richtet.«

»Ich auch nicht, aber andererseits kennen wir Gwendoline und ihre Tochter nicht. Wie auch immer ... Fred hat sich auch über die schulische Ausbildung seiner Nichte ins Bild setzen lassen: drei Jahre in einer französischen Klosterschule, dann ein Jahr in einem Mädchenpensionat in der Schweiz. Das war genug an Schule für sie, und seit über einem Jahr hängt sie rum und ist sich unschlüssig, ob sie einen Grafen mit ausländischem Adelstitel und undurchsichtigen Vermögensverhältnissen heiraten soll oder doch lieber einen Industriemagnaten. Nach Louises Ton neulich abends am Telefon zu schließen, ist sie alles andere als erfreut, dass sie sie besuchen kommen. Sie wollen Anfang des neuen Jahrs zwei Nächte bleiben. Dann fahren sie nach Österreich, wo sie den Winter verbringen. Anscheinend sind sie beide gute Skiläuferinnen.«

»Der arme Fred. Das alles muss für ihn ein Schock gewesen sein.«

»Ich weiß nicht, wie Fred das alles sieht, aber ich würde eher sagen – arme Louise. Weil ich glaube, dass sie es allmählich leid ist, jahrelang ständig von der lieben Gwendoline erzählt zu bekommen. Sie mochte es nicht, wenn Fred nach London fuhr, um sie zu besuchen, und obwohl er ihr einige Male angeboten hat, ihn zu begleiten, hat sie jedes Mal Nein gesagt, weil sie das Gefühl hatte, dass er seine Schwester zu einem romantischen Wesen verklärt hat, das mit der Wirklichkeit nur mehr wenig in Verbindung steht, und deshalb wollte sie ihr nicht von Angesicht zu Angesicht entgegentreten. Trotzdem wird sie beide demnächst kennen lernen, und ich erwarte im Januar ihren Anruf, um zu hören, welchen Eindruck sie von dem Prachtstück aus Beinen, Busen und Begehrlichkeit hat.« Nyrene sah Riley von der Seite an und sagte: »Mich würde interessieren, warum er an seine Beschreibung von ihr das Wort Begehrlichkeit drangehängt hat.«

»Wahrscheinlich aus keinem besonderen Grund; vielleicht nur weil es gut klingt. Du kennst Fred und seine Vorliebe für Wortspiele und Alliterationen doch. Er kann kaum einen Satz zu Ende sprechen, ohne irgendwen oder sich selber zu zitieren. Aber jetzt lass es gut sein mit dem klugen Fred und der lieben Louise und der ach so tollen Gwendoline und ihrer langbeinigen Tochter. Was hältst du davon, wenn wir ins Bett gehen? Komm her zu mir.«

»Ich werde mich hüten, noch näher zu dir zu kommen.« Nyrene rückte ein Stück von ihm weg. »Mrs. A. hat in der Küche was zu essen gemacht. Und du brauchst ein Bad. Und dann werden wir uns wie zivilisierte Menschen benehmen. Erst wenn Mrs. A. mit der Hausarbeit fertig ist und in ihre Wohnung hinübergegangen ist, erst dann, Mr Riley, können wir uns zurückziehen.«

»O komm schon, mein Mädchen – hab ein Herz.« Er war näher an sie herangerückt und hielt sie fest. »Nur zehn Minuten, komm schon. Ich sehne mich so nach dir.«

Sie blickte in sein hübsches Gesichts und sah dort, dass er ihr gehörte und dass er sie wollte wie auch sie ihn in diesem Augenblick wollte, doch sie gemahnte sich, damit aufzuhören, sich wie eine junge verführerische Frau zu benehmen, sondern an das zu denken, was Mac gestern einfach so und ohne irgendeinen erkennbaren Zusammenhang mit ihrem Gespräch zitiert hatte:

»Halte den Frühling fest,
ergreife sein Werden, ehe der Sommer stirbt,
und der Herbst weint,
und der Winter des Alterns beginnt.«

3

Weihnachten war eine fröhliche und vergnügliche Angelegenheit. Es begann eigentlich schon am Tag vor dem Heiligen Abend, als Riley und Mac und der Junge ganze Arme voll Stechpalmenzweige nach Hause brachten, und am Fuß der Treppe in einem Kübel den Baum aufstellten. Danach befestigten sie die Luftballons an den Deckenbalken, hängten dazwischen bunte Lichterketten auf und klebten mit Watteschnee die Buchstaben ›Merry Christmas‹ in die unteren Hälften der Fenster.

Nyrene erklärte Charles, dass der Heilige Abend ein Tag voller Geheimnisse sei, denn sein Vater und Mr. Mac waren jetzt schon seit Ewigkeiten in der Scheune, und er durfte nicht zu ihnen hinein, weil sie für den Weihnachtsmann und seinen Rentierschlitten Platz machten. Der werde hier anhalten und seine Geschenke abladen und ein Glas heißen Punsch trinken, bevor er zu den anderen Kindern weiterfuhr.

Während Mrs. Atkins der Geschichte lauschte, die schon millionenfach wiederholt und ausgeschmückt und verändert worden war, sagte sie zu Nyrene: »Je öfter ich die Geschichte höre, umso länger wird sie, Ma'am.«

Als es dann später zu schneien begann, ergab dies den würdigen Hintergrund für ihr Weihnachtsfest.

Es versteht sich von selbst, dass Riley, Hamish McIntyre und der Junge den ganzen Morgen des Weihnachtstages in der Scheune verbrachten. Das großäugige Staunen des Kindes und seine Freude beim Anblick der fahrenden Lokomotive, die einen Zug hinter sich her zog, war alle Mühen wert. Immer wieder jauchzte er vor Freude laut auf, klatschte in die Hände und umarmte seinen Vater. Als dann Nyrene und Mrs. Atkins in die Scheune kamen, schrie er ihnen seine Freude entgegen, und beinahe hätten sie es ihm gleichgetan, denn es war das erste Mal, dass sie die Eisenbahn fahren sahen.

Etwas später gab Mac dem Jungen die Schachtel mit seinem Weihnachtsgeschenk für ihn. Aufgeregt riss Charles das bunte Papier auf, in das die Pappschachtel gewickelt war, zerrte ein grellbuntes, mit Schnüren versehenes Etwas heraus, hob es in die Höhe und sah dann zuerst Mac und danach die anderen an und fragte verwundert: »Was ... was ist das?«

Alle lachten, doch dann nahm Mac die Schnüre in die Hand, die, wie es schien, an den bunten Holzteilen befestigt waren, hob sie in die Höhe, und was daran herabbaumelte entpuppte sich als eine wundervoll gemalte und sogar mit Kleidern ausgestattete Miniaturnachbildung eines schottischen Soldaten. Sogar seine Schuhe und Schottenmuster-Socken waren aufgemalt, ebenso wie sein roter, mit Gold besetzter Uniformrock; der Kilt dagegen war aus echtem Schottenkarostoff , und auf seiner Glengarry-Mütze prangte ein prächtiger roter Bommel. Dann beugte sich Mac über die Schachtel und nahm eine zweite an Schnüren hängende Holzfigur heraus; Wunder über Wunder, als er die Schnüre hoch hob, baumelte an ihnen ein Hund, dessen Fell wie ein schottisches Plaid gemustert war. Mac ließ die beiden Figuren an den Schnüren auf Charles zutanzen, und der Junge schrie: »Bruce! Das ist Bruce!«

»Sie sind wunderschön!« Es war Nyrene, die das sagte, und leise fügte sie hinzu: »Haben Sie die gemacht, Mac?«

»Aye, Ma'am. Dieser geschickte Bursche namens Hamish McIntyre kann alles, was er in die Hand nimmt.« Nach diesem vollmundigen Eigenlob warf er einen scheuen Blick in Richtung Mrs. Atkins, die – obwohl sie lächelte – in gespielter Entrüstung den Kopf schüttelte.

»Können Sie damit umgehen, Mac?«

»Aye, Mr. Riley, Sir. So einigermaßen. Aber es ist besser, wenn man sich dabei auf was stützen kann – wie das dort zum Beispiel.« Er stieg auf eine Kiste, legte die Unterarme auf einen niedrigen Querbalken und ließ, zum Ergötzen aller, durch geschicktes Manipulieren an den Schnüren den Soldaten über die Kiste marschieren und den Hund hinter ihm dreinspringen.

»Ich auch! Ich auch, Mr. Mac! Lass mich auch!«

»Natürlich, du auch. Komm, mein Junge, es sind deine. Aber ich muss dir zuerst sagen, dass du ihnen einen Namen geben solltest, bevor du mit ihnen spielst. Der Soldat ist Mr. Jock und der Hund heißt Mr. Jig. Also sag mir, wer sind die beiden?«

Der Junge sah in das lange, gerötete Gesicht empor und antwortete mit leuchtenden Augen: »J-J-Jock und Jig.«

»Mr. Jock und Mr. Jig. »

»Mr. Jock und Mr. Jig.«

Riley und Nyrene wechselten einen anerkennenden Blick ob seiner fehlerfreien Aussprache und sahen dann zu, wie der große, hagere Schotte die Hände des Jungen führte und Soldat und Hund zu ihren Füßen über die Kiste tanzten ...

Alles in allem war es ein wunderbarer Tag, dessen Krönung nach Meinung aller Mrs. Atkins Dinner war. Mrs. A. befand sich in bester Stimmung, nachdem sie ihre Geschenke bekommen hatte: einen hübschen, knielangen und mit Lammfell gefütterten Mantel von Nyrene und kniehohe Stiefel von Riley, zusammen mit Handschuhen und einer Schottenmütze von Charles.

Doch was schenkte ihr der Schotte? Einen Pullover; und als er ihr versicherte, dass er ihn selbst gestrickt hatte, konnte sie es nicht glauben – und Nyrene ebenfalls nicht, denn er war aus feiner Wolle gefertigt und zeigte verschiedenfarbene Muster.

Als Nyrene später verwundert ausrief: »Dieser Mann kann alles!«, widersprach ihr Mrs.Atkins diesmal nicht, sondern murmelte nur wie zu sich selbst: »Es wundert mich bloß, dass er den Tag nicht mit seinen Freunden verbringt; ständig beschwert er sich über diesen oder jenen.«

Nyrene sah sie direkt an und erklärte: »Vielleicht denkt er, dass seine besten Freunde hier sind.«

Die barsche Antwort darauf prompt: »Natürlich denkt er das. Sie ist viel zu nett zu ihm. Er denkt, er ist hier der große Zampano und wir kämen ohne ihn gar nicht zurecht – von dem Jungen einmal abgesehen.«

Mrs. Atkins letzten Worte machten Nyrene wieder bewusst, dass sie manchmal nicht wusste, was sie ohne den rotgesichtigen, raubeinigen Schotten tun würde, der sich um den Jungen kümmerte und ihn beschäftigte, denn tief in ihrem Innersten spürte sie, dass die selten erlahmende Aktivität des Kleinen sie manchmal erschöpfte.

Nach dem Essen, das sie am Abend und gemeinsam um den großen Tisch sitzend genossen hatten, ließen sie sich von Mac und den Marionetten unterhalten, und auch von Riley, der sie alle zum Singen brachte und dann zum Lachen, als er eine Kostprobe seiner Rolle gab, die er während der letzten sechs Monate auf Tournee gespielt hatte, und bei der er einen im angetrunkenen Zustand vollführten Tanz aufs Parkett legte. Doch um Mitternacht war das Haus still.

Mac lag droben im Heuboden, eingepackt zwischen Strohballen, die er, wie er sagte, viel wärmer fand als sein Bett. Er hatte schon zuvor hier geschlafen, als er wegen eines plötzlichen Unwetters mit Regengüssen und schweren Stürmen nicht nach Hause hatte gehen können.

Nyrene und Riley hatten sich geliebt und dann wieder geliebt, und nun lagen sie nebeneinander, und er sagte mit sanfter Stimme: »Ich glaube, das war das schönste Weihnachten in meinem ganzen Leben. Letztes Jahr hattest du die Grippe, und vor zwei Jahren saß ich in Irland fest. Erinnerst du dich? Das Schiff fuhr nicht, weil es zu stürmisch war.«

Erinnerte sie sich wirklich? Immer wenn er nicht bei ihr war, durchlebte sie Höllenqualen. Vielleicht hielt ihn gerade eine andere Frau in ihren Armen. Ein Mädchen aus dem Ensemble zum Beispiel. Er war so jung, so attraktiv. Das machte ihr am meisten Angst – seine Attraktivität. Er sah nicht nur blendend aus, sondern besaß auch noch etwas anderes, das die Leute – und besonders die Frauen – zu ihm hinzog und ihr war klar, dass sie nicht die einzige war, die dies so empfand.

Daher war sie sich bewusst, dass ihre Liebe etwas Besonderes war: für gewöhnlich erloschen die Flammen der ersten Leidenschaft nach ein oder zwei Jahren zu einer nur noch glimmenden Glut, ehe auch diese zu grauer Asche zerfiel, doch ihre Liebe war noch immer strahlend und lodernd, und manchmal bekam sie es mit der Angst zu tun, weil sie wusste, dass es zu schön war, um ewig zu dauern.

Doch jetzt war das Leben wundervoll, abgesehen ... abgesehen von dem Kind. Die Liebe, die sie für ihr Kind empfand, war etwas anderes, das damit nichts zu tun hatte, doch diese Liebe wurde überschattet von einer tief in ihr nagenden Sorge. Worauf sich ihre Sorgen begründeten, wusste sie nicht zu sagen; sie bemerkte nur, dass er anders zu sein schien als andere Kinder in seinem Alter. Er spielte anders; er redete anders. Ja, doch – er redete anders, unzusammenhängend manchmal, doch in seinen ruhigeren Phasen redete er so erstaunlich klar und deutlich, als sei er mit einem Mal um Jahre älter geworden. Sie musste darüber mit Peter reden, und mehr als nur darüber reden: Sie musste ihre wirklichen Ängste in dieser Angelegenheit klar und offen aussprechen. Aber sie musste dabei sanft und vorsichtig zu Werke gehen.

»Woran denkst du?« fragte Riley und unterbrach ihre Gedanken.

»An dich«, log sie ohne rot zu werden, »und dass ich dich noch fast vier Wochen lang habe.«

Er bedeckt ihr Gesicht mit zärtlichen Küssen und murmelte: »Diese Tourneegeschichte ist für uns beide nicht gut. Ich sage mir immer wieder, dass ich irgendwo ein festes

Engagement finden sollte, aber andererseits hab ich verdammtes Glück, dass ich überhaupt einen Job habe. Ich sehe sie vor mir, die Absolventen der Königlichen Akademie für darstellende Künste, die um die winzigste Rolle betteln. Ich bin ein richtiger Glückspilz.« Jetzt beugte er sich über sie, legte seine Hand auf ihre Wange und fuhr fort: Weil ich erstens dich habe – ja, das ist das Wichtigste. Dann den Jungen und dieses wunderschöne Haus, in das ich heimkomme, und einen Job, der auf mich wartet. Und das ist das Entscheidende: ein Job, der auf mich wartet. Das wird mir in jeder Stadt, in die wir kommen, wieder aufs Neue bewusst, weil jedes Mal eine Schlange von Jobsuchern vor dem Bühneneingang steht, die darauf hoffen, dass wir Komparsen brauchen. Wir inserieren jedes Mal, bevor wir in eine Stadt kommen, weil wir zwei Männer und ein Mädchen für kleinere Auftritte benötigen, und immer bilden sich riesige Schlangen. Oft denke ich, dass ich einer von ihnen sein könnte, hätte es Fred Beardsley und dich nicht gegeben ... Wäre es nicht wundervoll, wenn David diese Rathaus-Geschichte durchziehen könnte ...? Da haben wir's schon wieder! Was rede ich da? Ich vergesse immer meine Mutter.«

Jaja, seine Mutter, dieses böse, schreckliche Weib.

»Liebes«, Nyrenes Stimme war nur mehr ein Murmeln, »wir haben das alles schon mal durchgekaut. Lass uns schlafen. Morgen ist ein neuer Tag ... und morgen ist heute, und ich liebe dich.«

Weihnachten war eine rundum schöne und glückliche Zeit gewesen und die, dauerte an und ging nahtlos in die Aufregungen des Sylvesterabends und die damit verbundenen Festlichkeiten über.

Das Kind schlief oben in seinem Zimmer, doch Nyrene und Mrs. Atkins waren damit beschäftigt, den langen Tisch mit allen möglichen Arten von essbaren Köstlichkeiten – angefangen von Kalbfleischpasteten bis hin zu Hackfleischpasteten mit Rum und Korinthen – zu beladen, während Riley geschäftig hin und her lief und Bier und Flaschen mit dem härteren Stoff aus dem kleinen Keller heraufschleppte, in den man durch eine Luke draußen vor der Küchentür hinabstieg. Als er schließlich damit fertig war, kam er in die Küche gestürmt und brüllte: »Es sieht so aus,als würde es gleich Eiszapfen regnen!« Dann rief er ins Wohnzimmer: »Nyrene! Schau mal – ist das genug?«

Als sie zu ihm zu ihm geeilt kam, sagte er: »Achtzehn Flaschen Bier, vier Flaschen Whiskey, eine Flasche Rum, eine Flasche Gin und zwei Flaschen Brandy.«

»Ich hoffe doch. Wenn sie das leergetrunken haben, müssen wir sie für die Nacht hier bei uns unterbringen. Viel kann nicht mehr unten im Keller sein.«

»Ein paar Flaschen noch.«

»Wie viele Leute, glaubst du, wird Ken mitbringen?

»Oh, bei Ken weiß man nie. Sicher kommen Ivy, Claire und Mike Brown, und bestimmt auch Angus, Angus Clark, und er hat wahrscheinlich eine seiner Frauen am Arm. Und dann noch die Fitzsimmons. Wie viele sind das?«

»Acht, und nur der Himmel weiß, wen sie unterwegs noch aufgabeln. Ich frage mich, mit wem Mac heute den ersten Tanz wagt.«

Als Mrs. Atkins vom anderen Ende des Tisches mit schnippischer Stimme dazwischenwarf: »Es würde mich nicht wundern, wenn er eine oder mehrere seiner Damenbekanntschaften anschleppt«, sahen Riley und Nyrene sich grinsend an und schnitten einander Grimassen.

Riley sagte laut: »Oh, das glaube ich nicht, Mrs. A. Er war heute Morgen ein bisschen erkältet, und es ist wahrscheinlicher, dass er den Abend mit einem seiner alten Kumpane aus dem Hirschen verbringt.«

»Ja, Sie sagen es, Mr. Peter: mit einem seiner alten Kumpane. Ja, seine alten Kumpane. Aber Sie können dankbar sein, denn dann reicht ihr Whiskey ein wenig länger.« Und damit wirbelte sie herum und stürmte in die andere Ecke des Zimmers.

»Ich glaube«, flüsterte Riley, »jemand sollte diesem Burschen einen Wink geben«, und Nyrene flüsterte zurück:

»Aber nicht du; die Dinge werden sich von alleine fügen. Kümmere dich um deine eigenen Angelegenheiten, Mr. Riley; Mac würde dir für deine Hilfe auf diesem Gebiet sicher nicht dankbar sein, das kannst du mir glauben ...«

Es war fünf Minuten vor zwölf, als Nyrene den Kragen aus Lammwolle fest um Rileys Hals zog, doch als sie Anstalten machte, die wollenen Ohrenschützer über seine Ohren zu ziehen, brummte er: »Deck nicht meine Ohren zu, Frau, sonst hör ich doch nichts.«

»Sie werden sich die Ohren abfrieren, wenn Sie barhäuptig da hinaus gehen, Mr. Peter.« Mrs. Atkins schüttelte dem Kopf.

»Oh, das macht keinen Unterschied«, warf Nyrene dazwischen. »Er war immer schon ein unverfrorener Kerl ... Da draußen ist jemand. Jemand geht durch den Hof.«

Sie wurden still und lauschten, und als die Schritte vor der Haustür verstummten, warteten sie einen Moment auf das Klopfen. Es blieb aus, doch eine Stimme sagte: »Ich weiß, dass Sie dort drinnen stehen, Mr. Riley, Sir, und drauf warten, rauszukommen.«

Sie tauschten rasche Blicke, und Mrs. Atkins murmelte: »Wer hätte das gedacht?«

Und dann meldete sich die Stimme erneut: »Sie können ja zu mir rauskommen, aber ich weiß, wenn Sie das tun und Ihre gute Frau ein Kind bekommt, werden es Zwillinge sein.«

Nyrene schloss die Augen und presste die Hand auf den Mund, und Riley biss sich auf die Lippen, ehe er, Macs Stimme imitierend, antwortete: »Tja, guter Mann, ich bin nicht besonders scharf drauf, Zwillinge zu kriegen, drum bleib ich noch 'ne Weile und lasse Sie noch 'n bisschen länger frieren.«

»Still jetzt! Hier kommt es, das Neue Jahr! Das Neue Jahr!«

So weit vom Ort entfernt, war hier draußen kein Läuten der Kirchenglocken, kein Blöken von Autohupen und kein Krachen von Böllern zu hören, außer aus dem Fernseher hinter ihnen. Und sie lachten auch nicht; sie lächelten nicht einmal. Man konnte sogar sagen, dass in ihren Blicken, die sie tauschten, ein beinahe banger und fragender Ausdruck lag, das heißt, bis das Hämmern an der Tür ertönte und Riley sie schnell aufriss und die große, mit Reif bedeckte Gestalt von Hamish McIntyre hereinließ, die in der einen Hand ein Stück Kohle und in der anderen einen Flasche Whiskey hochhielt und mit feierlich erhobener Stimme den Segensspruch deklamierte: »Mögen im kommenden Jahr in diesem Haus nichts als Friede und Glück wohnen.«

Und dann folgten die gegenseitigen Glückwünsche: »Glückliches Neues Jahr! Ein glückliches Neues Jahr!« Riley nahm Nyrene in die Arme und küsste sie lange und heftig, dann hielt er sie einen Moment lang von sich weg und sah ihr tief in die Augen, und sie erwiderte seinen Blick, bevor er sich zu Mrs. Atkins umdrehte, seine Arme um ihren stattlichen Leib legte und sie küsste, was ihr ein Kichern entlockte.

»Oh, Mr. Peter! Mr. Peter! Ein glückliches Neues Jahr. Ein glückliches Neues Jahr.«

Dann wandte sie sich zu dem großen, rotgesichtigen Schotten um, der sie angrinste und zu ihr sagte: »Ich werde mir solche Freiheiten mit Ihnen nicht erlauben, Ma'am, denn da hätten sie sicher was dagegen, aber ich nehme Ihre Hand und küsse die und wünsche Ihnen alles, was Sie sich selber wünschen.« Und damit schnappte er sich ihre Hand und setzte sein Vorhaben in die Tat um.

»Sie großer, betrunkener Schafskopf.«

Mrs. Atkins Worte waren kaum zu verstehen, weil Nyrenes und Rileys Lachen den Raum füllte, doch Mac wackelte drohend mit dem Finger. »Vorsicht, Frau! Hüten Sie ihre Zunge! Da fehlt noch eine Menge, bis ich einen in der Krone habe. Noch zwei Stunden vielleicht – vorausgesetzt die Gastfreundschaft hält, was ich mir verspreche, dann würde ich möglicherweise zugeben, dass ich, wie ihr englischen Weicheier das nennt, leicht angetrunken bin. Aber jetzt im Augenblick könnte ich auf einem Bein stehen, mit den Armen fuchteln und dabei die Verse meines heiß geliebten Robbies rezitieren, ohne auch nur einen Zoll zu schwanken.«

Mrs. Atkins spöttisches Schnauben und das darauf folgende Gelächter waren der Auftakt für die nächste Stunde fröhlicher Geselligkeit, zu der Hamish einen beträchtlichen Teil beitrug, als er aus der Innentasche seines Mantels, der jetzt an dem Haken an der Küchentür hing, eine Flöte hervorzauberte und – zu Mrs. Atkins' Erstaunen – ganz famos auf ihr spielte.

»Ich wusste gar nicht, dass Sie Musiker sind«, sagte Riley, worauf Hamish erwiderte: »Sie wissen noch nicht mal die Hälfte von mir oder von ihr hier.« Er tätschelte mit der Hand seine Flöte. »Bridie hier hat mir sieben Tage Gefängnis eingebracht, und nur weil ich mit ihr ausmessen wollte, wie tief der Rachen von'm Polizisten ist. Sie ist nicht weit reingegangen und sie hat nicht für sich selber sprechen können, weshalb sie mir sieben Tage aufgebrummt haben, was Zeit genug war für mich, auf ihr spielen zu lernen. Und sie hat für ihre Unterkunft und Logis sogar bezahlt, weil sie die Burschen da drin bei Laune gehalten hat.« Er wandte sich wieder an Mrs. Atkins und fügte grinsend hinzu: »Ich bin ein schlimmer kleiner Schotte.«

Worauf sie wie aus der Pistole geschossen erwiderte; »Sie sind ein großer, eingebildeter und sturschädliger Liederjan, wenn Sie mich fragen.«

Es war genau ein Uhr, als die Gäste eintrafen. Sie waren zu zehnt, und Ken erklärte den Grund, weshalb Angus seinen Fidelkasten unterm Arm trug: Sie hatten kein Piano im Haus, und sie würden irgendein Instrument brauchen, zu dem man tanzen konnte, und auf den blöden Fernseher sei kein Verlass.

Nyrene erinnerte sich an diesen Abend stets als den fröhlichsten, den sie je erlebt hatte. Bis vier Uhr früh tanzten sie zu den Klängen der Fidel und der Flöte Reels und Gigues, Gay Gordons, spanischen Tango und sogar einen gewagten Knees-Up Mother Brown, doch dann lagen die meisten von ihnen geschafft auf der Couch oder in den Sesseln und manche auch der Länge nach auf dem Teppich hingestreckt. Doch noch immer sangen sie, von Hamish angeführt, ein Lied nach dem anderen. Dieser Bursche schien wirklich jedes Lied und jeden Refrain zu kennen, die je geschrieben worden waren.

Nachdem sie literweise schwarzen Kaffee vertilgt hatten, verließ die nun doch einigermaßen angeschlagene Gästeschar gegen fünf Uhr im Gänsemarsch das Haus, die Hand auf der Schulter des Vordermanns; daher gaben sie ihr Bestes, mit ihrem Gesang sämtliche zehn grünen Flaschen – Hauptmotiv des mit Inbrunst gegrölten Liedes – zu zerbrechen.

Als schließlich ihre Stimmen in der Ferne verklangen und die Tür geschlossen wurde, lehnte sich Riley mit dem Rücken dagegen und rieb sich fröstelnd die Hände. Mrs. Atkins, deren Augen unnatürlich glänzten, deutete zu Hamish hinüber, der in einem der Sessel neben dem Kaminfeuer fläzte und mit heiserer, leicht lallender Stimme unverdrossen den Refrain; »Wenn zufällig 'ne grüne Flasche fallen sollte«, krächzte. Schließlich sackte sein Kopf zur Seite, und sein Gesang war nur mehr ein undeutliches Brabbeln. Mrs. Atkins fragte: »Und? Was machen wir mit ihm?«

»Lassen wir ihn, wo er ist«, entschied Nyrene. »Wir stellen das Schutzgitter vors Feuer, dann kann ihm nichts passieren. Und Sie ...«, sie schob Mrs. Atkins mit sanfter Gewalt zur Tür, » ...sollten sich gut einpacken, bevor Sie über den Hof gehen. Und verschwenden Sie ja keinen Gedanken an die Küche und ans Essenkochen, bis zur Dinnerzeit heute Abend.«

»Ich bringe Sie rüber.«

Die Stimme kam aus den Tiefen des Sessels und wurde von Mrs. Atkins mit der spitzen Bemerkung gekonterte »Ich brauche niemanden, der mich über den Hof bringt. Ich kann im Gegensatz zu einigen anderen noch immer geradeaus gehen«, was Riley veranlasste, zu schlichten:

»Bleiben Sie, wo Sie sind, Mac. Ich kümmere mich um sie! Sehen Sie! Bleiben Sie besser sitzen.« Er drückte den schwankenden Mann in den Sessel zurück. »Bleiben Sie sitzen und tun Sie wenigstens einmal das, was man Ihnen sagt: Holen Sie sich 'ne Mütze voll Schlaf, Mac. In zehn Minuten sind wir alle im Bett.«

Zehn Minuten später waren sie tatsächlich im Bett, und während Riley Nyrene in seinen Armen hielt, murmelte er: »Tut mir Leid, Mrs. Riley, aber ich habe Kopfschmerzen.«

»Das tröstet mich, Mr. Riley«, erwiderte sie, »denn ich habe auch einen ziemlichen Brummschädel.«

»Ein glückliches Neues Jahr für dich, meine Liebste.«

»Ein glückliches Neues Jahr, mein Liebster.«

»Es war ein wundervoller Abend, nicht?«

»Ja, wundervoll. Wundervoll. Das Leben ist wundervoll; alles ist wundervoll.«

4

Sie brauchten den Rest des Neujahrstages, um sich einigermaßen von den Folgen der feuchtfröhlichen Feier die bis in die Morgenstunden gedauert hatte, zu erholen. Alle aßen wenig und tranken noch weniger. Es hatte mehrere Telefonanrufe gegeben; ein langes Gespräch mit Fred und Louise und ein paar kürzere Anrufe von den Gästen der letzten Nacht, die alle ihren Kater pflegten.

Fred und Louise hatten besprochen, früh zu Bett zu gehen. Das Kind schlief bereits. Mrs. Atkins hatte ihnen soeben eine gute Nacht gewünscht und war in ihre Wohnung hinüber gegangen. Hamish hatte während des Nachmittags kurz vorbeigesehen, doch lang genug, um einen ansehnlichen Stapel Holz vor der Küchentür zurückzulassen und mit dem Jungen, dessen Energie und Aktivität im Haus sie heute mehr als sonst angestrengt hatte, eine Stunde auf der Wiese und im Wald herumzutollen, Wie es schien, war die Regel »draußen springen, drinnen gehen« auf unfruchtbaren Boden gefallen, doch Riley ließ es durchgehen und sagte, es seien schließlich Ferien.

Er war gerade im Begriff zur Vordertür zu gehen und den altertümlichen Riegel vorzulegen, als das Telefon klingelte. Er hob ab und sagte ein wenig unwirsch, »Ja? Hier ist ... Peter.«

»Hallo Peter, hier ist Betty.«

»Betty? Oh ... Hallo, Betty. Ein glückliches Neues Jahr für dich. Wie geht's dir?«

»Ich ruf dich an, Peter, weil ich dir sagen muss, dass Dad sehr krank ist.«

»Was?«

»Ich hab' gesagt, Dad ist sehr krank. Er ist heute Morgen ins Krankenhaus eingeliefert worden und wird morgen operiert.«

»Dad? Was ist denn mit ihm?«

»Er hat Darmkrebs.«

»O Gott! Wie lange weiß er das schon?«

»Ich denke, schon eine ganze Weile, aber er wollte nicht in die Klinik. Er meinte, das sind bloß Krämpfe und sonst nichts. Ich geb dir die Schwester.«

Es war merkwürdig, aber niemand redete von Alex Rileys Freundin beziehungsweise Lebensgefährtin – wie immer man die Beziehung der beiden auch einschätzte – jemals als von der »Schwester«, und auch Riley sagte jetzt fast mechanisch in den Hörer: »Hallo, Schwester. Das ist ja furchtbar. Wie schlimm steht es wirklich um ihn?«

»Ich würde meinen, ziemlich schlimm, Peter; aber solange die Ärzte es sich nicht von innen angesehen haben, können sie nichts Definitives sagen. Er hat diese Schmerzen schon seit einer Ewigkeit, aber du weißt ja, wie er ist. Er ist ein sturer Kerl. Aber als ich gestern Abend vom Dienst nach Hause kam, hab ich ihn, während er sich vor Schmerz krümmte, auf dem Fußboden gefunden. Er hat darauf bestanden, dass es nur ein Krampf ist. Trotzdem hab ich am Morgen den Arzt gerufen, der ihn sofort in die Klinik eingewiesen hat, und nach der ersten Untersuchung haben sie umgehend einen OP-Termin für morgen früh festgelegt. Ich möchte dich um etwas bitten, Peter. Er hat es nie offen gesagt, dass er dich sehen möchte, aber ständig redet er von dir und ... Weißt du, ich glaube, es wäre für ihn sehr wichtig, wenn er aus der Narkose aufwacht und du da wärst. Auch wenn's nur für ein paar Stunden ist.«

»Ja. Ja, Schwester. Ich setze mich morgen früh in den ersten Zug. Ich weiß im Moment nicht, wann Züge fahren – wegen der Feiertage, aber wenn ich in Edinburgh bin, kriege ich sicherlich einen, der durchfährt.«

»Danke, Peter. Du kannst hier bleiben, solange du willst; wir haben genug Platz.«

»Danke. Danke, Schwester. Wir sehen uns morgen.«

»Ich gebe dir Betty nochmal.«

Bettys Stimme klang, als hätte sie sich rasch die Tränen aus den Augen gewischt. »Das mit Dad ist so schrecklich, Peter«, stieß sie hervor. »Er hat nie eine Chance gehabt. Er hätte so glücklich sein können mit der Schwester, weil sie eine liebe Frau ist und ihn wirklich mag, aber Mam hört nicht auf damit, ihr schmutzige und gemeine Briefe zu schicken. Weißt du noch, wie sie versucht hat, ihr Haus anzuzünden?«

»Ja, natürlich.«

»Dad wollte nicht, dass ich dir Einzelheiten von den Briefen erzähle, aber sie werden immer beleidigender und obszöner, und die Schwester hat sie einem Anwalt übergeben.«

»Du lieber Himmel! Ich kann es nicht glauben.«

»Du würdest es glauben, wenn du sie sehen würdest, Peter. Und seit ich von zu Hause ausgezogen bin, schickt sie die Mädchen hierher, angeblich um ihren Vater zu besuchen. Susie ist in Ordnung; sie ist keine Petze. Aber Florrie ist eine, und wenn sie von hier wieder nach Hause geht, gibt's immer irgendwas, das sie Mam brühwarm erzählen kann. Susie würde am liebsten zu Hause ausziehen und hier wohnen, aber ich glaube, Mam würde sie umbringen, sollte sie auch nur ein Wort davon erwähnen. Sie ist ihr letzter Strohhalm. Ich werde Harry heiraten – an meinem einundzwanzigsten Geburtstag, aber wir trauen uns nicht, es ihr zu sagen, weil man nicht wissen kann, was sie anstellt. Wir haben eine Wohnung, aber sie patrouilliert jeden Abend davor auf und ab, um zu schauen, ob ich bei ihm schlafe. Ich freue mich, dich zu sehen, Peter, und mit dir reden zu können.«

»Ich auch, Betty. Ich hab nicht gewusst, dass es so schlimm ist. Es tut mir Leid.«

»Wie lange hast du noch Urlaub?«

»Oh ... noch drei Wochen. Dann fängt die Tournee wieder an.«

»Wie geht's Nyrene?«

»Ihr geht's prächtig. Prächtig.«

»Kommt sie mit?«

»Ich weiß nicht. Wir werden sehen ... Sie hat alle Hände voll mit dem Jungen zu tun. Er sitzt nicht einen Augenblick lang still, und er braucht jede Menge Auslauf. Wir müssen erst drüber reden. Ich bin auf jeden Fall morgen da, Betty. Gute Nacht.«

»Gute Nacht, Peter. Und vielen Dank. Oh, einen Augenblick noch«, sagte sie. »Ich gehe morgen früh gleich ins Krankenhaus und sage es Dad. Das wird ihn aufrichten, bevor er in den OP muss.«

»Tu das, meine Kleine. Tu das. Gute Nacht, Betty.«

»Gute Nacht, Peter.«

Er wandte sich zu Nyrene um, die am Fuß der Treppe stand. Sie sagte nur: »Dein Dad?«

»Ja. Er wird morgen früh operiert. Darmkrebs.«

»Ach du meine Güte! Das ist ja furchtbar!«

»Und so wie es klingt, treibt meine Mutter ein böses Spiel mit den anderen; jetzt schickt sie der Schwester ständig gemeine und schmutzige Briefe.«

»Das ist doch unglaublich!«

»Betty hat es mir gerade erzählt.«

Er ging zu ihr, legte die Arme um ihre Schultern und sagte: »Es war zu schön, um wahr zu sein? Drei Wochen zu Hause bei dir. Aber ich muss zu ihm.«

»Natürlich. Natürlich, Liebes.«

»Kommst du mit?«

Sie schwieg eine Weile. »Ich würde gerne. Ja, ich würde gerne mitkommen, wenn du meinst, dass wir den Kleinen ein paar Tage allein lassen können.«

»Ich wüsste nicht, was dagegen sprechen sollte; Mrs. Atkins ist hier und Mac und Ivy und Ken ebenfalls, die sich alle um ihn kümmern. Er wird gut versorgt sein. Komm, lass uns jetzt ins Bett gehen, und morgen früh erkundigen wir uns, wann ein Zug fährt.

Wie oft hatte sie davon geträumt, einfach irgendwohin an einen fernen und schönen Ort zu fahren, wo sein Ensemble gastierte, um für einen Samstagabend und ein paar Stunden am Sonntag bei ihm zu sein. Aber wegen dem Kind war das nie möglich gewesen. Doch diesmal konnte sie schier nicht anders, als ihn zu begleiten, und wollte dies auch, und sie versuchte, die wenigen Male aus ihren Gedanken zu verbannen, als sie für einen Tag zum Einkaufen nach Aberdeen gefahren war und den Jungen bei Ivy und Ken gelassen hatte. Und jedes Mal als sie nach Hause gekommen war, hatte er sie mit den Worten begrüßt: »Nicht fortgehen, Mammi. Charles nicht alleine lassen«, und sie hatte erfahren, dass er den ganzen Tag nur schweigend und traurig dagesessen hatte.

Jedes Mal hatte sie ihm versprechen müssen, dass sie ihn nie verlassen würde, und ihm erklärt, dass sie nur zum Einkaufen fortginge. Andererseits konnte er den ganzen Tag mit Mac im Wald herumtollen oder mit Mrs. Atkins Ivy und Ken besuchen, ohne solche Ängste zu haben, weil er wusste, dass sie zu Hause war und auf ihn wartete. Aber diesmal war es etwas anderes. Sie hatte sich so nach diesen Wochen gesehnt, wenn Peter zu Hause sein würde; nicht weil das den Druck der Verantwortung für das Kind geringer machte, sondern weil sie dann eben zusammen wären. Sie wusste wenn sie ihre eigenen Bedürfnisse jetzt nicht ernst nahm und sich behauptete – gegen wen? – , würde sie den Gedanken, der in ihrem Kopf war, nie aussprechen und würde für immer festgebunden sein. Und deshalb musste sie dieses Mal mit ihm gehen. Sie brauchte ihn so sehr – nicht nur seine leidenschaftliche Liebe und Zärtlichkeit in der Nacht, sondern auch seine Gegenwart während des Tages, den Klang seiner Stimme, den Anblick seines Gesichts. Sie liebte es, ihm zuzusehen, wenn er ging oder rannte; sein Körper war so geschmeidig und strotzte vor Lebenskraft und Jugend. O ja, vor Jugend, diesem beneidenswerten und Angst einflößenden Zustand höchster Intensität, der für sie ein für allemal verloren war. Er sah von Jahr zu Jahr besser aus und sprach jetzt auch anders als früher. Er hatte eine von Natur tiefe Stimme, und sie brauchte ihn nicht mehr zu korrigieren oder ihn mit einem gut gemeinten Scherz aufzuziehen, weil er irgendein

Wort falsch verwendet oder ausgesprochen hatte. Nie hatte sie ihn offen verbessert, sondern hatte, wenn ihm ein sprachlicher Fehler unterlaufen war, das Wort später taktvoll in das Gespräch einfließen lassen, und er war klug genug gewesen, es in seinen Sprachschatz aufzunehmen. Früher hatte er Dinge gesagt wie *in keinster Weise* oder *Individium* oder *der Mann, der wo das und das gemacht hat,* und zwar *in Null Komma nix.*

Inzwischen war er dreiundzwanzig, sah aber älter aus. Oh, wenn er nur dreißig wäre oder älter! Denn sie war mittlerweile beinahe zweiundvierzig, und die Jahre ließen sie fülliger werden – egal wie sehr sie sich bemühte. Sie aß wenig und trank noch weniger und sie bewegte sich viel, doch wie es schien, half das alles nicht viel. Früher waren ihre Brüste wie Muscheln gewesen, und jetzt waren sie so groß, dass sie kaum in eine Hand passten, auch wenn sie noch nicht hingen. Aber das würde auch noch geschehen.

»Bist du sicher, dass du mitkommen möchtest?«

»O Liebling, sei bitte nicht albern. Du möchtest doch, dass ich dich begleite, oder?«

»Du weißt, dass ich es möchte.« Sie lag jetzt in seinen Armen. »Wenn ich nur dran denke, drei oder vier Tage alleine in Fellburn rumzuhängen! Oh, natürlich – ich werde Dad sehen. Ja, ich freue mich darauf, ihn zu sehen. Ich hab ihn richtig lieb gewonnen in den letzten Jahren, aber die ganze Zeit werde ich einen Horror davor haben, dass ich Mam über den Weg laufe.«

»Wenn sie uns gegenüber ausfällig wird oder uns gar droht, dann können wir nur eines tun: zur Polizei gehen. Für mich klingt das alles so, als hätte sie es nötig, dass ihr mal jemand richtig Angst einjagt.«

»Ich kann es nicht glauben, dass sie versucht hat, das Haus der Schwester anzuzünden.«

»Aber sie hat es getan.«

Seine Gedanken schweiften in eine andere Richtung. »Ich muss als erstes Mac Bescheid sagen. Er kommt nie vor acht. Er wird oben in Mrs. Atkins Wohnung schlafen müssen, und sie oben beim Jungen. Jetzt schau doch nicht so besorgt; es wird alles in Ordnung gehen. Er muss sich irgend wann daran gewöhnen, alleine gelassen zu werden.«

»Ich bin nicht besorgt, Liebes.«

»Dann straft dich dein Gesicht Lügen.«

Keiner der beiden schlug dem anderen vor, den Jungen mitzunehmen, und keiner fragte sich, weshalb nicht.

Es war fast vier Jahre her, seit sie aus Fellburn fortgegangen waren, und vom ersten Augenblick an konnten sie sich seiner grauen Tristheit nicht entziehen. Vielleicht waren es die von schmutzigem Schneematsch bedeckten Straßen und die engen, aneinanderklebenden Häuser, doch selbst das Krankenhaus und die Neubauviertel schienen viel kleiner und enger, als sie es in Erinnerung hatten. Vielleicht war es aber auch der himmelhohe Unterschied beim Vergleich mit dem Haus, das sie am Morgen verlassen hatten; jedenfalls – von der Luft bis zum Dialekt der Leute – alles hier anders.

Es war spät am Nachmittag, als Riley seinen Vater sah, und dies auch nur für ein paar Minuten. Die kleine, eingefallene Gestalt war kaum wiederzuerkennen.

Wieder zurück im Warteraum, nahm er Nyrene beim Arm und brachte sie aus dem Krankenhaus.

»Hast du erfahren, was sie gemacht haben?« fragte sie.

»Ich weiß es nicht genau; ich hab nicht viel aus der Schwester rausgekriegt. Sie hat gesagt, ich soll morgen wiederkommen und mit dem Arzt sprechen, und dass es ihm den Umständen entsprechend gut geht.« Er seufzte und brummte: »Du kennst das ja? Wenn der Patient nicht tot ist, geht es ihm den Umständen entsprechend gut. Wie er sich fühlt, wenn er aus der Narkose aufwacht, weiß Gott allein.«

Bemüht, jetzt optimistischer zu klingen, fuhr er fort: »Wir gehen zurück zum Haus der Schwester und reden nochmal mit ihr. Vielleicht weiß sie ja mehr. Und dann verdrücken wir uns und besuchen Fred und Louise.«

Als sie sich dem Haus näherten, meinte Nyrene: »Betty ist groß geworden, nicht wahr? Sie ist eine hübsche junge Frau – und dir übrigens in vielen Dingen sehr ähnlich.«

Er sagte nichts darauf. Er dachte nicht an Betty, sondern fragte sich, wie er es so lange in dieser Stadt hatte aushalten können. Vielleicht würde er sie mit anderen Augen sehen, wenn die Sonne herauskam und die Straßen sauber waren?

Zurück im Haus, beruhigte die Schwester, Mrs. Maggie Fawcett, Riley wegen des Zustands seines Vaters: »Sie wirken alle so, wenn sie aus dem OP kommen, Peter«, erklärte sie. »Wenn du ihn morgen siehst, wird er dir ganz anders vorkommen. Und die Dinge stehen nicht so schlecht, wie sie sein könnten. Sie haben eine Kolostomie gemacht, was ihm eine gute Chance geben dürfte, dass er wieder gesund wird. Dein Vater ist ein guter Mensch, Peter, ein lieber und guter Mensch. Er hatte ein schweres und elendes Leben, und hat es immer noch mit dieser schrecklichen Frau. Weiß der Himmel, was passieren wird, wenn sie erfährt, dass du in der Stadt bist. Wir sollten auf der Hut sein und die Augen offen halten – wir alle. Ich glaube, die Frau ist nicht ganz richtig im Kopf. Wie auch immer – das Essen ist fertig, und wenn wir gegessen haben, gehört das Haus euch allein. Ich habe heute Nachtdienst. Ich ... ich möchte bei ihm sein, wenn er zu sich kommt. Er wird sich freuen, morgen mit dir zu reden. Ich sehe ihn schon vor mir, wie er strahlt.«

Nachdem sie gegessen und ihre Koffer in ihrem Zimmer ausgepackt hatten, das sehr hell und gemütlich war, erklärten sie der Schwester, dass sie ihre alten Freunde, Mr.und Mrs. Beardsley, besuchen wollten.

»Was ihr mit eurer Zeit anfangt, ist eure Sache«, erwiderte sie. »Ich gebe euch einen Schlüssel, und ihr könnt kommen und gehen, wann ihr wollt. Betty kommt nicht vor halb sieben nach Hause; ihr Laden hat heute länger geöffnet.«

Als Fred die Haustür öffnete und sie sah, rief er überrascht: »Heiliger Strohsack!« und fügte dann hinzu: »Wo seid ihr beiden denn entsprungen?«

»Was glaubst du wohl?«, erwiderte Riley, der es genoss, seine langjährigen Freunde, wie bei einem langen Telefongespräch letztes Weihnachten vereinbart, endlich zu duzen.

»Louise! Louise!«

Als Louise auf dem Treppenabsatz erschien, benutzte sie denselben Ausdruck: »Wo seid ihr beiden denn entsprungen?« Und Riley erwiderte: »Wenn ihr uns reinlasst, erzählen wir es euch.«

Nachdem Louise Nyrene stürmisch umarmt hatte, half sie ihr aus dem Mantel und sagte: »Ihr seid so schön braun; wart ihr im Urlaub?«

»Das kommt nur vom Wind und der frischen Luft droben im Hochland.«

»So wie ihr ausseht, tut euch das gut. Kommt rein, kommt rein. Ich bin froh, euch wieder mal zu sehen.«

Louise schob Riley in Richtung des Wohnzimmers »Es gibt ein paar Leute, mit denen man sich, wie Mrs. Roberts sagt, seelenverwandt fühlt, und im Augenblick seid ihr beide das für mich. Was hat euch nach Fellburn gebracht?«

»Dad ist sehr krank«, entgegnete Riley, und Louises aufgeräumte und fröhliche Stimmung änderte sich mit einem Schlag. »O Gott!« sagte sie. »Das tut mir Leid. Ist es sehr schlimm?«

»Ja, zumindest klingt es so: Er hat Darmkrebs.«

»Großer Gott!« ächzte Fred. »Das ist eine üble Sache. Ist er schon lange krank?«

»Ich glaube schon, aber ich habe es erst gestern erfahren – gestern Abend, um genau zu sein. Ich hatte nicht mal die Zeit, euch anzurufen.«

»Habt ihr schon was gegessen?«

»Ja, danke. Wir haben gerade bei der Schwester gegessen, bei Maggie Fawcett, der Freundin meines Vaters.«

»Etwas zu trinken?«

Fred sah fragend von Nyrene zu Riley, der antwortete: »Das würde mir jetzt gut tun, danke.«

»Das Übliche?«

»Das Übliche.«

Louise ließ sich neben Nyrene auf die Couch sinken und griff nach ihrer Hand, die sie festhielt. »Ihr könnt euch nicht vorstellen, wie froh ich bin, euch zu sehen. Ihr seid wie ein frischer Wind im Mief unserer sozialen Kontakte.« Sie schielte zu Fred hinüber, der ihr einen warnenden Blick zuwarf. »Nein, ich nehme es nicht zurück. Ich sage, was ich denke, und du kannst den morgigen Tag doch auch kaum mehr erwarten, wenn sie wieder fort sind.« Wieder zu Nyrene gewandt, erklärte sie: »Wir haben Besuch, musst du wissen. Von Gwendoline und ihrer«, sie hielt kurz inne, »reizenden Tochter, Yvette.«

»Ach ja?«, fragte Riley, zu Fred gewandt, und fügte hinzu: »Klingt interessant.«

»Du sagst es«, erwiderte Fred mit einem lahmen Nicken. »Interessant ist das richtige Wort. Erstaunlich ist ein anderes, das ebenfalls zutrifft, von fantastisch gar nicht zu reden. Und man stellt sich die besorgte Frage, warum? Warum, zum Teufel, werden solche Geschöpfe in diese Welt geboren, die die Männer verrückt machen und ihnen den Verstand rauben, ob pubertierende Teenager oder alte Mümmelgreise mit feuchter Unterwäsche.«

»Oh, Fred!«, rief Louise mit tadelnder Stimme. »Du wirst von Tag zu Tag vulgärer.«

»Ich bin wenigstens so ehrlich, es auszusprechen. Alles, was du tust, ist es, zu lächeln, die nette Gastgeberin zu spielen und zu sagen: ›O ja, meine Liebe. Ihr müsst unbedingt wieder vorbeikommen, wenn ihr in der Gegend seid.‹ Heuchlerin.«

»Redet ihr von eurer Nichte?« fragte Riley.

»Natürlich rede ich von unserer Nichte. Von wem sonst? Wenn ich es nicht mit eigenen Augen sehen würde, könnte ich's nicht glauben. Ich kann alles verstehen, was ihre Mutter getan hat, und es tolerieren, aber dieses Früchtchen ist in einer Klosterschule und in einem schweizer Mädchenpensionat und wer weiß wo sonst noch erzogen worden. Wenn Gwendoline mir erzählt hätte, dass sie sie mit sieben in ein Bordell gesteckt hat, könnte ich es vielleicht noch verstehen.«

»Sei still! Man weiß nie – sie können jeden Augenblick nach Hause kommen.«

»Und wenn schon. Gwendoline ist klar, was ich denke. Ich

habe ihr schon gesagt, was sie mit diesem Fratz hätte tun sollen, als sie noch ein kleines Mädchen war. Sie hätte sie übers Knie legen und ihr den Hintern versohlen sollen. Und die Ohren lang ziehen.«

Riley sagte nicht: »Das klingt interessant«, sondern behielt für sich, was ihm auf der Zunge lag, denn in Gegenwart von Nyrene machte er keine Witze über andere Frauen.

Dann hörten sie das Geräusch einer sich öffnenden Tür und Stimmen im Flur. »Wenn man vom Teufel spricht«, brummte Fred. »Stell dich auf einen Schock ein, alter Freund.«

Riley lachte ob dieser Bemerkung laut auf, wandte sich dann an Nyrene und schüttelte den Kopf.

Die Wohnzimmertür ging auf, und eine sehr groß gewachsene Frau trat ins Zimmer. Sie konnte Mitte vierzig sein, vielleicht sogar schon über fünfzig, dachte Riley. Alles, was ihm auf den ersten Blick auffiel, war, dass sie sehr groß war, sehr distinguiert, beinahe hoheitsvoll,und sehr elegant gekleidet. Und von dort, wo er im Augenblick stand, sah er, dass ihre Haut glatt und faltenlos war. Sie hatte kastanienbraunes Haar. Und dann war ihre Stimme zu hören – hoch und klar wie eine Glocke: »Oh, tut mir Leid. Wir stören.«

»Sei nicht albern, Gwendoline! Komm rein. Das hier sind Nyrene und Riley; wir haben dir von ihnen erzählt. Nun, das hier sind sie: Peter Riley – meine Schwester Gwendoline. Nyrene, seine Frau – Gwendoline.«

Als Nyrene der Frau die Hand reichte, sahen sie einander tief in die Augen, und dort auf dem Grund dieser klaren Augen sah Nyrene sich selbst, wie sie in ein paar Jahren vielleicht sein würde: nicht so schön möglicherweise, aber in einem Alter, das von Kosmetika nicht mehr kaschiert werden konnte, denn Alter – das hatte sie herausgefunden – zeigte sich zuerst in den Augen.

»Tralala! Tralala! Der Flug geht morgen früh um neun von Newcastle.«

Niemand sagte etwas; sie hatten sich alle umgedreht und starrten die Gestalt an, die ins Zimmer segelte. Auch sie war stehen geblieben. Wie alt war sie? Sechzehn? Siebzehn? Nein, sie war zwanzig oder älter. Und sie hatte die langen Beine, von denen Fred erzählt hatte. Er hatte gesagt, Beine, Busen und Begehrlichkeit, und alles, wovon er gesprochen hatte, war vorhanden. Sie hatte tatsächlich wunderschöne Beine. Die Kleider trug man in dieser Saison zwar bis zu den Knöcheln, ihres jedoch, ein fadenscheiniges Etwas aus einem dünnen Wollstoff, reichte gerade mal bis zur Hälfte ihrer Oberschenkel und umschmiegte ihren Oberkörper wie eine zweite Haut. Ihre Brüste waren nicht besonders groß, doch voll und fest, und durch den dünnen Stoff sah man die Erhebung ihrer hoch sitzenden Brustwarzen. Im Augenblick allerdings war Rileys Blick wie auch der Nyrenes auf ihr Gesicht gerichtet, das lang und schmal war und die Farbe eines frischen Pfirsichs zeigte. Ihre Gesichtszüge mussten jeden Betrachter fesseln: die fein geschwungenen Brauen, die sich wie Amorbögen über ihren Augen wölbten; ihre Augen waren dunkel, ihre Farbe unergründlich. Die Nase war gerade und der Mund darunter auffallend groß, die Lippen voll und sinnlich. Diese Lippen waren einen Spalt weit geöffnet und ließen die Zähne hindurchschimmern.

»Oh, Gäste! Wie schön!« In ihrer Aussprache schwang nur der Hauch eines ausländischen Akzents; die Stimme war ungewöhnlich tief. »Und wie sehe ich wieder aus! Schaut euch bloß mein Haar an!« Von der Schulter beginnend, fuhr sie mit den Fingern durch ihre blassgoldene Strähnen und rief: »Ich muss rasch nach oben und mich umziehen.«

»Sei nicht albern, Mädchen! Das sind unsere Freunde.«

»Ach ja. Ja?« Ihre ganze Art war mit einem Mal wie umgewandelt: Es war, als habe sich die junge Frau, die Vamp spielte, wieder in eine Siebzehnjährige verwandelt, denn sie hopste regelrecht durch das Zimmer und sagte: »Entschuldigen Sie. Wie geht es Ihnen?« Sie streckte zunächst Nyrene ihre Hand entgegen, und als die sie ergriff, fühlte sie, wie ein merkwürdigen Schauder ihren Körper durchrieselte; beinahe hätte sie ihre Hand weggezogen.

Als Yvette ihre Hand Riley entgegenstreckte, schüttelte er

sie, sagte jedoch nichts, sogar die Antwort auf das »Wie geht es Ihnen?« des Mädchens blieb er schuldig.

Wie jeder andere auch, der dieses Mädchen kennen lernte und nicht anders konnte, als von ihr beeindruckt zu sein, fühlte Nyrene, dass auch Peter ziemlich hin und weg war.

Aber was konnte man schon anderes erwarten? Auch sie hatte noch nie jemanden wie dieses Mädchen gesehen. Und diese Stimme und ihr Auftreten, die ganze Art, wie sie sich gab. Wie Fred es so derb formuliert hatte: Sie würde sogar einem Mümmelgreis das Herz schneller schlagen lassen. Doch was es genau war, was dieses Mädchen zu etwas Besonderen machte, wusste sie nicht zu sagen. Wahrscheinlich war es die Kombination aus allen Aspekten ihrer Erscheinung.

Rileys Gedanken folgten einer ähnlichen Richtung. Großer Gott! dachte er. Was für ein Glück, dass sie nicht länger hier bleibt.

»Sind Sie der Schauspieler?«

»Ja. Ja, ich bin der so genannte Schauspieler.«

»Wie aufregend! Ich habe letztes Jahr in London Maurice Ducan getroffen. Kennen Sie ihn?«

»Nein, aber ich habe von ihm gehört.«

»Er wollte mich für eines seiner Stücke haben, aber da war dieses Arschloch von einer Frau dort, die meinte, ich hätte zu viel von dem, was gebraucht wird, und deshalb habe ich die Rolle nicht bekommen. Wie finden Sie das?«

»Yvette, benimm dich. Setz dich hin.«

»Normalerweise benehme ich mich ja, Mama. Es hängt alles nur davon ab, mit wem ich rede. Und dieser junge Mann« – sie drehte sich zu Riley um und sah in an, dann wandte sie sich wieder an ihre Mutter – »ist Schauspieler. Sie reden alle so, oder?«

»Nein.«

»Nein?« Sie war leicht verdutzt, wie der Ton ihrer Stimme erkennen ließ, und er fuhr fort: »Sie haben eine falsche Vorstellung von Schauspielern, würde ich sagen – zumindest davon, wie sie in der Öffentlichkeit reden. Sie sprechen möglicherweise Slang, aber sie bezeichnen Leute nicht gleich als

›Arschloch‹, es sei denn, sie werden provoziert. Ich spreche natürlich nur aus meiner eigenen Erfahrung in unserem Ensemble.«

Oh ... Sie lächelte ihn träge an. »Das klingt komisch – ganz anders als Sie aussehen, weil Sie doch eigentlich noch jung sind. In Ordnung, Mama, in Ordnung – ich setze mich hin und benehme mich. Worüber wollen wir uns unterhalten? Über diese faszinierende Stadt?« Sie ließ sich in einen Sessel fallen.

»Was möchtest du trinken?« Fred stand mit beherrschtem Gesicht neben ihrem Sessel.

»Cognac. Das solltest du inzwischen doch wissen, Onkel: Es gibt nichts, was gegen Cognac anstinken kann.«

Riley maß sie mit einem Blick und setzte sich dann neben Nyrene auf die Couch. Nachdem Yvette an ihrem Glas genippt hatte, sagte sie: »So viel ich gehört habe, wohnen Sie irgendwo in der Wildnis von Schottland und haben einen kleinen Sohn und einen schottischen Diener, der interessanterweise auch noch Hamish heißt. Na ja, was soll man da sonst schon erwarten, als etwas so Ausgefallenes: Hamish McClusky!«

»Er heißt Hamish McIntyre« – in Nyrenes Stimme schwang jetzt ein kühler Unterton – »und er ist ein ganz normaler, freundlicher Schotte. Es gibt dort viele wie ihn.«

»Oh. Entschuldigen Sie. Gehören Sie auch zu dem Clan?«

»Nein, ich gehöre nicht zu dem Clan. Ich bin Engländerin. Was haben Sie eigentlich für eine Nationalität?«

Die Frage schien alle zu verblüffen, am meisten offensichtlich die, an die sie gerichtet war. Ihr ganzes Benehmen änderte sich abrupt; mit einem Ruck setzte sie sich gerade im Sessel auf, sah ihre Mutter an und sagte: »Das war ziemlich deutlich, oder, Mama? Was bin ich denn eigentlich? Du bist meine Mutter und stammst aus Northumberland. Mein Vater – mein richtiger Vater« – sie nickte bekräftigend – »war, so viel ich weiß, Amerikaner. Aber er war ja auch eine Mischung: Die eine Hälfte war irisch, aber die andere ... Wir sind nie wirklich dahintergestiegen, nicht war, Mama? Ob es maltesisch oder malaiisch war – auf jeden Fall irgendwas, das mit M anfängt. Und meine Adoptivmutter ist Französin – oder vielmehr, sie war es. Sie fehlt mir. Ja, sie fehlt mir.« Ihre Stimme klang nun wieder völlig anders. »Sie fehlt mir so sehr. Sie war eine kluge, verständnisvolle und sehr charmante Frau. Ich vermisse sie so sehr.« Sie drehte den Kopf zur Seite und schien einen Augenblick lang ein ganz anderer Mensch zu sein, doch dann wandte sie das Gesicht wieder ihnen zu und fuhr fort: »Aber die Wahrheit bei all dem ist, glaube ich, dass meine Mutter gar nicht genau weiß, was für eine Mischung ich bin; sie weiß nur, was sie selbst ist oder war. Stimmt's nicht, Mama?«

»Du wirst von Tag zu Tag unmöglicher, Yvette. Was immer wir auch sind, wir sind hier und unter Freunden: mein Bruder, meine Schwägerin und ihre Freunde. Darf ich dich jetzt bitten, dich einen Abend lang wie ein normaler Mensch zu benehmen?«

»Du willst immer das Unmögliche, Mama. Ach, übrigens, wo steckt eigentlich Jason?«

»Yvette, bitte!« Gwendolines Stimme war jetzt streng und energisch, und das Mädchen fuhr zu ihrer Mutter herum und zischte: »Ach sei doch still, Mama! Wir sind keine Kinder; wir sind alle erwachsen. Ich bin erwachsen und möchte auch so behandelt werden. Wahrscheinlich habe ich schon mehr erlebt und mehr von der Welt gesehen als jeder andere hier in dem Zimmer, und ich hasse es, wenn ich wie ein Dummkopf behandelt werde. Und außerdem finde ich nach wie vor, dass dieser junge Mann hier auf mich nicht wie ein Komiker wirkt – weder was sein Aussehen angeht noch seine Stimme oder sein Benehmen; zumindest nicht, wenn ich ihn mit denen vergleiche, die ich aus dem Radio kenne oder im Fernsehen gesehen habe oder in irgendeinem Theater in London in den letzten eineinhalb Jahren. Ja – in den letzten eineinhalb Jahren, denn so lange treibe ich mich schon rum, wie du es immer ausdrückst, Mama.«

Sie stand jetzt auf. Ihr Gesicht hatte sich erneut völlig verändert, und mit einem lauten Auflachen fügte sie hinzu: »Es ist schon komisch ..., ich hab noch nie in einer Familie gelebt – und das hier ist doch so was wie eine Familie. Und dass wir einen Familienstreit wegen Mamas *ménage* haben«, sie nickte über die Schulter in Richtung Gwendoline, »ist alles andere als gemütlich, in Anbetracht dessen, dass wir fünf Leute sind, die sich trauen, ihre Meinung zu sagen, und denen kein Zacken aus der Krone bricht, wenn man ihnen einmal widerspricht. Das ist genau das, was ich mir immer unter einer Familie vorgestellt habe. Ich war acht, als mich meine liebe französische Mama in die Klosterschule gesteckt hat. Und zehn Jahre später wurde ich aus dem einen Gefängnis entlassen und den Wölfen in einem Mädchenpensionat vorgeworfen. Und ich sage euch, kein Bordell ...«, sie warf einen Blick auf ihre Mutter, bevor sie weitersprach, »... kein Bordell hätte mich besser auf das Leben vorbereiten können als der Schlafsaal in diesem Mädchenpensionat, in dem wir nie eine Hose zu Gesicht bekamen, obwohl das, was wir über Männer nicht wussten, ganz sicher nicht der Mühe wert war, es zu erfahren.

»Ich gehe jetzt«, fuhr sie nach einer Pause fort, »und unterhalte mich mit Jason; mit dem kann man wenigstens vernünftig reden. Und ihr könnt in Ruhe über mich herziehen. Schönen Abend auch.«

Jeder Muskel ihres geschmeidigen Körpers schien daran beteiligt, als sie mit erhobenem Kopf das Zimmer durchquerte und ein verlegenes Schweigen zurückließ, bis Gwendoline seufzte, was allein schon einiges über ihre Erschöpfung und Abgespanntheit verriet, und dann zu Fred sagte: »Entschuldige, Fred, ich hätte sie nicht mitbringen dürfen. Aber ich muss sagen, dass sie nicht immer so widerspenstig und aufsässig ist, wie es jetzt den Anschein hat. Sie langweilt sich; es wird sicher besser, wenn wir in Österreich sind. Sie hat dort viele Freunde, und das Skifahren tut ihr immer gut.«

»Dann kann ich nur sagen, Gwendoline – ich hoffe, dass ihre Freunde sie gleich dort behalten, denn sie ist eine ganz unmögliche Schneegans.«

»Das, nehme ich an, ist mein Fehler.«

»Nein, das ist es nicht. So manches Mädchen würde ihre

beiden Ohren hergeben für das Privileg, eine Ausbildung an einer der besten Klosterschulen Europas zu erhalten und danach ein Jahr in Paris verbringen zu können – und für all die anderen Dinge, die sie mitbekommen hat. Was will sie mit ihrem Leben eigentlich anfangen? Hat sie eine Vorstellung davon?«

»Heiraten, hoffe ich. Sie hat zwei oder drei Möglichkeiten in Aussicht. Einer davon ist sehr charmant, sehr unterhaltsam und sehr gut aussehend, aber auch sehr verantwortungslos und sehr arm. Der andere ist ein Geschäftsmann mittleren Alters, der ihr die meisten der Dinge bieten kann, auf die sie glaubt ein Anrecht zu haben, was sicherlich größtenteils meine Schuld ist und vielleicht auch die ihrer französischen Adoptivmutter, die mit ihr in den Ferien jedes Mal in ein anderes Land geflogen ist. Ich glaube, sie hat schon die halbe Welt gesehen. Wissen Sie ...«, Gwendoline wandte sich Riley und Nyrene zu, die ihr aufmerksam zuhörten, » ... das ist kein Fall, in dem die Sünden der Väter den Kindern weitergegeben werden, sondern die Sünden der *Mutter*: Obwohl ich wusste, dass ich kein Kind wollte, wieso habe ich sie bekommen? Und als ich sie dann hatte, wieso habe ich sie zu ihrem Vater gehen lassen? Damals glaubte ich, das sei eine hervorragende Idee, ein Ausweg für mich, und außerdem wurde sie in dem Wissen erzogen, dass ich ihre leibliche Mutter bin. Sie hat mich auf eine seltsame Weise auch akzeptiert; seltsam für mich deshalb, weil sie die Frau meines Freundes als ihre eigentliche Mutter betrachtet hat.«

Gwendoline erhob sich jetzt ebenfalls. Mit einem Nicken – zunächst in Nyrenes Richtung, dann in die Rileys – verabschiedete sie sich und folgte ihrer Tochter aus dem Zimmer.

Nyrenes Gedanken kreisten noch immer um den Ausdruck ›die Frau meines Freundes‹, den Gwendoline gebraucht hatte. Wie viele ›Frauen ihrer Freunde‹ hatte diese Frau in ihrer beruflichen Karriere zur Verzweiflung gebracht? fragte sie sich, denn diese Frauen mussten von ihrer Existenz gewusst haben, und wenn man sie heute ansah, war unschwer zu erkennen, nach wem ihre Tochter kam: Sie war schön, wahrscheinlich sogar schöner als ihre Mutter in jungen Jahren gewesen war, und Sinnlichkeit und sexuelle Begierde sickerte aus jeder ihrer Poren. Zum ersten Mal an diesem Tag war sie froh, dass sie Peter diesmal begleitet hatte, denn dieses Mädchen konnte einen Mann mit Haut und Haaren verschlingen. Doch andererseits – hätte Peter zugelassen, sich mit Haut und Haaren verschlingen zu lassen? Nicht jetzt; nicht so, wie er jetzt war. Aber wer konnte schon sagen, was er in ein paar Jahren tun würde? Dieses Mädchen konnte ihre Jugend noch eine Ewigkeit bewahren, während sie sich immer rapider zu einer ...

Um Himmels willen, hör endlich auf damit! Du hast noch genügend Zeit, dich damit auseinanderzusetzen.

»Was hast du gesagt, Liebes?«, fragte Riley.

»Nichts. Ich hab nur daran gedacht, dass es allmählich Zeit wird, nach Hause zu gehen. Betty ist inzwischen sicherlich schon da und wartet auf uns.«

»Ja. Ja.«

»Oh, Nyrene! Und du auch, Peter. Ihr seid kaum fünf Minuten hier, und wir haben noch nicht mal richtig miteinander geredet. Zumindest nicht so, wie wir sonst miteinander reden.« Louise hatte die letzten Worte mit einem gewissen Vorwurf in der Stimme hervorgestoßen und wandte sich nun an Fred. »Jetzt kann ich es dir ja sagen: Ich freue mich auf morgen früh und darauf, dass dieses Flugzeug um neun geht.«

»Und ich kann dir versichern, dass ich die Angelegenheit um keinen Deut anders sehe.«

»Sei nicht böse, Louise«, sagte Riley. »Wir kommen morgen wieder vorbei. Dann ist die Luft klarer und die Atmosphäre nicht so aufgeladen, und wir können über einen verlängerten Urlaub von dem Burschen hier reden« – er nickte zu Fred hinüber – »und darüber, wann ihr mal bei uns vorbeikommt und eine Weile bei Nyrene bleibt. Charles würde sich sicher freuen, Jason wiederzusehen. Sie sind schon mal prächtig miteinander ausgekommen.«

»Wie geht es Charles?«, fragte Louise.

»Oh, er ist so lebhaft und munter wie eh und je, erwiderte Nyrene, sogar noch mehr als früher. Er gibt überhaupt keine

Ruhe. Ich habe ihn ein bisschen gezähmt, wenn er im Haus ist, aber draußen ist er überhaupt nicht zu bremsen. Wir werden einen Arzt konsultieren müssen, vielmehr einen Spezialisten, der sich mit solchen Dingen auskennt. Er, verbraucht ständig zu viel Energie.«

»Hat das noch immer diese Ohnmachtszustände zur Folge?«

»Ja, manchmal«, sagte Nyrene. »Es ist schiere Erschöpfung, wenn du mich fragst, aber trotzdem müssen wir natürlich versuchen, die Ursache des Problems herauszufinden.«

Unter der Haustür sagte Fred zu Riley: »Jetzt kannst du dir sicherlich besser vorstellen, was ich neulich Abend am Telefon gemeint habe, oder?«

»Ja. Ja, Fred – ziemlich genau sogar. Du hättest nur noch ein Attribut hinzufügen sollen: ›Männer verschlingender Vamp.‹«

»Ja, da hast du allerdings recht. Was für ein Glück, dass ihr diese Stadt nicht gefällt und dass mit ihr keine größeren Probleme zu erwarten haben, wenn überhaupt. Aber wir dürfen uns nicht täuschen lassen, und das habe ich Louise und Gwendoline auch schon gesagt, denn sie ist nicht das naive kleine Ding, das zu sein sie uns glauben machen will. Sie hat einen starken Willen, und ich kann nur sagen, Gott sei dem armen Mann gnädig, den sie in ihre Klauen bekommt. Soll ich euch nach Hause fahren, Riley?«

»Nein, Fred. Danke. Wir möchten zu Fuß gehen; wir haben eine Menge Dinge zu besprechen.«

»Ja, das kann ich mir vorstellen.«

»Gute Nacht, Louise.«

»Gute Nacht, Peter.«

»Gute Nacht, meine Liebe.« Louise küsste Nyrene zum Abschied, und Nyrene sagte mit leiser Stimme: »Ich beneide dich im Augenblick wirklich nicht, Louise.«

Sie lachten alle zusammen und riefen sich noch einmal Gute-Nacht-Wünsche zu.

Sie waren bereits ein Stück weit gegangen, als Riley das Schweigen brach und fragte: »Nun, was hältst du von ihr?«

»Die Frage ist, was *du* von ihr hältst. Du bist ein Mann.«

»Wenn du die Wahrheit wissen willst, ich finde, sie ist wunderschön, sie ist faszinierend, sie ist alles, was sich ein Mann erträumen kann – aber sie ist ein verzogener Fratz und muss auf den Boden der Wirklichkeit heruntergeholt werden. Ich hoffe nur, dass sie einen Mann findet, der sie bändigen kann oder sie verprügelt, wenn wenn ihm das nicht gelingt! Das hoffe ich wirklich, denn sie kann einen Mann in den Wahnsinn treiben. Sogar ihre liebe Mama macht sich Sorgen. Das sieht man ihr an.« Er schwieg eine Weile. »Ich würde gern wissen, was Fred jetzt von seiner geliebten Schwester hält. Sie sieht überhaupt nicht wie eine Hure aus, oder?«

»Wie denkst du denn, dass eine Hure aussieht?«

»Oh ... Ich stelle mir jemanden vor, die grell und auffallend gekleidet ist, außerdem laut und ordinär. Gwendoline ist nichts von all dem; im Gegenteil: Sie hat etwas damenhaftes an sich.«

»Das hat wahrscheinlich von den diversen Gentlemen abgefärbt, mit denen sie in all den Jahren liiert war, und nach dem zu urteilen, was Louise mir erzählt hat, müssen das einige gewesen sein. Wie auch immer, ich glaube nicht, dass wir viel mit den beiden zu tun haben werden. Und was Fellburn angeht, hat sie sich ja deutlich genug ausgedrückt; und ich glaube, wir sollten dankbar dafür sein.«

Als sie die Haustür aufschlossen, wurden sie von Betty stürmisch begrüßt, doch Riley entging nicht, dass sie irgendetwas beschäftigte. »Hast du was Neues aus dem Krankenhaus gehört?«

»Nein. Nein, wir müssen bis morgen früh warten, bis man uns sagen kann, wie es Dad geht.«

Im Wohnzimmer fragte Riley: »Erwartest du Harry heute Abend noch?«

»Nein. Er hat Nachtschicht und steht jetzt gerade auf; er ist erst um eins ins Bett gekommen. Er ist so lieb zu mir, seit Dad im Krankenhaus ist, und hat mir so geholfen. Und ständig muss man vor Mam auf der Hut sein. Weißt du, Peter, ich glaube, man sollte sie einsperren. Diese Sachen, die sie macht

... und man kann es ihr nicht nachweisen. Sie ist so schlau und gerissen. Ich mache mir im Augenblick wirklich Sorgen, und ich sage dir lieber gleich, warum. Sie weiß natürlich, dass du hier bist. Sie hat ihren Spion rübergeschickt, und Florrie ist genau wie sie. Aber was noch schlimmer ist, sie weiß nicht nur, dass du da bist, sie weiß jetzt auch, wo du wohnst. Bisher konnten wir es vor ihr geheim halten. Wie auch immer, als ich von der Arbeit heimkam, hat Sue auf mich gewartet. Sie hatte gerade eine Auseinandersetzung mit der lieben Florrie hinter sich und trug die Spuren davon noch im Gesicht. Anscheinend ist es so, dass es in den Schulen einmal im Monat eine Disco gibt, und Florrie muss Mam mit allen Mitteln bekniet haben, sie hingehen zu lassen. Aber nein, sie durfte nicht. Du weißt ja selber, was Mam von Discos hält. Sue hat mir erzählt, dass sie früher als sonst von der Arbeit nach Hause gekommen ist und Florrie, herausputzt und aufgedonnert, vor dem Spiegel im Schlafzimmer vorfand. Zuerst wollte sie Sue nicht sagen, warum sie ihr gutes Kleid trug und Kriegsbemalung aufgelegt hatte. Als Florrie dann ihren Mantel und ihre Stiefel anzog, wurde Sue misstrauisch und wollte sie nicht aus dem Haus lassen; sie wollte von ihr wissen, wieso sie auf einmal doch zur Disco in der Schule durfte. Aber sie bekam kein Wort aus Florrie heraus, und Sue sagte, dann werde sie eben auch nicht weggehen und solange bei Florrie bleiben, bis Mam nach Hause käme, was bis sieben oder acht dauern könne. Daraufhin fing Florrie zu heulen an und rückte schließlich doch mit der Sprache heraus: Wie es scheint, war sie an dem Tag, an dem Dad zusammengebrochen ist, hier im Haus, und als die Schwester ihn ins Krankenhaus brachte, hat sie Florrie gebeten, hinter sich abzuschließen und den Schlüssel bei Mrs. Green am Ende der Straße abzugeben. Doch bevor Florrie das Haus verließ, muss sie im Schlafzimmer herumgestöbert und einen Brief von dir gefunden haben. Aber alles, woran sie sich erinnern konnte, war, dass euer Haus The Little Grange oder so ähnlich heißt; die Postadresse und den Namen des Orts Peterculter hat sie allerdings nicht mehr zusammenbekommen. Trotzdem hat sie Mam alles brühwarm erzählt, und Mam war die Information anscheinend so viel Wert, dass sie Florrie erlaubt hat, zur Schul-Disco zu gehen. Ihr müsst also damit rechnen, Peter, dass ihr gemeine Briefe bekommt und möglicherweise seltsame Dinge passieren, hinter denen Mam steckt, ihr aber nicht beweisen könnt.«

»Das werden wir ja sehen! Mach dir keine Sorgen, Betty; falls irgendwas in diese Richtung vorkommt, schalten wir die Polizei ein und übergeben die Sache einem Rechtsanwalt. Ich würde damit keinen Moment lang zögern. Und du warst ja schon mal bei uns und weißt, wie schwer wir zu finden sind. Außerdem kann ich mir nicht vorstellen, dass sie so weit in der Weltgeschichte herumfährt. Es ist ein ziemlicher Aufwand, überhaupt bis Peterculter zu kommen. Trotzdem danke, dass du uns warnst. Bei Mam kann man nicht vorsichtig genug sein.«

Betty lehnte sich erleichtert zurück und sagte zu Nyrene: »Weißt du, manchmal bekomme ich es mit der Angst zu tun, weil ich glaube, dass sie auch zu wirklich schlimmen Dingen fähig ist, zu irgendwas echt Bösem, das ihr gerade in den Kopf kommt. Ich meine, sie hätte auch das ganze Haus hier niederbrennen können, als sie neulich den brennenden Lappen und Papier in den Briefschlitz gesteckt hat. Es war schrecklich.«

»Das kann ich mir lebhaft vorstellen, erwiderte Nyrene nickend, und ich glaube, ihr habt auch wirklich guten Grund, vor ihr Angst zu haben, denn ihre Eifersucht und Verbitterung frisst sie innerlich auf. Ich weiß, dass das mit Peter nur der Anfang war.«

Als sie nach seiner Hand griff und sie festhielt, berichtigte er: »O nein, das stimmt nicht. Ich war nicht der erste, mit dem es anfing. Angefangen hat es mit Dad. Mir wird erst jetzt allmählich klar, dass er Jahre lang durch die Hölle gegangen sein muss, weil sie ihn immer nur niedergemacht hat und nicht ein einziges gutes Wort für ihn übrig hatte. Manchmal denke ich nachts an früher zurück, und ich kann noch immer ihre Stimme hören, wie sie endlos und ohne Luft zu holen im Zimmer über mir gebelfert und ihn zur Minna gemacht hat. Das ständige Gekeife hat mich fast verrückt gemacht. Was das bei ihm angerichtet hat, will ich mir gar nicht vorstellen. Es ist ein Wunder, dass er sie nicht geschlagen oder umgebracht hat. So manch anderer Mann an seiner Stelle hätte es getan, so wie er von ihr verächtlich behandelt wurde.« Er drehte den Kopf zur Seite und starrte in das Kaminfeuer. Nach einer Weile fügte er hinzu: »Ein Mann kann vieles ertragen, aber nicht, dass er lächerlich und verächtlich gemacht wird wie er.«

Als Riley am folgenden Morgen am Krankenbett seines Vaters stand und auf das wächserne, aschgraue Gesicht hinabsah, mit der hohen Stirn und dem schütteren Haar, das in grauen Büscheln über den Ohren hervorragte, wurde er erneut von der Traurigkeit überwältigt, die am Abend zuvor seine Gedanken erfüllt hatte, als er in das Kaminfeuer gestarrt und die bitteren Gefühle seines Vaters während des Martyriums seiner Ehe verstanden und nachempfunden hatte. Nun waren sie wieder lebendig und gegenwärtig und schnürten ihm die Kehle zu.

Er sah, wie sich die bleichen Lider hoben, dann unternahm der ausgemergelte Körper seines Vaters den vergeblichen Versuch, sich in den Kissen aufzurichten, und sank kraftlos wieder zurück. Die Anstrengung raubte ihm einen Augenblick lang die Sprache, doch er schob die linke Hand über die Bettdecke, und als Peter sie ergriff und fest drückte, war auch er nicht mehr im Stande, etwas zu sagen.

Schließlich krächzte sein Vater matt: »Hallo, Junge. Ich ... ich hab gar nicht damit gerechnet, dich zu sehen.«

»Ja«, entgegnete Peter in einem, wie er hoffte, aufgeräumt und unverfänglich klingenden Tonfall. »Dasselbe kann ich auch für mich behaupten. Was hast du dir nur dabei gedacht, Dad, uns allen eine solche Angst einzujagen?«

»Ach, Junge, Junge.« Mühsam drehte Alex den Kopf auf dem Kissen und sagte leise: »So viel ich verstanden habe, ist es nicht so schlimm, wie man zuerst gedacht hat. Gott sei Dank. Haben sie dir alles gesagt?«

»Ja. Ja.« Peter nickte und fügte dann hinzu: »Und sie haben mir außerdem nur höchstens zehn Minuten gegeben. Es ist keine Besuchszeit, weißt du, aber am Nachmittag komme ich wieder, und Nyrene ebenfalls. Sie möchte dich unbedingt sehen.«

Einen langen Augenblick betrachtete Alex stumm seinen Sohn und fragte dann: »Ist mit euch beiden noch immer alles in Ordnung?«

»Ja, Dad. Es könnte nicht besser sein.«

»Du hast Glück, dass du sie hast.«

»Ja, ich weiß, Dad. Ich habe großes Glück. Ich bin ein richtiger Glückspilz, und das nicht nur in einer Beziehung. Wenn du wieder auf den Beinen bist, Dad, kommst du uns besuchen und erholst dich in der frischen Luft bei uns. Ich werde zwar wahrscheinlich nicht da sein, aber Nyrene hat schon alles vorbereitet.«

»Ja, das würde mir gefallen. Das wäre schön, ja. Und ich würde den Kleinen wiedersehen. Wie geht's ihm.«

»Er ist so lebhaft wie ein Sack Flöhe, und es ist oft schwer, ihn zu bändigen und an die Kandare zu nehmen.«

»Red nicht so, Junge, und sei mir nicht böse, dass ich dir das sage: Versuche nie, jemanden an die Kandare zu nehmen. Du weißt, was ich damit meine?«

Es entstand eine lange Pause, ehe Peter antwortete: »Ja, Dad. Ich weiß, was du damit meinst. Oh, schau … Dort kommt schon die Schwester, um mich rauszuwerfen. Ich muss jetzt gehen, Dad, aber ich komme später wieder. Ruh dich aus, Dad. Ruhe ist das, was du jetzt brauchst.« Er griff nach der Hand seines Vaters.

Die knochigen Finger umklammerten die seinen ein paar Sekunden lang, dann ließen sie los. Als Riley wieder draußen auf dem Korridor war, wo Nyrene auf ihn wartete, blieb er ihr eine Antwort auf ihren fragenden Blick schuldig und biss sich nur schweigend auf die Unterlippe.

Sie waren bereits draußen auf der von Schneematsch bedeckten Straße, als Nyrene fragte. »Hast du mit der Schwester gesprochen?«, und er mit heiserer Stimme antwortete: »Ja. Gott sei Dank scheint es nicht so schlimm zu sein wie befürchtet. Der künstliche Darmausgang kann in ein paar Jahren wieder geschlossen werden, wenn die Krankheit nicht erneut ausbricht. Ich hab ihm gesagt, er soll zu uns kommen, um sich zu erholen, und dass du schon alles vorbereitet hast, obwohl es, so wie die Dinge stehen, lange dauern wird, bis er sich in einen Zug setzen kann.«

»Du weißt, Liebster, dass er jederzeit kommen kann und dass ich mich um ihn kümmern werde.«

»Ja, ich weiß. Ich weiß, dass du das tun würdest.«

Nachdem sie eine Weile schweigend weitergegangen waren, begann Riley unvermittelt: »Weißt du, Nyrene, im Augenblick kann ich meine wahren Gefühle für ihn gar nicht wirklich ergründen. Das einzige, dessen ich mir sicher bin, ist, dass ich meine Mutter hasse, weil ich, wenn ich zurückschaue, begreife, dass sie mir meinen Vater vorenthalten und gestohlen hat.«

Nyrene presste seinen Arm fester an sich, dann rief sie mit beinahe fröhlich klingender Stimme: »Es wird Zeit, dass du dir einen neuen Mantel kaufst; der hier ist schon recht dünn und abgetragen.«

»Niemals! Der Mantel hält mein ganzes Leben lang und länger. Wenn er wirklich zu dünn und schäbig wird, sieht man wenigstens, was für ein schönes Futter er hat. Und außerdem – was kannst du für vier Pfund schon erwarten?«

Sie lachten jetzt beide, und als er spürte, dass sie zitterte, fragte er: »Ist dir kalt?«

»Warm ist mir nicht gerade. Was hältst du von einem Kaffee? Komm, wir gehen zu Prims.«

Das Prims war ein schickes Restaurant, bekannt als der Treffpunkt der gehobenen Gesellschaft der Stadt, und aus diesem Grund war es für die schmalen Geldbeutel der Schauspieler des Little Palace Theatre immer ein viel zu teures Pflaster gewesen.

Als Riley einen Flügel der Glastür aufstieß, um Nyrene den Vortritt zu lassen, wurde der andere Flügel von innen aufgezogen, und ein Gentleman in Damenbegleitung, der im Begriff war, das Lokal zu verlassen, versperrte ihnen den Weg. Beide Türflügel standen offen, und David Bernices Stimme vermischte sich mit Rileys überraschtem Ausruf: »Sieh an, wer uns da an einem verregneten Tag über den Weg läuft!«

Die Türflügel schwangen zu, und die vier standen jetzt im Restaurant. David Bernice stellte sie seiner Begleiterin mit der Bemerkung vor: »Ist es nicht seltsam, Constance, dass ich erst heute Morgen und gerade vorhin sogar wieder über die beiden gesprochen habe, und hier sind sie: Mr. und Mrs. Riley, die besten Schauspieler in ihrer Art, die jemals auf den Brettern gestanden haben. Und das ist Miss Constance Pickman-Blyth.« David wandte sich an die elegant gekleidete Dame mittleren Alters an seiner Seite und sagte: »Meinen Sie, Sie könnten noch einen Kaffee vertragen?«

»Natürlich. Was haben Sie denn gedacht? Sie werden doch nicht von uns erwarten, dass wir hier in der zugigen Tür stehen und uns unterhalten. Und machen Sie sich keine Sorgen – ich lade Sie ein.« Sie warf Nyrene und Peter einen schelmischen Blick zu und flüsterte: »Er ist sehr knauserig.«

Als sie durch das Restaurant auf einen der hinteren Tische zusteuerten, brummte David etwas Unverständliches vor sich hin, und die zierliche Dame zwischen Nyrene und Peter erklärte: »Er ist ein sehr rücksichtsvoller Mensch, wie Sie wahrscheinlich wissen, und er kann es nicht ausstehen, wenn er aufgezogen wird.« Sie lächelten beide und tauschten einen Blick, der besagte, dass sie die Dinge ähnlich sahen.

Dieses stillschweigende Einverständnis schien den Ton der folgenden Unterhaltung an dem runden Cafétisch zu prägen, die zunächst von Davids Fragen über Rileys gegenwärtige Arbeit dominiert wurde.

Nachdem Sie jetzt in Erfahrung gebracht haben, was Mr. Riley in nächster Zukunft tun wird«, sagte Constance Pickman-Blyth zu David, »wie wär's, wenn Sie ihm von unseren Plänen erzählten? Oder haben Sie das schon vergessen?«

»O Connie! Natürlich habe ich es nicht vergessen. Ich wollte gerade darauf zu sprechen kommen, nachdem ich erst einmal das Terrain bereitet habe.« Er grinste Riley an und fuhr fort: »Vielleicht haben Sie gehört, dass Miss Pickman-Blyth hier« –

er neigte respektvoll den Kopf vor seiner Begleiterin – »das alte Rathaus mitsamt dem umgebenden Block erworben hat.«

»Nein!« riefen Nyrene und Riley unisono in gespielter Überraschung.

»Ja. Ja, den ganzen Häuserblock. Es stand in allen Zeitungen. Aber entschuldigt bitte, ich habe ganz vergessen, was euch hierher führt. Ist was passiert zu Hause?«

»Mein Vater liegt im Krankenhaus.«

»Oh, das tut mir Leid – tut mir Leid, dass zu hören.«

»Aber erzählen Sie doch weiter. Erzählen Sie uns mehr über das neue Unternehmen.«

»Nun, das ist genau das richtige Wort dafür: Unternehmen.« Er schenkte der Frau an seiner Seite ein herzliches Lächeln.

»Doch ja, es ist sehr passend, würde ich sagen.«

»Nun, die Sache verhält sich so«, setzte David von Neuem an. »Wir werden den gesamten Block neu bauen. Ich hatte schon seit einiger Zeit ein Auge auf das alte Rathaus geworfen, aber es lag völlig außerhalb meiner Möglichkeiten.« Er richtete den Blick auf seine Begleiterin. »Es war so etwas wie ein Traum. Aber eines Tages habe ich es mir wieder einmal angesehen, und traf dabei eine weitere Interessentin«, wieder wandte er das Gesicht seiner Begleiterin zu. »Miss Pickman-Blyth erzählte mir, dass sie sich darüber im Unklaren sei, ob sie den gesamten Komplex kaufen solle, da sie eigentlich in erster Linie daran interessiert sei, die alten Büros zu Wohnungen, Läden und einem Restaurant umzubauen, aber nicht wisse, was man mit dem großen Saal selber anfangen könne. So war es doch, nicht wahr?«

»Nein. Aber Sie haben es mir sehr schnell plausibel gemacht.« Sie lächelte ihm zu. »Der Rest ist eine lange Geschichte, doch das Wesentliche daran ist, dass wir einen Vertrag abgeschlossen haben. Er wollte ein Theater, und ich wollte hübsche neue Wohnungen und ein gutes Restaurant in diesem Viertel der Stadt. Zudem hat mich das Theater schon immer interessiert. Das letzte Mal, als ich im Little Palace Theatre war, standen Sie beide noch in ›Das Goldene Herz‹

auf der Bühne. Ich habe das Stück zweimal gesehen. Beim ersten Mal wusste ich, dass ich irgendetwas nicht mitbekommen hatte. O ja, ich war den Tränen nahe, aber ich habe mich mehr über Ihre Possen amüsiert. Beim zweiten Mal habe ich überhaupt nicht mehr gelacht, weil ich den Mann im umnachteten Verstand des Jungen erkennen konnte und mir bewusst wurde wie wunderbar Sie das herübergebracht haben. Sie besitzen großes Talent, junger Mann – etwas, das man sich wie die Gesundheit auch nicht mit allem Geld der Welt kaufen kann.«

Die heitere Stimmung war mit einem Mal wie weggeblasen, und Riley fand nicht die Worts für eine spontane Antwort. Es vergingen einige Sekunden, ehe er sagte: »Vielen Dank, Miss Constance. Sie haben erkannt, was nur wenigen Zuschauern klar wurde, nämlich dass ich versucht habe, den erwachsenen Mann aus dem verwirrten Geist des Jungen heraus sprechen zu lassen. Aber ohne meine Frau hätte ich diese Rolle niemals spielen können. Sie hat Wochen lang mit mir geprobt und mich und sich geschunden und gepiesackt, bis sie zufrieden war.« Er sah Nyrene mit einem liebevollen Blick an und ergriff impulsiv ihre Hand.

Jetzt richtete Miss Pickman-Blyth das Wort direkt an Nyrene: »Ja, ich weiß, was Sie für ihn getan haben. David hat oft darüber gesprochen. Und wissen Sie, was ich vor ... nun, vor noch nicht einmal fünfzehn Minuten zu meinem Freund hier« – sie machte eine schnippische Handbewegung in Richtung David – »gesagt habe? Ich habe zu ihm gesagt, wäre es nicht wunderbar, wenn Sie den jungen Mann und seine Frau wieder nach Fellburn zurückholen könnten. Das habe ich wirklich gesagt, nicht wahr, David?«

»Ja. Ja, das haben Sie, meine Teuerste.« David Bernice nickte bekräftigend von einem zum anderen. »Und da man das Eisen schmieden muss, solange es heiß ist, sage ich dazu: Warum nicht? Aber zunächst sollten wir uns das Projekt mal ansehen. Wir wollten gerade hingehen; wie wär's, wenn Sie beide mitkämen?«

Es fiel auf, dass Riley auf den Vorschlag mit einem spontanen Kopfnicken reagierte, während von Seiten Nyrenes kein Zeichen des Einverständnisses kam.

5

Sie waren wieder zu Hause. Das Kaminfeuer prasselte hell ; neben der Couch stand der Teetisch; Mrs. A. war da und Hamish McIntyre. Und natürlich das Kind.

Nyrene war nicht einmal die Zeit geblieben, ihren Mantel auszuziehen, als sich der Junge bereits schluchzend und wild gestikulierend in ihre Arme geworfen hatte. Noch immer schluchzend, stammelte er jetzt unzusammenhängende und unverständliche Worte und klammerte sich an seine Mama, unter den besorgten Blicken einer in Tränen aufgelösten Mrs. A. und eines grimmig lächelnden Hamish, der brummte: »Wenigstens ein Gutes hat es: Er ist wieder zum Leben erwacht.«

»Was ist denn, mein Schatz? Was ist denn mit dir? Mummy ist wieder da, und Daddy ist auch da.«

Obwohl Riley versuchte, die dünnen Ärmchen von Nyrenes Hüften zu lösen, klammerte sich der Junge an sie, schluchzte und stammelte – jetzt deutlicher: »Nicht ... nicht ... Mama nicht weggehen. Nicht weggehen, Mama.«

»Nein, ich gehe nicht mehr weg. Ich lass' dich nicht mehr allein, mein Schatz. Nein.«

»Mama ... Mama soll Charles nicht allein lassen.«

»Aber nun hör auf. Hör auf, Charles. Hör sofort auf!« Nyrene hielt den Jungen an seinen Schultern mit ausgestreckten Armen von sich weg und sah in das runde, engelsgleiche Gesicht ihres Sohnes: keine Spur von Tränen auf seinen Wangen, doch in seinen Augen flackerte eine schreckliche Angst. Und jetzt, als das Kind sich zu seinem Vater umdrehte und zaghaft »Daddy ... Daddy« und nicht »Daddymann« flüsterte, ließ Riley sich in die Hocke sinken, nahm den Jungen in seine Arme und murmelte: »Ja, dein Daddy ist auch da.«

»Mama ... Mama nicht weggehen?«

»Nein, mein Schatz. Mama geht nicht wieder weg.«

Der Junge schlang die Arme fest um den Hals seines Vaters, und als Riley über die Schultern des Kindes Nyrene ansah, lag in dem Blick, den sie tauschten, ein neuer Schmerz. Sie wussten beide, dass ihnen Sorgen bevorstanden, große Sorgen um ihr Kind.

Während all dem hatten Mrs. Atkins und Hamish schweigend dagestanden, und erst als Hamish ein Schniefen hören ließ und sich hastig zur Küchentür wandte, löste Riley sanft die Arme um seinen Hals. Er übergab das Kind wieder in Nyrenes Arme und folgte dann Hamish in die Küche, wo der hagere Schotte ihn mit den Worten empfing: »Ich freue mich immer, wenn Sie nach Hause kommen, Mr. Riley, aber noch nie war ich so froh wie heute. Ich sage Ihnen, das Kind kann ohne den einen oder den anderen von ihnen beiden nicht leben.«

Riley musste sich zu einer Antwort zwingen: »Wie meinen Sie das, Mac?«

»Na ja, um die Wahrheit zu sagen, fällt es mir schwer, die Stimmung zu beschreiben, die in diesem Haus geherrscht hat, seit Sie beide weggefahren sind. Mrs. A. kann es Ihnen vielleicht besser erklären, aber die Stimmung war so angespannt, dass keiner von uns beiden auch nur ein falsches Wort zum anderen über die Lippen gebracht hat. Was an sich schon eine Menge sagt. Mrs. A. hat sich sehr große Sorgen gemacht. So große Sorgen, dass sie Sie angerufen hätte, wenn Sie heute nicht gekommen wären, um Ihnen zu sagen, wie die Dinge hier stehen.«

»Und wie stehen die Dinge, Mac? Hat er nicht rumgetollt oder ...?«

»Rumgetollt? Nein, Mr. Riley. Er hat nicht rumgetollt. Ich glaube, seit Sie weggefahren sind, habe ich ihn zweimal rennen sehen. Gehen, ja, aber so ernst und gesetzt wie ein Alter. Wenn ich mit ihm draußen war, ist er neben mir hergegangen, aber das ist kein Wetter für ein Kind um spazieren zu gehen. Und wenn ich ihm vorgeschlagen habe, ein bisschen zu rennen, wollte er nicht. Nein. Wenn ich dran denke, wie er sonst rumspringt – ein Känguru kann da neidisch werden –, war er im Vergleich dazu so ruhig und gesetzt wie ein Alter. Aber das war gar nicht mal das Schlimmste. Das war draußen. Drinnen hat er sich immer öfter in seine stillen Phasen zurückgezogen. Nun, Sie kennen das ja, aber irgendwie war es diesmal anders, denn er hat sprunghaft und – wie soll ich sagen …, als würde es in einem Schwall aus ihm herausplatzen, geredet, aber die Worte und was sie bedeuteten waren klar und deutlich. Es geht mich nichts an, Mr. Riley, und andererseits vielleicht doch ein wenig, denn ich liebe diesen kleinen Burschen und hab es immer getan. Wo ich in seiner Wertschätzung stehe, ist dabei nicht wichtig. Das Einzige, worüber ich mir sicher bin, ist, dass ich weder Sie noch Ihre Frau ersetzen kann, und Mrs. A. kann es ebenfalls nicht. Ich sage es Ihnen noch mal, obwohl ich weiß, dass ich möglicherweise was Unpassendes sage, weil Sie schon mit dem Doktor geredet haben, aber meiner Meinung nach ist der alte Johnson der beste Freund, den der Totengräber hier in der Gegend hat.«

Er hob beschwichtigend die Hand und fuhr dann fort: »Oh, ich weiß, was die Mistress und Sie von ihm halten. Vielleicht bin ich ja voreingenommen … nun, ich weiß sogar, dass ich es bin. Aber je weiter Sie sich von ihm und seinesgleichen fern halten, umso besser. Es ist jetzt zwar nicht die Zeit, Ihnen eine spaßige Geschichte über den besagten Mann zu erzählen, aber Sie haben mich sicher schon von Rubie Smythe, dem Metzger, reden hören … Nicht Smith, müssen Sie wissen, sondern SMYTHE mit E. Er ist sehr heikel, was das E angeht. Wie auch immer – seine Frau hat ihn zu Dr. Johnson geschleppt, weil sie sich Sorgen wegen seiner Gesundheit machte, obwohl jeder von hier bis Edinburgh weiß, dass das Einzige, was mit seiner Gesundheit nicht stimmt, der Suff ist. Jeder außer ihr. Und als sie dann später ganz ohne Arg gefragt wurde, was denn mit der Gesundheit ihres Mannes nicht in Ordnung sei, sagte sie, dass es was Ernstes sein müsse, weil der Doktor es nicht beim Namen nennen wollte, aber das eine, das hatte er ihr anvertraut, sei ganz sicher: dass ihr Mann damit nicht lebendig aus diesem Leben scheiden würde. Und sie hat das so todernst und salbungsvoll erzählt wie ein Mönch, der seinen Rosenkranz betet. Das ganze Dorf hat damals darüber gelacht. Rubie, müssen Sie wissen, war Jahre lang Metzger, bevor er sich zur Ruhe gesetzt hat, und zwar einer der verrücktesten, die je diesen Beruf ausgeübt haben, denn er hat sich bei jedem Tier entschuldigt, bevor er es geschlachtet hat. Mannie Pratt kann eine vollbesetzte Kneipe dazu bringen, sich vor Lachen auf dem Boden zu wälzen, wenn er Rubie imitiert. Mannie war sein Geselle, müssen Sie wissen.«

Er stimmte glucksend in Rileys Lachen ein. Dann wurde er wieder ernst und kam aufs Thema zurück: »Sie können ja eine zweite Meinung einholen, oder? Denn Johnsons Meinung ist sicherlich die, dass der Junge schon von selbst damit aufhören wird. Seine Philosophie ist: Lasst die Kinder herumtoben, wie sie wollen, denn die Kindheit ist früh genug zu Ende. Das ist es doch, was er dazu sagt, oder?«

Riley, der ebenfalls ernst geworden war, nickte. »Ja. Ja, genau das hat er gesagt. Und ich weiß ja, Mac, dass Sie Recht haben, aber man muss erst ein wenig angeschubst werden, um das Nötige in die Wege zu leiten. Aber ich kann Ihnen sagen, dass wir schon darüber gesprochen haben, und ich werde mir bei einem Facharzt einen Termin geben lassen, um eine zweite Meinung zu hören.«

Hamish, dessen Stimmung sich schlagartig änderte, erwiderte aufgekratzt: »Vielleicht braucht er nur ein paar spezielle Pillen hin und wieder, die ihn ruhiger machen, und wenn er dann draußen nicht mehr so wild rumgaloppiert, ist er drinnen nicht so müde. Zumindest sehe ich das so, aber ich bin nur ein einfacher Mann, wie Sie wissen.«

Riley ließ ein ironisches Glucksen hören und entgegnete mit einem breiten Grienen: »Ja, ich weiß, Mac, Sie sind ein sehr einfacher Mann. Ich habe mir das schon gedacht, als wir uns zum ersten Mal gesehen haben – ein sehr einfacher Mann!« Und wie um seinen Scherz zu betonen, stieß er mit einem fingierten Boxhieb dem Schotten sanft seine Faust gegen die Schulter, dann drehte er sich um und ging zurück ins Wohnzimmer.

»Der Tee ist sicher schon eiskalt; komm, setz dich.«

»Geben Sie mir her die Teekanne!«

Nachdem Mrs. A. aus dem Zimmer geeilt war, sagte Nyrene mit einem Lachen: »Geben Sie mir her die Teekanne! Geben Sie mir her die Teekanne! Sie spricht bald so falsch wie Mac – oder so richtig, je nachdem, von welcher Seite es man betrachtet. Worüber habt ihr euch unterhalten?«

»Oh«, sagte Riley leichthin, »über alles Mögliche.«

Er hatte sich wieder auf die Couch gesetzt und seine Hand seinem Sohn entgegengestreckt, der im Augenblick für nichts Interesse zeigte außer für die Herausforderung, ein Stück Mandelpaste aus der Zuckerglasur auf dem Stück Weihnachtskuchen auf seinem Teller zu pulen. Er mochte Zuckerglasur nicht besonders, dafür aber Mandelpaste umso mehr. Als Riley mit erhobener Stimme sagte: »Ich hab überlegt, ob wir morgen den Schlitten reparieren oder nur einen Schneemann bauen sollen. Was denkst du?«, reagierte er nicht.

Riley drehte den Kopf und sah Nyrene an, dann richteten beide den Blick auf ihren Sohn. Er hatte das letzte Stück Mandelpaste in den Mund gesteckt und kaute es langsam, während er ihren Blick erwiderte. Doch er sagte nichts oder ging auf sonst irgendeine Weise auf die Pläne für morgen ein, die für ihn geschmiedet wurden. Der Ausdruck auf seinem Gesicht wäre auch für eine viel ältere Person nicht unpassend gewesen, die bereit war, bei dem, was besprochen worden war, mitzumachen, doch nicht weil sie selbst es gern wollte, sondern um den anderen einen Gefallen zu tun; was ihr Sohn noch dadurch zu betonen schien, dass er sich wieder ganz der Aufgabe zuwandte, den Kuchen zu verspeisen.

6

Es war der letzte Tag, bevor Peters Tournee wieder anfing. Sie waren in Aberdeen, und er und Nyrene saßen im behaglichen Sprechzimmer von Mr. Kramer, einem Kinderarzt, den Dr. Johnson ihnen wärmstens empfohlen hatte.

Mr. Kramer war ebenso groß wie Hamish McIntyre, doch weitaus breiter und massiger. Er war ein Koloss von einem Mann, doch wenn er sprach, bildete seine Stimme einen seltsamen Kontrast zu seiner Statur, denn er hatte das, was man als eine dünne Stimme bezeichnen konnte. In seinem singsangartigen Tonfall sagte er: »Du bist ein großer Junge für dein Alter. Wie alt, hast du gesagt, bist du?« Das breite Gesicht lächelte strahlend in das des Kindes hinab, und Charles strahlte ebenso vergnügt zurück. In seinen Augen lag ein schelmisches Funkeln, als er dem Hünen antwortete: »Sie ha-haben mir gesagt, ich bin vier Jahr alt, Sir.«

Mr. Kramer wechselte einen raschen Blick mit den Eltern, die auf der anderen Seite des Schreibtischs saßen, dann wandte sich das breite, lächelnde Gesicht wieder Charles zu, und die sanfte Stimme meinte: »Das haben sie dir gesagt? Nun, ich hätte geglaubt, dass du viel älter bist. Wann ist denn dein Geburtstag?«

Der Blick des Kindes irrte einen Moment lang ab; es schien, als würde er nachdenken, dann antwortete er: »Letztes Jahr, vor Weihnachten.«

»Sehr gut. Sehr gut.« Der massige Mann verlagerte unbehaglich sein Gewicht in seinem Stuhl und sagte: »Weißt du, ich bin ein sehr alter Mann, und das Runterbeugen tut mir nicht gut. Würde es dir was ausmachen, wenn ich dich auf meinen Schreibtisch hier stelle, damit wir uns von Angesicht zu Angesicht unterhalten können?«

Er hatte nicht beabsichtigt, auf eine Antwort zu warten, doch als sie kam – ein entschiedenes ›Nein, nein‹ –, war der Hüne leicht verdutzt. Mit einem Grinsen erwiderte er: »Sehr schön, ja.« Dann streckte er die Hände aus und hob den Jungen auf den Schreibtisch. Einmal dort, drehte sich Charles zu seinen Eltern um, die mit unbewegten Gesichtern auf ihren Stühlen saßen, und lächelte ihnen zu. Es war ein beruhigendes Lächeln, und als seine Mutter zurücklächelte, meinte er: »Mr. Mac hätte gelacht.«

Diese scheinbar eigenartige Bemerkung provozierte einen fragenden Blick von Mr. Kramer in Richtung der Eltern. Mit ruhiger Stimme fragte er: »Wer ist Mr. Mac?«

Es war Riley, der antwortete: »Er ist ein Freund von uns. Er kümmert sich um das Haus und um den Garten und hilft meiner Frau bei allem, was so anfällt. Er mag Charles sehr gern, und Charles ihn ebenfalls.« Er verstummte, und der Anflug eines Lächelns huschte über sein Gesicht, ehe er hinzufügte: »Die beiden spielen viel zusammen.«

»Oh. Oh, ich verstehe.« Das breite Gesicht war jetzt dicht vor dem des Jungen. »Ist dieser Mr. Mac der, der genauso flink herumspringt und herumgaloppiert wie du?«

Auf Charles' Gesicht erschien ein Strahlen, und er erwiderte: »Ja. Ja, Sir. Aber ... aber er kann nicht besonders weit springen.«

Charles hob nun die Hände über den Kopf und bewegte rudernd die Arme auf und ab; seine Absätze klackten auf der Schreibtischplatte, als er ein paar Mal auf den Zehenspitzen wippte. »Wir fliegen ...«, erklärte er und fügte dann mit einem resignierten Kopfnicken hinzu, »oder wir versuchen es.«

Mr. Kramer nahm Charles' Hände, während er sagte: »Na ja, nicht jeder kann fliegen. Das ist sehr schwer. Sogar Vögel strengt das manchmal an, und du und Mr. ... Mac, ihr werdet davon sehr müde, nicht wahr?«

Der Junge antwortete nicht gleich darauf; es schien, als würde er nachdenken, dann sagte er mit zur Seite geneigtem Kopf: »Nicht wirklich müde; ich möchte nur ...« Als er verstummte, warteten alle darauf, dass er weitersprach, doch als dies nicht geschah, war es Mr. Kramer, der mit nun noch sanfterer Stimme fragte: »Was passiert, wenn du müde bist? Möchtest du dann nur schlafen?«

Die Antwort kam wie aus der Pistole geschossen. »Nein!

Nicht schlafen, nur ...« Wieder schien es, als würde das Kind nachdenken, doch dann rief Mr. Kramer mit erhobener Stimme: »Vergessen wir das Fliegen mal vorläufig, aber wenn du es mal schaffst zu fliegen, dann kommst du sofort zu mir und zeigst mir, wie es geht! Versprichst du mir das?«

Das Funkeln kehrte in Charles' Augen zurück, und als er sich zu seinen Eltern umdrehte, lag auf seinem Gesicht wieder der alte, wissende Ausdruck. Seine Antwort auf Mr. Kramers Frage war ein helles, fröhliches Lachen.

Mr. Kramer drückte jetzt auf einen Klingelknopf auf seinem Schreibtisch, und als die Tür aufging und eine Schwester hereinkam, sagte er: »Das ist Master Charles, Schwester; er würde sich gerne alle Ihre Spielsachen anschauen und Ihre Malbücher und Bauklötze in Ihrem Zimmer. Magst du mit der Schwester gehen?«

Die letzten Worte waren an den Jungen gerichtet, aus dessen Gesicht jetzt alle Fröhlichkeit verschwand, um Argwohn Platz zu machen. Sein Blick war auf seine Mutter gerichtet, doch es war Riley, der sagte: »Du brauchst nur ins nächste Zimmer zu gehen. Nicht weit. Es gibt dort ein paar wunderschöne Spiele. Die Schwester zeigt sie dir.«

»Kommst du auch, Daddymann?«

»Nein, mein Schatz. Geh mit der Schwester.« Nyrene hatte dies gesagt, und der Junge ließ sich auf dem Schreibtisch auf die Knie fallen und sah seine Mutter mit großen Augen an. »Nein, Mama. Nicht ich allein gehen.«

Riley und Nyrene tauschten einen leicht besorgten Blick, bevor Riley, zu Mr. Kramer gewandt, fragte: »Ist es in Ordnung, wenn ich mit ihm gehe, Sir?«

»Vollkommen. Natürlich. Ich kann mir vorstellen, dass Sie sich auch gern die Bauklötze ansehen würden, und während Sie mit Charles spielen, unterhalten Mrs. Riley und ich uns noch ein bisschen. Was halten Sie davon, Mrs. Riley?«

»Ja, das wäre sehr nett, Mr. Kramer – wunderbar, ja.«

Die Schwester begleitete Riley und Charles aus dem Sprechzimmer und brachte sie in einen anderen Raum, nur ein paar Schritte den Korridor hinab, in dem einige kleine Tische standen, auf denen farbige Bauklötze in allen möglichen Formen und Größen lagen.

Zur selben Zeit hielt Nyrene im Sprechzimmer den Blick gebannt auf Mr. Kramers Gesicht geheftet, als dieser mit einem beruhigenden Lächeln sagte: »Nun, Sie können eine Angst aus Ihren Gedanken streichen, Mrs. Riley, die alle Mütter, die ich kenne, in einer solchen Situation beschäftigt: Ihr Junge ist nicht geistig behindert.«

Das inbrünstige ›Oh, Gott sei Dank‹, kam kaum hörbar über ihre Lippen, hart sagte Nyrene: »Aber es gibt etwas, das nicht ganz in Ordnung ist?«

Mr. Kramer lehnte sich in seinem Sessel zurück und legte die Fingerspitzen aneinander. »Es wird möglicherweise eine Weile dauern, ehe ich das mit Sicherheit beurteilen kann; alles was ich im Augenblick sagen kann, ist, dass das Kind intelligent ist und einen erstaunlichen Verstand hat. Ja, wirklich – einen erstaunlichen Verstand, doch der ist aktiver als es für sein Alter zu erwarten wäre.«

»Ja, das ist uns auch schon des öfteren aufgefallen, besonders, wenn er in einer seiner ruhigen Phasen ist.«

»Beschreiben Sie mir diese Zustände bitte noch einmal.«

Was Nyrene tat, und als sie geendet hatte, erwiderte er: »Und er hatte keine Krämpfe oder ähnliche Anfälle? Nichts, das Ihnen aufgefallen wäre?«

»Nein – nichts, außer dass er sich vor diesen Zuständen immer sehr angestrengt und vielleicht körperlich verausgabt hat.«

»Was ich glaube, und was die Schwester möglicherweise bestätigen wird, ist, dass er Legastheniker ist.«

Nyrene nickte heftig und sagte: »Ja. Ja, daran habe ich auch schon gedacht; wir beide haben daran gedacht. Aber das ist nicht so schlimm, oder? Ich meine, es gibt Schauspieler und Schauspielerinnen und viele andere angesehene Menschen, die Legastheniker sind.«

»Oh, ja. Zweifellos. Da haben Sie Recht. Und was noch wichtiger ist: Heutzutage kann man sehr viel tun, um dem

Kind zu helfen, damit zurechtzukommen. Legasthenie ist keine Krankheit, sondern lediglich eine Behinderung. Womit wir uns allerdings noch näher beschäftigen und was wir noch näher ergründen müssen, sind diese Erschöpfungszustände, wenn er scheinbar mit offenen Augen schläft. Sie haben den Eindruck, dass sie nicht nur durch zu große körperliche Anstrengung verursacht werden, sondern auch dann auftreten, wenn er alleine gelassen wird, das heißt, wenn sie beide nicht in seiner Nähe sind. Und Sie glauben, Ihre beiden Helfer können, wie es scheint, die Lücke nicht ausfüllen, die Ihre Abwesenheit hinterlässt?«

»Ja. Genau. Er liebt sie beide, aber neulich, als ich meinen Mann bei einem längeren Besuch in seiner Heimatstadt begleiten musste, erlebten die beiden drei oder vier sehr sorgenvolle Tage mit ihm. Die meiste Zeit hat er in seinen, wie wir es nennen, ruhigen Phasen verbracht.«

»Nun, ich denke, damit müssen wir uns gesondert befassen. Aber nun lassen Sie uns rübergehen und sehen, welche Fortschritte gemacht wurden.«

Mr. Kramer erhob sich, und Nyrene ebenfalls, doch dann blieb sie stehen, wo sie war, sah ihm direkt in die Augen und fragte: »Können diese Ruhephasen, wie wir es nennen, bedeuten, dass er möglicherweise an einer seltenen psychischen Störung leidet?«

Er erwiderte ihren Blick. »Nun ja, Mrs. Riley, darauf kann ich Ihnen im Augenblick noch keine Antwort geben. Ich muss über eine längere Zeit regelmäßig seine körperliche und geistige Entwicklung beobachten, wobei der körperliche Aspekt erst noch näher zu untersuchen ist. Aber machen Sie sich keine Sorgen. Soweit ich es im Augenblick beurteilen kann, gibt es keinen Grund anzunehmen, dass er nicht zu einem gesunden und ganz normalen kleinen Jungen heranwachsen wird.«

Als Nyrene am darauf folgenden Tag Dr. Johnson das Ergebnis ihres Besuchs bei Mr. Kramer berichtete, hatte sie den Eindruck, als wüsste er bereits etwas darüber, denn er überraschte sie mit der Bemerkung: »Nun, er glaubt, dass kein Autismus vorliegt. Ich hatte gedacht, dass es durchaus möglich sein könnte, aber man lernt nie aus. Und Mr. Kramer weiß, worüber er spricht. Und was die Legasthenie betrifft, so ist das heutzutage kein Grund mehr, sich Sorgen zu machen.«

In der Nacht davor, als sie nebeneinander lagen und redeten, hatte sie Riley plötzlich gefragt: »Falls David im Rathaus ein neues Theater eröffnen sollte, würdest du zurückgehen?«

»So schnell wie ein geölter Blitz, Liebes. Oder noch schneller. Ich habe in den letzten Tagen eine Menge darüber nachgedacht. Wir könnten eine der Wohnungen mieten, die sie bauen wollen. Was spricht dagegen?«

Es entstand eine Pause, bevor sie sagte: »Aber ich könnte nicht mitkommen, Liebling, oder?«

»Oh?«, machte er. Und nach einer Weile fügte er hinzu: »Aber bis dahin ist es vielleicht schon viel besser mit ihm. Ich hab' Vertrauen in diesen Mann.«

»Ja, du hast Recht. Aber bis dahin könntest du jedes Wochenende zu Hause sein, und ich habe dann vielleicht auch schon ...« – sie betonte das Wort – »*meine* Schauspielschule eröffnet.« Sie hatte gelacht.

»Ja.« Er hatte sich auf den Ellbogen gestützt, in ihr vom Schein des rosafarbenen Schirms der Nachttischlampe überflutetes Gesicht hinabgeblickt und gesagt: »Wieso nimmst du das nicht Ernst, Liebes? Du hast hier einen wunderschönen Platz und, wie Mac gestern gesagt hat, zwei Ställe neben dem Hof, die ohne Probleme zu Garderoben mit Duschen ausgebaut werden können. Er ist schon lange ganz erpicht darauf, weil er dann auch den Gemüsegarten vergrößern kann. Er und sein Gemüse! Du wirst schon sehen, über kurz oder lang wird er hier eine Gemüsegärtnerei aus dem Boden stampfen.«

»Das wäre doch nicht schlecht, bei all dem Land, das brach liegt.«

»Wenn du erst mal deine Schauspielschule eröffnet hast, wirst du hier alle Hände voll zu tun haben. Es ist eine tolle

Idee, finde ich. Und wenn ich am New Palace Theater ein Engagement bekomme, was können wir dann mehr verlangen?«

Ihre Stimme klang tief und heiser: »Nur dass wir niemals getrennt werden, Liebling, denn ich sehne mich jede Minute, die du nicht hier bist, so schrecklich nach dir.«

»Und was glaubst du, wie ich mich fühle? Es gibt Zeiten, da möchte ich schreien: ›Zum Teufel damit! Ich hab' die Schnauze voll‹, und einfach den Krempel hinschmeißen. Und wenn ich eine andere Frau anschaue, kann ich nicht anders, als sie mit dir zu vergleichen, vor allem auf der Bühne. Du weißt es vielleicht nicht, Mrs. Riley, aber man hat mir vorgeworfen, bei den Liebesszenen nicht genug Hingabe zu zeigen.«

»Es freut mich, das zu hören, Mr. Riley, weil ich … nun, weil ich den Tag fürchte, an dem du eine andere Frau ansiehst und sie nicht mehr mit mir vergleichst.«

»Der Tag wird niemals kommen! Niemals!« Sie lagen jetzt eng aneinander geschmiegt, und er raubte ihr den Atem in seiner Umarmung, während er flüsterte: »Niemals! Hast du gehört, Weib: Der Tag wird niemals kommen. Es gibt nichts und niemanden, das oder der sich zwischen uns stellen kann. Jetzt krieg' das endlich in deinen törichten Schädel.«

Sie hatte nicht geantwortet, denn gleich darauf hatten sie sich geliebt, und danach waren sie eingeschlafen, und der nächste Tag war gekommen.

7

Nach einer Woche im Sunderland Empire verbrachte Riley vier glückliche Tage zu Hause, doch nun war er hier in York, und es war Mittwochnachmittag. Die Matinee-Vorstellung war soeben zu Ende gegangen; inzwischen hatte er die Garderobe für sich allein, und er holte aus seiner Manteltasche Nyrenes letzten Brief. Sie erzählte vor allem von dem Kind und teilte ihm die wundervolle Neuigkeit mit, dass Charles ganz allein ein A und ein G gemalt hatte. Doch am Schluss des Briefes schrieb sie wie immer, dass sie nicht wirklich lebe, bis er wieder bei ihr sei, und dass sie sich noch nie so sehr danach gesehnt habe, dass ein Jahr schnell und wie im Flug vorübergehen möge, wie das kommende Jahr, nach dem er wieder ein festes Engagement in Fellburn haben würde.

Riley entging natürlich nicht, dass Nyrene, wenn sie über seine Rückkehr nach Fellburn und an das neue Theater dort schrieb, nie seine Mutter erwähnte, doch in seinen Gedanken war sie eine immer präsente Bedrohung. Er faltete den Brief zusammen, als die Tür aufgerissen wurde und eine junge Schauspielerin namens Evelyn Dowell, die so etwas wie ein komödiantisches Talent war, sich ihm, übertrieben auf Zehenspitzen tippelnd, näherte und über die Schulter zuflüsterte: »Unten ist eine Männerfalle, die dich sprechen will, ein so scharfer Feger, wie ich nur je einen gesehen habe. Gott sei Dank ist sie nicht in unserer Truppe, denn unsere Erste Liebhaberin würde ihr sofort an die Kehle gehen.«

Riley hob eine Hand und winkte lachend ab. »Ich kenne dich und deine Spiele«, brummte er. »Ich habe Conventry nicht vergessen und die beiden Antiquitätenhändlerinnen, die du mir aufgehalst hast.«

»Oh! Die waren im Vergleich mit der hier zwei liebe alte Tanten und wirklich auch sehr amüsant, aber die hier . . ., aber die hier! Das ist mein Ernst. Sie wartet unten. Sie hat irgendeinen französischen Namen, und als ich versucht habe, sie abzuwimmeln, hat sie gesagt, ich soll dir sagen, sie ist die Nichte von einem Mr. Beardsley oder Birdsley.«

Er sprang auf und starrte das Mädchen mit großen Augen an. »O Gott!«, ächzte er. »Nicht sie!«

»Doch. Genau die.« Die junge Schauspielerin schnitt eine Grimasse. »Du kennst sie also? Du meine Güte. Du hast Glück, dass du noch am Leben bist.«

»Jetzt hör schon auf damit!« Er griff sich seinen Mantel und schlüpfte hinein, dann fuhr er sich mit den Fingern durchs Haar und fragte ziemlich idiotisch: »Was will sie?«

»Na ja, wenn du mich so direkt fragst, würde ich sagen:

Im Augenblick dich, aber im Notfall jeden einigermaßen passabel aussehenden Mann in Reichweite. Nimm dich also in Acht, mein Lieber.«

Erneut winkte er mit einem Grinsen ab, während er die Garderobe verließ.

Sie stand am Ende des Mittelgangs und schaute in Richtung der Bühne, auf der Männer hin und her eilten und Teile der Bühnendekoration wegtrugen. Er begrüßte sie herzlich und mit einer Floskel: »Sieh an, sieh an. Was hat Sie in diese gottverlassene Gegend verschlagen, wenn ich fragen darf?«

»Oh. Hallo.« Sie drehte sich zu ihm um, auf ihrem Gesicht ein Strahlen, und erwiderte: »Kurz zusammengefasst, würde ich sagen: eine Autopanne, ein Plakat von der Matinee und eine Eintrittskarte, für die ich einen Platz kriegte, auf dem ich warten konnte, bis das Stück vorbei war. Leider hab' ich für die Karte den vollen Preis zahlen müssen, weil ich keine Rentnerin bin, die für die Hälfte reinkommt.«

Er lachte. »Wie schade«, sagte er.

»Darf ich mich für einen Augenblick hinsetzen?« Sie deutete auf den ersten Sitz in der ersten Reihe.

»Warum denn nicht?«, meinte er. »Zumindest für ein paar Minuten, denn wir haben gleich, noch vor der Abendvorstellung, eine Besprechung.«

»Oh, eine Besprechung«, entgegnete sie und gab durch eine Bewegung ihrer Hand zu verstehen, dass sie kein Wort von dem glaubte, was er gesagt hatte.

Auch er setzte sich und fragte: »Was ist mit dem Wagen?«

»Oh ... Er hat einfach aufgehört, mit mir zu reden, als ich kurz vor der Stadt war, und ich bin in eine Werkstatt gefahren, und die sagten: ›Abgesehen von allem anderen, Miss, brauchen Sie zuallererst einen neuen Auspuff.‹ Und ich sagte ihnen, dass es schon lange her wäre, dass ich einen neuen Auspuff montiert bekommen habe, und dass sie sich alles andere auch anschauen und es richten sollten, falls sie was fänden, wovon ich keine Ahnung habe.« Sie imitierte den Mechaniker, und es wirkte ziemlich gut, als sie heiser knurrte: »›Wird 'n paar Stunden dauern, Miss.‹ Und ich hab' zu ihm gesagt, als faires Angebot: ›Zwei, drei Stunden, nicht länger!‹« Ihre Stimme nahm jetzt wieder ihren normalen Tonfall an, als sie fortfuhr: »Das sind Wegelagerer und Strauchdiebe, diese Werkstattbesitzer; zumindest wenn sie glauben, sie haben es mit einem Dummkopf zu tun. Das hat mir mein Onkel erzählt.«

Riley lachte und erwiderte: »Ich dachte, Sie reisen gerade irgendwo in der Weltgeschichte herum mit Ihrem Grafen – oder war es der reiche Geschäftsmann?«

»Oh.« Sie warf ebenfalls lachend den Kopf zurück. »Der Geschäftsmann hat es sich anders überlegt, und der Graf hat sich weinend aus dem Staub gemacht, nachdem er herausgefunden hat, dass ich nichts besitze. Tja ... ich bin wieder auf dem Markt. Sein Name ist übrigens Percy.«

Wieder musste er lachen, denn ihr Gesicht verzog sich zum schelmischen, mokierten Grinsen eines Schulmädchens, als sie weiter erzählte: »In Kürze wird meine liebe Mutter schon wieder das Totenglöcklein für ihr Trachten und Streben läuten hören. Deshalb in ich unterwegs in den Norden, um ihr die Neuigkeit zu überbringen.«

Er räusperte sich und fragte: »Was hat Percy denn verbrochen, dass Sie ihm den Laufpass gegeben haben?«

»Oh, es ist nicht Percy; es sind die Leute. Waren Sie je in Surrey?«

»Ja. Ich mag Surrey.«

»Mögen Sie auch die Menschen dort? Na ja, wahrscheinlich haben Sie nie Percys Familie kennen gelernt. Er arbeitet im Ministerium. Und er hat drei ledige Schwestern und drei verheiratete Brüder. Zusammen mit seiner Mutter sind das sieben Frauen auf einem Haufen, und sie waren alle nur da, um mich anzuglotzen. Der arme Percy. Ich hab' ihm gesagt, dass ich gegen ihn nichts habe, aber mich mit sieben Frauen rumzuschlagen, wäre mir doch zu viel. Sie wohnen alle in der Gegend, und von Percy hat man erwartet, dass er zu ihnen zieht – zusammen mit mir natürlich.«

»Wissen Sie was?« Er lachte jetzt geradeheraus. »Diese arme Familie in Surrey tut mir richtig Leid.«

»Ja, das kann ich mir vorstellen. Und mein Onkel ... ja, mein Onkel wird das ähnlich sehen, und Mama sicher auch. Aber es ist ihre Schuld, wenn sie mich so unter Druck setzen.« Ihre Stimme klang jetzt nüchterner, als sie hinzufügte: »Ich bin eine ziemliche Last für sie, und sie möchten mich mit jemandem verkuppeln, der die Verantwortung für mich übernimmt. Und wissen Sie was, Pe-ter«, sie dehnte den Namen in die Länge und schien irgendwas daran höchst witzig zu finden, denn sie lachte kurz auf, ehe sie fortfuhr: »Ich bin aber nicht ein bisschen so, wie die alle glauben – überhaupt nicht.« Ihr hübsch geschnittener Mund kräuselte sich zu einem Grinsen, bevor sie sagte: »Wissen Sie, was ich jetzt am liebsten tun würde? Ich würde diese feine Familie in Surrey gern noch einmal besuchen und ihnen alles über die Vergangenheit meiner Mutter erzählen. Aber natürlich erst nach dem Tischgebet.«

Ihr Lachen schallte durch das leere Theater, und die Männer auf der Bühne hielten inne bei dem, was sie gerade taten, drehten die Köpfe und sahen über die Rampenlichter hinweg zu ihr herüber und lächelten ihr zu, und sie lächelte zurück, und während sie dies tat, musterte Riley sie genauer. Sie glich überhaupt nicht mehr dem aufreizenden französischen Früchtchen, das sie in Freds Haus kennen gelernt hatten, und er konnte mit ihr mitfühlen, dass sie sich von Fred und ihrer Mutter zu sehr unter Druck gesetzt fühlte, weil sie sie loshaben wollten. Wer würde das an ihrer Stelle nicht tun? Tatsächlich, sie hatte etwas an sich. Ob es nun gut oder schlecht war, sie strahlte etwas aus, und er konnte sich vorstellen, dass die Männer davon hingerissen waren.

Sie wandte sich ihm wieder zu. »Haben Sie gewusst, dass meine Mutter vorhat, nach Northumberland zu ziehen?«

»Nein. Nein, das habe ich nicht gewusst.«

»Doch – stellen Sie sich vor! Sie spielt mit dem Gedanken, ihr ... altes Zuhause zu kaufen.« Die letzten Worte sprach sie gedehnt mit amerikanischem Akzent. »Es steht seit zwei Jahren leer und muss hergerichtet werden. Obwohl Onkel Fred den Umzug gern sieht, bin ich sicher, dass Louise total dagegen ist. Und an ihrer Stelle wäre ich das auch, weil Mutter Onkel Fred immer als ihr ganz persönliches Eigentum betrachtet hat. Außerdem habe ich aus der Gerüchteküche läuten hören, dass Sie in einem Jahr oder so wieder zurück am Palace in Fellburn sein werden.«

»Ja«, er nickte, »das habe ich auch gehört. Und ich freue mich schon darauf, weil ich dann näher an meinem Zuhause sein werde. Ich vermisse es sehr – vor allem natürlich meine Frau und meinen Jungen.«

Sie starrte ihn unverwandt an, dann sagte sie mit leiser Stimme: »Ihre Frau hat wirklich großes Glück.«

»Nein, ich bin derjenige, der sich glücklich schätzen kann. Ich bin wirklich ein großer Glückspilz.«

»Nun, das hängt davon ab, von welcher Seite man es sieht, nicht wahr? So wie die Dinge bei mir stehen, verbringe ich meine Zeit damit, meiner Heirat aus dem Weg zu gehen – obwohl ich nichts gegen Verehrer habe.« Sie lachte auf und fügte hinzu: »Und zwischen den Verehrern ruhe ich mich dann immer oben bei Mutter aus. Es könnte sein, dass wir uns in Zukunft öfters sehen.«

Das plötzliche Krachen eines umfallenden Möbelstücks auf der Bühne bewahrte ihn davor, eine Bemerkung auf ihren letzten Hinweis machen zu müssen, und dann kam ihm Evelyn zu Hilfe, die aus den Kulissen auftauchte und laut rief: »Die Besprechung ist in ein paar Minuten!« Sie sah zu den beiden Gestalten in der ersten Reihe des Parketts hinunter und sagte noch einmal: »Die Besprechung fängt gleich an, Peter.«

Er musste zwei Mal schlucken, bevor er antworten konnte. »Danke, Evelyn«, krächzte er. »Ich komme gleich.«

Sie hatten sich jetzt beide erhoben, und Yvette lächelte ihn an und sagte: »Und ich habe Ihnen das mit der Besprechung nicht geglaubt! Entschuldigen Sie, tut mir Leid. Es war auf jeden Fall nett, mit Ihnen zu plaudern.«

Er war wenigstens galant genug zu sagen: »Und für mich war es nett, zuzuhören. Good bye.«

»Auf Wiedersehen ...«

Er warf einen Blick zur Bühne. »Ich hole jemanden, der Sie rausbringt.«

»Nicht nötig. Ich bin allein reingekommen und finde auch allein wieder raus. Auf Wiedersehen, Peter.«

Einige Minuten später war er zurück in der Garderobe, und Evelyn sagte: »Hab' ich das nicht gut gemacht? Und die Jungs waren auch Spitze.«

»Ja, schon – das habt ihr gut gemacht. Aber jetzt sitze ich hier fest und kann nicht raus, weil ich damit rechnen muss, ihr über den Weg zu laufen. Sie wartet auf ihren Wagen, der in irgendeiner Werkstatt repariert wird, aber ich weiß nicht, in welcher. Und ich würde für mein Leben gern eine Tasse Tee trinken.«

»Das ist leicht zu bewerkstelligen. Ich bringe ein Tablett mit Tee und Gebäck, und unser Hauptdarsteller und die zweite Nebendarstellerin, beziehungsweise das Mädchen für alles haben ein Tête-à –tête hier drinnen. Was hältst du davon?«

Er lachte und sagte: »Wie du meinst, Mädchen für alles – also, worauf wartest du?«

Wieder allein in der Garderobe, starrte er sein Spiegelbild an und murmelte: »O Gott! Was, wenn Nyrene von diesem Besuch Wind bekommt? Aber wenn ich es ihr nicht sage, wird es wahrscheinlich dieser Satansbraten von einem Frauenzimmer tun.«

Ja. Ja, genau das würde Yvette tun: Sie würde es ihr erzählen und einen Scherz daraus machen.

Dann entschloss er sich, Fred anzurufen ... Fred hörte sich seine witzige Schilderung ihres Besuchs an und sagte dann in ernstem Ton: »Sei vorsichtig, Junge. Ich sage dir, je netter und mädchenhafter sie sich gibt, umso finsterer sind ihre Absichten. Sie tut nie etwas ohne Grund. Sie ist gefährlich. Und vergiss nicht, dass du in deinem Fall immer auch Nyrenes Situation berücksichtigen musst.«

»Was genau meinst du damit – Nyrenes Situation?«

»Sei nicht so verdammt begriffsstutzig, Mann!«, knurrte Fred. »Fast zwanzig Jahre – das ist die Situation.«

Riley fehlten die Worte für eine Antwort, und Fred fuhr fort:

»Ich nehme an, Yvette hat dir davon erzählt, dass ihre Mutter in unser altes Haus ziehen will? Nun, ich hätte nie geglaubt, dass ich mal so was sage, aber in gewisser Weise bin ich froh darüber, denn Gwendoline braucht jetzt mehr Unterstützung denn je, mit diesem Früchtchen am Hals.«

Riley war versucht zu sagen: *Und was ist mit Louises Situation? Sie muss sich gegen zwei von denen behaupten.* Doch er sagte es nicht, sondern lenkte das Gespräch in eine andere Richtung und erkundigte sich, wie es mit dem New Palace voranginge, worauf Fred begeistert erwiderte: »Wie die Feuerwehr. Sie arbeiten überall, haben schon vier Stockwerke hochgezogen und bauen jetzt das Restaurant. Sie sagen, in sechs Monaten kann das Theater eröffnet werden. Was sagst du dazu? Du solltest das bedenken, bevor du für eine neue Tournee unterzeichnest. Wie lange dauert diese eigentlich noch?«

»Sie haben sie um 'ne Woche verlängert«, erwiderte Riley. »Wir haben drei Städte mehr zu spielen, bevor wir nach Wales gehen und dann nach Schottland. Wahrscheinlich noch vier Monate. Ja, du hast Recht – ich muss David bald mal anrufen, und wer weiß, vielleicht bin ich im nächsten Frühling schon zurück in Fellburn.«

Nyrene las den Brief zu Ende. Sie faltete ihn zusammen und war im Begriff, ihn in den Umschlag zurück zu stecken, doch stattdessen faltete sie ihn wieder auf und überflog die eng beschriebene Seite noch einmal, bis sie zu dem Satz kam: ›Und da stand sie also mitten im Gang des Parketts und sah ein wenig aus wie ein Schulmädchen, das gekommen war, um ein Autogramm zu ergattern. Und weißt du, genau das ist sie ihrem Wesen nach noch immer: ein dummes Schulmädchen. Ich hab' ihr rundheraus gesagt, dass ich überrascht bin, sie zu sehen, und nur ein paar Minuten für sie habe, weil ich zu einer wichtigen Besprechung müsse. Sie hat mir nicht geglaubt, aber Evelyn hat die Besprechungsmasche sehr überzeugend gespielt, und sie hat sich entschuldigt, weil sie gedacht hatte, ich würde sie anlügen. Wie auch immer – sie hatte gerade einem ihrer Verehrer den Laufpass gegeben, einem Burschen namens Percy, von dem sie sehr witzig, aber zugleich auch grausam erzählt hat. Sie scheint mir wirklich ein Symptom unserer Zeit zu sein.

Und jetzt zu etwas ganz anderem. Stell dir vor: nächstes Jahr um diese Zeit habe ich mich vielleicht schon fest an der Heimatfront etabliert, und wir werden nie wieder länger als eine Woche voneinander getrennt sein.‹

Der Brief endete mit: ›Es fällt mir schwer, dir zu schreiben, ich liebe dich, denn diese schlichten Worte reichen nicht aus, meine Gefühle für dich zu umreißen. Ich könnte sagen, ›ich bete dich an‹, und das tue ich auch und werde es immer tun.‹ Mit einer weniger ernsten Floskel kam er zum Schluss: ›Und das alles von einem Kerl namens Riley.‹

Hatte sie Angst?

Ja, sie hatte Angst. Wenn es um ihn ging, hatte sie vor allem und jedem Angst, das jung und jugendlich war. Aber eine Jugendlichkeit, wie dieses Mädchen sie besaß, war etwas anderes, denn sie war gefährlich. Die Kleine war clever und gerissen – und sie würde absolut rücksichtslos sein. Ihr Wagen hatte eine Panne! Was hatte sie überhaupt in York zu suchen? Wenn sie von London nach Fellburn fahren wollte, hätte sie die ganze Zeit auf der Fernstraße bleiben können.

Später sollte sich Nyrene an diesen Brief Peters immer als den Vorboten der dunklen Wolke erinnern, die heraufzog und ihr Leben und das Haus in Schatten tauchte.

8

»Mummy! Mummy!« Nyrene stand auf und ging in die Halle hinaus, wo sie ihren Sohn mit großen Schritten seiner kurzen Beinchen die Treppe herabsteigen sah, wobei er ein viereckiges Stück Pappkarton über dem Kopf hielt. »Schau! Schau, was ich gemacht habe … Hund.«

Nyrene blickte auf die großen Buchstaben, die mit roter Kreide auf den Karton gemalt waren, und sagte: »Hast du das heute gemacht?« Sie hob den Blick zu Miss White empor, die hinter dem Jungen stand, eine Hand auf seiner Schulter.

»Ja – und ganz allein«, antwortete die Lehrerin.

»Hund. Hund, Mummy.«

Wieder warf Nyrene einen fragenden Blick auf die zierliche Frau in mittlerem Alter, die nickte und mit einem Lächeln sagte: »Und am Montag denken wir uns einen schönen Namen für ihn aus.«

Der Junge drehte sich um und sah zu seiner Lehrerin empor. Mit einem beinahe zärtlichen Ausdruck im Gesicht meinte er: »Au ja – nächste Woche seinen Namen.«

Miss White öffnete die Hand. »Sag deiner Mummy, was das ist.«

Der Junge sah auf die Münze hinab, dann leuchtete sein Gesicht auf, und er rief: »Zehn!«

»Zehn was?« Lehrerin und Schüler starrten einander an, dann wandte sich das Kind schnell und mit rudernden Armen von ihr ab, und sie fasste ihn sanft bei den Schultern. »Schau, deine Mummy wartet. Sag ihr, was das ist. Es sind zehn ... was?«

Das schelmische Funkeln trat wieder in seine Augen, und er sagte entschieden, »Penny. Penny.«

»Nein, keine Penny. Was haben wir oben im Kinderzimmer fünf Mal gesagt? Haben wir nicht fünf Mal *Pence* gesagt?«

Und jetzt schrie der Junge: »Pence! Zehn Pence!«

»So ist es.« Miss White nickte Nyrene zu, die wirklich überrascht war. »Tja, nun!«, meinte die Lehrerin. »Wir kommen wie mit Siebenmeilenstiefeln voran.«

»Mr. Mac, Mummy? Mr. Mac zeigen?«

»Ja, mein Schatz, zeig es Mr. Mac und Mrs. Atkins, aber Mrs. Atkins zuerst, weil sie in der Küche ist.«

Die beiden Frauen sahen ihm nach, wie er hüpfend und mit rudernden Armen durch das Wohnzimmer lief.

Im Verlauf der letzten Monate hatten sie einander kennen und schätzen gelernt. Als Nyrene nun leise fragte: »Hat er schon bis zehn gezählt?«, antwortete Miss White: »Oh, ja. Zahlen scheinen ihm keine Mühe zu machen. Es ist jammerschade, dass er nicht mit anderen Kindern in der Schule sein kann. Auf die Weise scheinen sie noch viel schneller zu lernen. Aber das ist leider unmöglich, alleine schon weil er so aufgeweckt und aktiv ist. Und wenn das mit Gewalt eingeschränkt wird, dann kann es, wie der Spezialist gesagt hat, passieren, dass er sich noch mehr in seine Schlafphasen zurückzieht.«

Miss White nannte seine Erschöpfungszustände immer Schlaf, obwohl sie schon oft genug erlebt hatte, dass das Kind selbst dann weiterredete.

»Wissen Sie vielleicht«, fragte Nyrene, »ob es viele Kinder wie ihn gibt, die nicht gerne spielen?«

»O ja – und zwar ziemlich viele; sogar im Teenageralter, und alle sind hochintelligent und spielen nicht gerne. Lesen Sie ihm übers Wochenende weiter aus der Geschichte vor, und ich werde dann am Montag sehen, ob er sich an irgendwas daraus erinnert. Und machen Sie sich keine Sorgen; er macht das hervorragend und ist so gescheit. Ich muss oft über die Dinge lachen, die er so von sich gibt. Es klingt so weise, was er manchmal sagt, dass man meinen könnte, einen Erwachsenen vor sich zu haben.« Sie wandte sich Nyrene jetzt ganz zu, sah ihr in die Augen und erklärte: »Er ist etwas Besonderes in seiner Art, wissen Sie, und er braucht viel Liebe und Fürsorge.«

Das Blöken einer Autohupe im Hof verkündete, dass Hamish zur Abfahrt bereit war, und als Miss White ein paar Minuten später ging, drehte sie sich unter der Tür noch einmal um und sagte: »Machen Sie sich keine Sorgen; er wird ein Trost für Sie sein, solange die Götter ihm zu leben erlauben.«

Zu sagen, dass Nyrene von diesen Worten zum Abschied erschüttert war, wäre untertrieben. Nachdem der Wagen aus dem Hof gefahren war, ging sie ins Haus zurück, und als sie sich auf die Couch sinken ließ, kam Mrs. A. aus der Küche und sagte: »Oh, er ist in seinem Element, wenn er die kleine Lehrerin zum Bahnhof fahren kann: Er putzt sich raus, als würde er den Wagen vom Oberbürgermeister kutschieren.«

»Er ist doch immer so, Mrs. A., wenn er die Gelegenheit bekommt, ein Auto zu fahren.«

»Was ist denn, Ma'am? Fühlen Sie sich nicht wohl?«

»Ich ... ich könnte eine Tasse Tee vertragen.«

»Ja, dauert nur eine Sekunde. Nur eine Sekunde.«

Was hatte Miss White damit gemeint, ›solange die Götter ihm zu leben erlauben‹? Und warum hatte sie schon wieder damit angefangen, dass er nicht wie die anderen Kinder in die Schule gehen könne? Sie hatten das und die Hindernisse, die dem im Weg standen, schon bei ihrem ersten Treffen ausdiskutiert. Und eines dieser Hindernisse war sie selbst. Für Miss White war die hauptsächliche Erschwernis, dass das Kind nicht still sitzen konnte, außer in seinen ›Zuständen‹. Der abschließende Bericht von Mr. Kramer, nach einer Reihe von Besuchen bei ihm Anfang des Jahres, war einigermaßen rätselhaft gewesen. Wie es schien, war das Verhalten, wie Charles es an den Tag legte, vermutlich auf eine leichte Störung der Gehirnfunktionen zurückzuführen. Es hatte jedoch keine Anzeichen gegeben, dass sein Zustand sich verschlimmerte; im Gegenteil, es bestand die Möglichkeit, dass im Teenageralter eine Besserung eintrat.

Warum konnte sie diesen Satz ›eine leichte Störung der Gehirnfunktion‹ nicht aus ihrem Kopf kriegen? Wenn sie nur daran dachte, wurde ihr manchmal richtig schlecht.

Als am folgenden Morgen das Telefon klingelte und sie abnahm, hörte sie eine Stimme sagen: »Sind Sie das, Mrs. Riley? Hier ist Dr. Johnson.« Sie erwiderte: »Ja, Dr. Johnson?« Und er fuhr fort: »Ich habe Ihnen eine schlechte Nachricht mitzuteilen. Es ist für mich wie ein Schock, obwohl ich in gewisser Weise darauf vorbereitet war. Unsere liebe Miss White weilt nicht mehr unter uns.«

Einen Augenblick lang dachte Nyrene, er meinte, sie sei wieder an das College zurückgegangen, an dem sie früher unterrichtet und über das sie oft gesprochen hatte. Doch dann wurde ihr schlagartig die eigentliche Bedeutung der Redewendung ›sie weilt nicht mehr unter uns‹ bewusst, und sie schrie auf: »Nein! Nein! Sie können nicht meinen, dass sie … Sie war erst gestern bei uns, und sie war völlig in Ordnung.«

»Ja, Mrs. Riley, sie wirkte völlig gesund; zumindest erschien das jedem so, außer mir und ihrem Bruder, bei dem sie wohnte. Sie hatte seit Jahren ernsthafte Herzprobleme und war sich dessen bewusst, dass das Ende ohne Warnung kommen konnte. Sie muss so etwas wie eine Vorahnung gehabt haben, dass ihr Ende bevorstand, denn ich erinnere mich, dass mir die eine oder andere Bemerkung von ihr bei unseren Besprechungen letzte Woche Kopfzerbrechen bereitet hat. Ich habe es der merkwürdigen Zerstreutheit und Abwesenheit zugeschrieben, die ich bei ihr hin und wieder beobachtet habe. Sind Sie noch dran?«

Mit tränenerstickter Stimme flüsterte Nyrene: »Ja. Ja, Doktor. Ich … ich mochte sie sehr gern. Wir waren befreundet, und sie liebte den Jungen.«

»Ja, sie hat sich in der Tat sehr für den Jungen interessiert; insbesondere für seine Schlafphasen, mehr noch als für seine Herumtollerei oder seinen Verstand. Oh, ja – sie hatte ihre eigenen Vorstellungen, was Ihren Jungen angeht. Eines hat sie immer wieder gesagt: Dass er ein hochintelligenter Junge ist und dass sie es als Sünde betrachten würde, wenn seine Intelligenz nicht angemessen gefördert wird.«

Nyrene erwiderte nichts darauf. Miss White hatte nie mit ihr über die ruhigen Phasen des Jungen gesprochen; nun, zumindest hatten sie kein längeres Gespräch im Hinblick darauf geführt.

Der Doktor sagte: »Es ist ein großer Verlust für alle Kinder, mit denen sie gearbeitet hat; sie war eine wundervolle Lehrerin. Ich weiß jetzt, dass sie sich in letzter Zeit nicht sehr wohl gefühlt hat, und sie muss wohl mit ihrem Tod gerechnet haben. Er kam im Schlaf, und ich nehme an, sie hat gar nichts davon bemerkt.«

»Wann ist die Beerdigung?«

»Dienstag oder Mittwoch; ich weiß es noch nicht genau, aber ich werde Ihnen rechtzeitig Bescheid geben.«

»Vielen Dank, Doktor.«

»Eine Bemerkung, die sie mir gegenüber machte, fällt mir jetzt wieder ein: Sie sagte, dass Sie ebenso gut den Unterricht für Ihren Jungen übernehmen könnten.«

»Das hat sie gesagt?«

»Ja. Ja, das hat sie gesagt. Es ist mir eben erst wieder eingefallen. Wie auch immer – ich werde nächste Woche bei Ihnen vorbeischauen, es sei denn natürlich, ich werde vorher gebraucht. Wir können dann ausführlicher über dieses Thema reden. Auf Wiedersehen, Mrs. Riley.«

»Auf Wiedersehen, Doktor.«

Sie legte auf, ohne die Hand vom Hörer zu nehmen. Es war kaum zu glauben. Sie drehte den Kopf und ließ ihren Blick durch das Zimmer schweifen. Das Telefontischchen stand rechts von der Tür unter einem hohen Fenster. Dort hatte sie sich von Miss White verabschiedet und dann zugeschaut, wie Hamish der zierlichen Gestalt in den Wagen half. Sie hatte die Tür geschlossen und war zu dem Fenster hier gegangen, von wo sie dem davonrollenden Wagen länger hatte nachsehen können. Zögernd ging sie zur Couch hinüber und setzte sich, und Mrs. A. brachte ihr eine Tasse Tee. War das alles erst gestern gewesen? Und nun war die kleine, zierliche Frau tot. Was waren ihre letzten Worte in diesem Raum gewesen, bevor sie gegangen war? ›Er ist etwas Besonderes‹, hatte sie gesagt, und dann draußen vor der Tür zum Abschied diese seltsamen Worte hinzugefügt. Einen Augenblick lang dachte sie, wie ähnlich sich die beiden waren – er und sie; doch nun war sie tot.

Sie ging in die Küche, stützte die Hände auf den Tisch, an dem Mrs. Atkins irgendetwas für das Essen vorbereitete, und sagte mit leiser Stimme: »Miss White ist tot; sie ist heute Nacht im Schlaf gestorben.«

Es vergingen einige Sekunden, bevor Mrs. Atkins, die sie mit großen Augen anstarrte, verständnislos fragte: »Was ...?«

»Doktor Johnson hat eben angerufen.«

»Großer Gott! Man weiß nie, wann die letzte Stunde geschlagen hat, nicht wahr? Und gestern sah sie noch aus wie das blühende Leben.«

»Anscheinend war dem aber nicht so; sie hatte seit langem Probleme mit dem Herz.«

»Ach du meine Güte!« Mrs. Atkins wandte sich ab, streckte die Hand aus, hielt sich an der Messingstange fest, die um den Herd verlief, und murmelte: »Und ... und ich war nie besonders freundlich zu ihr, und alles nur weil dieser Kerl dort draußen immer so viel Aufhebens um sie gemacht hat. Ich bin unmöglich. Ja, genau das bin ich.«

»Nein, das sind Sie nicht.« Nyrene stand jetzt neben ihr, den Arm um ihre Schultern gelegt, und sagte noch einmal: »Sie sind nicht unmöglich, und er war nur höflich zu ihr – das ist alles. Sie war schließlich Lehrerin, und die Schotten legen sehr viel Wert auf Erziehung; deshalb sind Lehrer Respektspersonen für sie – egal ob Grundschullehrer oder Professor. Wissen Sie, wo er ist?«

Mrs. Atkins tastete nach dem Zipfel ihrer Schürze und wischte sich damit über die Augen, bevor sie sich zu Nyrene umdrehte und erwiderte: »Ich hab' ihn vor ein paar Minuten mit dem Jungen in die Scheune gehen sehen.«

Als Nyrene zur Tür strebte, sagte Mrs. Atkins: »Haben Sie was dagegen, wenn ich es ihm sage? Es hilft mir vielleicht, mich wegen Miss White weniger schuldig zu fühlen.«

»Ja, ja – natürlich, meine Liebe. Kommen Sie.«

Das Innere der »Scheune« hatte nicht mehr viel mit einer solchen zu tun: Der gestampfte Boden war jetzt mit hellen Dielen ausgelegt worden, und der hintere Teil des Raums wurde von einer niedrigen, aus Holz gezimmerten Plattform eingenommen. Auch die Wände aus rohem Stein waren bis in Schulterhöhe mit Holz verkleidet. Entlang einer Wand stand eine Reihe von Klappstühlen und davor ein Klavier, auf dem das Kind mit seinen kleinen Fingern gerade die Melodie der ersten beiden Zeilen von ›Bobby Shaftoe‹ in die Tasten hämmerte:

»Bobby Shaftoe fuhr zur See,
silberne Spangen an sein'm Knie ...«

Dann irrte die Melodie ein wenig ab bei dem Versuch, in die nächste Strophe einzuschwenken:

»Wenn er heimkehrt, freit er mich.
Hurra! Für Bobby Shaftoe.«

Der Junge wandte seine Aufmerksamkeit nicht von dem Klavier ab, außer einem kurzen Blick auf Mrs. Atkins, als sie eintrat, sondern konzentrierte sich weiter darauf, mit umherirrenden Fingern auf die Tasten einzuhämmern.

Als sie sah, wie konzentriert er bei der Sache war, brachte sie es nicht übers Herz, ihn, wie seine Mutter sie gebeten hatte, ins Haus zurückzuschicken.

Hamish McIntyre sah erwartungsvoll in das Gesicht der Frau, die vor ihm stehen geblieben war, und dann sagte: »Ich ... ich weiß nicht, wie ich es Ihnen sagen soll ... Ich habe eine schlechte Nachricht. Die Mistress ...« Sie schluckte einige Male krampfhaft, ehe sie fortfahren konnte: »Die Mistress hat soeben am Telefon erfahren, dass Miss White heute Nacht gestorben ist.«

»Miss White ist gestorben?«, rief Hamish entsetzt aus und sah dann erschreckt zum Klavier hinüber. Das Kind hatte zu spielen aufgehört, doch seine Hände ruhten noch immer auf den Tasten.

»Man wird es ihm irgendwie klarmachen müssen«, sagte Mrs. Atkins. »Wie, das weiß ich auch nicht. Aber ich möchte Ihnen etwas sagen: Es tut mir Leid, Mr. McIntyre, wenn ich jemals kurz angebunden oder unfreundlich zu ihr war; das wollte ich nicht.«

»Ich weiß, dass Sie das nicht wollten, Frau. Ich weiß, dass Sie's nicht wollten«, entgegnete Hamish. »Aber Miss White ist tot; das will mir nicht in den Kopf. Nun, ehrlich gesagt, bin ich gar nicht so sehr überrascht.« Beide zuckten erschreckt zusammen, als der Junge wie aus dem Boden gewachsen neben ihnen auftauchte und aufgeregt fragte: »Miss White fort? Wo ist sie hingeht?«

»Du lieber Gott!« Mrs. Atkins wandte sich hastig ab, und

Hamish sagte rasch: »Schon in Ordnung. Schon in Ordnung. Überlassen Sie das mir; wir werden das miteinander besprechen. Komm, mein Kleiner! Wir machen einen klitzekleinen Spaziergang und plauschen ein bisschen, ja?«

»Plauschen? Ja.« Der Junge nickte, streckte seine Hand aus, die Hamish ergriff, und nebeneinander gingen die beiden aus der Scheune. Mrs. Atkins stand, eine Hand um den Unterarm gelegt, reglos da und kaute nachdenklich auf ihrer Unterlippe ...

Sie putzte das Badezimmer im ersten Stock, als sie Hamish McIntyres Stimme hörte, die zur Mistress sagte: »Ein kleines bisschen müde ist er, Ma'am. Wir haben einen Spaziergang gemacht, aber er wollte heute Morgen nicht hüpfen und springen. Wenn ich ehrlich sein soll, geht's mir selber auch nicht viel anders.«

Als Mrs. Atkins dies hörte, warf sie ungeduldig den Kopf zurück und eilte dann aus dem Badezimmer auf den Gang, wo sie Nyrene erblickte, die den Jungen langsam zum Kinderzimmer führte. »Soll ich bei ihm bleiben, Ma'am?«, fragte sie.

»Nein, vielen Dank, Mrs. A. Ich kümmere mich schon um ihn – wir werden uns eine Geschichte anhören.« Sie neigte den Kopf zu ihrem Sohn hinab und sagte: »Die Geschichte handelt von einem armen Tiger, der Zahnschmerzen hat, und nur wenn er schlafen geht, lassen die Zahnschmerzen nach.«

»Oh«, sagte Mrs. Atkins und nahm den Ball auf. »Die Geschichte kenne ich; es ist eine schöne Geschichte.«

Diese Bemerkung veranlasste Charles, sie anzusehen, und obwohl er lächelte, schien sein Blick zu sagen: Sei nicht albern.

Dies war nicht das erste Mal, dass der Ausdruck im Gesicht des Kindes Miss A. beunruhigte. Schnell ging sie nach unten und in die Küche, wo sie Hamish McIntyres Morgenkakao und Butterhörnchen vorbereitete.

Als sie um Schlag elf nicht das erwartete Gestapfe vor der Hintertür hörte oder ein warnendes Hüsteln, welches ihr ankündigte, dass das einzig wirklich Interessante und zugleich

Irritierende in ihrem Leben im Begriff war zu erscheinen, setzte sie sich an den Tisch und nippte an ihrer Tasse. Doch nach weiteren fünf Minuten erhob sie sich wieder, stellte seine Tasse Kakao und den Teller mit dem Butterhörnchen auf ein Tablett und ging hinüber in die Scheune.

Die Scheunentür schwang geräuschlos auf, und sie hatte bereits zwei Schritte in die Scheune gemacht, als sie abrupt stehen blieb, denn dort vorn an der niedrigen Bühne saß Hamish McIntyre. Er hatte einen Fuß auf die Bühne gestellt, den Ellbogen auf das Knie und den Kopf in die Hand gestützt. Es überraschte sie, dass er sich nicht bewegte, als sie durch den Raum auf ihn zuging. Noch mehr jedoch überraschte, ja erschreckte es sie, dass er, als sie ihm auf die Schulter tippte, seinen Fuß so abrupt auf den Boden stellte, dass sein Oberkörper nach vorn kippte, als werde er gleich wie eine willenlose Gliederpuppe von der Bühne stürzen. Doch er fing sich, drehte den Kopf und knurrte barsch: »Frau! Warum sagen Sie denn nichts?«

»Ich ... ich habe nicht gewusst, dass das nötig ist; ich dachte, Sie hätten mich gehört.«

Er richtete sich auf, wandte sich von ihr ab und fischte ein Taschentuch aus den Tiefen seiner Hosentasche, in das er sich geräuschvoll schnäuzte.

Als er sich wieder zu ihr umdrehte und das Tablett sah, das sie an den Rand der Bühne gestellt hatte, sagte er: »Oh, danke. Ich wollte gerade rüberkommen.«

Sie starrte ihn aus großen Augen an; und wollte nicht glauben, was sie sah. Dieser große, ungehobelte, dickschädlige Schotte, dieser großmäulige, sture und sie beunruhigende Schotte hatte geweint. Sie wollte ihren Augen nicht trauen. Er musste sehr viel für sie empfunden haben, dass er hier saß und weinte.

Ihre Stimme war sehr sanft, als sie flüsterte: »Es tut mir Leid, dass es Ihnen so nahe geht. Ich kann es auch kaum fassen, dass sie nicht mehr unter uns ist.«

»Oh, Frau, Frau«, doch er sagte dies ungewöhnlich ruhig und leise, und seine Stimme blieb sanft, als er sie jetzt ansah und fortfuhr: »Sie haben das in die falsche Kehle gekriegt. Aber das ist ja nichts Neues bei Ihnen, dass Sie alles Mögliche in den verkehrten Hals bekommen. Ja, ich hab' meinen Gefühlen freien Lauf gelassen, aber nicht wegen Miss White, wie Sie glauben. Es war wegen des Kindes und seinen Fragen und meines Versuchs, ihm eine Antwort zu geben, warum Miss White nicht mehr da ist. Da sagte er nämlich zu mir: ›Was ist das – sterben, Mr. Mac?‹« Hamish schüttelte bekümmert den Kopf und brummte: »Ich frage Sie, was antworten Sie einem kleinen Steppke wie ihm auf so eine Frage? Dann dachte ich, als ich 'ne verwelkende Blume mit hängendem Kopf sah, ich bin besonders clever, wenn ich sie als Beispiel nehme, und ich sage zu ihm: ›Es ist so, als ob du sehr müde wirst wie die Blume dort.‹ Und der Junge sieht zu mir hoch, sagt aber kein Wort, und erst als wir ein Stück weit gegangen sind, fragt er: ›Sie geht fort?‹

»›Ja‹, sage ich darauf, ›ja, so ist es – sie geht fort.‹ Und, was glauben Sie, was er dann von sich gegeben hat, der kleine Mann? Mit einem Ernst, der mir einen Stich ins Herz versetzt hat, sagte er: ›Ich gehe auch fort wie die Blume und Miss White, oder? Und ich komme wieder. Aber eines Tages komme ich nicht wieder, wenn ich meinen Namen und meine Adresse schreiben kann und weiß, dass alle froh deswegen sind.‹ Und dann sagte er: ›Ich bin müde, Mr. Mac. Trägst du mich?‹ Ich sage Ihnen, Mrs. A., ich weiß nicht mehr, wie ich den Jungen ins Haus gebracht und nicht auf der Stelle vor der Mistress die Fassung verloren habe. Ich hab' schon immer gewusst, dass das Kind dem Tod geweiht ist…, schon seit er zum ersten Mal diesen Erschöpfungszustand hatte, weil mir da eine Geschichte einfiel, die meine Großmutter immer erzählt hat. Über ein Kind wie ihn. Er war der Sohn von einem Gutsherrn, bei dem meine Großmutter als junges Mädchen im Dienst war. Sie hat erzählt, dass das Kind Dinge vorhersagen konnte. Ich hab' das immer für ein Märchen gehalten, bis ich den Kleinen hier in einem seiner Zustände gesehen habe. Und dann kam Miss White. Sie war aus demselben Holz, und ich sage Ihnen was, das weder Sie noch die Mistress wissen. Ich hab' die beiden reden hören, als sie nicht wie ein Kind und eine Lehrerin miteinander gesprochen haben. Zwei Mal hab' ich sie so reden hören. Es war im Garten, und sie saßen unter einem Baum und bemerkten nicht, dass ich so nah war. Sie hat irgendein Gedicht rezitiert. Ich hatte keine Ahnung, von wem, weil ich nie weiter als bis zu meinem Robbie gekommen bin, aber ich war mir sicher, dass es ein Gedicht ist, und ich hab' mit meinen eigenen Ohren gehört, wie er die letzten beiden Zeilen mitgesprochen hat, und dann haben sie beide gelacht.«

Er streckte jetzt die Hand aus und griff nach der Tasse Kakao, die er in einem Zug fast leerte, sich dann mit dem Handrücken über den Mund wischte und mit einem Blick auf sie fortfuhr: »Es gibt mehr Dinge im Himmel und auf Erden, als wir uns träumen lassen, so ist die Redensart, und keine andere, die ich je gehört habe, ist so wahr.« Jetzt streckte er erneut schnell die Hand aus, ergriff ihren Arm und sagte: »Setzen Sie sich hin und schauen Sie nicht so erschreckt und ängstlich. Solche Dinge passieren immer wieder.«

Als sie sich auf den Rand der Bühne sinken ließ, wandte er sich ihr zu, nahm ihre Hand von ihrem Schoß und sah darauf hinab, während er über jeden einzelnen ihrer plumpen Finger strich und leise sagte: »Es ist an der Zeit, dass wir mit unserem Geflachse und Gezänke aufhören und herausrücken mit dem, was wir wirklich denken. Denn ich hege seit langem freundliche Gedanken Ihnen gegenüber, und wenn ich auch viel mit meinem Mund rede, in meinem Kopf und meinem Herzen fühle ich mich manchmal einsam. Ich bin achtundfünfzig. Ich habe ein kleines Haus, das mir gehört, und meine Pension – das heißt, wenn Sie dort hinziehen wollen. Wenn Sie ähnlich freundliche Gedanken mir gegenüber haben, aber lieber hier bleiben wollen, dann können wir es auch so lassen und mein Häuschen in der Hinterhand behalten – wie Sie es vielleicht ausdrücken würden –, für den Fall, dass wir es einmal brauchen. Was ich Ihnen zu sagen versuche, ist, wollen Sie meine Frau werden?

Es mag Ihnen vielleicht als ein unpassender Augenblick

erscheinen für so etwas – nachdem ich Ihnen gerade das mit dem Jungen erzählt habe; aber dieses Kind wird ein großes Loch in meinem Herzen und meinem Leben hinterlassen, wenn es sterben sollte. Das kann in ein paar Wochen oder Monaten oder in ein paar Jahren passieren. Und für Sie wird es genauso sein, das weiß ich, denn Sie haben ihn mit aufgezogen. Es ist nicht nur eine einsame Zukunft, die mich schreckt, es ist auch die Einsamkeit jetzt. Oh ...« Er verstummte und starrte sie einen Moment lang an, ehe er fortfuhr: »Ich sehe es in Ihrem Gesicht, dass sie Zeit brauchen, sich an die Vorstellung zu gewöhnen. Darum geh' ich jetzt lieber.«

»Bleiben Sie, wo Sie sind.« Ihre Stimme brach, ihre Wimpern flatterten, ihre Oberlippe schob sich über ihre Unterlippe, und die Antwort, die sie ihm gab, war: »Wissen Sie, was Sie sind, Hamish McIntyre? Sie sind nichts als ein tapsiger, blinder, großer Narr.«

Nachdem er sie eine Weile angestarrt hatte, erschien ein breites Grinsen auf seinem Gesicht, und er legte seine Arme um ihre Schultern, und als er sich zu ihr beugte, brummte er: »Das bin ich. Das bin ich.«

Nyrene war bereits im Bett und schlief schon fast, als das Telefon klingelte.

Es war Peter, und seine Stimme veranlasste sie, sich aufzurichten. »Ich bin nur schnell mal rausgeschlüpft. Am Tag ist es unmöglich, zu telefonieren, weil alle die Ohren spitzen. Wie geht's dir, Liebling? Hast du meinen Brief bekommen?«

»Ja, Liebster, ich hab' deinen Brief bekommen. Aber bevor wir darüber reden, muss ich dir was erzählen. Es war heute ein denkwürdiger Tag hier bei uns. Zwei überraschende Dinge sind passiert. Die zweite Neuigkeit kam nicht allzu überraschend, aber die erste war ein Schock: Miss White ist letzte Nacht gestorben.«

»Das kann doch nicht sein! Miss White? Sie hat auf mich so voller Elan gewirkt.«

»Ja. Ja, ich weiß, Liebster, aber offenbar hatte sie Herzprobleme, und was noch schockierender war, sie wusste anscheinend, wann sie sterben würde. Wir müssen darüber irgendwann später noch mal in Ruhe reden. Aber die zweite Überraschung war viel erfreulicher: Wir haben eine Verlobung im Haus.«

»Eine Verlobung?«

»Ja. Mac und Mrs. A. werden heiraten.«

»Mich laust der Affe! Wer von den beiden hat's dem andern zuerst gestanden?«

»Das weiß ich nicht, aber sie sind zu mir gekommen wie zwei Teenager, die zu weit gegangen sind. Sie sind so glücklich, die zwei. Sie haben ihr zukünftiges Leben schon bis ins Detail besprochen und geregelt. So viel ich verstanden habe, wollen sie die meiste Zeit hier bleiben, in der Wohnung über dem Stall. Und sie wissen auch schon, was alles umgebaut werden muss. Morgen fahren wir in die Stadt und kaufen die Ringe. Ja. Sie haben darauf bestanden, dass ich und der Kleine dabei sind. Ich hab' Ivy und Ken angerufen und es ihnen erzählt, und sie haben den anderen Bescheid gesagt. Du kannst dir ja vorstellen, was passieren wird: Es wird ein riesiges Ceilidh-Fest geben, wie es noch keiner gesehen hat.«

»Ja, darauf würde ich mein letztes Hemd verwetten. Ich freue mich so sehr für die beiden. Aber ist es nicht merkwürdig, dass das an dem Tag passiert, an dem Miss White stirbt?«

»Ja, der Gedanke ist mir auch schon gekommen; umso mehr als Mac mir sagte, dass Miss White durch Charles den Weg für sie geebnet hat. Ich konnte ihn in dem Augenblick nicht fragen, was er damit meinte, weil Mrs. A. gerade sagte, dass sie uns nie verlassen würden. Er will sein Häuschen vermieten. Er war so glücklich, dass sein Gesicht strahlte.«

Riley ging nicht weiter darauf ein, sondern fragte: »Was denkst du darüber, dass dieses kleine Luder einfach im Theater auftaucht?«

Sie blieb eine Weile stumm, ehe sie antwortete: »Oh, ich glaube, das ist ihr ganz normales Muster, nach dem sie sich verhält.«

»Wie meinst du das?«

»Nur so, wie ich es gesagt habe: Sie ist die Art von Person, die einfach im Leben anderer Leute auftaucht. Manchmal ist sie willkommen, und manchmal nicht.« Sie verstummte und fügte dann hinzu: »Ich hab' lachen müssen, wie du das mit der Besprechung erzählt hast. Diese Notlüge hat dir im Laufe der Jahre sicher schon einige Male aus der Patsche geholfen., oder?«

»Liebes ...«

»Ja?«

»Du fehlst mir. Ich sehne mich so nach dir.«

»Und ich mich nach dir, Liebster.«

Und in diesem Stil ging es weiter, bis er kein Kleingeld mehr hatte, was einen schnellen Abschied nötig machte: »Gute Nacht, Liebling ...« – »Gute Nacht, meine Liebe ...«

Als sie sich wieder in die Kissen sinken ließ, war sie hellwach und flüsterte: »Gute Nacht, mein Liebster.« Liebe, Liebe, Liebe – darum ging es im Leben und um nichts anderes. Egal, ob man jemanden liebte oder nicht – das Wort Liebe war in jedermanns Leben von zentraler Bedeutung. Doch was bedeutete es am Ende? Schmerz, Angst, Sorge, Sehnsucht, Eifersucht – und all dies verbunden durch ein paar Augenblicke der Ekstase, und es waren nur Augenblicke, denn der Inhalt dieses Wortes war so vergänglich, dass man ihn nicht festhalten konnte. Doch mächtiger und größer als all die anderen Aspekte der Liebe war die schiere Notwendigkeit, die Unvermeidbarkeit des Sich-Sehnens. Dessen Erfüllung Glück bedeutete. Liebe und Glück waren Schwestern. Aber andererseits konnte man sicherlich auch ohne Liebe glücklich sein. Die Nähe des Körpers des Geliebten brachte Trost, ohne den Drang oder den Wunsch, ihn zu besitzen ...

Was fantasierte sie da? Sie war fast vierundvierzig, und in ihr brannte die Begierde, und dies heller und lodernder als vor fünf Jahren.

Mit einem Mal empfand sie ein Verlangen, davon frei zu sein, denn dann würde es ein Ende haben mit der quälenden Grübelei darüber, wen er heute Abend auf der Bühne in den Armen hielt oder wen er küsste. Dem Publikum gefiel das –

ganz besonders am Ende des Stücks. Sie zahlten dafür, Emotionen zu sehen, am liebsten echte und unverfälschte Emotionen, und wenn dies nicht möglich war, dann wollten sie die Emotionen wenigstens auf irgendeine sentimentale Weise verbrämt sehen, die ans Herz rührte …

Was war nur los mit ihr? Warum konnte sie nicht damit aufhören? Er liebte sie; er gehörte ihr. Es würde nie eine andere geben in seinem Leben. Er hatte ihr das schon tausend Mal gesagt und es auch so gemeint. O ja, er meinte, was er sagte. Er musste es meinen: denn in sechs Jahren ging sie auf die fünfzig zu, und er würde dreißig sein!

Schlaf jetzt! Dachte sie. Schlaf endlich.

9

Gegen vier Uhr nachmittags kehrten sie nach einem, wie Hamish verkündete, höchst erfreulichen Tag aus Aberdeen zurück. Sie sangen alle, als er den Wagen auf die Nebenstraße lenkte. Nyrene saß auf dem Beifahrersitz, Mrs. A. auf dem Rücksitz, wo sie den herumhüpfenden Jungen festhielt, der jetzt auf den Polstern kniete und aus dem Fenster sah. In sehr unterschiedlichen Stimmhöhen, doch mit derselben Inbrunst sangen sie ›Zehn grüne Flaschen‹. Sie waren bei der sechsten Flasche angelangt, als Charles rief: »Schau! Dort ist eine Frau. Eine Frau im Wald, Mummy.«

Er beugte sich näher ans Fenster und winkte, doch bis Mrs. A. und Nyrene sich umgedreht hatten, um zu schauen, war der Wagen auf der mit Schlaglöchern übersäten Straße bereits ein ziemliches Stück weitergefahren, und niemand war mehr zu sehen.

»Wahrscheinlich jemand, die beim Haus war, Ma'am«, sagte Mrs. A. »Jemand, die sich selber anschauen wollte, was es mit dieser Schauspielschule auf sich hat: ›Wie man in drei Tagen eine erfolgreiche Schauspielerin wird.‹ So stellen sich das einige sicherlich vor.«

»Bestimmt, ja. Zweifellos.« Nyrene lachte. »Filmstar in sechs Monaten oder Geld zurück.«

»Fahren Sie nicht rein, Hamish; lassen Sie den Wagen vor dem hinteren Tor stehen. Ich möchte noch zu Ivy rüberschauen und hab' keine Lust, zu laufen.«

Aus diesem Grund brachte Hamish den Wagen vor dem hinteren Tor zum Stehen, und beinahe noch bevor einer von ihnen hatte aussteigen können, war der Junge schon aus dem Auto gesprungen und hüpfte und tanzte umher und lief nun zurück zum Waldrand, wobei er rief: »Frau schauen, Mummy!«

Nyrene sah ihm nach, wie er den ausgefahrenen, holprigen Weg hinabrannte und über Wurzeln sprang, die aus dem Boden ragten, und schüttelte lächelnd den Kopf. Es war ein wundervoller Tag für ihn gewesen. Er war so glücklich, und er hatte sich in der Stadt so brav benommen und war nicht herumgesprungen oder einfach drauflosgerannt, und jetzt musste er seinen überschüssigen Energien freien Lauf lassen und sprang voraus, um eine Besucherin zu begrüßen. Dies war ihm zu einer liebenswerten Gewohnheit geworden, für die er sich begeisterte, seit er laufen konnte. Die Türklingel brauchte nur zu Bimmeln, und schon rannte er zur Haustür und riss sie auf, streckte dem Besucher seine Hand entgegen und verkündete: »Hallo, Mummy ist auch da.« Oft war es gut, dass sie immer gleich hinter ihm zur Tür kam, denn manchmal stand ein Hausierer oder ein Vertreter für dieses oder jenes draußen, doch wer immer der Besucher war, die Freundlichkeit und Aufgeschlossenheit des Jungen bot stets ein angenehmes Gesprächsthema, auch wenn sie nichts kaufte. Deshalb dachte sich Nyrene nichts dabei, als er jetzt loswetzte, um die Besucherin zu begrüßen, die sie selbst nicht gesehen hatte und Mrs. A. anscheinend ebenfalls nicht.

Mrs. A. wandte sich vom offen stehenden Kofferraum ab, aus dem Hamish einen Berg von Paketen auf ihre Arme gehäuft hatte, und während sie auf die Küchentür zustrebte, rief sie mit fröhlich trällernder Stimme über die Schulter: »In fünf Minuten gibt's Tee, Ma'am!«

»Das wäre ganz wunderbar!«, rief Nyrene zurück.

Mittlerweile hatte der Junge fast das Ende der Straße erreicht, und als er die Frau sah, der er gewunken hatte, rief er: »Hallo! Hallo!« Sie drehte sich um und starrte ihn an.

Mit einem Lächeln blieb er vor ihr stehen. Sie war nicht sehr groß. Er konnte ihr Gesicht deutlich erkennen, und sie lächelte nicht, als er jetzt sagte: »Mummy ist zu Hause.« Und als er ihr seine Hand entgegenstreckte, um die ihre zu ergreifen, erlebte er den ersten wirklichen Schock seines jungen Lebens, denn die Hand griff nicht nach der seinen, sondern landete mit einem schallenden Klatschen in seinem Gesicht. Die Wucht des Schlags ließ ihn zur Seite taumeln und auf die schmutzige Straße stürzen, wo er einen Augenblick betäubt liegen blieb.

In Charles' Kopf drehte sich alles; seine Wange brannte, und in seinem Ohr war ein lautes Klingeln, doch aus tränenverschleierten Augen sah er in das verzerrte Gesicht der Frau empor und brüllte ihr entgegen: »Böse! Böse Frau! Das sage ich Mac.« Und dann schrie er, so laut er konnte: »Mr. Mac! Mr. Mac!« Er rappelte sich auf die Knie, kam stolpernd auf die Beine und rannte zum Haus zurück. Als er Hamish auf ihn zurennen sah, deutete er im Laufen nach hinten und schrie: »Die Frau ... Die Frau hat mich geschlagen und umgeworfen!«

Hamish sah niemanden auf dem Waldweg und rannte vor bis zur Hauptstraße.

Auch hier sah er niemanden gehen oder stehen, nur ein Stück weiter vorn stieg eine Frau in den wartenden Bus. Er machte kehrt und lief schnell zu dem Jungen zurück, nahm ihn auf den Arm und rannte mit ihm ins Haus, wo Mrs. A. in der Küche Nyrene soeben eine Tasse Tee reichte; sie wäre ihr beinahe aus den Händen gefallen, als sie das schluchzende Kind auf Hamishs Armen erblickte.

»Was ist? Was ist passiert?« Nyrene stellte ihren Sohn vorsichtig auf den Fußboden, und der Junge wiederholte mit einem nun schon weniger heftigen Schluchzen: »Die Frau ... hat mich geschlagen.«

Die drei Erwachsenen tauschten Blicke, dann zog Nyrene

den Jungen zu einem Stuhl, nahm ihn auf ihre Knie und untersuchte seine gerötete Wange. Mit ruhiger Stimme fragte sie: »Was für eine Frau war das denn, mein Liebes?«

»Sie war nicht lieb, Mummy. Sie hat böse ausgesehen.«

»Was hatte sie denn an?«

Der Junge überlegte einen Moment, dann sagte er: »Einen Hut und einen langen Mantel. Keine schönen Kleider – nur braun.«

Keine schönen Kleider, nur braun. Ein brauner Hut und ein brauner Mantel ...

»Nicht mehr viele Frauen tragen heutzutage einen Hut, Ma'am«, warf Hamish dazwischen.

Nein, dachte Nyrene, nicht mehr viele ... Das bedeutet, eine Frau mittleren Alters oder älter. Jemand, der den Wunsch hat, meinen Sohn zu schlagen. Dafür kommt nur ein einziger Mensch in Frage: Peters Mutter. Aber hier oben in Schottland? Nein, sie verwarf den Gedanken wieder, den der braune Hut und der braune Mantel durch ihren Kopf hatte spuken lassen.

Der Vorfall hatte ihnen allen den Tag verdorben und führte dazu, dass die drei Erwachsenen beschlossen, dass die Zufahrt und die Straße durch den Wald von nun an für den Jungen verbotenes Terrain sein würde. Als Mrs. A. zu denken gab, dass dies schwer durchzusetzen wäre, entgegnete Hamish: »Das glaube ich nicht; er wird von sich aus die Straße meiden und ganz besonders das Stück durch den Wald.«

Es war Dienstagvormittag, und Hamish chauffierte Nyrene von der Beerdigung Miss Whites nach Hauses. Sie waren beide überrascht gewesen, wie viele Leute an der Beisetzung teilgenommen hatten, was darauf schließen ließ, dass sie viele Freunde gehabt hatte, und sie redeten noch immer darüber, als er den Wagen auf die von Pfützen übersäte Zufahrtstraße lenkte. Hamish redete gerade, doch er verstummte mitten im Satz und nahm den Fuß vom Gas. Ein Stück weiter vorne schien die Straße durch irgendetwas blockiert zu sein.

»Was um alles in der Welt ist passiert?« Nyrene beugte sich zur Windschutzscheibe vor.

»Das werden wir gleich sehen, Ma'am«, brummte Hamish. »Das ist ein Lastwagen, und ein verdammt großer dazu. Was, zum Henker, kann er hier wollen? Er hat sich wahrscheinlich verfahren.«

Er brachte den Wagen hinter der gewaltigen Ladefläche des Lasters zum Stehen, und Mrs. A. kam an dem Lastwagen vorbei auf sie zugerannt. »Bin ich froh, dass Sie da sind, Ma'am! Und du auch, Hamish. Was ich mit diesem Kerl da gestritten habe! Er will das ganze Zeug hier abkippen! Sie haben keinen Straßenschotter bestellt, Ma'am, oder?«

»Straßen was?«, frage Nyrene und erhielt postwendend Antwort von einem Mann, der hinter Mrs. A. auftauchte und mit ärgerlich erhobener Stimme bellte: »Straßenschotter für Ihre Zufahrt. Und sie hat es dringend nötig, das können Sie mir glauben. Aber dafür sind mehr Fuhren als eine nötig, und die Frau hier lässt mich nicht kippen.«

»Kommen Sie ein Stück weiter zum Haus vor, Ma'am. Du auch, Mary. Gehen wir zum Waldrand, wo es heller ist.«

Sie schoben sich alle durch den schmalen Spalt zwischen der Hecke und dem riesigen Laster hindurch, und als sie unter freiem Himmel waren, sagte Hamish: »Und nun sagen Sie mir, worum es überhaupt geht.«

»Hören Sie, Freundchen«, knurrte der Mann, »reden Sie nicht in diesem Ton mit mir. Ich mache nur meinen Job. Hier ist meine Lieferorder.« Er streckte Hamish ein Papier entgegen, und nachdem der es gelesen hatte, sah er Nyrene an und sagte: »Es ist eine Bestellung, Ma'am. Auf Ihren Namen.«

Nyrene wandte sich dem Lastwagenfahrer zu: »Das ist irgendein schlechter Scherz, oder sie haben die Adresse falsch verstanden. Ich hab' in meinem Leben noch nie ...« sie wollte Kies sagen, besann sich dann jedoch, um den Mann nicht noch mehr zu reizen, und sagte stattdessen – »Schotter bestellt.«

Nun etwas ruhiger, entgegnete der Mann: »Nun, Ma'am, alles, was ich dazu sagen kann, ist, dass Sie ihn brauchen. Ob Sie ihn bestellt haben oder nicht, Sie brauchen ihn. Auf dieser

Zufahrt von der Straße kann man sich leicht das Genick brechen, bei diesen vielen Wurzeln, die 'ne halbe Meile aus dem Boden ragen.«

»Uns gefällt es so.« Nyrene legte den Kopf zur Seite und sah den Mann an. »Es bleibt Ihnen nichts anderes übrig, als Ihre Ladung wieder ins Depot zurückzubringen. Ich rufe inzwischen Ihren Chef an.«

»Ich heiße Clark. Charlie Clark aus Aberdeen.« Der Mann sah von einem zum anderen, bevor er fortfuhr: »Und wer bezahlt das alles? Ich hab' fünf Tonnen Schotter hinten drauf.« Er stieß mit dem Daumen in Richtung des Lastwagens.

In beschwichtigendem Ton entgegnete Nyrene: »Es tut mir wirklich schrecklich Leid, aber jemand, der unsere Straße genauso schlimm findet wie Sie, muss sich einen Scherz, einen üblen Scherz mit uns erlaubt haben. Unsere Freunde nörgeln zwar auch wegen der Zufahrt, aber ich glaube nicht, dass einer von ihnen so was tun würde.«

Der Ton des Mannes hatte sich ebenfalls geändert, als er brummte: »Nein, Missis, das wäre ein schlechter Freund, der Ihnen eine Ladung Schotter vors Haus kippen lässt – obwohl ich noch immer der Meinung bin, dass Sie ihn gut gebrauchen könnten.«

»Ja, vielleicht. Aber nicht jetzt. Wenn wir uns zu einem späteren Zeitpunkt dazu entschließen, die Straße richten zu lassen, werden wir sicher mehr als fünf Tonnen brauchen, und ich werde mich dann an Ihre Firma wenden.«

»Möchten Sie ... möchten Sie eine Tasse Tee?«, warf Mrs. A. dazwischen.

Nicht nur der Mann sah Mrs. A. überrascht an, auch Nyrene und Hamish drehten sich zu ihr um, und ein paar Augenblicke lang sagte niemand etwas. Dann streckte Hamish die Hand aus und tätschelte Mrs. Atkins' Schulter. »Eine gute Idee, Mary. Eine gute Idee.« Er wandte sich dem Mann zu: »Sie würden nicht Nein sagen zu einer Tasse Tee, oder?«

»Nein, das würde ich nicht. Nein.«

»Schön, dann kommen Sie mit in die Küche. Ist das in Ordnung, Ma'am?«

»Ja. Selbstverständlich, Hamish«, erwiderte Nyrene, wandte sich rasch zu Mrs. Atkins um und fragte: »Wo ist der Junge?«

»Ich musste ihn in der Scheune einschließen, Ma'am. Er war so aufgeregt, wegen ... nun, wegen all dem, und ich hab' ihn zu mir hoch gebracht und ...«

Nun warf der Lastwagenfahrer mit einem Lachen dazwischen: »Ja, und sie hat mir gedroht, was sie alles mit mir anstellen würde, wenn ich ablade, bevor die Herrschaft zurück ist.«

Man konnte also sagen, dass der Vorfall mit Gelächter endete und einem zerknitterten Geldschein, der in die Hand des Mannes geschoben wurde, bevor er wieder wegfuhr.

Doch der Betriebsleiter von Charles Clarkes Firma war nicht so freundlich. Eine gewisse Mrs. Riley hatte fünf Tonnen Schotter bestellt, und er hatte die Ware an die angegebene Adresse geschickt. Das hatte alles Zeit gekostet, und Arbeitszeit sei nun mal Arbeitszeit, vom Auf- und Abladen des Schotters ganz zu schweigen, worauf Nyrene am Telefon unwirsch erwiderte: »Dann sollten Sie sich Ihre Kunden genauer anschauen, bevor Sie so wertvolle Fracht losschicken.« Damit knallte sie den Hörer auf.

Droben im Kinderzimmer saß der Junge auf einem niedrigen Hocker neben dem Kaminfeuer. Als Nyrene vorhin durch den Hof gerannt war und die Scheunentür aufgeschlossen hatte, hatte ihr Junge dagesessen wie jetzt – still, so still und geduldig wartend. Er war nicht herumgesprungen oder hatte geweint oder gegen die Tür gehämmert, wie es normal gewesen wäre – ein Wort, das sie in Gedanken durch *wie ein anderes Kind es getan hätte* ersetzte.

Sie nahm ihn auf den Arm und sagte: »Alles ist jetzt wieder in Ordnung: Der Mann hat einen Fehler gemacht, und, weißt du, Mrs. A. hatte so große Angst, er könnte den riesigen Haufen Steine auf dich draufkippen, weil du so schnell laufen und springen kannst.«

Er sah sie mit ernstem Blick an, und seine Worte waren exakt gewählt und perfekt ausgesprochen, als er erwiderte:

»Nein, das hätte er nicht getan. Er hätte mir nicht wehgetan; er war ein netter Mann.«

Sie nickte, sagte jedoch nichts darauf, denn im Grunde genommen hatte sich der Mann tatsächlich als netter Kerl erwiesen, der nur seinen Job machte. Und dennoch war dies nicht ihr erster Eindruck von ihm gewesen; wie immer hatte das Kind den Mann viel besser eingeschätzt als sie oder Mrs. A. und Mac. Sie drückte ihn fester an sich.

Eine Viertelstunde später klingelte das Telefon. Mrs. Atkins ging durch die Halle und nahm ab. Sie hatte die Angewohnheit, am Telefon immer sehr laut zu sprechen, und ihre Stimme klang gut verständlich bis zu Nyrene herauf. »Was? Konditorei? Wovon reden Sie? Sie müssen die falsche Adresse haben. Ja. Ja, das hier ist das Little Grange. Ja, der Name ist Riley. Ja, ich weiß, dass Mrs. Riley bei Ihnen einkauft ... Und Sie sagen, sie hat diesmal telefonisch bestellt?«

Mrs. A. ging zum Fuß der Treppe und rief nach oben: »Sie sollten besser mal runterkommen und das selber regeln.«

Nyrene nahm den Hörer. »Ja? Hier Mrs. Riley.« Dann lauschte sie der Stimme am anderen Ende der Leitung, bis sie laut ausrief: »Was?«

»Wir dachten, wir sollten uns wegen Ihrer Bestellung nochmals vergewissern.«

»Ich habe keine Bestellung aufgegeben – zumindest nicht, dass ich wüsste. Normalerweise komme ich zu Ihnen rein, wenn ich Kuchen kaufe.«

»Ja. Ja, das hat der Chef auch gesagt. Deshalb wollten wir es nochmals überprüfen.«

»Können Sie mir genauer erklären, worum es geht?«

Es entstand eine Pause, dann sagte die Stimme: »Nun, Sie machen eine Kinderparty, und Sie haben vier Dutzend Fruchttörtchen bestellt, ein Dutzend Sahnehörnchen, außerdem einen Fünf-Pfund-Früchtelaib, zwei Dutzend Korinthenbrötchen ...«

Nyrene hielt den Hörer von ihrem Ohr weg und schrie: »Ich habe das alles nicht bestellt! Und ich gebe auch keine Party für mein Kind! Wer hat diese Bestellung aufgegeben?«

»Nun, angeblich Sie, Mrs. Riley. Die Anruferin sagte, sie wäre Mrs. Riley. Alice hat die Bestellung entgegengenommen, und sie hat gesagt, die Frau hat nicht wie Sie geklungen. Aber Sie hat das Haus beschrieben und wie man hinkommt. Was sollten wir also denken? Schließlich hielten wir es aber doch für besser, uns noch einmal zu vergewissern, weil Sie ja erst am Wochenende bei uns im Laden waren.«

»Ich glaube es nicht!«, ächzte Nyrene. »Wissen Sie, das ist schon die zweite falsche Bestellung heute. Vor einer Stunde haben wir einen Laster mit fünf Tonnen Straßenschotter wieder fortgeschickt.«

»Das darf doch nicht wahr sein!«

»O doch. Und ich habe allmählich den Eindruck, dass ich die Polizei einschalten sollte.«

»Das sollten Sie, Mrs. Riley. Ich, an Ihrer Stelle, würde es tun. Jemand erlaubt sich einen üblen Scherz mit Ihnen – jemand, der sich gemeine Sachen ausdenkt.«

»Ja, das glaube ich auch. Vielen Dank, dass Sie mich angerufen haben.«

Nyrene legte den Hörer auf und wandte sich zu Mrs. A. um, die den Kopf schüttelte und sagte: »Wer würde so was tun?«

»Genau, Mrs. A. – wer würde so was tun? Und ich muss gar nicht lange nachdenken: Dieselbe Person, die Charles geschlagen hat.«

»Meinen Sie, Ma'am?«

»Ja, Mrs. A., genau das meine ich.«

»Sie meinen …?«

»Ja, ich meine seine Großmutter. Mit Sicherheit kann ich es allerdings nicht sagen, aber ich weiß, wie ich es herausfinden kann.« Sie drehte sich wieder zum Telefon um und wählte Schwester Fawcetts Nummer. Eine Männerstimme meldete sich: »Ja? Alex Riley hier.«

»Hallo, Alex«, sagte Nyrene. »Hier ist Nyrene.«

»Nyrene? Oh – schön dich zu hören. Wie geht's dir?«

»Wir haben ein Problem, Alex, und ich glaube, du kannst mir helfen.«

»Du weißt, dass ich alles für dich und für ihn tue. Das weißt du. Du brauchst nur zu sagen, was es ist, und wenn es in meiner Macht steht, tu' ich's. Also – was ist es?«

»Sag, Alex, trägt deine Frau – ich meine die liebe Mona – in dieser Jahreszeit einen braunen Mantel und einen braunen Hut? Oder hat sie viele Wintermäntel?«

»So viel ich weiß, hat sie nur zwei Mäntel zum Wechseln. Der eine ist ein leichter brauner Mantel, zu dem sie immer einen Strohhut trägt, den sie zum Mantel passend gefärbt hat, und im Winter hat sie immer einen dunkelbraunen Mantel an, und dazu einen braunen Filzhut auf dem Kopf. Was hat euer Problem mit ihr zu tun?«

Sie erzählte ihm, dass eine Frau das Kind geschlagen hatte und was an diesem Tag sonst noch vorgefallen war.

Eine Weile schien er sprachlos, dann brummte er: »Mein Gott! Diese Frau! Diese Frau! Was sie alles anrichtet. Am Ende bringt sie noch jemanden ins Grab, falls nicht irgendeiner ihr vorher den Hals umdreht.«

»Sie hat kein Telefon, oder? Es sieht nämlich so aus, als wären beide Anrufe von einem privaten Apparat und nicht aus einer Telefonzelle gemacht worden. Von wo könnte sie telefoniert haben, Alex, außer von Mrs. Charltons Apparat? Sie ist Laienrichterin, nicht wahr?«

»Ja, das ist sie. Hör zu, Nyrene: Der Geschichte muss sofort nachgegangen werden. Weiß der Himmel, was sie als Nächstes ausheckt. Überlass das ruhig mir.«

»Tu nichts Überstürztes, Alex. Ich möchte nicht, dass du in Schwierigkeiten gerätst.«

»Mach dir keine Sorgen, Mädel; ich komm' schon nicht in Schwierigkeiten.«

»Wie geht es dir übrigens?«

»Mir ging's noch nie besser.«

»Wie ich dir neulich schon gesagt habe, du bist herzlich willkommen, wann immer du uns besuchen möchtest. Du weißt ja, wie sehr mir Peter fehlt.«

»Ich weiß, Nyrene. Aber er vermisst dich sicher ebenso. Aber lass mich über diese Geschichte in Ruhe nachdenken; ich rufe dich morgen zurück, nachdem ich meine ... mein geliebtes Eheweib gesprochen habe. Mach dir keine Sorgen; ich werde ihren Umtrieben ein Ende bereiten, und wenn es das letzte ist, das ich tue. Wiederhören, Nyrene.«

»Bye-bye, Alex.«

Ihr nächster Anruf galt ihrem Anwalt in Fellburn, und seine erste Reaktion auf ihren Bericht war: »Oh, schon wieder diese Frau? Sie ist ein Ärgernis, und sie ist gefährlich. Ich denke, wir sollten die Polizei einschalten, doch dafür brauchen wir Beweise.«

Sie erzählte ihm, dass sie ihren Schwiegervater angerufen habe, und dass er gesagt hatte, er wisse, was zu tun sei, worauf der Anwalt umschwenkte und meinte: »Nun, warum warten wir nicht ab und schauen erst mal, zu welchen Ergebnissen seine Bemühungen führen? Vielleicht erreicht er ja mehr bei ihr als die Polizei oder ich mit meinen Drohungen, sie zu verklagen.«

Es war halb zehn am folgenden Morgen, ein strahlender, sonniger Morgen mit funkelndem Raureif an Gras und Bäumen. Alex Riley saß auf der Eisenbank in Cayman Gardens, wie der schmale Streifen Rasen mit Blumenbeeten und ein paar Büschen gegenüber der Claremont Terrace genannt wurde. Die Claremont Terrace war eine kurze Straße und bestand aus allein stehenden, imposanten roten Backsteinhäusern; das Haus der Charltons war das Letzte in der Reihe. In der Claremont Terrace wohnten die Leute nicht – sie residierten.

Alex war mit dem Alltag von Mr. Und Mrs. Charlton so gut vertraut, als hätte er unter einem Dach mit ihnen gelebt, denn seine Frau hatte ihm im Lauf der Jahre ständig vorgebetet, wie arbeitsam und angesehen die Charltons waren, im Gegensatz zu einigen anderen Leuten, und was und wann sie an einem Tag alles machten. Er wusste, wann Mrs. Charlton Vorsitzende oder Schriftführerin bei diesem oder jenem Club geworden war; er kannte das genaue Datum und das Jahr, in dem Mr. Charlton Direktor in seiner Firma geworden war; er wusste, dass Mr. Charlton das Haus jeden Morgen um halb neun verließ, was Mona immer zu der Bemerkung veranlasst hatte, dass er keiner der Glücklichen sei, die den ganzen Tag im Bett herumliegen und vom Krankengeld leben könnten. Und was Mrs. Charlton anging, so war sie, seit sie Laienrichterin war, die meiste Zeit des Tages außer Haus.

Alex war in diesem Morgen beizeiten hier gewesen, um Mr. Charlton in seinem BMW wegfahren zu sehen, er arbeitete nicht in Fellburn, sondern in Newcastle. Mrs. Charlton verließ in der Regel das Haus eine Stunde später, und dort war sie auch schon. Sie fuhr keinen BMW, sondern einen Honda. Ein sehr hübscher kleiner Wagen, dachte Alex.

Als der Honda aus seinem Blickfeld verschwunden war, gab Alex seiner Frau noch zehn Minuten, damit sie mit ihrer Arbeit beginnen konnte. Vielleicht würde sie damit beschäftigt sein, noch mehr Telefonnummern herauszusuchen, mit denen sie ihr böses Spiel treiben wollte.

Er ging nicht zur Hintertür, sondern klingelte an der Haustür. Als die Tür aufschwang und sie ihn dort stehen sah, huschte ihre Hand unwillkürlich an ihre Kehle, und sie rang erschreckt und vernehmlich nach Luft.

»Ja, Mona«, sagte er, »da schnappst du nach Luft, wie? Aber wenn du gehört hast, was ich dir zu sagen habe, wirst du noch ein bisschen heftiger schnappen.«

Sie schluckte schwer, ehe sie ihn anknurrte: »Verschwinde von hier! Wie kannst du es wagen, hierherzukommen!«

»Weil ich einiges mit dir besprechen möchte, und wenn du nicht ruhig zuhörst, bleibe ich hier vor der Tür stehen und schreie es laut hinaus, dass jeder es hört. Das wird die Polizei auf den Plan rufen. Offen gesagt, hätte ich gleich aufs Revier gehen sollen, aber darum kümmert sich meine Schwiegertochter. Sie hat vor, die Polizei und ihren Rechtsanwalt einzuschalten.« Er beobachtete ihre Augen, die mit jedem Blinzeln runder zu werden schienen, und fuhr dann fort: »Weißt du, dass es eine Straftat ist, wenn man anderen Leuten Sachen liefern lässt, die sie nicht bestellt haben, wie zum Beispiel Berge von Kuchen oder Tonnen von Straßenschotter, die vors Haus gekippt werden? Aber das ist noch nicht alles. Es kann bewiesen werden, dass du letzte Woche unbefugt Privatgrund betreten und den Sohn des Hauses, ein zweijähriges Kind, geschlagen hast. Und dieses Kind war dein eigenes Enkelkind! Aber er ist ein sehr gescheiter kleiner Kerl und er hat dich genau beschrieben: brauner Mantel, brauner Hut, böses Gesicht. O ja – er hat dein böses Gesicht beschrieben, und er würde dich jeder Zeit wiedererkennen und auf dich deuten, wenn die Polizei ihn fragt.«

Ihre Hand tastete nach dem Türpfosten, um sich zu stützen, und ihre Knöchel wurden weiß.

»Außerdem ist bekannt, dass du deine Anrufe nicht von Telefonzellen aus gemacht hast. O nein, du hast von einem privaten Apparat angerufen, und ich weiß, dass solche Gespräche zurückverfolgt werden können. Und du hast kein Telefon, Mona.« Seine Stimme, die bisher ruhig und gelassen gewesen war, sank zu einem tiefen Knurren, als er nachstieß: »Du telefonierst von hier, hab' ich Recht, Mona? Mrs. Charlton wird sehr erfreut sein, wenn sie das erfährt. Sie kann sich bestimmt an jedes Ferngespräch erinnern, das sie letzte Woche geführt hat, und für die Telefongesellschaft ist es kein Problem, alle Gespräche aufzulisten, die von ihrem Apparat aus getätigt wurden. Ich weiß nicht, wie viele Bestellungen außer den Torten und den fünf Tonnen Schotter du im Namen von Nyrene noch aufgegeben hast, aber wenn es noch mehr sind, dann rate ich dir, dich ans Telefon deiner Hausfrau zu klemmen und alles abzusagen. Glaub mir, falls noch eine einzige Lieferung eintrifft, meine liebe Mona, dann schaltet Nyrene die Polizei ein. Sie hat es bisher nur nicht getan, weil ich sie darum gebeten habe. Es ist nicht so, dass ich dich nicht vor Gericht sehen möchte – o nein, Mona, das wär' mir ein Vergnügen, ich denke dabei nur daran, was das für meinen Sohn bedeuten würde.« Er hob den Arm, fuchtelte mit gestrecktem Finger vor ihrem Gesicht und knurrte: »Aber trotzdem – noch eine von deinen Gemeinheiten gegen ihn, und Nyrene und du seht euch vor Gericht wieder. Und außerdem haben wir nicht vergessen, dass du versucht hast, das Haus der Schwester anzuzünden, als wir beide drin waren, und auch nicht die schmutzigen Briefe, die du der Schwester geschickt hast. Ich sage dir eins; Frau: Wenn jetzt nicht Schluss ist mit deinen Niederträchtigkeiten, gehe ich selber zur Polizei und erzähle denen ein paar Takte, und wenn es das Letzte ist, das ich tu'.«

Er ließ den Arm sinken, und sie standen sich, einander fixierend, reglos gegenüber. Der Hass waberte wie Dampf zwischen ihnen auf, und es schien, als würde sie im nächsten Augenblick ersticken; dann machte sie einen Satz rückwärts, packte die Tür und knallte sie zu.

Ehe er sich umwandte, starrte er noch eine Weile blicklos auf die Tür; dabei sah er aus den Augenwinkeln, wie ein Fenster des Nachbarhauses in der Sonne blitzte, das geschlossen wurde, und er begriff, dass der Nachbar oder die Nachbarin hinter dem Fenster einiges gehört hatte.

10

Riley erreichte den Zug in der King's Cross Station ein paar Sekunden, bevor er abfuhr; er bahnte sich gerade einen Weg durch den zweiten Waggon, als eine Stimme ihn wie angewurzelt erstarren ließ. »Hallo, Peter!«, sagte jemand.

Er drehte sich um und entdeckte Yvette. Innerlich stöhnte er auf, obgleich auf seinem Gesicht ein Lächeln erschien. Er setzte sich jedoch nicht neben sie, sondern nahm den Sitz ihr gegenüber. Es war elf Uhr vormittags, und der Zug war um diese Tageszeit halb leer. Es gab einige freie Plätze im Abteil.

»Wohin des Wegs?«

»Wohin werd' ich wohl mit diesem Zug schon fahren? Nach Newcastle. Sie auch, nehme ich an?«

»Ja. Ich besuche meine Mutter bei Onkel Fred. Wie ich höre, sind Sie wieder an Ihr altes Theater zurückgekehrt, wo alles angefangen hat.«

»Ja. Für eine Weile, bis das New Palace Theatre eröffnet wird.«

»Aber so viel ich gehört habe, wohnen Sie schon in einer

der schönen und teuren neuen Wohnungen, mitsamt Familie und Entourage.«

»Ihr Informant hat einigermaßen übertrieben, wie es Freds Art ist. Nyrene ist nur aus Schottland gekommen, um sich um die Einrichtung und so weiter zu kümmern, und die Familie-Entourage, wie sie es nennen –, hat uns besucht; zwei Mal, glaube ich. Ja, zwei Mal am Wochenende. Und wie stehen die Dinge bei Ihnen«, fragte er dann. »Ist Felix noch immer der Glückliche, oder war es Howard?«

»Oh.« Sie lachte vergnügt auf. »Felix ist weitergezogen, wie's in dem Lied so schön heißt, kurz nachdem ich Sie neulich in London getroffen habe. Und Howard ist ebenfalls entschwunden – vor zwei Monaten ungefähr. Sie haben einen schlechten Einfluss auf mich, Peter. Wissen Sie das? Alle meine Verehrer scheinen sich zu verflüchtigen, immer wenn ich Sie treffe. Und ich bestehe darauf, dass unsere Begegnung neulich in London rein zufällig war – woher hätte ich denn wissen sollen, dass Sie ein Faible für Shakespeare haben und ins Barbician gehen? Unsere – wie wollen wir es nennen? – Bekanntschaft ist noch nicht so weit gediehen, dass wir uns über Dinge unterhalten, die unsere Leidenschaft und Begeisterung erwecken. Aber so wie es aussieht, lässt das Schicksal Sie mir immer dann über den Weg laufen, wenn ich alleine und einsam bin und alles satt habe.«

»Ich kann mir schwerlich vorstellen, dass Sie je einsam sind. Und wenn Sie alles satt haben, warum versuchen Sie es dann nicht mal mit einem Job?«

»Seien Sie nicht albern, Peter. Was für einen Job könnte ich schon machen, außer Modellstehen und Mannequin vielleicht? Und ich habe nicht die Geduld, mir stundenlang von irgendwelchen unpersönlichen Händen die Kleider oder die Unterwäsche zurechtzupfen zu lassen. Ich dachte, Sie würden mich ein wenig besser kennen – zumindest gut genug, um zu wissen, dass auch ich manchmal einsam sein kann. Frauen wie ich sind immer einsam. Die Männer wollen uns verwöhnen, auf Händen tragen und besitzen, und die anderen Frauen würden uns am liebsten erwürgen. Wir sind eine unglückliche Kaste – ja, wirklich, und ich meine es ernst, wenn ich sage, dass es Frauen mit meinem Äußeren und meinem Naturell nicht leicht haben.«

Er grinste jetzt breit, und in seiner Stimme schwang ein spöttischer Unterton mit, als er sagte: »Oh, Sie tun mir ja so Leid – Sie und alle, die von der Natur so schrecklich geschlagen sind. Sie arme, ungeliebte Geschöpfe.«

»Sie können spötteln, wie Sie wollen, Peter, aber es stimmt, was ich sage. Und Sie wissen auch, dass ich Recht habe. Das Schreckliche dabei ist, sich ständig dessen bewusst zu sein, dass die Leute Angst vor einem haben, vor allem Frauen.« Yvette beugte sich vor und fragte mit einem Nicken: »Auch Sie hatten Angst vor mir, als wir uns zum ersten Mal allein begegnet sind. Und streiten Sie das« – sie drohte ihm mit dem Finger – »jetzt bloß nicht ab. Sie waren starr vor Angst – so sehr, dass Sie gleich nach Hause geschrieben und Ihrer Frau sofort alles brühwarm erzählt haben.«

Er bemerkte, dass in sein Gesicht wieder diese irritierende Röte stieg und fragte mit scharfer Stimme: »Woher wissen Sie das? Wer hat Ihnen das erzählt?«

»Meine liebe Mutter. Sie hat es von ihrem lieben Bruder. Und ihr lieber Bruder hat es von seiner lieben Frau. Und die liebe Louise hat es von Ihrer liebsten Nyrene.«

Er seufzte tief, erwiderte jedoch nichts. »Ja, ich weiß«, sagte sie statt seiner, »wir sind furchtbar ermüdend, nicht wahr? Darf ich Sie trotzdem fragen, ob Sie ihr auch von unserer letzten ... zufälligen Begegnung berichtet haben?«

»Ja. Ja, natürlich«, log er.

»Oh. Dann ist ja alles in Ordnung, weil meine liebe Mama nämlich davon weiß.«

Er lehnte sich zurück und betrachtete sie. Das Sonnenlicht flackerte über ihr Gesicht; ihre Augen sahen direkt in die seinen, und in ihnen strahlte dieser – er schüttelte den Kopf, um die Worte aus seinem Kopf zu vertreiben – faszinierende Charme, dieser beunruhigende Zauber. Er konnte sich lebhaft vorstellen, dass sie die Männer reihenweise verrückt machte und dann zappeln ließ. Sie hatte einmal gesagt, dass Felix so weit gewesen wäre, sie zu erwürgen, und er konnte das sehr gut verstehen.

Manchmal, nur manchmal fühlte er in seinem Herzen einen Funken Mitleid mit ihr, aber er glomm nie lange, weil er sogleich wieder von ihrem Benehmen und ihrer Art erstickt wurde, oder vom Ton ihrer Stimme, ein Ton, der die Macht hatte, Herablassung zum Ausdruck zu bringen, während ihr Gesicht freundlich lächelte. Kein Wunder, dass die Frauen sie hassten. Nyrene hasste sie.

Unruhig bewegte er die Füße, und er spürte, dass er die Schultern hochzog.

Nach einer Weile sagte sie mit einem Lachen: »Sie geben auf so was Acht?«

»Worauf?«

»Wenn Sie die Schultern einziehen ... Ein sicheres Zeichen von Nervosität.«

Mit einem Mal wurde er wütend. Ja, es war ein Zeichen von Nervosität. In den letzten Wochen war es fast zu einer Gewohnheit geworden. Es hatte angefangen, als sie das Kind am Rand der Bühne hatten sitzen sehen. Er rutschte auf der Sitzbank vor und beugte sich, den Unterarm auf das Tischchen zwischen ihnen gelegt, nach vorn. »Wissen Sie, Yvette, Sie sind nicht nur grausam zu fast jedem, der Ihnen über den Weg läuft, Sie sind auch taktlos, und leider werden Sie nie erfahren, was Liebe ist. Sie sind gar nicht fähig, irgendjemanden zu lieben, und deshalb bekommen Sie auch immer nur das, was Sie geben. Und ich denke nicht daran, mich jetzt bei Ihnen dafür zu entschuldigen, dass ich gesagt habe, was ich denke. Es ist ganz einfach so, dass Sie immer nur das wollen, was Sie schwer kriegen können, und wenn Sie's haben, dann lassen Sie es fallen wie ein glühendes Stück Kohle. Und damit bereiten Sie sich selber ein einsames Leben, lassen Sie sich das gesagt sein.«

Er stand auf und ging mit schnellen Schritten durch das Abteil zur Toilette. Dort lehnte er den Kopf an den Haltegriff unter dem Fenster aus Milchglas. Was, um Himmels willen, hatte ihn dazu gebracht, so auf sie loszugehen! Es war ihre

Bemerkung über seine Nerven gewesen, die das Schuldgefühl wieder angefacht hatte, das an jedem Tag vor ein paar Wochen begonnen hatte, als Nyrene mit dem Kind und Hamish und Mrs. A. für ein Wochenende in die neue Wohnung zu Besuch gekommen war.

Das Theater befand sich kurz vor der Fertigstellung. Das Kind hatte wild in den Kulissen herumgetollt, und als es plötzlich auf der Bühne auftauchte, waren er und Nyrene wie angewurzelt stehen geblieben; mit schreckgeweiteten Augen sahen sie, wie sich der Junge nahe den Rampenlichtern auf den Boden sinken ließ und genau dieselbe Pose einnahm, wie er selber vor ein paar Jahren in seiner Rolle des behinderten Jungen in ›Das goldene Herz‹. Charles hatte die Beine unter seinen Körper gezogen, und seine Hände lagen, mit den Handflächen nach oben, auf den Oberschenkeln; sein Blick war direkt auf sie gerichtet.

Sie hatten beide ein paar schnelle Schritte vorwärts gemacht, um sogleich abrupt wieder stehen zu bleiben; der Blick, den sie dann tauschten, war voller Sorge, ja beinahe Angst gewesen. »Oh, mein Gott!«, stieß Peter hervor, und Nyrene flüsterte: »Das hat nichts zu sagen, nur ein ... nur ein Zufall.«

»Schau!«, hatte er aufgestöhnt. »Schau sein Gesicht! Schau dir sein Gesicht an! Es ist genau wie meines. Er ist sieben Jahre alt, und er ist Larry. Oh, mein Gott!«

Er erinnerte sich, wie er vorwärts gestürzt war und Charles von der Bühne in seine Arme gerissen hatte, wobei der Junge einen überraschten Schrei ausstieß. Nyrene hatte das Kind hochgenommen und gemurmelt: »Ist ja gut. Ist ja gut. Es ist alles in Ordnung. Daddy hat nur gespielt.«

»Ich wäre fast eingeschlafen, Mummy.«

»Ja. Ja, ich weiß, mein Liebes. Komm jetzt – wir gehen rüber in unsere Wohnung; da kannst du dich hinlegen und schlafen.«

Peter hob jetzt den Kopf von dem Haltegriff, richtete sich auf und sah in den kleinen Spiegel an der Wand. Er konnte sich und Nyrene sehen, wie sie später im Wohnzimmer ihrer

Wohnung saßen. Er hatte zu ihr gesagt: »Ich … ich muss es von Larry übernommen haben. Ich habe mich in ihm verloren und ihn nie wieder aus mir rausgekriegt. Er ist immer noch in mir. Und ich … oh, Gott! Ich muss es irgendwie an den Jungen weitergegeben haben: Das war Larry, der vorhin auf der Bühne saß – so wirklich wie damals, als ich ihn gespielt habe. Und du hast es auch bemerkt. Ich habe es in deinem Gesicht gesehen.«

Er erinnerte sich, dass sie den Kopf hatte sinken lassen, als sie erwiderte: ›Unser Sohn ist nicht behindert.‹ Doch er hatte darauf nicht geantwortet: *Natürlich nicht! Natürlich ist er das nicht!* Und dann hatte sie ihn regelrecht angebrüllt: ›Unser Sohn ist nicht behindert, Peter! Er ist ein hochintelligenter Junge. Er ist künstlerisch veranlagt und sehr sensibel. Das sagen alle Ärzte. Er ist nicht behindert; er ist ein sehr intelligentes Kind und viel weiter, als für sein Alter normal ist. Er sagt Dinge, die Erwachsene sagen könnten.‹ Worauf er geantwortet hatte: ›Ja. Ja, er ist viel weiter, als für sein Alter normal ist. Wie Larry. Larry war auch viel erwachsener als für sein Alter normal war.‹

In dieser Nacht hatten sie nicht miteinander geschlafen und auch keinen Trost in den Armen des anderen gefunden, obgleich sie nebeneinander lagen.

Er drehte jetzt den Wasserhahn auf und wusch sich das Gesicht. Papiertücher in dem Halter gab es keine mehr, und so benutzte er sein Taschentuch, um sich abzutrocknen.

Erneut sah er in den Spiegel und fragte sich, wie er es schaffen sollte, in das Abteil zurück zu gehen und sich zu entschuldigen, denn entschuldigen musste er sich.

Er entschuldigte sich auch, und dies mit viel mehr Eindringlichkeit, als er beabsichtigt hatte, denn als er ihr Gesicht sah, das jetzt ganz und gar nicht mehr keck oder spöttisch wirkte, empfand er den Wunsch, sich neben sie zu setzen, den Arm um sie zu legen und zu sagen: ›Ich hab' alles nicht so gemeint, wirklich nicht.‹ Sie sah in diesem Augenblick nicht schön aus: Ihre Augen waren tief und schimmernd und traurig. Es war durchaus möglich, dass sie geweint hatte.

Langsam ließ er sich wieder auf seinen Sitz sinken. Sie sah ihn nicht an, doch es war sie, die zuerst das Schweigen brach. Mit niedergeschlagenen Augen sagte sie: »Sie brauchen sich nicht zu entschuldigen, Peter, denn Sie haben jedes Wort so gemeint, und ... und ich weiß, dass Sie Recht damit haben. Zumindest bis zu einem bestimmten Punkt, denn wie ich vorhin schon gesagt habe, sieht es in mir drinnen anders aus, als es der äußere Anschein vermuten lässt. Wir alle haben Fassaden, und meine ist mein Aussehen und meine spitze Zunge. Ich kann vergessen, was Sie gesagt haben, und ich wäre froh, wenn Sie es auch vergessen könnten. In gewisser Weise bin ich froh, dass Sie klar gemacht haben, was sie über mich denken, denn es zeigt, dass wir, wie ich immer gewusst habe, Freunde sein können.«

Oh, nein! Nein! Großer Gott – befreundet mit ihr! Nyrene würde ausflippen, wenn er es nur erwähnte. Er wusste nicht, was er darauf sagen sollte, und den Rest der Fahrt wechselten sie kaum mehr ein Wort. Erst als der Zug in den Bahnhof einfuhr, sah er auf und sagte: »Wir sind da.«

Er stand auf und nahm seinen Mantel, seinen Hut und seinen Aktenkoffer vom Gepäcknetz. Als sie sich ebenfalls erhob, musste er sich zwingen, ihr in den Mantel zu helfen und zu sagen: »Seien Sie mir nicht böse.«

»Natürlich nicht, Peter.« Und mit dem sanftesten aller Lächeln auf ihrem Gesicht, fügte sie hinzu: »Bis zum nächsten Mal also?«, doch nur um sogleich in ihrem gewohnten, leicht sarkastischen Ton rasch hinterherzuschicken: »Ich werde ein Taxi nehmen, aber ich biete Ihnen nicht an, mitzufahren.«

Er entschloss sich, nicht den Bus zu nehmen, sondern zu Fuß zu gehen.

Ihr letzter Blick, als er ihr ins Taxi geholfen hatte, spukte vor seinem inneren Auge und wollte nicht verschwinden. Sie fing an, ihm unter die Haut zu gehen – wenn sie nicht schon längst dort war. Der Gedanke veranlasste ihn, die Schultern einzuziehen, und er beschleunigte seine Schritte. Er musste Nyrene sagen, mit wem zusammen er die Zugfahrt – schon zum zweiten Mal – gemacht hatte, denn ihm war klar, dass dieses beunruhigend feenhafte Biest es ihrer Mutter erzählen würde, sobald sie die Tür hinter sich geschlossen hatte, und ihre Mutter würde es garantiert ihrem Bruder berichten. Natürlich wäre Louise nicht so unklug, so etwas Nyrene weiterzuerzählen, aber Fred war es zuzutrauen. Ja, Fred war zu einem beunruhigenden Faktor geworden, was seine Nichte betraf. Manchmal kam es Riley so vor, als würde Fred in seiner umständlichen, geschwätzigen Art ständig in der einen oder anderen Weise auf den Altersunterschied zwischen der Frau und dem Mädchen anspielen.

Die Wohnung war, im Gegensatz zum Little Grange, sehr modern, aber doch gemütlich eingerichtet. Sie hatte zwei Schlafzimmer, ein kleines Esszimmer, ein sehr großes Wohnzimmer, eine mit den neuesten Geräten ausgestattete Küche und ein luxuriöses Badezimmer, in dem – hinter einem Wandschirm diskret versteckt – ein Ergometer stand.

Die Wohnung war die hinterste im Erdgeschoss und hatte einen eigenen Eingang am Ende eines schmalen Durchgangs. Sie besaß Zentralheizung und einen ultramodernen Gaskamin im Wohnzimmer, der so echt aussah, dass man die Flammen für ein Kohlenfeuer halten konnte. Alles in allem war es eine sehr schöne Wohnung.

Allerdings konnte Nyrene nicht einsehen, warum Riley seine Wochenenden nicht zu Hause in Schottland verbringen wollte. Wäre dies nicht viel erholsamer für ihn? Allerdings musste er jetzt, wie er ihr erzählt hatte, neue Stücke proben und oft das Ensemble sogar an Sonntagen ins Theater bitten. Er war der Ansicht, dass es für sie viel einfacher sei, in die neue Wohnung zu kommen. Aber da war auch noch das Kind. O Gott, ja – das Kind. Beide wussten es, doch er hatte es letzte Woche zum Thema gemacht, als er zu ihr gesagt hatte: »Charles ist sieben Jahre alt; du solltest ihn allmählich für ein Wochenende bei Mac und Mrs. A. lassen können.«

Sie hatte einen geduldigen Unterton in ihre Stimme gelegt, als sie erwiderte: »Du weißt, dass ich es versucht habe – und was ist passiert? Sie haben beide dasselbe gesagt: Er sitzt nur da und wartet und isst so gut wie nichts. Und schau, was passiert ist, als ich ihn die letzten beiden Male mitgebracht habe: Er ist einfach rausgerannt, und dabei ist er doch an den Verkehr nicht gewöhnt.«

Worauf er geantwortet hatte: »Er muss lernen, zu folgen und drinnen zu bleiben, wenn man ihm das sagt. Es kann nicht so weitergehen mit ihm; du darfst nicht zulassen, dass er über unser Leben bestimmt.«

Noch immer ganz ruhig, doch nun mit einem unheilschwangeren Ton in der Stimme hatte sie erwidert: »Willst du, dass ich ihn in ein Heim gebe?«

Sie hatten einander eine Weile schweigend angestarrt und waren sich dann in die Arme gesunken. Sie hatten sich einander geklammert und sich gegenseitig versichert, dass es ihnen Leid tue und dass sie die Situation des anderen verstünden.

Jetzt schob er den Schlüssel ins Schloss, doch die Tür wurde ihm fast aus der Hand gezogen, und da stand sie vor ihm. »Hallo!«, sagte Nyrene. »Der Zug muss pünktlich gewesen sein. Wie ist es beim Vorspielen gelaufen?«

»Gut«, erwiderte er. »Ich habe den am wenigsten gut aussehenden Typ genommen, aber er konnte wenigstens spielen, und zwei Mädchen … na ja, besser gesagt junge Frauen, die eine von ihnen ist sehr erfahren. Damit ist das Ensemble jetzt vollständig.«

»Gib mir deinen Mantel«, bat sie. »Ich hab' 'ne Suppe auf dem Ofen.«

»Würde es dir was ausmachen, wenn ich zuerst mal meine Frau küsse?«

Ein paar Minuten später, als er bereits am Küchentisch saß, sagte er, als würde er eine beiläufige Bemerkung machen: »Rate, wen ich im Zug getroffen habe.«

»Du kennst so viele Leute, die ich nicht kenne, wie soll ich also erraten, wen du getroffen hast?« Sie hatte in ihrem Tun innegehalten, den Topf bereits über der Suppenschüssel, die auf einem Tablett stand. Dann fügte sie hinzu: »Na ja, wir kennen beide Louise und Fred und die Tochter seiner liebsten Schwester.«

Die Suppe schwappte in die Schüssel, dann stellte sie den

Topf auf den Herd zurück, nahm ein Geschirrtuch und tupfte damit die Spritzer auf dem Deckchen fort, das sie über das Tablett gebreitet hatte. »Lass es dir schmecken«, sagte sie, stellte das Tablett auf den Tisch und fügte spitz hinzu: »Ich war der Ansicht, Mylady würde nur in dicken Limousinen rasen. Sie war es doch, die du getroffen hast, nicht wahr?«

Keine Autos, dachte er, denn dies war schon das zweite Mal, dass er ihr im Zug begegnet war. Doch er sagte: »Wie auch immer – diesmal saß sie im Zug. Sie wollte Fred und Louise besuchen, bevor sie nach Hause fährt; wahrscheinlich, weil sie hofft, dass er sie nach Hause kutschiert.«

»Sie fährt doch sicherlich Erster Klasse«, sagte Nyrene, »aber du eigentlich sehr selten.«

Sein Löffel blieb mitten in der Luft stehen. »Das ist merkwürdig«, sagte er. »Ja, das tut sie; sie fährt immer Erster Klasse. Aber da saß sie: in der zweiten Klasse, unter all den gewöhnlichen Leuten. Ich frage mich, wieso?«

»Oh.« Nyrene setzte sich ihm gegenüber. »Ich denke, dass kann ich dir erklären; zumindest kann ich zwei und zwei zusammenzählen. So viel ich von Louise gehört habe – obwohl ich es kaum glauben konnte, und Louise ebenfalls nicht – bekommt Yvette von ihrer lieben Mutter so gut wie keinen Penny Unterstützung mehr, nachdem sie schon wieder einem ihrer Verehrer den Laufpass gegeben hat. Und er war gar nicht mal so alt, aber dafür umso reicher, und wie wir ja wissen, hat die liebe Gwendoline ein Faible für Geld. Du siehst ja, wie weit sie's gebracht hat.«

Riley schüttelte den Kopf, worauf sie dasselbe tat und sagte: »Jaja, ich weiß, ich bin gemein, aber nicht halb so gemein wie Louise. Und sie hat auch allen Grund dazu, wenn sie ständig nur hört, Gwendoline hier und Yvette dort. Man redet immer davon, dass Schwiegermütter eine Ehe kaputt machen können, aber in dem Fall erweist sich eine geliebte Schwester auch als sehr effektiv. Wie auch immer – das Zweite-Klasse-Abteil beweist, dass das Gerücht von dem gekürzten Taschengeld einen konkreten Hintergrund hat, denn wo ist ihr Wagen?«

Ja, dachte Riley, wo war ihr Wagen?

Er aß einen Löffel von der Suppe, dann noch einen, dann starrte er in den Teller, und einen Moment lang sah er ein Bild von sich selbst, wie er sich zu Yvette beugte und ihr sagte, was er von ihr dachte.

»Schmeckt's dir nicht?« Nyrene sah auf seinen Teller, und fast so, als sei er ein wenig erschrocken, entgegnete er: »Doch, doch. Natürlich schmeckt es mir. Sehr gut. Deine Suppen schmecken immer gut. Ich hab' nur gerade über diese Konstellation nachgedacht: die liebe Gwendoline und ihre Tochter, beide vom selben Schlag, soweit man das beurteilen kann, und doch sind sie wie Hund und Katze.«

Nyrene nickte. »Ja, das ist eine seltsame Beziehung, und der Vergleich von Hund und Katze ist gar nicht so abwegig – zumindest sagt das Louise. Übrigens hatte ich vorhin einen Anruf von zu Hause.«

»Ja? Ist Charles in Ordnung?«

»Ja. Er kam mir so lebhaft und fröhlich vor. Er wollte mit dir sprechen.«

»Oh, schade. Und ich war noch nicht da. Ich rufe ihn nachher an, wenn ich mit dem Essen fertig bin.«

»Das wäre schön.« Nyrene lächelte ihn an.

Ihre Methode funktionierte.

11

Riley kam soeben aus Davids Büro im New Palace Theatre, wo sie über ein geeignetes Stück für den Gala-Eröffnungsabend diskutiert hatten.

Als er durch die Schwingtüren des Portals nach draußen trat, war er überrascht, dort Lily Poole zu sehen, die sich unter dem Vordach untergestellt hatte. Er zog seinen Mantelkragen gegen den stürmischen Schneeregen enger und rief überrascht: »Was! Du bist immer noch hier? Ich dachte, du wärst schon seit Stunden weg.

»Ich hab' den verdammten Bus verpasst.«

»Hör zu! Ich hab die Wagenschlüssel in meinem anderen Mantel in der Wohnung. Komm mit! Ich fahr dich nach Hause.« Er ergriff ihre Hand und rannte mit ihr zum Ende der Straße und den kurzen Durchgang hinauf zur Tür.

Drinnen sagte sie: »Oh, es ist schön hier und warm.« Als sie den Stoß Papiere auf der Couch und die zwei leeren Kaffeetassen auf dem niedrigen Tisch sah, rief sie: »Was für ein Saustall! Was für eine Unordnung! Jemand sollte hier mal aufräumen, wenn ich das richtig sehe.«

»Ja, das wäre nicht schlecht, Miss Naseweis. Normalerweise kommt eine Putze, aber sie ist heute nicht aufgetaucht.«

»Ich schau morgen mal vorbei und kümmere mich um das Gröbste. Ich wette, deine Küche ist ein einziges Chaos.«

»Nein, überhaupt nicht; du kannst dich ja selber überzeugen.« Er rief aus dem Schlafzimmer herüber. »Ein paar schmutzige Hemden, das ist alles.«

»Warum hast du sie nicht in die Waschmaschine gesteckt?«

»Ist mir zu kompliziert. Hat zu viele Schalter, das Ding. Außerdem müssen die Hemden gebügelt werden; ich kann nur Baumwolle tragen. Nyrene kümmert sich drum, wenn sie kommt.«

»Was für eine charmante Begrüßung für sie – schmutzige Hemden!«

Er stand jetzt in der Diele und stülpte seine Mütze auf den Kopf. »Los, komm schon! Schlag hier keine Wurzeln und hör auf, dich ins Leben anderer Leute einzumischen.«

Der freundschaftliche Umgangston zwischen ihnen rührte daher, dass sie die beiden einzigen verbleibenden Mitglieder des Ensembles aus der Zeit waren, als Riley am Palace Theatre angefangen hatte. Sie hieß damals noch Lily Stewart. Er war erst ein paar Wochen bei der Truppe gewesen, als sie im Little Palace Theatre aufgetaucht war. Damals fünfzehn Jahre alt, arbeitete sie als Platzanweiserin und am Kartenschalter und kochte Tee. Von Beginn an hatte sie ihn Mr. Riley genannt, doch dies hatte sich im Laufe der Monate zu einem vertrauten Du abgeschliffen, besonders nachdem sie ihm gestanden hatte, dass sie Schauspielerin werden wollte.

Wie auch er damals war sie mit einem ziemlich breiten Dialekt geschlagen gewesen, und während ihrer ersten Versuche als Schauspielerin hatte sie für so manchen Lacher gesorgt, wenn sie zum Beispiel solche Dinge von sich gab wie: ›Die Bollezei is draußen, Ma'am‹, statt: ›Ein Polizist steht vor der Tür.‹

So viel er mitbekommen hatte, waren alle überrascht, als sie vor zwei Jahren einen einsneunzig großen und entsprechend breiten Fernfahrer geheiratet hatte.

Im Wagen sagte sie: »Wenn überall so ein Sauwetter ist, wird Johnny die Nacht auf einem Rastplatz verbringen.«

»Also, wie wär's dann mit heute Nacht, Lily?«

»Ach du!«

Er lachte und startete den Motor. »So viel ich weiß«, sagte er, »haben diese langen Brummis riesige Reifen, die auch auf Eis haften.«

»Er hasst glatte Straßen. Es macht ihm nichts aus, was von oben runterkommt, aber wenn es anzieht, wie er es nennt, und die Straße glitschig wird, riskiert er nie seinen Laster, weil es nicht seiner ist.«

»Kluger Mann.«

»Was hast du über ihn gedacht, als du ihn neulich Abend in der Bar kennen gelernt hast?«

»Nun . . ., ich dachte, er würde einen guten Boxer abgeben.«

»Das ist lustig. Genau das wollte er mal werden, aber er war gescheit genug zu wissen, dass mehr dazu gehört, als ein kräftiger Punch, um in diesem Geschäft ganz nach oben zu kommen. Er liebt es viel zu sehr, sein eigener Herr zu sein, und würde sich nie herumkommandieren lassen.«

»Er kam mir wie ein ruhiger Typ vor, der nicht viel redet.«

»Ja, das stimmt – aber nicht immer. Er kann auch 'ne Menge reden, wenn er denkt, dass es nötig ist.« Sie lachte auf und sagte dann: »Er ist sehr eifersüchtig, weißt du.«

»Das kann ich gut verstehen; du bist schließlich eine scharfe Braut.«

»Aber Mrs. Riley!«, rief sie mit scherzhaft strenger Stimme, »Sie sagen ganz schön unanständige Dinge. Tun Sie das bitte nicht, wenn Johnny in der Nähe ist, denn sonst könnte es passieren, dass Sie eine auf die Nase kriegen.«

»Danke für die Warnung, Lily.«

»Ich freue mich schon so darauf, wenn wir in das New Palace ziehen. Es ist zu schön, um wahr zu sein. Ich muss mich manchmal zwicken, um sicher zu sein, dass ich nicht träume, und wenn ich zurückblicke, sage ich zu mir: ›Wenn Mr. Riley nicht gewesen wäre, würde ich noch immer mit der Teekanne rumrennen.‹«

»Nicht du«, sagte er. »Du hättest es auch alleine geschafft. Wie auch immer – hier sind wir.« Er brachte den Wagen zum Stehen. »Jetzt heißt es, die Beine untern Arm nehmen. Gute Nacht, Lily.«

»Gute Nacht. Und danke.«

Als er wieder losfuhr, dachte er, wie seltsam es war, dass sie zur Zeit scheinbar ständig im New Palace Theatre rumhing. Der einzige Grund, warum sie sich heute Abend dort aufgehalten hatte, war es gewesen, David einen Brief zu bringen, der ans alte Palace Theatre geschickt worden war. Ja – sie hätte es auch alleine geschafft. Sie verfügte über Charakter und Temperament, aber – wie er selber am besten wusste – war es immer gut, einen einflussreichen Fürsprecher zu haben. Was wäre zum Beispiel wohl ohne Fred und Louise aus ihm geworden?

Fred hatte sich eine hartnäckige Erkältung eingefangen. Er lag im Bett, wie Louise ihn aufklärte, und hatte nicht nur heißen Zitronensaft, sondern auch einige doppelte Whiskeys in heißem Wasser und mit braunem Zucker intus. Schon seit einer vollen Stunde würde er schnarchen. Aber, fuhr sie fort, sie sei froh, Peter zu sehen und die letzten Neuigkeiten zu hören.

Als sie dann im Wohnzimmer saßen und Kaffee tranken, sagte Louise: »Diese Erkältung hat auch ihre guten Seiten. Er hat sie jetzt weit mehr als eine Woche, mit tränenden Augen und laufender Nase, aber sie hat seine liebe Gwendoline auf Distanz gehalten. Sie hat entsetzliche Angst, sich anzustecken, und ist am Boden zerstört, wie sie mir vorhin am Telefon anvertraut hat, dass sie ihn nicht mehr besuchen kann, bevor sie morgen nach Italien abreist.«

»Machen die beiden schon wieder Urlaub?«, fragte er.

»Nein. Anscheinend fährt sie alleine.«

»Nie und nimmer!«

»O doch. Ihre liebe Tochter hat sie mit dem Verlauf ihrer letzten Affäre sehr enttäuscht: Sie war sich fast sicher gewesen, dass das Mädchen endlich Vernunft angenommen hat und das tut, was ihre Mutter will, aber anscheinend ...« – Louise lachte auf und schüttelte den Kopf – »... ist sie durch nichts in der Welt zum Heiraten zu bewegen. Ich hätte nie gedacht, dass ich jemals etwas zu ihrer Verteidigung sagen würde, aber anscheinend ist es ihr lieber, sich in Selbstbescheidung und Verzicht zu üben, was für sie ein wahres Martyrium sein muss, als gegen ihren Willen zu heiraten. Das letzte, was ich von ihr hörte, war, dass sie in einer Boutique in London einen Halbtagsjob bekommen hat und in Gwedolines Wohnung bleiben darf; auch ihr Auto hat sie wieder zurückbekommen. Das ist unglaublich, findest du nicht auch? Aber es sieht ganz so aus, als wolle Gwendoline nichts mehr mit ihr zu tun haben, nachdem sie nun schon dem dritten Mann den Laufpass gegeben ha. Die liebe Yvette muss nun also für ihr Benzin und ihre Brötchen arbeiten.«

Diese ihm von Louise anvertrauten neuesten Entwicklungen an der Beardsleyschen Familienfront steigerten sein Bedauern nur noch mehr darüber, dass er Yvette in so rüdem Ton abgekanzelt hatte, als er ihr das letzte Mal begegnet war.

Er blieb noch eine Weile und hörte Louise zu, die erzählte, welche Fortschritte ihr Sohn in der Schule machte. Jason war seinen Mitschülern weit voraus, aber im Augenblick lag er wie sein Vater mit einer Erkältung oben im Bett. Dann redete sie über Nyrene und wie schade es sei, dass sie nicht öfters kommen und länger in der Wohnung bleiben könne. Aber natürlich gehe das Kind vor, und die Wohnung sei so nah an einer Hauptstraße ...

Er war froh, als er wieder in seiner Wohnung zurück war. Heute Abend fühlte er sich irgendwie leer und verloren, und die Behausung sah wirklich unordentlich aus. Er räumte die Papiere von der Couch, dann machte er das Gasfeuer im Kamin an, bevor er sich hinsetzte und die Beine auf dem Schaffellteppich ausstreckte. Er faltet die Hände hinter dem Kopf und entspannte sich, und ohne dass er es vorgehabt hätte, begann er, über sein Leben nachzudenken. Er hatte Glück gehabt, großes Glück. Es war nur schade, dass seine Mutter dies nicht so sah. Alles wäre wunderbar gewesen, wenn sie sich wie jede andere normale Mutter verhalten hätte, die stolz auf ihren Sohn ist und auf das, was er erreicht hat. Das wäre die Krönung gewesen. Zu wissen, dass sein Erfolg sie nicht nur verbittert und nachtragend gemacht hatte, sondern sogar bösartig und gefährlich, tat ihm weh. Er brauchte nur daran zu denken, was sie mit dem Kind gemacht hatte, und dann diese Bestellungen! Von Betty hatte er gehört, dass sie von Mrs. Charlton anscheinend den Laufpass bekommen hatte, weil sie in letzter Zeit den ganzen Tag zu Hause war. Abends allerdings nicht, wie es schien. Um von zu Hause fort zu kommen, hatte Sue eine Stellung als Kindermädchen angenommen, und jetzt war nur noch Florrie daheim, die inzwischen immer öfters entweder bei Betty oder im Haus der Schwester auftauchte. Anscheinend tauchte Mutter manchmal erst spät in der Nacht auf, und Florrie hatte Angst, alleine in dem Haus zu sein. Es bereitete seinem Vater große Sorgen, wenn er darüber nachdachte, was Mam möglicherweise jetzt wieder ausbrütete, denn er zweifelte nicht daran, dass sie nicht mehr ganz bei Verstand war. An dem Morgen, an dem er sie auf die Bestellungen ansprach, die sie in Nyrenes Namen gemacht hatte, waren offenbar einige Nachbarn Zeuge gewesen und hatten es Mrs. Charlton brühwarm hinterbracht, woraufhin Mona rausgeflogen war.

Der Gedanke an seine Mutter war ein steter, tiefer, innerer Kummer, den er zur Seite zu schieben trachtete, um stattdessen – in den Worten der Bibel – Gott für seine Segnungen zu danken; und diese Segnungen waren zuallererst Nyrene, und dann seine Arbeit. An diesem Punkt entstand immer eine Pause in seinem Gedankengang: Wie passte der Junge da hinein? Nun, wenn der Junge nicht gewesen wäre, wo wäre er dann jetzt? Ganz sicher nicht mit Nyrene verheiratet, dessen war er sich sicher, denn bevor das Kind gekommen war, hatte sie ihn seiner Karriere übergeben.

Weshalb musste er immer wieder auf den Jungen zurückkommen? Er liebte ihn. Seine Gefühle für das Kind gingen inzwischen sogar über gewöhnliche Vaterliebe hinaus, denn in seinen Gedanken war das Kind untrennbar mit Larry verbunden, und sein vorherrschendes Gefühl für Larry war Mitleid.

Mit einem Anflug von Schuldgefühl richtete er sich auf, als ihm der Gedanke durch den Kopf ging, dass er Nyrene hätte anrufen sollen, gleich nachdem er nach Hause gekommen war. Wie spät war es jetzt? Zehn vor elf. Sie würde wahrscheinlich schon im Bett sein, und was würde der Klang ihrer Stimme wieder mit ihm anstellen? Seine Triebe anstacheln. Es war komisch: Er brauchte nur ihre Stimme zu hören, und schon brannte in ihm die Sehnsucht, sie zu berühren, sie in seinen Armen zu halten, sie zu lieben. Oh, sie zu lieben ... Nein, er würde sie jetzt nicht mehr anrufen, aber gleich morgen früh könnte er das tun; dann würde er sich frischer fühlen, nachdem er sich ausgeschlafen hatte.

Er stemmte sich gerade von der Couch hoch, als sein Kopf zu der Glastür herumfuhr, die vom Wohnzimmer in die kleine Diele führte. Es klingelte an der Wohnungstür. Wer konnte das so spät noch sein, und in einer Nacht wie dieser?

Einen Augenblick lang dachte er an seine Mutter, dann verwarf er den Gedanken wieder; wahrscheinlich waren es Betty und Harry, weil irgendwas passiert war.

Er zog die Gittertür auf, knipste das Außenlicht an und öffnete die Wohnungstür. Überrascht sprang er einen Schritt zurück, als die durchnässte Gestalt an ihm vorbei in die Diele stolperte und sich gegen die Wand lehnte.

»Großer Gott! Sie? Was ist passiert?« Yvette sagte nichts, denn sie rang noch immer nach Luft. »Ich ... ich bin vom Bahnhof gelaufen«, stieß sie keuchend hervor. »Zu Ihnen war es näher als zu Fred und Louise.«

Er nahm sie bei den Schultern und schob sie ins Wohnzimmer. Sie trug einen langen Mantel mit Pelzkragen, der bis zu ihrem Hinterkopf hochgeschlagen war. Über den Kopf hatte sie eine Plastikhaube gestülpt, von der ihr das Wasser ins Gesicht lief.

Sie zitterte am ganzen Leib, als er ihr den Mantel abnahm und über einen Sessel breitete. Mit einer fließenden Bewegung zog sie sich die Haube vom Kopf und stolperte zur Couch. Sie ließ sich darauf niederplumpsen, lehnte sich jedoch nicht zurück, sondern beugte sich vor und streckte die Hände den flackernden Flammen des Gasfeuers entgegen.

Er blieb neben ihr stehen, doch als sie den Kopf nicht hob, sagte er: »Ich mache Ihnen was Heißes zu trinken.«

Er rannte beinahe in die Küche, froh, dass er abgewaschen hatte, nahm einen Topf, füllte ihn zur Hälfte mit Milch und stellte ihn auf die rasch erhitzte Herdplatte. Von der Küchentür konnte er sie noch immer auf der Couch sitzen sehen, doch sie hatte jetzt ihre hochhackigen, offenen Pumps aus geflochtenem Leder ausgezogen und streckte ihre Beine den Flammen entgegen. Dampf stieg von ihnen auf.

»Ziehen Sie Ihre Strümpfe aus!«, rief er ihr zu und kehrte wieder zum Herd und der Milch zurück.

Als er ein paar Minuten später mit zwei dampfenden Tassen in Händen zu ihr trat, sagte er: »Heiße Milch. Ich kann Ihnen Kaffee oder einen Schuss Whiskey reintun. Was ist Ihnen lieber?«

»Whiskey, bitte.«

Er goss einen kräftigen Schuss Whiskey in die Milch, und als er sie ihr reichte, setzte sie die Tasse ohne zu zögern an den Mund und trank. Als sie die Tasse auf dem Beistelltisch absetzte, war sie halb leer.

Sich zurücklehnend seufzte sie: »Mir war in meinem ganzen Leben noch nie so kalt.«

»Tja, das kam unerwartet. Am Nachmittag hatten wir Hagelstürme, und jetzt seit einigen Stunden Schneeregen.«

»Schneeregen ...«, wiederholte sie und schüttelte den Kopf. »Ich weiß nicht, wie Sie hier oben leben können.«

Er lächelte auf sie hinunter und sagte: »Sie würden überrascht sein; in Newcastle ist es oft wärmer als in Hastings, dem Urlaubsmekka der Briten, und das liegt an der Südküste. Was hat Sie so spät noch in den Norden verschlagen?«

Er nahm einen Schluck aus seiner Tasse, in die er ebenfalls einen vorsichtigen Schuss Whiskey gegeben hatte, dann setzte er sich ans andere Ende der Couch und sah sie an, auf eine Antwort auf seine Frage wartend.

Als sie kam, überraschte sie ihn, denn Sie erklärte: »Ich bin auf dem Weg zu meiner Mutter, um das Handtuch zu werfen. Sie fliegt morgen nach Italien, und ich bin soweit, ihr alles zu versprechen, wenn sie mich nur mitnimmt. Ich halte diese Streiterei nicht mehr aus. Es war die Hölle für mich in den letzten Monaten.« Sie sah ihm jetzt direkt ins Gesicht. »Ich bin nicht dafür geschaffen, Peter. Ich habe es wirklich versucht, und ich hab' mein Bestes getan, es durchzuhalten: Ich hab' in der Boutique Frauen bedient, denen ich am liebsten ins Gesicht gespuckt hätte; Frauen, die vor Geld stinken, aber so dumm wie Bohnenstroh sind – eingebildete Zicken, die Sie als Schneegänse oder Tussis bezeichnen würden und der liebe Fred in seiner unverblümten Art vermutlich schlicht und einfach als Miststücke.«

Nachdenklich schüttelte sie den Kopf. »Das ist alles die Schuld meiner Mutter: Sie hat mich wie ein reiches Töchterchen an Schulen für reiche Töchterchen erziehen lassen, und als ich von der Schule nach Hause kam, stellte sie plötzlich fest, dass ich ihr auf die Nerven gehe, und sie versuchte, mich unter die Haube zu bekommen und auf die Weise loszukriegen. Ihre bevorzugte Wahl waren Männer vom schmerbäuchigen Typ, die glaubten, von ihren Bäuchen ablenken zu können, wenn sie davor Brillantarmbänder hin und her bewegten.«

Er musste über das Bild der vor Schmerbäuchen hin und her baumelnden Brillanten lachen, doch ihr Gesicht blieb ernst.

»Sie hätte sogar einen Titel für mich gekauft, wie sie es mit dem Grafen versucht hat, aber all diese Typen sind Schwachköpfe, sonst würden sie nicht in den Kurorten und Seebädern rumhängen und sich langweilen. Bei Pious Percy hat sie ihre Taktik geändert. Ich hab' ihr immer wieder gesagt, dass ich nicht heiraten will. Was ich bisher von der Ehe gesehen habe – und das nicht zuletzt bei meinen allerliebsten Stiefeltern, die sich angeblich liebten und, wenn sie alleine waren, aufeinander losgingen –, hat mir gereicht. Er konnte sich eine Geliebte halten, was angeblich für einen Franzosen normal ist, aber sie durfte sich nicht dieselben Freiheiten herausnehmen. Am liebsten hätte er sie in einen Keuschheitsgürtel gesteckt.« Sie nickte entschieden. »Genau das ist es, was Männer in so genannten glücklichen Ehen machen: Sie stecken ihre Frauen in Keuschheitsgürtel.«

Erneut musste er lachen. »Oh, Yvette!«, sagte er. »Sie sind wirklich 'ne komische Nummer.«

Sein Gelächter erstarb, als sie ihn ansah und mit zuckenden Lippen entgegnete: »Ich ... ich will aber keine komische Nummer sein, Peter. Und ich weiß auch, was das bedeutet.«

»O nein, meine Liebe.« Mechanisch rutschte er näher zu ihr und nahm ihre Hand. »Nehmen Sie sich das alles nicht so zu Herzen; es wird schon wieder in Ordnung kommen. Sie sind so ...«

»Sagen Sie es nicht, Peter!«, unterbrach sie ihn rasch. »Ich bin nicht jung! Innerlich bin ich so alt wie die Berge hier, und Sie reden genauso wie alle anderen. Ich bin zu Ihnen gekommen, weil ich dachte, wenigstens Sie würden mich verstehen. Ja, ich hab' gewusst, dass ich herkommen würde ..., und das hab' ich jetzt davon!«

Sie wandte das Gesicht von ihm ab und hielt ihre Hände wieder ans Feuer. Schließlich sagte sie mit leiser Stimme: »Sie sind der Einzige, der mir jemals offen die Wahrheit gesagt hat – oder vielmehr das, was er für die Wahrheit hält. Aber ich bin nicht der Mensch, für den Sie mich halten, Peter. Fred und Louise und meine Mutter – sie denken alle in den gleichen Bahnen. Sie möchten mich am Gängelband von jemandem sehen, von dem sie glauben, dass er aus mir einen ordentlichen Menschen macht. Sie kommen mir alle so alt vor – als wären sie nie jung gewesen. Ich bin jung, und Sie sind es auch, Peter.« Als sie sich mit einem Ruck aufrichtete, sank ihr Kopf gegen seine Schulter, und ihr Arm legte sich um seinen Nacken, worauf sich seine Arme mechanisch um ihre Hüften schlangen, damit sie nicht hilflos auf die Couch fielen.

»Nicht doch, Yvette!«, murmelte er. »Lass das. Bitte, Yvette.«

Und sie wimmerte: »Lass mich ein wenig so liegen; nur eine Weile – einfach so. Ich tu' damit niemandem weh, und du tust auch niemandem weh. Bitte, Peter. Bitte! Und halt mich fest. Nur eine Weile, Peter. Halt mich bitte fest.«

»Hör zu, Yvette. Hör mir bitte zu ...«

»Ich hör' dir zu, Peter. Ich hör' dir zu, seit ich dich das erste Mal im Wohnzimmer von Fred und Louise gesehen habe. Ich ... ich kann nichts dagegen machen, und ich muss es dir sagen. Ich wollte dich damals auf der Stelle haben, und das hat nie aufgehört. Bitte ... bitte steh nicht auf, bleib so und halte mich fest. Wir tun damit niemandem weh.«

»Doch, das tun wir. Wir tun uns selber weh, weil wir ...«

»Sag es bitte nicht, Peter«, flehte sie ihn an. »Sag gar nichts. Halt mich nur fest und hör mir zu. Ich muss dir jetzt ein Geständnis machen. Wir sind erst ein halbes Dutzendmal begegnet, und vier Mal davon hab' ich dabei getrickst. Die Autopanne in York war auch gelogen. Ich wollte dich einfach nur sehen. Ich kann nichts dagegen machen.« Dann sagte sie noch einmal ganz langsam: »Ich ... kann ... nichts ... dagegen ... machen. Ich habe es versucht, das musst du mir glauben, Peter. Ich will auch dein Leben nicht zerstören. Hab keine Angst – ich will dich nicht heiraten. Ich werde nie heiraten. Ich weiß, dass ich nie heiraten werde. Am Ende tue ich dasselbe wie meine Mutter, aber erst am Ende, und soweit bin ich noch nicht. Ich bin erst am Anfang. Sie hat schon viel früher damit angefangen, als ich es tun werde. Aber bevor ich mich als Mätresse verkaufe, Peter, bevor ich das tue, sei bitte lieb zu mir, denn ich hätte dich, als ich dich das erste Mal gesehen habe, auf der Stelle heiraten können, wenn du frei gewesen wärst. Das ist es, was ich für dich fühlte. Aber ich nehme an, das hätte nicht lange vorgehalten, weil du ebenfalls der Typ von Mann bist, der versucht hätte, mir einen Keuschheitsgürtel anzulegen. O Peter!« Ihre Lippen bewegten sich seinen Nacken empor. Er hatte zuvor Jacke und Krawatte ausgezogen, und nun glitten ihre Lippen wieder abwärts und nach vorn zu dem V seines offenen Hemds. Reglos ließ er es mit sich geschehen. Es fühlte sich seltsam an – als würde er in den Schlaf gestreichelt. Er wusste, ihre Stimme murmelte seinen Namen, als ihre Lippen hinter sein Ohr glitten, und jetzt machte er Anstalten, sich von ihr zu lösen, doch sie hielt ihn fest.

Wie von ferne hörte er das heisere Krächzen seiner Stimme: »Lass das, Yvette! Hör auf damit! Das ist lächerlich. Du weißt, das ist Irrsinn.«

Ihre Stimme klang jetzt auch wie aus weiter Ferne, als sie murmelte: »Ich weiß, Peter, ich weiß. Ich hab' davon geträumt. So oft hab' ich davon geträumt. Wir tun niemandem damit weh, und wir sind jung ... so jung!« Er unternahm einen ernsthaften Versuch, sich von ihr weg zu stemmen, doch dies führte nur dazu, dass sie jetzt halb auf ihm lag, und als ihr Mund sich auf den seinen presste, vermochte er nur einen Augenblick zu zaudern, ehe er ihre ungezügelte Leidenschaft erwiderte.

Sie sanken nicht auf die Couch, sondern fielen auf den Boden ...

Ungefähr zehn vor elf war sie gekommen. Von dort, wo er ausgestreckt auf dem Fußboden lag, konnte er die Zeiger der Uhr sehen, die jetzt auf Viertel vor zwölf zeigten. Sie war nicht einmal eine Stunde hier gewesen und hatte sein Leben bereits ins Chaos gestürzt. Was passiert war, konnte nicht mehr ungeschehen gemacht werden.

Als sich ihre Hand auf seine nackten Rippen legte, setzte er sich mit einem Ruck auf, drehte den Kopf und sah auf sie hinab. Sie sah so sanft und verletzlich aus, so sanft wie ein sehr junges Mädchen; aber sie war kein sehr junges Mädchen mehr. Ihr Arm hob sich, und ihre Hand streichelte über sein

Kinn. Ihre Stimme war noch immer undeutlich und benommen, als sie murmelte: »War es nicht wunderschön?«

Ja, wunderschön, dachte er. Ja, er musste zugeben, dass es in gewisser Weise wunderschön gewesen war und sogar seine erste Erfahrung mit Nyrene übertroffen hatte. Ja – sogar das, denn sie war die blühende Jugend, die ungestüme, blühende Jugend selbst.

Dieser Gedanke wurde mit einem Schlag aus seinem Kopf gewischt, als sie flüsterte: »Für mich war es noch nie so schön.«

Ihre Worte brachten ihn auf die Beine. Warum war er bloß ein solcher Idiot? Er hatte geglaubt, weil sie so jung war hätte sie noch nie eine solche Erfahrung gemacht. Von all den verdammten Idioten auf der Welt war er der allergrößte. Er raffte seine Kleider zusammen und sagte schroff: »Zieh dich an.«

Sie richtete sich auf den Knien auf, stützte ihre Ellbogen auf das Sitzpolster der Couch und sah ihm über die Rückenlehne hinweg zu, wie er ins Bad hastete. »Oh, Peter!«, rief sie ihm nach. »Sei doch nicht so! Ist doch alles in Ordnung. Alles okay. Es bleibt unser Geheimnis, mach dir keine Sorgen.« Das Klappen der Badezimmertür löschte ihre Stimme aus. Er lehnte sich mit dem Rücken dagegen, biss sich auf die Lippen und verdrehte die Augen so weit nach oben, dass er sich anfühlte, als würden sie gleich aus ihren Höhlen springen ...

Er brauchte nur fünf Minuten, sich schnell zu duschen und in saubere Kleider zu steigen. Als er ins Wohnzimmer zurück kam, stand sie mit dem Rücken vor dem Kamin, ihr Kleid über dem Arm, und obgleich ihre Stimme noch immer sanft war, schwang ein unüberhörbarer Vorwurf in ihr, als sie sagte: »Du hast nicht mal dran gedacht, dass ich vielleicht auch ins Bad müsste, oder, Peter?«

Er strebte auf die Küchentür zu und warf über die Schulter: »Es ist jetzt frei, du kannst rein.«

Hastig machte er Kaffee, trank jedoch seinen in der Küche, bevor er für sie eine Tasse ins Wohnzimmer brachte.

Dort hielt er sich vom Kamin fern, weil er nicht die Couch sehen wollte oder den Fußboden davor. Stattdessen ging er im Zimmer auf und ab.

Als sie zwanzig Minuten später vollständig angekleidet aus dem Bad kam, sagte er, ohne sie anzusehen: »Ich ruf' dir ein Taxi.«

»Oh, nein. Nein, Peter. Mama rechnet so spät nicht mehr mit mir.«

»Du kommst nur eine Stunde später als wenn du direkt nach Hauses gefahren wärst. Oder willst du die Nacht bei Fred und Louise bleiben?«

Anstatt einer Antwort legte sie ihm die Hand auf die Schulter. Er wischte sie weg. »Lass das. Lass das jetzt. Es war ein Fehler. Tut mir Leid. Es war meine Schuld, tut mir Leid.«

»Sei nicht albern, Peter. « Sie lächelte ihn so liebevoll an, wie man ein ungezogenes Kind anlächelt. »Es war nicht unsere Schuld. Niemand war schuld daran. Na gut, vielleicht war's meine Schuld. Ich wollte es so sehr. O bitte, schau mich nicht so an, Liebster. Du verstehst offenbar nicht.« Der Klang ihrer Stimme änderte sich. »Ich mag dich wirklich sehr gern, und, ehrlich gesagt, liebe ich dich.«

»Halt den Mund! Hör mir jetzt zu, Yvette: Das war der Anfang und auch das Ende – ein für alle Mal, hast du verstanden? Es war ein Fehler, und ich werd' mich deswegen lange Zeit schuldig fühlen.«

»Wieso schuldig? Aah – du denkst an deine dich ach so liebende Nyrene. Du meine Güte!«

»Ja. Ja, vielleicht tu' ich das.«

»Du lieber Himmel! Benimm dich doch mal so, wie es deinem Alter entspricht, Peter, und sie sollte sich auch ihrem Alter entsprechend verhalten. Sie wird irgendwann sicher erfahren, dass du sie heute nicht das erste Mal betrogen hast, schließlich ist sie nicht mehr ...«

»Halt den Mund! Ein für alle Mal, halt den Mund! Es tut mir Leid, Yvette, aber ich muss dir sagen, dass ich nie wieder etwas von dir sehen oder hören will. Ich ruf' jetzt ein Taxi, das dich nach Hause bringt.«

»Aber du hast mich vorhin geliebt – und die ganze Zeit vorher auch schon, das weiß ich genau.«

»Du weißt gar nichts!«, schrie er ihr ins Gesicht und presste dann die Hand auf seinen Mund. »Das war keine Liebe«, fügte er leiser hinzu. »Das ist keine Liebe.« Doch als sie den Kopf sinken ließ und ihre Schultern nach vorn sackten, murmelte er: »Es tut mir Leid. Es tut mir Leid, Yvette. Vergessen wir einfach, dass es passiert ist. Glaubst du, wir können das?«

Er streckte die Hand nach ihr aus, doch sie schlug sie beiseite. »Ruf das Taxi, Peter.« Dann wandte sie sich von ihm ab und ging zum Kamin.

Das Fräulein in der Telefonvermittlung wiederholte: »Palace Buildings, Erdgeschoss. Oh, es ist ein Taxi ganz in der Nähe, Sir. Fünf Minuten vielleicht. In Ordnung?«

»Ja, danke«, sagte er und legte auf. Er nahm ihren Mantel, der noch immer mit ausgebreiteten Armen über dem Sessel lag, und als er ihn ihr hinhielt, damit sie hineinschlüpfen konnte, riss sie ihn ihm wütend aus den Händen und zog ihn ohne seine Hilfe an. Dann sah sie ihm direkt ins Gesicht und sagte: »Schau nicht so zerknirscht drein und hör auf, dich schuldig zu fühlen. Wir haben nur das getan, was Millionen jeden Tag tun.« Sie zog ein wenig die Schultern hoch. »Mir tut es nicht Leid, das es passiert ist, Peter. Ich werde es nie vergessen, aber mach dir bitte keine Sorgen, ich werd' keinem Menschen ein Wort davon erzählen. Und noch was wollte ich dir sagen, Peter, das du vielleicht nicht glauben wirst und das dich wahrscheinlich wütend macht, aber du wirst mich noch einmal brauchen – eher, als ich dich brauchen werde, denn, ob du's glaubst oder nicht, dein Leben ist alles andere als perfekt. Du brauchst Liebe – eine Liebe, wie ich sie dir heute Abend gegeben habe, aber für deine Frau kommst du leider nur an zweiter Stelle; an erster Stelle kommt ihr Sohn. Jeder weiß das. Schau jetzt bitte nicht so, Peter; du hast mir einmal die Wahrheit gesagt, und sicherlich kannst du es auch ertragen, wenn man sie dir sagt. Natürlich würden Fred und Louise niemals so direkt sein; sie würden es so formulieren: ›Es ist so schade, dass das Kind nicht hier leben kann und dass ihr nicht zusammen sein könnt.‹ Du wirst sehen, Peter: Du brauchst mich viel eher, als ich dich. Aber selbst das ist eine Lüge meinerseits, denn wenn ich die Wahrheit sagen soll, dann kann ich es auch gleich jetzt tun: Ich werde dich immer brauchen.«

Als es an der Tür klingelte, hob sie abwehrend die Hand. »Das ist mein Taxi. Du brauchst nicht mit mir rauszukommen; ich finde alleine den Weg.«

Sie strebte der Tür zu, dann drehte sie sich rasch noch einmal um, ging die paar Schritte zu ihm zurück und sagte, ihr Gesicht dicht vor dem seinen: »Vergiss das nicht, Peter: Du hast mich heute Abend so sehr geliebt, wie du noch nie in deinem Leben geliebt hast oder je wieder lieben wirst.«

Er blieb stehen, wo er war, selbst als er das Taxi davonfahren hörte. Ihre letzten Worte wollten ihm nicht aus dem Kopf, denn er wusste, sie waren die reine Wahrheit. Er musste nicht bei sich gewesen sein. Nein! Nein! Grimmig widersprach er dem Gedanken. Er durfte jetzt keine Entschuldigungen vorschieben. Er hatte genau gewusst, was er tat: Er hatte ihren jungen Körper haben wollen. Er hatte von ihrer Jugend gekostet, und sie hatte ihn in die Zeit seiner eigenen Jugend zurückversetzt, als ihm seine wachsende Männlichkeit unglaubliche und unerhörte Fantasien vorgegaukelt hatte.

Und was vor ein paar Minuten hier in diesem Zimmer geschehen war, hatte die wildesten Fantasien, die er jemals gehabt haben mochte, übertroffen. Er hatte kein Wort dafür: Liebe war es nicht gewesen. O nein. Nein, es war keine Liebe. Und doch hatte er etwas für sie gefühlt. Lust? Nein. Er verneinte auch dies. Während er die Augen schloss, rief er sich ihr Gesicht in Erinnerung und alles andere von ihr. Sie war die Personifikation der Jugend, und dennoch war er sich darüber bewusst gewesen, dass Jugend, und dennoch war er sich darüber bewusst gewesen, dass Jugend nur die äußere Hülle von ihr war; in ihrem Innern war sie tatsächlich so alt wie die Berge. Er hatte den Eindruck, dass sie das Wissen über das Leben und die Männer mit der Muttermilch aufgesogen hatte. Sie war in der Tat das genaue

Ebenbild ihrer Mutter, wenn auch nicht unbedingt äußerlich. Mit wie vielen Männern war sie schon zusammen gewesen?

Er drehte sich um und ließ sich auf die Couch fallen, beugte sich nach vorn und vergrub das Gesicht in den Händen. Seltsam – der letzte Gedanke war ihm unerträglich; nicht nur weil er selbst einer in einer langen Reihe war, sondern weil solche Männer mit fetten Bäuchen, wie sie sie beschrieben hatte, von diesem nicht festzuhaltenden Fleisch gewordenen Inbild der Jugend nicht nur genippt, sondern es gierig mit Haut und Haaren verschlungen hatten. Eines war mal klar: Sie war kein Kind, war nie ein Kind gewesen; sie war wie ihre Mutter als Frau geboren worden. Er richtete sich auf und lehnte sich in die Polster zurück. Er konnte einfach nicht glauben, dass es möglich war, ein Leben in weniger als einer Stunde so völlig auf den Kopf zu stellen. Dabei war die Beziehung zu seiner Frau so glücklich gewesen, wie es sich ein Mann nur wünschen konnte.

Gott im Himmel! Es war, als hätte ihn der Gedanke an Nyrene wieder in sein gegenwärtiges Leben zurückgeholt, und aufstöhnend flüsterte er ihren Namen: »Oh, Nyrene. Nyrene.« Sie hatte das nicht verdient, nicht sie, diese wundervolle Frau. Aber was half es, jetzt zu jammern? Sie brauchte es ja nicht zu erfahren; er glaubte Yvette – zumindest in diesem Fall –, dass sie niemandem davon erzählen würde. Nein, bestimmt nicht – weil sie hoffte, das ganze wiederholen zu können. Nein! Bei Gott, nein! Nie wieder. Das durfte nie wieder passieren. Nyrene hatte ihn geformt; in jeder Beziehung hatte sie ihn geformt: Sie hatte aus dem Jungen, der er gewesen war, einen Mann geformt. Doch was hatte Yvette mit diesem Mann gemacht? Sie hatte ihn wieder zu einem Jungen werden lassen. Nun, vielleicht nicht ganz zu einem Jungen, aber doch zu einem jungen Bursche, einem unreifen, grünen Jüngling.

Aber er würde sie nicht wiedersehen – nie wieder.

Er sprang von der Couch auf, ging zur Wohnungstür und drehte den Schlüssel im Schloss. Dann stellte er das Gasfeuer im Kamin ab und löschte sämtliche Lichter in der Wohnung, mit Ausnahme der Nachttischlampe. Zehn Minuten später saß er entkleidet auf der Kante seines Betts und formulierte laut den Gedankengang in seinem Kopf: »Nyrene muss einfach öfters kommen und länger bleiben; der Kleine wird sich daran gewöhnen müssen, ein paar Tage ohne sie zu sein. Er ist kein Baby mehr, und es gibt keinen wirklichen Grund dafür; es gibt keinen wirklichen Grund, warum sie ständig für ihn da sein muss und beim leisesten Seufzen seinerseits aufspringen soll. Und ich werde es ihr sagen. Ja, das werde ich – ich werde es ihr sagen.«

12

Für Riley waren die Weihnachtsferien anstrengender, als er sie sich vorgestellt hatte, obwohl er natürlich bei den fröhlichen und manchmal ausgelassenen Vorbereitungen für Hamishs' und Mrs. Atkins' ins Haus stehender Hochzeit mit von der Partie war. Er zeigte auch großes Interesse für die Unterrichtsseminare, die Nyrene inzwischen für Schauspiel, Stimmbildung und körperlichen Ausdruck veranstaltete, und er spielte während der Feiertage viel mit seinem Sohn. Allerdings konnte er sich nicht dazu aufraffen, seinen Teil zu der vergnügten Unterhaltung bei der Weihnachtsparty beizutragen und zum Beispiel die eine oder andere Parodie bekannter Persönlichkeiten zum Besten zu geben. Während der Festivitäten schien dies niemandem aufzufallen, abgesehen von Ivy, die später am Telefon zu Nyrene sagte: »Peter war neulich gar nicht er selbst; aber das ist ja auch verständlich, bei den vielen Dingen, die ihm vor dem großen Tag wahrscheinlich durch den Kopf gehen. Wir freuen uns alle schon darauf; wir werden zu elft kommen.«

Erst an dem Abend vor seiner Rückkehr nach Fellburn fragte ihn Nyrene: »Bekümmert dich irgendetwas, Liebling?«

»Bekümmern? Mich? Was sollte mich denn bekümmern?«

»Na ja – schließlich steht euch demnächst der Zirkus der großen Eröffnungsgala bevor.«

Er lachte. »Es wird tatsächlich ein Zirkus werden«, sagte er. »Miss Connie hat ihren Freund Lord Very überzeugt, die Begrüßung der Gäste zu übernehmen. Der Bürgermeister wird anwesend sein und der gesamte Stadtrat, weil daran erinnert werden soll, dass dort, wo jetzt die Bühne ist, seit Beginn des Jahrhunderts die Sitzungen des Stadtrats stattgefunden haben .«

Worauf sie entgegnete: »Eine Bühne, auf der es sich sicherlich wunderbar arbeiten lässt.«

»Ja. Ja, so ist es«, sagte er. »Die Atmosphäre im ganzen Theater ist wunderbar, und das gesamte Ensemble scheint das zu fühlen. Alle sind vor Aufregung wie elektrisiert. Ich hoffe nur, dass der Funke auch auf das Publikum überspringt.«

»Natürlich wird er das. Das Stück ist sehr lustig; selbst wenn man es nur liest, muss man schon lachen.« Dann zog sie ihn an sich und flüsterte: »Aber du bist sehr müde, nicht wahr?«

Er wollte dies verneinen und ihr versichern, dass er kein bisschen müde sei, aber es erschien ihm als eine gute Ausrede, und so brummte er: »Na ja, nicht *sehr* müde, aber ein wenig besorgt, wie die Dinge sich entwickeln werden, denn für uns alle hängt so viel davon ab.«

Er schmiegte seinen Kopf an ihre Brust und zog sie fester an sich, während er »Oh, Nyrene, Nyrene« murmelte.

»Was ist denn, Liebster?«, fragte sie besorgt. »Was ist denn? Ich fühle, dass dir irgendetwas Kummer bereitet.«

Und er erwiderte darauf: »Es ist nichts, nichts. Nur dass ich für immer so liegen möchte, einfach nur so.«

Da er keine Anstalten machte, sie zu lieben, was sie in diesem besonderen Abend überraschte, hielt sie ihn nur zärtlich in den Armen und streichelte ihm sanft übers Haar. Und so sank er in den Schlaf hinüber, während sie reglos und einigermaßen verwirrt dalag und in den Dunkelheit starrte. Nicht einen Augenblick lang glaubte sie wirklich daran, dass die bevorstehende Eröffnungsvorstellung eine solche Wirkung auf ihn haben konnte, denn dazu genoss er dieses angespannte Arbeiten unter Druck viel zu sehr. Nein – ihn beschäftigte etwas anderes, und das hatte sie bereits gefühlt, als er nach Hause gekommen war. In der ersten Nacht hatten sie einander hier in diesem Bett zärtlich geliebt, doch nicht mit dem fieberhaften Verlangen wie sonst nach einer Trennung von ein oder zwei Wochen, und sie hatte die Worte, die für ihn seltsamen Worte nicht vergessen, die er in ihren Armen hervorgestoßen hatte: ›Halt mich fest, Nyrene. Lass mich nicht los. Lass mich nie wieder los.‹

Es waren noch fünf Tage bis zur Eröffnungsvorstellung, und die Atmosphäre im Theater war in der Tat elektrisierend. Die Spannung war auch in der Stadt zu spüren: Überall hingen Plakate, und von nah und fern kamen die Leute, um Plätze zu buchen, wenngleich auch nicht für die Premiere, denn diese Karten waren schon seit langem vergriffen. Das Interesse allenthalben für das New Palace Theatre, das neue Restaurant und den gesamten Neubaukomplex in der Altstadt war groß.

Es war halb fünf am Nachmittag, und Peter stand im Schlafzimmer der neuen Wohnung und zog ein frisches Hemd an, als das Telefon klingelte. »Oh, hallo Liebling«, sagte er, als er Nyrenes Stimme hörte, und sie antwortete: »Ich hab' versucht, dich im Theater zu erreichen, aber sie haben mir gesagt, du seist nach Hause gegangen.« Mit einem leisen Lachen fügte sie hinzu: »Es klang merkwürdig – nach Hause gegangen ...«

»Im Augenblick kommt es mir überhaupt nicht so vor, Liebste. Lily sagt, es sieht hier aus wie auf einem Flohmarkt.«

»Wer sagt das?«

»Lily Poole.«

»Oh! Lily.«

»Ja, Lil‹. Sie hat vorbeigeschaut, um meine Wäsche abzuholen. Sie meint, du solltest mir Nylonhemden statt Baumwollhemden kaufen. Sie ist wirklich sehr lieb. Aber das sage ich nur, weil sie hier neben mir steht und so neugierig wie eh und je die Ohren spitzt. Sie möchte mit dir reden.«

»Hallo, Mrs. Riley.«

»Oh, hallo Lily.« Nyrenes Stimme klang fröhlich und aufgeräumt; sie kannte Lily ebenso gut wie Peter, vielleicht sogar besser, denn sie hatte Lily bei ihren ersten Schritten auf der Bühne sehr geholfen. Und sie mochte sie. Und fürchtete sie nicht. »Sieht die Wohnung wirklich so schlimm aus, Lily?«

»Nun ja, ein bisschen unordentlich ist sie schon. Er unternimmt hin und wieder einen Versuch, dagegen anzugehen, und stopft alles in die Waschmaschine, aber weiter schafft er es nicht. Er kann nicht bügeln, und ich hab' ihm gesagt, dass es höchste Zeit ist, dass er es lernt. Auf jeden Fall geht es ihm gut, und er freut sich schon, wenn Sie kommen. Ich wünschte auch, Sie wären hier, Mrs. Riley! Es ist alles so aufregend. Ich gebe Ihnen Ihren Mann wieder, weil er schon ganz ungeduldig dreinschaut. Auf Wiedersehen.«

»Auf Wiedersehen, Lily.« Als Riley wieder dran war, sagte sie mit gedämpfter Stimme, damit Lily es nicht hören konnte: »Das mit ihrem Dialekt wird anscheinend nie besser.«

»Doch, das wird es. Doch, ja.« Er dämpfte jetzt ebenfalls die Stimme. »Du solltest sie hören, wenn sie auf die Bühne tritt: Kaum mehr zu sagen, aus welchem County sie stammt.«

Eine Stimme rief aus der Küche dazwischen: »Ich hab' gehört, was du gesagt hast! Das grenzt an Verleumdung!«

»Hast du das mitbekommen? Sie hat uns zugehört. Aber sie ist eine ganz Liebe und macht ihre Sache hervorragend. Larry ist sehr angetan von ihr, und David ebenfalls. Was mich betrifft«, er hob wieder die Stimme, »ich nehme sie, wie sie ist. Schließlich bin ich derjenige, der sie durch das Stück schleppt.«

Die Stimme aus der Küche begehrte erneut vernehmbar auf: »Oh! Hat man Töne! Wie find' ich denn das?« Dann war sie direkt neben ihm und sagte leise: »Ich muss los.« Und mit erhobener Stimme rief sie: »Wiedersehen, Mrs. Riley!«

Nachdem die Tür hinter Lily ins Schloss gefallen war, sagte

er: »Sie ist gegangen. Sie ist ein richtiger Sonnenschein. Aber erzähle, Liebling – wie geht es dem Jungen?«

Es vergingen ein paar Sekunden, bevor sie antwortete: »Ich mache mir Sorgen, Peter. Seit er neulich in den Graben gefallen ist, hustet er viel. Ich hab' den Arzt gerufen.« Dann fügte sie mit einem bitteren Unterton hinzu: »Oh, diese Ärzte! Der unsere sagte nur: ›Machen Sie sich keine Sorgen. Kein Grund dafür. Das bisschen Wasser und Schlamm schaden ihm nicht.‹ Aber es war eiskalt, und wir haben ihn erst nach zehn Minuten gefunden – in diesem Schlammloch, aus dem er nicht mehr allein rauskam! Es kann nicht so weitergehen mit diesem Feld; es muss trockengelegt werden. Und gestern musste ich wieder den Arzt rufen; ich hab' zwei Nächte kein Auge zugemacht. Wie auch immer, jetzt hat ihm der Arzt Antibiotika verschrieben. Das hätte er gleich tun sollen, finde ich. Und jetzt muss ich dir etwas sagen, Liebling, und glaube mir, es fällt mir unendlich schwer, aber ich kann morgen unmöglich kommen. Ich ... ich kann ihn einfach in seinem Zustand nicht allein lassen; er ist wirklich krank.«

Es entstand eine Pause, ehe Riley sagte: »Natürlich kannst du ihn im Augenblick nicht allein lassen, Liebes, aber meinst du, du kannst wenigstens für eine Nacht kommen?«

»Ja, ich will – ich möchte es. Ich werde mein Bestes tun. Selbst wenn ich mit dem früheren Zug kommen und mit dem Spätzug wieder fahren muss. Ich möchte unbedingt dabei sein, Peter. Wirklich! Es tut mir so Leid. Aber solche Dinge passieren nun mal, und ich kann nichts dafür, dass ich Angst um ihn habe. Es scheint, als würde sich ein Hindernis nach dem anderen aufbauen, das uns nicht zusammenkommen lässt.«

Er starrte eine Weile stumm auf den Telefonapparat hinab und behielt die Gedanken, die ihm durch den Kopf gingen, für sich. Es war nicht ein Hindernis nach dem anderen, die es unmöglich machten, dass sie zusammenkamen, sondern nur eines: ihr Sohn. Aber was erwartete er von ihr? Dass sie das Kind in diesem Zustand alleine ließ? Also sagte er nur: »Mach dir keine Sorgen, Liebling – oder versuche es zumindest. Ich weiß, dass du es morgen bis zur Eröffnung schaffst, ob es stürmt oder schneit, denn es ist schon so, wie David gestern gesagt hat: Du bist genauso ein Teil von dem neuen Theater wie er selbst; viel mehr als Miss Connie, die zwar neu ist, aber immerhin das Geld zur Verfügung stellt.« Er lachte leise. »War der Arzt heute schon da?«

»Noch nicht. Ich warte auf ihn. Eigentlich muss ich sagen, dass er schon beim ersten Mal sehr nett war und durchaus kompetent wirkte. Ich war wütend auf ihn, weil er alles so auf die leichte Schulter zu nehmen schien. Dabei hätte ich verstehen müssen, dass er Charles wie einen ganz normalen Jungen behandelt hat.«

»Aber das ist doch genau das, was du immer sagst, Liebes! Dass er ein ganz normaler Junge ist.«

»Geistig und psychisch schon, aber nicht körperlich. Er hat eine sehr zarte Konstitution, und das weißt du auch.«

In dem aufkommenden Schweigen dachte Riley: *Er hat nicht nur eine zarte Konstitution, sondern auch eine sehr zartbesaitete Psyche, wenn du das nur einmal zur Kenntnis nehmen würdest.*

»Bist du noch da, Peter?«

»Ja, Liebes, ich bin noch dran. Ich mache mir nur Sorgen um dich; ich sollte bei dir sein.«

Ihre Stimme war sanft, als sie erwiderte: »Nein. Ich sollte bei dir sein. Und das weiß ich auch. Jede Faser in mir sagt mir das. Mrs. A. und Mac sind wundervoll, und Charles liebt die beiden auch sehr, aber sie sind sich beide darüber einig, dass sie nur ein unzulänglicher Ersatz für uns sind.«

»Für dich, Liebes, für dich.«

»Nein. Nicht nur für mich, denn gestern hat er zwischen seinem Husten und Gekrächze dreimal gefragt: ›Wann kommt Daddy heim?‹«

»O Gott! Ich fühl' mich schrecklich, wenn ich ihn mir vorstelle.«

»Das sollst du nicht, Liebling. Ich finde, es ist wundervoll, dass er dich hier haben möchte.«

Sie hätte hinzufügen können: *Weil er so wenig von dir sieht*, sagte stattdessen jedoch: »Mach dir keine Sorgen, Peter. Konzentriere dich ganz auf den großen Abend, und ich werde da sein. Wenn es irgendwie möglich ist, werde ich da sein, weil ich mich genauso darauf gefreut habe wie du. Ich muss jetzt gehen, aber mache dir bitte keine Sorgen um uns hier. Niemand könnte aufmerksamer und liebevoller sein als Mrs. A. und Mac, und Ivy und Ken waren wirklich auch sehr nett. Ich nehme an, du steckst bis über beide Ohren in den Proben?«

»Larry hat uns heute Morgen um halb acht auf die Bühne bestellt, und abgesehen von einer kurzen Pause zu Mittag hat er uns bis gerade eben proben lassen.«

»Du meine Güte.«

»Du weißt selber am besten, dass das vor einer Premiere immer so ist. Ich rufe dich später am Abend noch mal an, und wenn es immer noch nicht besser mit ihm ist, versuche ich morgen früh von hier wegzukommen und am Abend wieder zurück zu sein.«

»Nein, das tust du nicht – nicht jetzt. Du wirst morgen am Theater gebraucht. Mach dir keine Sorgen, Liebster. Ich hoffe, ich sehe dich dann morgen Abend – oder vielmehr noch am Tag vor dem Abend. O ja, ich möchte es so sehr. Bis später, Liebling.«

»Bis später, meine Liebe.«

Die Stadt stand Kopf. Die Schlagzeile der Lokalzeitung verkündete, dass der Abend das aufregendste Ereignis seit Jahren in der Stadt sein würde. Wenn man die Kostümprobe als Omen nahm, bestünde kein Zweifel, dass das Publikum jede Menge zu lachen haben würde. Für heute waren keine Proben angesetzt, denn Larry glaubte an die wundertätige Wirkung eines freien Tags vor einer Premiere.

Larry Fieldman und Riley saßen oben im ersten Rang und betrachteten die Szenerie, die sich ihnen bot. Sie kamen richtiggehend ins Schwärmen, als sie erneut – und dies nicht zum ersten Mal in diesen Tagen – auf die gelungene Architektur des Theaterraums zu sprechen kamen und die wundervoll bemalte Decke mit der goldenen Kranzleiste preisen, sowie die erfrischend farbenfrohen Stuck- Girlanden, die sich darunter hinzogen.

»Ich könnte mir vorstellen, dass es im ganzen Land kein zweites Theater wie dieses gibt«, sagte Riley, worauf Larry erwiderte: »Nun ja, es sind vielleicht noch eine Hand voll wirklich schöner Theater übrig geblieben, aber viele gibt es sicherlich nicht, vor denen sich das New Palace zu verstecken brauchte, da bin ich ganz Ihrer Meinung. Diese herrliche Mahagoni-Täfelung allein ist schon eine Augenweide, ebenso wie die draußen im Foyer und an den Treppenaufgängen.«

»Mr. Riley?« Die Stimme kam aus dem Parkett, und Riley rief nach unten: »ja? Was ist?«

»Sie werden am Telefon verlangt.«

»Danke. Ich nehme das Gespräch hier oben entgegen.« Er sprang auf, lief die Stufen des ersten Rangs hinauf und direkt in Davids Büro. Dort nahm er den Hörer ab und sagte: »Ja? Peter Riley hier. Ach, du bist es, Liebling.«

»Oh, Peter ...«

»Was ist denn? Was ist los?«

Es ... es ist wegen Charles: Er hat eine Lungenentzündung.« Es war nicht zu überhören, dass sie weinte; sie musste einige Male schlucken, ehe sie ein Wort hervorbrachte. »Der Arzt ... er war heute schon zweimal hier«, sagte sie stockend. »Ich ... ich kann ihn nicht allein lassen, Peter.«

»Natürlich nicht, Liebes. Natürlich nicht.« Seine Stimme war so leise, dass er sich selbst kaum hören konnte. »Seit wann ist es denn so schlimm geworden?«

»Es ging ihm schon den ganzen Tag immer schlechter. Der Doktor hat nicht gleich gesagt, dass es eine Lungenentzündung ist. Er ... er bekommt kaum mehr Luft. Ich kann ihn in dem Zustand nicht allein lassen, Liebes.«

»Oh, Nyrene ...« Es folgte ein kurzes Schweigen, ehe er hinzufügte: »Aber mach dir deswegen kein Kopfzerbrechen. Wenn es nicht geht, dann geht es eben nicht. Eigentlich sollte ich bei dir sein. Das weiß ich. Ich fühle mich innerlich regelrecht zerrissen.«

»Das sollst du nicht«, erwiderte sie mit brüchiger Stimme. »Dein Platz ist jetzt dort. Ich muss wieder zu ihm hoch ...«

»Ja. Ja, natürlich. Aber ruf mich später noch mal an und sag mir, wie es ihm geht.«

»Ja, das werde ich, Liebling.«

»Bis später, meine Liebste.«

Er legte den Hörer auf, ließ sich auf den Bürostuhl sinken und schwang mit ihm zum Schreibtisch herum. Die Unterarme auf die Platte gestützt, ballte er die Hände zu Fäusten, wobei sich seine Daumen unter den Fingern verbargen. Was geschah nur mit ihnen? Ohne dass es seine Schuld war, brachte das Kind sie immer weiter auseinander. Es hatte einmal eine Zeit gegeben, da konnte er, wenn er nachts alleine in irgendeinem Bett lag, Nyrenes Gesicht so deutlich vor sich sehen, als läge sie neben ihm, und er hatte sich an jede kostbare Sekunde erinnert, als sie einander das letzte Mal geliebt hatten. Jetzt erschien immer häufiger ein anderes Gesicht vor seinem inneren Auge, wenn er sich nach Liebe sehnte, und ihm wurde heiß und kalt zugleich, wenn er nur daran dachte, wie wild und raffiniert Yvette im Bett war.

Und jetzt hatte sein Sohn eine Lungenentzündung, und er hatte das Gefühl, dass dies, als Ursache für Nyrenes Fernbleiben, eine weitere Bresche in seine ohnehin bereits geschwächte Verteidigung schlug. Er stöhnte gequält. Was immer auch geschehen würde, ein Großteil der Verantwortung für den Eröffnungsabend ruhte auf seinen Schultern, denn es lag bei ihm, das gesamte Ensemble durch das Stück zu führen, während er den Clown spielen würde, den Betrunkenen, den Einfaltspinsel, den arglosen Tor – und im Grunde genommen wieder dorthin zurückkehren musste, wo er angefangen hatte ...

Er ging nach unten und suchte David, der für einen Mann, der selten fluchte, fast schon aus der Rolle fiel, als er stöhnte: »Oh, verflucht und zugenäht! Zweifellos wäre sie eine der Hauptattraktionen gewesen. Sie war so bekannt und alle mochten sie am Little Palace Theatre; die Leute hätten ihr zugejubelt.«

»Es tut mir Leid.«

»Seien Sie nicht albern, Peter. Ich denke natürlich vor allem an Nyrene und das Kind, und ich weiß auch, was Sie denken. Sie denken, Sie sollten bei ihr sein. Aber das können Sie nicht, Peter, nicht wahr? Also kommen Sie und machen Sie das Beste draus. Es hängt so viel von Ihnen ab. Ganz besonders morgen Abend. Und machen Sie sich keine Sorgen: Falls Sie am Donnerstag tatsächlich nach Hause müssen, Tom ist für Ihre Rolle ganz ordentlich gerüstet, obwohl er natürlich nicht so gut ist und das Publikum enttäuscht sein wird. Aber so ist nun mal das Leben, und alle werden es verstehen. Also, nur Mut.« Und mit verändert klingender Stimme fügte er hinzu: »Connie ist soeben eingetroffen. Sie kommt mir vor wie ein Backfisch, der sich auf seine erste Party freut. Wissen Sie, was sie gestern zu mir gesagt hat? Sie sagte, dass sie dieses riskante Unternehmen nicht nur um zehn Jahre jünger gemacht hat, sondern ihr auch die Jugend geschenkt hat, die sie nie hatte. Wissen Sie, Riley, sie mag sehr reich sein, aber sie war nie glücklich in ihrem Leben, soweit ich mir das zusammenreimen kann. Wie auch immer – sie will mit Ihnen reden. Kommen Sie.«

Als sie durch das weite, mit Teppich ausgelegte Foyer gingen, fragte er sich, ob überhaupt irgendjemand jemals wirklich glücklich war. Man glaubte, man sei es, und dann schlug das Leben mit einer seiner Tücken zu und warf einen auf die Knie. Bei ihm war dies Yvette, und nun schleppte er nicht nur eine quälende Schuld mit sich herum, sondern auch die Angst, ihr wieder zu begegnen, denn sie hatte eine Tür in ihm geöffnet, die er nicht mehr schließen konnte.

13

»Sie müssen sich etwas Ruhe gönnen, meine Liebe.«

Nyrene blickte zu dem Arzt empor, sagte jedoch nichts, und er fuhr fort: »McIntyre und Mrs. Atkins werden sich um ihn kümmern; sie sagen Ihnen Bescheid, wenn irgendeine Veränderung eintritt.«

»Wie lange, glauben Sie, dauert diese Krise?«

»Das kann ich nicht sagen ... ein paar Stunden. Alles liegt jetzt in Gottes Hand; ich habe alles getan, was ich kann, und Sie sogar mehr als das. Haben Sie Ihren Mann verständigt?«

»Ja.«

»Nun, ich denke, er sollte hier sein.«

Sie wandte ihr Gesicht erneut dem Arzt zu und sagte: »Heute ist Premierenabend am Theater; er kann nicht weg. Eigentlich sollte ich bei ihm sein.«

»Sie sollten nicht bei *ihm* sein; Sie sollten hier bei Ihrem Sohn sein, und Ihr Mann ebenfalls.«

Er wandte sich vom Bett ab und nahm seine Tasche. »Es ist jetzt vier Uhr«, sagte er. »Ich hab' um fünf eine Operation. Wenn Sie mich danach brauchen, rufen Sie mich zu Hause an.«

Sie erhob sich und sagte: »Vielen Dank, Doktor. Ich danke Ihnen sehr.«

Er strebte bereits auf die Tür zu, und ohne stehen zu bleiben sagte er in seiner abrupten Art: »Danken Sie mir erst, wenn er über den Berg ist.«

Sie erwiderte nichts darauf, doch als er die Tür hinter sich zugezogen hatte, setzte sie sich wieder und sah ihr Kind an. Die Bettdecke hob und senkte sich über seiner schmalen Brust. Sein Gesicht war aufgedunsen, die Lider halb geschlossen. Sie strich ihm das nasse Haar aus der Stirn und legte dann einen feuchten Waschlappen darauf.

Ein Hustenanfall schüttelte den Jungen, und als er dunklen Schleim spuckte, flüsterte sie: »So ist es gut. So ist es gut, mein Schatz. Spuck dieses scheußliche Zeug aus, und dann ... und dann wirst du bald wieder gesund. Ja, das wirst du – ja, ganz bestimmt.«

Die Tür ging leise auf, und Mrs. A. kam mit einem Tablett ins Zimmer, das sie auf das Tischchen stellte, bevor sie auf Zehenspitzen zum Bett trat. Nyrene blickte auf und flüsterte: »Sie sollten im Bett sein, meine Liebe. Sie sollten schlafen.«

»Ich hab' drei Stunden geschlafen, Ma'am. Ich war sofort weg und fühle mich jetzt wieder frisch. Sie sind diejenige, die etwas schlafen sollte. So kann es nicht weitergehen. Seit sechsunddreißig Stunden haben Sie keinen Fuß aus diesem Zimmer gesetzt. Sie brauchen wenigstens ein bisschen Schlaf. Kommen Sie, trinken Sie jetzt eine Tasse Tee« – sie nickte in Richtung des Tabletts – »und dann legen Sie sich hin und schlafen ein paar Stunden.«

»Nein. Nein, ich bin ganz in Ordnung. Aber ich sage Ihnen, was ich tun werde: Ich werde eine Tasse Tee trinken und mich dann duschen.«

»Duschen hält Sie auch nicht wach.«

Es entstand eine Pause, bevor Nyrene murmelte: »Es wird mich wach halten, solange es nötig ist, Mrs. A. Es ... es kann nicht mehr viel länger so weitergehen mit ihm. Ich denke, der Doktor muss später wiederkommen.«

»Ich muss sagen, Ma'am« – Mrs. Atkins' Stimme war kaum zu hören, so leise war ihr Flüstern – »ich hatte nie viel übrig für ihn, aber in den letzten Tagen habe ich meine Meinung gründlich geändert.«

Nyrene nickte, strich erneut das nasse Haar aus der Stirn ihres Sohnes und betrachtete einige Augenblicke besorgt sein Gesicht, bevor sie sich vom Stuhl erhob. »Ich trinke den Tee drüben.« Sie nahm das Tablett und ging hinüber in ihr Zimmer. Dort setzte sie sich in den Lehnstuhl, richtete den Blick zur Decke empor und sagte laut: »Verschone mein Kind. Bitte verschone mein Kind. Wenn ich jemanden verlieren sollte, dann ... dann werde ich es verstehen; aber bitte verschone mein Kind. Bitte!«

Sie saß wieder am Bett ihre Kindes und warf einen Blick auf die Uhr. Kurz nach sieben.

Jetzt waren sie alle auf der Bühne. Sie konnte sie sehen, in einer langen Reihe nebeneinander, und ein paar Schritte vor allen Lord Very in schwarzem Frack. Das Theater barst aus allen Nähten. Die Leute standen an der hinteren Wand des Parketts und saßen auf den Treppen zur Galerie. Sie konnte den Applaus hören, ein stürmischer, rauschender Applaus. Sie sah, wie sich der Vorhang hob; sie hörte, wie das Orchester einsetzte; sie sah, wie das Stück begann. Adam und Ava in ihren Netzstrumpfhosen, und die Schlange, die vom Baum hing. Sie wusste, dass bereits die erste Szene schallendes Gelächter provozieren würde, vor allem wenn die Schlange auf einem Ast ihren dreieckigen, mit langen, gebogenen Giftzähnen bewehrten Kopf schüttelte, ein Taschentuch unter ihren Schuppen hervorzog, sich damit die Augen wischte und kräftig hineinschnäuzte, während Adam und Eva unter ihr und ohne sie zu beachten zwischen den Bäumen – dicken Pfosten aus Pappmaché, die von weitem tatsächlich wie Bäume aussahen – umhersprangen und sich haschten. Sie hatte das Skript gelesen und mit Peter darüber gesprochen, und selbst ohne die beiden Gestalten in ihren Netzstrumpfhosen und die Schlange hatte sie lachen müssen. Peter war immer hervorragend in einer komödiantischen Rolle, und Lily hatte sich, in der Person Evas, als eine echte Komödiantin entpuppt.

Es war ihr gar nicht aufgefallen, dass Hamish ins Zimmer gekommen war, und als seine Stimme neben ihrer Schulter flüsterte: »Er glüht jetzt richtig, Ma'am, aber die Krisis hat er bald überstanden«, konnte sie nicht schon wieder zu ihm sagen: *Ich habe gehört, dass Kinder, wenn sie Antibiotika kriegen, keine Krisis mehr bekommen, zumindest nicht so stark, wie es früher der Fall war*, denn wenn Hamish sich etwas in den Kopf gesetzt hatte, war es ebenso schwer, es dort wieder herauszubekommen, wie ihn davon zu überzeugen, dass 39° Celsius genauso viel waren wie 104° Fahrenheit: Das waren alles neumodische Ideen, und man konnte ihnen nicht trauen …

In den nächsten zwei Stunden brauchte das Kind ihre ganze Fürsorge: Der Junge hustete, bis seine kleinen Lungen zu bersten schienen, doch wenigstens löste sich mit jedem Husten ein dunkler Schleimfladen aus seiner Brust.

Es war so gegen elf, als Mrs. A. sie weckte. Erst allmählich begriff Nyrene, dass sie eingedöst war. Das letzte Mal, als sie auf die Uhr gesehen hatte, war es kurz vor zehn gewesen, und sie hatte gedacht, dass das Stück jetzt zu Ende sein und die Gratulationskur begonnen haben würde.

Sie blinzelte ein paar Mal und sah auf das Kind hinab, und Mrs. A. sagte: »Ich glaube, es geht ihm besser.« Als der Junge erschöpft ›Mummy‹ flüsterte, lächelte Nyrene glücklich. »Ja, mein Schatz? Möchtest du was trinken?« Sie hielt ihm die Schnabeltasse an die Lippen. Doch als er zu trinken versuchte, verschluckte er sich und hustete wieder, aber nicht so schlimm wie zuvor.

Nachdem sie Mrs. A. die Tasse gereicht hatte, nahm Nyrene ein weiches Handtuch und wischte Charles den Schweiß von Gesicht und Brust. Sie strich ihm erneut das verstrubbelte blonde Haar aus der Stirn, ließ dann ihren Kopf nach hinten gegen die hohe Polsterlehne des Sessels sinken und sah über das schmale Bett hinweg zu Mrs. A. hinüber, die sich ebenfalls gesetzt hatte und Taschentücher zusammenfaltete, die sie zuvor mit Hamamelis-Wasser bespritzte. Im rosafarbenen Schein der Nachttischlampe sah Nyrene nur die Spitzen von Mrs. Atkins's Fingern, wie sie sich methodisch auf dem Nachttisch hin und her bewegten, und es waren diese immer gleichen, sich wiederholenden Bewegungen, die Nyrenes Lider schwer werden ließen. Ihr Kopf rollte zur Seite, und sie sank in einen tiefen, so dringend nötigen Schlaf.

Eine Stimme dring in ihr Bewusstsein, die sagte: »Gelobt sei Gott! Gelobt sei Gott!« Als sie versuchte, ihre Beine auszustrecken, stöhnte sie auf, und Hamishs Stimme drang jetzt deutlicher an ihr Ohr: »Bleiben Sie noch eine Weile sitzen; Ihre Beine sind eingeschlafen. Bleiben Sie ruhig sitzen und trinken Sie erst mal eine Tasse Tee. Der Junge braucht Sie nicht; er schläft tief und fest.«

Mit Mühe drehte sie den Kopf und blickte auf das Bett, und als sie sah, dass ihr Sohn friedlich schlief, seufzte sie erleichtert auf. »Wie spät ist es?«, fragte sie.

»Zehn vor fünf, Ma'am.«

»Was!« Sie hatte dies so laut gesagt, dass sie die Hand auf den Mund legte. Dann richtete sie sich auf, rutschte an den Rand des Sessels und wiederholte ungläubig: »Zehn vor fünf? Ich ... ich kann doch unmöglich so lange geschlafen haben.«

»Doch, das haben Sie, Ma'am. Doch, das haben Sie, so tief und fest wie ein Murmeltier. Und weil Sie mit angezogenen Beinen so tief geschlafen haben, dachte ich mir, dass die ebenfalls eingeschlafen sind, und ich hatte Recht damit, oder?«

Das war wieder ganz der alte Hamish, und alles, was ihr darauf einfiel, war ein erleichtertes Seufzen: »Oh, Hamish.«

Als Mrs. Atkins mit leiser Stimme sagte: »Geh lieber runter, Hamish, und bring das Tablett mit dem Tee«, erwiderte er: »Ja, natürlich – gern.«

Doch Nyrene bremste seinen Tatendrang. »Noch nicht, Hamish. Vielen Dank. Zuerst werd' ich ein Bad nehmen und was Frisches anziehen.«

Sie stemmte sich aus dem Sessel und blickte eine Weile auf ihr schlafendes Kind hinab. Seine schmale Brust hob und senkte sich nach wie vor schwer, doch nicht mehr mit diesem entsetzlichen, röchelnden Keuchen. Sie streckte die Hand aus und berührte zärtlich sein Haar, dann verließ sie mit den unsicheren, taumelnden Schritten einer Betrunkenen das Kinderzimmer und ging in ihr Schlafzimmer. Dort ließ sie sich in den Lehnstuhl sinken, sah zur Decke empor und flüsterte: »Ich danke dir, Gott. Ich danke dir.« Doch in ihre Erleichterung mischte sich nun ein Gefühl, dass sie nicht genau zu benennen vermochte: Es war, als hätte sie einen Handel abgeschlossen, für den sie den Preis noch zahlen musste.

14

Als kämen sie von einer Party, auf der reichlich alkoholische Getränke geflossen waren, quollen sie lachend und lärmend aus dem kleinen Bus, doch Hamish bremste ihren Überschwang mit mahnend erhobener Stimme: »Macht nicht solches Geschrei, bitte. Dem Jungen geht es noch nicht so gut.« Er deutete mit dem Daumen auf das Fenster im ersten Stock.

»Entschuldige, Mac. Aber wir stehen immer noch ganz unter dem Eindruck des gestrigen Abends. Es war wundervoll! Wo ist Mrs. Riley?«

»Wenn Sie den Kopf drehen, Sir, sehen Sie, dass sie dort an der Tür auf Sie wartet«, erwiderte Hamish spitz.

Wie ein Schwarm summender Bienen strebten sie alle auf Nyrene zu.

»Oh, meine Liebe, wie geht es dir?«

»Oh, wir haben dich so vermisst.«

»Es war wundervoll! Einfach wundervoll! Du wärst so stolz auf ihn gewesen, stolz auf sie alle.«

»Einen solchen Abend hat es in Fellburn sicher noch nie gegeben. Die Zeitung war heute Morgen voll davon. Wir haben eine mitgebracht.«

Sie saßen jetzt im Wohnzimmer, und kein einziger von ihnen, registrierte Nyrene bitter, hatte gefragt, wie es dem Jungen ginge. Mick Brown sagte: »Ich hab' noch nie in meinem Leben so gelacht, Nyrene. Noch nie. Die erste Szene war ein Knüller. Wie sie das gemacht haben, ist mir immer noch nicht klar.«

Und Angus Clarke fuhr fort: »Auch die Ansprache von Lord Very war wirklich beeindruckend. Er ist ein hervorragender Redner, dieser Lord Very. Und sie haben auch dich erwähnt, Nyrene. Ja, wirklich. Der Besitzer des Theaters sagte in seiner Rede, dass eine Person an diesem wichtigen Abend leider nicht dabei sein könne, die eigentlich dabei sein sollte. Er sagte, dass du Jahre lang die Seele des Little Palace Theatre gewesen bist und jeder in der Stadt dich kennt. Man hätte dich damals noch als Miss Mason gekannt, doch nun wärst du Mrs. Riley, die Frau des Hauptdarstellers. Und weißt du was? Sie haben alle applaudiert. Ja, das haben sie. Stimmt's nicht?« Er nickte den anderen zu.

Nyrene sagte nichts zu all dem; sie half Mrs. A. beim Herumreichen der Teetassen.

Claire Brown nutzte die Gelegenheit: »Und nachher gab es

eine rauschende Party«, erzählte sie atemlos. »Es war so voll, dass man sich kaum mehr rühren konnte, und der Champagner floss in Strömen. Und überall die Fotografen.«

»Und Ken und ich«, warf Ivy dazwischen, »waren die meiste Zeit mit euren Freunden Fred und Louise zusammen. Wir bildeten eine ganze Gruppe; Freds Schwester und ihre Tochter waren auch dabei. Du meine Güte – das ist vielleicht ein Nymphchen! Sämtliche Männer haben sie angegafft, als wollten sie sie mit den Augen verschlingen. Ihr Kleid war enger als ein Handschuh – und kürzer.«

»Nun ja, wer würde da wegsehen«, brummte Ken grinsend, »wenn man am Ende dieser langen Beine fast den Po sehen konnte? Er erntete lautes Gelächter, das Ivy mit einem warnend erhobenen Finger erstickte. »Wie geht es Charles?«, fragte sie Nyrene.

»Es geht ihm inzwischen Gott sei Dank besser. Danke, Ivy«, erwiderte Nyrene müde.

Der schweigsamste der Gesellschaft, Arthur Maine, meinte: »Ihr habt eine sehr schöne Wohnung dort, Nyrene.«

Doch Ken schrie ihn fast nieder mit seinem Kommentar: »Ich weiß nicht, wie du das festgestellt haben willst; man hat doch vor lauter Menschen nichts von der Wohnung gesehen. Und außerdem hast du wahrscheinlich doppelt gesehen, wie wir alle.« Er schaute Nyrene an. »Keine Ahnung wie wir da alle reingepasst haben: Peters Freunde und Bekannte, sein Boss David und seine Partnerin, Miss Connie. Sie ist eine nette Person, die genau weiß, was sie will, stimmt's? Und wirklich sehr witzig. Und sie waren alle noch da, als wir um zwei Uhr losfuhren. Es war wirklich ein Abend, den niemand so schnell vergessen wird! Der einzige Wermutstropfen« – er senkte seine Stimme, und ein bekümmerter Ausdruck erschien auf seinem Gesicht – »war, dass du nicht dabei sein konntest, Nyrene; das haben alle gesagt. Sie haben dich alle vermisst, und am allermeisten Peter, das kann ich dir schriftlich geben. Jeden Einzelnen von uns hat er nach dir und dem Jungen befragt, und das Letzte, was er zu Ivy beim Abschied sagte, war: ›Sag ihr, dass ich bald nach Hause komme.«

»Ja, das wollte ich schon die ganze Zeit loswerden, Nyrene. Genau das hat er gesagt: ›Sag ihr, dass ich bald nach Hause komme.‹«

In ihrer Kehle steckte ein dicker Kloß. Dieser Haufen von aufgekratzten Spaßvögeln war ihr immer mehr auf die Nerven gegangen, weil sie so gedankenlos und egoistisch drauflos plapperten, doch nun war dieses Gefühl wie weggeblasen und sie sah sie wieder als ihre Freunde. Am liebsten hätte sie sich zu Ivy gesetzt, den Kopf gegen ihre Schulter gelehnt und ihren Tränen freien Lauf gelassen, doch dies wäre der allgemeinen Stimmung sicherlich sehr abträglich gewesen, und sie zwang sich, stattdessen zu sagen: »Ich habe gestern Abend, als ich am Bett des Jungen gesessen habe, von sieben Uhr an das ganze Stück Szene für Szene im Kopf mitgespielt.« Und in einem scherzhaften Tonfall fügte sie hinzu: »Aber zu der Party danach in der Wohnung war ich nicht eingeladen.«

Erneut lachten alle, bis Mike Brown aufstand und gähnte. »Ich glaube, ich bin reif fürs Bett. Ich bin so müde, dass ich froh bin, wenn ich meine Stiefel noch von den Füßen kriege.«

Sie erhoben sich nun einer nach dem anderen und verabschiedeten sich mit warmen und herzlichen Worten, doch die letzten waren kaum aus dem Haus, als Hamish in die Küche gestürmt kam, wo seine zukünftige Frau am Tisch saß, und knurrte: »Freunde! So was nennt sich Freunde! Rücksichtslose Bande von Schreihälsen! Das Kind liegt oben krank im Bett, und die kriegen sich nicht mehr ein vor Lachen. Sie konnte doch nicht dort sein! Da hätten sie mit ihrem fröhlichen Geplapper auch warten können, bis sie bei sich zu Hause sind.«

»Sie wollten ihr nur erzählen, wie es war«, sagte Mrs. A.

»Blödsinn! Es war rücksichtslos und egoistisch, und wenn du mich fragst, waren einige von ihnen noch immer nicht ganz nüchtern. Ich weiß, wie sich die Leute aufführen, wenn sie zu Partys gehen, wo es umsonst was zu saufen gibt. Ich hab' Männer gesehen, von denen ich das nie gedacht hätte, die haben gesoffen wie die Schweine.«

»Aber sie sind immer so fidel und aufgekratzt, Hamish. Das weißt du doch.«

»Ja, schon, Mary. Aber es gibt so etwas wie die richtige Zeit und den richtigen Ort für Fröhlichkeit, und der Junge da oben ist noch immer sehr krank.«

»Er schläft ständig. Ich war gerade bei ihm oben. Jetzt gehst du zu ihm rauf und setzt dich eine Weile zu ihm. Ich komme gleich nach.«

Als Hamish durch das Wohnzimmer ging, fiel sein Blick auf Nyrene, die auf der Couch saß und vor sich auf dem Tisch die Zeitung ausgebreitet hatte. Sie sah nicht auf, und deshalb sagte er nichts.

Nyrene bemerkte ihn nicht einmal; ihr Blick war auf ein Foto in der Zeitung geheftet, das ihren Mann und Lily zeigte, beide in ihren Netzstrumpfhosen und Trikothemdchen, wie sie einander innig umarmten. Die Aufnahme musste während der ersten Szene gemacht worden sein. Irgendwie sah es gar nicht mehr lustig aus, sondern nur noch vulgär und anstößig. Es gab auch noch andere Fotos, und der enthusiastische Artikel endete mit dem Satz: ›Als der letzte Vorhang gefallen war und Adam und Eva noch einmal vors Publikum traten, erlebte das New Palace Theatre zum ersten Mal, was begeisterte Ovationen sind.«

Langsam faltete sie die Zeitung zusammen, dann lehnte sie sich zurück und sah zur Uhr auf dem Kaminsims. Es waren fast zwanzig Stunden vergangen, seit er sie zum letzten Mal angerufen hatte. Das war gestern Abend gegen sechs gewesen. Den ganzen Morgen hatte sie sich Entschuldigungen für ihn ausgedacht: Er würde todmüde sein nach einer solchen Premiere, von der anschließenden Feier gar nicht zu sprechen. Und trotzdem hätte er sie anrufen können – egal wann die letzten Gäste gegangen waren. Er wusste, dass sie auf seinen Anruf wartete, und wenn es nur war, um ihr zu erzählen, wie alles gelaufen war. Und in jedem Fall hätte er anrufen müssen, um zu fragen, wie es dem Jungen ging.

Irgendetwas stimmte irgendwo nicht. Alles schien sich zu ändern. Sie konnte nicht genau sagen, was es war, doch sie war sich der Veränderung in ihrem Inneren bewusst. Weshalb sonst hatte sie diesen Handel mit Gott gemacht?

15

Immer wieder sah er zu dem Telefontischchen hinüber. Er musste sie anrufen; nichts war geschehen, nicht wirklich, und trotzdem fühlte er sich so scheußlich deshalb. Er hätte sie gleich am Morgen anrufen sollen, als alle Gäste gegangen waren, doch was war stattdessen passiert? Sofort nachdem er die Tür hinter dem Letzten von ihnen zugeschlagen hatte, war er zum Waschbecken gerannt und hatte sich die Seele aus dem Leib gekotzt. Nein, nicht die Seele – nur den Alkohol, den er zu viel getrunken hatte. Er wusste, er hätte zwischendurch etwas essen sollen. Und dennoch war es nicht sein leerer Magen gewesen und auch nicht die zu vielen Drinks, die ihn umgeworfen hatten; es war das Gefühl gewesen, das ihn überkommen hatte, die Begierde, die ihn ein paar Stunden zuvor gepackt hatte. Er war nach draußen gegangen, um seinen Wagen wegzufahren, damit die Schwester mit ihrem Auto durchkam; sie wollte seinen Vater, Betty und Harry, die sich alle königlich amüsiert hatten, nach Hauses bringen. Nachdem er den Wagen wieder im Hof geparkt hatte, strebte er auf die Küchentür zu, als sich die Arme um ihn legten. Er dachte daran, seine Ellbogen in den Magen des Betreffenden zu rammen, als ihre Stimme ihm ins Ohr flüsterte: »Oh, Peter. Weißt du was, Peter? Du bist wundervoll.«

Er hatte sie von sich geschoben, doch als er sich umdrehte und sie ansah, lagen ihre Arme schon wieder um seine Taille, und sie wisperte: »Niemand kann uns beobachten, niemand kann uns hören; sie sind alle drin und stinkbesoffen. Ich hab' noch nie so viele betrunkene Leute auf einem Haufen gesehen.« Ihre Lippen streiften jetzt seine Wange, und er schaffte es hervorzustoßen: »Hör auf, Yvette! Lass das! Du hast zu viel getrunken, und ich auch.«

»Ich trinke selten, Peter. Ist dir das nicht aufgefallen? Ich trinke selten. Ich nippe nur an meinem Glas; ich kann stundenlang an einem einzigen Glas nippen. Ich hasse es, wenn ich nicht mehr weiß, was ich tue. Oh, Peter ... Sie presste ihn mit ihrem Körper gegen die Wand, und ihr Mund war auf dem seinen, und sofort erwiderte er hungrig ihren Kuss.

Es war, als würde der Kuss sie beide innerlich versengen. Vor Begierde schlugen ihre Zähne aufeinander, bis er sie mit einem Ruck herumwirbelte und nun sie gegen die Wand presste. Noch einen Augenblick, dann würden ihre Körper miteinander verschmelzen ..., da zuckte er zusammen, als hätte ihm jemand die Faust zwischen die Rippen gerammt. Er schob sich von ihr weg und keuchte: »O Gott! Du bist schrecklich, Yvette. Du bist ein wahrer Teufel. Warum ich? Es gibt Dutzende, die ...« – er suchte nach einem passenden Wort – »... alles dafür geben würden, dich zu haben.«

Ihr Flüstern war ebenso heiser und benommen wie das seine, als sie erwiderte: »Ich weiß, Peter, ich weiß, aber ich will keinen anderen. Es ist merkwürdig, Peter, ich will nur dich. Was für ein idiotisches Geständnis! Aber es ist wahr: Ich will nur dich. Aber mach dir keine Sorgen; ich wollte dich nur küssen – für heute Nacht zumindest. Komm, lass uns reingehen.«

Sie nahm seine Hand, als würde sie ein kleines Kind führen, doch er riss sich los und knurrte: »Geh du rein. Geh schon! Hau ab und lass mich in Ruhe.« Seine Stimme war jetzt schroff, doch sie lachte nur leise, als sie sich abwandte und ging und ihn damit erneut in Erstaunen versetzte, wie kühl und entschlossen sie war; sie nahm sich, was sie wollte, und davon ließ sie sich durch nichts abbringen. Sie war gefährlich. Und in seinem Kopf schwirrte der Satz: *Es hätte wieder geschehen können*. Noch eine Minute, und es hätte wieder geschehen können. Wenn nicht bald etwas geschah, würde sie sein Leben zerstören, sein wohlgeordnetes, erfolgreiches Leben. Was war nur über ihn gekommen? Er musste so schnell wie möglich nach Hause zu Nyrene.

Doch wie sollte er in der Lage sein, sie zu lieben, nach dem, was er für diese hier empfand? Oh, sie war eine Teufelin, eine wahre Teufelin. Nein – ein anderes Wort kam ihm in den Sinn: keine Teufelin. Nein – ein anderes Wort kam ihm in den Sinn:

keine Teufelin, eine Sirene, eine wunderschöne, junge Sirene. Es … es war ihre feurige Jugend und ihr herrlicher, prachtvoller Körper …

Er hörte, wie Autos auf der Straße wegfuhren und dachte: *Oh, Gott sei Dank …*

Doch es war bereits zehn Minuten nach vier, als die letzten Gäste gingen, unter ihnen Lily, die zum Abschied sagte: »Danke, Peter, für den schönsten Abend in meinem Leben. Es ist nur schade, dass Johnny nicht hier war und alles mit eigenen Augen sehen konnte.«

»Ich danke dir, Lily«, erwiderte er und nahm ihre Hand. »Dafür, dass du die beste Partnerin warst, die sich ein Schauspieler wünschen kann. Der Erfolg heute Abend war genauso dein Verdienst wie meiner.«

»Unsinn.«

Sie standen jetzt auf dem Gehsteig, und er beugte sich zu ihr hinab, und als er sie auf die Wange küsste, nahm sie sein Gesicht in beide Hände, schüttelte sanft seinen Kopf und flüstert: »Du bist ein kluger Bursche, und wenn ich nicht meinen Mann lieben würde, wärst du es, in den ich mich verknallen könnte.«

Kaum war das Taxi weggefahren, da rannte er in die Küche und übergab sich. Dann überlegte er, dass er Nyrene jetzt nicht mehr anrufen konnte – noch nicht zumindest. Er musste zuerst schlafen …

Er hätte noch länger geschlafen, doch das hartnäckige Klingeln an der Wohnungstür um zwölf trieb ihn aus dem Bett.

Vor der Tür stand Larry. Er sagte: »Raus aus den Federn, mein Junge. Kommen Sie, Ihr Typ wird verlangt.«

»Von wem?«

»Von Lord Very, mein lieber Junge, und unserer lieben Miss Connie. Sie sind zum Lunch eingeladen, und sie warten bereits auf Sie. Sie kamen beide fidel und putzmunter ins Theater geschneit, und ich musste auch David wecken. Anscheinend bin ich der Einzige, der die letzte Nacht mit einigermaßen klarem Kopf überstanden hat. Sie vertragen das Zeug nicht, mein Junge. Sie vertragen es nicht. Stellen Sie sich unter die Dusche und schmeißen Sie sich in Schale. Ich werde sie noch eine Viertelstunde hinhalten. Ich glaube, es sieht nach einer wichtigen Besprechung aus. Also legen Sie einen Zahn zu.«

»O mein Gott!«

»Genau dasselbe hab' ich gesagt. Genau dasselbe. Und vergessen Sie nicht, er hat einen Titel, und sie hat das Geld, und wir sind nur die Bauern in dem Spiel. Also beeilen Sie sich.«

»Sind Sie auch eingeladen?«

»Seltsamerweise ja.«

Als er angezogen war, sagte er: »Hören Sie, Larry, ich muss einen dringenden Anruf machen.« Larry warf einen Blick auf seine Uhr und brummte: »Sie warten jetzt schon alles in allem mehr als eine halbe Stunde. Es ist ein Fehler, die Geldgeber warten zu lassen, das hab' ich inzwischen gelernt, also kommen Sie schon.

Es war bereits nach vier Uhr, als er wieder in die Wohnung zurückkehrte, und in den zweieinhalb Stunden, die vergangen waren, hatte er die Erfahrung gemacht, dass für erwiesene Freundlichkeiten Gegenleistungen in der einen oder anderen Form verlangt werden konnten. Er war der Produktionsleiter in diesem Theater dank des Wohlwollens von Miss Connie Pickman-Blyth, und wenn Miss Connie wollte, dass er einem Freund von ihr, der zufällig ein Lord war, einen Gefallen tat, wie konnte er sich dann weigern, ihr diesen Gefallen zu erweisen? Und deshalb würde er mit dem Autor des Buchs sprechen, das sie ihm in die Hand gedrückt hatten, und sein Bestes tun, daraus ein Drama für die Theaterbühne zu machen. Der einzige Trost war, dass er nicht der Einzige war, der diesen Preis zahlen musste: Larry hatte ebenfalls ein Exemplar bekommen, und nachdem er auf der Straße einen Blick hineingeworfen hatte, ließ sein erschütterter Ausruf ›O mein Gott!‹ bereits erahnen, was er davon hielt.

Wie auch immer – das Buch war jetzt nicht wichtig; wichtig war, dass er endlich anrief. Er musste sie anrufen. Doch was hielt ihn davon ab? Sie würde sein Gesicht nicht sehen;

sie würde seine Gefühle nicht erahnen – nein, aber sie würde es wissen, wenn er nach Hause kam. Er durfte die nächsten ein oder zwei Tage nicht nach Hause gehen; er durfte es um keinen Preis. Hastig sprang er von der Couch auf und griff nach dem Hörer ...

»Hallo, Liebling. Hör mir bitte zu, was ich zu sagen habe. Zuerst – wie geht es dem Jungen?«

»Viel besser.«

Sein Kopf ruckte ein Stück vom Hörer weg; nur zwei Worte: *viel besser*.

»Entschuldige, Liebes. Inzwischen hast du sicherlich schon gehört, was für eine feuchtfröhliche Feier wir gestern Nacht hier hatten. Es ging bis in die Morgenstunden, und ich hatte seit dem Mittag nichts gegessen. Ich konnte mich kaum mehr auf den Beinen halten. Ich kann mich auch nicht erinnern, wie ich ins Bett gekommen bin, und bin erst aufgewacht, als Larry heute Mittag Sturm geläutet und mir erklärt hat, dass Lord Very und Miss Connie mich zum Lunch erwarten ... Es ging um ein neues Stück. Als Larry mich geweckt hat und ich gesehen habe, wie spät es ist, wollte ich dich anrufen, aber er hat mir die Pistole auf die Brust gesetzt, weil die anderen schon eine halbe Stunde warteten. ›Wes Brot ich ess, des Lied ich sing‹, hat er gesagt und mich auf die Straße gezogen. Ich bin gerade eben erst zurückgekommen. Und was glaubst du, worum es bei dem Lunch gegangen ist? Einer von Lord Verys Freunden hat ein Buch geschrieben, und sie glauben, der Roman könnte ein erstklassiges Theaterstück abgeben. Larrys private Meinung war, ›O mein Gott‹, nachdem er einen Blick hineingeworfen hatte. Und morgen müssen wir bereits das ominöse Lied anstimmen, denn Very will, dass wir uns mit dem Schreiberling treffen. Das bedeutet, dass ich nicht wie geplant nach Hause kommen kann. Es tut mir so Leid, Liebes. Aber vor allem – wie geht es dir, Liebling?«

»Oh, mir geht es sehr gut.«

»Und dem Jungen geht es wirklich besser?«

»Ja. Das Fieber fing an runterzugehen, ungefähr zu der Zeit, als du gestern Abend die Bühne betreten hast.«

»Das ist merkwürdig, nicht wahr?«

»Ja. Ja, das finde ich auch.«

»Und er ist wirklich außer Gefahr?«

»Ja. Der Doktor sagt es, aber ich fürchte, er wird noch lange sehr schwach auf der Brust sein. Und noch länger wird es dauern, bis er wieder ganz gesund ist.« Sie fügte nicht hinzu, falls er es jemals wird.

»Kann ... kann er sprechen?«

»Ja. Obwohl er nur ein Krächzen hervorbringt, hat er nach dir gefragt.«

Die Schuldgefühle schnürten ihm die Kehle zu, und er sagte gepresst: »Das ... Ich ... ich fühle mich schrecklich deshalb. Ich weiß, ich hätte bei euch sein sollen, und zu wissen, dass ich bis zum Wochenende hier bleiben muss, macht alles noch viel schlimmer.«

Es entstand eine Pause, bevor sie sagte: »Oh, das ist schon in Ordnung, das ist in Ordnung. Du schaffst es also nicht vor Sonntag?«

»Ich weiß es nicht. Vielleicht kriege ich noch den Spätzug, aber du weißt ja, was am Samstagabend los ist: das Publikum scheint überhaupt nicht mehr nach Hause zu wollen. Wie auch immer – ich werd' mein Bestes tun. Das würde heißen, dass ich am Sonntagmorgen bei euch sein könnte.«

»Du brauchst nichts zu überstürzen. Es ist schon in Ordnung.«

Ihre Antwort machte ihm klar, dass sie sich so fühlte, wie ihr kühler Ton vermuten ließ; sie hatte bisher nicht ein einziges liebes oder gar zärtliches Wort für ihn gefunden.

»Ich kann doch auch nichts dafür, Nyrene!«, rief er mit schuldbewusst erhobener Stimme. »Wenn ich mein eigener Herr wäre, ja dann ...«

»Oh, ich verstehe. Ich sollte am besten wissen, welche Opfer die Bühne von einem verlangt. Aber mach dir keine Sorgen; ich kann mir die Situation lebhaft vorstellen. Ich will dir nur sagen, wie froh ich bin, dass alles so wunderbar gelaufen ist. Die Freunde haben eine Zeitung aus Fellburn mitgebracht – mit einem wahrhaft enthusiastischen Bericht über eure Premiere. Wie es scheint, hat Lily ihre Sache wunderbar gemacht.«

»Ja, das hat sie. Um ganz ehrlich zu sein, hat sie mir die Schau gestohlen. Unsere erste Darstellerin, Miss Petula Pratt – glaub mir, so heißt sie wirklich, Petula Pratt – war etwas pikiert, aber sie hat es sich nicht anmerken lassen, außerdem bekam sie ebenfalls rauschenden Applaus.«

»Wie geht es David nach diesem Bombenerfolg?«

»Er schwebt im siebten Himmel. Er gleicht einem König, der über ein Reich regiert, und das Theater ist ja auch sein Reich. Aber er ist sehr fair zu allen – wie immer, und er verhält sich mir gegenüber wie ein Freund.«

»Was machst du jetzt?«

»Schau auf die Uhr, Liebling: Ich muss jetzt gleich in die Garderobe, aber um ehrlich zu sein, würde ich lieber ins Bett gehen.« Er fügte nicht hinzu ›zusammen mit dir‹, wie er es hätte tun können. Stattdessen sagte er: »Wenn ich es irgendwie schaffe, rufe ich dich später noch mal an, Liebling.«

»Mach dir deshalb keine Gedanken – morgen genügt auch. Gute Nacht, Peter.«

Sie hatte ›Gute Nacht, Peter‹ gesagt, aber nicht ›Gute Nacht, Liebling‹ oder ›mein Liebster‹. Er legte den Hörer auf und starrte auf den Apparat hinab. Sie war verletzt ...

Als er im Begriff war, die Wohnung zu verlassen, knipste er das Außenlicht an und zog dann die Tür auf. Unwillkürlich machte er einen Schritt zurück und ächzte: »Nein!« Jede weitere Äußerung des Protests wurde von ihrer fröhlich trällernden Stimme erstickt. »Es ist alles in Ordnung«, strahlte sie. »Schau nicht so besorgt. Streck deinen Kopf aus der Tür, und du wirst sehen, dass meine Mutter im Wagen sitzt.«

Er tat, wie von ihm verlangt, und entdeckte den Jaguar vor der Einfahrt.

»Wir fahren nach London und fliegen dann nach Griechenland.«

»Was? Oh.« Und die nächsten Worte, die ihm über die Lippen kamen, klangen wahrhaft idiotisch, sogar für ihn: »Du fährst im Dunkeln ... Ich meine, die ganze Nacht?«

»Ja, ich fahre im Dunkeln. Ich fahre gern nachts, aber wir werden nicht die ganze Nacht brauchen. Gegen Mitternacht sind wir bestimmt in der Wohnung in London. Der Flug geht erst morgen früh um zehn.« Sie streckte die Hand aus und berührte seinen Arm. Leise sagte sie: »Komm und sag auf Wiedersehen zu Mutter. Sie hat den Abend gestern sehr genossen wie alle anderen, die ihren Spaß hatten.« Ihre Stimme sank zu einem Flüstern: »Und wir beide beinahe auch, nicht wahr, Peter?«

»Um Himmels willen, Yvette, hör auf damit!«

Sie packte ihn bei der Hand und zog ihn fast über die Schwelle nach draußen, wobei sie mit spöttischem Unterton in der Stimme frotzelte: »Nein, nicht um deinetwillen – um meinetwillen.«

Als sie beim Wagen waren, kurbelte Gwendoline das Fenster herunter und streckte ihm die Hand entgegen. Er ergriff sie, und sie sagte: »Nochmals vielen Dank, Peter, für den wunderschönen Abend. Er war von Anfang bis zum Ende das, was man einen ...« – sie sah zu ihrer Tochter empor – »einen Knaller nennen würde. Ich kann mir vorstellen, dass Sie jetzt sehr müde sind.«

»Ja, ein bisschen schon.«

»Und Sie haben jetzt gleich wieder eine Vorstellung?«

»Ja. Ja, natürlich.«

»Wir werden Sie auch nicht aufhalten. Wir sind unterwegs nach Griechenland, wissen Sie – für drei Wochen. Ich muss hin und wieder die Sonne auf der Haut spüren, um den Winter hier zu überstehen.«

Er nickte zu ihr hinab, erwiderte jedoch nichts. Dann richtete er sich auf und sah zu, wie das Fenster wieder hochglitt, bevor er sich zu Yvette umdrehte. »Gute Fahrt.«

»Oh ... Danke.« Und mit einem Lachen fügte sie hinzu: »Die Götter sind auf meiner Seite, und heute Nacht werd' ich sie bitten, auf dich Acht zu geben, bis wir uns wiedersehen – bald schon.«

Der Wagen rollte nicht davon, sondern machte praktisch aus dem Stand einen Satz und verschwand mit quietschenden Reifen in der Dunkelheit. Er stand auf dem Gehsteig und starrte in die Richtung, in die er verschwunden war. Sie war ein seltsames Geschöpf; es gab niemanden wie sie. Tatsächlich – sie hatte etwas an sich. In gewisser Weise war sie ein weiblicher Jekyll und Hyde: in ihr schlummerte das Gute und das Böse.

Nein, nicht das Böse. Mit einem heftigen Kopfschütteln verwarf er das Letztere; as sie beinhaltete, war so etwas wie eine von der Natur gegebene, unwiderstehliche Anziehungskraft.

Auf dem Weg zurück zur Tür, die noch immer offen stand, dachte er: Drei Wochen. Gott sei Dank! Es würde ihm Zeit geben, sich zusammenzureißen. Er musste so oft wie möglich nach Hause fahren. Schließlich hatte er Nyrene im Stich gelassen, als sie ihn am meisten brauchte. Es war für sie sicherlich eine schreckliche Zeit gewesen, allein mit dem kranken Kind zu sein. Er würde es wieder gutmachen bei ihr. Ja, das würde er. Und wenn die andere zurückkam, würde er stark genug sein, sie in ihre Schranken zu weisen.

16

Riley traf am Sonntag kurz nach dem Lunch zu Hause ein. Er hatte vom Bahnhof ein Taxi genommen, und als er in die Halle trat, begrüßte ihn Mrs. A., die gerade Holz im Kamin nachlegte, mit einem so lauten ›Oh, Mr. Riley!‹, dass es beinahe wie ein Aufschrei klang.

»Wie wunderbar, Sie zu Hause zu sehen, Sir. Ach du meine Güte! Kommen Sie, geben Sie mir Ihren Mantel.« Sie war tatsächlich zu ihm gerannt. »Sie sehen ganz durchgefroren aus. Ich mache Ihnen gleich was Heißes zu trinken; dauert nur fünf Minuten. Ihre Frau ist oben.«

»Danke, Mrs. A.«, sagte er, als sie seinen Mantel nahm. »Es ist schön, wieder zu Hause zu sein; es kommt mir vor, als wäre ich Jahre weggewesen.«

»Das geht uns allen nicht anders, Sir.«

Als er den Treppenabsatz erreichte, sah er Nyrene auf sich zukommen, doch sie rannte nicht in seine Arme, und er nicht in ihre. Als sie einander erreichten, umarmten sie sich, und er presste ihren Kopf an seine Brust und murmelte: »O Liebling, Liebling! Es ist so schön, wieder bei dir zu sein.«

Sie sagte nichts, und als sie den Kopf hob, sahen sie einander tief in die Augen, bevor sie sich küssten. Dann fragte er leise: »Wie geht es ihm?«

»Schon viel besser. Viel besser. Er wartet schon sehnlich, dass du kommst.«

Als wäre er ein Fremder, führte sie ihn nun ins Kinderzimmer. Und dort lag der Junge: die Bettdecke bis unter die Achseln hochgezogen, ein großes, aufgeschütteltes Kissen unter seinem Rücken, damit er im Zimmer umherschauen konnte. Kaum erblickte er seinen Vater, rief er: »Daddy! Daddy!« Riley lief zu ihm, und als der Junge seine dünnen Ärmchen um seinen Hals schlang, brachte er kein Wort hervor: ein Kloß steckte in seiner Kehle, und seine Augen brannten.

Nach einer Weile ließ er den Jungen wieder auf das Kissen sinken und fragte in einem Ton, als würde er mit einer erwachsenen Person sprechen: »Wie fühlst du dich?«

»Besser ... Ich ... ich kann wieder sprechen.«

Riley entging jedoch nicht, dass die Worte nur mühsam über die Lippen des Jungen kamen, als müsse er für jedes einzelne nach Luft ringen.

Nyrene stand auf der anderen Seite des Bettes. »Hast du schon was gegessen?«, fragte sie.

»Nein, aber Mrs. M. macht mir was zu trinken.«

»Du musst etwas essen; ich geh' runter und kümmere mich darum.«

Er wollte erwidern: Nein, nein. Es ist schon in Ordnung. Bleib, ich bin nicht hungrig. Das Aussehen des Jungen bestürzte ihn. Seine Augen, die ihn unverwandt ansahen, waren tief in ihre Höhlen gesunken, und in ihrem Blick lag eine Ernsthaftigkeit, die ihn beunruhigte; es war der Blick eines Erwachsenen, ein wissender Blick, der das falsche Spiel seines Vaters durchschaute.

Rede dir keinen solchen Blödsinn ein, dachte er, denn was konnte das Kind schon wissen? Was konnte irgendjemand in diesem Haus – was konnte vor allem sie oder irgendeiner seiner Freunde schon über ihn wissen, außer das, was er ihnen von sich zu erkennen gab. Kein Mensch wusste etwas von Yvette. Warum also diese ständige innere Unruhe und die Selbstvorwürfe?

Sein schlechtes Gewissen? Ja, das war es, was ihm zu schaffen machte: sein Gewissen. Er hatte nicht einmal gewusst, dass er eines hatte; es hatte sich erst während der letzten Monate gemeldet, und jetzt bereitete es ihm die Hölle auf Erden.

»Hast du … Ferien, Daddy?«, fragte der Junge.

»Nein, mein Lieber, ich muss morgen wieder zurück, aber ich habe bald Urlaub, und dann werden wir zwei viel Spaß miteinander haben.«

Er lächelte seinen Sohn an, doch der Junge erwiderte das Lächeln nicht. Stattdessen sagte er: »Ich wäre froh, wenn … wenn das schon jetzt wäre, Daddy.«

Rasch erwiderte Riley: »Du weißt doch, dass ich am Theater arbeite, und wenn ich einfach Urlaub mache, muss ein anderer meine Rolle übernehmen, und das ist sehr schwierig zu arrangieren.«

Der Junge starrte ihm unverwandt ins Gesicht. Riley streichelte die kleine Hand, die in seiner lag, doch als der Junge unvermittelt sagte: »Mummy ist müde«, schlossen sich Rileys Finger unwillkürlich einen Augenblick lang um die Kinderhand. Und da war wieder dieser Blick, dieser wissende Blick, der nicht zu einem Kind seines Alters passte.

Als die Tür geöffnet wurde, drehte er sich erleichtert um, und als er Hamish erblickte, ließ er behutsam die Hand seines Sohnes los und erhob sich. »Hallo, Hamish«, sagte er.

»Hallo, Mr. Peter, Sir. Ich freue mich, Sie zu sehen. Und … und was halten Sie jetzt von unserem kleinen Mann?« Er deutete auf das Bett. »Ist er nicht ein wirklich gescheiter Junge?«

»Ja, das ist er, Mac.«

»Hallo, mein großer Junge.« Hamish beugte sich über das

Bett, und das Gesicht des Jungen erstrahlte, als er zu ihm empor lächelte.

»Selber hallo«, sagte er, und sie lachten beide.

Mit einem Blick auf Riley meinte Hamish: »Ich werde einen Orden für ihn anfertigen lassen – einen schottischen natürlich, und keinen von diesen winzigen kleinen Dingern, sondern einen richtig großen, weil ich finde, dass er der tapferste und zäheste kleine Bursche auf dieser Seite des Erdballs ist.«

Das Kind lachte wie über einen Scherz, und Riley empfand für einen kurzen Augenblick Eifersucht auf diesen rotgesichtigen, gutmütigen Schotten, weil er sich so gut mit seinem Sohn verstand.

»Bleiben Sie eine Minute bei ihm?«, sagte er zu Hamish.

»Eine Minute? Ich bleibe den ganzen Nachmittag. Gehen Sie nur runter; die beiden machen was zu essen für Sie. Ich hab' gehört, dass es ein großer Erfolg war neulich Abend.«

»Ja. Es lief alles sehr gut, Mac. Aber es war ermüdend.«

»Das kann ich mir gut vorstellen. Jede harte Arbeit ist ermüdend. Gehen Sie ruhig runter und essen Sie was. Ich spiele bei dem jungen Mann hier solange die zweite Geige, bis Sie wieder zurück sind.«

Dies war eine sehr taktvolle Art, die Dinge beim Namen zu nennen: die zweite Geige, obwohl Hamish sehr wohl wusste, dass er den Jungen viel besser kannte als sein Vater.

Die zweite Geige ... So viele Menschen mussten sich damit abfinden, die zweitbeste Wahl zu sein. Aber dies durfte Nyrene niemals widerfahren. Nein, so etwas durfte Nyrene niemals widerfahren. Was um alles in der Welt hatte ihn dazu gebracht, so etwas zu denken? Er würde sich zusammenreißen müssen; ja, das würde er wirklich. Er musste es wiedergutmachen an ihr in der kurzen Zeit, die ihm zu Hause zur Verfügung stand.

Sie stand am Esstisch und legte Teller und Besteck aus, und als sie sagte: »Es ist nur kaltes Roastbeef und Salat«, zog er sie zu sich herum und hielt sie bei den Schultern, doch die Worte, die er hätte sagen sollen, wollten ihm einfach nicht einfallen.

Abrupt umarmte er sie, und während er sie festhielt, gelang

es ihm zu murmeln: »Oh, ich hab' dich so vermisst, Liebling. Wirklich, ich hab' dich so sehr vermisst.«

Als Nyrene sich an ihn lehnte, dachte sie: *Welch seltsame Dinge einem manchmal durch den Kopf gehen.* Wenn er nur gesagt hätte, ›Oh, ich hab' dich so vermisst, Liebling‹, aber nein, er musste es mit einem ›Wirklich, ich hab' dich so sehr vermisst‹ noch einmal besonders betonen. Ein altes Sprichwort kam ihr in den Sinn: *Die Wahrheit bedarf nicht vieler Worte, die Lüge kann nie genug haben.* Dann redete sie sich ins Gewissen, nicht so zu sein. Was geschehen war, durfte sie nicht ihm anlasten. Er hatte einen Job zu machen, und die Bühne war eine unerbittliche Gebieterin für jeden Mann und ein strenger Zuchtmeister für jede Frau. Die abgedroschene Redewendung, *die Show muss weitergehen,* brachte im Grunde genommen genau das zum Ausdruck. Und wie die meisten solcher banalen Binsenweisheiten enthielt auch diese mehr als nur ein Körnchen Wahrheit. Ebenso wie jene andere Redensart, die ihr neulich beim Betrachten der Fotos in der Fellburner Zeitung durch den Kopf gespukt war: *Wo Rauch ist, ist auch Feuer.* Sie hatte sich eine Närrin geheißen, weil sie das Feuer mit diesem Mädchen assoziiert hatte, das, wie sie von Louise wusste, jetzt in Griechenland war und wahrscheinlich einige Zeit dort bleiben würde. Natürlich war da auch noch Lily. Aber, du meine Güte – dieser Gedanke war lächerlich.

Er schob sie ein Stück von sich weg, um ihr ins Gesicht sehen zu können, und sagte sanft: »Du siehst so müde aus; du musst völlig erschöpft sein. Hör mir zu – ich sag' dir, was wir machen: Das Stück läuft noch zwei Wochen; ich bitte Tom, in der nächsten Wochen für mich einzuspringen.«

Sie sah ihn einen Moment lang mit festem Blick an und erwiderte dann leise: »Das wäre schön. Ich würde mich sehr darüber freuen. Setz dich und iss etwas, Liebling.«

Statt sich zu setzen, neigte er den Kopf zur Seite. »Weißt du was? Du hast mir keinen Kuss gegeben.«

Und sie erwiderte im selben Tonfall: »Weißt *du* was? Du hast *mir* noch keinen Kuss gegeben.«

Er lachte. »Das Versäumnis werde ich auf der Stelle nachholen«, murmelte er und küsste sie mit einer Glut, die er ganz gewiss nicht empfand.

Als sie sich ihm entzog, sagte sie leise: »Setz dich jetzt und iss was, und … und danach muss ich mit dir reden.«

»Mit mir reden?« Er sah zu ihr empor. »Wie meinst du das – mit mir reden? Was ist denn nicht in Ordnung?«

»Oh, Peter!«

Er warf den Kopf zurück. »Oh, ich weiß, dass die Gesundheit des Jungen nicht in Ordnung ist – aber die Art, wie du es gesagt hast, war so komisch.«

»Es tut mir Leid. Entschuldige. Aber jetzt iss etwas; ich mache Kaffee.«

Es dauerte jedoch eine volle Minute, ehe er den ersten Bissen in den Mund schob. Irgendetwas stimmte nicht. Mit mir reden. Was meinte sie? Hatte sie …? Sei kein so verdammter Idiot, Mann! Wer konnte davon wissen? Doch nur sie beide. Dein Gewissen spielt dir einen Streich. Du musst nur denken: So was passiert anderen Männern jeden Tag, und sie wollen sich deshalb trotzdem nicht gleich von der nächsten Brücke stürzen. Reiß dich zusammen, Mann.

Nyrene hatte zu Mrs. Atkins gesagt: »Würden Sie kurz nach oben gehen, Mary, und Charles sagen, dass ich gleich komme?« Und Mrs. A. hatte geantwortet: »Sie bleiben jetzt mal eine Weile sitzen, Ma'am; ihm geht es gut, wenn Hamish bei ihm ist.«

Später dann saßen sie zusammen auf der Couch und tranken Kaffee. Sie war erst vor einer halben Stunde wieder aus dem Kinderzimmer heruntergekommen, und in seiner Stimme schwang eine leichte Gereiztheit mit, als er seine Gedanken laut aussprach: »Seit ich gekommen bin, warst du nicht mehr als ein paar Minuten hier unten. Geht das ständig so?«

Sie sah ihn nicht an, als sie antwortete: »Mehr oder weniger, Peter. Wir hätten ihn beinahe für immer verloren. Er stand auf der Schwelle zum Tod, und seit er auf dem Weg der Besserung ist, bekommt er Panik, wenn ich nicht in Sichtweite bin. Es ist merkwürdig, aber wahrscheinlich ist es so, wie Hamish gesagt hat: Wenn er mich nicht sieht, bekommt er Angst, er könnte wieder dahin zurückfallen, wo er gewesen ist. Du weißt, wie Hamish die Dinge manchmal ausdrückt, aber so abwegig ist das nicht.«

Er hielt jetzt ihre Hände und schüttelte sie. »Aber du kannst nicht so weitermachen, Liebes. Er ist kein Baby mehr; er ist sieben Jahre alt, und du weißt, dass Kinder einen bis zur Erschöpfung und bis zur Selbstaufgabe vereinnahmen können. Wenn du über die Jahre zurückblickst, hat er das immer mit dir getan – ja, das hat er.« Er nickte bekräftigend, und als sie ihn nur unverwandt anstarrte, fügte er rasch hinzu: »Ich weiß, ich bin nicht immer hier, aber er hat nicht nur dich; er hat in Hamish und Mrs. A. zwei wundervolle Freunde. Ich sage Freunde, aber er muss endlich akzeptieren, dass die beiden auch zur Familie gehören.«

»Ja. Ja, das tut er auch.« Ihre Stimme war tonlos, und er ließ ihre Hände los und lehnte sich in die Polster der Couch zurück.

Einige Minuten lang schwiegen sie beide, dann fragte er: »Was willst du mir sagen, Nyrene?«

Hastig wandte sie sich ihm zu. »Dass ... dass ich nicht so viel mit dir zusammen sein kann, wie ich möchte, tut mir weh. Verstehst du das denn nicht? Und ... und dass es jetzt an dir liegt, so oft wie möglich nach Hause zu kommen. Das heißt, wenn du es überhaupt willst.«

Er setzte sich auf und vergrub, die Ellbogen auf die Knie gestützt, das Gesicht in seinen Händen. »Was ist nur mit uns geschehen, Nyrene?«, stöhnte er. »Wirfst du mir etwa vor, dass ich nicht nach Hause komme, obwohl ich es könnte?«

»Nein. Nein, das tu' ich nicht«, ihre Stimme war erneut tonlos. »Aber ich glaube, du könntest Tom dazu bewegen, hin und wieder an einem Samstagabend für dich einzuspringen, damit du weg kannst und den Sonntag und den Montag hier bei uns sein könntest.«

Er hob den Kopf, lehnte sich jedoch nicht zurück. Sie hatte alles schon für ihn vorausgeplant.

Es machte ihm nichts aus, wenn Tom ab und zu während der Woche für ihn einsprang, aber er liebte das Samstagabend-Publikum. An den Samstagen herrschte im Theater immer eine besonders intensive und anregende Atmosphäre. Das sollte sie eigentlich wissen. Und überhaupt – er war müde. Ja, auch er war müde.

Als sich ihre Arme um ihn legten und sie ihn an sich zog und leise flüsterte: »Es tut mir Leid, Peter. Verzeih mir. Aber ich vermisse dich so«, war sie ihm sogleich wieder vertraut – nicht als die Mutter seines Sohnes, sondern als die Frau, die ihn gelehrt hatte zu lieben und geliebt zu werden. Doch mit diesem Gedanken drängten sich auch Bilder von einer anderen Liebesraserei, die er erlebt hatte, in seinen Kopf, und als er in ihren Armen erschauderte, löste sie sich von ihm und fragte: »Was ist denn?«

»Nichts, Liebes, nichts. Ich hab' nur gerade gefühlt ...« Wie sollte er ihr sagen, was er wirklich gefühlt hatte? Und so fuhr er fort: »Dass du mich gar nicht mehr vermissen kannst, als ich dich vermisse, mein Liebling. Und, ja, ich werde versuchen, etwas zu arrangieren – du wirst schon sehen. Wenn Mohammed nicht zum Berg kommt, muss der Berg eben zu Mohammed kommen.«

Sie lachten beide, und sie sprang von der Couch auf und zog ihn auf die Beine und rief beinahe fröhlich: »Komm, lass uns nach oben gehen und mit ihm reden. Wir sagen ihm, dass bald Ostern ist und dass du zwei ganze Wochen zu Hause sein wirst.«

Als sie die Treppe hinaufstiegen, fragte er: »Wie geht es eigentlich mit der Schauspielschule voran? Du hast kein Wort darüber erzählt.«

»Oh, das ist eine lange, um nicht zu sagen sehr lange Geschichte. Du musst die Bewerbungsbriefe lesen. Und ich durfte mich über den Besuch von zwei interessierten Männern freuen – einer von ihnen kommt aus Aberdeen. Du würdest es nicht glauben! Er ist genau das Talent, auf das das ganze Land sehnlichst wartet. Zwar hat er noch nie auf der Bühne gestanden, aber es war schon immer sein Traum, Schauspieler zu werden. Jetzt hat er sich dazu entschlossen, alles auf diese Karte zu setzen, und wollte nur ein paar Tipps. Soweit ich seinem aufgeblasenen Ego folgen konnte, werden demnächst aus allen Ecken der Welt die Filmregisseure einfliegen, um ihn unter Vertrag zu nehmen.«

»Nein!«

Sie lachten, als sie auf die Tür zum Kinderzimmer zustrebten. »Oh, doch. Ganz sicher sogar. Aber die Schule entwickelt sich bestens. Ich hab' sogar schon einen Pianisten. Er ist wirklich gut. Er wurde in Pension geschickt – viel zu früh, wie er findet, und ist mit Begeisterung dabei. Und meine Assistentin ist eine Stepptänzerin.«

»Wirklich?«

»Ja, wirklich.«

Vor der Kinderzimmertür blieb sie stehen und flüsterte ihm zu: »Wie würde es Ihnen gefallen, Mr. Riley, hierherzukommen und für mich zu arbeiten? Ich brauche dringend einen Manager und Direktor.« Und er nahm ihren Wink mit dem Zaunpfahl auf und erwiderte grinsend: »Jederzeit, Ma'am. Ich wollte schon immer ein Komiker werden.« Sie lachten beide und lehnten sich aneinander.

Sie sollte sich noch oft an diesen Augenblick erinnern und an das, was er ankündigte.

17

Er hatte es nur an einem Wochenende von dreien geschafft. Einmal war eine von Miss Connie überbrachte Einladung zum Lunch am Sonntag bei Lord Very dazwischengekommen, die mehr den Charakter eines königlichen Befehls als den einer Einladung hatte, wie ihm von David deutlich gemacht wurde. Und das letzte Wochenende hatte er gezwungenermaßen mit einer schweren Erkältung im Bett verbracht. Sie steckte ihm noch immer in den Gliedern.

Nyrene war am Telefon sehr verständnisvoll gewesen und hatte ihm versichert, dass er sich keine Sorgen wegen ihr zu machen brauche. Fred hatte allerdings weniger Verständnis aufgebracht und war sogar soweit gegangen, ihm ins Gewissen zu reden, er müsse sich mehr bemühen, seinen familiären Pflichten nachzukommen. Dies hatte er nicht unbedingt mit vielen Worten zu verstehen gegeben, aber es war dennoch klar gewesen, was er meinte. Beinahe hätte Riley ihn angeherrscht, er solle sich um seine eigenen Angelegenheiten kümmern; dies sei eine Familiensache. Aber gehörten Fred und Louise nicht auch zu seiner Familie – mehr noch als sein Vater oder Betty? Denn schließlich war es ganz allein Fred gewesen, der sein Leben in die richtigen Bahnen gelenkt hatte.

Ärgerlich warf er die letzten Seiten der Sonntagszeitung auf den Tisch; er hatte keine Lust mehr zu lesen. Den ganzen Tag war ihm noch kein lebendes Gesicht begegnet, und nur am Telefon hatte er mit Fred und Nyrene gesprochen.

Er spielte mit dem Gedanken, sich warm einzupacken und bei Fred und Louise einen Besuch zu machen. Aber dafür musste er den Wagen rausfahren, und dazu hatte er absolut keine Lust.

Es war acht Uhr, als er sich in die Badewanne legte und eine halbe Stunde in dem warmen Wasser vor sich hindöste. Danach goss er sich einen kräftigen Whiskey ein, nahm ihn mit zum Bett, auf das er sich legte und Alan Keith und seinen *Hundred Best Tunes* lauschte. Er mochte die Sendung; es waren immer gute Stücke dabei, und Alan Keith hatte eine wunderbare Stimme. Seine Aussprache war perfekt. Wahrscheinlich war er früher Schauspieler gewesen oder vielleicht Prediger ...

Er wusste nicht mehr, wann er das Radio ausgemacht hatte, aber er musste so gegen elf eingeschlafen sein.

Wann fühlte er zum ersten Mal, dass jemand im Zimmer war? Er hatte sonst keinen leichten Schlaf, doch als er sich vom Rücken auf die Seite drehte, streckte er träge die Hand aus und knipste die Nachttischlampe an. Der Anblick, der sich seinen Augen bot, hätte ihn um ein Haar veranlasst, mit einem Satz aus dem Bett zu springen; auf jeden Fall setzte er sich mit einem Ruck stocksteif auf und starrte mit aufgerissenen Augen auf das, was sich – wie er einen Moment lang hoffte – als ein Gaukelwerk seiner Fantasie entpuppen würde. Doch da stand sie. Und was tat sie? Sie streifte sich ihre Kleider vom Leib wie eine Schlange, die sich häutet. Sie hätte durchaus eine Schlange sein können, denn ihre Stimme war wie ein Zischen, als sie sagte: »Schau nicht so ängstlich, Liebling. Ich bin aus Fleisch und Blut.«

»Großer Gott!«, stieß er mit einem Ächzen hervor, worauf sie meinte: »Jetzt redest du schon wieder Blödsinn. Ich bin nicht Gott – ich bin Yvette, mein Schatz.«

»Was tust du hier?«

»Mach deine Augen weiter auf, dann siehst du es. Ich ziehe mich aus. Um genau zu sein, hab' ich mich schon ausgezogen.«

Als er zu ihr empor sah, überkam ihn ein Gefühl, wie es vielleicht eine Jungfrau empfindet, die im nächsten Augenblick vergewaltigt wird: Die vorherrschende Empfindung war Angst – in erster Linie vor sich selbst, denn unwillkürlich zog er die Bettdecke bis zu seinem Kinn hoch, was sie zum Kichern brachte.

»Lass das!«, sagte er. »Verschwinde. Du bist verrückt.«

»Ich werde verrückt, wenn ich hier noch länger stehe. Es ist kalt draußen.« Erneut kicherte sie.

Er verdrehte die Augen, und seine Stimme klang tief und seltsam ruhig, als er sagte: »Oh, Yvette. Bitte geh! Ich bitte dich!«

»Ich werde nicht gehen«, erwiderte sie, und ihre Stimme war dabei kühl und bestimmt, »weil ich was über dich weiß, das du ebenfalls weißt: nämlich dass du mich willst. Und wenn du mich nicht von oben reinlässt«, fügte sie in vergnügterem Tonfall hinzu, »dann komme ich eben von unten.« Sie glitt zum Fußende des Betts.

Beinahe im selben Augenblick, als er sich auf das Kissen zurücksinken ließ, lag sie bereits neben ihm. Am ganzen Körper zitternd, schmiegte sie sich an ihn und flüsterte: »Das würde ich nie für irgendjemand anderen tun; du solltest dich geehrt fühlen, Peter – wirklich, das solltest du.«

Er hörte seine eigene Stimme undeutlich murmeln: »Wie um alles in der Welt bist du überhaupt reingekommen?«

»Durch die Hintertür. Ich hab' mir einen Nachschlüssel machen lassen. Das dauerte nur eine halbe Stunde. Du solltest keine losen Schlüssel an die Haken neben der Hintertür hängen. Ich hab' sie neulich Abend gesehen, und sie haben mich auf eine Idee gebracht. Findest du nicht auch, dass das eine gute Idee war? Falls nicht, dann lass es mich dir beweisen.«

Ihre Dreistigkeit erstaunte ihn. Sie redete wie eine erfahrene Hure. Und war sie das nicht auch? Zumindest war sie die Tochter einer erfahrenen Hure. Er unternahm den Versuch, sich von ihrem Körper wegzustemmen, was sie ungeduldig fauchen ließ: »Ich hab' nur eine Stunde; ich bin auf dem Weg nach Hause ... Peter, Peter!« Sein Name klang wie ein Flehen aus ihrem Mund. »Lass uns die Zeit nicht vergeuden; wir tun niemandem damit weh. Oder wie Mutter in ihren zartfühlenden Momenten oft sagt: Was ich nicht weiß, macht mich nicht heiß.«

»Steht dein Auto draußen?«

»Ich bin doch nicht blöd, Peter. Nein, ich hab' mein Auto nicht vor deiner Haustür oder um die Ecke abgestellt; ich hab's hinter dem Theater geparkt. Dort ist ein leeres Grundstück, und ich hoffe nur, dass es nicht irgendwelche Langfinger entdecken, weil ich nämlich unter Zeitdruck stehe.«

»Wieso unter Zeitdruck?«

»Ich habe Mutter von der Wohnung aus angerufen und gesagt, ich hätte Besuch und könne erst eine Stunde oder so später weg. Ich hab' ihr nicht gesagt, um was für einen Besuch es sich handelt, aber ich kann meine Stimme so klingen lassen, dass sie sofort an einen reichen Schwiegersohn denkt. Ich bin ein sehr kluges Mädchen, Peter. Aber du scheinst das gar nicht zu bemerken.«

»O doch, Yvette – es ist nicht zu übersehen, dass du ein kluges Mädchen bist, und außerdem bist du ein Teufel und das, was man einen Störenfried und Unruhestifter nennt, denn überall, wo du auftauchst, gibt es Probleme.«

»Das ist nicht nett von dir, Peter.« Der Tonfall ihrer Stimme verriet, dass seine Worte sie verletzt hatten, und mit wieder etwas festerer Stimme fügte sie hinzu: »Ich muss ständig an dich denken. Das habe ich dir schon mal gesagt. Ich wusste, dass wir zusammenkommen würden; aber keine Angst, ich verlange nicht von dir, dass du dich von ihr scheiden lässt oder so was.«

»Ich würde mich niemals von Nyrene scheiden lassen!«, fauchte er aufgebracht, beinahe beschwörend.

»Ich weiß, Liebling, ich weiß – und glaub mir, ich möchte nie heiraten. Aber das ist eine andere Geschichte; ich werde trotzdem heiraten müssen.«

»Was? Schon wieder?«

»Ja, schon wieder. Und sie hat ihn ausgesucht. Ich muss zugeben, er ist ganz nett.«

Jetzt rückte er tatsächlich ein Stück von ihr weg. »Du willst sagen, du wirst diesen Mann heiraten, und bist trotzdem hier?«

»Glaub mir, Peter, es ist noch gar nichts festgelegt. Er weiß nicht einmal, dass ich ihn heiraten werde; nur Mutter und ich wissen das. Er hat Geld, er ist nett, er ist zweimal so alt wie ich und sieht trotzdem nicht schlecht aus, und er hat auch keinen Schmerbauch. Du siehst, es gibt vieles, das für ihn spricht, nur eines nicht – Liebe.«

Er wusste nicht, ob er lachen oder weinen sollte. Das hier war eine Farce. Er spielte eine Rolle in einer Farce, die das wirkliche Leben inszenierte – oder war es eine Schmierenkomödie?

»Peter!« Ihre Stimme hatte wieder diesen flehenden Unterton. »Wir haben nicht viel Zeit. Bitte liebe mich; ich brauche dich so sehr.« Sie schlang ihre Arme um ihn und drängte sich an ihn, und als ihr Mund den seinen fand, war er verloren …

Und doch war er es, der sie zurückhielt, als sie später Anstalten machte, das Bett zu verlassen, was sie so laut und glücklich lachen ließ, dass er die Bettdecke auf ihr Gesicht pressen musste, damit nicht die ganze Nachbarschaft von ihrem Gelächter aufwachte …

Danach sah er ihr zu, wie sie mit derselben schlangenhaften Geschmeidigkeit in ihre Kleider schlüpfte, mit der sie sich ihrer entledigt hatte, und lauschte ihrer Stimme, die ihm, noch ein wenig benommen murmelnd, ins Ohr raunte: »Du brauchst dir keine Sorgen zu machen, Liebling. Wir fahren jetzt einige Zeit nirgendwohin; zumindest so lange nicht, wie Ray in London bleibt. Und mach dir kein Kopfzerbrechen. Ich werd' immer wissen, wo du bist. Das war bisher auch so: Ich weiß, wann du hier und wann du zu Hause bist, dank der lieben Louise, dem lieben Onkel Fred und meiner lieben Mutter, aber in erster Linie durch den lieben Onkel Fred. Manchmal frage ich mich, ob er mehr weiß, als gut für ihn ist; aber ich glaube nicht, denn wenn er es wüsste, würde er sich sicher als der Retter der heiligen Institution Ehe aufspielen und versuchen, mir das schändliche Handwerk zu legen. Er mag mich nicht besonders, der gute Onkel Fred. Wie auch immer, Liebling«, sie beugte sich über ihn und flüsterte, »du brauchst keine Angst zu haben, dass ich dich bloßstelle oder sonst irgendwie in Verlegenheit bringe. Ich werde immer sehr vorsichtig sein, aber ich brauche dich, und du brauchst mich. O ja, du brauchst mich. Sag, dass du mich brauchst.«

Als er stumm blieb, schüttelte sie lächelnd den Kopf: »Das macht nichts; alles an dir sagt mir, was ich hören wollte.«

Mit einem Mal war das Zimmer leer; er hörte keine Tür zufallen – weder nah noch fern.

Sich auf den Rücken wälzend, bedeckte er die Augen mit seinen Händen. Etwas hatte begonnen, das er nicht mehr aufhalten konnte.

18

Es war die erste Woche im Juni, und der Monat hielt, was die enthusiastischen Vorhersagen der Meteorologen versprochen hatten.

Fred und Louise saßen auf der hinteren Veranda ihres Hauses; er trug gestreifte Shorts, und Louise einen spärlichen Bikini.

Sie nippte an einem großen Glas mit eisgekühltem Orangensaft, strich sich das Haar aus der Stirn und sagte dann: »Wir hätten mit Jason ins Schwimmbad gehen sollen.«

»Ja, ich weiß, aber dazu hätten wir wirklich *hingehen* müssen, und ich weiß nicht, ob du es bemerkt hast, Frau, ich bin ein paar Jährchen älter als mein Sohn. Er springt einfach auf einen Bus; ich könnte jetzt auf keinen Bus springen, und wenn ich nur dran denke, das Auto rauszuholen, bricht mir der Schweiß aus. Der einzige Trost für mich ist, dass ich nicht der Einzige bin, der bei lebendigem Leib geröstet wird. Ich glaube, das ist die erste richtige Hitzewelle, die wir seit Jahren erleben, aber sie wird nicht mehr lange dauern, wenn man den Vorhersagen trauen kann. Wie auch immer – ich möchte mit dir über etwas reden.«

»Ja, ich weiß.« Sie drehte den Kopf und sah ihn an. »Du willst dich pensionieren lassen.«

»Red keinen Unsinn, Frau. Es ist wegen Gwendoline.«

Er stemmte sich in seinem Liegestuhl hoch und drohte ihr über den Bambustisch hinweg mit dem Finger. »Das Seufzen kannst du dir schenken. Ich hab' keine Lust, zu ihr rauszufahren; das hab' ich dir gesagt, und ihr ebenfalls. Ich hab' die Nase voll von diesem Theater. Offen gesagt, wäre es mir am liebsten, wenn sie wieder dorthin ginge, wo sie hergekommen ist – nach Frankreich oder sonst wohin.«

»Gwendoline oder Yvette?«

»Beide, um die Wahrheit zu sagen.«

»Ach du meine Güte! Dann muss es was Ernstes sein.«

»Es ist ernst, Louise. Nicht für uns, aber für zwei Menschen, die wir sehr gern haben.«

Da wurde sie hellhörig, schwang ihre Füße vom Liegestuhl, setzte sich auf und sah ihn an. »Was ist passiert?«

»Noch nichts. Obwohl ich mir da nicht so sicher bin. Es ist durchaus möglich, dass es bereits passiert ist, denn irgendetwas stimmt nicht. Ich kenne die beiden – Nyrene und Peter. Ich kann es fühlen.«

»Und es hat mit diesem mannstollen Flittchen zu tun? Gwendoline hat dir etwas gesteckt?«

»Nicht direkt. Aber du kennst doch diesen Ray Zussman, den sich meine Schwester für sie ausgeguckt hat ... Sie haben vor, nächstes Wochenende zusammen nach Menorca zu fliegen, wo möglicherweise alles geregelt werden soll. Zumindest hatte sich Gwendoline das so vorgestellt, aber wie es scheint, macht Yvette jetzt Ausflüchte, als hätte sie noch einen Trumpf im Ärmel.«

»Das alles hat dir Gwendoline erzählt?«

»Nein. Nein, nicht direkt; ich gebe nur das wieder, was ich aus dem, was sie tatsächlich gesagt hat, schließe. Ich kann nicht die ganze Unterhaltung Wort für Wort wiederholen, aber was sie wirklich gesagt hat – und zwar rundheraus, war, wie Leid es ihr tue, dass Nyrenes Junge so kränklich ist und sie davon abhält, bei ihrem Mann zu sein. Und dann hat sie hinzugefügt: ›Männer fühlen sich schnell einsam.‹«

»Nein!«

»Doch, genau das hat sie gesagt. Und ich sehe das auch so: Es ist jammerschade, dass sie nicht öfters nach Fellburn kommen kann. Weißt du noch – im letzten Monat hat sie zwei Wochenenden vergeblich gewartet, dass er nach Hause kommt. Und jedes Mal ist ihm was dazwischengekommen, das nicht zu verschieben war. Ich weiß nicht ... Was ich allerdings ganz sicher weiß, ist, dass Yvette sich in den letzten paar Monaten verändert hat.«

Louise lehnte sich wieder in ihren Liegestuhl zurück, und es verging einige Zeit, bevor sie erklärte: »Ich glaube, der Haken an der ganzen Angelegenheit ist, dass sie kein Mädchen mehr ist, Yvette aber schon – und sie setzt das bedenkenlos ein.«

»Meinst du, dass es möglich wäre?«

»Ich traue diesem Flittchen alles zu.«

»Da bist du nicht die Einzige. Aber was können wir tun?«

»Es liegt an dem Jungen. Ich sollte das vielleicht nicht sagen«, Louise schüttelte bedauernd den Kopf, »weil er ein liebenswerter und süßer kleiner Bursche ist, aber es ist einfach nicht normal, dass er es nicht erträgt, wenn sie nicht ständig in seiner Nähe ist. Sie hätte gleich von Anfang an energischer mit ihm sein und ihn der Obhut von Hamish und Mrs. A. anvertrauen müssen. Er hätte sich schon daran gewöhnt.«

»Mit Strenge erreicht man bei einem so empfindsamen Kind, das möglicherweise autistisch ist, gar nichts, Louise. Ich weiß das, weil ich in der dritten Klasse ein ähnlich veranlagtes Kind habe. Er wäre ein hervorragender Schüler, wenn er lange genug auf seinem Hosenboden sitzen könnte. Die Eltern anderer Kinder haben sich schon beschwert und verlangen, dass er auf eine Sonderschule geschickt wird. Wahrscheinlich wird er früher oder später dort enden. Aber wieder zurück zu dem Thema, um das es eigentlich geht: Hast du eine Idee, was wir tun könnten?«

»Ja, aber es kommt natürlich drauf an, was du darüber denkst. Was hältst du davon, wenn ich ihr sage, ich könnte eine Atempause vom Alltag vertragen, und sie frage, ob ich für ein Wochenende zu ihr hoch kommen kann? Ich könnte Jason mitnehmen; er wäre begeistert, Charles wiederzusehen. Und für Nyrene ergäbe sich Gelegenheit, Peter zu besuchen.«

»Sehr gut. Sehr gut.«

»Und es würde dir nichts ausmachen?«

»Natürlich würde es mir was ausmachen, hier in dem Dschungel alleingelassen zu werden, andererseits täte es dir sicherlich gut, mal ein bisschen rauszukommen, und es dauert noch eine Weile, bis das Schuljahr zu Ende ist. Klar – fahre ruhig.«

»Ich könnte am Donnerstagabend fahren, und sie könnte sich am Freitagmorgen in den Zug nach Fellburn setzen. Mir wäre es möglich zu bleiben, bis sie am Dienstag wieder zurück ist. Ist das zu lang für dich?«

»Ja, natürlich ist das zu lang.« Er beugte sich über den Tisch und ergriff ihre Hand. »Weißt du, ich werde langsam senil und brauche dich immer mehr.« Er grinste und brummte dann mit verändertem Tonfall: »Fahr nur ruhig. Wenn es dem abhilft, was – wie wir glauben – der Abhilfe bedarf, wird mein Opfer nicht umsonst sein.«

Sie tätschelte seine Hand. »Du bist ein lieber alter Bär, Mr. Beardsley – manchmal zumindest. Aber nur manchmal.« Und dann fügte sie in nüchternerem Ton hinzu: »Eines müssen wir allerdings vorher tun: Wir müssen ihm sagen, dass sie kommt. Es wäre furchtbar, wenn sie in irgendwas hineinplatzen würde.«

»Du glaubst also ...?«

»Ich weiß es nicht. Ich weiß es wirklich nicht, aber ich denke, das werden wir sicher bald herausfinden.«

Nyrene legte den Telefonhörer auf, machte einen Schritt zurück und starrte auf den Apparat hinab, ehe sie zur offenen Tür ging. Sie schlenderte nach draußen auf die Terrasse und setzte sich gegenüber der Zufahrt zum neuen Tor, die sie angelegt hatten, in einen Liegestuhl, von wo aus sie über das grüne Land hinweg auf das silberne Band des Flusses und die Berge jenseits davon blicken konnte. Irgendwann trat Hamish zu ihr, und nachdem er eine Weile neben ihr gestanden hatte, sagte er: »Ich werd' mal, Ma'am. Sie brauchen eine Weile nicht raufzugehen; er schläft jetzt. Nach einem Tag wie heute muss ich sagen, der Schnee ist mir allemal lieber. Wenn ich mir vorstelle, dass die Leute ins Ausland reisen, nur um den ganzen Tag in einer solchen Gluthitze rumzuliegen! Die müssen verrückt sein. Zahlen eine Menge gutes Geld dafür, sich von der Sonne verbrennen und die ganze Kraft aus dem Körper kochen zu lassen, und wenn sie heimkommen, brauchen sie Erholung. Verrückt! Verrückt, sag' ich. Die Menschen sind ganz schön verrückt, Ma'am.«

»Hamish?«

Der Ton, in dem sie seinen Namen sagte, veranlasste ihn, besorgt den Kopf zu heben; er machte einen Schritt von der Seite des Stuhls vor sie hin und sah erwartungsvoll auf sie hinab. Sie sah zu ihm empor und meinte zögernd: »Würde es Ihnen sehr ungelegen kommen, wenn ich Sie bitte, noch eine halbe Stunde zu bleiben?«

»Ungelegen? Eine halbe Stunde? Wenn Sie wollen, dass ich die ganze Nacht bleibe, brauchen Sie nur ein Wort zu sagen.

Das sollten Sie inzwischen wissen. Aber dem Jungen geht es gut.«

»Es geht gar nicht um den Jungen, Hamish.« Sie sah ihn an. »Ich muss mich entscheiden. Mrs. Beardsley hat mir eben am Telefon vorgeschlagen, für ein langes Wochenende zu uns zu kommen, damit ich runter nach Fellburn für einen Besuch bei ...« – sie zögerte, ehe sie fortfuhr – »... bei meinem Mann fahren kann.« Normalerweise nannte sie ihn Mr. Peter, wenn sie mit Hamish über ihn sprach. »Falls ich überhaupt fahre, werde ich nicht bis Freitag warten, wenn sie alle mit mir rechnen, sondern schon morgen fahren.«

Sie starrten einander im bläulichen Licht der hereinbrechenden Dämmerung an, und sie empfand es überhaupt nicht als seltsam, dass sie mit diesem Mann in einer Weise sprechen konnte, wie es ihr nicht einmal mit Mary oder selbst mit Louise möglich war.

Schließlich holte er tief Luft, bevor er sagte: »Ja, Ma'am, ich verstehe sehr wohl, und das nicht nur seit heute, und mir blutet das Herz für sie beide. Aber das eine will ich dazu sagen: Was immer nicht in Ordnung ist – es macht ihm großen Kummer.«

Ja, dachte sie, auch sie hatte diesen Eindruck gehabt. Er hatte den Kummer nicht verbergen können.

»Ich möchte gegen fünf morgen Nachmittag dort sein, und ich weiß, Hamish, dass ich wegen dem Jungen kein Wort zu sagen brauche, denn Sie sind für ihn immer wie ein Vater gewesen, was sein leiblicher Vater leider nie war.«

»Ma'am! Sagen Sie nicht so was. Nein. Es sind die Umstände. Es sind immer die Umstände, die zu solchen Situationen führen. Wenn Mr. Peter hätte hier sein können, wäre er ihm ein guter Vater gewesen – es sei denn, natürlich, wieder andere Umstände hätten es anders gewollt. Und wer kann sich schon die Umstände aussuchen? Niemand kann das wirklich. Aber auf eines bin ich bereit, jeden Eid zu schwören, Ma'am, und zwar, dass sein Herz und seine wahre Liebe immer Ihnen gehören werden – egal, was für eine Dummheit er vielleicht gemacht hat.«

Sie hatte das Gefühl, gleich weinen zu müssen. Nein, nein – sie durfte jetzt nicht heulen. Aus den Augenwinkeln sah sie Mary über den Hof kommen, und als sie nahe genug war, rief sie: »Es zieht ein Gewitter auf, Ma'am, und was für eins!«

»Ja, ich glaube, Sie haben Recht, Mary.« Nyrene sah zu der älteren Frau empor. »Ich habe Hamish gebeten, noch eine halbe Stunde zu bleiben, weil ich über etwas nachdenken muss. Es geht um einen Anruf, der mich gerade erreichte. Ich hätte es auch Ihnen gesagt, aber Sie waren gerade nicht da, darum hab' ich Hamish gebeten. Er wird Ihnen erzählen, was ich morgen möglicherweise mache.«

Mary starrte sie einen Moment lang unverwandt an, dann sagte sie: »Was immer Sie tun, Ma'am, wir sind auf Ihrer Seite. Wie mein Dad sagen würde: auch wenn es in die Hölle geht; dann wird es zwar heiß und holprig, aber immer noch besser heiß und holprig, als zurückgelassen zu werden.«

Sie konnte nicht lachen; ihr war noch immer zum Heulen zumute, als sie hinter den beiden her sah – dem großen, hageren Mann und der kleinen, rundlichen Frau, die nicht halb so groß war, dafür aber zehn Jahre älter. Trotzdem war der Altersunterschied zwischen ihnen nicht zu bemerken – nicht so wie zwischen einem neunzehnjährigen Jungen und einer neununddreißigjährigen Frau. Und dennoch hatte sich ihre Liebe leidenschaftlicher entwickelt, als wenn sie beide Teenager gewesen wären: Er hatte das Feuer der Jugend in ihr Ehebett gebracht, und sie Erfahrung, und die Kombination aus beidem war überwältigend gewesen.

Doch was sollte sie jetzt tun? Der augenblicklichen Situation ihren Lauf lassen und zusehen, bis nichts mehr von ihm übrig war für sie? Es war bereits jetzt wenig genug. Und irgendwann würde auch er ein gesetzter Mann mittleren Alters sein, der seine Frau zwar noch immer liebte – oh, ja, sie noch immer liebte, aber eher freundschaftlich, zärtlich und rücksichtsvoll und immer darauf bedacht, ihr nicht wehzutun, und dennoch würde tief in ihr drin das Wissen nagen, dass dieser Mann nicht der Peter Riley war, der sie angebetet hatte und der es – genau wie ihr Sohn – nie lange ertragen konnte, von ihr getrennt zu sein. Als er noch auf Tournee gewesen war, hatte ihm die Trennung von ihr so sehr zugesetzt, dass er bereit gewesen war, deshalb seine Karriere aufzugeben. Doch das hatte sich jetzt alles geändert. Seine Arbeit fraß ihn auf, zumindest behauptete er das, denn schließlich war er Produzent, Schauspieler und außerdem in begrenztem Umfang sogar Teilhaber an dem Unternehmen, was ihn verpflichtete, Einladungen zum Lunch Folge zu leisten und bei Besprechungen anwesend zu sein.

Sie setzte sich in ihrem Liegestuhl auf. Eines war sicher: Ihre gute Freundin Louise hatte ihr gewiss nicht angeboten, ihren heiß geliebten Ehemann für ein langes Wochenende allein zu lassen, ohne vorher mit ihm darüber gesprochen und die Angelegenheit für ernst genug befunden zu haben, eine Trennung auf sich zu nehmen. Soweit sie wusste, waren sich die beiden noch nie längere Zeit fern gewesen, seit sie verheiratet waren. Louise und Fred verband eine so starke Liebe und Vertrautheit, dass nicht einmal Gwendoline mit ihrer neu entdeckten Familienanhänglichkeit dazwischenfunken konnte.

Sie stand auf und ging langsam zum Tor hinüber. Von hier war der Blick weit, und sie ließ ihn in der zunehmenden Dämmerung bis hinüber zum fernen Horizont schweifen, obgleich sie ihn nicht wirklich sah, denn sie plante bereits ihre morgige Ankunft. Die einzige freie Zeit, die er sich während des Tages erlaubte, war zwischen vier und sechs. Nun, sie würde genau zu dieser Zeit ankommen, und er würde sich nicht herausreden können, dass er jetzt zu beschäftigt sei, über private Dinge zu reden. Sie würde ihm auf den Kopf zusagen, warum sie diesen Zeitpunkt für ihre Ankunft gewählt hatte, und ihm die Gelegenheit geben, mit der Wahrheit herauszurücken und ihr mitzuteilen, was zwischen ihnen nicht stimmte. Und dass etwas zwischen ihnen nicht stimmte, war nicht zu übersehen. Um das zu bemerken, hätte es Louises taktvollen Vorschlags gar nicht bedurft.

Als sie wieder zum Haus zurückging, wurde ihr bewusst, dass dies das erste Mal war, dass sie sich keine Sorgen machte, ihren Sohn für einen Tag allein zu lassen.

19

Draußen vor dem Bahnhof von Fellburn prasselte der Regen in dicken Tropfen, die zersprangen wie Glasmurmeln, auf das Pflaster des Bürgersteigs, und weit und breit war kein Taxi in Sicht. Als ein gleißender Blitz aus dem trüben Himmel zuckte, sprang sie mit einem Satz in den Eingang zurück, wo sie wartete, bis sie auf der anderen Seite des Stands ein Taxi halten sah. Mit eingezogenem Kopf lief sie zu dem Wagen hinüber, riss die Tür auf und rief, während sie sich auf die Polster sinken ließ: »Palace Buildings, Nummer eins!«

»Schön, Ma'am – Nummer eins, Palace Buildings«, erwiderte der Fahrer. »Das ist ein Sauwetter, wie? Auf dem Grove Crescent hat der Sturm einen Baum entwurzelt.«

»Stürmt es schon lange so?«

»Na ja, am frühen Nachmittag hat es immer wieder mal gegrummelt und ein paar Tropfen gegeben, aber seit zwei Stunden gießt es wie aus Eimern. Überall sind Überschwemmungen.«

Es kam ihr wie eine sehr kurze Fahrt vor, obwohl es eigentlich ein ganzes Stück vom Bahnhof zum Theater war. Als das Taxi anhielt, blieb sie im Wagen sitzen, bis sie bezahlt und ihren Schlüssel aus ihrer Handtasche gekramt hatte. Während der Fahrer über den Sitz griff und die Tür für sie aufmachten, zuckte ein Blitz aus den Wolken, auf den beinahe im selben Augenblick das ohrenbetäubende, splitternde Krachen eines Donners folgte, der den Himmel zu spalten schien und sie praktisch aus dem Sitz riss und über den Gehsteig und den kurzen Durchgang hinein zur Wohnungstür trieb.

Sie hatte den Schlüssel ins Schloss gesteckt und ihn umgedreht, ohne sich dessen bewusst zu sein. Benommen stolperte sie ins die kleine Diele und warf die Tür hinter sich zu, dann lehnte sie sich gegen die getäfelte Wand und rang nach Atem.

Der Donner rumpelte noch immer drohend, als sie die Glastür öffnete; dann blieb sie wie angewurzelt stehen.

Aus dem Schlafzimmer drangen Stimmen, und sie erkannte nicht nur die eine.

Mechanisch tasteten ihre Finger zu ihrem Hut und rückten ihn gerade. Dann sank ihre Hand herab und strich die Strähnen ihres nassen Haars aus dem Gesicht, zuerst zur einen, dann zur anderen Seite. Schließlich lockerte sie es mit gespreizten Fingern und ließ es auf ihre regennassen Wangen fallen, während sie sich zugleich fragte, warum sie dies tat, denn es war jetzt ohnehin nicht mehr wichtig, wie sie aussah.

Das Grollen des Donners erstarb, und die Stimme ihres Mannes war jetzt deutlicher zu verstehen: »Ich hab es dir von Anfang an gesagt, oder?«

Worauf die Frauenstimme antwortete: »Ja, das hast du, aber ich habe dir ebenfalls von Anfang an gesagt, dass ich nie vorhatte zu heiraten, aber jetzt hab ich meine Meinung dank dir geändert. Verstehst du denn nicht, was ich für dich aufzugeben bereit bin? Ray ist reich, aber du nicht; er ist ein Mann von Welt, was du ganz bestimmt nicht bist, und er ist großzügig – etwas, das ich bei dir noch nicht bemerkt habe, abgesehen natürlich von einem. O ja – abgesehen von einem, aber genau das ist es, was mich sicher macht, dass wir zueinander gehören. O Peter, komm doch endlich zur Vernunft! Ihre besten Tage sind vorüber, siehst du das denn nicht? Sie kommt morgen; mach ihr klar, dass du dich scheiden lassen willst.«

»Das werde ich nicht.«

»Dann tu's ich.«

»Nein, verdammt, das wirst du nicht tun!«

»Meinst du, ich lass mich von dir rumkommandieren?«

»Bitte, Yvette«, seine Stimme klang jetzt flehentlich, »tu das nicht.«

»Nenn mir einen Grund, warum ich es nicht tun sollte – nach allem, was wir in den letzten Monaten füreinander gewesen sind. Außerdem ist sie kein Kind mehr; sie ist eine Frau, und sie muss doch mitbekommen, dass etwas nicht stimmt. Deine Ausreden, dass du zum Essen eingeladen bist und wichtige Besprechungen anstehen und so weiter, können doch nicht einmal einen Vollidioten hinters Licht führen –

und ein Vollidiot ist sie ganz sicher nicht. Sie ist ein ganz raffiniertes Frauenzimmer, wenn du mich fragst, die sich einen jungen Kerl geangelt hat und sich von ihm ein Kind machen ließ, damit er sie heiraten musste. Ich frag mich eines, Peter: Wenn du nicht mit ihr verheiratet gewesen wärst, als du mich kennen gelernt hast, hättest du mich dann geheiratet?«

Als er nicht darauf antwortete, rief sie triumphierend: »Siehst du! Und ich sag dir noch etwas: Wenn du mir jetzt den Laufpass gibst, dann wirst du mich nie vergessen können. Du kennst doch das Lied ›I've got you under my skin‹? Genau das ist dir mit mir passiert: Ich bin dir unter die Haut gegangen, und ich hab vor, dort zu bleiben.«

Er kam zuerst aus dem Schlafzimmer und zog sich gerade ein Hemd über den Kopf, der Kragen war halb über seine Schulter gerutscht. Dann tauchte Yvette neben ihm auf, und bei dem, was sie sah, blieb ihr einen Moment lang der Mund offen stehen. Doch nur einen Moment lang, denn dann sagte sie mit einem beinahe fröhlichen Trällern in der Stimme: »Letzte Szene – Auftritt der betrogenen Ehefrau.«

»Halt den Mund!«

Riley war so abrupt zu ihr herumgewirbelt, dass der Klang seiner Stimme sie einen Schritt zurückweichen ließ. Eine Weile starrte sie ihn mit großen Augen an. Doch dann gewann sie ihre Fassung wieder. »Wenn sie schon länger da steht, gibt es nicht mehr viel zu sagen, oder?«

Jetzt schrie er regelrecht, und seine Stimme hallte schrill durch das große Wohnzimmer: »Raus hier! Verschwinde!«

Ihre Antwort darauf war seltsam ruhig: »Nein, ich verschwinde nicht; ich hab genauso ein Leben zu leben wie sie oder wie du.« Sie nickte von einem zum anderen. »Wie immer sie sich entscheidet, es wird mein Leben beeinflussen – so oder so. Entweder ich heirate dich und bleibe hier und mische mich unter euch Künstlervolk von nebenan, oder ich heirate einen reichen Mann, reise in der Weltgeschichte herum und lebe in Saus und Braus. Und ich kann mir sehr gut vorstellen«, in ihrer Stimme schwang jetzt ein wütender Unterton mit, und sie schritt auf Nyrene zu und blieb nur eine

Armlänge von ihr entfernt stehen, »dass du in deiner Jugend keinen Augenblick gezögert hättest, wärst du vor einer solchen Entscheidung gestanden. Du hättest dich für das Geld und die Weltreisen entschieden, da bin ich mir absolut sicher. Ich weiß eine Menge über dich und deine wilden Zeiten – mehr als dir lieb sein kann. Du denkst, ich bin ein Flittchen. O ja, ich weiß, was du denkst und die liebe Louise ebenfalls ... Na schön, ich bin nun mal wie ich bin und die Tochter einer Hure, aber ich bin bereit, das alles aufzugeben, um den Mann zu heiraten, der auf dem Papier *dein* Mann ist. Vielleicht hätte ich sagen sollen, den jungen Mann, den du dir geangelt hast, denn du könntest seine Mutter sein und ihn gestillt haben.«

Als das kleine Tischchen gegen die Wand krachte, fuhren sie beide zusammen, und Riley stieß den ausgestreckten Finger in Yvettes Richtung und bellte: »Das reicht!« Dann drehten sich beide zu Nyrene um, die mit leiser, mühsam beherrschter Stimme sagte: »Du hast Recht mit allem, was du sagst. Und du, Peter, kannst jetzt tun und lassen, was du willst. Ich für meinen Teil werde meinen Anwalt aufsuchen, wenn ich zu Hause bin. Und außerdem lasse ich deine Sachen packen und hierher schicken.«

Sie war bereits in der Diele, als er schrie: »Nyrene! Bitte! Bitte, hör mir zu. Es ist nicht so, wie du denkst. Ich möchte nicht ...«

Dann wurde er von Yvettes Armen, die sich um seinen Nacken schlangen, zurückgehalten.

Bis es ihm endlich gelungen war, sie abzuschütteln, hatte Nyrene bereits das Ende des Durchgangs erreicht, und sie war schon ein Stück die Straße hinabgeeilt, ehe er sie einholte, am Ärmel festhielt und keuchend hervorstieß: »Nyrene, es ist nicht so, wie du denkst.«

»Lass mich los, Peter!«

»Nein. Nein, ich kann es dir erklären. Du bist meine Frau; du wirst immer meine Frau sein.«

»Wenn du mich nicht loslässt, schreie ich um Hilfe.«

Seine Hände sanken herab, und sie hatte sich bereits halb

umgedreht, als sie plötzlich innehielt. »Versuche nicht, mich anzurufen oder sonst wie zu belästigen; was ich dir zu sagen habe und du mir, kann über unsere Anwälte geregelt werden. Hast du verstanden?« Und damit ging sie davon, den Kopf gegen den kalten Wind und den Regen auf die Brust gesenkt, und er stand reglos da, mit hängendem Kopf und ließ sich vom Regen bis auf die Haut durchnässen.

Schließlich wankte er in die Wohnung zurück, und als Yvette sich ihm näherte und Anstalten machte, die Arme um ihn zu schlingen, stieß er sie mit dem Unterarm so heftig vor die Brust, dass sie rückwärts taumelte. Nur die Lehne der Couch verhinderte, dass sie rücklings auf den Boden stürzte. Dann war er mit ein paar Schritten bei ihr, beugte sich über sie und zischte zwischen gebleckten Zähnen hervor: »Du mieses Stück!«

Sie hatte sich wieder aufgerichtet und fauchte zurück: »Ich bin mies? Ich hab niemanden betrogen, weil ich nämlich nicht verheiratet bin. Aber du bist ein verheirateter Mann; du hättest mich jederzeit stoppen können, wenn du gewollt hättest.«

»Dich stoppen?« Seine Stimme überschlug sich, und er spuckte es ihr förmlich ins Gesicht: »Niemand kann dich stoppen, weil du eine Schlange bist, eine egoistische, gierige und sexbesessene Schlange!«

Sie schob sich rückwärts von ihm weg und zischte: »Sei vorsichtig mit dem, was du sagst; morgen könnte es dir vielleicht Leid tun. Du hast gehört, was sie tun will: Sie will sich scheiden lassen.«

»Sie lässt sich nicht scheiden, aber selbst wenn ich geschieden wäre, würde ich sicher nie dich heiraten.«

Der Ausdruck auf ihrem Gesicht sagte ihm, dass er sie endlich getroffen hatte. Und irgendwie musste er sie sehr tief getroffen haben, denn nun schrie sie zurück: »Das ist mir doch egal, denn jetzt wache auch ich allmählich auf. Ja, es fällt mir wie Schuppen von den Augen, und ich frage mich, was ich an dir gefunden habe. Aber irgendetwas muss mich zu dir hingezogen haben, und ich weiß auch, was es war: das Gewöhnliche und Billige, alles, was das Gegenteil war von dem, was man mir beigebracht hat – wie ein Gentleman sich benimmt und was ich von einem Mann erwarten kann. Und wer vereinigt alle diese Charaktereigenschaften in einer Person? Ein Schmierenkomödiant, ein großes Licht in einem finsteren kleinen Kuhdorf. Und selbst das hättest du nie geschafft, wenn es dir nicht gelungen wäre, eine viel ältere Frau zu heiraten.« Sie spuckte es ihm ins Gesicht. »Sie war damals schon alt, aber schau sie dir jetzt an! Sie ist fast fünfzig und sieht auch so aus. Ja, genauso sieht sie auch aus.«

»Halt den Mund«, erwiderte er in jetzt wieder ruhigerem Ton.

»Ich lass mir von dir nicht den Mund verbieten, aber mich würde interessieren, ob du dir in deinem engstirnigen, spießigen Kleinstadtgehirn irgendeine Vorstellung davon machst, was ich alles auf mich zu nehmen bereit war, um bei dir zu sein. Wenn ich dich mit Ray vergleiche, begreife ich erst, dass ich völlig von Sinnen gewesen sein muss, weil du ein Schlappschwanz bist«, zischte sie ihn an. »Auch im Bett! Du hast nie begriffen, worum es eigentlich geht.«

»Raus jetzt! Raus hier, bevor ich ... bevor ich ...«, bellte er, doch sie giftete zurück: »Bevor du was? Bevor du zusammenbrichst und zu heulen anfängst? Es wäre doch nicht das erste Mal, dass du weinst, oder?«

Sie funkelte ihn an und wartete auf eine Antwort, doch es dauerte eine Weile, bis sie kam.

Ich hab noch nie in meinem Leben geweint«, sagte er, »aber ich werde es heute Nacht wahrscheinlich tun, weil du mannstolles Weibsstück etwas Schönes kaputt gemacht hast.«

Er beobachtete, wie sie den Kopf in den Nacken warf und mit einem höhnischen Lachen hervorstieß: »*Schön* hast du gesagt? Schon eher etwas, das an Inzest grenzt, denn sie hätte deine Mutter sein können. Dass du dich mit einer Frau eingelassen hast, die älter sein könnte als deine eigene Mutter, hat die arme Frau beinahe in den Wahnsinn getrieben, und ich muss sagen, ich kann es verstehen. Und du redest von etwas Schönem! Du meine Güte! Mit dieser alten Schachtel, die sich aufführt wie ein Teenager? Meine Mutter könnte ihr fünfzehn Jahre schenken und würde noch immer jünger aussehen!«

»Ist ja auch kein Wunder, schließlich hat sie als langgediente Hure die meiste Zeit ihres Lebens auf dem Rücken zugebracht.«

Als ihre geballte Faust hervorschoss und über sein Gesicht schrammte, glaubte er, eine Rasierklinge schneide ihm die Wange auf, doch es war nur der Stein ihres Rings, der denselben Effekt hatte. Er reagierte, als wäre sie ein Mann, und schlug ihr mehrere Male mit den Fäusten ins Gesicht. Dann packte er sie bei der Kehle und schrie sie an: »Ich könnte dich umbringen, jetzt auf der Stelle! Ich könnte dich umbringen!« Dann geschah etwas Seltsames: Seine Daumen, die sich auf ihrer Kehle überkreuzten, fielen auseinander, als hätte er einen Schlag auf den Kopf bekommen, und während sie keuchend in den Sessel sank, taumelte er rückwärts, denn die Person, der er ins Gesicht gestarrt hatte, war plötzlich sein Sohn gewesen.

Er wurde verrückt; er wurde wieder zu Larry!

Haltsuchend stützte er sich auf die Armlehne der Couch, und ihre krächzende Stimme drang an sein Ohr: »Dafür wirst du bezahlen! Ich werde einen Skandal machen, den du nicht überstehen wirst! Ich werde deiner so genannten Karriere ein Ende bereiten, darauf kannst du dich verlassen. Dann kannst du mit deiner komischen Tour durch die Kneipen ziehen. Und wieder in ihr Bett zurückkriechen, damit wird sie nicht einverstanden sein – das steht mal fest.«

Er sah ihr nach, wie sie, eine Hand auf der Kehle, die andere gegen die Wange gepresst, ins Schlafzimmer stolperte und dann mit ihrem Regenmantel angetan wieder herauskam. Sie musste sich seitlich an ihm vorbei schieben, um zur Tür zu gelangen, wo sie sich noch einmal umdrehte und zischte: »Wir sehen uns noch, Peter Riley. Das nächste Mal vor Gericht.«

Er hörte, wie die Tür ins Schloss krachte, doch er blieb reglos stehen, wo er war. Dann nickte er und murmelte: »Oh, ja, das nächste Mal sehen wir uns vor Gericht – ganz bestimmt sogar, denn morgen ist dein Gesicht grün und blau.« Er nickte noch immer. Sie würde sicher zu einem Fotografen rennen und einige Aufnahmen von ihrem Gesicht machen lassen. Oh, ja – sie würden sich ganz bestimmt wiedersehen.

Als erwache er aus einem Albtraum, blinzelte er einige Male heftig und sah, dass sein Hemd voller Blut war. Es war klatschnass gewesen, nachdem er hinter Nyrene auf die Straße gerannt war, doch er hatte nicht darauf geachtet, weil es seinen erhitzten Körper gekühlt hatte, doch jetzt brachte ihn der Anblick des frischen Bluts wieder vollends zu sich.

Als er in den Spiegel im Bad sah, erkannte er sein Gesicht zuerst nicht wieder; nicht, weil die untere Hälfte und sein Hals voller Blut waren, das aus dem tiefen Schnitt an seinem Kinn sickerte, sondern weil seine Augen, in denen ein wilder Ausdruck flackerte, wirkten, als würden sie im nächsten Augenblick aus den Höhlen treten. Das waren ganz bestimmt nicht seine Augen.

Ihm war übel, sogar ein wenig schwindlig. Er stützte eine Hand haltsuchend gegen den Spiegel, dann drehte er sich um, lehnte sich mit dem Hintern gegen das Waschbecken, riss sich das Hemd vom Leib und zog die Hose aus, die am Bund ebenfalls voller Blut war.

Er öffnete den Medizinschrank, holte einen Packen Gazekompressen heraus und presste sie auf den Schnitt, doch sie waren in kürzester Zeit blutdurchtränkt. Ratlos blickte er um sich, dann nahm er ein Handtuch und riss es in Streifen, die er sich um das Kinn schlang.

Er taumelte zurück ins Wohnzimmer, als jemand laut gegen die Tür hämmerte. Er ignorierte es und strebte auf die Couch zu, bis er eine gedämpfte Stimme rufen hörte: »Mach die Tür auf, Mr. Riley! Ich bin's – Lily!«

Er blieb stehen, doch es dauerte einige Minuten, bis er die Klinke niederdrückte, die Tür aufzog und wieder ins Zimmer zurückstrebte. Lily folgte dicht hinter ihm und rief: »Was, um Himmels willen, ist passiert?«

Als er stehen blieb und sich zu ihr umdrehte, zeigte sie nur stumm vor Entsetzen auf sein Gesicht und stammelte dann:

»Ach du meine Güte, wie siehst du denn aus? Wer hat das getan? Sie?«

Als er nicht darauf antwortete, sondern sich auf die Couch fallen ließ, fügte sie rasch hinzu: »Ich bin fast mit ihr zusammengestoßen. Sie kam um die Ecke gerannt, wahrscheinlich auf dem Weg zu ihrem Auto, und hatte eine Hand aufs Gesicht gepresst. Oh! Du brauchst nicht so entgeistert zu schauen«, sie warf die Hände in die Höhe. »Alle wissen es. Sie sind weder blind noch taub. Nur weil sie das Auto um die Ecke parkt, glaubt sie, es kriegt keiner mit. Aber wegen der anderen Sache ... Anna und Jane haben sich vorhin in der Garderobe unterhalten, als ich reinkam, und kaum hatte Anna mich gesehen, hat sie es mir auch gleich brühwarm erzählt: ›Es war sie, die ich gesehen habe – Mrs. Riley! Ich weiß, dass sie erst morgen kommen sollte, aber da stand sie, mitten auf der Straße vor Mr. Rileys Wohnung. Und sie schien sich mit ihm zu streiten. Dann ist sie einfach weggegangen und hat ihn im Regen stehen lassen.‹ Na ja, als ich das gehört hab«, Lily schüttelte den Kopf, »war es nicht schwer, zwei und zwei zusammenzuzählen. Und wie ich vorhin fast mit der anderen zusammengestoßen bin, war ich nicht sehr überrascht. Aber hat sie das getan?«

Er wickelte das blutdurchtränkte Handtuch von seinem Kinn und spuckte etwas Blut darauf, bevor er in der Lage war zu murmeln: »Sei bloß still, Lily! Bring mir ... bring mir nur ein feuchtes Handtuch.«

Binnen Sekunden hatte sie ihm ein frisches Handtuch gebracht, doch als er Anstalten machte, es auf sein Gesicht zu pressen, rief sie: »O nein, nicht! Mit einem nassen Handtuch hört das nicht auf zu bluten. Du musst ins Krankenhaus.«

»Nein!« Er richtete sich beunruhigt auf. »Kein Krankenhaus. Hör zu! Hilf mir und hol mir meinen Mantel. Dr. Carter müsste jetzt eigentlich in seiner Praxis sein.«

»Oh, ja. Ja, er ist gut. Aber schaffst du es über den Platz zu ihm rüber?«

»Natürlich schaffe ich das, wenn du mir hilfst.«

»Natürlich schaffe ich das«, hatte er großmäulig verkündet,

aber ihm war ganz übel zumute, und in seinem Kopf drehte sich alles. Das ganze Ensemble hatte gewusst, was vor sich ging – sogar David! Nein, nicht David; David hätte ihn sich vorgeknöpft und ihm ins Gewissen geredet. Aber was die anderen betraf – sie hatten sich in all den Wochen ihm gegenüber nichts anmerken lassen.

Er hatte das Gefühl, im nächsten Augenblick ohnmächtig zu werden.

»Tief durchatmen und Kopf hoch! Lehne dich hier dagegen, bis ich die Tür zugesperrt habe.«

Sie presste ihn mit ihrer Hüfte gegen die Wand, dann legte sie den Arm um ihn und sagte: »Los, komm jetzt.«

Der kalte Regen schlug ihm ins Gesicht, doch er schien seine Lebensgeister wieder zu wecken. Er fühlte sich besser, bis Lily die Tür zur Praxis öffnete und ihm wie eine Wolke der stickige, dumpfe Geruch nass gewordener Menschen entgegenschlug.

Nachdem sie ihn zu dem einzigen leeren Stuhl im Wartezimmer gebracht hatte, ging sie zum Empfangspult und erklärte: »Mein ... mein Freund hatte einen Unfall. Er hat einen schlimmen Schnitt am Kinn und verliert eine Menge Blut.«

Die Frau sah an Lily vorbei zu dem jungen Mann hinüber, der den Kopf gegen die Wand gelehnt hatte und ein blutdurchtränktes Handtuch auf sein Kinn presste. Dann wanderte ihr Blick zu Lily zurück, und sie sagte: »Sie sind eine von den Schauspielerinnen vom Palace Theatre, nicht wahr? Und das dort drüben ist Mr. Riley, oder?«

»Ja, das ist er, und er braucht dringend den Doktor.«

»Schön – ich werde sehen, was ich tun kann.«

Als sich die Sprechzimmertür öffnete, glitt sie von ihrem Hocker und sagte zu dem Patienten, der sich anschickte, hineinzugehen: »Würden Sie so nett sein und den Mann dort vorlassen, Sir?« Sie deutete auf Riley.

Der Mann zeigte Verständnis. »Ja – natürlich«, nickte er. »Ist schon okay.«

Lily half Riley, auf die Beine zu kommen und führte ihn in das Behandlungszimmer. Es war, als würde sie ein Kind führen, und der Doktor, der sich von seinem Schreibtisch erhob, begrüßte sie mit einem aufgeräumten: »Sieh an, sieh an! Was haben wir denn da?« Es war offensichtlich, dass er sie beide erkannt hatte.

Nach einer eher flüchtigen Untersuchung der Wunde brummte der Arzt: »Sie hätten damit gleich ins Krankenhaus gehen sollen, aber ich werde sehen, was ich tun kann, denn viel Zeit sollten wir uns nicht mehr damit lassen.« Aus einem Glasschrank nahm er eine Flasche, einen Packen Tupfer und einen schmalen Metallbehälter. »Sie werden ein paar Stiche von der Spritze spüren, aber dann haben Sie's überstanden.«

Während er damit beschäftigt war, Rileys Gesicht zu säubern und die Blutung zu stillen, murmelte er: »Wenn das von einem Messer stammt, dann war es ein schartiges Messer.«

Als Riley nichts darauf erwiderte, starrten Lily und der Doktor ihn erwartungsvoll an.

»Nun?« Die Frage kam aus dem Mund des Doktors.

»Es war ein Stein ... in einem Ring.«

Riley machte die Augen zu, und als der Arzt anfing, mit der Nadel an seinem Kinn herumzustochern, knirschte er mit den Zähnen.

Ja, es war der Stein von ihrem Ring gewesen, und sie hatte genau gewusst, was mit seinem Gesicht passieren würde, als sie die Faust geballt hatte. Sie hatte den Ring wie einen Schlagring benutzt.

Gott sei Dank enthielt sich der Doktor jeglicher weiterer Fragen; offenbar war er zu dem Schluss gelangt, dass es sich hier um eine private Angelegenheit handelte, und so konzentrierte er sich schweigend auf sein Tun.

»So!« sagte er schließlich. »Das ist alles, was ich heute Abend für Sie tun kann. Ich habe den Schnitt mit zehn gleichmäßig engen Stichen genäht, und es dürfte keine besonders breite Narbe zurückbleiben. Ich rate Ihnen, sich ins Bett zu legen. Und lassen Sie das Pflaster ein paar Tage dran, egal wie es sich anfühlt. Kommen Sie in einer Woche wieder, dann ziehe ich Ihnen die Fäden.«

Er wandte sich Lily zu und sagte lächelnd: »Sie haben sich tapfer gehalten, obwohl Sie zwischendurch mal ein bisschen grün im Gesicht aussahen.«

Sie lachte. »Das sah nicht nur so aus; es hat nicht viel gefehlt, und Sie hätten noch eine Patientin zu verarzten gehabt.«

Er lachte ebenfalls und begleitete sie zur Tür. »Das wird schon wieder«, sagte er zum Abschied.

Es goss noch immer wie aus Kübeln; der Wind blies nach wie vor heftig und kalt, und Lily musste ihren Arm um seine Schultern legen, um ihn zu stützen, als sie den Platz überquerten.

Sie redete nicht mit ihm, bis er in der Wohnung war und auf der Couch saß. »Der Doktor hat gesagt, du sollst dich ins Bett legen. Also, worauf wartest du? Ich mache dir was Heißes zu trinken.«

»Ich komm schon zurecht, Lily. Vielen Dank. Ich bin jetzt wieder okay.«

»Sei nicht albern! Du wirst doch nicht glauben, dass du in diesem Zustand auf die Bühne kannst? Ich werde Mr. Bernice anrufen und Larry ebenfalls. Sie müssen für heute Abend einiges umdisponieren – und zwar schleunigst! Finde dich also am besten gleich damit ab, Mr. Riley, dass du für ein paar Tage nicht die Bretter betreten wirst, die angeblich die Welt bedeuten.«

Louise und Fred waren soeben im Begriff, das Haus zu verlassen, um auswärts zu essen, da Louise nach wie vor darauf bestand, sich einmal im Monat das Vergnügen zu leisten, in ein gutes Restaurant zu gehen, als das Telefon klingelte.

Fred nickte in Richtung der Treppe und sagte: »Soll Nancy abnehmen.« Der Babysitter für den zehnjährigen Jason war bereits oben bei ihm und spielte mit ihm Schach.

»Nein, sieh lieber selbst nach, wer es ist.«

Widerstrebend nahm Fred den Hörer ab und knurrte: »Beardsley.«

»Mein Name ist … ich bin Lily«, sagte eine Frauenstimme. »Vom Theater, wissen Sie.«

»Oh, ja – Miss Pole vom Theater.« Er warf Louise einen Blick zu, dann nickte er. »Und was kann ich für Sie tun, Miss?«

»Es ist wegen Mr. Riley; es geht ihm nicht gut. Er hatte einen Unfall.«

»Einen Unfall? Was für einen Unfall? Mit dem Auto?«

»Nein, nichts dergleichen. Nun, äh ... Sie sind sein Freund und werden wahrscheinlich alles über ihn und seine Frau wissen. Nun, äh ... was ich sagen will ... Seine Frau ist heute Abend unerwartet auf Besuch gekommen.«

»Was?«

Jetzt schrie die Stimme in den Hörer: »Können Sie mich nicht verstehen? Es ist wahrscheinlich wegen dem Wind.«

»Nein, nein. Ich kann Sie gut verstehen. Sie sagten, dass seine Frau unerwartet zu Besuch gekommen ist. Wir haben sie eigentlich erst morgen erwartet.«

»Nun ja ..., sie war schon hier. Man hat sie gesehen, wie sie auf der Straße mit Mr. Riley gesprochen hat. Aber Mr. Riley hatte schon Besuch. Ich weiß nicht, was genau vorgefallen ist – ich weiß nur, dass sein Gesicht zerschnitten ist. Ein tiefer Schnitt am Kinn, der nur knapp die Lippe verfehlt hat. Aber ich hab ihn zum Arzt gebracht, und es wurde genäht.«

Einen langen Augenblick herrschte Stille in der Leitung, und erneut warf Fred Louise einen Blick zu, ehe er bellte: »Das Gesicht zerschnitten? Wo ist er jetzt?«

»Bei sich zu Hause im Bett. Mr. Bernice und die anderen waren bei ihm und sind gerade gegangen. Ich muss jetzt auch gehen, weil ich gleich einen Auftritt habe. Ich lege den Schlüssel hinter den Fußabkratzer rechts von der Haustür ... Sind Sie noch dran?«

»Ja. Ja, ich bin noch dran. Vielen Dank, Miss Poole.« Seine Stimme war jetzt ruhig. »Vielen Dank, dass Sie sich so um ihn gekümmert haben. Das ist wirklich sehr nett von Ihnen.«

»Keine Ursache, wirklich nicht; ich mag ihn sehr gern. Er hat auch eine Menge für mich getan ... ich meine, er hat mir beruflich sehr geholfen, aber trotzdem finde ich, dass er ein idiotischer Scheißkerl ist, denn Mrs. Riley ist wirklich eine sehr hübsche und liebe Frau. Einige werden sagen, er verdient, was er bekommen hat, aber ... aber im Grunde genommen ist er auch ein lieber Kerl. Wie auch immer – ich wollte Ihnen nur sagen, wo der Schlüssel ist.«

Als ein Knacken die Verbindung unterbrach, legte Fred den Hörer auf, drehte sich zur Louise um und brummte: »Ja, da hat sie allerdings Rechts – er ist ein idiotischer Scheißkerl. Das sollte mich eigentlich zum Lachen bringen, tut es aber nicht.«

»Was ist denn? Was ist passiert?«

»Das werden wir bald herausfinden. Soweit ich es mir zusammenreimen kann, ist Nyrene unerwartet aufgetaucht, und er hat jetzt eine Verletzung am Kinn. Wie das passiert ist, weiß ich nicht, aber wir werden es ja bald zu hören bekommen. Du kannst dir also dein feudales Dinner abschminken.«

Louise ließ sich auf den Stuhl in der Diele sinken und schlug sich mit einer Hand auf den Oberschenkel. »Sie muss irgendwas geahnt haben, und mein Angebot, für ein Wochenende bei Charles zu bleiben, hat den Stein ins Rollen gebracht. Als sie dann dieses Flittchen bei ihm fand, sind sicher einige Worte gefallen – deutliche Worte, nehme ich an, und damit dürfte er es sich bei ihr für immer verscherzt haben, weil sie ohnehin so empfindlich wegen ihres Alters und wegen seiner Sehnsucht nach Jugend ist. Das mit den beiden muss schon seit einigen Wochen laufen. Und uns hat er auch getäuscht.«

»Was hast du denn erwartet? Sollte er uns beichten, dass er seine Frau betrügt? Sei nicht albern. Und jetzt komm! Lass uns gehen und herausfinden, was los ist.«

Als Louise sich von ihrem Stuhl erhob, klingelte das Telefon erneut. Genervt zog Fred das Gesicht und riss den Hörer von der Gabe. »Fred!« zeterte eine erregte Stimme in sein Ohr.

»Hallo, Gwendoline.«

»Komm sofort rüber zu uns und schau dir an, was dieser primitive Proletarierrohling meiner Tochter angetan hat.«

»Bevor ich rüberkomme und es mir ansehe, könntest du mir vielleicht sagen, was er getan hat?«

»Ja, das kann ich. Er hat ihr nicht nur ein blaues Auge geschlagen und ihr Gesicht verunstaltet ... Er hat versucht, sie umzubringen! Du solltest die Male von seinen Fingern an ihrem Hals sehen!«

Fred sagte nichts darauf; er schaute Louise an und schüttelte den Kopf.

Dies veranlasste Louise, ihren Kopf näher an den Hörer zu halten, und nun hörte auch sie Gwendolines Gezeter: »Hast du gehört, was ich gesagt habe, Fred? Ich habe gesagt, er hat versucht, sie umzubringen. Ihr hübsches Gesicht ist ruiniert! Dafür wird er ins Gefängnis gehen. Dafür werde ich sorgen. Ich werde einen Riesenskandal machen!«

»Ich nehme an, du wirst sehr bald feststellen, dass es zwei Seiten der Geschichte gibt, Gwendoline, und bevor ich zu euch rauskomme, sehe ich mir zuerst mal ihn an, denn soweit ich es verstanden habe, hat sie ihm anscheinend das Gesicht zerschnitten. Frage also schon mal deine Tochter, was für eine Erklärung sie dafür hat. Also – auf Wiedersehen, Gwendoline, bis ich dieser Angelegenheit ein bisschen weiter auf den Grund gegangen bin.« Er knallte den Hörer auf und sah dann Louise einen Moment lang mit düsterer Miene an, bevor er murmelte: »Mein Gott! Was für ein böses Erwachen! Wo wird das nur enden?«

20

Nyrene saß am schmalen Ende des Küchentischs, und rechts und links von ihr am Tisch saßen Mary und Hamish. Mary hatte ihre Hand auf die Nyrenes gelegt und tätschelte sie jetzt, als sie sagte: »Oh, Ma'am! Das ist der traurigste Tag in meinem Leben – ja, wirklich, das ist er.«

Nyrene sah sie an und erwiderte leise: »Für mich auch, Mary.«

Auf ihrem Gesicht waren keine Spuren von Tränen zu erkennen. Merkwürdigerweise hatte sie überhaupt nicht geweint, seit sie im Regen von Riley fort und zum Haus ihres Schwiegervaters gerannt war, wo sie die Nacht verbracht hatte und früh am nächsten Morgen nach Hause gefahren war. Das war gestern früh gewesen, doch selbst letzte Nacht, als sie allein in ihrem Bett gelegen und jede Sekunden, von dem Augenblick an, als sie die Glastür geöffnet, bis zu dem Augenblick, als sie sie wieder hinter sich zuwarf, noch einmal durchlebt hatte, waren keine Tränen geflossen.

»Ich kann mir einfach nicht vorstellen, Ma'am«, sagte Hamish jetzt, »dass Mr. Peter eine Frau schlägt – egal weshalb – und dann auch noch versucht, sie zu erwürgen. Schon eher kann ich mir vorstellen, dass diese langbeinige Luder, das ich nur einmal gesehen habe, mit dem Messer auf einen Mann losgeht; und ein grob geschliffener Diamant ist dafür noch besser geeignet als jedes Messer. Ja, ich kann mir lebhaft vorstellen, dass sie zu so was fähig ist. Der Teufel erschafft betörend schöne Dämonen, die uns versuchen. Aber worüber ich nicht wegkomme, Ma'am ist, dass Sie nicht mit ihm reden wollen – gerade jetzt, wo's ihm schlecht geht.«

Mit fester und sehr ruhiger Stimme erwiderte Nyrene: »In diesem Punkt steht mein Entschluss fest: Ich will nicht mit meinem Mann reden, und deshalb möchte ich, wie gesagt, dass Sie oder Mary – wer immer das Telefon abnimmt – ihn abwimmeln. Sagen Sie ihm, ich bin nicht da oder beschäftigt, oder sagen Sie ihm von mir aus die Wahrheit, dass ich nicht mit ihm reden will.«

»Tschuldigung, wenn ich das sage, Ma'am, aber ich glaube nicht, dass ich das fertig bringe ... Wenn es Ihnen nichts ausmacht, würde ich deswegen das Telefonieren lieber Mary überlassen. Sie sieht das Ganze von der Warte einer Frau, und ich kann im Augenblick eher ihn verstehen. Nicht, dass ich etwa ...«, der Tonfall seiner Stimme änderte sich, »irgendwie gutheißen würde, was er getan hat – nein, das tue ich ganz bestimmt nicht, aber ich weiß einiges über die Versuchungen, die einen Mann heimsuchen können, und deshalb kann ich begreifen, was für eine Qual es für ihn war, Woche für Woche von Ihnen getrennt zu sein. Und da taucht ein junges Nymphchen auf und wirft sich ihm an den Hals. Man muss auch die Umstände sehen, die das, was wir tun, beeinflussen, Ma'am. Es sind die Umstände, die zu Tragödien führen, und das jeweilige Umfeld oder der Ort, an dem sie sich ereignen, dienen nur als Bühne.«

Nyrene erwiderte seinen eindringlichen Blick. »Gewiss, Hamish, gewiss, aber solche Umstände und Situationen wie diese lassen sich auch für die Zukunft nicht ausschließen. Er ist auch dann noch ein junger Mann und ich eine Frau mittleren Alters.«

»Nein, es hat nichts damit zu tun, dass Sie eine Frau mittleren Alters sind«, warf Mary rasch dazwischen und hob protestierend die Hand. »Niemand, der Sie ansieht, würde Sie für vierzig gehalten – geschweige denn für fünfzig.«

Nyrene sagte nichts darauf; sie sah Mary nur mit einem Blick an, in dem ihre ganze Zuneigung für diese warmherzige Frau lag, und schüttelte den Kopf. Dann meinte sie: »Worüber ich eigentlich sprechen wollte, sind unsere geschäftlichen Unternehmungen.« Sie richtete den Blick jetzt wieder auf Hamish. »Sowohl die Scheune wie auch das Feld und der Garten. Das Feld ist ganz allein Ihre Sache, Hamish. Wenn es nötig ist, können Sie ein paar Arbeiter einstellen, und wie Sie gesagt haben, werden Sie ohnehin jemand brauchen, der sich mit Bodenentwässerung auskennt. Sie kümmern Sie darum. Erst wenn das Stück Land entwässert, planiert und eingezäunt ist, können wir darüber reden, was damit anzufangen wäre.« Und mit einem Anflug eines blassen Lächelns fügte sie hinzu: »So wie ich Sie kenne, haben Sie bis dahin sicher schon konkrete Vorstellungen im Kopf und alles bereits genauestens ausgetüftelt.«

Worauf er nur sagte: »Wahrscheinlich, Ma'am, durchaus wahrscheinlich.«

Sie sah jetzt von Hamish zu Mary hinüber. »Mein Teil unserer Unternehmungen entwickelt sich schneller als ich allein schaffen kann. Meine wichtigste Stütze dabei wird Mr. Rice sein. Sein ganzes Leben hat er nichts anderes gemacht als Klavierbegleitung, und er ist sehr glücklich, dem Nichtstun nach seiner unfreiwilligen Pensionierung entronnen zu sein. Und Sie haben beide Miss Gray bei der Arbeit gesehen; Sie ist sehr gut – zumindest mit ihren Füßen, obwohl aus ihr, ganz im Gegensatz zu Miss Fuller, wohl nie eine große Rednerin vor dem Herrn werden wird.«

»Das ist etwas, wofür wir dankbar sein können! Diese Miss Fuller geht mir mit ihrem gestelzten Gerede ziemlich auf die Nerven, muss ich sagen; sie spricht, als hätte sie eine Pflaume im Mund – schlimmer als jeder Professor Higgins.«

»Aber sie ist eine sehr gute Lehrerin, Mary.«

»Ja, schon möglich, dass sie das ist«, erwiderte Mary und fügte dann hinzu: »Was mir Kummer bereitet, ist, dass der Junge sie zum Vorbild nimmt, und bald wird sie ihn soweit haben, dass er redet wie sie.«

»So schlimm wäre das nun auch wieder nicht, oder, Mary?«

»Nun ja, ich weiß nicht so recht ... Aber wo wir gerade über den Jungen reden – ich glaube, dass beides für ihn gut sein wird – die Schule in der Scheune und die Sache mit dem Feld, denn wenn er wieder bei Kräften ist, wird er sicher wieder mit Hamish draußen im Freien sein wollen. Und wer weiß – vielleicht ist er ja bald wieder so kräftig, dass er dir sogar beim Umgraben helfen kann, Hamish?«

Nyrene lächelte, seufzte dann tief und sagte nachdenklich: »Ich glaube auch, dass es gut für ihn ist, wenn er Leute kennen lernt – alle möglichen Arten von Menschen, und genau das kann ihm die Scheune bieten.«

Eine Zeit lang schwiegen sie, dann sagte Hamish: »Wie wollen Sie es ihm erklären, Ma'am?«

Es war nicht nötig zu fragen, was er damit meinte, und Nyrene erwiderte: »Ich hab ihm gesagt, dass sein Vater ein Engagement bei einer Theatertruppe angenommen hat, die eine längere Tournee ins Ausland macht, und weil der Hauptdarsteller krank geworden ist, muss ... muss sein Vater dessen Rolle übernehmen.«

»Glauben Sie, er hat es Ihnen abgenommen?«

Nyrene sah in das zerfurchte, rotwangige Gesicht. »Ich weiß es nicht, Hamish.«

»Was hat er darauf geantwortet?«

»Nichts.«

»Dann hat er es Ihnen nicht geglaubt, Ma'am.«

»Das könnte sein, Hamish. Das wäre durchaus möglich.« Abrupt erhob sie sich vom Tisch. »Schön – so viel zur Sicherung unserer Zukunft: die beiden Unternehmungen werden im Endeffekt wie eines geführt, zumindest werden sie als eines abgebucht, und wir teilen den Gewinn.«

Hamish und Mary hatten sich jetzt ebenfalls erhoben, und er brummte verlegen: »Das ist sehr freundlich von Ihnen, Ma'am – wirklich, ja. Ein solches Angebot ist nichts, das man mit einem Achselzucken abtut, aber keiner von uns beiden will oder braucht das Geld. Wir haben schon darüber gesprochen, nicht, Mary?«

»Ja, Ma'am, das haben wir.« Mary nickte Nyrene zu. »Wir sind so froh, bei Ihnen wohnen und arbeiten zu können, und Sie bezahlen uns ja auch sehr großzügig. Und außerdem haben Sie die Renovierung und den Umbau der Zimmer bezahlt und den Anbau ebenfalls. Wir könnten uns gar keinen besseren Platz wünschen. Hamish braucht kein Geld, und ich auch nicht.«

Nyrene sah von einem zum anderen und sagte dann leise: »Ich habe großes Glück, dass Sie beide bei mir sind, aber der Vertrag, so wie er demnächst zu Papier gebracht wird, ist und bleibt für die Zukunft gültig.« Sie drehte sich um und ging aus der Küche.

In ihrem Schlafzimmer ließ sie sich auf die Kante ihres Betts sinken. Am liebsten wollte sie sich zurückfallen lassen, das Gesicht in den Kissen vergraben und ... der Gedanken an das Wort »weinen« ließ sie vom Bett aufspringen und zum Frisiertisch eilen, wo sie ihr Haar mit heftigen Bewegungen nach hinten kämmte. Sie legte den Kamm zurück, verließ den Raum und ging ins Kinderzimmer, wo ihr Sohn damit beschäftigt war, große farbige Buchstaben aus einem Buch abzumalen.

Zwei Tage später rief Riley an. Als sie den Kopf aus dem Zimmer steckte, hörte sie Mary am Telefon sagen: »Am Morgen.« Sie wusste nicht, wie lange Mary schon telefonierte, aber sie wusste, dass er am Abend zuvor auch schon angerufen hatte.

Nach einer Weile legte Mary auf und kam zu ihr herauf. »Ma'am«, sagte sie mit einem Seufzen, »ich halte das nicht mehr aus; es ist furchtbar. Wollen Sie nicht wenigstens ein paar Worte mit ihm wechseln?«

»Nein, Mary. Ich habe ihm nichts zu sagen.«

Dasselbe Spiel wiederholte sich am nächsten Tag. Dann, am darauf folgenden Tag, erhielt sie einen Brief. Sie wusste, dass er von ihm war, und sie hielt ihn in den Fingern, als seien glühende Kohlen darin. Schließlich ging sie hinauf in ihr Zimmer, setzte sich an den kleinen Schreibtisch in der Ecke und starrte auf den Brief hinab. Es fehlte nicht viel, und sie hätte nach dem Brieföffner gegriffen, der neben der Schreibtischunterlage lag, doch sie unterdrückte den Impuls und riss das Kuvert mitten durch – dann noch einmal und noch einmal; sie hörte nicht auf, bis der Brief aussah, als wäre er in einen Reißwolf geraten. Mit dem Unterarm wischte sie die winzigen Papierfetzen in den Papierkorb, und dann – im selben Augenblick und unerwartet – stiegen ihr die Tränen in die Augen.

Als sie das Bett erreichte, flossen sie bereits in Strömen, und dann stieg ein großes, schwarzes Etwas aus ihrer Brust langsam in ihre Kehle und ließ einen tiefen, entsetzlichen Schmerz zurück: Es war wie ein Messer, das ihr das Herz zerschnitt. Und als aus ihrem weitgeöffneten Mund ein Schluchzen hervorbrach, klang es wie ein Schmerzensschrei, der sich ihrer Brust entrang. Sie warf sich auf das Bett und schlug mit den Fäusten auf das Kissen ein, und so laut war ihr Weinen und Schluchzen, dass es bis in die Küche zu hören war und Mary atemlos die Treppe heraufgerannt kam.

Als eine Stunde später Dr. Johnson an ihrem Bett stand, weinte sie noch immer, doch leise jetzt, und während er ihren Puls fühlte, sah er Mary an und fragte: »Was ist der Grund für diesen Zusammenbruch?«

»Das ist privat, Doktor«, erwiderte Mary. »Sie wird es Ihnen vielleicht sagen, wenn es ihr besser geht.«

»Nun, dann habe ich etwas, worauf ich gespannt sein

kann«, erwiderte er. »Doch in dem Zustand, in dem sie ist, wird es noch ein paar Tage dauern, bis mir dieses Privileg zuteil wird.«

Nyrene ließ ihm das Privileg nicht zuteil werden, und er musste aus anderen Quellen in Erfahrung bringen, was der Grund für ihren Zusammenbruch gewesen war.

21

Im darauf folgenden Monat heirateten Hamish und Mary, und der einzige Wermutstropfen, der das Glück trübte, war, dass Mr. Peter nicht dabei sein konnte. Sie machten einen dreitägige Hochzeitsreise, während der Ivy und Ken Nyrene Gesellschaft leisteten.

Die andere denkwürdige Begebenheit in dieser Woche war die durch Fred telefonisch überbrachte flehentliche Bitte Gwendolines an Nyrene, doch von der beabsichtigten Scheidung von Riley Abstand zu nehmen, da ihre Tochter sich einverstanden erklärt habe, in Bälde Mr. Ray zu ehelichen.

Der Umstand, dass Yvette vor kurzem in einen Autounfall verwickelt gewesen war und deshalb nicht wie geplant den gemeinsamen Segelurlaub wahrnehmen konnte, hatte ihn flugs nach London in ihre Wohnung eilen lassen, in die Gwendoline, ihrem diplomatischem Gespür folgend, zusammen mit Yvette kurz nach dem Zwischenfall in Rileys Wohnung wieder gezogen war, um weiterem Gerede sowie den Nachforschungen der lokalen Presse zu entgehen. Sie war klug genug gewesen zu wissen, dass sie, würde sie Riley wegen Körperverletzung anzeigen, die Sache nur publik machen und jeglichem weiteren Interesse des reichen Verehrers ein jähes Ende bereiten könnte.

Nachdem Fred ihr die Botschaft auseinander gesetzt hatte, hatte Nyrene erwidert: »Ich will aber die Scheidung, und er ebenfalls«, was Fred entschieden verneinte. »Er will keine Scheidung, Nyrene. Er hat fast den Verstand verloren, und er wird diese Narbe bis ins Grab mit sich herumtragen. Das alles ist nicht spurlos an seinem guten Aussehen vorübergegangen …« Und als sie ihn mit einem gequälten »Bitte, Fred!« zu unterbrechen versuchte, hatte er mit dröhnender Stimme gerufen: »Wenn du ehrlich bist, Nyrene, dann willst du keine Scheidung!«

»O doch, Fred, ich will die Scheidung«, hatte sie geantwortet, »und zwar aus mehreren Gründen: Ich möchte alt werden können, ohne Angst haben zu müssen vor dem, was die Zukunft bringt. Ich kann und will nicht mehr mit der Angst leben vor dem, was mir passiert ist und worauf ich anscheinend seit unserer Heirat gewartet habe. Ich könnte das nicht mehr ertragen. Und ich will die Scheidung, weil ich die ständige, wenn auch unausgesprochene Missbilligung von etwas, wofür ich nichts kann, nicht mehr aushalte; es ist einfach lächerlich – eine Frau in meinem Alter, die sich mit einem Teenager anlegt und in die Haare kriegt. Das ist keine Einbildung, Fred. Ich habe das mit meinem eigenen Ohren gehört. Und außerdem vergisst du, Fred, dass ich einen Sohn habe, um den ich mich kümmern muss – nicht nur jetzt, sondern sicherlich noch einige Jahre; einen Sohn, den ich vielleicht gar nicht mehr so lange haben werde.«

Ein langes Schweigen war entstanden, ehe Fred gemurmelt hatte: »Und was sagt dein Herz, Nyrene?«

»Bitte, Fred!«, hatte sie erwidert. »Mach nicht alles noch schwerer für mich.«

»Das wäre das Letzte, was ich will, Nyrene, und das weißt du auch«, entgegnete er und fügte dann hinzu: »Was für eine Botschaft soll ich meiner verrückten Schwester also nun zukommen lassen?«

Sie überlegte einen Augenblick. »Na schön«, antwortete sie dann. »Sag ihr, ich werde vorläufig auf die Scheidung verzichten – aber nur vorläufig. Sie soll diesen Freier ein bisschen intensiver bearbeiten«, fügte sie bitter hinzu.

»In Ordnung, Nyrene, das werde ich tun. Aber ich will dir noch eines sagen, und es ist mein letztes Wort in der Angelegenheit: Es wird eine Menge anderer Frauen geben, die auf ihn warten, wenn du die Scheidung tatsächlich durchziehst, und es werden nicht die Backfische und Schneegänschen sein, die bei ihm eine Chance haben. Ich weiß nicht, was zwischen den beiden vorgefallen ist, das sie dazu gebracht hat, ihm das Gesicht zu zerschneiden, aber ich wette mein letztes Hemd darauf, dass er für den Rest seines Lebens von den jungen Dingern die Nase voll hat.«

Im New Palace Theatre hatte die Sommerpause begonnen. Das Ensemble hatte sich mit Ausnahme von Riley und Lily in alle Winde zerstreut. Bereits vor geraumer Zeit waren sie überein gekommen, dass sich David, Larry und Riley einen Monat lang um die allgemeinen Belange und das finanzielle Überleben des Theaters und des Restaurants kümmern würden, und hatten in diesem Zusammenhang das Theater für verschiedene Veranstaltungen vermietet. Doch als Riley zur Sprache brachte, dass er dringend zwei Wochen Erholung von den Pflichten brauche und sich dafür den Rest des Monats allein um die Geschäfte kümmern würde, war er mit seinem Vorschlag bei David und Larry auf offene Ohren gestoßen. Sie wussten über Rileys augenblickliche Lage Bescheid und glaubten, Riley wolle die beiden Wochen deshalb in Fellburn bleiben, um bei seiner Familie und in der Nähe seiner Freunde sein zu können, denn wenn jemand in diesen Tagen Hilfe brauchte, dann er. Obwohl seine Arbeit darunter nicht gelitten hatte, war er in vieler Hinsicht ein anderer Mensch geworden.

Lily andererseits, deren Mann mit seinem Truck zur Zeit praktisch ständig zwischen dem europäischen Kontinent und Fellburn auf Achse war, hatte gewusst, dass dies nicht der richtige Zeitpunkt für ihren Mann war, auf Urlaub zu drängen, denn im Augenblick lagen die Dinge so, dass immer irgendjemand darauf lauerte, sich seinen Job zu krallen. Sie war froh gewesen, Riley bei seiner Arbeit helfen und sich um seine alltäglichen Bedürfnisse kümmern zu können.

Fred und Louise hatten jedes Wochenende darauf bestanden, dass er den Sonntag mit ihnen verbrachte. Außerdem war er in den vergangenen zermürbenden Monaten seinem Vater noch näher gekommen. Alex sah oft am Nachmittag bei ihm vorbei, und er und die Schwester besuchten regelmäßig die Samstagabendvorstellung. Nach der Vorstellung kamen sie mit ihm immer noch auf einen späten Kaffee in die Wohnung. Und wenn Betty und Harry da waren, gab es jede Menge angeregte Diskussionen, wobei sie viel lachten, insbesondere über Harrys Ansichten über Ballett-Tänzer.

Doch an dem Tag, an dem Betty ins Zuhause ihres Vaters gestürmt kam, wie sie das Haus der Schwester nannte, lag kein Lachen auf ihrem Gesicht.

Alex wollte gerade weggehen. »Was ist denn los mit dir?«, fragte er. »Ist was nicht in Ordnung?«

»Es ist wegen Mam«, stieß sie hervor.

»Was hat sie jetzt schon wieder vor?«

»Das wird sich noch rausstellen. Du kennst doch das Christy's? Das Nachtcafé gegenüber vom Theater.«

»Ja, wer kennt das nicht?«

»Die Mutter von Peggy Mear – sie ist eines unserer Lehrmädchen – arbeitet nachts dort als Küchenhilfe. Peggy sagt, ihre Mutter hat ihr erzählt, dass Mam dort verkehrt und oft stundenlang vor einer Tasse Tee sitzt. Dann steht sie auf, geht raus und kommt nach einer Stunde oder so wieder.«

»Im Christy's? Deine Mam?«

»Ja, Da – meine Mam.«

»Was kann sie denn dort in der Nacht bloß wollen?«

»Dad! Wach auf und denke nach.«

»Ich bin wach und ich denke nach, aber ich wüsste nicht, was für Unheil sie im Christy's oder vom Christy's aus anrichten könnte.«

»Sie kann über die Straße direkt auf das Theater sehen, und sie sieht Peters Wohnung und wer kommt und wer geht. Auch wenn es dunkel ist; die Straße ist bis nach elf so hell beleuchtet wie der Blackpool Tower. Anscheinend ist sie nicht jeden Abend dort, aber immerhin so oft, dass es Mrs. Mear aufgefallen ist, wie sie stundenlang da sitzt und aus dem Fenster schaut.« Und mit gesenkter Stimme fügte Betty hinzu: »Sie hat nichts Gutes vor, Dad. Warum sonst sitzt sie den ganzen Abend in einem Nachtcafé? Und was ist mit Florrie? Sie hat mir immer alles erzählt, aber in letzter Zeit tut sie das nicht mehr. Mam hat ihr wahrscheinlich gedroht.«

»Ich weiß, was mit Florrie los ist«, nickte Axel. »Sie hat Angst. Sie war gestern hier und hat gesagt, dass Mam sie am Abend einsperrt; sie verschließt die Haustür und die Hintertür. Stell dir vor, wenn ein Feuer ausbricht! Sie hat erzählt, dass sie ihre Mam gefragt hat, ob sie die Ferien bei Onkel Frank bleiben kann, hat aber ein kategorisches Nein als Antwort bekommen. Frank würde die Kleine jederzeit aufnehmen. Ich wird mich mal umhören, was da los ist.«

»Ich muss jetzt zurück, Dad«, sagte Betty, »aber weißt du, sie macht mir richtig Angst, diese Frau. Ich hab entsetzliche Furcht vor ihr. Sie ist meine Mutter, und ich sollte das nicht sagen, aber sie ist schlecht und sie ist böse. Ach, übrigens«, sie sah ihn scharf an, »du hast nicht wieder diese Schmerzen, oder?«

»Nein. Nein, natürlich nicht. Wie kommst du darauf?«

Der Anflug eines Lächelns huschte über ihr Gesicht. »Weil ich nie weiß, ob du lügst oder nicht.«

»Na komm – hör mal! Und mach dir wegen der anderen Geschichte keine Sorgen. Ich verspreche dir, ich werd mal spät am Abend dort vorbeischauen, vielleicht komme ich dahinter, was sie vorhat.«

Bereits im Gehen, sagte sie: »Peter fährt in Urlaub. Er hat mir gestern erzählt, dass er die zwei letzten Wochen, bevor das Theater wieder eröffnet, Urlaub nehmen will. Aber er wollte mir nicht sagen, wohin er fährt. Weißt du es, Dad?«

»Nein, Betty, ich weiß es nicht. Allerdings hab ich da so meine Vorstellungen, wohin er fährt, aber es könnte auch sein, dass ich mich täusche, drum behalte ich es lieber für mich.«

»Oh, ich verstehe.« Sie nickte und fragte dann: »Spricht er manchmal über sie?«

»Nein, nie. Und ich erwähne sie auch nicht.«

Betty streckte die Hand aus und tätschelte den Arm ihres Vaters. »Ich bin froh, dass er dich hat, Dad«, sagte sie. »Die

Beardsleys sind nette Leute, aber sie gehören nicht zur Familie.«

Mit sanfter Gewalt schob er sie aus der Tür, und draußen auf der Straße schnaubte er mit gedämpfter Stimme: »Du vergisst, dass deine Mutter auch zur Familie gehört, mein Mädel. Die Beardsleys haben mehr für ihn getan, als irgendjemand anders in seinem Leben, und ich meine das einschließlich seiner Frau. Also erzähl mir nichts von Familie. Und jetzt ab mit dir.«

Sie machte rückwärts zwei, drei Schritte von ihm weg und sagte lachend: »Ja, wenn ich's mir recht überlege, hast du Recht, Dad. Eigentlich hast du fast immer Recht gehabt. Bis bald.«

»Bis bald, Betty.«

Es war ein warmer September gewesen, doch jetzt, in der dritten Woche des Monats, zeigten die Lärchen schon die ersten goldgelben Farben des Herbstes.

Sein Herz hämmerte schmerzhaft gegen seine Rippen, so schnell war er gegangen, doch als er den Blick hob, sah er, dass er nur noch ein paar Schritte vom Pfad entfernt war, und dort vorn, direkt vor ihm, war das hintere Tor.

Was würde sie tun, wenn sie ihn sah, und was würde sie sagen? Nun, es war der Geburtstag seines Sohns, und er brachte ihm ein Geschenk. Bestimmt würde sie ihm erlauben, mit seinem Sohn zu sprechen. Wie immer sie die Sache sah, er liebte das Kind wirklich sehr, obwohl er – tief in seinem Innersten – ihm die Schuld daran gab, dass sie so selten zusammen gewesen waren. Doch was er eigentlich wollte – wonach er sich sehnte, war der Anblick ihres Gesichts, ihr wieder in die Augen zu sehen, selbst wenn er dort nichts als Verachtung erblicken würde.

Er trat aus dem Gebüsch des Waldrands und erreichte mit zwei großen Schritten den holprigen Weg vor dem Tor.

Schon von fern hatte er die Stimme des Jungen gehört und erwartet, ihn mit Hamish auf dem Hof zu sehen. Und dort war er auch, doch nicht mit Hamish, sondern mit ihr: Er kam neben ihr die Einfahrt herabgelaufen. Anscheinend sah ihn Charles zuerst, denn sein spitzer Schrei ließ sie wie angewurzelt stehen bleiben, und jetzt rannte der Junge auf ihn zu.

Es war nicht mehr das ungestüme Drauflosrennen, an das er sich erinnerte, mit ein paar ungelenken Hopsern dazwischen wie ein kleines Antilopenkitz, sondern eher ein schneller, fast watschelnder Gang, mit dem der Junge auf ihn zulief. Und dann schlang sein Sohn die Arme um seinen Hals, und er ließ sich vor ihm in die Hocke sinken, ihre Gesichter dicht beieinander.

»Daddy! Oh, Daddy! Du bist aus dem Ausland zurück. Oh, Daddy!« Seine dünnen Ärmchen klammerten sich fest um seinen Hals, und er schmiegte das Gesicht an Rileys Wange, dann neigte er den Kopf ein wenig zur Seite und fuhr mit dem Finger über die Narbe, die von seinem Ohr bis zum Kinn verlief. »Du hast dich gekratzt, Daddy.«

»Ja, Charles. Ja.« Das Gesicht des Jungen verschwamm vor seinen Augen. Er richtete sich auf und sah in Richtung der Einfahrt. Sie hatte sich nicht vom Fleck gerührt, nicht einen Schritt. Er beugte sich wieder hinab und drückte dem Jungen das Päckchen in die Hand. »Für dich zum Geburtstag«, murmelte er.

»Oh, Daddy! Danke! Danke. Mummy!« Der Junge drehte sich um und schien überrascht, dass sein Mutter noch immer dort stand, wo er losgelaufen war. Einen Augenblick lang verschwand das strahlende Lachen aus seinem Gesicht, dann griff er nach der Hand seines Vaters und zog ihn hinter sich her zu seiner Mutter. »Schau, Mummy! Ein Geschenk von Daddy.«

Plötzlich standen sie sich, nur eine Armlänge voneinander entfernt, gegenüber. Das Kind neben ihnen sah zuerst in ihr Gesicht empor, dann in seines. Schließlich drehte es sich um – vielmehr schien es, als werfe er seinen Körper herum, und ging, ohne zu rennen, in Richtung des Hofs, wobei er rief: »Mr. Mac! Mr. Mac! Daddy ist wieder da.«

»Hallo, Nyrene.« Rileys Stimme war kaum lauter als sein Flüstern. Er hatte sagen wollen, »Liebste«, besann sich dann jedoch eines besseren. Als sie nichts darauf erwiderte und ihn nur stumm anstarrte, fügte er stockend hinzu: »Ich ... ich wollte ihn sehen und ihm was zum Geburtstag schenken.«

»Du hättest die weite Fahrt nicht zu machen brauchen; du hättest das Geschenk schicken können.« Ihre Stimme war kühl.

»Was soll ich mit der Post!« brauste er auf, und seine Stimme klang gereizt. »Ich wollte ihn sehen. Das steht mir zu. Du kannst mir nicht verbieten, ihn zu sehen.«

»In Zukunft können wir vorher einen Termin dafür ausmachen.« Die Worte veranlassten ihn, sich mit einem Ruck von ihr abzuwenden, bis er ihr fast den Rücken zukehrte. Eine Weile verharrte er so, dann drehte er sich wieder zu ihr um und stammelte: »Oh, Nyrene ... Selbst wenn ich hundert Jahre alt werde, werde ich mir nie verzeihen, was ich dir angetan habe. Trotzdem will ich dir sagen, dass es nicht mal annähernd die Bedeutung hatte, die du darin gesehen hast. Aber ich habe keinem etwas vorzuwerfen, außer mir selbst. Ich hab versucht, dir alles in meinen Briefen zu erklären. Konntest du mich nicht verstehen?«

»Ich habe deine Briefe nicht gelesen.«

Seine Augen wurden groß, sein Kopf ruckte, sein Mund klappte auf, und mit ungläubiger Stimme flüsterte er: »Du hast sie nicht gelesen?«

»Nein, hab ich nicht. Von den fünf, die du geschickt hast, hab ich einen zerrissen und die anderen vier verbrannt. Vielleicht kannst du jetzt besser nachvollziehen, wie ich über diese Angelegenheit denke. Ich hab das Scheidungsverfahren nur deshalb ruhen lassen, weil Fred mich drum gebeten hat, aber jetzt, wo die fragliche Person verheiratet ist, kann ich es jederzeit wieder aufnehmen lassen, und dann bist du frei, dein Leben zu leben, und ich meines ...«

Er starrte sie mit großen Augen an.

»Aber ich will kein Leben ohne dich, Nyrene, und in deinem Herzen weißt du das auch. Zu meiner Verteidigung kann ich nur sagen, dass so etwas tagtäglich Tausenden von Paaren passiert, aber es zerstört nicht gleich unwiderruflich ihr

Leben. Wenn du dich herabgelassen hättest, meine Briefe zu lesen – wenigstens den ersten, würdest du verstehen, dass das, was geschehen ist, nichts mit Liebe zu tun hatte, einer Liebe, wie wir sie füreinander empfunden haben, und dass es in meinem Leben nicht eine Minute gegeben hat, in der ich nicht an dich gedacht und mich nach dir gesehnt habe.« Seine Stimme stockte und sank zu einem heiseren Flüstern, als er hinzufügte: »Und das ist noch immer so. O ja, es ist noch immer so.«

Einen Augenblick lang bildete er sich ein zu sehen, dass ihr Gesicht weicher wurde – ihre Wimpern flatterten, ihre Zunge fuhr über ihre Lippen, als suchte sie nach Speichel, was sie getan haben musste, denn als sie sprach, war ihre Stimme heiser: »Was geschehen ist, ist geschehen, Peter.« Es klang wie ein Urteilsspruch aus dem Mund eines Richters. »Man kann die Vergangenheit nicht ungeschehen machen. Je höher man steigt, um so tiefer ist der Fall. Ich möchte nur meinen Seelenfrieden, Peter, sonst nichts. Und den würde ich mit dir nie finden. Die zwanzig Jahre mehr Lebenserfahrung, die ich hatte, haben mir das von Anfang an gesagt, aber ich wollte nicht hören und musste dafür bezahlen.«

Er starrte in ihr jetzt regloses, hölzernes Gesicht. Noch nie in seinem Leben hatte er sich wirklich jung gefühlt, doch nun wurde er dazu gezwungen, denn mit einem Mal sah er sich mit einer Frau mittleren Alters konfrontiert. Ihre Haut war noch nicht von Falten gezeichnet, ihre Figur noch immer schlank, und in ihrem Haar konnte er keine einzige graue Strähne entdecken, doch ihre Augen waren gealtert. Sie war tatsächlich eine Frau mittleren Alters. Vor allem bei Frauen war ihm das aufgefallen: Selbst wenn sie über sechzig waren, konnten sie trotzdem eine propere Figur haben; sie konnten ihr Haar in der natürlichen Farbe nachtönen, und ihre Gesichter konnten beinahe faltenlos sein, doch in ihren Augen stand ihr Alter geschrieben. Noch nie zuvor hatte er Nyrene als eine Frau gesehen, die auf die Fünfzig zuging – ein Alter, das wahrlich nicht mehr als jugendlich bezeichnet werden konnte, doch die Frau, die nun vor ihm stand, schien um

Jahre gealtert, und er begriff, dass sie ihm nichts vorspielte; sie war sie selbst – ganz aufrichtig und offen sie selbst. Sie wollte nur ihren Seelenfrieden, hatte sie gesagt. Und sie redete tatsächlich wie eine alte Frau, wie eine Frau weit jenseits ihres eigentlichen Alters. Seiner Ansicht nach sehnte man sich erst nach seinem Seelenfrieden, wenn man ans Sterben dachte.

Die unverkennbare Stimme mit dem breiten schottischen Akzent, jetzt vor Aufregung fast eine Oktave höher als gewöhnlich, brach den Bann, der ihre sich ineinander verlierenden Blicke gefangen hielt, und Hamish kam auf sie zugestürmt und rief: »Oh, Mr. Peter, Sir! Oh, bin ich froh, Sie zu sehen! Was für eine wunderbare Überraschung!«

Der groß gewachsene Schotte packte Peters Hand und schüttelte sie kräftig und ausgiebig, wobei er fortfuhr, seiner Freude Ausdruck zu verleihen: »Es tut gut, Sie zu sehen, Mr. Peter, Sir! Und Sie haben den Geburtstag vom Kleinen nicht vergessen. Schön, schön!«

Als Riley die Chance erkannte, ein Wort dazwischen zu werfen, ergriff er sie: »Wie geht es Ihnen, Hamish?«

»Mir? Mir könnte es nicht besser gehen, Mr. Peter, Sir. Jetzt, wo ich ein kleines Weibchen hab, das ich rumschubsen kann, ist mein Leben ausgefüllt.« Er ließ ein hohes, dünnes Lachen hören, was ein Lächeln auf Rileys Gesicht brachte, doch ihm war nicht nach Lachen zumute, denn bestürzt registrierte er, wie sie mit schnellen Schritten die Auffahrt hinunter zum Hof eilte.

Auch Hamish drehte sich um und sah ihr nach, dann wandte er sich wieder zu Riley um und sagte: »Kommen Sie, Sir. Kommen Sie. Wir trinken einen Tee zusammen.«

»Nein, danke, Hamish. Ich ... ich muss wieder ...«

»Sie werden jetzt nicht wieder gehen, wenn es das ist, was Sie sagen wollten«, blaffte ihn der rotgesichtige Schotte an, »bevor Sie nicht etwas getrunken haben. Und vergessen Sie den Jungen nicht, Sir. Schauen Sie ihn sich an, wie er um seine Mutter rumtanzt. Sie fehlen ihm. Sie fehlen ihm mehr, als so mancher hier es wahrhaben will.« Hamish nickte bedächtig, doch sein Gesicht blieb ausdruckslos. »Dieses Kind weiß mehr, als es verrät; er weiß ganz genau, dass etwas nicht in Ordnung ist.«

»Ich trinke in der Scheune was, Hamish.«

»Oh, Mr. Peter, Sir, kommen Sie doch in Ihre eigene Küche.«

Riley senkte die Stimme und sagte: »Es ist nicht mehr meine Küche, Hamish, und Sie wissen das auch. Wenn es Ihnen nichts ausmacht, werde ich in der Scheune eine Tasse Tee oder sonst irgendwas trinken. Mary wird mir sicher was rüberbringen.«

Mary brachte ein Tablett mit Tee und Hefegebäck, und schon von weitem rief sie: »Oh, Mr. Peter! Wo ist die Welt bloß hingekommen! Du liebe Zeit, du liebe Zeit.« Sie stellte das Tablett geräuschvoll ab, nahm eine seiner Hände zwischen die ihren und tätschelte sie liebevoll, wobei sie seufzte: »Oh, es ist gut, Sie wiederzusehen. Warum ist das alles nur passiert? Wissen Sie was?« Sie legte den Kopf schief. »Das mit Ihnen beiden hat mir das Herz gebrochen. Sie ist ganz verloren … Ja, das ist sie. Und all die Betriebsamkeit mit der Schauspielschule und dem Tanzprojekt und dem Spleen von diesem langen Elend …«, sie deutete mit dem Daumen über ihre Schulter, wo Hamish durch den Raum geschlurft kam, » …eine Gärtnerei oder einen Gemüsemarkt, wie immer er es auch nennt, aufzuziehen, sind nur dazu da, ihre Gefühle zu verbergen, so wie ein Pflaster auf einer Wunde.«

In Rileys Kehle steckte ein Kloß, und er hatte Mühe, ein paar Worte hervorzubringen. »Danke, Mary«, murmelte er. »Es tut gut, Sie wiederzusehen. Es … es tut mir Leid, dass ich nicht zu Ihrer Hochzeit kommen konnte.«

»Uns hat es auch sehr Leid getan. Oh, ja – sehr, Mr. Peter.«

Hamish ließ sich neben Riley auf den Rand der Bühne sinken und sagte zu Mary: »Hast du für mich eine Tasse mitgebracht, Frau?«

Worauf sie mit spitzer Stimme erwiderte: »Nein, das hab ich nicht. Dein Tee steht auf dem Küchentisch, in dem Pott, in dem du ihn immer trinkst. Und Sie trinken jetzt Ihren Tee aus, solange er heiß ist, Mr. Peter.«

Hamish sah Riley mit traurigem Blick an und brummte: »Es war ein Fehler, den ich spät im Leben gemacht habe. Nicht, dass ich überhaupt geheiratet habe, meine ich, denn ich hatte einige, unter denen ich wählen konnte, sondern dass ich mir ausgerechnet einen alten Drachen mit spitzer Zunge ausgesucht habe.«

Mary hob die Hand und verabreichte dem mächtigen Schädel des Schotten einen neckischen, wenn auch nicht gerade sehr sanften Klaps hinter die Ohren. »Und dazu eine, die mich auch noch misshandelt«, sagte sie in Hamishs schottischem Tonfall. »Sie sind Zeuge, Mr. Peter.«

»Ich geh und hol mir meinen Pott selber«, brummte Hamish.

»Bleib sitzen! Ich hol ihn dir.«

Hamish, der sich halb erhoben hatte, ließ sich wieder zurücksinken und sagte mit einem breiten Grinsen: »Tu das, Frau. Tu das.«

Mary ließ ein tiefes Seufzen hören, drehte sich um und eilte aus der Tür. Als sie ihren Blicken entschwunden war, sagte Hamish mit ruhiger Stimme: »Es bleibt nicht viel Zeit zum Reden, bis sie wieder zurück ist. Wo verbringen Sie die Nacht, Mr. Peter?«

»Oh, ich habe mir ein Zimmer in einem Hotel in Aberdeen genommen. Ich fahre morgen wieder zurück.«

»Haben Sie noch immer Ferien?«

»Ja, ich habe zwar nur zwei Wochen Urlaub, aber die fingen erst vor ein paar Tagen an. Ich musste den Sommer über bleiben und mich ums Theater kümmern.«

»Oh ... Dann haben Sie also Zeit und können machen, was Sie wollen?«

»Ja. Ja – zumindest in den nächsten paar Tagen.«

»Nun, warum bleiben Sie dann nicht hier? Warten Sie! Augenblick!« Er hob beschwichtigend die Hand. »Ich wüste nicht, was gegen einen Urlaub hier in der Gegend einzuwenden wäre. Warten Sie!« Erneut hob er die Hände. »Ich hab noch immer mein kleines Häuschen; es steht leer. Hat zwar nur zwei Zimmer, aber es ist gemütlich und es gibt dort alles, was man zum Leben braucht. Ich hab Jahre lang drin gewohnt. Ab und zu lüfte ich es und denke nicht im Traum daran, es zu verkaufen. Sie kennen es; zumindest haben Sie's schon von außen gesehen. Und der Kleine kennt es von innen fast genauso gut wie ich. Wenn Sie dort bleiben wollen, könnte ich mit ihm jeden Tag rüberkommen. Nun – was halten Sie davon?«

Riley starrte diesen freundlichen, liebenswerten Mann eine Weile stumm an, und seine Kehle wurde wieder eng, so dass er schlucken musste, bevor er antwortete: »Wie Sie sagen, Hamish – es klingt wie ein guter Vorschlag. Ich würde Ihr Angebot sehr gern annehmen. Aber glauben Sie, sie würde den Jungen weglassen?«

»Oh, ja. Ja. Sie kann Ihnen nicht verbieten, Ihren eigenen Sohn zu sehen; sogar die wirklich üblen Burschen haben das Recht, mit ihren Kinder zu reden.« Dann senkte er seine Stimme und fügte hinzu: »Wenn es irgendetwas gibt, das ich für Sie tun kann, Mr. Peter, dann lassen Sie es mich wissen, denn für mich ist es eine gottverdammte Schande, dass Sie nicht Ihr eigenes Haus betreten dürfen und dass Mary und ich es uns in der schönen Wohnung droben gemütlich machen. Und was noch dazu kommt: Ganz tief in mir drinnen weiß ich, dass ich mich hier nicht wirklich zu Hause fühlen werde, solange Sie nicht wieder in Ihr eigenes Zuhause zurückkehren.«

Es war wirklich zu viel für Riley: Diese Rücksichtnahme, dieses Feingefühl, diese aufrichtige Geradheit ..., sie schnürten ihm die Kehle zu und ließen ihn um Fassung ringen. Hastig wandte sich Riley dem Tablett zu und goss sich Tee nach. Noch während er damit beschäftigt war, kam Mary in die Scheune zurück – zusammen mit dem Jungen. Nachdem sie Hamish seinen Teepott in die Hand gedrückt hatte, wandte sie sich an Peter. »Dieser junge Mann hier«, sie verstrubbelte dem Jungen das Haar, »möchte Ihnen unbedingt seine Hühner zeigen, Mr. Peter.«

»Oh, du hast Hühner?«

»Ja, Daddy. Zehn Hühner und einen Hahn. Der Hahn heißt

Jock.« Er lachte glücklich, ein hohes kindliches Lachen, und sie alle sahen mit lächelnden Gesichtern auf ihn hinab, doch sein Blick irrte zu dem Teller mit Hefekringeln hinüber, die noch niemand angerührt hatte. »Kann ich ein Stück kriegen, Mary?« Nicht mehr Mrs. A., sondern Mary.

»Aber nicht damit die Hühner füttern!«, entgegnete sie streng.

»Die Hälfte. Die eine Hälfte für die Hühner, die andere für mich, Mary. Ich verspreche es.«

»Ach du!« Sie nahm einen von den Hefekringeln und drückte ihn ihm in die Hand.

»Kann ich auch einen kriegen?«, meldete sich Riley zu Wort, und als er einen der Hefekringel vom Teller nahm, tauschte er einen Blick mit seinem Sohn, in dessen Augen ein verschmitztes Funkeln blitzte.

Mary und Hamish sahen dem Vater und seinem Sohn nach, wie sie die Scheune durchquerten, und als die Tür hinter ihnen zugefallen war, sagte Mary mit leiser Stimme zu ihrem Mann: »Sie will mit dir reden; ich glaube, um dir zu sagen, dass du dich um deine eigenen Angelegenheiten kümmern sollst.«

»Sehr wahrscheinlich, meine Liebe – sehr wahrscheinlich. Was anderes hätte ich auch nicht erwartet.«

»Was hast du ihm erzählt?«

»Ich hab gar nichts erzählt, Frau. Nichts, außerdem dass ich ihm das Häuschen für ein paar Tage angeboten habe. Er ist müde. Kannst du denn nicht sehen, dass er müde ist? Und was noch schlimmer ist – er ist verzweifelt, ein Mann, der am Ende ist. Aber sie kann das natürlich nicht sehen.«

»Ich weiß das ebenso gut wie du, aber du wirst sie nicht dazu bringen, es zu sehen.«

»Nein, aber die Wege des Herrn sind unerforschlich.«

»Das ist schon wahr«, erwiderte sie, »aber du bist nicht mit *Ihm* verwandt, als erwarte nicht von *Ihm*, dass er für dich mal eben ein kleines Wunder geschehen lässt.«

Er legte den Kopf in den Nacken, sein dröhnendes Lachen erfüllte die Scheune, und als er seinen Arm um sie legte und ihr einen nassen Kuss auf den Mund drückte, schob sie ihn weg und sagte: »Lass das! Und hör auf mit deinen Possen. Geh lieber rüber und lass dir den Marsch blasen. Denn eines weiß ich genau: Sie wird nicht sehr erbaut davon sein, dass du ihn in deinem Haus wohnen lässt.«

»Das kann man nie wissen; das kann man nie wissen, meine Liebe.«

Zaghaft klopfte Hamish an die Tür des Wohnzimmers, und als er eintrat, stand Nyrene drüben vor dem Kamin. »Sie wollten mit mir sprechen, Ma'am?«

Sie wandte sich um und maß ihn zuerst mit einem langen Blick, bevor sie sagte: »Was haben Sie vor, Hamish?«

»Ich? Was vorhaben, Ma'am?«

»Ja – genau das. Wir kennen einander, Sie und ich, und Sie denken, ich bin eine sehr harte Frau, weil ich auf meinem Standpunkt beharre, und da ich Sie nun mal recht gut kenne, Hamish, wie ich, dass Sie nach Möglichkeiten suchen, wie Sie uns wieder versöhnen könnten, hab ich Recht? Aber glauben Sie mir, Sie bringen mich mit Ihren Plänen nur in eine peinliche Situation.«

»Ma'am, bitte – warten Sie einen Augenblick, bitte. Sie irren sich, wenn Sie glauben, dass ich es geplant habe. Ich habe nie einen solchen Gedanken in meinem Kopf bewegt, und dass ich Sie damit in eine peinliche Situation bringe, habe ich nicht gewollt – eher das Gegenteil. Aber ich kann nicht sagen, dass ich es geplant habe; ich habe es ihm ganz spontan angeboten. Und ich habe dabei auch an Sie gedacht. Wenn ich sehe, wie er sich mit seinem Sohn in der Scheune trifft, als wäre er an einem fremden Ort, dann muss ich offen zugeben, dass mir der Mann sehr Leid tut. Das wollte ich nur loswerden, aber alles andere – wie Sie das sehen und so weiter – ist natürlich Ihre Sache. Aber glauben Sie mir, ich habe Ihnen damit eher eine peinliche Situation oder zumindest Unannehmlichkeiten erspart. Er hat den ganzen Sommer über hart im Theater gearbeitet, damit auch während der Sommerpause Geld reinkommt und alles gut läuft, wenn ich's richtig verstanden habe, wahrscheinlich weil er keinen Platz hatte, wo er hin konnte. Und jetzt hat er sich zwei Wochen Urlaub genommen, um seinen Sohn zu sehen. Mein Eindruck von ihm ist – er ist müde und erschöpft und wohl auch unglücklich, und selbst wenn Sie nichts mit ihm zu tun haben wollen, bleibt noch immer sein Sohn. Ich weiß, dass er ihn seit einiger Zeit nicht oft gesehen hat, aber ich weiß auch, dass er den Jungen sehr liebt, und er möchte in den letzten Tagen seines Urlaubs so oft wie möglich mit ihm zusammen sein. Möchten Sie, dass er jeden Tag hierher kommt, oder wäre es nicht doch besser, wenn ich den Jungen zu ihm in mein Häuschen bringe? Sie wissen, Ma'am, Sie können ihm nicht verwehren, dass er seinen Sohn sieht. Wenn Sie es so betrachten, dann bringe ich Sie doch nicht in eine peinliche Situation, sondern erspare sie Ihnen eher – nicht wahr, Ma'am? Falls es Ihnen allerdings lieber ist, dass er hierher kommt, damit Sie ein Auge auf den Jungen haben können, dann richte ich ihm aus, dass Sie einverstanden sind, wenn er hier auftaucht. Eines weiß ich allerdings ganz sicher: Wie immer Sie sich entscheiden; er möchte den Jungen sicherlich so oft wie möglich sehen, denn es könnte für lange, für sehr lange Zeit vielleicht das letzte Mal sein, dass er mit ihm zusammen sein kann. Was Sie dem Jungen erzählt haben – dass sein Daddy weit weg im Ausland ist, wird vielleicht bald wahr werden, denn wenn ich es richtig verstanden habe, hat er ein sehr gutes Angebot aus Amerika.«

Kaum hatte er es ausgesprochen, fragte sich Hamish bestürzt, warum um alles in der Welt er das gesagt hatte. Sicherlich konnte es nur Gott oder der Teufel persönlich gewesen sein, der ihm diese Lüge in den Mund gelegt hatte. Aber eines hatte er damit erreicht, das war nicht zu übersehen: Ihre Augen waren groß geworden. Und nun fügte er hinzu: »Also, Ma'am, sagen Sie mir, was soll ich tun? Sie haben ihn nicht jeden Tag um sich, wenn er in meinem Häuschen bleibt. Es liegt am Ende der Welt, wie Sie wissen, und es ist ziemlich unwahrscheinlich, dass ihn jemand erkennt. Wie immer Sie sich entscheiden, es sind nur ein paar Tage.«

Sie hatte sich von ihm abgewandt, denn sie wusste, wenn diese klugen, wissenden Augen sie so ansahen, konnte sie ihm nicht sagen, was sie wirklich dachte, und deshalb murmelte sie: »Also, dann soll er von mir aus in Ihrem Häuschen wohnen.«

»Danke, Ma'am. Kann ich für eine Stunde oder so mal weg, damit ich ihm zeigen kann, was wo ist? Von allem anderen mal abgesehen, glaube ich, Ma'am, dass ihm die Ruhe gut tun wird. Und Sie haben also nichts dagegen, wenn ich den Jungen hin und wieder zu ihm rüberbringe?«

Wieder dauerte es eine Weile, bevor sie fähig war, zu antworten: »Nein. Nein, ich denke nicht. Sie können Mary sagen, sie soll einen Korb mit Essen für ein paar Tage zusammenpacken.«

»Danke, Ma'am. Das macht in der Tat alles viel einfacher. Ist es in Ordnung, wenn ich dafür den Wagen nehme?«

Diesmal zögerte sie nicht, ehe sie antwortete: »Selbstverständlich.«

Eine halbe Stunde später stand sie am Fenster des Gästeschlafzimmers, von wo sie das Ende der Auffahrt und den Wagen beobachten konnte. Sie sah die groß gewachsene Gestalt von Hamish, der etwas in den Kofferraum stellte, und dann sah sie ihren Sohn, wie er die Arme um den Hals seines Vaters schlang. Sie hielten einander eine Zeit lang fest umschlungen, bevor Riley sich hastig erhob und in den Wagen stieg. Mary trat zu dem Jungen und griff nach seiner Hand. Und als der Wagen losfuhr und aus Nyrenes Gesichtsfeld verschwand, blieben die beiden dort stehen, sahen jetzt jedoch nicht mehr hinter dem Wagen her, sondern einander an, als würde einer von ihnen etwas sagen. Dann, als sich der Junge an Marys Hüfte schmiegte und sie ihm über den Kopf strich, musste Nyrene sich abwenden, denn sie konnte es nicht mehr ertragen.

Was war geschehen, das ihren Sohn veranlasst hatte, so etwas zu tun? Irgendetwas musste ihn aufgeregt oder beunruhigt haben. Wahrscheinlich hatte Hamish ihm gesagt, dass er seinen Vater morgen wiedersehen würde, und zwar drüben in seinem Cottage ... Der Junge hatte sich immer darauf gefreut, wenn ihn Hamish in sein kleines Häuschen mitnahm.

Und da war auch noch das Geburtstagsgeschenk, das Peter ihm mitgebracht hatte. Normalerweise brachte er seine Geschenke immer ihr, und sie machten sie zusammen auf, doch dieses Mal, war ihr aufgefallen, hatte er es unverzüglich nach oben in sein Zimmer gebracht. Er schlief nicht mehr im früheren Kinderzimmer, das inzwischen zu seinem Schulzimmer umfunktioniert worden war und in dem sie auch seine Eisenbahn aufgebaut hatten, allerdings nur einen kleinen Teil der in der Scheune installierten Anlage.

Das Verhalten ihres Sohns beunruhigte sie, denn es war das Resultat seines Denkens, und sein Denken war viel weiter entwickelt, als es seinem Alter entsprach.

Als sie nach unten ging, fand sie Mary allein in der Küche. Sie schaute sich um und fragte: »Wo ist er?«

Mary beugte sich gerade über das Backrohr und schob auf der untersten Schiene eine irdene Kasserolle hinein. Ohne sich umzudrehen, sagte sie: »Er hat eine Henne gackern hören und ist raus, um nachzusehen, ob sie was gelegt hat.« Sie hätte hinzufügen können: *Er fühlt, dass eine seiner ruhigen Phasen auf ihn zukommt und versucht, sie durch Bewegung aufzuhalten.*

Mary richtete sich auf, wischte sich die Hände ab und ging dann zum Ausguss. Noch immer den Rücken Nyrene zugewandt, hörte sie Nyrene mit leiser Stimme fragen: »Was ist vorhin am Tor passiert, Mary? Ich meine, war Charles sehr aufgeregt?«

Mary drehte sich einige Augenblicke lang nicht zu ihr um, und als sie es tat, wischte sie sich mit dem Zeigefinger über die Nase. Ihre Wangen waren nasse, und ihre Stimme klang erstickt, als sie in einem Ton, wie sie ihn noch nie zuvor ihrer Herrin gegenüber angeschlagen hatte, hervorstieß: »Natürlich war er aufgeregt, Ma'am! Was haben Sie denn erwartet? Ich glaube, je weniger er ihn sieht, umso mehr vermisst er ihn. Sie wollen wissen, was passiert ist? Nun, der Junge hat zu mir aufgesehen und wieder einen seiner merkwürdigen Sprüche von sich gegeben, und das hat mich ins Herz getroffen. Und wissen Sie, was er gesagt hat? Er sagte: ›Meine

Mummy und mein Daddy sind nicht mehr froh miteinander, stimmt's, Mary?‹ Haben Sie ein Kind schon mal so was sagen hören, Ma'am? ›Meine Mummy und mein Daddy sind nicht mehr froh miteinander, stimmt's, Mary?«‹

Blind griff sie nach einem Geschirrtuch, knüllte es zu einem festen Ball und warf es auf den Abtropfständer, dann rannte sie aus der Küche, über den Hof und hinauf in ihr gemütliches Wohnzimmer, wo sie sich auf die Couch fallen ließ und weinte, wie sie es seit Jahren nicht mehr getan hatte ...

Drunten in der Küche stand Nyrene noch immer dort, wo sie gestanden hatte, doch nun lehnte sie sich gegen den Küchentisch, als suche sie nach Halt. Und sie fragte sich, warum in einer Situation wie der jetzigen die Sympathien und das Verständnis immer auf Seiten des Ehebrechers waren und das Opfer sogar dazu gebracht wurde, sich schuldig zu fühlen – schuldig, hart und herzlos, weil es kein Verständnis und Mitgefühl aufzubringen vermochte.

Mit langsamen Schritten ging sie nach oben, trat in ihr Zimmer und machte Anstalten, sich auf das Bett zu setzen, doch dann überlegte sie es sich anders. Nein, was sie im Augenblick brauchte, war ein harter Stuhl mit gerader Lehne; das Bett löste nur all die falschen Gefühle aus, Gefühle, die einen schwächten, die einen traurig machten und mit Angst erfüllten und ... ja – die einen sogar so weit brachten, sich selbst schuldig zu fühlen.

22

Die erste Woche der neuen Saison war vorbei. Riley und Larry Fieldman standen draußen vor dem Theater, und Larry sog tief die Luft in die Lungen und sagte: »Puh! Ich bin jedes Mal froh, wenn die erste Woche vorbei ist, besonders bei einer Komödie.«

Die Doppeltür hinter ihnen flog auf. Sie drehten sich um und sahen Lily Poole in Begleitung einer Kollegin aus dem

Ensemble herauskommen. Es war die junge Frau, die mit einem Lachen rief: »Gott sei Dank ist es vorbei! Nur noch sechsunddreißigmal dasselbe, und wir haben wieder Ferien.« Als sie alle in ihr Lachen einstimmten, fügte sie hinzu: »Aber es ist gut gelaufen, wie?« Mit einem Blick auf Riley schränkte sie ein: »Nur deine Beine müssen ziemlich wacklig sein.«

»Du sagst es – wacklig und verdammt müde.«

»Kommen Sie mit auf einen Drink, Riley?«, fragte Larry.

»Nein danke, Larry, heute Abend nicht. Alles, wozu ich noch fähig bin, ist die Beine hochzulegen.«

»Ich will mir einen Kurzen genehmigen. Kommen Sie mit, Lucy? Und Sie auch, Lily?«

»Da können Sie drauf wetten«, sagte Lily. »Ich brauche meinen Gin-Tonic, damit ich morgen hochkomme.« Sie kicherte und fügte hinzu: »Morgen ist Putz- und Waschtag. Wobei mir was einfällt: Ich könnte gleich mit dir kommen, Mr. Riley, und deine schmutzige Wäsche mitnehmen. Ich treffe euch dann in fünf Minuten – okay, Larry, okay Lucy?«

»Und was ist mit der Messe morgen?«, erkundigte sich Larry, und sie erwiderte kess: »Das überlasse ich Ihnen, Larry. Sie können ja für uns beide beten.«

»Irgendwann wird sich Father Honeyset Sie schon noch vorknöpfen.«

»Oh«, sie machte eine wegwerfende Geste mit der Hand, »das hat er schon. Er ist mal an einem Sonntagnachmittag vorbeigekommen. Ich war noch im Morgenrock, aber das hat ihn nicht weiter aus der Ruhe gebracht, auch nicht als er gefragt hat, wo Johnny denn sei, und ich gesagt habe, dass er noch im Bett liege. Wir setzten uns und haben 'ne Tasse Tee zusammen getrunken, und er hat mir einen irischen Witz erzählt – doch, ja, das hat er. Aber das Schärfste kam erst, als er sich wieder auf den Weg machte. Er ging zur Schlafzimmertür, hämmerte mit der Faust dagegen und brüllte: ›Komm raus aus der Kiste, Johnny Poole! Ich bin gekommen, um dich in die Hölle zu holen!‹«

Sie lachten alle lauthals, und Riley prustete: »Das hat er nicht!«

»Doch, hat er. Er ist ein echtes Unikum, unser Priester.«

Sie wandte sich jetzt Riley zu. »Es macht dir doch nichts aus, wenn ich die Wäsche jetzt gleich abhole, oder?«

»Wieso sollte es mir was ausmachen, wenn ein Waschweib ihrem Gewerbe nachgeht?«

»Hüte deine Zunge, oder du kriegst deine Wäsche ungebügelt zurück! Also, Leute«, sagte sie zu Larry und Lucy gewandt, »ich sehe euch nachher.«

Gute-Nacht-Wünsche wurden getauscht, dann gingen Riley und Lily nebeneinander die Straße zur Wohnung entlang.

»Wann kommt eigentlich Johnny zurück?«, fragte Riley.

»Oh, er müsste bald hier sein. Vielleicht schon am frühen Morgen. Es ist ein beschissener Job, und ich hab den Verdacht, dass er die Schnauze voll davon hat. Er war ziemlich gereizt in den letzten Wochen, und das ist ein sicheres Zeichen, dass mit der Arbeit etwas nicht in Ordnung ist. Die Fahrer wechseln sich immer ab, was nötig ist, weil sie ja Tag und Nacht fahren. Johnny hasst es, durch Frankreich zu fahren, wegen der Bauern dort. Die sind alle nicht ganz dicht: Sie glauben, jeder Lastwagen aus England hat hinten drauf ein paar Schafe versteckt. Einmal haben sie ihm schon die ganze Ladung auf die Straße geräumt, und als sie nichts finden konnten, haben sie sich geweigert, alles wieder aufzuladen. Er musste auf einen anderen Fahrer warten.«

Sie bogen jetzt in den schmalen Aufgang zur Wohnung, und er fischte seinen Schlüssel aus der Tasche. »Das muss ein verdammt harter Job sein, den sicher nicht jeder machen kann.« Als er die Hand nach der Tür ausstreckte, hörte er Lily aufschreien, dann wurde er herumgerissen und sah noch, wie sie rückwärts taumelnd zu Boden stürzte. Im nächsten Augenblick krachte ein Hagel von Faustschlägen in sein Gesicht. Blind vor Schmerz, schlug er zurück, doch seine Fäuste trafen nur ins Leere. Lily schrie noch immer, dann rammte ein Knie mit solcher Wucht in seinen Bauch, dass er ein Stück vom Boden hochgehoben wurde. Er fühlte, wie er fiel, ins Bodenlose fiel, und der Schrei, den er hörte, war sein eigener.

Als sein Kopf auf den Boden krachte, war er bereits bewusstlos. Er spürte die schweren Stiefel nicht, die ihm in den Leib traten, noch nahm er die Schreie Lilys wahr, die mit den Fäusten auf den Rücken ihres Mannes eintrommelte, ebenso wenig die Menschentraube, die den schmalen Aufgang von der Straße blockierte, und auch nicht die Polizei, die einen jetzt benommen vor sich hinstierenden Mann von der Wand wegzerrte, gegen die er sich in seinem Suff gelehnt hatte, während seine Frau am Boden kniete und den blutüberströmten Kopf ihres lieben Freundes und Wohltäters, wie sie ihn immer bei sich genannt hatte, im Schoß hielt.

Als die Sanitäter Riley vorsichtig auf die Bahre hoben und in den Krankenwagen schoben, nahmen sie auch die junge Frau mit.

23

Obwohl Nyrene seit einigen Nächten sehr schlecht und nur wenig geschlafen hatte, war sie bislang kein einziges Mal in Versuchung gewesen, zu Schlaftabletten zu greifen. In der letzten Nacht hatte sie bis halb eins gelesen und war dann lange wach gelegen, während sich ihre Gedanken im Kreis drehten, bis sie sich schließlich mit bleiernen Gliedern auf die Seite gewälzt und ihr Gesicht im Kissen vergraben hatte; in dieser Position war sie irgendwann in den Schlaf hinübergedämmert.

Bis das Telefon klingelte. Sie nahm den Hörer ab und murmelte schlaftrunken: »Ja? Wer ist dran?«

»Spreche ich mit Mrs. Riley, der Frau von Mr. Peter Riley, dem Schauspieler am Theater von Fellburn?«

Es verstrichen Sekunden, bevor sie mit tonloser Stimme flüsterte: »Ja.«

»Ich bin Sergeant Smith von der Polizei in Fellburn, Ma'am. Ich muss Ihnen leider mitteilen, dass Ihr Mann mit schweren Verletzungen ins Krankenhaus eingeliefert wurde.«

Einen Augenblick lang brachte sie kein Wort hervor, und

eine plötzliche Kälte ergriff von ihr Besitz, dann wisperte sie: »Ein ... ein Autounfall?«

»Nein, Ma'am. Er wurde überfallen und brutal zusammengeschlagen.«

»Zusammengeschlafen? Wer würde denn so etwas tun?«

»Ein Kerl, der zufällig der Ehemann einer Schauspielerin am Palace Theatre ist. Er befindet sich in Polizeigewahrsam; sein Name ist Poole.«

»Lily«, flüsterte Nyrene. »Lilys Mann.«

»So ist es, Ma'am. Wie auch immer, Ihr Mann wurde ins Krankenhaus von Fellburn eingeliefert, aber seine Verletzungen – vor allem am Kopf – sind so schwer, dass er ins Royal Victoria Krankenhaus in Newcastle gebracht werden musste.«

Sie sagte etwas, das für ihn so ähnlich klang wie: »O lieber Gott!«

»Ich weiß, dass Sie ziemlich weit weg wohnen, Ma'am, und dass es einige Zeit dauernd wird, bis Sie hier sein können. Haben Sie enge Freunde hier in Fellburn, die ich benachrichtigen soll?«

»Sein ... sein Vater wohnt in Fellburn.«

»Können Sie mir die Adresse geben?«

Sie gab ihm Alex' Adresse und Telefonnummer.

»Ich werde ihn sofort verständigen, Ma'am. Es tut mir Leid, dass ich Ihnen diese schlechte Nachricht überbringen musste, Ma'am.«

»Ich danke Ihnen.« Ihre Stimme war nur mehr ein tonloses Wispern.

Was jetzt? Was sollte sie tun? Sie musste aufstehen und fahren. Sie *musste* fahren ... Fred! Sie musste Fred erreichen. Er würde herausfinden, ob es wirklich so schlimm um ihn stand.

Sie wählte die Nummer. Endlich nahm jemand ab, und eine schlaftrunkene Stimme blaffte: »Was ist? Wer ist dran?«

»Ich bin's, Fred – Nyrene.«

»Nyrene?« Es entstand eine Pause. »Es ... es ist halb vier in der Nacht; was ist passiert?«

»Es ist ... es ist wegen Peter. Er wurde überfallen und zusammengeschlagen. Die Polizei sagt, er ist schwer verletzt. Sie haben ihn ins Royal Victoria nach Newcastle gebracht.«

»Peter?«

»Ja. Ja – wach auf, Fred!«

»Ich bin wach.«

»Tut mir Leid, Fred, aber ich bin ganz außer mir. Anscheinend ist er von Lilys Mann brutal zusammengeschlagen worden.«

»Von wessen Mann?«

»Von Lilys Mann. Du kennst doch Lily Poole, die junge Schauspielerin am Palace. Sie wäscht seine Sachen.«

»Du lieber Himmel!«

»Die Polizei verständigt Paters Vater. Könntest du hinfahren und rausfinden, was mit ihm ist?«

»Ich fahre sofort los und rufe dich zurück.«

»Es tut mir Leid, wenn ich dir Umstände bereite, Fred.«

»Rede keinen Unsinn, Frau. Ich gebe dir Louise und sehe zu, dass ich in meine Klamotten komme.«

Louises Stimme klang leise und ungläubig: »Ich kann nicht glauben, was ich da höre. Wieso sollte Lilys Mann Peter was antun wollen? Er ist zwar ein Bär, von einem Mann, aber ein gutmütiger Kerl; er ist ein Fernfahrer, nicht?«

»Ja.« Nyrene nickte und murmelte: »Ja, ein Bär von einem Mann … Lily sagte immer, er könne keiner Fliege was zu Leide tun.«

»Er muss betrunken gewesen sein.«

»Wahrscheinlich. Ja, wahrscheinlich.«

»Fred ist fast fertig. Ich gehe mit ihm runter. Wir rufen dich zurück, sobald wir Näheres wissen.«

»Danke, Louise. Danke.«

Wenn sie später an diese Augenblicke zurückdachte, konnte sie sich nicht mehr erinnern, was sie in der Zeit zwischen dem Aufstehen und dem neuerlichen Klingeln des Telefons um sechs Uhr gemacht hatte. Sie wusste nur noch, dass sie nicht mehr allein war, als sie abnahm, denn Hamish und Mary waren bei ihr.

Freds Stimme drang an ihr Ohr. »Hör zu, Nyrene«, sagte

er. »Hör zu. Ich weiß nicht genau, wie's ihm geht; er ist noch immer im OP. Ich weiß nur, dass ihn einer der Dornstreben an der Seite des Fußabkratzers neben der Wohnungstür irgendwo am Nacken verletzt haben muss. Die Nachtschwester konnte auch nur sagen, was die erste Untersuchung ergeben hat. Ich war auch bei der Polizei, um rauszufinden, ob sie Genaueres darüber wissen – warum es passiert ist und so. Anscheinend war dieser Poole völlig betrunken, aber der Schock wegen dem, was er getan hat, machte ihn schnell wieder nüchtern. So weit ich in Erfahrung bringen konnte, hat ihm jemand anonyme Briefe geschrieben, dass seine Frau und Riley ihm Hörner aufsetzen. Aber er musste sich erst voll laufen lassen, bevor er was dagegen unternehmen konnte, denn er ist sonst, so scheint es, ein friedfertiger Kerl.«

Als er verstummte, murmelte Nyrene: »Anonyme Briefe? Das kann nur seine Mutter gewesen sein!«

»Ja, das denke ich auch, und sein Vater ebenfalls. Er ist auch bei der Polizei gewesen und sitzt jetzt hier im Wartezimmer, zusammen mit Betty und Lily, der Frau von dem Kerl. Sie ist in einem furchtbaren Zustand. Sie kann nicht aufhören zu reden. Die Schwester hat ihr vor einer Weile was gegeben, das sie ein bisschen beruhigt hat. Sie sollte nach Hause gehen und sich ins Bett legen, aber sie weigert sich, bevor sie nicht weiß, was mit ihm ist.«

Es entstand eine kurze Pause, bevor er fortfuhr: »Nyrene?«

»Ja, Fred?«

»Ich … ich denke, du solltest hier sein.«

»Ich bin schon auf dem Sprung, Fred. Obwohl heute Sonntag ist, müsste ich am Nachmittag in Fellburn sein können. Ich fahre direkt ins Krankenhaus.«

»Ja. Ja, natürlich. Bis später dann. Goodbye.«

Sie stand in dem engen Büro einem jungen Mann gegenüber, der viel zu jung war, dachte sie, um Arzt zu sein. Er sah sie an und sagte: »Sie wissen, dass er auf der Intensivstation liegt?«

»Nein, das wusste ich nicht. Ich bin eben erst mit dem Zug angekommen; ich weiß überhaupt nicht, was mit ihm ist.«

»Oh … Ich verstehe …« Er nahm einen Klemmhefter mit mehreren Blättern vom Schreibtisch und überflog die erste Seite. Dann nickte er. »Er ist ziemlich übel zugerichtet worden. Soweit ich mitbekommen habe, ist der Kerl, der es getan hat, ein Boxer. Aber Ihr Mann hatte großes Glück, dass der Dorn, auf den er gefallen ist, nicht durch seine Schädeldecke gedrungen ist. Er hat ein Stück eines Ohrs verloren, doch das kann mit Hilfe der plastischen Chirurgie relativ problemlos behoben werden. Wir müssen allerdings noch abwarten, ob die traumatische Läsion durch den Dorn zu irgendeiner Schädigung des Gehirns geführt hat.« Erneut zog er die Notizen zu Rate. »Offenbar hat er einige Zähne verloren, und sein Kiefer ist gebrochen, aber auch das ist nicht wirklich Besorgnis erregend. Außerdem haben wir festgestellt, dass er eine Oberschenkelfraktur hat. Und nicht zu vergessen der Schock, in dem er sich befindet.«

»Kann ich ihn sehen?«

Die Frage kam wie selbstverständlich, und er erwiderte: »Ja. Ja, natürlich. Aber er wird Sie nicht erkennen, noch eine ganze Weile nicht.«

Ein paar Minuten später stand sie an Peters Bett und sah auf seinen vermummten Kopf hinab; alles, was sie von seinem Gesicht sehen konnte, waren seine geschlossenen Augen, die Nase und ein Teil seines Munds. Von seinem linken Handgelenk führte ein Schlauch zu einer Blutkonserve, die an einem Ständer neben dem Bett hing.

Jemand schob einen Stuhl neben sie. Sie bedankte sich nicht dafür und ließ sich auf den Stuhl sinken. Dann presste sie die Hand auf den Mund, um das gequälte Stöhnen, das in ihrer Kehle aufstieg, nicht herausdringen zu lassen. Oh, Peter! Dachte sie. Oh, Peter, Peter! Oh, mein Liebster! Wenn ich nur … wenn ich nur … Die Worte wirbelten, hintereinander drein jagend, durch ihren Kopf, und sie war sich nur undeutlich der Stimme bewusst, die sagte: »Atmen Sie ganz tief.« Verschwommen nahm sie wahr, dass ihr vom Stuhl aufgeholfen wurde, und es kam ihr vor, als hätte sie nur drei Schritte gemacht, um sich erneut in einem winzigen Büro wiederzufinden. Die Stimme sagte: »Soll ich ihr eine Tasse Tee holen, Schwester?«, und eine andere Stimme erwiderte: »Ja. Ja, tun Sie das.« Dann wieder die erste Stimme: »Hier – trinken Sie einen Schluck.« Und in scherzhaftem Ton fügte die Stimme hinzu: »Um ein Haar hätten wir hier noch einen Patienten gehabt. Gott sei Dank ist die Schwester gerade vorbeigekommen.«

Oh, Peter. Peter.

»Hier – kommen Sie. Versuchen Sie, einen Schluck zu trinken. Ihre Freunde haben mir erzählt, dass Sie den ganzen Weg von Aberdeen hergekommen sind. Am Sonntag kann das sehr lange dauern.

Oh, Peter. Peter. Oh, mein Liebster, bitte stirb nicht. Stirb nicht. Gib mir Zeit, mir selber zu verzeihen. Bitte, stirb nicht.

»Wir bringen sie nach Hause.« Es war Louises Stimme. Sie hob den Kopf und öffnete die Augen. Und mit vor Angst brüchiger Stimme flüsterte sie: »Oh, Louise, er ist …«

»Mach dir keine Sorgen, meine Liebe. Mach dir keine Sorgen. Er wird wieder gesund – nicht wahr, Schwester?«

Die Stimme der Schwester antwortete nicht gleich, doch dann sagte sie: »Alles, was er jetzt braucht, ist Ruhe. Er ist jung und kräftig und wird sich bald wieder erholen. Schlaf tut ihm jetzt gut, und wenn er Sie morgen sieht, wird er sich gleich besser fühlen.«

Als Louise sie am Arm den Korridor hinab führte, fiel ihr ein, dass sie sich bei der Schwester gar nicht für den Tee bedankt hatte. Was war mit ihr geschehen? War sie ohnmächtig geworden? Sie war in ihrem Leben noch nie ohnmächtig gewesen, soweit sie sich erinnern konnte.

Als sie in den Warteraum traten, sprang Fred auf, kam ihnen entgegen und sagte: »Wir bringen dich gleich nach Hause.«

Sie sah von ihm zu Alex und Betty hinüber, die weiter drüben beisammen standen, und zu Lily, ein Stück abseits der beiden. Lilys Mann hatte Peter das angetan, nur weil er sich eingebildet hatte, dass etwas zwischen den beiden wäre. Sie zweifelte nicht daran: Die wahre Schuldige war dieses böse Weib, mit ihrem Hass und ihrer niederträchtigen Fantasie.

Benommen registrierte sie, dass Alex ihre Hände ergriffen hatte und festhielt, und als sie sich auf einen Stuhl sinken lassen wollte, stoppte sie Freds Stimme, die sie in ihrer gewohnt polternden Art anbellte: »Nein, tu das nicht! Wir bringen dich nach Hause und ins Bett.« Dann wiederholte er die Worte der Schwester: »Oder willst du, dass wir noch einen Patienten haben? Du brauchst jetzt Schlaf; und ich übrigens auch. Morgen sieht alles besser aus, einschließlich Peter, du wirst sehen.« Damit legte er einen Arm um ihre Schultern, und zusammen mit Louise, die sie von der anderen Seite stützte, trugen sie sie fast zum Wagen.

Es hatte einer Schlaftablette bedurft, sie endlich in den Schlaf sinken zu lassen, und es war bereits zehn Uhr am Montagmorgen, als sie aufwachte und allmählich zu sich kam. Sie hatte nur den einen Wunsch: zu bleiben, wo sie war, so erschöpft fühlte sie sich. Doch das war, bevor ihr Verstand ihr die Erklärung lieferte, warum sie in Louises Haus lag.

Nur eine Stunde später war sie bereits wieder im Krankenhaus und stand an Peters Bett. Seine Lider waren halb geöffnet, und es sah aus, als würde er angestrengt versuchen, etwas zu erkennen. Doch er war sich ihrer Anwesenheit nicht bewusst, bis sie leise murmelte: »Peter. Peter.«

Er konnte den Kopf nicht bewegen; es schien, als würde er in einem Schraubstock festgehalten. Doch er drehte die Augen in ihre Richtung, und dann bewegten sich seine Lippen. Kein Laut kam über sie, und dennoch wusste sie, dass er ihren Namen geflüstert hatte.

»Oh, mein Liebster.« Sie beugte sich über ihn und sah in sein Gesicht hinab. ›Es tut mir so Leid. Es tut mir so Leid.«

Die Hand, die schlaff auf der Bettdecke gelegen hatte, kroch langsam auf sie zu, doch ihr schien die Kraft zu fehlen, sich zu heben. Sie ergriff sie, presste sie an ihre Brust und flüsterte: »Sobald du transportiert werden kannst, musst du nach Hause kommen.«

Als sich seine Lider schlossen, murmelte sie erneut: »Oh, Peter, Peter.« In diesem Augenblick erschien die Schwester auf der anderen Seite des Bettes und sagte leise: »Es ist Zeit für seine Spritze; er schläft dann sofort ein.« Und als müsste sie sich für ihr Tun entschuldigen, fuhr sie fort: »Es ist so am besten für ihn, sonst hätte er zu große Schmerzen. Er ist schlimm zugerichtet.«

Mit leiser Stimme fragte Nyrene: »Wie lange wird es dauern, bis er wieder ... nun ... ganz gesund ist?«

»Oh«, die Schwester zuckte mit den Schultern, »das hängt davon ab, wie schnell er sich erholt; er ist ja erst einen Tag hier.«

Seine Augen waren jetzt fest geschlossen. Sie warf einen zögernden Blick auf ihn, ehe sie sich abwandte. An der Tür wartete sie, bis die Schwester das Zimmer verließ, und fragte sie dann mit leiser Stimme: »Schwebt er in unmittelbarer Lebensgefahr?«

»Er würde nicht auf dieser Station liegen, wenn dem nicht so wäre. Aber ich habe schon Leute in schlimmerem Zustand gesehen, die von hier auf die normalen Stationen zurückverlegt wurden und das Krankenhaus bald auf eigenen Füßen verlassen konnten. Versuchen Sie, sich nicht zu sehr zu sorgen.«

Dies war nur ein geringer Trost, doch Nyrene bedankte sich mit einem Nicken, und als die Schwester die Tür aufmachte, um sie hinauszulassen, zögerte sie einen Moment lang und sah noch einmal zum Bett zurück.

Nur Louise saß im Warteraum, und sie überfiel sie nicht mit Fragen wie, »Und? Wie geht es ihm?«, sondern nahm nur ihren Arm und steuerte mit ihr auf den Ausgang zu. »Wir werden jetzt was zu Mittag essen«, sagte sie entschieden. »Du musst etwas zu dir nehmen; wir alle müssen etwas essen.« Und dann fügte sie beinahe unheilschwanger hinzu: »Es liegen möglicherweise noch einige lange Nächte vor uns.«

24

Für die Lokalzeitung war es ein gefundenes Fressen, eine richtige Schlagzeile. Zunächst titelte sie: »Eifersüchtiger Ehemann attackiert Schauspieler.« Dann: »Nachtwache im Krankenhaus.«

Die Abendausgabe am Montag ging noch weiter: »Ex-Boxer steigt wieder in den Ring – Schauspieler brutal zusammengeschlagen.«

Jeder der Artikel schilderte in mehreren Absätzen Rileys Verletzungen, die seine Überführung in das Royal Victoria Krankenhaus in Newcastle notwendig gemacht hatten, wo er nun auf Grund seiner schweren Kopfverletzungen, einem gebrochenen Bein und zahlreicher anderer Blessuren auf der Intensivstation liege – und so weiter, und so weiter. Am dritten Tag berichtete die Zeitung nichts, doch am vierten Tag machte sie mit einer weiteren Schlagzeile auf: »Schauspieler ringt mit dem Tod – Ehefrau und Vater wachen die ganze Nacht an seinem Bett.« Der Artikel fuhr fort: »In einem durch eine Sondergenehmigung ermöglichten Interview mit unserem Reporter erklärte Johnny Poole, es tue ihm unendlich Leid, aber alles sei nur auf anonyme Briefe zurückzuführen, die er seit Wochen erhalten habe. Gegenstand der anonymen Briefe, die an die Spedition geschickt wurden, für die Poole arbeitet, seien die Besuche seiner Frau in der Wohnung des Schauspielers gewesen, die offenbar jedoch lediglich dem Zweck dienten, die Wäsche Mr. Rileys zu holen und seinen Kühlschrank aufzufüllen. Die Ehefrau des Schauspielers lebt gegenwärtig nicht in der gemeinsamen Stadtwohnung, da sie sich ganz der Pflege ihres kranken Sohnes widmen muss.« Der Verfasser des Artikels berichtete weiter, dass Mr. Poole in dem Interview nicht erwähnt habe, dass er seines Jobs verlustig gegangen sei und dass seine Frau die Scheidung eingereichen werde.

Danach erschien nichts mehr über den Fall in der Zeitung; erst wieder nach fünf Wochen, als der Prozess unmittelbar bevorstand.

Unter den Kollegen im Theater und anderen Interessierten war die Frage, wer diese Briefe geschrieben hatte, jedoch ein ständig präsentes Thema.

Jedes Mitglied der Familie und die engeren Freunde hätten Licht in das Dunkel bringen können, doch sie alle wussten, da Riley dies von Anfang an klar gemacht hatte, dass er den Namen seiner Mutter aus allem heraushalten wollte, denn wenn seine Mutter vor Gericht gestellt würde, bekäme er sie niemals mehr aus seinem Kopf heraus; es war schon schlimm genug, dass er sie und dies alles als einen Teil seines Lebens mit sich herumschleppen musste. Außerdem hatte Alex alle Beteiligten bekniet, den Mund zu halten und sie ihm zu überlassen. Er würde sich um sie kümmern. O ja, das würde er.

Nyrene war in den letzten fünf Wochen nur viermal zu Hause gewesen, doch sie telefonierte jeden Morgen und jeden Abend mit dem Jungen. Er reagierte auf ihre Abwesenheit viel besser, als zu befürchten gewesen war, weil sie ihm versprochen hatte, dass sein Vater nach Hause kommen würde, wenn sein Bein geheilt sei.

Auch jetzt telefonierte sie mit Charles: »Daddy ist gestern zum ersten Mal vom Bett aufgestanden und ein bisschen auf und ab gegangen. Es wird nicht mehr sehr lange dauern, mein Liebling, bis er nach Hause kommt.« Doch noch während sie dies sagte, fragte sie sich, was sie dessen so sicher machte, denn der Mann, denn sie jetzt täglich besuchte, hatte nicht mehr viel gemein mit jenem Mann, der mit dem Vorwand in ihrer Einfahrt gestanden hatte, er sei gekommen, um seinen Sohn zu besuchen. Dieser Mann hier war viel stiller; er sprach nie davon, wieder nach Hause zu gehen, und fragte nur selten nach seinem Sohn.

»Hast du Daddy erzählt, dass ich meinen Namen schreiben kann?«, fragte der Junge.

»Ja. Er hat sich sehr gefreut, das zu hören, und er hat gesagt, wenn du ihm deine Adresse gibst, schreibt er dir einen Brief.«

Sie hörte das glückliche Lachen des Jungen, dann sagte er: »Mr. Mac will dich sprechen, Mummy.«

»Hallo, Ma'am.«

»Hallo, Hamish.«

»Wie geht es ihm?«

»Oh, nicht viel anders als gestern; aber ... aber er kann das Bein ein bisschen besser bewegen.«

»Heißt das, er wird Weihnachten hier sein?«

Als sie nicht zugleich antwortete, bohrte er noch einmal mit drängender Stimme nach: »Das wird er doch, Ma'am, oder? Wir können etwas bauen, damit er hinten im Wagen ausgestreckt liegen kann.«

»Ich ... ich weiß nicht, ob er schon transportfähig sein wird, Hamish.« Sie hatte nicht den Mut zu sagen: *Ich weiß nicht, ob er überhaupt kommen will,* doch das wäre näher an der Wahrheit gewesen.

»Wir müssen eben alle nur an die positiven Seiten denken, nicht, Ma'am? Und Mary hat schon eine Liste von Plätzchen gemacht, so lang wie Ihr Arm, die sie alle backen will. Sie ist oben, Ma'am. Soll ich sie rufen?«

»Nein, das ist nicht nötig, Hamish. Ich werd heute Abend mit ihr reden. Ich muss jetzt wieder zurück. Sie wissen doch – heute ist Gerichtsverhandlung.«

»Oh, ja. Ja. Der Kerl hat zwei Jahre verdient, aber ich würde ihm drei geben.«

Sie sagte nichts darauf, denn sie wusste, wer für drei Jahre ins Gefängnis gehörte, und das war nicht der große, unbedarfte Ex-Boxer.

Als sie das kleine Einzelzimmer betrat, in das er verlegt worden war, saß er im Morgenmantel auf dem Bettrand.

Er lächelte ihr zu, als sei sie nur kurz aus dem Zimmer gewesen, und sagte: »Ich muss gleich zur Therapie, haben sie mir gerade gesagt.«

Sie zog einen Stuhl nahe an sein Bett und setzte sich, machte jedoch keine Anstalten, ihn zu küssen, ebenso wenig wie er. Abgesehen von den kurzen Besuchen zu Hause in Schottland hatte sie ihn täglich besucht, doch die vertraulichen Gesten zwischen ihnen waren nie weiter gegangen, als sich bei den Händen zu halten.

»Ich habe gerade mit Zuhause telefoniert«, sagte sie. »Charles klang richtig fröhlich.« Er antwortete nicht darauf, sondern nickte nur und brummte dann: »Wie viel Uhr ist es?« Sie warf einen Blick auf ihre Armbanduhr und sagte: »Viertel vor zehn.«

»Die Verhandlung hat schon begonnen.«

»Ja. Ja, bestimmt.« Sie hatte nicht vorgehabt, ihm gegenüber den Prozess zu erwähnen, und nun sprach er ihn selber an. Er musste also darüber nachgedacht haben, und dass dies der Fall war, bewiesen seine nächsten Worte: »Ich hoffe, er kommt noch mal davon.«

Ihre Stimme klang ungehalten, als sie erwiderte: »Er verdient es nicht, ungeschoren davonzukommen. Du hättest sterben können!«

»Wegen des Fußabkratzers vielleicht, aber nicht wegen dem, was er getan hat.«

Sie war jetzt so aufgebracht, dass sie sich zwingen musste, sitzen zu bleiben, und mit vor Empörung bebender Stimme zählte sie seine Blessuren auf: »Ein Leistenbruch, ein Oberschenkelbruch, ein angebrochener Hüftknochen, ein gebrochener Kiefer, vier ausgeschlagene Zähne, ein halbes Ohr abgerissen ...«

»Das war der Metalldorn am Fußabkratzer«, unterbrach er sie.

»Wenn er dich nicht niedergeschlagen hätte, wärst du nicht auf den Abkratzer gefallen. Und er hätte dich auch nicht mit Fußtritten zu bearbeiten brauchen. Und vergiss nicht, der Dorn hätte durchaus auch durch die Schädeldecke dringen können. Der Arzt, der dich operiert hat, war nicht umsonst der Meinung, dass du sehr großes Glück gehabt hast.«

»Ja, ich weiß, aber du weißt ebenso gut wie ich, Nyrene, dass Lilys Mann nicht der eigentliche Schuldige ist.« Er sagte nicht, wen er für den wirklich Schuldigen hielt, und sie ebenfalls nicht, und dann fügte er hinzu: »Und er war außerdem sturzbetrunken.«

Sie schwiegen eine Weile, bis er murmelte: »Er hat mir geschrieben, weißt du.«

»Nie und nimmer!«

»Doch. Und er hat mir versichert, dass es ihm aus tiefstem Herzen Leid tut, was er getan hat. Ich ... ich hab auch Lily gesagt – sie war heute Morgen kurz hier –, dass sie sich nicht von ihm scheiden lassen darf. Na ja – ganz so krass hab ich es nicht ausgedrückt; ich hab nur gesagt, sie soll ihn nicht verlassen, weil er jetzt jemanden brauchen wird, denn, so viel ich gehört habe, wird Richter D'Arcy den Vorsitz haben, und der schickt ihn wahrscheinlich für einige Zeit in den Bau.«

Ihre Stimme war jetzt sanft, als sie erwiderte: »Ich finde, er hat es nur verdient. Er hätte dich fast für den Rest deines Lebens zum Krüppel gemacht.«

Er starrte sie stumm an. Er wollte ihr sagen, dass er sich ohnehin für den Rest seines Lebens verkrüppelt fühlte – nicht so sehr körperlich, sondern seelisch. Er hatte viel nachgedacht in den langen Wochen, die er hier lag. Schmerz war ein Mittel der Läuterung; er verhalf einem zu einem klareren Blick für das, was im Leben wirklich wichtig war. Was brachte es einem, Schauspieler zu sein, abgesehen vom Beifall des Publikums und der Befriedigung eines aufgeblähten Egos? Aber bevor man den Beifall bekam, musste man den Preis dafür bezahlen. In seinem Fall hatte er mit seiner Zeit dafür bezahlt: Zeit, die er mit seiner Frau, die er mit seinem Kind hätte verbringen sollen. Und wozu hatte das alles geführt? Die Antwort darauf konnte er jederzeit an der Narbe auf seinem Kinn ertasten. Und wenn er weiter Schauspieler sein wollte, musste er mit Herzblut und Verve bei der Sache sein, und Verve bedeutete Elan und Begeisterung. Doch von seinem Elan war nichts mehr übrig, und was die Begeisterung anging, so war auch die erloschen, und er wusste, dass er nie wieder irgendeine Bühne betreten würde. Der Wunsch, sich auszudrücken, war gefallen, ja sich sogar zur Schau zu stellen, war verflogen. Alles, was er im Augenblick wollte, war einen Platz zu finden, wo er eine Weile mit sich allein sein konnte. Nicht zu Hause – oh, nein, nicht zu Hause. Sie redete ständig über zu Hause und darüber, dass er Weihnachten daheim sein würde, doch das meiste, was sie sagte, sagte sie, wie ihm schien, vor allem aus Mitleid. Und das Übrige war für ihn der Versuch ihrerseits, ihr Schuldgefühl loszuwerden, weil das Kind ihr wichtiger gewesen war als er, denn sie wusste sehr wohl: wenn sie jetzt das Kind allein lassen konnte, hätte sie es auch zuvor gekonnt, und dass, wenn sie es nur getan hätte, dies alles nicht passiert wäre und er keine Narbe an seinem Kinn haben würde.

»Tut dir etwas weh?«

Er nahm die Hand von seiner Wange. Unbewusst hatte er nach der Narbe getastet. »Nein«, sagte er. »Nein, nur mein Ohr fühlt sich manchmal ein bisschen merkwürdig an. Aber der Arzt sagt, sie werden noch in dieser Woche damit fertig, und nachher könne ich nicht mehr unterscheiden, welches das verletzte ist und welches nicht.« Seine Finger tasteten über den dicken Verband auf seinem Ohr.

Er sah sie an. »Du gehst also nicht zur Verhandlung?«

»Nein, Peter. Ich konnte einfach nicht.«

»Das ist auch gar nicht nötig. Dad ist sicher dort und Betty und Lily. Die arme Lily.«

Lily tat ihm offenbar sehr Leid, doch als sie dies dachte, empfand sie überhaupt keine Eifersucht auf das Mädchen. Es war nicht Lilys Schuld, dass dies alles geschehen war. Im Grunde genommen war es ihre eigene Schuld, denn wäre sie hier gewesen, hätte sie sich selbst um die Wäsche ihres Mannes kümmern können, und Lily hätte gar nicht vorbeizuschauen brauchen. Sie schüttelte unwillig den Kopf. Sie durfte nicht wieder in den alten Fehler verfallen und sich ständig selbst die Schuld an allem geben, denn unter dieser Last würde sie früher oder später zusammenbrechen.

Die Tür wurde aufgestoßen, und eine Schwester steckte ihren Kopf herein und sagte: »Der Triumphwagen ist unterwegs, Rip Van Winkle. Machen Sie sich fertig!«

Die Tür fiel wieder zu, und Nyrene sagte mit einem Lächeln: »Rip Van Winkle? So nennt sie dich?«

»Ja. Sie macht Bewegungstherapie mit mir, und sie nennt mich so, glaube ich, weil der Typ in der Geschichte, Rip Van Winkle, hundert Jahre geschlafen hat.«

»Ja. Ja, ich kenne die Geschichte.«

»Sie hat mir erzählt, dass ich in den ersten vierzehn Tagen fast nur geschlafen habe, aber wenn ich ehrlich bin, kann ich mich nur dunkel daran erinnern.«

Die Tür ging wieder auf, und ein Rollstuhl wurde ins Zimmer geschoben. Nyrene stand auf, um den beiden Schwestern Platz zu machen, die ihm auf den Stuhl halfen. »Ich gehe zurück in die Wohnung«, sagte sie. »Dein Vater hat gesagt, er kommt nachher dort vorbei.«

Er drehte den Kopf zu ihr herum: »Ja, tu das, meine Liebe. Tu das. Wir sehen uns dann am Nachmittag.«

»Ja, mein Lieber. Ja.« Sie nickte ihm zu, als er von den zwei lachenden und scherzenden Schwestern an ihr vorüber geschoben wurde; ein Anblick, der irgendwie zu dem steten, nagenden Schmerz beitrug, der in ihr wühlte. Wieder war es die fröhlich und unbeschwert zur Schau getragene blühende Jugend, die sie betroffen machte. Der Gedanke, dass sich die beiden Schwestern einem alten, gebrechlichen Mann gegenüber sehr wahrscheinlich auch nicht anders verhalten hätten, kam ihr gar nicht in den Sinn. Nein, denn zusammen mit ihrem Mann bildeten sie ein Dreigestirn purer Jugend.

25

In einem winzigen, kahlen Raum stand Lily dem Mann gegenüber, der mehr als die Hälfte seines Gewichts verloren zu haben schien, seit sie ihn das letzte Mal gesehen hatte. Dies war an dem Tag nach dem Vorfall gewesen, als er auf Bewährung auf freien Fuß gesetzt worden war und sie ihm gesagt hatte, dass sie ihn für immer verlassen würde. Sie erinnerte sich, dass er kein Wort darauf erwidert und auch keine Anstalten gemacht hatte, ihr nach Hause zu folgen. So viel sie wusste, hatte er bei seiner Schwester gewohnt. Und nun sah sie zu ihm empor, mit blassem, vor Mitleid und Schmerz verzerrtem Gesicht, und in ihrem Kopf wiederholte sie die Worte des Richters: »Obwohl Sie sich ohne Grund eines brutalen Verbrechens schuldig gemacht haben, tragen Sie nicht allein die ganze Schuld, denn ein Großteil der Schuld muss dem Verfasser der anonymen Briefe zugeschrieben werden.« Dann hatte der Richter seinem Herzen Luft gemacht, was er ganz persönlich von Leuten hielte, die solche Briefe schrieben. Wenn es nach ihm ginge, hatte er gesagt, sollte man sie öffentlich auspeitschen lassen, wenn man ihrer habhaft werden konnte, und er forderte die Polizei auf, bei der Suche nach den Schuldigen mit derselben Entschlossenheit und Härte vorzugehen, als handele es sich um einen Mörder. Denn solche Schreiber anonymer Briefe seien böse, und sie zerstörten Leben und Familien. In dem vorliegenden Fall hatten sie einen Mann soweit gebracht, beinahe einen Mord zu begehen. Er habe zwar niemanden getötet, doch die hoffnungsvolle Karriere eines talentierten Schauspielers zerstört, denn es sei sehr fraglich, ob er jemals wieder auf die Bühne zurückkehren könne. Dennoch sei es ein schweres Verbrechen, das der Angeklagte begangen hatte, das er zwar gestanden habe und das er, wie er glaubhaft gemacht habe, auch zutiefst bedauerte, trotzdem werde er die Strafe dafür auf sich nehmen müssen.

Sie streckte die Hand aus und legte sie auf Johnnys Unterarm. »Es ... es wird gar nicht so lange dauern«, sagte sie. »Du wirst sehen. Ich ... ich werde ... zu Hause auf dich warten.«

Die Muskeln in seinem großen, knochigen Gesicht schienen alle zugleich zu zucken, und als er sie wieder einigermaßen unter Kontrolle hatte, stieß er mit einem heiseren Flüstern hervor: »Es tut mir Leid, Lily. Es tut mir so unendlich Leid.«

»Ich weiß, aber ..., aber du musst jetzt versuchen, es dir nicht zu sehr zu Herzen zu nehmen.« Sie lehnte sich halb an ihn und sah zur Seite, wo der Polizist stand, und als er eine Bewegung mit dem Kopf machte, um anzudeuten, dass die Zeit um war, legte sie unvermittelt die Hände auf Johnnys breite Schultern und hob das Gesicht. Als er seine Arme um sie legte und sie fest an sich presste, konnte sie fühlen, dass er am ganzen Körper zitterte. Es war, als hätte er schreckliche Angst, und sie hatte sich nie vorstellen können, dass Johnny vor irgendetwas Angst hatte.

Ihre Lippen öffneten sich, als die Stimme des Polizisten hinter ihnen erklang: »Die Zeit ist um. Sie müssen jetzt gehen.« Johnnys Stimme war nur ein heiseres Murmeln. Er flüsterte: »Du meinst es wirklich, Lily? Du wartest auf mich?«

»Ja, ja.« Sie nickte heftig. Er ließ sie widerstrebend los und machte zwei Schritte rückwärts, ehe er sich umdrehte und durch die Tür ging, die er Polizist für ihn aufhielt.

Einige Minuten lang stand sie reglos da. Ihre Augen waren zu schmalen Schlitzen zusammengekniffen, und in ihrer Kehle steckte ein dicker Kloß; sie war überwältigt von den Gefühlen in ihrer Brust, denn sie hatte nicht gewusst, dass sie so tiefes Mitgefühl für ihn empfinden konnte. Er war nicht der Typ, für den man Mitgefühl hegte – schon eher Verachtung, denn manchmal hatte sie seine Beschränktheit, die ihrer Meinung nach nur die Folge seiner Trägheit und Unfähigkeit war, sich hinzusetzen und was zu lernen, richtig wütend gemacht. Doch es hatte auch andere Zeiten gegeben, als er sie damit überrascht hatte, dass er über bestimmte Dinge, die ihn interessierten, durchaus kompetent und vernünftig reden konnte. Und immer, wenn sie darüber nachgedacht hatte, waren ihr Entschuldigungen für ihn eingefallen und sie hatte sich gesagt, dass er eben ein Typ wäre, der nicht gern redete.

Als sie auf die Straße hinaustrat, war sie zutiefst gerührt zu sehen, dass Mr. Rileys gesamte Familie auf sie wartete. Sein Vater war da, seine Schwester, Schwester Fawcett und seine Frau Nyrene und deren Freundin Mrs. Beardsley.

Es war Nyrene, die zu ihr sagte: »Wir dachten, wir trinken irgendwo zusammen einen Kaffee; haben Sie Zeit, Lily?« Lily sah von einem zum anderen, bevor sie stammelte: »Ja ... Ja, ich habe Zeit. Vielen Dank.«

Im Restaurant hatte sich die Unterhaltung um allgemeine Themen gedreht, bis Alex unvermittelt Lily ansah und sagte: »Er ist ganz gut davongekommen. Ein Jahr, und sechs Monate davon auf Bewährung.« Worauf Betty hastig dazwischen warf: »Dad will damit nicht sagen, dass er ganz allein ihm die Schuld gibt. Das tust du doch nicht, Dad, oder?«

»Nein«, sagte Alex. »Nein, das tu ich nicht. Wie der Richter schon gesagt hat: Schuld ist derjenige, der die Briefe geschrieben hat.«

Betty nickte heftig und sah von einem zum anderen in der Runde. »Ja, Dad hat Recht: Schuld ist diejenige, die die Briefe geschrieben hat.« Doch als ihr Blick auf Schwester Fawcett fiel und hängen blieb, rief sie beinahe trotzig: »Jawohl: Die, die die Briefe geschrieben hat! Ich habe auch welche bekommen. Man sollte sie ...«

»Sie wissen, wer es war?«, rief Lily aufgeregt dazwischen, worauf ihr beinahe unisono ein Chor von »Nein! Nein!« entgegenschallte. Nur Nyrene fügte eine Erklärung hinzu: »Meistens ist es eine Frau, die zu dieser Art von Gemeinheiten greift. Und Schwester Fawcett hat vor einiger Zeit ähnliche Briefe bekommen.«

»Oh.« Lily sah Betty an, dann richtete sie den Blick auf Alex.

»Das war, weil ich zu Hause ausgezogen bin und mit der Schwester zusammenlebte, müssen Sie wissen.«

»Oh. Oh ...« Diese Erklärung schien Lily zufrieden zu stellen, zumindest eine Weile, bis sie grimmig hervorstieß: »Wissen Sie was? Ich werde keine Ruhe geben, bis ich herausgefunden habe, wer hinter mir herspioniert hat. Und nach den Briefen zu urteilen, muss sich das über eine längere Zeit erstreckt haben. Das macht mir Angst, und ich werde nicht eher ruhen, bis ich es weiß.« Sie nickte entschlossen.

Mit leiser Stimme fragte Alex: »Und was würden Sie tun, wenn Sie es herausfinden?«

»Was ich machen würde, Mr. Riley? Ich würde dafür sorgen, dass er oder sie dafür bezahlt. Ich würde den Betreffenden anzeigen. Ja, das würde ich tun! Ich würde dafür sorgen, dass er – oder sie – nie wieder anonyme Briefe schreibt.«

Er nickte. »Sie haben ja Recht, dass Sie das so sehen. Uns allen geht es nicht anders. Jeder einzelne von uns hier am Tisch fühlt genauso, aber wir würden es trotzdem nicht tun.«

Sie blinzelte einen Augenblick verwirrt, dann erwiderte sie: »Warum ... warum würden Sie den Schuldigen nicht anzeigen?«

»Weil Peter es nicht will; er ist dagegen.«

»Peter? Sie meinen, wenn er wüsste, wer Schuld daran ist, dass er zusammengeschlagen und mein Johnny ins Gefängnis geschickt wurde, würde er den Betreffenden nicht anzeigen?«

»Nein, das würde er nicht.«

Alex sah von einem zum anderen, und als sein Blick wieder zu Lily zurückkehrte, sagte er leise: »Wir wissen alle, wer es getan hat.«

»Was? Sie wissen es?«

»Es war Peters Mutter, meine Frau.«

Lily sank gegen die Lehne des Stuhls, und ihr Blick huschte von einem Gesicht zum anderen. Ihre Stimme war nur ein Wispern, als sie sagte: »Nein ...«

»Doch, Mädel, doch. Und das geht schon seit langem so.«

»Es ist wegen mir.« Alle Blicke ruckten zu Nyrene herum, und Alex warf protestierend dazwischen: »Nein, nein. Sie war auch schon davor ein böses Weib. Ich habe es Jahre lang mitgemacht.«

Nyrene nickte. »Ja, sicher. Aber nicht so extrem, Alex.« Dann wandte sie sich Lily zu und fuhr fort: »Von dem Augenblick an, als Peter mich geheiratet hat, eine Frau, die fast so alt war wie sie selbst, hatte sie nichts anderes mehr im Kopf, als sein Leben zu zerstören.«

»Du gütiger Himmel! Armer Mr. Riley. Aber wieso. Wieso hat er sich das die ganze Zeit gefallen lassen?«

Es war Alex, der darauf antwortete: »Weil sie seine Mutter ist. Und ich hab es früher auch nicht anders gemacht, weil ich daran dachte, dass sie meine Frau ist. Wie auch immer – jetzt wissen Sie es. Und Sie werden ihm hoffentlich nicht noch mehr wehtun und alles an die Öffentlichkeit bringen, oder?«

Lily schüttelte langsam den Kopf und flüsterte: »Nein. Nein, das werde ich nicht. Aber ... aber ich kann's einfach nicht verstehen, dass eine Mutter so was tut.«

Als sie keine Antwort darauf erhielt, fügte sie hinzu: »Gerecht ist es trotzdem nicht.« Sie sah wieder von einem zum anderen. »Sie ... sie sollte irgendwie dafür bestraft werden, denn wenn sie ungestraft so weit gehen kann, wie sie es getan hat, dann wird sie jetzt nicht damit aufhören.«

»Ja, das sehe ich genauso, Mädel«, sagte Alex mit einem Nicken in ihre Richtung. »Es muss etwas geschehen. Und das wird es auch, glauben Sie mir. Aber wir sollten damit warten, bis Peter wieder auf den Beinen ist. Ja – dann werden wir sehen ...«

26

Sie waren allein im Aufenthaltsraum. Riley saß in einem Rollstuhl und Nyrene neben ihm auf einem Stuhl. Sie hielt seine Hand, die sie jetzt schüttelte, als sie sagte: »O nein, Peter, das kannst du nicht machen.«

»Glaub mir«, sagte er und tätschelte ihre Hand, »es ist besser so.«

»Aber du brauchst noch Pflege.«

»Was ist besser, als eine Krankenschwester im Haus? Maggie ist eine verdammt gute Krankenschwester, und sie macht zur Zeit Nachtdienst. Wenn ich am Tag Hilfe brauche, ist sie da. Und außerdem gibt's ja Dad. Ich würde gern eine Weile bei meinem Vater sein. Er müsste längst wieder ins Krankenhaus, aber er verschiebt es ständig. Ich glaube, er fühlt, dass es sein letzter Aufenthalt zu Hause sein wird. Maggie glaubt das auch. Er hat schlimme Schmerzen, und seine Tabletten haben inzwischen fast keine Wirkung mehr.«

»Oh, das tut mir Leid – wirklich, Peter, aber wenn du nach Hause kämst, könnte dein Dad doch mitkommen.«

Er sah sie an und schüttelte dann fast nachsichtig den Kopf. »Aberdeen ist weit weg vom Royal Victoria, meine Liebe.«

»Oh, Peter!« Ihre Stimme war jetzt fast ein Wimmern. »Alle erwarten dich zu Weihnachten, und ich ...«, sie senkte den Blick, »... ich möchte auch, dass du heimkommst.«

»Nyrene ..., sieh mich an. Bitte, sieh mich an.«

Als sie den Blick hob und ihm in die Augen sah, sagte er: »Wenn das alles nicht passiert wäre«, er berührte seinen Kopf und dann sein Bein, »wären wir noch immer in derselben Situation wie zuvor, oder etwa nicht? Du hättest um keinen Preis gewollt, dass ich wieder nach Hause komme, so wie ich damals war.«

»Oh ... Oh, du weißt nicht, wie es in mir ausgesehen hat. Ich lag ständig mit mir selber im Streit; ich wollte dich wieder zurückhaben, aber ich war einfach nicht fähig, den ersten Schritt zu tun.«

»Nein, das konntest du nicht; und du hättest es auch nie getan, da du nun mal bist wie du bist. Und nun spielst du schon wieder eine andere Rolle, weil die Umstände dafür gesorgt haben, dass jetzt eine neue Szene in einem weiteren Akt aufgeführt wird.«

»O nein, Peter. Nein.«

»O doch. Du hast immer eine Rolle gespielt, Nyrene. Du hast damals eine Rolle gespielt, als du mir geholfen hast, den Job beim Theater zu bekommen, und du hast eine andere Rolle gespielt, als du mir meine Freiheit beziehungsweise den Laufpass gegeben hast. Dieser Schwachsinn, dass Jugend sich zu Jugend hingezogen fühlt, spukte in deinem Kopf, und für etwas anderes war kein Platz. Oh, ich weiß, ich weiß, du wolltest und konntest einfach nicht verstehen, dass ich mich nicht nach Jugend gesehnt habe. In meinem Inneren war ich nie jung, und ich hab mich auch nie zur Jugend hingezogen gefühlt.« Er drehte jetzt den Kopf zur Seite und starrte die Reihe der Stühle an, die entlang der Wand standen, und als er begann, sie zu zählen – eine Marotte, die er sich in letzter Zeit angewöhnt hatte: Dinge zu zählen –, hielt er damit inne und sagte stattdessen: »Es ging nur um Sex und sonst gar nichts – schlicht und ergreifend –, und Sex hat mit Liebe nichts zu tun. Diese Lektion habe ich, auch wenn es schmerzlich war, dabei gelernt.«

Ein zähes Schweigen senkte sich über sie, das sich mehrere Minuten dehnte, dann fuhr er leise fort: »Und noch etwas anderes, das ich sagen wollte: Du fühlst dich mir gegenüber schuldig, und obwohl ich natürlich weiß, dass es zwischen uns nie wieder so sein kann, wie es einmal war, könnte ich es trotzdem nicht ertragen ... ich würde wirklich kaputtgehen dabei, dass du mich aus Mitleid und weil du dich schuldig fühlst wieder bei dir aufnimmst.«

»Peter – du irrst dich, Peter. Glaub mir. Du irrst dich sogar sehr, wenn du so etwas denkst. Ja, es stimmt: Ich habe mich schuldig gefühlt und ich hatte Mitleid. Wer hätte das nicht gedacht, in dem Zustand, in dem du warst? Aber jede Schuld, die ich gefühlt habe, hatte einzig und allein mit deinem Zustand zu tun, denn wir wissen doch beide, dass im Grunde genommen ich daran Schuld bin. Hör mir zu. Bitte hör mir zu.« Sie ergriff erneut seine Hände, doch sie musste feststellen, dass die Worte, die ihr auf der Zunge lagen, nicht über ihre Lippen kommen wollten, weil es sein konnte, dass sie in ihm nicht den gleichen Gefühlen begegneten. Und doch wusste sie, wenn sie sie jetzt nicht sagte, würde sie es nie wissen, und so senkte sie den Blick und flüsterte: »Ich liebe dich, Peter, so sehr wie eh und je. Vielleicht sogar noch mehr, wenn das überhaupt möglich ist. Und ich will dich, aber noch viel mehr brauche ich dich. Ich brauche dich, weil sonst mein Leben nicht vollständig ist. Meine Liebe zu dir ist im Laufe der Jahre von Angst vergiftet worden – der Angst vor dem, was geschehen könnte. Und es ist geschehen. Seitdem sind all diese Gefühle und Ängste von mir abgefallen. Egal, was du in Zukunft tun wirst – mit mir oder ohne mich, ich werde dich immer lieben.«

»Oh, Nyrene.« Mit hängendem Kopf saß er da und erwiderte den Griff ihrer Hände, als sich plötzlich die Tür öffnete. Sie fuhren auseinander und seufzten dann beide erleichtert, als Alex in den Raum trat.

»Hallo, ihr beiden! Na, schon fast zum Ausfliegen bereit?«

Alex zog sich einen Stuhl heran und setzte sich ihnen gegenüber. Er sah Nyrene an. »Hat er dir gesagt, dass er zu uns kommt? Es ist nur für ein paar Tage, bis er ein bisschen besser humpelt. Es ist nicht für lange. Du hast ihn bald wieder zu

Hause. Auf jeden Fall muss ich demnächst wieder ins Krankenhaus. Aber wie ich denen schon erklärt habe« – er warf trotzig den Kopf in den Nacken – »gehe ich da erst rein, wenn ich bereit dazu bin, und keinen Tag früher. Sag – was hältst du davon, Nyrene, wenn du mit zu uns nach Hause kommst?«

Sie konnte nur nicken, denn in ihrer Kehle steckte wieder dieser Kloß, den sie so sehr fürchtete. »Dann brauchst du nicht länger bei den Beardsleys zu leben«, räsonierte Alex weiter. »Wir haben unterm Dach noch ein freies Zimmer. Aber« – fügte er rasch und mit einem Achselzucken hinzu –, »es ist natürlich nicht ganz so schnieke wie das bei den Beardsleys. Immerhin wird die Bettwäsche trotzdem einmal im Monat gewechselt.«

»Ach, Alex!« Sie musste lachen, und der Kloß in ihrer Kehle löste sich auf. »Ich nehme dich beim Wort, Alex«, sagte sie, noch immer lächelnd, doch Riley warf hastig dazwischen: »Nein, nein, du fährst besser nach Hause; es ist schon fast eine Woche her, dass du daheim warst.«

»Ich fahre, wenn ich bereit dazu bin«, begehrte sie mit schroffer Stimme auf und wandte sich dann wieder Alex zu. »Danke, Alex«, sagte sie leise. »Ich würde gern für ein paar Nächte bei euch bleiben.« Dann sah sie wieder Riley an, und sie blickten einander in die Augen, bis er zur Seite sah. Die Dinge lagen jetzt nicht mehr in seinen Händen.

Es war erst fünf Tage her, dass er im Krankenhaus gelegen und zugehört hatte, wie sein Vater jeden Schritt von seiner Entlassung bis zum Eintreffen ins Schwester Fawcetts Haus plante. Und nun schmiedete er anscheinend schon wieder neue Pläne, wohin er jetzt gehen sollte, denn Alex hatte soeben gesagt: »Es kam mir zuerst wie eine gute Idee vor. Ich hab gedacht, dass du hier Ruhe hast und deinen Frieden und dass wir vielleicht sogar Zeit hätten für ein bisschen Spaß hin und wieder, aber du lieber Himmel! Von wegen Spaß! Wir hatten nicht mal die Zeit, hallo zu sagen. Das hätte ich mir im Leben nicht träumen lassen. Ich hab damit gerechnet, dass dich unsere Freunde besuchen und Mr. und Mrs. Beardsley, aber ich konnte nicht ahnen, dass die ganze Truppe aus dem Palace hier auftaucht.«

Er versetzte seinem Sohn einen sanften Knuff gegen die Schulter und schwatzte weiter: »Erinnerst du dich, wie ich im Krankenhaus und du mir die Blumen gebracht hast und die Schwester sagte, Männer würden nie Blumen kriegen? Sieh dich um! Es sieht aus wie in einer Aussegnungshalle.«

»Jetzt mal mal 'nen Punkt, Dad.«

»Ich soll einen Punkt machen, sagst du? Am liebsten würde ich einen Schlussstrich unter all das Kommen und Gehen machen, weil es mir hier inzwischen vorkommt wie in einem verdammten Kaffeehaus. Wenn ich überlege, wie viele Liter Tee ich schon rangeschleppt habe, dann finde ich, dass mir die Hälfte der Pralinen und Weinflaschen zusteht. Damit hätte ich schon einen Großteil meiner Weihnachtsgeschenke. Und es wird sicher nicht besser, weil schon zu viele Leute wissen, wo du dich aufhältst, vor allem die Kids, die an der Haustür klingeln und ein Autogramm wollen. Ich wette, du hast gar nicht gewusst, wie populär du bist.«

Populär. Er konnte Yvettes Stimme hören, die sagte: »Ein großes Licht in einem finsteren Kuhdorf.« Und wie er es genossen hatte, ein großes Licht zu sein! Oh, ja – das hatte er. Doch nun hatte das Licht eine Menge von seinem Glanz verloren, so wie er jetzt aussah. Aber es war nicht nur sein Aussehen gewesen, das ihm die Wege geebnet hatte, auch sein Körper war immer ein guter und verlässlicher Freund gewesen. Aber auch das war jetzt vorbei.

Als hätte er seine Gedanken erraten, fuhr sein Vater fort: »Und du bewegst dich auch schon viel besser, was zwar wunderbar ist, aber hier kommst du – wie gesagt – nicht richtig zur Ruhe, bei all den Leuten, die wissen, dass du hier wohnst.«

Alex verstummte und ging zum Kamin hinüber, vor dem er stehen blieb, ins Feuer starrte und vor sich hin brummte: »Wieso, zum Teufel, hab ich nicht gleich an sie gedacht? Wenn so viele Leute wissen, dass er hier ist, weiß sie es ganz bestimmt auch, und Gott allein ahnt, was sie als Nächstes vorhat.«

»Aber, Dad, du hast alle Hebel in Bewegung gesetzt, dass ich hier bei euch bleibe«, sagte Riley, »und ich fühle mich wohl hier.«

»Ich fühle mich wohl hier«, hatte er gesagt, doch manchmal sehnte Riley sich wieder ins Krankenhaus zurück, in dieses kleine, stille Zimmer, wo Besucher nur zu bestimmten Zeiten kommen durften. Die Leute waren nett, mehr als das – sie waren so wundervoll, wie er es nie und nimmer erwartet hätte, aber trotzdem war es anstrengend, und er war müde, sehr müde, viel müder als er es im Krankenhaus gewesen war.

»Ich weiß, du hast ja Recht«, sagte sein Vater. »Und es war ja auch alles bestens am Anfang; ich konnte doch nicht wissen, dass es hier bald zugehen würde wie auf dem Hauptbahnhof in Newcastle. Was du jetzt brauchst, ist Ruhe, nicht diesen Trubel und die vielen Leute.« Er kam zu Riley zurück, setzte sich neben ihn und legte seine Hand auf dessen Unterarm. »Geh nach Hause, Peter«, sagte er. »Ich bitte dich darum. Tu es für mich. Ich hab dich noch nie wirklich um etwas gebeten, oder? Aber jetzt tu ich's. Ich möchte, dass du nach Hause gehst. Sie ist erst zwei Tage fort, und du vermisst sie schon. Du bist verloren ohne sie. Das wird immer so sein, also gib dir einen Ruck und schlucke deinen Stolz hinunter.«

»Meinen Stolz? Ich hab keinen Stolz mehr, Dad.«

»Was immer es sonst ist, schluck es runter. Und ich sag dir noch was: Ich weiß, dass du zu Hause sein möchtest, dass du dich danach sehnst, zu Hause zu sein, und dass deine Frau jeden Tag betet, dass du nach Hause kommst.« Er schüttelte jetzt langsam den Kopf. »Vergeude nicht noch mehr Tage, mein Junge. Vergeude nicht eine Minute mehr von deinem Leben, denn egal, wie lange es dauern wird, es ist eine verdammt kurze Reise. Oh, ja – eine sehr kurze Reise. Und eines weiß ich: Was immer es ist, das euch beide nicht zusammenkommen lässt, es liegt bei dir. Also schluck es hinunter, mein Junge, und geh nach Hause. Tust du das für mich, ja? Denn ich weiß, so lange du hier in diesem Haus bist, gehe ich nicht ins Krankenhaus.«

»Sei nicht albern, Dad. Wenn du nächste Woche nicht gehst,

verlierst du dein Bett und musst vielleicht Wochen warten, bis du wieder eines bekommst.«

»Nein.« Alex schüttelte heftig den Kopf, und seine Stimme klang beinahe stolz: »Ich muss nicht warten. Ich bin ein Sonderfall – ich gehe rein, wann ich will.«

»Mach keinen Blödsinn, Dad.«

»Schön – ich mach keinen Blödsinn. Und was ist mit dir?«

»Ich fühl mich einer solchen Reise noch nicht gewachsen, Dad.«

»Ich komme mit dir.«

»Nein, das wirst du nicht; wenn ich fahre, dann fahre ich allein.«

Alex lachte und erhob sich. »Ich geh und sag der Schwester Bescheid«, sagte er. »Und dann packe ich deine Sachen.«

»Setz dich hin!« Riley bellte seinen Vater beinahe an, und Alex setzte sich wieder. Er grinste noch immer, als Riley seine Hand ergriff und leise sagte: »Ich glaube nicht, dass wir in nächster Zukunft wieder so zusammen sein werden, und darum sage ich es jetzt. Ich ... ich bin froh, Dad, dass wir uns besser kennen gelernt haben.«

Riley wartete, dass sein Vater etwas darauf antworten würde, doch Alex starrte ihn nur stumm dann. Dann federte er fast hoch, fiel nach vorn, und als seine Arme sich um den Hals seines Sohnes schlangen, legte Riley seine Arme um Alex' Schultern, und sie hielten sich eine Weile so fest. Dann machte Alex sich hastig los und stürmte aus dem Zimmer. Er hatte nicht eine Silbe gesagt, doch sein Verhalten hatte seine Gefühle beredsamer zum Ausdruck gebracht als alle Worte, die er über die Lippen hätte bringen können.

27

Nyrene stand am Tor und blickte auf das silberne Band des Flusses hinab. Das Wasser sah glatt und still aus, als sei es gefroren, und vielleicht war es das auch. Fröstelnd fragte sie sich, warum sie hier stand, obwohl sie all diese Briefe zu beantworten hatte. Es war ein merkwürdiger Tag gewesen, und sie war einfach nicht zur Ruhe gekommen. Sie war erst seit zwei Tagen wieder zu Hause, und jetzt wollte sie schon wieder zu Peter zurück. Aber dieses kleine Haus war so voll, und sie waren nie auch nur eine Minute lang allein; es war alles viel zu hektisch für ihn, und er würde sich dort nie erholen. Was er brauchte, war Ruhe, und nicht diesen Trubel und die vielen Leute. Obwohl es ihm schon wieder besser ging und die Verletzungen am Kopf und in seinem Gesicht und die Blutergüsse am Körper abgeheilt waren, hatte sie das Gefühl, dass er innerlich noch immer unter dem Schock des brutalen Überfalls litt.

Bald würde es dunkel sein; die Dämmerung war so kurz im Winter. Als sie sich vom Tor abwandte, schweifte ihr Blick über die von Pfützen übersäte Straße, und sie erstarrte mitten in der Bewegung. Jemand kam dort mit langsamen Schritten zum Haus herauf. Es war nicht Hamish, denn die Gestalt war nicht groß genug, und außerdem hätte Hamish Charles bei sich gehabt. Das letzte Mal hatte sie die beiden in der Scheune gesehen, wo Hamish dabei gewesen war, ein altes Bettlaken zu bemalen – vielmehr geholfen hatte, es zu bemalen, natürlich. Die Gestalt ging auffallend langsam. Nyrene beugte sich über das Tor ..., dann schien ihr Herz für einen Schlag auszusetzen, und ihr fiel wieder ein, wie unbehaglich sie sich den ganzen Tag gefühlt hatte, und mit einem Mal wusste sie, dass mit ihm etwas passiert war, denn dort auf dem Weg sah sie sein Ebenbild. Großer Gott! Ihre Hand fuhr zu ihrer Kehle.

Als die Gestalt näher kam und ihr hinkender Gang schneller wurde, zerrte sie das Tor auf und stand einen Augenblick lang stocksteif da, bevor sie losrannte und rief: »Du bist es, Peter! Peter! Du bist es!«

Sie musste ihn stützen und sich ebenfalls. Mit einer Hand tastete sie nach einem Pfosten, die den Zaun stützten, sonst wären sie beide ins Gras gefallen.

»Oh, Peter! Warum bist du allein? Ist niemand bei dir?« Sie

sah über seine Schultern. »Oh, Liebling, du hättest mir Bescheid sagen sollen.«

Er erwiderte nichts, doch als er sich zu ihr hinabbeugte und sie zärtlich küsste, schwankten sie beide, als würden sie im nächsten Augenblick zu Boden stürzen. »Komm! Komm rein!« Und aus vollem Hals rief sie: »Hamish! Hamish! Mary! Hamish!«

Sie hatten den Weg zum Haus hinauf zur Hälfte bewältigt, als Mary an der Ecke des Hauses auftauchte und Hamish vor der Scheune im Hof; sie rannten beide, und der Junge ebenfalls. Es war Charles, der sie als Erster erblickte; er stieß einen schrillen Schrei aus, kam mit ungestümen Galoppsprüngen auf sie zugestürmt, und dann umklammerte er sie beide mit seinen dünnen Ärmchen und rief: »Oh, Daddy! Daddy, du bist wieder zu Hause! Oh, Daddy!«

Hamish war jetzt an Rileys Seite, einen Arm um ihn geschlungen, und trug ihn praktisch vorwärts, wobei er ohne Atem zu holen seinem Herzen Luft machte: »Du lieber Himmel, wie haben Sie das nur geschafft? Mach die Tür auf, Frau! Nicht mal eine Tasche haben Sie dabei.«

Am Haus blieb Riley stehen und schnaufte lachend: »Das Gepäck steht ein Stück die Straße runter, Hamish. Der Taxifahrer war so nett und hat es dort abgestellt.«

»Ach du lieber Gott!«

»Lass den lieben Gott aus dem Spiel, Frau! Setze lieber den Kessel auf. Und keinen Tee! Was er jetzt braucht, ist ein heißer Grog.«

Als sie ihn in den großen Sessel vor dem Kaminfeuer setzten, lehnte er sich zurück und schloss die Augen, und sie alle standen um ihn herum: Hamish, Mary, das Kind und Nyrene. Und eine ganze Weile sagte niemand etwas, bis Hamishs Brüllen den Raum erfüllte: »Den Grog, Frau! Den Grog!«

Mary wirbelte mit einem Strahlen auf dem Gesicht herum und lief in die Küche, und Hamish sagte mit einem Nicken in Richtung Nyrene: »Ich werd' mal gehen und das Gepäck holen.«

Er war bereits halb bei der Tür, als er sich umdrehte. »Was

ist mit dir, Kleiner? Kommst du nicht mit? Du kannst doch nicht verlangen, dass ich alles alleine schleppe.«

Der Junge lachte lauthals mit offenem Mund und sah seinen Vater an, dann schlang er die Arme um Rileys Hals, gab ihm einen eiligen Kuss auf die Wange und rannte in seinem schaukelnden Gang hinter Hamish her.

Nun waren sie allein, und Nyrene ließ sich neben dem Sessel auf die Knie sinken. Sie ergriff seine Hände, presste sie fest zwischen ihre Brüste und flüsterte: »Oh, mein Liebster, du ahnst ja nicht, was für einen Schock du mir versetzt hast – ich dachte, du bist ein Gespenst. Wie … wie um alles in der Welt hast du das alleine geschafft?«

»Das hab ich nicht. Dad hat alles arrangiert: Er hat mich in ein Erste-Klasse-Abteil gepackt, und danach zu urteilen, wie fürsorglich sich der Schaffner während der Fahrt um mich gekümmert hat, muss Dad ihm ein fürstliches Trinkgeld zugesteckt haben. Es war ein Klacks.«

Er richtete sich auf und legte seine Arme um sie, und sie hielten einander fest umschlungen, bis Mary mit einem Tablett ins Zimmer kam und »Break!« rief, als wären sie in einem Boxring.

Nach dem ersten Schluck von dem heißen Whiskey sah Riley zu Mary auf. »Dreimal täglich, Mary. Das hat der Doktor gesagt: dreimal täglich.« Und Mary erwiderte im selben Tonfall: »Ja, Sir. Ich werde darauf achten, Sir.«

Nach dem Dinner – im Tontopf gebackenes Lamm mit Klößen, dann Obstsalat, wunderhübsch in einer halben Melone serviert, und danach Schokoladenkuchen mit Kaffee – beschäftigten sie sich eine Stunde mit dem Jungen, bewunderten seine Schreibversuche und lauschten seinen Bemühungen, ihnen aus einem Buch vorzulesen. Schließlich las Nyrene ihm eine Geschichte vor, während er zusammengekauert auf den Knien seines Vaters saß, den Kopf gegen seine Schulter geschmiegt, und gegen den Schlaf ankämpfte.

Mary kam ins Zimmer und rief: »Wie herum wünscht es der kleine Prinz heute? Entscheide dich: Willst du mit dem Kopf nach oben oder nach unten im Bett schlafen?«

Worauf Charles gurgelnd lachte und rief: »In der Mitte, Mary!«

Ohne den Kopf von der Schulter seines Vaters zu heben, sah er seine Mutter an und fragte: »Muss ich?«

»Ja, bitte, mein Schatz.«

Widerstrebend setzte er sich auf, küsste seinen Vater dreimal – einmal auf jede Wange und einmal auf den Mund, und bevor er sich von den Knien Rileys rutschen ließ, drehte er sich noch einmal zu ihm um und fragte besorgt: »Bist du … bist du morgen noch da, Daddy?«

»Ich hoffe doch. Und alle weiteren Morgen, mein Junge.«

Die Antwort kam wie aus der Pistole geschossen. »Das ist gut zu wissen, wie Mr. Mac sagen würde. Ah, zum Donnerkeil. Das ist echt gut zu wissen!«, rief er Junge begeistert, was Riley ein von Herzen kommendes schallendes Lachen entlockte.

Hamish wartete am Fuß der Treppe auf Charles. Der hünenhafte Schotte sah mit gerunzelter Stirn auf ihn hinab und sagte: »Niemand macht sich über mich lustig, Master Charles. Hast du gehört? Niemand.«

Die Antwort, noch immer im Tonfall des Schotten, ließ das Gelächter im Zimmer wieder anschwellen: »Tut mir Leid, ja. Nix für ungut, wirklich.« Hierauf folgte ein Quietschen und ein Gepolter die Treppe hinauf.

Marys Gesicht war nass von Tränen, als Riley zu ihr aufsah und fragte: »Wie lange treiben die beiden dieses Spiel schon?«

»Oh, schon eine ganze Weile. Sie würden ihren Ohren nicht trauen, wenn Sie hören würden, wie sie sich manchmal aufziehen; wie zwei alte Männer, die beiden.« Sie seufzte glücklich, und während sie sich abwandte und wieder in die Küche zurückging, sagte sie: »Wenn irgendjemand heute Abend ein neues Leben geschenkt bekommen hat, dann dieser Junge.«

Wieder allein, sahen sie einander in die Augen, dann ließ sich Nyrene mit einer abrupten Bewegung neben dem Sessel auf die Knie sinken und murmelte: »Er ist nicht der einzige.«

Und Riley erwiderte mit einem heiseren Flüstern: »Nein, er ist nicht der einzige …«

Einige Zeit später wurde es still im Haus, und sie gingen zu Bett. Unten im Wohnzimmer hatten sie frei und offen mit einander sprechen können, doch nun, da sie nebeneinander lagen, schien es, als seien sie beide unsicher und verlegen. Obwohl er die Arme um sie gelegt hatte, fühlte sie seinen Körper nicht an ihrem.

Fieberhaft zermarterte sie sich das Gehirn nach irgendetwas, das sie sagen konnte – aber was? Worüber hatten sie unten noch nicht gesprochen? Und so holte sie tief Luft und fragte: »Hast du David und Miss Connie gesehen, bevor du nach Hause gefahren bist?«

»Nein. Nein.« Seine Antwort kam schnell. »Aber ... aber ich hab mit ihm telefoniert. Sie haben gestern vorbeigeschaut und waren enttäuscht, dich nicht anzutreffen.«

»Sie werden wissen wollen, wie bald du zurück sein wirst, nehme ich an.«

Er schwieg einen Augenblick lang, dann sagte er: »Ich gehe nicht wieder zurück, Nyrene.«

»Willst du damit sagen, du gehst nicht wieder ans Palace Theatre zurück?«

»Ja, genau das wollte ich damit sagen; oder an sonst irgendein Theater.«

Sie richtete sich auf und sah, auf den Ellbogen gestützt, im rosigen Schein der Nachttischlampe auf ihn hinab. »Du ... du kannst das nicht wirklich meinen! Es ... es ist dein Leben.«

»Es ist nicht mein Leben – nicht mehr. Ich glaube auch nicht, dass es je mein Leben war; es kommt mir eher so vor, dass ich dazu gedrängt worden bin. Wenn ich Solo-Komiker geblieben wäre, hätte sich vielleicht alles anders entwickelt ... Dann wäre ich zumindest mein eigener Herr gewesen.«

In ihrer Stimme schwang ein Hauch von Ärger, als sie erwiderte: »Sei nicht albern! Du warst nie der geborene Komiker. Du bist Schauspieler, Peter, und ein hervorragender dazu.«

Seine Stimme war sanft und auch ein wenig traurig, als er entgegneten: »Ich bin das, wozu du mich gemacht hast, Nyrene. Und ich frage mich: Glaubst du, dass ich überhaupt je wieder fähig sein werde, auf eine Bühne zu treten?«

»Das geht alles vorbei; du wirst sehen, schon bald wirst du wieder ganz normal gehen. Was haben die Ärzte gesagt? In sechs Monaten oder ein bisschen länger?«

»Ich weiß, was sie gesagt haben. Aber es ist nicht nur wegen meinem Bein und auch nicht wegen meinem Gesicht, es geht darum, wie es in mir drin aussieht.«

»Oh.« Sie sank zurück auf seinen Arm. »Du ... du kannst das nicht machen, Peter; du kannst nicht alles aufgeben. Du bist für dieses Leben geschaffen. Ich weiß das genau. Du könntest Regie führen – und das besser als Larry. Ich weiß das, weil ich finde, dass er oft schlampig arbeitet.«

Er schwieg eine Weile, dann erwiderte er: »Würde es dir wirklich sehr viel ausmachen, wenn ich nicht ans Palace zurückkehren oder wieder auf Tournee gehen sollte?«

Was konnte sie darauf sagen, wenn sie nicht lügen wollte? Nein. Es würde ihr nicht im Geringsten etwas ausmachen, denn, was immer er auch tun würde, sie musste in seiner Nähe sein. Und wenn er ans Palace zurückkehrte – und vor allem, wenn er wieder auf Tournee ginge –, würde sie ihr Leben wieder zwischen ihm und dem Kind teilen müssen.

Sie löste sich aus seiner Umarmung und setzte sich auf. Auch er richtete sich auf und fragte: »Was ist? Was ist los?«

Sie wandte sich ihm zu und nahm sein Gesicht zwischen ihre Hände. »Unten auf meinem Schreibtisch«, sagte sie mit eindringlicher Stimme, »liegen mindestens zwanzig Bewerbungsbriefe von Schauspielern ohne Engagement, die sich für den Job als Assistent an der Schauspielschule bewerben, den ich in der Zeitung inseriert habe. Dabei war meine Bedingung, dass er oder sie über große Bühnenerfahrung verfügen muss.« Sie nahm die Hände von seinen Wangen und legte sie um seinen Nacken. »Hast du gehört, was ich gesagt habe?«

»Ja, ich hab's gehört. Aber hast du denn überhaupt so viele Schüler, dass du einen Assistenten einstellen musst?«

»Ich habe jetzt schon fünfundzwanzig Schüler – von Stepptanz über Sprecherziehung bis hin zu normalem Schauspiel.«

»Fünfundzwanzig?«

»Ja – und von Tag zu Tag werden es mehr.«

»Wie ist das möglich, nach so kurzer Zeit?«

»Mund-zu-Mund-Propaganda, mein Lieber, Mund-zu-Mund-Propaganda. Außerdem verlange ich nicht mal die Hälfte von dem, was die so genannten Schauspielakademien sich bezahlen lassen. Und ich mache auch nicht zur Bedingung, dass sie sich für drei Jahre verpflichten, sondern nur für drei Monate. Einige sind darunter, die kein Engagement mehr bekommen haben und sich in Form halten wollen, aber auch einige, die nie einen Fuß auf eine Bühne setzen werden. Doch sie sind alle mit Ernst und Begeisterung bei der Sache. Und wenn einer der Schüler wegen einer Rolle irgendwo vorsprechen muss, kann er ohne Probleme frei nehmen.«

»Aber wenn du so wenig verlangst, bleibt für dich ja kaum noch etwas übrig. Du hast eine Menge Unkosten, du musst ...«

»Oh, ich verdiene genug. Hauptsache, ich habe eine Beschäftigung, die mir Spaß macht und mich mit Menschen in Kontakt bringt. Und, was noch wichtiger ist: Es verschafft mir das Gefühl, ich habe etwas zu geben.«

»O ja, meine Liebe, du hast sehr viel zu geben; das hattest du schon immer.«

Sie schüttelte seine Hände, die sie ergriffen hatte. »Aber du verstehst, was ich damit sagen will? Ich suche einen Assistenten. Hast du gehört?«

Er schüttelte heftig den Kopf, als die Idee sein Denken überflutete wie Wasser aus einer frischen, klaren Quelle: Sie spülte die ungewisse Zukunft fort, in der er der Bühne für immer den Rücken gekehrt hatte und in der er sich einen Job irgendwo suchen musste, falls er überhaupt einen bekäme.

»Oh, Nyrene!« Er hielt sie jetzt fest an sich gepresst. »Meinst du ... meinst du, es würde gut gehen mit uns beiden?«

Sie wählte ihre Worte bedachtsam, doch ihre Stimme zitterte, als sie murmelte: »Ich glaube schon, ja. Es ist alles hier, was wir für eine gemeinsame Zukunft brauchen, und dabei ist Hamish' vielversprechender Gemüsemarkt noch gar nicht mit eingerechnet.«

Sie sanken aufs Bett zurück, und obgleich er sie fest an sich presste, machte er keinen Versuch, sie zu lieben; doch als er am ganzen Körper zu zittern begann und sein Atem in kurzen, heftigen Stößen kam, flüsterte sie: »Weine nicht, Liebling. Weine nicht.« Auch ihr Gesicht war nass von Tränen, als sie es an seines schmiegte, bis sein Weinkrampf nachließ.

Eine Weile lagen sie still nebeneinander, dann murmelte er leise ihren Namen: »Nyrene?«

»Ja, Liebling? Was ist?«

»Verlass mich nie. Lass mich nie wieder von dir fortgehen.«

»Nein, Liebling. Nie. Nie wieder.« Sie hielten einander fest umschlungen, und sie flüsterten noch einmal: »Nie. Niemals.«

Sie liebten sich nicht körperlich in dieser Nacht: Doch sie waren eins, und dieses Einssein war Liebe.

28

Mary nahm das Telefon ab. »Hallo?«, sagte sie.

»Hallo, Mrs. A., ich meine, Mrs. McIntyre. Hier spricht Betty, Peters Schwester.«

»Oh, Peters Schwester. Hallo, Betty. Sie wollen sicher Mr. Peter sprechen?«

»Ja, wenn es möglich ist.«

»Er ist oben beim Jungen; ich hole ihn.«

Mary ging zum Fuß der Treppe und rief: »Mr. Peter! Sie werden am Telefon verlangt. Es ist Ihre Schwester.«

Riley erschien am Treppenabsatz. »Ich nehme das Gespräch hier oben ab. Danke.« Er drehte sich zu Charles um und sagte: »Geh und mach die Aufgabe zu Ende; ich bin sicher, du kannst es. Ich bin gleich wieder da.«

»Ja, Daddy.« Der Junge trabte folgsam in sein Zimmer zurück, und Riley ging ins Schlafzimmer.

»Hallo, Betty.«

»Hallo, Peter. Wie geht's dir?«

»Oh, schon viel besser; es könnte nicht besser sein.«

»Alles in Ordnung bei euch?«

»Ja. Alles in Ordnung.«

»Das freute mich … Peter?«

»Ja, Kleine, was ist?«

»Ich muss dir was sagen.«

Es entstand eine Pause, und Riley fragte besorgt: »Dad?«

»O nein«, erwiderte Betty, »obwohl er am Wochenende ins Krankenhaus geht. Aber er möchte, dass ich dir sage, was passiert ist, und dass du nicht herkommen sollst, weil du so und so nichts mehr tun kannst … Mum ist tot.«

»Was?« Er streckte die Hand aus, zog einen Stuhl zu sich heran und ließ sich darauf niederfallen, bevor er hervorstieß: »Wann?«

»Das wissen wir nicht genau. Onkel Frank hat sie gestern Nachmittag gefunden, aber es kann auch am Tag zuvor passiert sein.«

»Wie meinst du das – er hat sie gefunden?«

»Sie hat ihm geschrieben, wenn er Florrie nicht zurückbringt, würde sie rüberkommen und sie eigenhändig holen. Onkel Frank hat erzählt, dass Florrie entsetzliche Angst davor hatte, zu Mum zurückzugehen, und deshalb ist er alleine hingefahren, um mit ihr zu reden. Er hat an der Tür geklopft und geklopft, aber sie hat nicht aufgemacht. Und alle Vorhänge waren zugezogen, sogar die nach hinten raus. Da hat er das Küchenfenster aufgestemmt, ist eingestiegen und nach oben gegangen, und dort lag sie. Hör zu, Peter – was ich dir jetzt sagen muss, darfst du dir nicht zu sehr zu Herzen nehmen, sagt Dad, weil er es auch nicht tut, und ich ebenfalls nicht. Es ist schon so, wie er gesagt hat, dass eine Menge Leute besser schlafen werden, jetzt, wo sie tot ist. Auch wenn es ihm Leid tut, dass er das sagen muss: Sie hat Selbstmord begangen, Peter.«

Sein Mund klappte auf. Es war, als würde er sie tatsächlich dort liegen sehen, die Flaschen oder was immer um sie herum verstreut und seine Stimme war kaum zu verstehen, als er flüsterte: »O nein, Betty!«

»Sie war nicht mehr ganz richtig im Kopf, Peter, und so verbittert. Aber ich hätte mir nie vorstellen können, dass ausgerechnet sie sich das Leben nimmt. Sie war viel zu egoistisch dazu. Und doch hat sie es getan. Ich glaube, sie muss sich betrunken haben, weil neben dem Bett eine leere Whiskeyflasche lag.«

»Sie hat nie getrunken.«

»Wir wissen nicht, was sie getan hat; wir haben nie gewusst, was sie tut, weil sie immer so heimlichtuerisch war. Wie auch immer – eines kann ich dir sagen: Ich bin froh, dass sie tot ist. Egal, wie sie gestorben ist, ich bin froh drum, weil sie gemein war und immer das Schlechteste von den Leuten gedacht hat, und sie hatte eine echt schmutzige Fantasie. Du hättest einige von den Briefen sehen sollen, die sie der Schwester geschickt hat. Und dann hat sie auch noch versucht, das Haus anzuzünden. Und vergiss nicht, dass ein Mann wegen ihrer gemeinen Briefe im Gefängnis sitzt. Und schau, was sie mit dir gemacht hat; sie hat alles versucht, dein Leben zu zerstören.«

»Ich sollte trotzdem kommen.«

»Nein, Peter. Tu das nicht. Dad hat mir noch mal ausdrücklich gesagt, ich soll es dir ausreden. Er meinte, es habe keinen Sinn mehr. Sie ist vorgestern gestorben, und sie wird morgen beerdigt. Es gibt sowieso keine Trauerfeier, und es kommen bestimmt nur wenige Leute, das kannst du mir glauben. Dad sagte, er ruft dich morgen irgendwann an und außerdem ...«, sie senkte jetzt ihre Stimme, »... hat er gesagt, na ja – eigentlich vorgeschlagen, dass du Nyrene bis nach den Ferien nichts davon sagen sollst, weil sie, wie er meinte, so glücklich klang, als er letzten Sonntag mit ihr am Telefon gesprochen hat.«

»Oh ... Ja, ich glaube, Dad hat Recht damit, aber ..., aber ist es nicht furchtbar traurig, Betty, so zu sterben? Und wenn ich zurückdenke, hat sie nie ein schönes Leben gehabt.«

»Werd jetzt nicht weich, Peter. Sie hat uns allen das Leben zur Hölle gemacht, bis ... bis wir es zu Hause nicht mehr ausgehalten haben und ausgezogen sind. Du musst das doch am besten wissen. Und dann hat ihre Verbitterung sie böse gemacht. Ich sag dir jetzt etwas, das ich nie vergessen habe. Als du damals Nyrene geheiratet hast, hat sie gesagt, sie würde eines Tages auf deinem Grab tanzen. Von da an hatte ich vor ihr Angst, richtige Angst, und ich wusste, dass sie böse ist. Onkel Frank hat gestern gesagt, er weiß, woher sie ihre Bösartigkeit hatte, nämlich von ihrem eigenen Vater. Er hat im Gefängnis gesessen, weil er ihre Mutter ständig geschlagen und Frank, als er acht war, fast bis zur Bewusstlosigkeit geprügelt hat. Er hat eineinhalb Jahre dafür gekriegt. Wir haben nie etwas davon gewusst, oder?«

Riley hörte hinter sich Nyrene ins Zimmer kommen und drehte sich um. Mit unbeschwert klingender Stimme sagte er: »Oh, da kommt Nyrene. Magst du sie kurz sprechen?« Mit einem Lächeln reichte er Nyrene den Hörer. »Es ist Betty, die wissen will, wie's mir geht. Hier, sie will mit dir sprechen.«

»Hallo, Nyrene. Wie geht es dir?«

»Oh, wunderbar, wirklich wunderbar. Hat Peter dir von den Plänen erzählt, die wir mit dem Studio haben? Die Tage unserer alten, baufälligen Scheune sind gezählt.«

»Nein, hat er nicht. Was sind das für Pläne?«

»Peter ist jetzt der Manager meiner Schauspielschule. Hättest du das gedacht?«

»Du meinst für immer?«

»Ja, Betty, für immer. Nie wieder das Palace und nie wieder auf Tournee gehen. Er hätte das so und so nicht mehr lange gemacht, und er ist sehr angetan von der Idee.«

»Das kann ich mir vorstellen, dass ihm das gefallen wird. Und für dich ist es doch auch ideal.«

»Wie wär's, wenn du und Harry Weihnachten zu uns kommt?«

»Das wäre sicher sehr schön geworden, Nyrene, aber wir sind schon bei Onkel Frank versprochen. Sue bekommt die Feiertage über frei, weil ihre Leute ins Ausland gehen, und weil Florrie eh dort ist, dachte Onkel Frank ...«

»Das verstehe ich, Betty. Ja, das verstehe ich.«

»Ich muss jetzt los, Nyrene. Ich wollte Peter nur mal schnell hallo sagen und sehen, wie's ihm geht. Er klingt gut; ihm geht's schon viel besser. Und dir selber?«

»Mir geht es prächtig. Ich bin so froh, dass er wieder daheim ist, Betty.«

»Darauf wette ich. Darauf wette ich. Also dann – bis bald, Nyrene.«

»Bis bald, Betty.«

Nyrene legte den Hörer auf und drehte sich zu Riley um, der noch immer am Fußende des Bettes stand. »Sie ist ein sehr nettes Mädchen – Betty«, sagte sie. »Ich habe sie immer gemocht; sie ist so rücksichtsvoll und sensibel. Was ist denn? Bist du in Ordnung, Liebling? Komm, setz dich hin. Du hast alle Farbe aus dem Gesicht verloren. Was hat sie wirklich gewollt? Was ist passiert?«

»Nein, nein ... Sie wollte nur hören, wie's mir geht, und wie es uns beiden miteinander geht, und ich hab's ihr gesagt.« Er grinste sie jetzt an und fügte hinzu: »Und du hast es ihr auch noch mal gesagt.«

Sie nahm seinen Arm. »Komm, lass uns runtergehen und eine Tasse Tee trinken. Ich mache welchen. Mary ist drüben und räumt auf. Sie sind alle ganz aus dem Häuschen wegen der Weihnachtsparty am Freitag. Ich hab ihnen gesagt, dass es nur Tee und Brötchen gibt, aber sie sind finster entschlossen, 'ne richtige Party draus zu machen, mit Tanz und allem. Es wird bestimmt lustig.«

Als er sich auf die Couch vor dem Kamin sinken ließ, beugte sie sich zu ihm hinab und küsste ihn, bevor sie fragte: »Bist du sicher, dass es dir gut geht?«

»Nein. Ich fühle mich furchtbar krank. Geh schon und mach den Tee, Frau.« Er gab ihr einen Klaps auf den Po, als sie sich umdrehte und wegging, und ihr leises, fröhliches Lachen machte ihm bewusst, dass ihre Unbeschwertheit sicherlich wie weggewischt wäre, hätte sie von dem Selbstmord erfahren. Sein Dad hatte Recht, und Betty ebenfalls. Er hatte wirklich keinen Grund, sich schuldig zu fühlen. *»Ich werde auf seinem Grab tanzen.«* Oh, wie sie ihn gehasst haben musste, und das so sehr, dass sie ihn sogar tot sehen wollte, denn einige Schläge mehr auf den Kopf von diesen eisenharten Fäusten hätten genügt, das zu Ende zu führen, was der Eisendorn nicht geschafft hatte; oder sie hätten zumindest einen schlimmen, irreversiblen Gehirnschaden zur Folge gehabt.

Ein tiefes, erleichtertes Seufzen entrang sich seiner Brust, als ihm bewusst wurde, dass er von nun an keine Angst mehr vor ihr zu haben brauchte. Tief in ihm drinnen, auf dem Grunde seines Herzens, hatte er immer entsetzliche Angst vor ihr gehabt. Ja, das war die richtige Bezeichnung dafür: entsetzliche Angst. Schon als Kind war er vor Entsetzen oft wie gelähmt gewesen, wenn sie androhte, zu Mr. Beardsley zu gehen und ihn zu ermuntern, ihm den Hintern zu versohlen, bis er nicht mehr sitzen könne. Er hatte auch nicht vergessen, wie sie ihm einmal – er musste damals so um die vierzehn gewesen sein – eigenhändig Prügel verabreicht hatte, weil Cissie Morgan, die ein paar Häuser weiter wohnte, ihn besucht hatte. Er war damals in Cissie Morgan ein wenig verliebt gewesen. Einmal hatte sie ihn nach der Schule ihre Brüste anfassen lassen. Soweit er sich erinnerte, war nicht viel mehr passiert, aber es hatte ihn erregt. Und an dem Tag, als sie an der Haustür geklopft und nach ihm gefragt hatte, war seine Mutter imstande gewesen, sie die Straße runter zu jagen. Dann hatte sie sich ihn gegriffen und ihm im Hinterzimmer das Fell gegerbt, wobei sie die ganze Zeit das Wort *Sex* gezischt hatte. Es war das erste Mal gewesen, dass er das Wort bewusst gehört hatte; die Sache mit den Mädchen hieß immer nur »es« oder »das andere« oder »abschleppen«. Es gab natürlich noch weitere Bezeichnungen dafür, aber die waren derber, und »Sex« schien das alles in einem Wort zusammenzufassen.

Seine Gedanken schweiften zu seinem Vater. Was für ein freudloses Leben er mit ihr all die Jahre gehabt haben musste. So wie sie miteinander umgegangen waren, fragte er sich, wie sie es überhaupt fertig gebracht hatten, vier Kinder in die Welt zu setzen. Aber warum um alles in der Welt, fragte ausgerechnet er sich so etwas? Wenn jemand wusste, dass Sex nichts mit Liebe zu tun hatte, dann doch ganz sicher er.

Das Geräusch der zögernden Schritte seines Sohnes auf der

Treppe drang an sein Ohr. »Ich bin fertig, Daddy!«, rief er, und Riley stand von der Couch auf und ging dem Jungen entgegen. Er betrachtete das ihm entgegengestreckte Übungsheft und erklärte: »Sehr gut! Ja, das ist hervorragend. Wundervoll.«

Mit einem seltsam schnippischen Lächeln sah der Junge zu seinem Vater empor. »Es gibt ein Wort dafür, Daddy.«

»Wofür, Charles? Wofür?«

»Wenn man Sachen sagt, die nicht wirklich stimmen; die nicht gelogen sind, aber trotzdem nicht ganz wahr. *Übertreiben* sagst du immer. Was ich geschrieben habe, war gut, Daddy. Aber nicht wunderbar.«

Riley starrte in das hübsche, blasse Gesicht hinab, in dieses kindliche Gesicht, das seinen Blick ernst erwiderte, und ihm fehlten die Worte. Er war lediglich im Stande, seine Gefühle auszudrücken, und so hob er mit einer schnellen Bewegung seinen Sohn hoch und presste ihn an sich.

Als Nyrene mit dem Teetablett ins Zimmer kam, fand sie die beiden so.

Rasch stellte sie das Tablett ab, eilte zu ihnen und rief: »Was haben wir denn da? Wer hat sich denn hier so lieb?«

Riley drehte sich zu ihr um, den Jungen noch immer in seinen Armen, und sagte: »Ich freue mich nur, dass ich einen so außergewöhnlich klugen Sohn habe, Mrs. Riley.«

Nyrene legte ihre Arme um die beiden. »Und ich habe einen sehr süßen und wundervollen Sohn, Mr. Riley.«

Als der Junge mit krähender Stimme über ihr Lachen hinweg rief: »Sie übertreibt, Daddy, und du übertreibst«, erwiderte Riley: »Nein, diesmal nicht, mein Lieber, diesmal nicht.«

Behutsam und leise schlossen sich die Küchentür hinter Hamish und Mary, die dort gestanden und die Szene im Wohnzimmer beobachtet hatten. Die beiden tauschten einen langen, strahlenden Blick, dann ließ Hamish ein ausgelassenes Juchzen hören, hob Mary vom Boden hoch und drückte ihr einen schmatzenden Kuss auf die Lippen, bevor er sie wieder absetzte und sagte: »Frohe Weihnachten wünsche ich Ihnen, Mrs. McIntyre.«

Worauf sie erwiderte: »Das wünsche ich Ihnen auch, Mr. McIntyre. Und hab ich Ihnen eigentlich schon mal gesagt, dass ich Sie liebe?«

Hamish sah auf sein kleines Frauchen hinab und verharrte eine Weile stumm, dann entgegnete er mit großem Ernst in der Stimme: »Danke, Mrs. McIntyre. Ich danke Ihnen. Das ist alles, was ich hören wollte.«

NACHWORT

Als Fred über den leeren Schulhof ging, atmete er tief durch. Er war froh, dass die Weihnachtsferien begonnen hatten. Wie müde er war. Ein anstrengendes Halbjahr lag hinter ihm. Er hatte den Eindruck, dass die Semester immer strapaziöser wurden. Louise hatte Recht: Er sollte nicht nur darüber nachdenken, mit sechzig in Rente zu gehen, sondern es tun.

Nur zwei Autos standen auf dem Parkplatz, und abgesehen von einem kleinen, schmächtigen Mann, der im Schutz der Wand stand, die das Spielfeld begrenzte, war weit und breit niemand zu sehen. Er hatte ihn gleich registriert, wenn auch nur mit einem flüchtigen Blick, doch nun fasste er ihn genauer ins Auge, denn der Mann strebte jetzt ebenfalls auf den Parkplatz zu.

Er schloss die Tür seines Wagens auf, stieg ein und schaltete die Scheinwerfer ein, dann warf er einen Blick über die Motorhaube, wo der Mann jetzt im Lichtkegel erschien, und rief überrascht: »Sind Sie das, Mr. Riley?«

»Ja, ich bin's, Mr. Beardsley. Ich ... ich hab auf Sie gewartet, weil ich gedacht habe ... weil ich gehofft habe, dass ich mal kurz mit Ihnen sprechen kann.«

»Ja, natürlich. Aber ... aber ich dachte, Sie sind im Krankenhaus?«

»Morgen.«

»Oh, erst morgen? Kommen Sie, steigen Sie ein; wir wollen doch nicht, dass wir demnächst hier festgefroren aufgefunden werden, oder?«

Als Alex neben ihm saß, beugte sich Fred mit ausgestrecktem Arm an Alex vorbei und sagte: »Ich drehe die Heizung bis zum Anschlag auf, bis wir zu Hause sind; Sie können jetzt sicher eine heiße Tasse Tee ebenso gut vertragen wie ich. Wie lange stehen Sie schon hier in der Kälte?«

»Oh, noch nicht lange, aber das ist auch nicht wichtig. Und

wenn es Ihnen nichts ausmacht, Mr. Beardsley, würde ich lieber draußen mit Ihnen sprechen.«

»Draußen? Wie meinen Sie das?«

»Oh, ich meine nicht draußen im Freien, ich meine, draußen vor Ihrem Haus. Wenn ich vielleicht … nun, wenn Sie fünf Minuten oder so für mich Zeit hätten, könnte ich Ihnen aber auch gleich hier sagen, was ich zu sagen habe.«

»Na schön – schießen Sie los.«

»Und ich stehle Ihnen wirklich nicht Ihre Zeit?«

»Oh, Mann. Wie lange sind Sie hier in der Kälte gestanden? Sie sagen es nicht, aber Sie haben es getan, weil Sie mir etwas mitteilen wollten, und jetzt entschuldigen Sie sich und fürchten, dass Sie mir meine Zeit stehlen … Nun, wenn es Sie tröstet: Sie stehlen mir meine Zeit, also erzählen Sie schon.« Dann beugte er sich vor, und seine Stimme wurde sanfter, als er hinzufügte: »Was ist es denn, Alex? Was haben Sie auf dem Herzen? Irgendeinen Kummer?«

»Nein. Nein, Mr. Beardsley …, Kummer hab ich keinen mehr. Ich habe mir meinen Kummer sozusagen vom Hals geschafft, und wenn ich im Krankenhaus liege, wird mich kein Kummer der Welt mehr sonderlich jucken.«

»Machen Sie halblang, Mann! Die Ärzte können heutzutage erstaunliche Dinge machen; sie vollbringen wahre Wunder.«

»Ja. An mir haben sie schon zwei vollbracht. Deshalb bin ich überhaupt noch hier. Aber wie auch immer …« Alex verstummte und sah auf seine Hände hinab, die sich auf seinen Knien wie im Gebet falteten, bevor er fortfuhr: »Ich … ich möchte ein Geständnis machen.«

»Ein Geständnis? Ich denke, da haben Sie sich den falschen ausgesucht, Alex. Ich meine, wieso ich? Haben Sie schon daran gedacht, mit einem Priester zu reden? Oh, sicher nicht – Sie sind nicht katholisch, oder?«

»Nein.«

»Und was ist mit dem Pastor?«

»Ich kann mit dem Pastor nicht darüber reden. Ich hab noch nie was davon gehalten, dass sie … wie sagt man? … gottähnlich sein sollen.«

Fred musste lachen. »Ich fürchte, ich hab in all den Jahren nicht viel mit Gott zu tun gehabt.«

Dann jedoch war aller Sarkasmus aus seiner Stimme verschwunden, als er leise fragte: »Sie haben irgendwas getan, dessen Sie sich nun schämen, Alex?«

Alex sah Fred jetzt direkt an. »Ja, ich habe was getan, Mr. Beardsley, aber ich schäme mich dessen nicht. Und es tut mir auch nicht Leid, dass ich es getan habe, aber ... aber ich fühle, dass ich mit jemandem darüber reden muss. Ich weiß, ich müsste es eigentlich Peter erzählen, aber der ist noch nicht wieder ganz auf dem Damm, und er wäre wohl kaum in der Lage, das zu verkraften. Sie müssen wissen – was ich getan habe, habe ich getan, weil ich wollte, dass er in Frieden leben kann.«

»Ich bin sicher, dass er das wird.« Freds Stimme war jetzt sanft. »Er ist wieder mit der Frau zusammen, die er liebt, und die ihn liebt. Ich hab erst gestern Abend mit ihnen telefoniert; sie klangen so glücklich wie Larry, wenn Sie wissen, was ich meine.«

»Ich weiß, und so soll es auch sein. Deshalb wollte ich ihn nicht vor den Kopf stoßen, denn so stark ist er noch nicht wieder. Sie wissen ebenso gut wie ich, dass er ein oder zwei Jahre brauchen wird, bis er sich ganz von den fürchterlichen Prügeln, die er einstecken musste, erholt hat – körperlich und auch psychisch.«

»Ja, das sehe ich auch so. Das ist auch meine Meinung. Aber wissen Sie, dass er bald wieder in seinem alten Metier arbeitet? Zumindest dreht sich alles, womit er sich beschäftigen wird, um Schauspielerei und Theater. Wussten Sie das?«

»Oh, ja. Ja – er hat mich alles darüber erzählt. Er freut sich schon sehr darauf.«

»Und da ist noch etwas, das ihm helfen wird, wenn er erst einmal darüber hinweg ist«, meinte Fred. »Jetzt, wo seine Mutter tot ist, braucht er wegen ihr keine Angst mehr zu haben, denn solange sie gelebt hat, war sie mit ihren Gemeinheiten eine ständige Bedrohung für ihn. Sie war eine völlig unberechenbare Frau.«

»Sie sagen es, Mr. Beardsley: eine völlig unberechenbare Frau. Und genau das ist es, worüber ich mit Ihnen sprechen wollte. Sie ist keines natürlichen Todes gestorben – ich habe sie umgebracht.«

Fred schreckte aus seinem Sitz hoch. »Sie haben was?« krächzte er entsetzt.

»Wie ich gesagt habe, Mr. Beardsley: Ich habe sie umgebracht ... sie ermordet, wie ein Richter vermutlich sagen würde. Es hieß, entweder sie oder er, denn sie war geradezu besessen, wenn es um Peter ging. Für ihn oder wegen ihm hätte sie alles getan – auf die eine oder andere Weise. Es genügte ihr nicht, dass er beinahe zu Tode geprügelt wurde. Oh, nein. Sie war nie mit irgendetwas zufrieden. Einmal hat sie seiner Tochter gesagt, dass sie auf seinem Grab tanzen wolle – und auf meinem.«

»Was?«

»Oh, ja – sie hat Betty erzählt, dass sie eines Tages auf unseren Gräbern tanzen würde. Sie war nicht richtig im Kopf, wenn es um ihn ging oder auch um andere. Mit diesem Hass ist sie aufgewachsen. Sie stammt aus einer üblen Familie; es ist ein Wunder, dass ihr Bruder Frank nicht genauso ist.«

Fred musste schlucken, bevor er sagte: »Aber ich dachte, man hat festgestellt, dass sie ...« Er schluckte erneut, und Alex beendete den Satz für ihn: »Selbstmord begangen hat – ja. Nun, ich habe alles geplant, jede Kleinigkeit. Aber ich wusste auch, dass Peter, wenn sie tot war, Schuldgefühle wegen ihr haben würde, und deshalb dachte ich, weil Sie sein bester Freund sind, Mr. Beardsley, bitte ich Sie, ihm reinen Wein einzuschenken, was seine Mutter betrifft, und ihm später diesen Brief zu geben.« Er griff in seinen Mantel und zog einen Umschlag hervor, den er Fred mit den Worten reichte: »Da ist mein Geständnis drin; ich bin kein großer Schreiber vor dem Herrn, aber es steht alles drin. Ich überlasse es Ihnen, Mr. Beardsley, wann und wie Sie ihm sagen wollen, was er wissen muss. Außerdem ist da noch ein Brief drin, der beweist, dass sie nicht daran dachte, mit ihren Intrigen und Gemeinheiten aufzuhören. Ich habe den Brief erst gesehen, als ich bereits wieder gehen wollte: Und da lag er, auf ihrem Frisiertisch, schon zugeklebt und an Nyrene adressiert, fertig zum Abschicken, aber noch ohne Briefmarke. Also hab ich ihn gelesen. Er ist gemein, schmutzig und niederträchtig; Sie würden nicht glauben, dass eine Frau solche Sachen schreiben kann. Wenn dieser Brief Peter nicht überzeugt, dass sie tatsächlich entschlossen war, auf seinem Grab zu tanzen, dann kann ihn gar nichts überzeugen. Lesen Sie ihn, Mr. Beardsley, und Sie werden verstehen.«

Fred knipste die Innenbeleuchtung an, dann zog er aus dem braunen Umschlag ein kleineres Kuvert, nahm den Brief heraus und begann zu lesen. Noch bevor er die Hälfte der ersten Seite überflogen hatte, blickte er auf und starrte fassungslos in Alex' Gesicht, der bestätigend nickte, als antworte er auf etwas, das Fred gefragt hatte.

Nachdem Fred den Brief zu Ende gelesen hatte, kauten seine Zähne wütend an seiner Unterlippe. Langsam faltete er das Blatt zusammen und steckte es wieder in das Kuvert zurück, das er in den braunen Umschlag schob, dann ächzte er: »Du lieber Himmel!«

»Ja, Mr. Beardsley – du lieber Himmel! Für das, was diese Frau hier schreibt, reichen Worte wie gemein und niederträchtig nicht mehr aus; das hier ist ekelhaft und abgrundtief böse. Finden Sie nicht auch?«

Fred starrte ihn eine Weile betroffen an, bevor er antwortete: »Es ist kaum zu glauben, dass eine Frau, besonders seine Mutter, fähig ist, solche Dinge zu denken, geschweige denn, sie niederzuschreiben. Ich glaube, sie muss geistesgestört gewesen sein.«

»Ja, das war sie, in gewisser Weise, aber bevor ich diesen Brief gefunden habe, wäre das sehr schwer zu beweisen gewesen.«

Erneut schwiegen sie eine Weile, bis Alex sich mit einem Ruck nach vorn beugte und gegen das Handschuhfach klopfte, als begehre er Einlass, wobei er sagte: »Nachdem ich es getan hatte, hab ich Gott nicht um Vergebung gebeten – oh, nein, denn ich wusste, dass ich einige Leute von großem

Kummer befreit und ihnen ermöglicht habe, von nun an ein vergleichsweise glückliches Leben zu führen. Nicht nur Peter und Nyrene, auch die Mädchen haben unter ihr gelitten, besonders die arme Florrie.«

»Das kann ich nur bestätigen, Alex. Ich weiß, wie schlimm die Briefe und dieser Versuch, ihr Haus anzuzünden, für die Schwester waren. Und sie ist nun wirklich eine starke Frau.«

Alex nickte zustimmend und brummte: »Was mich betrifft, so hab ich von diesem Weib, seit wir verheiratet waren, nichts außer Geringschätzung und Demütigungen bekommen; ständig hat sie mich niedergemacht und als einen Versager hingestellt.«

Fred nickte jetzt ebenfalls und fragte dann: »Sie sagen, Sie haben sie umgebracht, Alex ... Aber wie haben Sie das angestellt? Hat sie sich nicht gewehrt?«

»Nein. Ich hab ihr gar nicht die Gelegenheit dazu gegeben. Ich hatte alles geplant und vorbereitet; es war ganz leicht. Glücklicherweise besaß ich noch immer einen Schlüssel, und ich wartete bis nach Mitternacht, bis ich sicher war, dass niemand mehr auf der Straße ist. Natürlich kenne ich das Haus wie meine Hosentasche. Nirgendwo brannte noch Licht, außer im Schlafzimmer. Sie war komisch, was das angeht. Sie hatte schon immer überall dicke Vorhänge vor den Fenstern, die sie über die Stores zog, damit ja niemand irgendwo reinschauen konnte, ob unten oder oben, aber zugleich hatte sie Angst, im Dunkeln zu schlafen.« Seine Stimme wurde jetzt lauter, als er fortfuhr: »Sie hatte keine Angst, im Dunkeln rauszugehen oder draußen rumzulaufen, was sie manchmal bis zwei Uhr nachts gemacht haben muss, wenn man Florries verängstigtem Geplapper glauben kann, aber das kleine Nachttischlämpchen musste immer brennen, das wusste ich seit Jahren. Wenn sie einmal schlief, hat sie sehr tief geschlafen und mit offen stehendem Mund, weil sie Probleme mit den Nebenhöhlen hatte. Sie hat nicht richtig geschnarcht, nur ab und zu hat sie ein gurgelndes Geräusch von sich gegeben. Da lag sie also und schlief so tief und fest wie ein Murmeltier; sie hat nicht einmal mit 'ner Wimper oder einem Muskel gezuckt, als ich all die Sachen aus meiner Tasche geräumt und auf dem Nachttisch nebeneinander aufgereiht habe: Eine Medizinflasche mit einer weißen Flüssigkeit, eine Halbliterflasche Whiskey, zu einem Drittel voll, und zwei Pillenfläschchen mit diesem Drehverschluss, den man erst runterdrücken muss, damit er aufgeht, um zu verhindern, dass Kinder ihn aufbekommen, der aber immer ein klickendes Geräusch macht. Sogar das habe ich bedacht: Sie waren schon halb aufgeschraubt, und ich habe die Pillen der einen Flasche auf dem Nachttisch und ein paar davon auf dem Fußboden davor verstreut. Dann nahm ich eines von Sallys seidenen Kopftüchern aus meiner Tasche. Es war schon zusammengerollt, und ich knüpfte vorsichtig ein Ende um das Gelenk ihrer Hand, die über die Bettkante hing. Als Nächstes holte ich einen zu einem Knebel zusammengerollten Strumpf aus meiner Tasche und legte ihn auf den Nachttisch. Dann hob ich die Hand, an die ich das Tuch gebunden hatte, vorsichtig hoch und hinüber zur anderen Hand, machte eine Schlinge ins lose Ende des Tuchs und schob sie über das Handgelenk. Als sie sich bewegte, rollte ich sie auf den Rücken, zog die Schlinge zu und fesselte ihre beiden Handgelenke aneinander. Sie riss die Augen auf und starrte mir ins Gesicht, und als sie den Mund aufmachte, um zu schreien, schob ich ihr den Knebel hinein. Weil sie ihre Arme nicht bewegen konnte, stieß sie mit den Füßen, aber ich sprang aufs Bett und setzte mich auf sie.« Er schwieg eine Weile und klopfte erneut mit dem Knöchel gegen das Handschuhfach, bevor er fortfuhr: »Ich packte sie bei der Kehle, presste sie nieder und sagte ganz ruhig zu ihr: ›Falls du einen Laut von dir gibst, Mona, wenn ich dir den Knebel rausnehme, dann zerschneide ich dir das Gesicht.‹ Um meiner Drohung mehr Gewicht zu geben, griff ich in die Tasche und zog ein Rasiermesser heraus. Als ich die Klinge aufklappte, bäumte sie sich im Bett auf, und ich sagte: ›Ich warne dich, Mona! Ich werd genau dort schneiden, wo Peter die Narben hat von deinem letzten Versuch, ihn umzubringen, und wenn ich mit dir fertig bin, drücke ich dir das Rasiermesser in die Hand, damit es aussieht, als hättest du es selbst getan. Hast du mich verstanden?‹ Wissen Sie, Mr. Beardsley«, er wandte seinen Blick wieder Fred zu, »selbst in dem Augenblick war in ihrem Gesicht mehr Hass als Angst, ein furchtbarer schwarzer Hass. Und genauso wollte ich es, denn hätte sie Angst gezeigt oder herumgewimmert und mich angefleht, dann weiß ich nicht, ob ich es fertig gebracht hätte, weiterzumachen, obwohl ich mich, bevor ich aus dem Haus gegangen war, mit einer doppelten Dröhnung Schmerztabletten zugemacht hatte, von der Sorte, wissen Sie, die einen auch im Kopf ganz ruhig macht. Und ich war ruhig. Wie auch immer … Als Nächstes nahm ich die andere Medizinflasche, die ich mit einem Korken verschlossen hatte, weil man einen Korken leicht mit den Zähnen rausziehen kann. Dann zog ich ihr den Knebel aus dem Mund und steckte ihr stattdessen die Flasche hinein. Als ihr der erste Schluck der Mixtur durch die Kehle lief, bäumte sie sich auf und wehrte sich, aber ich hielt ihr die Nase zu, und sie musste nach Luft schnappen und schluckte alles. Nachdem sie drei Mund voll davon geschluckt hatte, wehrte sie sich nicht mehr und lag, wenn auch schwer keuchend, ruhig da. Und wissen Sie, was sie dann zu mir gesagt hat?« Er machte eine Pause und fragte dann noch einmal: »Wissen Sie, was sie da zu mir gesagt hat?« Offenbar erwartete er gar keine wie auch immer geartete Antwort Freds, denn ohne Luft zu holen fuhr er fort: »›Das kann mich auch nicht aufhalten‹, fauchte sie mir ins Gesicht, ›ich werde dich noch aus meinem Grab heraus heimsuchen!‹ Und wissen Sie, was ich drauf gesagt habe? Ich sagte zu ihr: ›Du brauchst mich nicht aus deinem Grab heimzusuchen, Mona, weil wir beide uns sehr bald in der Hölle wiedersehen werden.‹ Aber wissen Sie was, Mr. Beardsley? Ich glaube nicht einmal, dass ich in die Hölle komme. Wenn es einen Gott gibt, und wenn er einigermaßen gerecht ist, komme ich nicht in die Hölle. Man wird mich vielleicht ein bisschen anschmoren, denn ganz ohne Strafe komme ich sicher nicht davon – im Fegefeuer möglicherweise, wie es die Katholiken nennen, aber ich werde nicht in die Hölle kommen.«

Er sah auf seine auf seinen Knien gefalteten Hände hinab und erzählte weiter: »Nachdem sie ungefähr drei Viertel der Mixtur geschluckt hatte, wusste ich, es war genug. Die aufgelösten Schlaftabletten und der Whiskey hätten schon gereicht, aber in der Mixtur waren auch noch fast eine ganze Flasche zerstampfter Aspirin-Tabletten.

Ich sehe sie noch immer da liegen, wie sie mich anstarrt, während ich den Schal von ihren Handgelenken löse. Dann steckte ich alle Dinge, die ich mitnehmen musste, in meine Taschen: Das Arzneifläschchen mit dem Korken, den Knebel und natürlich das Rasiermesser und den Schal. Als ich damit fertig war, drückte ich ihr die Whiskeyflasche in die eine und die Fläschchen mit den Pillen in die andere Hand. Ich fühlte keinerlei Gewissensbisse und keine Reue, und als ich dann den Brief gefunden und gelesen hatte, noch viel weniger ... Sind Sie schockiert, Mr. Beardsley?«

Hätte Fred einen Eid darauf schwören müssen, hätte er nichts anderes sagen können, als »Ja, ich bin schockiert, Alex«, denn er war in der Tat schockiert; ihm war ganz schlecht, und seine Eingeweide rebellierten. Es fiel ihm schwer zu glauben, was er soeben gehört hatte. Stattdessen murmelte er: »Ich weiß nicht, was ich sagen soll, Alex. Ich kann mir gar nicht vorstellen, dass Sie zu so etwas fähig sind.«

»Ich hab es aber getan, und falls ich irgendwann meine Tat bereuen sollte, bevor meine Zeit abgelaufen ist, brauch ich mich nur an ihre letzten Gifttiraden zu erinnern, die sie in diesem Brief an Nyrene verspritzt hat – diesen Brief, in dem sie ihr schreibt, sie hätte ein schwachsinniges Kind in die Welt gesetzt und was wohl mit ihm werden würde, wenn sie stirbt, was sehr bald geschehen könne. Und Peter würde nicht da sein, ihn zu sich zu nehmen, weil er wieder mit einem seiner minderjährigen Flittchen abgehauen wäre, und deshalb bliebe nur die Irrenanstalt für den schwachsinnigen Bankert. Aber der Junge ist genauso wenig schwachsinnig, wie ich es bin oder Sie, nicht wahr, Mr. Beardsley?«

»Nein, natürlich nicht.«

Sie starrten einander eine Weile stumm an, dann entrang

sich Alex' Brust ein tiefes Seufzen, und er sagte: »Ich gehe jetzt, Mr. Beardsley. Ich möchte nicht, dass Sie mich irgendwo absetzen; ich möchte lieber zu Fuß gehen. Und vielen Dank, dass Sie mir zugehört haben und mir den Gefallen tun, um den ich Sie bitten musste.« Dann schob er den Kopf nach vorn und neigte ihn fragen zur Seite, als er sagte: »Ich Ihnen damit nicht die Verantwortung für etwas aufbürden, mit dem Sie wirklich nichts zu tun haben, außer ... außer ... außer – nun ja, Sie sind seit langem Peters Freund. Sie finden vielleicht, dass es nicht fair ist, was ich von Ihnen verlange ...«

»Machen Sie sich darüber keine Sorgen, Alex. Ich ... ich bin froh, wenn ich Ihnen in irgendeiner Weise helfen kann. Und Sie werden sehen, ich komme Sie im Krankenhaus besuchen. Wann müssen Sie denn rein? Ach ja, Sie haben es schon gesagt – morgen. Ich denke nicht, dass Sie am Wochenende operiert werden; wir schauen also am Sonntag mal bei Ihnen vorbei.«

»Das wäre sehr freundlich und nett von Ihnen. Also – bis Sonntag dann. Und vielen Dank noch mal, Mr. Beardsley. Vielen Dank aus tiefstem Herzen.«

Er machte die Tür auf und stieg aus und warf sie wieder zu. Fred sah der kleinen, schmächtigen Gestalt nach, wie sie durch den Lichtkegel der Scheinwerfer ging und dann in die Nacht hinaus schritt, dem Tod entgegen.

Gütiger Gott! Er ließ sich in seinem Sitz zurücksinken und legte die Hand auf die Stirn, während er auf den Umschlag in seiner anderen Hand hinabstarrte. »Ich will Ihnen damit nicht die Verantwortung aufbürden ... Sie sind seit langem Peters Freund.«

Er konnte jetzt seine eigene Stimme laut und deutlich hören, wie sie diesem Jungen, wie all den anderen auch, die wesentlichsten Grundwahrheiten und elementarsten Dinge des Lebens in den Schädel zu hämmern versuchte. Nun, wenn er zur Abwechslung selber einmal bis zum wahren, ursächlichen Grund dieser Geschichte vordrang, was würde er da finden? Die Person, die an allem schuld war. Und wer war diese Person?

Er sah wieder den Schulhof an jenem Sommertag vor sich und den sechzehnjährigen Jungen, der mit einem Grinsen im Gesicht vor ihm stand, und er hörte seine eigene Stimme über den Schulhof dröhnen: »Sie bringen die Leute zum Lachen; Sie sollten damit ans Theater gehen oder Komiker werden.« Die Szene verblasste, und an ihre Stelle trat eine andere in Frankreich. Wieder sah er den Jungen vor sich und hörte ihn mit strahlenden Augen sagen: »Ich hab gemacht, was Sie gewollt haben: Sie sagten, ich habe Talent fürs Theater und solle Komiker werden. Ich hab bei einem Wettbewerb für Nachwuchsschauspieler mitgemacht und gewonnen, und der Preis war eine Reise nach Paris und ein Job als Hilfsinspizient am Theater.«

Dann sah er die beiden vor seinem inneren Auge: den jungen Schauspieler und die ältere Frau, wie sie einander als Mutter und schwachsinniger Sohn auf der Bühne umarmten; und die echte Mutter saß unten im Publikum und sah zu …, und in ihrem Herzen wurde die Glut des Hasses, der Eifersucht, des Zorns und der Enttäuschung entfacht.

Wer also war der wirklich Schuldige an allem, was seither geschehen war? Wenn es ihm ernst war mit der Wahrheit, dann, das musste er zugeben, lag die Verantwortung bei dem, der alles ins Rollen gebracht hatte, als er einem jungen, rebellischen, suchenden und unfertigen Burschen den Weg gewiesen hatte, den er einschlagen sollte.

Er musste nach Hause. Er konnte das alles nicht für sich behalten; er würde es Louise erzählen. Doch über eines war er sich ganz sicher: So lange er noch Lehrer war, würde er nie wieder einem Schüler einen Rat geben, welchen Beruf er ergreifen sollte.